U0113468

交易

II

亦 客◎著

交易有无数种，但有一种交易叫『默契』

台海出版社

图书在版编目（CIP）数据

交易 II / 亦客著. – 北京：台海出版社，2011.9

ISBN 978 – 7 – 80141 – 872 – 2

Ⅰ.①交… Ⅱ.①亦… Ⅲ.①长篇小说—中国—当代

Ⅳ.①I247.5

中国版本图书馆 CIP 数据核字（2011）第 186522 号

交易 II

著　　者：亦　客

责任编辑：王　品　　　　　版式设计：刘　栓

责任印制：蔡　旭

出版发行：台海出版社

地　　址：北京市景山东街 20 号　邮政编码：100009

电　　话：010 – 64041652（发行，邮购）

传　　真：010 – 84045799（总编室）

网　　址：www. taimeng. org. cn/thcbs/default. htm

E – mail：th – cbs@163. com

E – mail：thcbs@126. com

经　　销：全国各地新华书店

印　　刷：北京柯蓝博泰印务有限公司

本书如有破损、缺页、装订错误，请与本社联系调换

开　　本：787 × 1092　　　1/16

字　　数：400 千字　　　　印　　张：24

版　　次：2011 年 10 月第 1 版　印　　次：2011 年 10 月第 1 次印刷

书　　号：ISBN 978 – 7 – 80141 – 872 – 2

定　　价：39.80 元

目　录
CONTENTS

第一章 | 险又犯错

快到宁州的时候，两人的困意都上来了，连眼皮都睁不开了。

前方有一服务区，张伟直接把车开了进去，停好车，把座位往后一放："睡会儿再赶路，反正已经离宁州很近了。"

说完，张伟把脑袋往后座靠背上一放，立马睡了过去。

何英也把座位放平，睡着了。

张伟做了一个梦，梦见一个神仙一般的美女向自己走来，正要上前说话，突然醒了过来，看看外面，天已经蒙蒙亮了。

看看何英，睡得正香，脸上的表情很满足。

张伟的身体一动，何英醒了。

何英揉揉眼睛："几点了？"

张伟看看时间："六点，该回去了。"

何英："你坐这边，我来开车。"

于是两人换过来，何英开车。

"你再睡会儿吧，白天你还要工作，刚去上班就精神萎靡不振，不好。"何英边开车边对张伟说。

张伟眼皮感觉正发涩，点点头，迷迷糊糊又睡了过去。

正迷糊着，感觉车停了下来，听见何英的声音："老大，到站了。"

张伟睁眼一看，到住处楼下了，刚要下车，电话响了，郑一凡打来的："今天我和小顾、小洁去省旅游局跑一个手续，办事处今天明天关门，你这两天不用到公司来上班，在家里搜集一部分营销资料，琢磨一下景区营销总体方案。"

张伟松了一口气，天助我也，今天可以在家休息了，对郑总说："好的郑总。"

张伟放下电话，看着何英："哈哈，今天我还是自由身，老板放我羊，他去省城出差了。"

何英莞尔一笑："那要不我们先去吃早餐？肚子饿了。"

张伟一听:"好吧,喝豆浆。"

于是,何英开车直奔永和豆浆。

快到的时候,张伟突然想起王炎和陈瑶,不知道她们两人在干吗?陈瑶走没走?

张伟给王炎打了个电话,问她们在干吗。

王炎回答说在永和喝豆浆。

张伟一愣:"哪个永和豆浆?"

王炎:"麦德龙旁边的那个。"

张伟一听,正是他和何英要去的那家。

这会他们也已经到了门前,张伟一眼就看到那辆蓝色的宝马停在门口。

"我们去别的地儿吃早餐吧。"张伟对何英说。

张伟不想让王炎和陈瑶看到自己一大早就和何英在一起,特别是两人都还没洗脸,都睡眼惺忪的。

"为什么?"

"我突然不想喝豆浆了,去吃灌汤包吧。"张伟极力坚持去吃灌汤包。

"好啊。"何英答应着,又突然指着陈瑶的车说:"你看,这辆宝石蓝的宝马,真漂亮。"

张伟支支吾吾答应着:"是啊,真漂亮。"

何英边调车边对宝马赞不绝口。

张伟心不在焉地应付着。

突然,何英不说话了,快速调转车头,加油门离开。

张伟感觉有些异常,回头看了一下,正看见王炎和陈瑶走出来,正在开车门。

张伟看看何英的脸:"怎么不夸那宝马好了? 哑巴了?"

何英不说话,神情很专注,好像在思考什么事情。

张伟看何英的表情突然这么大变化,满腹狐疑,何英肯定是看到王炎和陈瑶一起出来了。

那么,何英突然加速离开,肯定是不想和她们两人遇见。

那么,何英是在躲避王炎呢还是在躲避陈瑶?

躲避王炎,怕她看见和自己在一起? 理由成立。

躲避陈瑶,为什么?

张伟想了半天,找不到何英躲避陈瑶的理由,那么就是因为王炎,因为怕王炎看见他们在一起,特别是一大早,眼皮浮肿,睡眼惺忪,头发蓬乱,给人以无限遐想。

张伟得意地对何英说:"其实,我刚才让你换地方吃饭,就是刚给王炎打电话知道她在这里吃饭,怕她撞见我们俩,才……"

何英看了张伟一眼,眼神怪怪的,没说话。

两人在吃灌汤包的时候,张伟接到王炎的电话:"哥,陈姐回东兴了,我上班去了哈。"

"好的。"张伟回答。

何英闷闷地吃早饭,突然问了张伟一句:"刚才我们掉头的时候,和王炎一起出来的那女的,你认识不?"

"哦,哪个女的?"

"和王炎一起出来的那个,穿白色外套的。"

"不认识,我怎么会认识王炎的女朋友。"

张伟知道何英指的是陈瑶,张伟担心如果说认识,何英再疑神疑鬼,犯病去掺和捣鼓事,弄得大家都不安宁,干脆就说不认识算了。

不过,听何英这么说,好像认识陈瑶,张伟于是问道:"你问这个干吗?你认识那穿白衣服的女的?"

"我……不,不认识。"何英摇摇头。

"不认识你问什么?"

"我,我就是随便问问,好奇嘛,有什么大不了的事情啦。"何英有些着急。

"不认识就不认识,你急什么?"

"我哪里急了,我急什么?"何英胡乱应付着。

张伟看何英这样,有些怀疑,可又找不出什么怀疑的理由,也就作罢。

张伟想起昨晚小郭和自己说的事,对何英说:"最近小郭好像不大开心,好像是有人在捣鼓他,是不是?"

何英看着张伟:"小郭和你谈了?"

张伟点点头:"小郭是个好兄弟,人老实、勤快、本分,我知道某些人整小郭,其实是报复我的,因为小郭和我是老乡,小郭和我关系铁。"

何英叹了口气:"就那么几个人,到处搅和,说小郭在加油和修理上有问题,说小郭开公车办私事,找我打报告,让我给驳回去了。可他们转眼又告到老高那里去了,弄得老高对小郭疑神疑鬼,又要去加油站和修理厂对账,又要让小郭交车钥匙,又要每日填写行车里程单。

其实,司机偶尔开车去办点自己的事情,很正常,在所难免,大家都知道,我也知道,小郭也和我说过。不过,小郭这么多年在公司开车,在加油和修理上从来是很清白的,他们这样捣鼓他,我也很生气。可是,你也知道,有时候他们直接越过我找老高汇报,老高又知道他和你是老乡,也就疑心大发,我也无可奈何。"

张伟摇摇头:"疑人不用,用人不疑,高总口头上经常这样讲,可是做起来却就是另外一码事。同样是生活在一起的两口子,这做人的差别咋就这么大呢?"

何英听张伟模仿赵本山小品《卖拐》里范伟的台词,忍不住笑起来:"我发现你讲话有时候冷嘲热讽,言语尖刻,嬉笑怒骂中,把人家说得一无是处。"

张伟半张嘴巴:"真的?我有这么厉害吗?"

"是啊,你就得意吧。"何英呵呵笑着,又问张伟:"小郭有什么打算吗?"

"是的。"张伟直截了当地说:"小郭打算找到新单位就走,他已经无法再待下去了,我也在帮他找新单位。"

何英无可奈何地点点头:"也好,想想很惭愧,又很可笑,我是董事长,却管不了公司的人。"

张伟笑笑:"从名义上讲你是老大,从法律上讲你也是老大,可是,中国的法律不健全,中国有中国的国情,在家里你是男人的从属,在经济上你是男人的附庸,经济基础决定上层建筑,这就决定了你在公司的位置。"

何英睁大眼睛看着张伟:"你说得很对,你分析得一针见血,正中我的死穴。"

张伟拍拍手站起来:"不说这个了,吃饱了,回去睡觉去,睡足觉好查资料。"

"你去哪里睡?"

"回家啊,还去哪里?"

"我……我想去你那坐一会,行不?"何英试探性地看着张伟,小心翼翼地说。

"这……"张伟本想一口回绝,看何英那表情又于心不忍:"好的,欢迎光临。"

何英高兴地去开车,两人很快到了张伟住处。

房间里静悄悄的,少男少女们都出去奔波去了。

一周多的时间,张伟的小房间又成了猪窝。

何英一来就忙乎着打扫房间,整理床铺,换洗床单、衣服。

张伟躺在刚换好的床单和枕套上看书,一会困意袭来,呼呼睡去。

昨天折腾了一夜,又困又乏,这会才算是真正舒舒服服睡个觉。

躺在床上睡觉,好舒服。

张伟这一觉睡得很沉,质量很好,醒过来的时候,感觉鼻子痒痒的,原来是何英正缩在自己怀里,睡得正甜,头发触到自己鼻孔了。

张伟看看时间,下午五点了。

这一觉睡得时间可真不短,六个多小时。

看看房间,被何英打扫得干干净净,井井有条,脏衣服和床单都已经洗好,窗台挂了几件,其余的挂在外面的公共客厅里。

看看何英,依偎在自己怀里,睡得安宁而恬静,很舒适,一只手搂着自己的腰,一条腿搭在自己腿上,她娇美的肌肤,紧紧地贴着自己的身体。

他忽然有种冲动,想将她揉进自己的身体里。哪怕是隔着衣服,张伟也能感觉到何英身体里散发出的体香和温馨,成熟少妇骨子里透出的女人味,她幽幽的体香,曼妙的身材,让张伟更想立即成为一个男人,能把握女人,能给女人幸福的男人。

他有这种能力,他一直都有这种能力!!

张伟感觉身体在急速膨胀,体内的冲击一浪超过一浪,但突然之间,却叹了口气,摇摇头,使劲吞咽唾沫,想起床。

身体刚一动,何英搂着自己身体的胳膊却紧了起来,腿部的压力也变大了。

看看何英,眼睛紧闭,呼吸均匀,没醒。

张伟心里被这团火烧得实在难耐,又轻轻想挣脱起床。

身体却被何英搂得更紧。

看看何英,眼睛仍没有睁开,却使劲往自己怀里钻。

原来何英醒了。

何英的身体整个贴到自己的身体上,分明感觉到了张伟身体的明显变化。

何英默不作声,呼吸却明显急促起来……

不行,张伟对自己说道,努力想挣脱何英,身体向床里面退缩,靠到了木板墙上。

何英的身体随即紧紧靠拢过来,更紧地贴到张伟身上。

张伟感觉自己的身体滚烫,体内像要爆炸一样,急剧膨胀。

何英迷醉地紧紧贴在张伟身上,紧紧地……

张伟感觉自己要失控了,身体剧烈地扭动着,抽搐着,脸上的表情迷茫而痛苦……

何英把脸慢慢贴到张伟的脸上,火热的唇紧紧贴在张伟的唇上,努力分开张伟的嘴唇……

张伟不由自主和何英激烈深吻起来……

张伟无法控制自己,不由自主扯拉起何英的衣服……

何英也一样,快速扯拉起张伟的衣服……

本能再一次战胜了理智。

张伟心里痛苦地哀嚎了一声:主啊,原谅我!

…………

张伟最后的防线全面崩溃。

两人久违的身体即将再次交融……

正在这时……

"砰! 砰! 砰!"突然响起了敲门的声音。

有人来了!!

两人一愣,身体随即僵持在那里,屏住呼吸。

"张哥,回来没有? 出去吃饭去。"

是小郭,小郭下班回来了。

张伟和何英大气也不敢出,静静地躺在那里不动。

张伟的身体还压在何英上面,却已经火力消退,迅速回缩。

张伟默不作声,没有回答小郭。

自己和何英的事无论如何不能让小郭知道,不然何英怎么见人。

小郭又敲了几声,然后出去吃饭去了,外面传来砰的关门声。

张伟和何英呼出一口气,身体松弛下来。

"真败兴,死小郭,怎么今天不加班。"何英嘟哝着。

张伟急忙穿衣服:"抓紧穿衣服,小郭吃饭就在楼下快餐店,很快就会回来。"

何英还有些心有不甘。

张伟拍拍何英的脸蛋:"这叫天不作美,注定有此一劫,呵呵。"

何英无可奈何地起身穿好衣服。

张伟打开门,把床铺整理好,让何英坐在床沿,自己坐在那张唯一的破椅子上。

"说会儿话吧,一会儿租房子的那些年轻男女们也都回来了。"

何英敲敲木板做的墙:"这房子晚上能隔音? 晚上周围的年轻男女就没有什么动静?"

张伟:"有,厉害着呢,年轻人火力盛,你方唱罢我登场,我老汉可是夜夜听实况转播。"

"哈哈,你能受得了?"何英笑得前仰后合。

"咱有办法,戴上耳机听着音乐睡。"

"那小郭呢? 也是这样?"

"这办法还是他教我的,小郭有 MP3,比我还方便。"

何英叹了口气:"哎……你这是何苦,跑这里找罪受,抓紧去把那房子租回来,或者另外租一套板正点的房子住。"

"不,我就住这,人家那些刚毕业的大学生都能住,我为什么不能住,我也就比他们早出来几年,强不到哪里去;还有,不管怎么说,这也叫高层公寓楼啊,呵呵……"

"可是,我不愿意,我不想让你受这苦,又不是条件达不到,干吗非要在这里受洋罪。"何英一想起刚才被小郭打断的春梦,心里就憋屈。

如果要是在以前那单身公寓,还不早就春梦无痕了,也许已经几度春风了。

何英越想越恼火,脸上的表情也有了几分恼怒。

张伟呵呵一笑:"大小姐,你这是干吗啊? 我不想搬还有一个原因,我很快要到桐溪那边去,以后就住在那边山里了,这边很少过来住了,也就是周末偶尔回来住一宿,要那么好的房子干吗?"

何英:"就是回来住一小时,也要有舒适的地方,怎么能穷将就呢?"

张伟:"哎……小日子要计算着过,不该花的不能乱花啊,呵呵……"

"你……"何英正要说话,小郭回来了,手里拿着一个盒饭。

看见何英坐在张伟房间里,小郭有些意外,忙打招呼:"何董好,你们刚回来?"

何英换了一副和气的笑容:"是啊,我和张经理出去办了点事情,刚过来,上来喝口水。小郭还没有吃饭吧?"

小郭指指手里的盒饭："买回来了，正要吃呢。"

　　张伟冲何英使个眼色，对小郭说："别吃了，我和何董正准备要等你一起出去吃晚饭呢，正好你回来了。"

　　何英会意，点点头："是啊，小郭，我们三个人一起出去吃饭去。"

　　小郭一听，很高兴："那好，谢谢何董。"

　　于是，三人一起在小区附近的酒店吃了晚饭。

　　张伟和何英中午都没有吃饭，都饿了，吃得特别香。

　　吃饭的时候，三人都没有谈工作的事，包括小郭的事情，大家都心照不宣。

　　饭后，何英回去，张伟和小郭回住处。

　　张伟想起下午的一幕，缠绵而火热，禁不住心跳不已。

　　如果不是小郭回来，自己和何英的好事也就成了，真遗憾。

　　想想又有些幸庆，幸亏小郭回来，否则自己在短暂的欢愉之后，可能又要陷入深深的自责和苦痛当中。

　　从昨晚到现在，自己和何英纠葛了二十多个小时，在东兴和宁州之间整整一个来回。

　　昨天没有上网，伞人会不会等自己？

　　张伟和小郭聊了一会儿天，然后回到房间。

第二章 相伴通宵

房间被何英收拾得干净利索,明窗净几,感觉很舒服。

张伟打开电脑,伞人正挂在那里。

"嗨! 老板娘,晚上好。"

"说谁呢? 傻小子?"伞人问道。

"你啊,老板娘,我是老板,嘻嘻……"

"我告诉你,傻小子,你少拿我开涮,说不定哪天我真赖上你做老板娘,到时候让你没后悔药吃。"

张伟一听,心中大乐:"好啊,求之不得,如果真有那么一天,我一定从了你。"

伞人:"嘻嘻……傻小子,昨天晚上你没有等我吧?"

张伟:"昨晚我有事,没上网,我正要问你这话呢?"

伞人:"我昨晚也有事,在一个朋友家住的,也没上网。"

张伟:"朋友家? 男朋友还是女朋友?"

伞人:"你猜!"

张伟:"男朋友。"

伞人伸出一个大拇指:"恭喜你,答对了,加八分。"

张伟发过去一个大汗淋淋的表情:"啊! 真的?"

伞人发过来一个调皮地笑:"真的。"

张伟晕晕地,感觉伞人在逗自己:"那为什么加八分,不加十分?"

伞人:"因为你回答的不完全正确啊。"

张伟:"那正确答案是?"

伞人:"男朋友的女朋友家。"

张伟松了口气,又紧张起来:"你有男朋友了?"

伞人:"这有什么奇怪的,我一大龄剩女了,找个男朋友不是很正常? 再说,什么叫男朋友,只要是男性的朋友都可以简称为男朋友,嘻嘻。"

张伟放心了,伞人姐姐说的一定是后者,原来如此,又问:"怎么会是男朋友的女朋友家?"

伞人:"很好理解啊,这位男性的朋友有一个女性的朋友,我住在这位女性的朋友家里,Do you know?"

张伟呵呵一笑:"I know。对了,姐姐,昨天陈瑶和我一起来宁州的,我搭了她的顺风车。"

伞人:"哦,真是羡慕你,出行总是有美女相伴,我怎么没有帅哥陪着呢?哎……命苦哇!"

张伟:"哈哈……以后有我陪着你就行了,别在寻思别的帅哥了,有我,你就将就了吧。"

伞人:"不行,野百合也要有春天,我黄脸婆也要找一汤姆·克鲁斯那样的帅哥。"

张伟乐得扑哧扑哧地笑:"哎……没看出来,姐姐还有这么好的胃口,这么高的要求啊。"

伞人:"那是,对了,昨天你和陈瑶小美女一起干吗了?从实交代。"

张伟老老实实地说:"没干什么啊,陈瑶去梁祝公园签合同,和我以前那女朋友王炎一起去的,然后大家逛梁祝公园,然后吃饭,然后王炎把陈瑶拉她家住去了,然后就完了。"

伞人:"哦,就这么简单?"

张伟:"是啊,姐姐,昨天逛梁祝公园的时候,我看见梁山伯和祝英台的化蝶雕塑还有他们一起读书的读书院时,特别特别想你。"

伞人:"想我干吗?想让我化蝶飞舞,跳舞给你看?"

张伟:"呵呵,不是,是心想要是此刻你和我一起在这里,在这里闲庭信步,该有多好。"

伞人:"傻蛋,我一直就在你身边,你就是看不到。"

张伟:"闭上眼睛,我也是这样想的。"

伞人:"闭上眼睛,我在你身边,睁开眼睛,我还在你身边。"

张伟:"???"

伞人:"那只陪伴你身边飞舞的小蝴蝶就是我。"

张伟动情地说:"姐姐,你好浪漫,好有意境。"

伞人:"傻小子,这就叫心里有,便会有,只要心中常有,便会永远。"

张伟点点头:"老板娘言之有理,小生佩服。"

伞人:"五尺高一汉子,酸酸自称小生,我牙掉了……"

每次和伞人姐姐聊天,时间总是这样过得快。

张伟说:"我今天没上班,老板让我查阅一些景区营销的资料,为景区总体营销方案积攒材料。"

伞人："哦，是这样，多收集一些景区营销，特别是漂流营销策划的资料，很好，学会借鉴吸收，他山之石，可以攻玉。看来你今晚要夜战，那我不干扰你了，你工作吧，注意别休息太晚。"

张伟："恩，我先广泛收集，然后归纳分类。"

伞人："嗯，最近抽时间，我系统给你说一下漂流景区营销的要点和基本思路，当然，我说的也不一定对，就权当是参考资料，仅供你参考了。"

张伟一听很兴奋："太好了，什么时候给我讲？"

伞人："别着急，就最近几天，也不能说是给你讲，就权当是我们俩探讨吧，毕竟你也有多年的成熟经验和做法，我想，把我们俩的优点组合起来，一定会形成一个完美的营销策划方案。"

张伟一听心里有了底气："好，那我先搜集一部分资料，北方没有漂流，我对这一块的知识基本是一无所知，我得先充充电，有个基本的认识和概念，然后我们俩再探讨。"

伞人："对，记住，沉住气，淡定，脑子里树立大营销、大策划的观念，要带着问题去查阅资料，去找材料。"

张伟："嗯，我记住了。姐姐你先休息吧，明天你还要上班忙碌，迟到了老板要扣你工资。"

伞人："嘻嘻……好的，等你做了老板，跟你打工的时候，就可以走后门，不扣工资了。"

张伟："废话，到那时你就是老板娘了，谁敢扣你工资？我也不敢哈。"

伞人呵呵一笑："傻小子喜欢做傻梦哦，等着吧你就。"

…………

和伞人姐姐说再见后，张伟开始到网上查阅资料。

这时，隔壁的年轻男女们又开始了活动，"咯吱……咯吱……"的声音传过来，急速而有节奏。

张伟憋了一下午，这会听见这声音，心里很受撩拨，忍不住叹了口气。

明明自己已经如此渴望，为何还要拒绝美丽的诱惑？

张伟不停地问自己？

张伟此刻承受着心灵与肉体的双重折磨，灵与肉的引诱让他极度难耐。

隔壁的声音极具诱惑力，不仅仅诱惑着张伟和小郭，也同时诱发了其他居室的年轻男女，也纷纷效仿，加入进来。

之后，独唱就变成了小合唱，进而演变成了混响。

张伟拿起一杯凉开水，一饮而尽，打开音乐，戴上耳机，开始自己的工作。

让诱惑来得更猛烈些吧！

沉静下心来的张伟专心投入到工作当中去。

张伟有一个特点，那就是工作效率高，只要他专心致志去做一个事情，都会做得又快又好。

张伟搜集了大量的有关资料，分门别类建立文件夹进行复制保存，同时，在搜集资料的过程中，也走马观花了解了一下关于漂流的相关基本知识。

当工作告一段落的时候，张伟摘下耳机，周围一片寂静，打开窗户看看外面，东方已经露出了鱼肚白，看看时间，5点半了。

这么快一夜就过来了。

张伟感觉这一夜很有收获，对未来感到心里很踏实，对即将展开的工作充满了信心。

张伟在关上电脑之前给伞人留了一句话："姐姐，早上好，我要开始睡觉觉了，呵呵，这一夜很有收获。忙碌让人充实，工作让人快乐，收获让人幸福。……今夜的一点小体会，与你共勉。"

伞人姐姐此刻一定还在睡梦中。

刚要退出QQ，伞人突然发过来一杯热咖啡："早上好，张董事长。"

姐姐竟然在线，刚才一直是隐身的。

"姐姐，你这么早就起床了？怎么不多睡会？"张伟很高兴，和伞人认识这么久，还是第一次在早上和她聊天。

"什么起床，洒家一直就没睡。"伞人发过来一个哈欠："傻小子终于忙完了，我也要睡了。"

"啊！你怎么不睡觉？"张伟大吃一惊。

"漫漫长夜，怕你一个人孤单，所以你查资料，我就在网上看书，也算是陪你加夜班吧。看你这QQ头像一直挂着，就知道你在忙乎，咱也没敢打扰你。听着哈，记着这笔账，以后得给我补夜班费。"

张伟闻听很感动，姐姐真好，在网络的另一端，一直陪了自己一夜，怕打扰自己工作，隐身在QQ里，自己竟然一直不知晓。

"姐姐，你真好。"张伟发自内心肺腑地说出这几个字。

"傻小子，动情了，是不？别感动，姐姐也是睡不着想看看书。哎……咱们俩都该休息了。"

"那你白天不上班了？"

"上午不上了，待会给老板发个短信请一上午假，下午再去吧，老板扣发的半天奖金和工资都记你账上，以后要还给我。"

"还！以后一定要加倍还。"

"嗯，这话痛快，大气，洒家在这里先谢谢张董事长。"

"哎……让你这张董事长这么一叫，我都不知道自己几斤重了，小心别让我自我陶醉了哈。"

"不说了,睡觉睡觉。"

"那好,姐姐,睡觉,你先下,我送送你。"

"嗯,我先下,我先睡,等我睡着了你再睡。"

伞人的话语中竟好像充满了一股孩子气,让张伟心头一热。

"好的,下吧,我看着你睡。"

"嗯,早安,兄弟……"

"早安,姐姐。"

…………

洗漱完毕,张伟躺在床上,开始感觉到困乏。

伞人姐姐这会儿一定已经进入了甜甜的梦乡。

张伟从容地睡着了。

不知道睡了多久,张伟迷迷糊糊地听见外面有敲门声。

张伟睡眼惺忪地挣扎着爬起来去开外面的大门,一看,是王炎。

她跑这里来干吗?

张伟懵懵懂懂地走回房间,重新钻进被窝:"不好好上班,过来干吗?"

王炎拧拧张伟的耳朵:"懒蛋,下午两点了,还睡? 真不知道你睡的是午觉还是晚觉。"

啊? 这么久了? 张伟摸出手机看了看时间,自己已经睡了八个多小时了。

这才感到肚子咕咕叫。

"你怎么知道我没上班?"

"小郭告诉我的。"

"我昨晚查资料了,弄到今天早上五点多。"张伟躺在被窝里还不想起:"你今天怎么有空来看我?"

"我这两天不上班,办交接。"

"办什么交接?"

"我要走了。"

"什么?"张伟一下子从被窝里坐起来:"你要走了? 不是暂时不走吗? 怎么又改变计划了?"

王炎照张伟头皮打了一下子:"笨蛋,我说要走了,又没说要出国,我最近要和哈尔森一起去东兴。"

"哦,你们俩都到那里去工作?"张伟又缩回被窝。

"是的,新收购的医药公司由哈尔森负责,我也调到那边去工作,这两天办完交接就走。"

"不错,夫唱妇随,形影不离,甜蜜的事业。"张伟笑嘻嘻地说。

"你不也很快就要到东兴区工作了?到时候我们还可以经常见面。"

"唉,我在乡下,山区,你们在城里,恐怕到时候见面不是那么容易的事情,你一年能来山里看我一次,结对扶贫,我就很满足了。"张伟故作伤感地说。

"呵呵……"王炎把手伸进张伟被窝里挠他痒痒:"莫愁前路无知己,东兴谁人不识君?别灰心,记挂你的人有的是,陈瑶姐姐那天晚上还说以后要带我去山里看你呢。"

"哈哈……"张伟被王炎咯吱得笑起来,又很感兴趣地问王炎:"前天晚上你和陈瑶谈我了?"

"谈了。"

"都谈什么了?"

"也没什么,就是你的那些风流韵事,风花雪月的故事。"

"你……"张伟急了,"真的?"

"哈哈。"王炎笑起来,"急什么,我都在夸你呢,夸你又能干,又上进,又有责任心。"

"不错。"张伟点点头,"算是给您老哥挽回点面子。"

"陈姐这个人真不错,人长得漂亮不说,那性格、那气质、那脾气、那教养、那素质,唉,我和她简直就没有可比性,我要是一男人,拼了老命也要把她娶了当老婆。"

"别这么没自信,你和她属于两种不同类型的女人,她很优秀,你也很优秀,她很漂亮、儒雅、高贵,你很活泼、可爱、俊俏,你们都是优秀的女人,谁能娶到你当老婆,也是一辈子的福分。"

王炎听张伟这么一说,感到很高兴:"看来我今天没白来,又重新找回了一点自信。"

"你今天来找我就是为了找自信的?"

"当然不是,我今天来主要还是要告诉你要去东兴的事的。"

张伟懒洋洋坐起来穿衣服,边说:"我饿了,饿死我了,去,到厨房弄点开水,给我泡碗面吃。"

王炎颠颠地跑到厨房提来一壶开水,给张伟泡上一碗面,嘴里还不停唠叨:"我怎么感觉成了你的小丫鬟了呢,让你使唤过来使唤过去。"

张伟冲王炎屁股就是一巴掌:"这年头能做我丫鬟都是一种荣誉,是给你面子。"

王炎撇撇嘴巴:"我看你又要翘尾巴,其实啊,我发现,男人都是让女人惯坏的。"

张伟边吃面边回应:"不对,我看女人都是让男人宠坏的。"

王炎正要说话,外面有人敲门。

张伟对王炎说:"去开门。"

王炎过去开门,一看,是何英来了,手里提着满满一袋子食品。

"何姐。"王炎自从张伟辞职后就一直没有见何英,这会儿见了很热乎:"好久没见你了,快进来。"

见到王炎让何英有点意外，她知道张伟今天不上班，昨天看到张伟房间里吃的东西不多了，今天特意去超市买了一大包吃的带过来。

"你也在啊。"何英边进屋边对王炎说，"我今天特意专门来看看张经理，辞职了也还是朋友嘛。"

何英这话是想告诉王炎，你别想歪了，我今天来是以老同事、老朋友的身份，没什么别的意思。

王炎头脑简单，没想那么多，看何英专门来看张伟，挺高兴，特别是张伟辞职了，何英还挂念，难得。

王炎把何英让到屋里坐下，对何英说："我今天是来告诉我哥我要去东兴工作的消息的，也是刚来一会，来的时候这家伙还没起床呢。"

何英一怔："王炎你要去东兴工作？"

"是啊。"王炎接着把工作调动的事和何英说了一下。

"哦。"何英点点头，"祝贺你们家那口子高升啊，不错，不错。对了，你调走了，我们公司那业务的事……"

"呵呵。"王炎接过来说，"我正要告诉你，我都给交接好了，公司以后的国内旅游业务都给中天做，我留了你的联系电话，到时候有专人和你联系。"

何英一听放心了："好，好，小妹做事情就是仔细。"

张伟吃完饭，看看外面的阳光："今天天气不错，我们出去兜兜风吧，到郊外呼吸呼吸新鲜空气。"

王炎立马赞同。

何英点点头："好啊，我下午也没有什么事情。"

下楼才发现今天何英没开自己的车，开的是一辆白色的宝马。

"和朋友换了开的，图个新鲜。"何英如是说。

第三章 命中注定

二十分钟后，宝马行驶在宁州郊外的田野中间。

张伟坐在后面，太阳照在身上，很温暖，很舒适，感觉困意又上来了，不由又迷迷糊糊打起瞌睡。

王炎精神十足，今天兴致很高，话也特别多，和何英絮絮叨叨说个没完。

"何姐，哈尔森让我抓紧去考驾照，可我还没摸过车呢。"

"学车很快，除了报名学习之外，自己没事的时候经常练练，熟悉得更快。"何英打开车窗，明媚的阳光下空气格外清新。

"是啊，昨天早上在永和喝豆浆的时候，陈姐姐也这么说，她还说要教我学开车呢。"王炎说。

"陈姐姐？"何英身体一震，转脸看了一眼王炎，问道："你的朋友？"

"是的，做旅游的，我刚认识，一大美女，开着宝石蓝的宝马，人特漂亮，还特好。"王炎赞不绝口。

何英皱着眉头，从后视镜看看张伟，又看看王炎，半天没有说话。

过了一会，何英又试探性地问王炎："你说的那陈姐姐，她叫陈……"

"陈瑶，怎么？你认识？何姐。"

何英的身体又是一震："不，不，不认识，我随口问问。"

"呵呵，那陈姐姐和你要是一起啊，你们就是两朵姊妹花，都这么漂亮。"王炎乐呵呵地说。

"呵呵，小妹见笑了。"何英勉强应付了一句，又问王炎，"你怎么认识你那陈姐姐的？"

"我才刚认识她，是通过我哥认识的，前天早上陈姐开车把我哥从东兴送回来的，中午、晚上我们一起吃的饭，然后我就认识了，呵呵。"

"你哥去东兴了？"何英问道，又从观后镜里看看睡得正香的张伟。

"是啊，陈姐他们公司邀请我哥去讲课的，经验交流，嘿嘿。"

"呵呵，你哥可是个人才啊。"何英打着哈哈，"你那陈姐是你哥的女朋友？"

"我倒是想啊。"王炎撅撅嘴巴,"我哥不让我提这个,一提就训我,说根本就没有那回事,让我别瞎捣鼓,其实啊,我倒是想有这样一个嫂子哦,我看陈姐对我哥蛮好的。"

"哦。"何英有些心神不定,努力装出满不在乎的神色,"你怎么知道蛮好的?"

"嗨,看眼神啊,咱都是女人,女人看男人的眼神,咱还看不明白?我看陈姐看我哥那眼神就挺特殊,不过我哥傻了巴唧的什么也看不出来,还直训斥我,说根本就是两条路上的人,不一个级别和档次,根本就不能往一块想,说就是普普通通的同行,普普通通的朋友,你说他傻不傻。"

"呵呵。"何英干笑笑,"原来是这么一回事,也许吧。"

然后,何英不再说话,脸色沮丧,开着车在郊外宽阔的马路上漫无目的地向前走,显得心事重重。

王炎打开车内的音乐,边听音乐边看着车窗外美丽的田野和远处苍翠起伏的山峦。

张伟随着车辆的摇晃,身体微微晃动,脑袋向后靠着,睡得很香。

何英从后视镜里看看张伟,又看看王炎,心乱如麻。

何英脑子有些分神,前面马路上有个小坑没来得及躲开,一下子颠簸了一下,把张伟晃醒了。

张伟揉揉眼睛,摇摇脑袋:"这是哪里? 到什么地方了?"

王炎回过头:"出来玩是你提议的,一出来你就睡觉,睡了一天了,还没睡足?"

张伟嘿嘿一笑:"坐在车里暖洋洋的,睡着了,这是哪里?"

何英:"郊外,你不是要到郊外兜风吗?"

张伟打个哈欠,伸伸胳膊:"好舒服,精神好,空气好,阳光好,还有美女也好。"

王炎哈哈大笑。

何英无精打采,心不在焉地开着车。

张伟一觉醒来,感觉何英突然没了兴致,好像有什么心事,不过王炎在旁边,也不好多问。

正在这时,何英接到一个电话,说公司有事情,于是开车往回返。

张伟和王炎在天一广场下了车,何英直奔公司而去。

张伟和王炎在广场散步。

"你和何英说什么事情了吗?"张伟问王炎。

"没什么啊,怎么了?"

"我怎么看何英情绪不大对头。"

"哟,对何英挺关心的啊,这么注意观察,你怎么不观察观察我呢,我也不开心,我也情绪不大对头。"王炎拉扯着张伟的胳膊,又蹦又跳。

张伟一瞪眼:"严肃点,我和你说正经话,你没注意到何英心神不定,心不在焉吗? 你和她说什么事情了?"

"没什么啊,就是聊了聊陈姐,说陈姐漂亮,说陈姐对你挺好,别的什么都没说啊。"

张伟一皱眉头:"你说那干吗,没事找事。"

"怎么了?何英吃醋了?不会吧,你和她又没有什么关系,她吃的哪门子醋?"王炎不明就里。

"以后你再跟我出来,我找根针把你嘴巴缝上。"张伟伸手捏住王炎的嘴巴,"以后关于我的事情,不许和别人谈论。"

王炎一把推开张伟,乐得哈哈大笑:"以后我还说,谁让你不抓紧给我找个嫂子。"

张伟:"等咱有了钱,老婆自然就来了,急什么。"

王炎又过来,挎着张伟的胳膊:"好啊,那次我回家看你爸爸,你妈妈以为我是你女朋友,对我那个好啊,就像对自己闺女一样热乎,把我感动的那个眼泪啊,哗哗的。"

张伟忍不住笑了:"你就自我陶醉吧。"

王炎呵呵一笑:"我感觉那天晚上陈姐说的一句话很有道理。"

"什么话?"

"人都是命。"

"什么意思?"

"陈姐说,人都是命,不管你现在幸福不幸福,不管你对现状满意不满意,都是命中注定的。如果你不服气,给你一次机会,从头来过,你还会是这个样子。所以,不要哀叹命运对自己不公,不要埋怨命苦,要努力改造自己的主观世界,努力去改变现状。"

"哦。"张伟心里一动:"这话说得倒也有几分道理。"

"所以啊。"王炎说:"我感觉我们俩也是命,命中注定相遇相逢相知却不能永远,命中注定不能做夫妻却可以做兄妹,这都是上天安排好的。"

张伟看着王炎:"丫头,你终于找到为自己辩解的合适论据了,心里也心安理得了,是不?"

王炎哈哈一笑:"是啊,要不,我老是感觉对你理亏,心里老是个事,放不下。"

张伟嘴巴一咧:"多大事,别当事,不就是个女人嘛!女人多的是,没你我能过得更好,嘿嘿……我早就不当一回事了。"

王炎眼一瞪:"你是个大坏蛋,大坏蛋哥哥。"

张伟把王炎肩膀一搂:"没有我这大坏蛋哥哥,哪里有你那洋鬼子老公啊,走,看电影去。"

张伟带王炎看完电影,又到城隍庙吃小吃,然后又去逛超市,陪王炎买衣服,两人痛痛快快玩到晚上八点。

回到住处,小郭正在洗衣服。

"张哥,今天下午老板和老板娘又吵架了,老板没回来,两人在电话里吵的。"

"哦。"张伟一凝神,"干吗又吵架?为嘛?"

"老板娘在办公室打电话,我在外面隐隐约约听见老板娘说什么旧情难舍、藕断丝连之类的话,还说什么别以为改名字了她就不知道了,好像还是两口子闹别扭,老板娘吃醋的事。"

张伟一阵苦笑,这个何英啊,怎么就那么肯吃醋呢?老高都已经基本是半个废男人了,还喋喋不休和他算计感情账,傻,真傻!就是放老高的羊,他出去还能折腾出什么事?

一个对自己不自信的女人如何能够驾驭得了老公?如何能够把握自己的命运?如何能够获取真正的幸福?

悲哀,做女人的悲哀,何英的悲哀。

张伟摇摇头,又给小郭说:"兄弟,你的事情我给老板娘说了,何英很理解,不过她也很无奈,你应该知道是怎么回事,她有时候也控制不了公司里的某些人。何英对你是信任的,知道你是清白的,身正不怕影斜,好好干自己的工作,同时物色着新的单位,有合适的就走,多大事?此处不留爷,自有留爷处。"

小郭点点头:"你说得对,张哥,哪里的水土不养人啊,还非得在这一棵树上吊死。"

"对,兄弟,你这样想很对,放下包袱,开动机器,轻松工作,别在乎那些小人,大不了咱走人。"张伟拍拍小郭的肩膀,进了自己房间。

张伟很喜欢小郭,聪明、勤快、本分、诚实,做事情兢兢业业,吃苦耐劳,为人友善,乐于助人。可惜,文化水平太低,书读得太少,不然,大有培养前途。

现在公司里做营销这一块的只有张伟自己一个人,光杆司令一个,不知道郑总在人员这一块是怎么盘算的?是早招进来提早运作还是到销售季节前一个月再招,可以节省工资费用?郑总一直没和张伟谈这些,张伟也就不提。

不该说的不说,不该问的不问,不该做的不做。张伟现在时刻提醒自己,牢牢把握这个准则。

出来打工,找个工作不容易,一定要接受教训,好好珍惜这份工作,积跬步,积小流,成千里,成江河,一定要努力学习,积累经验和阅历,积累资本和资金,打造一份属于自己的事业。

所以那天看见于琴和潘吾能在车里欢爱,顾晓华要给郑总打报告,张伟阻拦了。

告诉郑总,对他们两人有什么好处?说不定郑总早知道,故意装聋作哑,打完报告吃亏的还是自己。即使郑总不知道,他也不会因为这个和于琴离婚,于琴在这个景区开发上的作用大着呢。让于琴知道他们俩打自己的小报告,那二人滚蛋的日子也就不远了。

来南方一段时间,张伟深深感觉到,南方人在男女关系方面的开放程度大大超过北方,对这些事情很宽容,一般的出轨都能接受。而且,南方人在事情的处理上比北方人更现实,会更多地从经济利益角度出发来考虑问题,只要经济上有收获,戴了绿帽子也不是很难接受的事。

近朱者赤,近墨者黑,环境能改变一个人。张伟认为这话很有道理。

很多道理只有当自己亲身体验了，亲身尝试了，才会认同并接受它。所谓吃一堑长一智，不吃点亏，就不长记性。

张伟感觉自己最大的优点是善于归纳，善于总结，善于思考，对以前的经验教训，特别是教训，能有机地梳理出原因，能找出问题症结，能提醒自己勿重蹈覆辙。

手勤，腿勤，嘴巴不要勤。张伟又一次告诫自己。

张伟现在面对的首要问题是生存。

打拼几个月，现在等于是又回到起点，从零开始。

首先要解决的是生活。

肚子吃不饱，谈何发展和创业。

张伟决定扎扎实实，低头做人，努力工作，专心赚钱。

张伟打开电脑，继续整理自己搜集的有关营销资料。

这时，顾晓华打来了电话："张哥，我们从省城回来了，郑总让下一个通知，明天上午9点整，在公司办事处会议室开会。"

"好的，顾助理。"

"呵呵，别叫我顾助理，你还是叫我晓华吧，咱们弟兄，谁跟谁啊。"顾晓华说话很仗义利索。

"也好，那就叫你晓华，呵呵。"

"还有一个事情，明天你要带好换洗衣服和日常生活用品。"

"干吗？"

"明天要进山了，别的不用带，被褥齐全，还有军大衣。"顾晓华的声音有些夸张，"风萧萧兮易水寒，壮士一去兮……听吴洁说，那里风景虽然优美，可是条件却非常艰苦，唉，明天开始下乡改造喽。"

"没事，我是山里出来的，不怕苦，就看你能不能受得了了。"

"你能受得了，我当然也能受得了，不信咱俩打赌，嘻嘻。"

"打赌？你要是输了怎么办？"张伟说。

"输了啊，你想怎么办就怎么办，关键我是不会输的。"顾晓华说。

张伟哈哈大笑："那好，你要是输了，我就把你放躺办，哈哈……"

顾晓华领悟过来："死张伟，你占我便宜。"

打完电话，张伟开始收拾东西。

明天要进山，回来就要到下周了。

除了带上换洗衣服，还要带上电脑。

不知道山里网络通不通。

第四章 相约山林

张伟正在收拾，小郭进来了："张哥，收拾东西干吗？"

"明天进山。"

"哦！"小郭有些失落："那我没人说话了。"

"呵呵。"张伟拍拍小郭的肩膀："我周末还回来啊，这里还是我的落脚地，大本营。"

小郭呵呵一笑："山里这个季节很冷的，你多带点厚衣服，另外，山里买东西也不方便，你把这些吃的带上，半夜饿了好打打牙祭。"

张伟摇摇头："棉衣是要带的，吃的就不带了，留给你，我的包装不下了，再说，一个老爷们，出门带这么多零食，让人家笑话。"

小郭点点头，又对张伟说："张哥，有个事我想拜托你。"

张伟停下来，看着小郭："你说。"

小郭："我前几天听龙发旅游的驾驶员说他们公司马上要买一辆工作用车，要招聘一名驾驶员。"

张伟看着小郭："你的意思是想来龙发开车？"

小郭点点头："是的，我想如果他们开始招聘驾驶员的话，你替我打听着消息，我去应聘，我开山路好几年了，技术上没有问题。"

张伟："行，没问题，如果有消息，我及时告诉你，方便的时候我在郑总面前推荐一下你，郑总从他们驾驶员口里知道你，和我提过。"

小郭很高兴，直搓手："那太好了，到时候我们又可以在一起了。"

张伟："可是，工作地点是在山里，工作环境、生活条件都非常艰苦，先给你打个预防针。"

"不怕，我不怕吃苦，咱农村人什么样的苦吃不了。"小郭乐呵呵地说，"到时候咱俩还可以没事切磋切磋手艺，活动活动筋骨呐。"

"哈哈。"张伟高兴地说，"好，这事我一定尽力而为。"

"那你忙，我睡觉去。"小郭回自己房间去了。

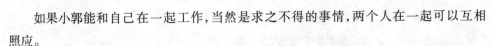

如果小郭能和自己在一起工作，当然是求之不得的事情，两个人在一起可以互相照应。

不过，张伟又考虑到另一个问题，如果小郭一走，那自己和高总之间，郑总和高总之间，龙发和中天之间的关系会更加紧张。一波未平一波又起，高总肯定会气急败坏，以为是自己鼓动小郭离开的，或者是郑总继续挖他墙角。

但是又一想，既然中天不能给小郭一个公平的工作环境，既然高总对小郭疑神疑鬼，小郭当然要离开，在一个缺乏信任和公平的环境里，谁都无法工作。

这事要怪也只能怪老高。

张伟想通了这个事情。

收拾好行李，张伟打开电脑，登录 QQ，伞人在，正在忙碌状态。

九点多了，伞人姐姐还在忙。

张伟没有打扰伞人，静静地在那里看了一会。

然后，张伟去新浪军事浏览新闻。

半天，伞人发过来一杯热茶："哎……终于弄完了。"

张伟忙回话："姐姐，这么晚你还加班？ 在公司？"

伞人："嘻嘻……在家里，加了个小夜班。"

张伟："可惜，你们老板不知道，不然得给你发加班费。"

伞人："加班费不问我们老板要，问张董事长要。"

张伟："咋？ 干吗找我要？"

伞人："因为是给你加的班呐，不问你要找谁要，总经理给董事长加班弄材料呢。"

张伟一听乐了："姐姐，你给我弄什么材料啊？"

伞人："小傻瓜，还能弄什么啊，洒家下班后就开始忙乎，搜集了一些景区策划和景区营销的实战事例，特别是一些营销的技巧战术，复制下来，分成两个文件夹，综合成两个大章节，到时候给你做做参考，结合你昨晚搜集的，说不定能派上用场。"

张伟很感动："姐姐，你对我真好，谢谢你，你吃晚饭了吗？"

伞人："别感动哈，还是那句话，大恩不言谢，嘻嘻……晚饭吃了啊，边弄材料边吃的饼干。"

张伟拱手作揖："好，大恩不言谢，在下永远记得姐姐对我的帮助，他日飞黄腾达，定当厚报。"

伞人发过来一个期待和迷惘的表情："兄弟，他日？ 他日是哪日？ 要多久呢？"

张伟："不好说啊，应该很快吧，三两年之内。"

伞人："好，那此生有望了，可是，厚报，兄弟打算怎样厚报呢？"

张伟琢磨了下，发过去一个龇牙咧嘴的表情："以身相许。"

伞人拿起一把铁锤照脑袋敲起来："拐弯抹角想占洒家的便宜，小子存心不良啊。"

张伟哈哈大笑:"姐姐不要嫌弃,将就着用吧。"

伞人:"呸……不用,喊哩喀喳,把你废了算完。"

张伟乐得屁颠屁颠地坐不住,摇头晃脑:"姐姐,你想想啊,人的身体是最宝贵的东西,我连身体都可以给你,还有什么不能回报你的呢?"

伞人:"哎……暂且听你这一回,得,先把今晚的加班费给我记到账上,到时候我一总收钱。"

张伟:"好,没问题。对了,姐姐,明天我们就要进山了,我刚把行李收拾好,以后就要在山里住了,周末可以回宁州一次。"

伞人:"这一天终于来到了,该来的早晚会来。去吧,广阔天地,大有作为,到美丽的白云山里去实现你的理想吧。只是,要吃很多苦啊。"

张伟:"吃苦我不怕,受累我不怕,只要工作的开心。"

伞人:"好,男人就要接受锻炼,就要经历磨难,百炼成钢,所谓劳其筋骨,饿其体肤,去接受风雨的洗礼吧,你一定会在风霜雪雨中苗壮成长,成长为一个具有钢铁一般意志的男人,一个坚韧不拔、沉稳成熟、足智多谋的男人。"

张伟:"嗯,我会记得你的话,我会经常想你的。"

伞人:"别迷恋姐,姐只是个传说,哈哈……想我的时候就对着山谷喊两声,我就能听得到。"

张伟:"呵呵,好,不知道那边网络怎么样,要是不能上网,可就惨了。"

伞人:"那边地处深山,无线网络肯定是没有信号,除非是有线,如果你们公司所在的村是行政村住地,那就应该有网线,如果是自然村,那可就难说了。上不去网,你可就见不到姐姐喽……"

张伟一听急了:"那,那怎么办?"

伞人哈哈大笑:"傻瓜,即使没有网线,你们郑老总也肯定要想办法拉线的啊,现在是信息时代,没有网络,任何工作都无法开展,这点认识他肯定是有的。"

张伟放下心来:"呵呵,是啊,应该是这样的。"

伞人:"那地方山清水秀,倒是个养生的好地方,山上的冬笋很多,还有那里的蔬菜基本都是农民自己种植的,纯绿色蔬菜,你在那里正好也养养身体。"

张伟:"嗯,好的,明天去了之后我再和你联系。"

伞人:"好的,时间不早了,休息。"

张伟:"好,晚安,姐姐。"

伞人:"你送送我。"

张伟心头一热:"好的,姐姐,我送你,你先下。"

第二天早上九点,龙发旅游公司全体人员准时聚齐,正式开会。

张伟打开笔记本,掏出笔。

会议室坐了接近十个人，有男有女，好几张生面孔。

除了郑一凡、于林、顾晓华、吴洁、于琴认识之外，还有四个人，三男一女，张伟不认识。

郑一凡主持会议，于琴在外面收拾东西，没参加会议。

郑总先给大家互相介绍认识，张伟才算认识了那几个人。

那女的叫陈玲，大家叫她玲玲，三十岁左右，长相普通，打扮也很普通，公司会计兼采购。

另外三个男的：

罗初一，称呼他老罗，宁州人，五十多岁的样子，老成稳重，面善和气，负责工程预算。

吕明，叫他小明，和张伟年龄相仿，黑黑的，个头不高，眼睛黑又亮，滴溜溜乱转，神气活现，东兴桐溪人，负责当地周边关系的调度协调。

童年，也称小童，宁州当地人，比张伟小几岁的样子，个头不高，瘦瘦的，满脸胡子拉碴，眼神畏畏缩缩，负责施工。

这就是龙发旅游管理人员的基本架构。

郑总介绍完，开始讲话："今天是我们公司第一次全体人员会议，也可以说是第一批到位的管理人员全体会议。公司成立几个月了，但是前段时间一直是在跑手续和资金，主要是我和老板娘还有玲玲在跑；最近开始整理工地，为明春的大规模开工前期准备，主要是小明、老罗和小童在桐溪那边忙乎；办事处这边主要是小洁照应内务；东兴那边的事务我前几天和小顾、小张一起跑了几趟。

总的来说，事情还是比较顺利，从现在到春节前，我们的工作重点放到桐溪，放到施工前期的整理和准备上。从今天起，撤销公司办事处，这边的所有设施设备全部搬到桐溪那边，全部人马也到那边办公，我和老板娘也过去，电话机公司那边让我岳父和小舅子管理。今天开完会后，就开始对这边的办公设备进行拆装打包，下午全部拉到山里去，会后小明牵头组织这个事。"

小明眼睛一直盯着郑总，连忙点点头。

"对现有人员的分工，我再明确一下。"郑总打开笔记本："小顾行使总经理助理的职能，主要跟我；小张负责营销策划；玲玲负责财务、人事、采购，同时行使办公室职能；于林为办公室秘书，行使秘书的职能；小洁负责公司内务、接待、收发等事宜；于林和小洁属于玲玲管理，小明、老罗、小童的分工不变。大家清楚了吗？"

大家纷纷点点头，表示明白了。于林看看张伟，偷偷做了个鬼脸。

"今天是我们龙发旅游第一次全体会议，大家是公司最早到位的第一批员工，也可以说是管理人员，各位当中的绝大多数都是通过招聘进来的，都是几十个、甚至一百多个人当中被我选中的，希望我没有看错大家，希望大家能通过自己的努力来证明自己，今后我们还要陆续招聘各个岗位的工作人员，我们的人员总编制是一百多人。等明年漂流项目开漂的时候，在座的各位就是元老，是功臣，到那时，大家论功行赏，喝庆功酒，我郑一凡保证不会亏待大家。"

小明和小童踌躇满志、满面喜色地看着郑总，脑袋像鸡啄米一样点着。

张伟感觉郑总讲话很有煽动性，就像是在吹冲锋号。

"我们是一个公司，是一个企业，是一个规范运作的集体，公司现在有一些基本的规章制度，但大部分都还没有制定，以后边运作边规范，这就要求大家在遵守纪律上要具有高度的自觉性，在工作上要具有高度的主动性，所有员工，不分亲疏，一律平等对待。这里我要说明一下，于林是我小姨子，玲玲是于琴的好朋友，小明是于琴的同村，还是我小舅子的好朋友，但是，在工作上，大家都是平等的员工，没有什么亲朋好友之分。"

原来玲玲和小明和老板娘是这层关系，既然小明和于琴是同村，那于琴的老家也肯定是在桐溪了，郑总原来是到老丈人地界上投资了。

不过，张伟感觉郑总今天这话讲得比较敞亮。

"今后大家都在一个锅里摸勺子，天天抬头不见低头见，一定要互帮互助，搞好团结，小张这一块，属于提早介入，工地那边要多去跑一跑，一些力所能及的活协助他们三个做一些，增加些感性认识。"

张伟点点头："没问题。"

"山里的生活比较艰苦，大家的家都在宁州，都在市里生活，就连小明，女朋友也在宁州，到山里生活要有个思想准备，我基本每天开车在宁州和桐溪之间往返，大家有事情要回宁州，就提前和我说，搭车回来，当然，目前每周的休息时间是一周两天，大家实行轮休，不要一起休息，那工地就停摆了。"

大家点点头。

小童对郑总说："郑……郑总，我……我没女朋友，也……也没什么牵挂的，工地这么忙，我……我春节前就……就不休息了。"

张伟心里一乐，小童原来是个小结巴。

郑总满意地点点头。对玲玲说："每个人的休息都要做好统计，对于没休息的，要么以后补上，要么以后发奖金的时候给予适当奖励。"

玲玲点点头。

郑总看了张伟一眼，又看看大家："今后我们所有的事务都要规范化运作，从小到大，包括开会，以后我们还要经常开会，我要经常讲话，我讲的内容大家就一定都能记下来吗？所以……"郑总指了指张伟："大家都要自己准备个会议记录本，做好会议记录。"

大家又纷纷点头。

"散会，小明组织大家一起收拾东西，拆装办公设施，打包，下午进山。"

于是大家一起动手，收拾拆卸办事处的办公座椅、沙发和文件资料，打包后抬到楼下早已联系好的大面包车内。

到十二点，全部收拾完毕。

于琴安排要了外卖,大家一起在公司里吃午餐。

小明和小童凑在一起,边吃边嘀咕。

小明在那里指手画脚。

小童在小明面前频频点头,一副很听话的样子。

张伟自己在旁边吃饭,老罗凑过来,和张伟闲聊。

谈话中,得知老罗今年五十五岁了,原来在一建筑公司做施工预算,刚刚退休,在家闲得慌,又出来找份活干。

"老罗,你看起来像五十岁的样子,身体很结实啊。"张伟对老罗说。

老罗笑笑:"还可以,我经常锻炼的。听口音小张是北方人吧?来宁州多久了?"

"是的,北方人,来这里才几个月,多多关照。"

"那是,那是,大家互相关照。"老罗热情地说道。

于林走过来:"张哥,我不吃鸡蛋,给你。"边说边把自己饭里的荷包蛋给了张伟。

张伟呵呵一笑:"是不是怕吃胖?"

于林嘿嘿一笑,继续吃饭。

这边小童和小明说完话,老是瞟小洁,看于林给张伟吃荷包蛋,也端着盒饭走到小洁面前:"小……小洁,我不吃牛肉,给……给你吧。"

小洁看着小童满脸的胡子和不知道几天没梳的头发,嘻嘻笑着,边后退边摇头:"不用,不用,我吃饱了,谢谢。"

郑总和于琴在旁边吃着饭,相视一笑。

饭后,大家出发。

几个女的挤在一起坐郑总的大奔,其他人坐大面包,和办公设备一起,直奔山里。

终于要进山了。

第五章 寂寥心情

时隔两个月,张伟又一次来到桐溪白云山,三进桐溪。

不过,这次来和上两次身份迥然,内容也不同,要常住沙家浜了。

绕来绕去,上山下坡,车子终于停了下来,到了。

张伟向外一看,却不是自己上两次来的地方。

"刚搬到这里来的。"老罗对张伟说,"以前租房子的房东贪得无厌,老是嫌房租少,老板烦了,搬到对过这家来了。"

"哦。"张伟跳下车,看着新的公司办公地点。

这是一座年代已久的木制阁楼,两层,建在山坡上,后面是苍翠的竹林。

张伟以前只在电影里见过这样的房子,看到这种阁楼,很是兴奋。

阁楼中间是个厅堂,分开两部分,公司租了一半,房东老两口住另一半。

一层是一间大屋子,就是公司的办公室。

出办公室门向左穿过厅堂,顺着木制楼梯上去,二层是男宿舍,摆放了六张双人床,被褥齐全。

出办公室门向左,沿着墙外的石头台阶,有一个对外开的门,进去,里面有两个单间,一间是郑总办公室,一间是女生宿舍。两间屋和那边的男宿舍正好是隔壁,隔一层木板。

木制的楼梯,走上去,很响。

张伟感觉很新鲜,很刺激,很好奇,上上下下看了个遍。

办公室外面是石头砌成的矮墙,门口是和大门连在一起的穿廊,很宽,兼做厨房和餐厅了。

隔着石头砌成的院落矮墙,正好能看见马路,抬头远望,则是连绵的群山,竹林绵延,柔润苍翠。

村子很小,自然村,马路两边依山而建,散落着十几户人家,基本都是这种古老的木制阁楼。

"村里还有十来个老人在这里留守,年轻人都进城打工去了,只有春节的时候才回来看看,再过二十年,这个村就空了。"老罗告诉张伟。

张伟闻听有些失落,这么淳朴原始的原生态村落,现在也许只有在深山里才能够见到了,要是空了,岂不可惜。

张伟看看旁边,有几户木阁楼已经坍塌,院子里杂草丛生,一副破落景象,看来是屋子的老主人去世了,年轻主人进城了,这里就废弃了。

大家忙把东西搬进来。

小明、老罗他们已经事先整理了办公室,打扫得干干净净,灯也安装好了。

即使是白天,办公室光线也非常暗,也需要开灯。

安排好办公室,又把郑总的办公室安排好,在地板上铺上地毯,把周围木板墙用白色的厚塑料布订起来,倒也显得挺有氛围。

然后去宿舍,老罗忙乎着照应张伟:"小张,你挨着我睡吧,睡这张床。"

张伟看了下,也行,虽然靠近门口,但空气好,里面空气光线都不好。

被子和褥子都是现成的,张伟有自带的被罩和床单、枕巾,老罗帮张伟套上弄好。

张伟坐在床上拍拍被子,被褥都是新的,很厚,很暖和。行了,新家安顿好了。

张伟的床头顶着木板墙,那边就是女生宿舍。

于林、顾晓华、陈玲、吴洁四个人住一间屋,正嘻嘻哈哈地在那边折腾着整理房间。

张伟眯起眼睛,从木板之间的缝隙,看见于林正在低头整理床铺,腰一弯,正好看见白嫩的胸脯,还有深沟隐隐约约露出来。

这小家伙怎么发育得这么好,张伟有些心跳,忙移开眼睛。

原来于林的床正好和自己的床隔着木板墙对着。

小明上楼,抱着一个军用大衣,往张伟床上一扔:"你的。"然后眼皮都不抬,咚咚又下楼了。

张伟看着小明的身影,这小子怎么这么神气? 比老板还老板。

老罗过来悄悄说:"小明是当地人,很牛气,瞧不起外地人的,你不要理他。"

张伟点点头,冲老罗笑笑:"没关系,大家好好做自己的事情就是了。"

小童一会也上来了,转悠了一圈,故作老成地对张伟说:"张……张哥,以……以后咱就一起了,有不懂的地方,问……问我。"

张伟看见小童就想乐,这家伙是不是一个月刮一次胡子、洗一次澡啊,浑身散发着一股说不出的味道。

"好的,谢谢小童师傅,多多关照。"

小童认真地点点头:"嗯,我下去看看。"

随后,也咚咚下楼了。

老罗冲小童的背影撇了一下嘴:"小童太邋遢了,怎么说都不听,年纪轻轻小伙子,不好好整理下,连找女朋友都成问题。"

张伟呵呵一笑,往床上一躺,软软的,好舒服。

这就叫以苦为乐,苦中寻乐。

在寒冷的季节,有一个地方可以遮风挡雨,有一个温暖的被窝可以蜷伏,这就是幸福。

忽然,小童的声音在隔壁女生宿舍响起来:"小……小洁,我来帮你整……整理床铺。"

小洁:"不用不用,我整理好了,谢谢你哈。"

接着传来于林的声音:"小童,不准进来,女生宿舍,男生莫入。"

小童呵呵一笑,走了。

看小童今天的表现,好像对小洁很有好感。

小洁是个不错的女孩子,性格好,脾气好,长得小巧玲珑,又勤快,典型南国女子的精致。

只是不知道小洁能不能看上小童。

张伟正要拉了老罗下去走走,咚咚有人上楼,却是于林来了。

于林拿了一条电热毯递给张伟:"张哥,我从家带来的,多带了一床,晚上这里又湿又冷,这个给你。"

张伟忙推辞:"谢谢,不用,我不怕冷的,这被子这么厚,不冷。"

老罗接过来:"拿着吧,南方的冬天和北方的不一样,湿冷,你不一定能适应,有这个,被窝总可以暖和干燥点。"

"是啊,老罗说的对。"于林把电热毯放到张伟床上:"来,我帮你铺上。"

张伟忙下床和于林一起把电热毯铺好。

于林忙完了看张伟的床:"咦,你这位置和我正好脑袋对脑袋啊,嘻嘻。"

张伟呵呵一笑:"是啊,就隔了一层木板。"

于林伸头把眼睛贴到木板缝上,看了看,扭头对张伟笑起来:"嘻嘻,正好能看见。"

张伟有些尴尬:"我马上找个报纸把这缝隙封上。"

"别。"于林做个鬼脸,"我喜欢,要是没事了可以写个纸条传给你,我相信你是自觉的好同志,嘻嘻。"

张伟不禁被于林逗笑了:"传纸条干吗? 有事直接说不就是了?"

于林嘴巴一撅:"木头,好没情调,不和你说了,反正不准你封死,封死了我拿刀片再戳开。"

张伟嘿嘿一笑:"那你不怕我偷看?"

于林:"嘿嘿,这么冷的天,咱不会脱光的,哈哈……"

张伟呵呵一笑:"也是,有道理,走,下去看看去。"

下面的办公室都收拾好了,四部电脑,不够用。

张伟说:"我用我的手提就可以,把电脑先给他们用。"

郑总冲张伟笑了笑:"也好,先这样,下一步再采购新电脑。"又对陈玲说:"玲玲,你抓紧联系网通公司,把我们的座机和网线安上。"

唉,无语,正如伞人所说,这里现在果然没有网络。

玲玲说:"早就联系了,网通说很麻烦,要扯专线,需要等几天,我明天再催催。"

郑总点点头:"嗯,要抓紧,没有网络,就好像失去了眼睛,什么都看不到了。"

于琴进来了,对郑总说:"我们走吧。"

郑总点点头,对大家说:"今天我们算是暂时把家安下了,条件比较艰苦,大家谅解,等我们发展起来,要盖自己的办公楼、职工宿舍,到时大家就舒服了,创业艰难百战多啊。"

于琴看着张伟笑笑:"小张能适应吗?"

张伟挺挺胸脯,笑嘻嘻地:"能,没问题。"

于琴又看着于林:"好好在这里待着,有空多看看书,多学习,不懂的就问大家,特别是小张,明白吗?"

于林低下头,老老实实地回答:"知道了。"

于琴看着郑总,两人对笑了一下,郑总说:"做饭的阿姨来了,你们收拾收拾,休息下然后吃饭,我先回去了。对了,小顾,你跟我回去,晚上宁州有客户招待。"

张伟这才看到外面一个五十多岁的大妈正在洗菜淘米。郑总想得挺周到啊,有专门雇的厨师。看来这吃饭是大锅饭,集体用餐了。

郑总他们走后,张伟看看天色还早,夕阳正红,对老罗说:"我们到后山去转转?"

老罗说:"好,我带你去熟悉熟悉地形。"

于林在旁边听见,拉着吴洁:"我们也去。"

于是,老罗带路,大家上了房子后面的后山。

后山不高,二十多分钟就爬到了山头,山上都是竹林,微风吹来,飒飒作响。站在山顶眺望远处,群山连绵,竹林成片,夕阳照耀下,绮丽壮美,无比绚烂。

山里的空气分外清新,天空格外清澈,叫人心旷神怡。

看看这里的山,想想北方冬天的山,张伟真的感觉是一个天上,一个地下。

于林指指远处的一个村落:"看,那就是我老家。"

张伟顺着于林手指的方向:"哦,那村子不小啊。"

"是的,以前是个乡驻地,后来乡镇合并,撤掉了,不过也不大,就七百多口子人。"

"在这山里,也算是个大地方了,从我们住的这地方走过去很近,三十分钟就到,我们买日常生活用品都是到那里去。"老罗说。

"这村子里没有小卖店?"张伟感到有些不可思议。

"全村就十几口人,还都是老人,谁开小卖店?"

张伟点点头:"原来如此。"

"于林,你家里还有人吗?"

"有啊,我爷爷,八十多岁了,跟着我叔叔在家的,我爸爸和妈妈都在宁州。"

"你爷爷身体不错吧?"

"一般,老年痴呆症,上个月在山上抽烟,引着了火,烧掉了二百多亩山林,幸亏扑救及时,好险啊。"

张伟看看一望无际的群山和竹海:"是啊,这里的森林防火可是很有必要,对了,这山里有没有野兽的?"

老罗:"有,但是不多,就是獾、野猪、松鼠啦等等,野猪多点。"

吴洁一听有点害怕:"那野猪伤人不?"

老罗呵呵一笑:"莫怕,丫头,动物都怕人的,不过在这山里不要乱跑,有很多村民下的套野猪的夹子,不小心会伤人。"

张伟:"老罗,你对这里的情况很熟悉啊。"

"呵呵,我比你们早来半个多月,当然熟悉了,另外,这地界在上世纪八十年代的时候还属于宁州的,后来才划归东兴,我对这里的山山水水也还是有一些了解。"

下山回到公司,正好开饭。阿姨做了几个菜,蒸的米饭。大家七个人围成一桌,集体用餐。

张伟第一次吃到了冬笋,这是做饭的阿姨从山上挖的。

玲玲弄了一张餐后卫生整理表,大家以后轮流整理卫生。

今天是玲玲。

吃饭的时候,小明对玲玲和于林又说又笑,对其他人仿佛没看见,理都不理,偶尔吓唬一下小童。张伟也懒得理他。

饭后,夜幕降临,气温下降。

山里的温度确实低,张伟穿了一件棉衣,感觉浑身发抖。

老罗约张伟出去散步,张伟上楼穿军大衣。

一进房间,打开灯,一看小童已经进被窝了。

张伟一乐:"小童,干吗这么早睡觉啊?"

小童躺在被窝里,露出一个蓬乱的脑袋:"晚上这……这么冷,又……又没电视看,不睡觉干……干吗?"

"怎么? 没有有线电视?"

"有,没电视机啊。"

"房东大爷那不是有电视吗?"张伟刚才上楼的时候听见房东房间里电视机的声音。

"大爷和大妈天天晚上看越剧,咱……咱看不了,还是睡觉吧。"小童的脑袋又缩进了被窝。

张伟笑笑,穿上军大衣,下楼去找老罗,正好遇见于林。

"干吗去?"

"出去散步。"

"我也去。"

"走。"

三人顺着门前窄窄的柏油马路往前走。

山里的夜晚特别黑,路上的行人特别少,车辆几乎没有,漆黑一片。

老罗提了一个充电的大手电,打开在前面照路,哇塞,在这山野里好像是个探照灯。

张伟抬头看看天,不禁叫出声来,这天空太美了,无数的星星挂在夜空,繁星闪烁,仿佛又回到海南三亚那晚的夜空。

山里的空气太纯净了,环境太好了,张伟深深呼吸着冷清的空气,感觉仿佛置身于一个梦幻的世界。

要是伞人姐姐能和自己一起在这样的夜晚这样的星空下一起散步、聊天,该有多好。

可惜,网络还没有接通,无法和伞人姐姐说话聊天。

不知道伞人姐姐会不会着急地在电脑前等着自己。

"哇。"于林哈着嘴里的热气,"手好冷啊。"

张伟:"你穿军大衣,来。"说着张伟要把军大衣脱下来。

"别,不用。"于林靠近张伟,把手伸进张伟的军大衣袖子里,摸索到张伟的手,握住,然后说:"借点温度。"

张伟有些犹豫,看看老罗,老罗正摇头晃脑哼着小曲在前面带路。

张伟没说话,拉住于林的手,确实是冷冰冰的。

"知道吗?这里的海拔比宁州高出九百多米,温度比宁州冷好几度,经常冬天宁州在下雨,这里却下雪。"于林边走边说。

走了一会,张伟问于林:"手还冷不?"

"暖和了。"

"那好。"张伟把手松开,放到口袋里。

"不行,又冷了。"于林把手干脆也放进张伟的军大衣口袋,伸进张伟的掌心里,让张伟把自己的小手包容起来。

张伟咽咽唾沫,看着前方,没有说话。

于林在黑暗中得意地笑得合不拢嘴。

"你那男朋友小赵最近怎么样了?"张伟问于林。

于林的小手在张伟的手心不老实,老是来回摩擦,弄得张伟有些心跳。

"休了,让我休了。"于林轻描淡写地说。

"哦,这么快就散了?"

"是啊,志不同,道不合,就散。对了,你那外企的女朋友呢?怎么样了?"

"很好啊,浓情似火,情至酣处,情意绵绵,好着呢。"张伟将计就计,趁早堵死于林的想法。

　　"哦。"于林满不在乎地说,"能维持这么久,不简单啊,能坚持到春节不?"

　　"能坚持到2050年的春节。"张伟笑嘻嘻地说。

　　"扯淡!"于林一捏张伟的手心,"我看不见得,嘻嘻。"

　　张伟不想和于林多谈这个话题,转而问道:"你姐姐让你好好学习,学什么内容的?"

　　"营销知识,学着写方案,做策划,做推销,说这是真本事,真活道,特别让我多跟你学呢!"于林兴致勃勃,"我姐姐还说,以后让你出差也带着我。"

　　张伟一听连连叫苦:"郑总不是说让你做办公室秘书的吗?"

　　"屁!什么秘书,都是些走马观花的活,晓华姐姐自己就做了,再说我也不喜欢,姐姐就让我顶秘书的名,练习练习公文写作,先做着,平时多学习营销知识,等各部室建立起来,就让我上营销部。"

　　"哦。"张伟点点头,"原来是这样,那好,以后有不明白的就问我好了。"

　　于林高兴地摇头晃脑:"好的,小张老师,小张哥哥。"

第六章 | 穿越龙潭

散步回来，上床休息。

一进被窝，张伟感到一股彻骨的寒意渗透进身体，急忙打开电热毯开关，好一会才暖和过来。

老罗拉死了开关，房间内一片漆黑。

隔壁女生宿舍也很安静，她们也休息了。

躺在深山角落里一座古老的阁楼里，听着偶尔传来的犬吠，还有门缝、墙缝里嗖嗖进来的风声，张伟心中很感慨。

人生就像一片落叶，在无垠的天空里随意飘扬，何处是归宿？何处不能成为归宿？

张伟心里突然感到很失落，又很寂寥，翻了一个身，迷迷糊糊正要睡去，突然听到细微的敲击声。

于林，在敲木板，接着是于林悄悄地私语："小张哥哥。"

"干吗？"张伟低声问到。

"冷不冷？"

"不冷。"

"那好，睡吧。"

"晚安。"

"晚安。"

这丫头，没话找话。

第二天，天还没亮，张伟就被叫醒了。

是老罗把张伟叫醒的。

张伟看看外面的天，灰蒙蒙的，看看时间，刚六点半："怎么起这么早。"

小明、小童也正穿衣服，小明说了句："早起，吃完早饭到工地去，你去不去？"

"我……"张伟坐起来，琢磨了一下："去，我和你们一起去。"

张伟正需要去看看整个工程的概貌，也需要详细了解工程的所有建设流程和沿途风光。

老罗："那抓紧起床,吃完早饭,我们要步行爬山去工地。"

张伟急忙穿衣服,隔壁传来于林的声音："我也要去。"

小明忙回答："你们女的不用去,到八点起床上班就是了,不用起这么早。"

于林回答："不,我要去工地看看,我还没去过呢。"

小明边下楼边说："那好,抓紧。"

于是,大家穿衣、下楼、洗漱。

山里的自来水很冷。

"这里的水不要钱,都是附近山上的矿泉水,很甜的。"老罗说。

张伟点点头,是有同感。

这里的水资源非常丰富,到处可见山间潺潺的溪水。早饭阿姨不来做,小明把昨天吃剩的米饭放到锅里,加了点水,煮开,大家就吃这个。

饭后,大家徒步出发。

"我们今天要去的是漂流工地。"小明指指马路对过的一条通往山里的小路对于林和张伟说："要从这里进去,穿过龙潭景区,翻过两座山,到达漂流的起点村庄朱家坑,步行大约要五十分钟。"

"哇,怎么这么久,累不累啊?"于林看来也是第一次去工地。

小明笑笑："我们天天这样,已经走了半个月了,不过,很快就好了,听郑总说最新购置了一台吉普车,做工作用车,以后我们就可以坐车从公路上绕过去了。"

于是大家开始了徒步穿越。

小明、老罗和小童走得很快,脚步轻松,看来是锻炼出来了。张伟和于林很快落在后面。

张伟好久不爬山,刚走一会就感觉脚步越来越重,于林也是,开始气喘吁吁。

山路崎岖,很窄,石子铺面,比较平坦,仅能容两人并肩通过,经常一边是峭壁,一边是悬崖。

进入一个山口,小明在前面等着他们。

"从这里进去就是龙潭风景区,就是我们要开发的范围,我们未来的度假村酒店就在这一块,顺着这条山路一直走,经过两个水库,不下道,就到了漂流起点,我们先走,你们在后面慢慢逛悠,反正工程的事你们可干可不干,就慢慢找你们的灵感吧。"

张伟和于林点点头。小明快步向前走去。

张伟感觉小明做事情很利落,身体很结实,虽然很矮小。

张伟看看左边,一座碧绿的小水库呈现在眼前,水清澈见底,在晨雾的水汽中微波荡漾。往前走,水声很响,是一座小水坝,垂直高度有三十多米,水库的水哗哗流淌下来,形成一个小瀑布,很壮观,很美丽。

顺路下去,溪道和小路并行,溪水在光滑的巨大石块上滑过,流进一个碗状的大石坑,石坑左边又是一道水瀑,垂直高度二十多米,怪石嶙峋,石块一层一层,仿佛是用书本叠起来的。旁边三个大字:神仙叠。

张伟边走边对这山水赞不绝口。

于林吃吃笑起来:"前几天我姐带我来玩过,陪潘副市长,这景区就是我们开发的范围,这是龙潭景区,这个石坑就是一个潭,叫一龙潭,是属于冰川世纪时期形成的冰臼,前面还有两个这样的潭,二龙潭和三龙潭。"

果然顺着溪水往前走,一个更大的圆滑石坑出现在面前,水不深,清澈见底,这是二龙潭。

二龙潭附近的风光和一龙潭的又有不同,古木参天,几棵巨大的银杏树和松柏矗立在附近。

"这银杏树和松柏都有几百年的树龄了。"于林介绍说。

穿过横亘在溪道上的一座石拱小桥,顺溪水而下,溪道里都是巨大的石块,两边是陡峭的山体,溪水冲击下来,轰鸣作响。

往前走了一百多米,眼前是一个急转弯,视野开阔了一些,一座光溜溜的石壁隔着溪水迎面扑来,高达百尺,角度几近垂直,显得很是突兀。

张伟感觉到这石壁有一种逼人的气势,一种强烈的压迫感。

石壁下方,是一直径五米左右的小潭,溪水从十多米长的光滑斜坡上直冲下来,进入小潭。潭水深蓝,不可见底,附近是极其光滑的巨大石头。

小潭左边,是一座小寺庙,上书:龙潭庙。

"这就是三潭,口径最小,但深不可测,属于垂直纵深型。"于林抓住张伟的胳膊,小心翼翼地看着潭水,"那天潘副市长的司机找了一根二十多米长的绳子,绑了石块投进去,没测到底。"

张伟很感兴趣:"下面有没有鱼?"

"不知道,这水一年四季不间断,来这里的人又少,属于没有开发的山区,没听说有人见过鱼。"

张伟点点头,又指指附近的小寺庙,这里地处深山,怎么会有人在这里建庙呢?

于林嘻嘻一笑:"听我姐夫说,这庙有来头,大约八年前,一宁州人生意受挫,来这里意欲了却残生,在这三龙潭边累了休息,梦见一仙人指掇,说他阳寿还未尽,还能东山再起。这人梦醒之后出山,回到宁州重新拾掇生意,两年后果然家财万贯。之后,他捐资一百万,在这里修了这座龙潭庙,刚才我们一路走过来的石子路也是他修的。"

"哦。"张伟点点头,看看前面,果然都是土路,没有小石子了。

"再往前可以直通我们的漂流起点,我也没走过。"于林说。

"那我们就顺着小路往前走吧,累了就歇会。"张伟说。

这山、这潭、这水，充满浓郁的南国风情，虽然是在冬季，仍能感觉到她的苍翠柔嫩，清秀婉约。

　　张伟和于林边往前走，心中边充满对这风景的赞叹。

　　郑总果然有眼光，在这人迹罕至的地方开发旅游产品，一定可以达到轰动效应。

　　前面是山坡，路很陡，张伟拉着于林的手往上爬。

　　于林气喘吁吁，上气不接下气。

　　爬上山坡，二人坐在石头上休息一会。

　　"经常这样走，对锻炼身体很好的，我们都需要这样的锻炼。"张伟想起小明他们轻捷的脚步，对于林说。

　　"是啊。"于林眼睛盯着张伟，扑闪扑闪地说，"我们都缺乏锻炼。"

　　张伟避开于林的眼光，看着周围苍翠的竹海和松林："这里的风光可真美。"

　　"山美，水美，人更美，是不是？"于林笑嘻嘻地看着张伟。

　　张伟一笑："是，我看你比这山水都美。"

　　于林眼睛一亮，紧接着说："那我比你女朋友呢？谁美？"

　　"都美，各具特色，你是现代美，她是淑女美。"张伟搪塞着于林，站起来："走，开始赶路。"

　　"哼，小张哥哥，我发现你很狡猾啊。"于林跟在张伟后面嘟嘟囔囔。

　　越往前走，山势越高，脚下的溪谷就越深。爬上一个山坎，又一个水库出现了。

　　这座水库比较大，水面开阔，深度也高，水面碧蓝，旁边还有一个机房，上面书写：朱家坑水库机房。

　　"哈哈，我们快到了。"张伟擦擦汗，看着前方的一座大坝对于林说。

　　于林软软地靠在张伟身上："老天，终于快到了。"

　　张伟看到小路开始变得宽了一些，小路两旁遍布墓碑和坟峦，附近还有一小块一小块的菜地，种植着萝卜等蔬菜。

　　这里离漂流起点很近了。

　　太阳升起来，山间的浓雾渐渐散去，散布在远处山脚下的一些村落在雾气中隐隐约约现身出来。

　　小路两边的山坡上，密密匝匝的都是竹林，很粗，看来年岁不短了。

　　张伟和于林在竹林里穿行，周围一片寂静，只有竹叶飒飒的声音和山间的小鸟鸣叫声。

　　穿过竹林，走下大坝的石坡，终于走进了前面的一个小村落。

　　村子依山而建，大多也是古老的木制阁楼，村前紧靠马路的一边有几间瓦房，马路另一侧是小溪，老罗正坐在房子门口晒太阳。

　　"老罗，他们呢？"张伟问道。

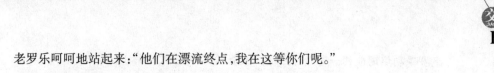

老罗乐呵呵地站起来："他们在漂流终点，我在这等你们呢。"

张伟看着这个村庄："这就是朱家坑？"

"是啊，我们漂流的起点就设在这里，这瓦房是村里俞书记家的。"

"哈哈。"张伟看看房子，又看看周围，"这俞书记也是村子的首富了哈。"

"狗屁。"老罗摇摇头，"村子里出去打工的混的有钱的多了，可是都举家搬迁进城，不回来了，这村里还有几十口子人，都是五十岁以上的。"

张伟看看村子前面，一条小溪顺势而下，水流清澈，水势湍急，回头问老罗："我们的漂流起点就设在这里？"

"是的。"老罗指指前面，"这地方就是以后漂流的起点，旁边的空场要整理，弄一个游客购票和检票的地方，还要有车辆回旋的空场。"

张伟看看村子对面，高山起伏，顺水而下，遍布竹林。

老罗一指溪道前方："这就是以后漂流的漂道，前面是一个很高的峡谷，叫虎跳峡，还有几个急转弯和深水潭，出了峡谷，经过菊池电站，是一个缓和的地势，两边是田园风光，之后就是漂流终点，我们的停车场和售票处都设立在终点。"

张伟点点头，光说不看，等于白干。看来只有亲自来第一线，才能了解最真实的情况，要想推销好自己的产品，首先要了解自己的产品，要十分熟悉自己的产品，要了解它的生产过程和制作工艺，还有特点。

这，正是自己今后要着重做的事情。

老罗又指指前方的马路："这山里的路都不错，都是水泥路，顺着山体修建的，就是窄，只能一辆车通行，只有在转弯或者宽阔的地方有留的错车道。"

张伟兴致勃勃："走，我们去终点看看，顺便从马路上俯看这峡谷和溪道。"

山道依山而建，顺延溪水，蜿蜒曲折，但很整洁，水泥构件，质量很好。

顺路而下，越走越低，两边都是高山峡谷，脚下的溪道里更是水声潺潺，景致怡人。

在最陡峭的两个急转弯处，张伟俯视峡谷，峭壁森然，下面水流湍急，有些头晕目眩。

"这就是虎跳峡。"老罗说，"过了这个峡谷，前面就水势平坦，田园风光。"

果然转过一个弯，前方豁然开朗，周围山地围成的一个小盆地平原展现在眼前，郁郁葱葱，绿色满眼，江南冬季里一道清新的风景线。

前方一座三层小楼矗立在溪道边，上书：菊池电站。

这就是郑总带自己去市水利局找那局长要承包的水电站了，那这水电站的水源应该就是朱家坑水库。而朱家坑水库同样应该是漂流的水源。

往前走，又一个村落出现在眼前，菊池村。

青山绿水掩映中的村庄很小，也是十多户人的样子，一样的老式阁楼，几个上了年纪的村民在村口马路边晒太阳。

看见生人，村民好奇地盯着他们。

老罗主动热情地和一老人打招呼："大爷,您今年多大年龄了?"

老人颤颤巍巍伸出一个八,又伸出一个六,八十六岁了。

老罗点点头,大声热情地对老人说："您老人家身体真好啊,能长命百岁。"

谁知老人猛地站起来,怒视着老罗,嘴里嘟哝了几句山里的方言,然后扭身就走。

老罗有些尴尬,又不明白。

张伟和于林也有些疑惑。

旁边一个六十多岁的妇女和老罗说了几句,老罗连连点头,一脸苦笑,然后和张伟他们一起往前走。

"老罗,怎么回事?那老人家。"张伟问道。

老罗哭笑不得:"那老头生气了,我说他长命百岁,他气得说我诅咒他早死,只有十四年活头了。"

"哈哈……"张伟和于林大笑:"这山里空气好,水好,山好,说不定他还打算再活一个八十六呐。"

老罗也哈哈大笑。

再往前走,就是一个马路交叉口,拐弯过去一座桥,溪道的左边,一块十多亩的平地,一辆挖机正在平整,周边插了很多彩色的小旗。

"这是我们的漂流停车场,也是漂流的终点站。"老罗介绍说。

张伟他们走过去,小明正在和挖机师傅指点什么,小童正在溪道旁边拿着一个本子,用笔记录。

张伟一路走下来,脑子里有一个模模糊糊的印象了,但还很不明晰,他知道自己要把方案做得合乎实际,就必须要把这个项目乃至这个风景区的情况和概貌全部吃透。

看来自己下一步的工作重心不在办公室,也不在电脑,而是在这现场。

仅仅靠搜集的那些资料做这个方案,无异于纸上谈兵。

张伟心里有谱了。

正在这时,郑总的车到了。

"郑总几乎天天都要开车来工地看看。"老罗说。

郑总和顾晓华一起来的。

郑总下车,向张伟他们走来:"今天步行走过来的吧?感觉累不?"

"还好,不累,就当锻炼身体了。"张伟回答。

"呵呵,但是路上浪费大量的时间和体力啊,开车走马路,十多公里,二十分钟就到,我们的工作车马上就到,以后就不用天天爬山越岭了。"

张伟点点头,工作车马上就到,不知道驾驶员有没有就位。

"小张,你今天穿越的是我们整个的旅游景点开发区,回公司我给你一本景区开发的总规划,你全面琢磨熟悉,作为我们营销策划的前期重点,就是这个漂流。我之所以这么早就让你参与进来,就是要让你熟悉我们这个产品生产的全部过程,了解它的特点,并精心设计它的外观和内涵,只有这样,才能搞出有我们自己特色的营销方案,才能搞出有我们自己优势的景点和活动策划。"郑总看着张伟说。

张伟点点头:"您说的对,刚才我也有一些这样的想法。"

"我们这个漂流的基本特点是七十米落差,五公里长,三分之二的峡谷风光,三分之一的田园风光,上游有充足的朱家坑水库做我们的水源。这是我目前能给你提供的基本情况,剩下的就要靠你去观察、去体会喽。"郑总说完又看看于林,不苟言笑:"除了办公室的正常事务,你要多跟小张学习,不准贪玩。"

于林老老实实地低头回答:"知道了。"

郑总嘴角一笑,对张伟和于林说:"走,跟我回公司吃午饭去吧,回去的脚程就省了。"

于林正愁怎么走回去,一听欢天喜地地跑到车上。

第七章 | 事有蹊跷

回公司的马路都是柏油路面,蜿蜒盘旋在山腰,上下起伏,经常是一边山坡,一边悬崖,有时候就感觉好像是在半空走。

郑总车开得很熟练,很稳。

张伟又一次感到白云山的险峻和绮丽。

"小顾,今天你在这里住,我今天不回宁州,要去东兴办事情,晚上在东兴住。"路上,郑总对顾晓华说。

顾晓华点点头。

"再有三天就是元旦,我们公司春节前的事情比较紧,就不放假了,大家就还是按一周两天轮休,到公司后你告诉一下玲玲,让她合理安排休息。"郑总又对顾晓华说。

张伟这才想起,不知不觉,快到元旦了。

其实嘛,对他来说,休息不休息都无所谓,反正休息也没事情干,宁州也没有什么牵挂的人,还不如在这山里待着。

不过,在山里待久了,也还是想去繁华的都市去品味一下城市生活,调剂一下胃口的。

还有,换洗的衣服也要回去带。

伞人姐姐这几天联系不到自己,不知道会不会着急? 不过,她知道自己进山了,应该会猜到网络不通。

王炎应该今天或者明天去东兴了,新的环境,新的单位在等着她,晚上给她发个短信问问情况。

何英这两天一直没有打扰自己,看来谁说的什么时间会带走一切,还是有道理的,慢慢地见不到,热度也就冷却了。

小郭的情况不知道怎么样? 郑总的车马上要到位,司机是不是不打算公开招聘,在自己七大姑八大姨当中找一个亲戚来开呢? 这种可能性很大。

自己要不要主动给郑总提一下呢?

张伟感觉很矛盾,他怕弄巧成拙,事情办不成,还招来老板的反感。

张伟决定还是不提,别自找难看了。

其实,张伟倒是希望王炎或者陈瑶那边能招收司机,那就好办多了。

张伟决定晚上和王炎说一下,小郭最好能到外企去开车,那多风光。

去陈瑶那边也不错,不过这话要王炎问陈瑶,有意无意地随意问,别给人家压力。

不过,又一想,陈瑶那边需要司机的可能性不大,现在已经有一个还兼着采购。

张伟还是决定把宝押在王炎那边。

中饭后,郑总交给张伟一本《龙潭风景区总体规划》:"好好保存好,就这一本,不要外传。"

张伟点点头,锁到办公桌抽屉里。

然后郑总开着大奔去东兴了,公司里剩下张伟和四个女人。

办公室内不见阳光,四盏节能灯全部打开,光线很好,但空气有些阴冷。

玲玲打印了一份工作时间表贴到墙上,上午8:00—11:30,下午1:30—5:30。

"嗨,玲玲姐,在这地方,就是下班时间也没地方去啊,不是办公室就是宿舍。"于林嘻嘻地对玲玲说。

玲玲微微一笑:"总也还是要有个规矩的嘛,就是形式也要走一走的。"

玲玲不爱说话,忙完工作就看书,张伟凑过去一看,靠,厚厚的一大本《鬼吹灯》。

看什么不好,看个盗墓的书。

吴洁闲不住,拿个抹布,这里擦擦,那里弄弄,虽然是一个简陋的办公室,却也很干净。

顾晓华则在电脑旁忙碌着弄一个文件,说是要报给市政府的协调政策报告。

于林呢,没什么事,办公桌和张伟对着,托着腮帮对着电脑打扑克,眼睛不时瞟着张伟,偶尔还做个鬼脸。

张伟上楼去把军大衣裹在身上,回来坐在办公桌前,翻看郑总给他的那本《总规》。

看了《总规》,张伟总算对这个开发项目有了全面的认识。原来这个漂流是整个龙潭风景区开发规划的一个小部分,看这规划,分为六大功能区,而虎跳峡只是其中一个功能区的一部分。

这开发项目竟然如此之大,张伟有些惊奇,又有些迷茫,这么大的开发项目才投资三千万,能搞起来?

看规划的进度表,到明年八月份之前,真正在运作的也就是这一个漂流,其他的项目都还是纸上谈兵。

那么,自己现在要做的营销策划,也就是围绕漂流这一项,其他的还没有必要去考虑。

整个下午,张伟都在研究学习《总规》,脑子里有些条理了。

晚上天快黑的时候,小明他们三人才回来,大家一起吃饭。

吃过饭,张伟正要出去和老罗散步,看见于林站在水池边对着一池子碗碟发愁。

张伟明白了,今天该于林值日整理餐后卫生,于林没干过这活,而且,水这么冷,谁也不想下手洗碗。

张伟对于林说:"我来替你。"

说完开始洗碗。

于林很高兴:"小张哥哥真好。"说完急忙提了一壶开水过来:"别把手冻着,加点开水。"

"不用,开水不够用,最后一遍用开水冲就好了。"

张伟以前也没大干过洗碟子刷碗的活,可现在干起来倒也没感觉什么别扭。

环境改变一个人,别说你这不会那不会,那是没把你逼到那份上。

整理完卫生,于林照例跟着张伟和老罗出去散步,照例把手伸到张伟的军大衣口袋里,放在张伟的手心。

张伟对于林不排斥,但也没有什么别的感觉。

散步回来的路上,张伟用手电一照,看到公司对过山坡上有一平台,平台旁边一棵大树,弯弯曲曲,年岁不小了,周围是竹林。

张伟琢磨起来,要是弄一沙袋,再弄一副拳击手套,晚上在这里活动活动倒是不错。

回到公司,顾晓华还在办公室忙碌着,看来那报告要让她费费心思。

"要不要我帮忙?"张伟对顾晓华说。

"不要,你上去休息吧。"

"晚上很冷的,你没有军大衣吗?"

"有,我一会儿上去穿。"

"这里很艰苦哈,我看你能不能坚持下来,别忘了我们打的赌。"

"哈哈。"顾晓华一咧嘴,"小张同志,我看你心术不正,别做美梦了,我不会输给你的,嘻嘻。"

张伟:"撇家舍业的跑这山里来,你那口子晚上没人管,你放心?"

"咱那口子是放心单位,没问题,要是换了是你啊,我还真不放心。"

"你们啥时结婚?"

"还结婚呢,饭碗都保不住,单位破产,老板跑掉,等清理完财务,他也就下岗了。"

"是啊,现在找份工作也是真不容易。"张伟拿顾晓华的水杯倒了一杯热水递给顾晓华,"特别像你那口子工作的外贸企业。"

"谢谢。"顾晓华接过水杯,抱在手里暖手,"外贸企业也有好的啊,关键是他倒霉,遇上一坏蛋老板,把员工指使出去旅游,他把钱财卷巴卷巴,带老婆孩子溜了。"

"哦。"张伟留神起来,"你老公是哪家外贸企业?"

"风行服装公司。"

"哈哈。"张伟大笑,"晓华,无巧不成书,不打不相识,你老公出去旅游那团是我做的,哈哈……"

"哈哈。"顾晓华也笑了，"那可真巧，原来最后还是你给善终。"

"我很险啊，旅游团款是我给垫付的，回来后，老板跑了，我找宋主席好几次，多亏他帮忙，才把我那十万给弄回来。"

"是吗?"顾晓华很惊奇，"我可是听我老公说，他们财务上的账被封了，是只进不出，而且，好像财务上也没有什么现金了，你这十万够蹊跷的。"

张伟一愣，又不服气："什么蹊跷的，难道我这十万是天上掉下来的，肯定是天助我也，风行公司的财务或者是宋主席偷偷给我放了水，哈哈……"

顾晓华不可思议地摇摇头："你以为单位财务是小孩子过家家啊，我看没那么简单，呵呵，回头我回家问问我那口子，或许是你福大命大造化大。"

"肯定是咱运气好啊，遇到好人了，福大命大造化大，呵呵。"张伟对顾晓华说，"你忙吧，我回宿舍了。"

回到宿舍，小童早就缩进被窝里，呼呼睡了。

老罗刚进被窝。

小明正坐在被窝里拿着手机发短信。

张伟脱衣服躺进被窝，趴到木板缝隙上看了一眼，于林正坐在床上看书，穿着粉红色的保暖内衣，胸脯鼓鼓地。

这孩子怎么发育这么成熟? 张伟不禁又问自己，缩回脑袋，给王炎发短信："我在东兴山里，一切正常，不必挂念，你在哪里?"

很快王炎回复短信："哥，我和哈尔森已经到了东兴，今天到的，哈尔森担任新收购的公司的总裁，我在业务部，负责外文资料的翻译。"

张伟："新公司现在情况怎么样? 顺利吗?"

王炎："形势很差，生产和销售都急剧下滑，正要准备裁员，要裁掉20%的一线生产人员和50%的行政后勤人员，包括行政、文秘、司机等。"

张伟一看心凉了，正要裁减司机呢，怎么会再招聘司机，死了这条心吧。

王炎又说："我下午和陈瑶姐姐接上头了，元旦放假的时候她说来找我玩，她还说，等天气好点，气温高点，她和我都有足够的时间的时候，带我来山里看你，到时候我给你带一大堆好吃的东西，嘻嘻……"

张伟呵呵一笑："好的，我这里可是属于计划经济时代，物资奇缺，肚子里缺油水哈。"

和王炎发完短信，张伟本想问候一下何英，又一想，算了，她不和自己联系，自己还是别惹事了，万一发的短信让高强看见，跳进黄河洗不清。

被何英骚扰惯了，一旦没有了骚扰，竟然会感觉不适应。张伟突然感觉自己有点犯贱。

张伟放下手机，老罗已经拉灭了灯，小明也睡了。

张伟正要睡觉，看到木板缝隙里的灯光，于林她们还没睡啊。

张伟随意把眼睛凑到板缝前,正好看到于林在换内衣。

于林正把黑色的胸罩解下来,身体一转,正好被张伟看了个正着,让张伟血流加速。

细嫩的皮肤,在考验着张伟的神经和意志。

张伟不可思议地摇摇头,真大。

张伟不敢再看,怕自己睡不着觉,缩进被窝,努力让自己不去想。

可是,闭上眼,刚才的情形却在不断地重复,正煎熬间,一阵嗖嗖的声音,一张纸条从板缝里塞过来。

张伟摸出手机,就着手机的亮光,看到纸条上写了一行字:小混蛋,看够了没有。

张伟把纸条上的内容来回看了两遍,揉成一团,悄悄扔到床下,然后咻溜进了被窝,老老实实睡觉。

隔壁传来于林"扑哧"一声轻笑。

第二天一大早,张伟就和小明他们起床去了工地,于林昨天累坏了,今天没有跟去。

张伟有自己的计划:一是饱览周围风光,在大环境里找寻灵感,形成感觉;二是要从终点顺溪道逆流而上,然后再顺流而下,实地查看漂流溪道,来回走上几次,摸清楚每一个环节,脑子里形成初步的景点设置方案;三是协助他们三个人干活。

张伟已经有了计划,决定按部就班,一个步骤一个步骤的来。

小明、老罗、小童他们各有分工,都在忙自己的事情,张伟就在溪道上面的马路上来回逛游,看似游山玩水,实则脑子在不停地思考、酝酿、琢磨。

理论是要和实践相结合的,那些电脑里查阅的东西再丰富,不能和这里的实际结合起来,也是白搭。

从实践中来,到实践中去。

午饭是在菊池村中的老乡家吃的,小明已经提前给付了部分饭钱。

饭后,张伟先回公司,独自步行穿越龙潭景区。

山里静悄悄的,张伟独自在山间穿行。

两边山坡上分布着破旧的坟墓,有的字迹已经斑驳,颜色脱落,还有的石碑倒地,一副萧败景象。

山里一阵阴风吹过,张伟不禁打个寒战,头皮有些发麻。

虽然是中午,阳光很好,可是在山谷里却不见阳光,阴湿风冷。

昨天和于林两个人做伴,没感觉到什么,这会突然有些悚然的感觉。

张伟加快了脚步。

经过艰难的五十分钟的跋涉,张伟终于走出了山门。

擦擦头上的热汗和冷汗,张伟回头看看空旷的山谷,什么也没有,都是自己在吓自己。

孤独的时候想起谁? 伞人姐姐。

张伟突然对着山谷使劲喊了一声:"伞人姐……"

"伞人姐……"山谷回荡。

伞人姐姐说过,只要自己对着山谷喊,她就会听见。

回到公司,郑总和老板娘在,正坐在院子里晒太阳。

郑总带来一台全自动洗衣机,大家公用。

于琴看见张伟进门,笑嘻嘻地说:"小张回来了,累不累?"

"不累。"张伟冲郑总和于琴点点头。

"这里的饮食你习惯不?"于琴又问:"大家都是南方人,就你一个北方人,口味能适应吗?"

"能,没问题,慢慢就习惯了。"

说实在的,张伟这两天可没少受罪,这菜不咸不辣,还有种甜甜的味道,要多难吃有多难吃。

但是在这里,只能是自己适应集体,不可能让大家适应你。

"语言沟通没什么问题了吧?"郑总问。

公司里没有规定必须讲普通话,除了顾晓华,其他人讲话的时候都是宁州方言,说慢了张伟能听个大概,说快了就蒙了。

"基本还凑合,能听个大概吧。"

"老郑,以后公司里开会的时候要统一用普通话,下一步还要进人,天南海北的都有,讲方言,大家都别扭。"于琴对郑总说。

"嗯。"郑总点点头,看看时间,又看着张伟笑嘻嘻地说,"小张很快要有伴了。"

"有伴?"张伟有些不明白,"郑总指的是……"

"公司新招了一名司机,开工作用车的,也是北方人,给你做伴啊。"郑总满面笑容,"车在镇上加油,一会儿就开过来了。"

"哦。"张伟点点头,"是这样。"

张伟听了很惋惜,郑总这么快就把司机招好了,还是北方人,可惜小郭兄弟了。

"明天开始你们去工地就可以坐车了,不用天天再爬山越岭了。"于琴说。

张伟呵呵一笑:"其实爬山倒也不错,锻炼身体。"

"但是影响工作效率啊。"郑总说,"来回要耽误很多时间的。"

第八章 山里相逢

正谈话间,一辆崭新的白色吉普车开到公司门口停下。

郑总站起来:"看,我们公司新买的工作车。"

张伟点点头:"不错。"

一会,司机走下车。张伟一看,大吃一惊,小郭。

新招的司机是小郭!

小郭笑嘻嘻地走进门,冲张伟叫了一声:"张哥。"

张伟喜出望外,又看看郑总。

郑总乐呵呵地对张伟说:"怎么样?给你找的这个伴满意不满意?"

张伟高兴地连连点头,又很疑惑,小郭怎么这么快就到这里来了?中天那边出什么事了?

郑总对张伟说:"小张,你先带小郭上楼去把床铺安顿一下。"

张伟急忙带小郭上宿舍,边问小郭情况。

"是这样。"小郭有板有眼地对张伟说:"周一,我一进中天,高总就把我叫到办公室,让我交车钥匙,然后说公司最近经营不好,车辆暂时不开了,节省费用,让我也暂时不用上班,先回家等候通知。我出来后,公司其他人告诉我,说高总已经另外找个司机,是他远房侄子,对我这样说只是个缓兵之计、迂回战术。我一想,既然人家不想用咱了,咱再死皮赖脸在这里,也没有什么意思。于是我马上写了个辞职报告给高总,高总只看了一眼,就痛快地签字同意了,马上就安排财务给我结算工资。咱这也算是被人家扫地出门。"

"何英呢?何英没有说什么吗?"

"何英没去公司,听说两口子闹得很厉害,正在冷战。"

张伟点点头:"唉,有钱人也有有钱人的烦恼啊,对了,你又是怎么到了这里的?"

小郭满面喜色:"也算是巧啊,我辞职没事,到郑总的电话机公司找那开车的司机朋友玩,正在那聊天,遇到郑总,郑总听说我不干了,什么也没说,就是问我愿意不愿意来龙发旅游开车,我说愿意,郑总说好,你跟我来。郑总带我到楼下,来到这辆新车上,上面还

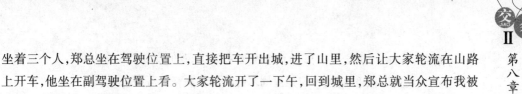

坐着三个人，郑总坐在驾驶位置上，直接把车开出城，进了山里，然后让大家轮流在山路上开车，他坐在副驾驶位置上看。大家轮流开了一下午，回到城里，郑总就当众宣布我被录用了，就这么简单。"

"哈哈。"张伟高兴地对小郭来了一拳，"这么好的消息，为什么不告诉我。"

小郭笑嘻嘻地说："本来我是要给你发短信说的，于董事长不让我说，说到时候要让你大吃一惊。"

张伟很高兴，小郭以这种方式到龙发旅游来，这是最好的解决办法，皆大欢喜。

张伟把小郭的床铺安顿好，然后一起下楼来到办公室。

于琴看着张伟喜滋滋地："小张，这次老郑把你铁兄弟弄过来了，这下你们兄弟俩高兴了吧。"

张伟傻乎乎地咧着嘴巴笑："高兴，高兴。"

郑总微微一笑："老高撵小郭走，我知道是因为你，老高这人什么都好，就是鼠肚鸡肠不好，不能容。小郭的为人和工作我早就听我电话机公司的司机说过，老高不要，我要。我不怕你们两个老乡在一起，你们在一起更好，生活舒心，心情好，工作就好，而且，小郭能对你这个老乡讲义气，重感情，那么我相信他对公司、对老板我也一定能忠诚。"

张伟很感动："谢谢郑总的信任。"

小郭站在张伟旁边老老实实地连连点头。

一会，郑总和于琴还有顾晓华开车走了。

玲玲对小郭说："小郭，一会儿你和我去东兴，去采购办公用品。"

小郭点点头："好的，玲玲姐。"

张伟拉小郭出来，来到昨天晚上他看到的对过竹林里那平地。

小郭很高兴，一来到平地上就来了两个后翻滚。

张伟说："弄个沙袋，再弄两副手套，晚上我们在这里锻炼，多好，又宽敞又僻静。"

小郭连连点头："正好玲玲姐一会要我跟她去东兴采购，我一并买回来。"

张伟说："好啊，那今晚我们就可以活动了。"小郭哈哈大笑。

张伟又说："我们都是初来乍到，凡事小心，不管是做事还是说话，你自己要注意，以后要是有人在旁边讲话不方便的时候，你就用咱家的土话和我说，估计他们得有大半听不懂。"

小郭乐呵呵地点头答应："张哥，我听你的。"

张伟一乐："不能光听我的，工作上要听老板的，工作之外听我的，没听见老板刚才说那话吗？一方面是对我们的信任，另一方面也是在提示我们。不过，老板能如此信任我们，倒也出乎我意料，咱也争口气，好好工作，不能让小南蛮小瞧了咱北方大汉。"

小郭频频点头："我记住了，张哥。"

张伟和小郭从空地出来，张伟对小郭说："对了，王炎离开宁州到东兴去工作了，和她男朋友一起去的，昨天她还说有时间过来看看呢。"

小郭："哈哈……说走我们都走了,都到东兴来了,我们那住处怎么办?"

"保留,反正房租也不贵,回宁州过周末的时候总要有个落脚点啊。"

"那我们还不如到东兴去租房子,以后周末到东兴去过,不回宁州了,反正宁州也没什么人了。"

张伟一听小郭说的有道理啊,可是自己心里总隐隐约约感觉宁州还有点牵扯的东西放不下,至于是什么,他也不愿意去多想。

"先等等吧,等稳定下来再说。"

玲玲带着吴洁和小郭一起去了东兴,要晚上才能回来。

公司里只剩下张伟和于林。

张伟打开电脑看资料。于林坐在对面瞪着张伟。

张伟有些不自在:"小屁孩,老看我干吗?"

"不干吗? 只许你看我,不许我看你啊。"

"我在看电脑,哪里看你了?"

"没说现在,我是说昨天晚上。"

张伟一听有些尴尬:"这……昨天晚上我是无意中看到的,哪里想到你正在换衣服啊。"

于林摇头晃脑:"无意中? 嘿嘿,我看你是早有预谋,我问你,都看到什么了?"

张伟一时语塞:"没……没看到什么啊,就看到你换衣服了。"

"是换保暖内衣还是最里面的内衣?"于林步步紧逼。

"最……最里面。"

"好啊,小坏蛋,我昨晚给你的纸条没说错吧,你竟然看本姑娘换衣,是不是全都看见了? 从实招来。"于林两眼瞪着张伟,佯作生气。

张伟机械地点点头:"是……是啊。"

于林一下子脸红了:"你……你怎么这样,怎么全都看见了?"

张伟一听忙说:"没……没有,我只……对不起,我真不是有意的,回头我就把那缝隙用纸贴上。"

于林"扑哧"又笑了:"不行,你贴上我给你传纸条不方便了。"

张伟:"那你不是怕我看吗?"

于林脸又红了,慢吞吞地说:"谁说怕……怕了,你要是喜欢看……就看吧,不过,不许告诉别人,我只让你一个人看。"

张伟一听,头大了,坏了,这丫头用意不对,别有用意。

张伟眼睛直勾勾看着于林:"你这话什么意思?"

于林大大的眼睛看着张伟:"没什么意思,我喜欢你,我喜欢给你看。"

于林这话落落大方,毫无怯意。

"别，别。"张伟连连摆手，"可别这样，我可看不起，我是有女朋友的人，你不是知道吗？"

于林眼皮一翻："那有什么关系，与我何干？反正我就是喜欢你，嘻嘻。"

张伟："可是，我对你没那感觉。"

于林："我知道，我又没强求你做什么事情，我只是让你知道我喜欢你就行了，至于你有没有女朋友，和女朋友关系如何，与我何干？你现在对我没感觉，没关系，反正咱们有的是时间，只要我对你有感觉，别的都无所谓。"

张伟目瞪口呆，于林这脑袋瓜子里想的事情怎么这么前卫，连王炎都望尘莫及。

于林看着张伟的表情，哈哈一笑："怎么了？傻了？土老帽。"

张伟无语，起身去了宿舍，找了一张厚纸，用胶布把板缝封死了。弄完之后，张伟下楼，却看见于林正趴在院墙上看外面两只狗在交配。

"过来。"于林朝张伟招手，"看这两只狗，好有趣。"

张伟看了一眼："有什么好看的。"

"看，又过来两只狗。"于林大惊小怪起来，"奇怪啊，这里的狗怎么都是瘸腿狗，都是三条腿。"

张伟仔细看了看，还真是，都是三条腿的瘸腿狗。这是怎么回事？张伟又开始留意村里的其他狗，无一例外，都是这样。

摇摇头，张伟进了办公室。

晚上，小郭回来，买来了沙袋和拳击手套。

两人晚饭后，来到空地上吊好沙袋，在月光下，尽兴地捣了一阵，感觉很舒服。于林和吴洁两人嘻嘻哈哈地在旁边看。

小郭捣完沙袋，又给她们俩表演了几个前后空翻，引得于林和吴洁连连惊叹。吴洁用赞赏的眼神看着小郭。

回到宿舍，正要上床，接到了何英的手机短信："你还在宁州还是在山里？"

"山里。"张伟回复。

"哦，进山里了，生活适应吗？"

"还好。"

"小郭辞职了，是被他撺走的。"

"我知道了，小郭也来这里上班了，但是没有任何预谋在里面，也没有人故意挖墙脚。"

"我知道，他越来越不相信外人了，连我都不相信了。"

张伟一时不知道说什么好，半天没有回答。

"我心情很坏，我很孤独，好希望能和你一起说说话，只说说话，好想。"

张伟理解何英的心情，知道她此刻心里的那份孤独和痛苦，可是，自己又能帮助她什么呢？自己又能做些什么来帮助她呢？

张伟斟酌了一下，然后回复："生活不是总能如意，总有些坎坎坷坷，正确对待这些挫折和困难，凡事想开，多往好的方面想，作为朋友，我很愿意帮助你，可是，对于你的问题，我能做的微乎其微，关键你自己要调节好自己的情绪。"

何英："你什么时间回来？"

张伟："周五，元旦和周末一起休了。"

何英："唉，好吧，到时候再联系吧。"

张伟："好的。"

张伟感觉到了何英心里的那份无奈、寂寞、痛苦、孤独……

张伟心里也不好受，何英对自己一直没的说，他很希望何英能快乐和幸福。

张伟心里一声长叹，上床睡觉。

突然，张伟发现板缝刚贴好的纸被戳开了，缝隙依然。

张伟看着被戳开的板缝，摇摇头，这于林怎么像一只发情的小马驹，老纠缠自己干吗？自己明明已经告诉她有女朋友，还是不放松，根本就没当一回事。

张伟总感觉于林属于那种观念极其开放的女人，属于那种杯水主义、享受身体胜于享受心理的女人。

张伟下意识里也希望那种放纵那种享受，是个男人都会喜欢，但是面对现实，又清醒过来，毕竟还要面对道德的约束和社会公共守则的制约。

想到于琴那妩媚勾魂的眼神，难道于林继承了于琴的衣钵？张伟把被子往头上一蒙，爱怎么样就怎么样吧，不去想它。

…………

这两天工作进展比较顺利。

小郭每天总是第一个起床，烧水，擦车，热早饭。

大家起床后，都可以有足够的热水洗脸刷牙，然后吃上热热的早饭。然后，小郭开车送大家去工地。

小郭在公司也不闲着，这边跑跑，那边忙忙，只要看见有活就主动去干。

大家都很喜欢小郭，吴洁也很喜欢小郭，眼神经常跟着他转悠，有事没事地找他搭话。

小童很喜欢吴洁，经常主动帮吴洁干活，吃饭的时候主动帮吴洁盛饭，可惜吴洁每次看见小童那双黑乎乎的手一直不敢接。

小童如此邋遢，公司竟然没有人说他。

张伟实在看不下去，私下和他说了一次："小童，女孩子都喜欢干净整洁的男人，你的个人卫生要注意哦。"

小童不好意思地笑笑："张哥，你说的对，我……我这不是天天去工地，没时间搞卫生嘛。"

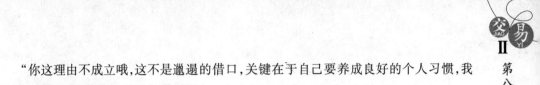

"你这理由不成立哦,这不是邋遢的借口,关键在于自己要养成良好的个人习惯,我这可是为你好才说的。"张伟诚恳地说。

小童连连点头:"张哥,你说的对,我……我注意一点。"之后,小童果然干净了许多,只是胡子依然满脸,乱糟糟的。

张伟有些奇怪,小童年纪轻轻,脸上怎么胡子怎么这么旺盛。

于林没有进一步骚扰张伟,只是每天晚上拉上吴洁看张伟和小郭对练拳击。

郑总每天都过来,然后晚饭后或者傍晚回宁州,都是自己开车。张伟很佩服郑总的精力,也很佩服郑总的吃苦精神。

周五晚上,张伟坐郑总的车回到宁州,带着手提电脑。

山里待了一周,回到宁州,真有一种眼花缭乱的感觉,城市的繁华和喧嚣让张伟体会到了静与动的巨大反差。

正如一个人在都市里生活时间久了,会厌倦都市的鼓噪和尘埃,向往宁静和谐的田园生活;而在与世隔绝的脱俗尘世里生活一段时间,则会向往物质充裕的热闹生活。

刚进屋里,何英的电话就打过来了,声音有些低落:"到了?"

"刚回来。"

"那好,我马上过来。"

"好吧。"

张伟知道自己这样告诉何英,她一定会马上来找自己。张伟其实本打算晚上上网和伞人聊天的,一周没聊天了。不过,听小郭说起何英的情况和那天的短信交谈,张伟知道何英的心情很糟糕,听何英这么一说,心里很是不忍,感觉无法拒绝,就答应了下来。

"吃晚饭了没有?"

"来之前简单吃了一点。"

"我给你带点饭过来。"

"好,带点肉过来,好久没吃肉了。"

张伟这一周在山里天天吃的都是绿色蔬菜,可惜缺油少盐,不见肉片。

"好。"何英在电话里笑了一下:"在山里受苦了,是不是?"

"净废话。"

不知怎的,听到何英一笑,张伟的心里感觉到一丝轻松和宽慰。

张伟看着这个小小的蜗居,空间虽小,却能安身,还能避风雨遮严寒,在这百万人口的都市里,能有这样一处地方,竟自感觉到很安慰。

何英一会就到了,提着一个饭盒。

第九章 心魔难解

几天不见,何英消瘦了许多,眼圈发黑,显得很憔悴。

见到张伟,何英很高兴,忙把饭盒打开:"哎,都是肉,还有鱼,开开荤吧。"张伟这几天还真是被肉馋坏了,毫不客气吃起来。

"你肉欲真强啊。"何英坐在床沿,看着张伟饥不择食的样子,缓缓地说。

张伟一愣神,龇牙一笑:"我怎么听你这话里有话。"

何英温和地看着张伟,笑了笑,没说话,显得很疲倦。

张伟对何英说:"看你精神很憔悴,很疲惫,你上床靠着床背躺一会儿吧。"

何英也正有此意,依言而做。

张伟吃完,何英下床把张伟的残羹收拾干净,给张伟倒了一杯热水,复又上床。

张伟坐在窗前,看着何英的面容和眼神:"怎么搞的?休息不好,睡眠不好,眼圈发黑,成老太太了。"

何英牵强地一笑,拉过张伟的手,轻轻摩挲着:"没怎么,就是休息不大好。"

"是不是和高总又闹别扭了。"

何英点点头。

"闹得很厉害?"

何英又点点头。

张伟叹息一声:"我说,你们这都老夫老妻了,还闹腾什么啊,孩子都有了,好好过日子就是了,别瞎折腾了。"

何英苦苦一笑:"谁不想好好过日子,你以为我想折腾啊,可是……唉!"

张伟看着何英无力和无助的样子,心里突然感觉很不是滋味,这个女人的生活或许以前一直是幸福和顺利的,可是,自从自己出现以后,她的生活开始变得不踏实起来,自己应该是造成这一切的根源。

"对不起,都是因为我,我知道的。"张伟握了握何英的手,歉意地说,"我的出现是一个错误,我是一个不该出现在这里的人,我的出现打乱了你原本平静的生活,破坏了固有的秩序。"

何英看着张伟,嘴唇抿了抿:"这事其实和你没有关系,你不要有什么思想负担……"

"你不用安慰我。"张伟打断何英的话,"我很清楚,自从我出现后,一切都改变了,我是造成这一切的根源。"

何英默默地看着张伟,半天没说话,然后叹了口气:"其实,你把自己高估了,真的,你把自己的作用想象的太大了,我和老高闹别扭,不是因为一个事件,也不是因为一个人物,而是长期以来矛盾和问题的积蓄总爆发,如果说要是因为你的话,那你也顶多是起了一个导火索的作用,或者说是在一个装满炸药的火药桶里扔了一根火柴。"

张伟怔怔地看着何英,一时不知该说什么。

何英:"其实,人都是命,人的幸福或者快乐,痛苦或者悲伤,都是命中注定的,怨不得别人,天生就是这样的命。"

张伟直盯着何英:"性格决定命运。"

"你说的对。"何英对张伟点点头,缓缓地说,"性格决定命运,我今天走到这一步,都是源于我的性格,源于我的命运,在外人看来,有车有钱有房有公司,有脸蛋有青春有身段有追求的男人,我是多么幸福,多么让人羡慕,可是,日子过得怎么样,生活得开不开心,婚姻幸福不幸福,心里苦不苦,只有自己知道,向外人是无法叙说的,说了人家也不会相信。"

"你心里很苦闷,是吗?"

"是的,非常非常郁闷,但我从不向任何人说起,我一直憋闷在自己心里,让自己慢慢去品味,去消化。"

张伟轻轻拍拍何英的手背:"有心里话就说出来,有心事要学会倾诉,不要憋闷在心里,时间久了,精神会更加抑郁。"

何英摇摇头:"我无法倾诉,我没有人可以倾诉,老高不会听我倾诉,我也不愿意向他倾诉,几年来,一直有一个结在我心里,我无法对人诉说,只能一直在心里积压,愈来愈重,愈来愈大,常常压得我夜不成寐,喘不过气,成为我大脑中挥之不去的一个心魔。我知道,我所有的不快乐,都是来源于这个心魔。"

张伟看着何英痛苦的表情,心里突然充满爱怜,把手掌紧贴在何英的脸上,轻轻抚摸着何英的脸庞,温柔地说:"能和我说说吗? 或许,我可以帮你出出主意。"

何英感激地笑笑,又摇摇头:"谢谢你,但是你还年轻,你不明白这些事情的。"

"屁话。"张伟一瞪何英,"你也就比我大个二三岁,在我面前装什么老,说说,说出来即使我帮不上你什么忙,你心里也会好受多了。"

张伟这话一方面是出于对何英的关心,想宽慰宽慰她;另一方面,张伟凭直觉,感到何英的这个心魔很可能是和那个神秘的前老板娘有关,这勾起了他极大的兴趣,因此,极力撺掇何英说说心事。

何英愣愣地看着张伟,神情很专注,又有些犹豫,好像是在琢磨要不要和张伟谈这个事情。

"怎么?不相信我?把我当外人,不愿意和我说说心里话,不说就算,拉倒。"张伟使用激将法,故作不高兴的样子。

这话起到了作用,何英终于下了决心,往床里面靠了靠,拉拉张伟的手:"你不用激我,我哪里会把你当外人,你应该明白我的心,好吧,你上来,我们坐在一起,我从头说给你听。"

何英终于要讲了,张伟有些兴奋,何英的讲述很可能要解开一直围绕自己心头的一些疑问,更重要的是可能会解开前老板娘神秘的面纱。

张伟坐到床头,和何英并肩靠在一起。

何英把身体往下一缩,就势躺在了张伟怀里,把脑袋抵在张伟胸口。

这种姿势让何英感觉很舒服,张伟也没有拒绝。

然后,何英用一种深沉、平缓的语气,带着回忆和迷惘的神情,开始了艰难的陈述……

"其实我是一个善良的人,不然我也不会有这块心病,或者至少可以说我还有一点良知。你刚才说性格决定命运,一点都不错,我的性格决定了我今天的一切,也决定了我的不快乐。我的不快乐,源自于我的婚姻,而我的婚姻,又和一个人紧密相关,而这个人,又和我极有渊源,在我的生命和成长中无法抹去。"

张伟的心提了起来:"这个人是谁?"

"张小波。"

张伟的心放了下来,有些激动,终于谈到她了,这个传奇色彩的前老板娘。

张伟不愿意让何英感觉到自己知道张小波的名字,装作疑惑的口气:"张小波是干吗的?男的还是女的?"

何英抬头看了张伟一眼:"你真不知道?小郭没有和你谈起过?公司里其他人没有和你说起过?"

"真不知道,我和你说过,小郭从不在我面前说别人的私事,公司里其他人我根本就不打交道,更没人和我说这个。"

何英点点头:"也有道理。张小波是女的,我从小一起长大的伙伴,也是我从小学到初中到中专到工作一直在一起的同学、同事,还是……还是中天旅游的创始人,中天旅游的第一任董事长,高强的前妻,老板娘。"

张伟的心里开始像大河一样开始滚滚奔流,不由轻抚着何英的肩膀:"继续讲,慢慢讲。"

"说起张小波,就要从小时候开始说起。我们俩的家都在东兴的一个偏僻小镇上,张小波的父亲身体体弱多病,母亲没有工作,还有三个孩子,家庭经济一直很困难,我家是镇上的干部家庭,父亲在镇政府工作,我又是独生女,条件自然比她优越得多。

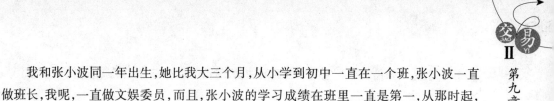

　　我和张小波同一年出生,她比我大三个月,从小学到初中一直在一个班,张小波一直做班长,我呢,一直做文娱委员,而且,张小波的学习成绩在班里一直是第一,从那时起,我心里就一直不服气,一心想超过她,可是,始终未能如愿。

　　张小波对我很好,学习上经常帮助我,我表面上也对她很友善,可是,心里却常常有一种妒忌和不平衡的感觉在作怪。初中毕业时,张小波毕业会考成绩全市第三,本来是保送上东兴一中的,可是她家里经济困难,为了照料弟弟妹妹,及早就业解决家庭困难,她放弃了上高中的机会,坚持报考了市里的旅游中专学校。

　　我正好也厌倦了学习,也报了同一所学校,并和张小波都被录取在同一个班里。上了中专以后,我们俩在一个宿舍,上下铺,她仍然担任班里的班长,我还是文娱委员,随着年龄的增长,我们俩都发育得很快,出落得越来越漂亮,成为全校的两朵校花,成为众多男生瞩目的对象。可是,在所有人眼里,在提起我们俩的时候,总会第一个提起张小波,然后才是何英,我仍然在她后面。在被虚荣光环笼罩的同时,我的心里不时会感到失落和失衡。"

　　随着何英的讲述,一个苦难中坚强站立起来的美丽女孩出现在张伟的脑海,这女孩的眼神带有一种稚气和坚毅,还有淡淡的忧郁和深邃——

　　毕业后我们一起去东兴国旅应聘,一起被录取,开始做导游。从小到大,除了家庭环境的优越之外,我一直生活在张小波的阴影下,虽然张小波没有觉察什么,虽然我们俩关系一直很好,在外人眼里是两朵姊妹花,可是,在我的心里,一直不服气,一直想超越她,不管在哪一方面,都想超越她。

　　因此,工作后,我暗暗把她作为我比较的对象,比学赶帮超,无一不是以她为标准。我们俩的工作都很出色,不论是做全陪还是做地陪,不论是带飞机团还是带汽车团,都得到客人的肯定和赞扬,公司领导也经常表扬我们。

　　可是,仍然让我感到心里郁郁难平的是,每一次公司的先进和褒奖,张小波依然排在我前面,就是奖金,也比我多,哪怕是只多一点点。表面上我们俩依然是好姐妹,她对我很照顾,我也对她很热乎,可是我心里的那种因为不能超越而引发的痛苦感却越来越强烈。

　　"这就是你的性格里面妒忌的成分在滋长,当然,也可以说是争强好胜,不甘人下。"张伟插了一句。

　　何英点点头:"也可以这么说,一方面,我和张小波关系很好,她把我当自己妹妹看,我把她当姐姐,别人也都说我们俩像一对亲姐妹,可是,从另一个方面来讲,我对她是既羡慕,又妒忌,有时候恨老天不公,为什么她处处都要比我强。"

　　张伟感觉有些冷,把被子往上拉了拉,把室内的灯关掉。

　　两人笼罩在一片黑暗之中,依偎在一起。

　　隔壁的青年男女开始欢度周末,床板有节奏的吱嘎声音和女人压抑的呻吟传入耳中。

可是,此刻张伟没有丝毫的那方面的冲动,何英也没有冲动的感觉,静静地和张伟靠在一起。

黑暗中,两人沉默了。

良久,张伟轻轻地问了一句:"后来呢?"

"后来。"何英的声音在黑暗中显得悠远而沧桑,"后来因为我们俩工作都很出色,都得到了升迁,分别提拔为导游一部和二部的经理。"

张伟点点头:"不错,你们终于平行前进了。"

何英往张伟怀里靠了靠:"可是,张小波是一部的经理,我是二部的经理,那时,我心里那个别扭啊,她是一我是二,我还在她后面。"

张伟有些好笑:"为什么你一定要和她争个你高我低,为什么你一定要压过她呢?"

何英幽幽地说:"我也说不清楚,反正心里就是这种怪怪的感觉,任何事,再好,只要是在她后面,心里就高兴不起来,心里就嫉妒得难受,即使张小波对我再好,即使我们俩表面亲如姐妹。"

张伟沉默了一会儿,然后说:"女人哪,总是这样,喜欢攀比,喜欢虚荣,我看不仅仅因为是嫉妒,更重要的原因是因为你的虚荣和虚伪。"

何英没有反驳,算是默认。

张伟突然感觉话说得有些过分和刻薄,轻轻抚摸着何英的头发:"继续你的故事。"

"那时,我们俩是国旅的两只花,我们两个导游部,一部负责全陪,二部负责地接,在东兴旅游界是两只王牌导游队伍。张小波的队伍天天陪客人在全国各地飞来飞去,我的队伍天天在当地接团,一个打外,一个主内。

张小波每次带团回来,都会给我带各种小礼品,或者带一件漂亮衣服。做全陪导游,除了导游费,还有额外补贴,有餐扣房扣,还可以在门票上捣鼓一些动静,还可以饱览各地名胜风光;而地接导游,除了导游服务费,什么都没有,还只能天天在当地几个景区逛游。所以我表面上仍旧和张小波谈笑风生,心里的不平衡感却越来越强烈。年底,全省十大金牌导游评选,张小波榜上有名,我却名落孙山。"

张伟听了心里感到有些紧,何英讲得太实在了,太符合她的性格,不仅仅喜欢和女人比,在男女关系上还喜欢吃醋,这一点自己经常能够领教。

讲到这里,何英突然变得有些烦躁,拉过被子猛地盖到头上。

"怎么了?"张伟掀开被子问。

"烦人呢。"何英轻轻敲了下木板墙。

原来是隔壁两边持续不断的吱嘎声和女人的呻吟让何英受不了了。

张伟对此早已习惯,于是躺下来,把被子蒙到两人头上,在被窝里瓮声瓮气地对何英说:"这样就听不见了。"

何英把身体贴到张伟身体上,不安地扭动着,搂着张伟的脖子,嘴巴贴在张伟耳边,悄悄说道："静静的黑夜里，只有我们，这是我们两个人的世界。"

张伟分明感觉到何英的胸脯紧紧挤压在自己身体上带来的感觉，还有何英的手在不安分地摸索……

张伟知道何英动情了。

张伟也有些按捺不住，身体有些发热，不过，此刻他更想听何英的讲述，讲述她和前老板娘张小波的前尘往事。

何英翻身趴到张伟身上，在张伟的脖子、脸上轻轻地吻着，最后把柔软的嘴唇停留在张伟的唇边，温柔而有力地吮吸……

张伟伸手阻止了何英，又把脸扭向一边。

何英停住了，所有的动作都停止了，沉默了一会儿，突然叹了一口气，翻身下来。

第十章 揭开面纱

张伟知道何英短暂的情绪过去了，把被子拉开，又坐起来："继续往下讲，我在认真听呢，别分心。"

何英把脑袋放到张伟的腹部，枕在张伟的腿上："你好像对我和张小波的故事很感兴趣。"

张伟打个哈哈："呵呵，是的，我这人天生好奇，不过，听你讲述这个故事，关键是还可以能够更深层次地了解你，了解一个真实的你，特别是你的性格，你不希望我全面了解你吗？"

"当然希望，不管你以后喜欢不喜欢我，理不理我，我都会让你了解一个真实的我，我不想让自己再生活在套子中了。"

"这就对了，那好，继续说。"

"参加工作后的几年，我处处和张小波暗地里争高低，而她全然不晓，因为我表面上什么也不讲，什么也不说，只在心里暗暗较劲。不过，也有一个事，我没和她比较。"

"什么事？"

"她毕业后就参加了自学考试，先后拿下了大专和本科文凭，这事儿我没有参与，自学考试文凭太难拿了，我直接报名去上了市委党校办的大专学历班，学习不用去，考试走过场，也算弄了个大专文凭。"

张伟一听笑了："这攀比那攀比，学习下功夫的事你怎么不攀比了？'五大'中，自学考试的学历是最硬的，考试最严格，也最难拿，但也最显真功夫。"

何英在黑暗中也笑了："我知道自己没那毅力，下不了那功夫，所以，我的心里一方面充满嫉妒，一方面又不得不佩服她。"

张伟点点头："你这么一说，我倒也是很佩服她，对于善于学习努力学习的人，我向来是很佩服的。"

隔壁的动静结束了，偃旗息鼓，四周陷入一片寂静，远处传来汽车的喇叭声。

何英也坐起来，靠在床头，看着小小半扇窗口里透进来的月光，还有天上寂寞的星星。

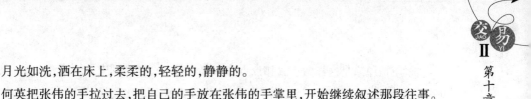

月光如洗，洒在床上，柔柔的，轻轻的，静静的。

何英把张伟的手拉过去，把自己的手放在张伟的手掌里，开始继续叙述那段往事。

"后来，一个男人的出现，打乱了所有的秩序和平静。"

"高强。"

"对，高强。高强本来是青旅的导游部经理，后来被国旅的老总挖过来，任副总兼营销部经理。高强那时三十五岁左右，相貌英俊，风流倜傥，成熟稳重，谈吐潇洒，经验丰富，又是个单身，典型的钻石王老五。"

张伟忍不住插了一句："呵呵，对一个男人最好的评价语都让你用上了。"

何英微微一笑："不是夸张，不要拿今日之高强去想象那时之高强，那时，高强的确是春风得意，众人注目，很惹人眼球。"

"然后呢？"

"高强的到来，一下子吸引了公司众多女孩子的目光，也包括我。公司那些女孩子，经常打着这样或者那样的借口，去接近高强，想博得他的关注。"

"也包括张小波？"

"不，没有她。张小波那时除了工作，就是去医院照料她生病的爸爸，照顾家庭，很少和公司同事业余时间一起嬉闹，更别说谈情说爱。"

"哦，你那时就开始关注高强了？"

"不是关注，是喜欢，或者说是疯狂地喜欢上了他。成熟稳重、事业有成就的男人总是很容易博得年轻女孩子的芳心，不是吗？"

张伟点点头："可以理解。"

"可是，那时我毕竟是女孩子，思想虽然开放，也不敢太大胆，只能若隐若现地给他以暗示，找各种借口和理由接近他，我那时很有信心，公司里其他追求高强的女孩子，没有一个能和我比的，无论是外貌还是气质，无论是地位还是能力。"

张伟："老高很幸福啊，这么多女孩子都青睐他，比我现在还爽。"

何英拍了张伟一巴掌："男人有时候就是贱，你越追着他，他越不知道珍惜，这么多追求他的女人，高强都没有看中，却偏偏瞄上了张小波。我多次下班后邀请他去吃饭或者看电影，他都婉言推脱，不是这事就是那事。

他也鬼得很，精通博得女孩子欢心的办法。他不去追张小波，却在她生病的父亲身上下功夫。只要张小波出发，他一准天天去医院，打着公司同事的名义，送饭送水，端屎端尿，跑前跑后，医院不知情的人都夸张小波的爸爸有个好儿子。一来二去，张小波的爸爸妈妈对高强赞不绝口，越看越喜欢，张小波对高强也由感激而生好感，在双方父母的大力支持下，两人逐渐走到了一起，然后定亲、结婚，之后两人双双辞职，来到宁州，创办了中天旅游……"

"哦,事情原来是这样的。"张伟点点头,"那你是怎么样来到中天的?"

"他们的结合,让我痛不欲生,我不明白,为什么她总是比我强,为什么我总要生活在她的阴影里,虽然婚礼上我做了她的伴娘,封了重礼,可是,我的心却一直在流血,我的祝福的笑容背后是深深的嫉恨。

他们辞职去宁州创办中天之后,我也无心在东兴国旅工作,整天像掉了魂。正好中天创办初期缺人,到处招聘得力人才,张小波和高强向我发出了邀请,于是,我顺水推舟,怀着难以名状的心情和复杂的动机来到了中天旅游。中天旅游的创办资金来自于张小波和高强的积蓄,其中大多是张小波攒下的钱,高强做业务虽然赚钱不少,但花钱大手大脚,根本没有什么节余。

中天成立伊始,张小波做董事长,高强做总经理,我做副总经理兼导游部经理。就这样,开始了我们3个人在中天旅游的创业史。说良心话,中天的根基是张小波打下的,不仅仅因为投资大多是她的,更主要是公司业务的开展和队伍的组建,她亲自招齐配备好计调、营销、导游队伍,对新人员手把手教授,亲自带业务员出去跑,一家一家去跑客户,推销产品,做售后服务。要是没有她当初打下的基础,在强手如林、竞争激烈的宁州,根本就没有中天立足的地方。"

张伟聚精会神地听着。

"看到他们两人的感情一直很平稳,随着工作的开展和时间的推移,我的心也渐渐死了,专心致志做自己的工作,也不愿意再去考虑这些,直到后来出了一件事情。"

"什么事情?"张伟有些急不可待。

"在公司创立的第二年,张小波怀孕了。那时,公司的形势已经很好了,业务量飞速增长,客户群日益稳定,在宁州已经打出了很响的品牌,张小波也可以稍微放松一下。高强是独子,家里三代单传,张小波怀孕的消息让高强一家欣喜若狂,婆婆亲自赶来照料儿媳妇,让她平时在家多休息调养。

这样,公司日常的工作就是我和高强打理,张小波有时候也偶尔会来公司转悠转悠。和高强待的时间久了,我心里慢慢又动了心思,那种久违的感觉又开始在心里蠢蠢欲动。高强呢,妻子一怀孕,两人过夫妻生活的次数大大减少,正值年轻气盛的他也时不时会用一种异样的眼神打量我的脸蛋和胸脯。"

"高强不是个半残废吗?怎么还能做那事?"

"他那事不行是最近半年才有的,以前他可是生龙活虎,厉害着呢。"

"你们然后就开始了偷情?"

"是的,在一次去杭州出差的路上,我和他坐在后排,我晕车,靠在他身上,他把手伸进了我的胸脯,我没有拒绝……虽然我一直告诉自己,这样做是不对的,可是,心里压抑多年的那种感觉却又促使我一步步走下去,而且,我那时确实是喜欢高强的。到了杭州,我们俩就住进了宾馆,然后就开始了第一夜……"

"然后就一发不可收拾,是不是?"

何英点点头:"然后,就像决了口子的河流,一发不可收,我那时心里虽然充满了愧疚和不安,可是,很快就被占有后的满足和报复的快感所充斥,我感觉自己和高强的关系是在找寻从前的失去,是对从前的补偿,而且,心里还有一种报复的感觉。

那时,我没有想得更多,也不敢想得更多,只是想能够维持这种关系,不被发觉,也就足够了。我和高强那时很放纵,车里、办公室、宾馆、公园、野外、海边,到处都留下了我们风流快活的行踪,更多的是在公司员工下班后的办公室里,在沙发上,在办公桌上,在卫生间里,高强和我肆意放纵……直到一个大雨倾盆的夜晚……"

"怎么了?"

"那是一个周末的夜晚,天气预报有台风,外面狂风大作,大雨倾盆,公司员工都下班了。高强打电话回家说在公司加班,要晚回去。然后,把公司的门锁上,我们俩在公司接待室的沙发上,开始了新一轮的疯狂和放纵……正在忘乎所以的时候,张小波突然进来了,提着饭盒,看见了我们不堪入目的一幕……"

张伟屏住了呼吸:"继续说。"

"当时我和老高都呆住了,张小波有公司的钥匙,她可以直接开门进来的。张小波呆呆地看着这一幕,突然尖利地大叫一声,扔掉饭盒,冲进了狂风暴雨之中……第二天,我听说她住院,发高烧,而且流产了,那时,她怀孕正好四个月。

她是在风雨中横过马路的时候,被一辆摩托车撞倒,司机肇事逃跑,她在雨中昏迷躺了半个多小时,被一辆过路的汽车送到医院。躺在医院里,整整半个月,张小波没有说一句话。高强天天在医院里赔不是,发誓赌咒,她都一句话不说。我想去医院看她,可是,我没有那个脸,我那段时间想死的心都有,我没有料到会出现这种情况。"

"可以理解她心里所受的重创,一个是最亲密的爱人,一个是最亲密的闺友,两人同时背叛了自己,双重打击,换了谁也无法承受。"张伟叹息着说。

"是的,从那时起,我的心里就开始种下了心魔的种子,我的心灵就开始承受巨大的自责和愧疚,但是,个人的私心和对爱情物欲的追求也会时常在心里滋生。出院后,张小波直截了当和高强提出了离婚,没有任何商量的余地。

我去找了张小波,我痛哭流涕,向她道歉,并请她不要离婚,我选择离开。张小波却显得异常冷静,没有骂我,甚至连指责的话都没有,只说了一句话'我一直把你当做自己的妹妹,既然你喜欢他,我成全你。'"

张伟心里一震,看着何英。

何英继续说:"那一刻,我无地自容,我都不知道自己是怎样离开的,我下了决心,抓紧把公司的事务安排好,然后离开这里。可是,我还没有来得及离开,只几天的时间,张小波和高强离婚了,连财产分割都弄完了。之后,张小波就离开了宁州,我们再也没有联系过。

那次见面,成了我和她到现在为止的最后一次会见。张小波离开后,我也心灰意冷,心如死灰,打算离开中天。这时,高强苦苦劝我留下来,他知道张小波走了,中天塌了半边天,我要是再走了,公司就整个塌落了。

何去何从,我心里左右为难,一直渴望的男人就在眼前,一直不能超越的对手离去了,自己还要怎么着? 正在我犹豫期间,意外发现自己怀孕了。不用说,这个孩子是高强的。高强知道后,对我大献殷勤,极力劝阻我不要去做人流,并保证说马上和我结婚,而且,把公司的法人变更到我的名下。

应该说,人都是有私欲的,那一阵,我的私欲占了上风,加上有了孩子,还有更大的物质利诱,于是,我答应了高强,于是……"

"于是,就有了中天新的女董事长,于是,就有了你和高强的今天,是不是?"张伟感到很窒息。

"是的,我终于拥有了我想要的东西,我终于战胜了多年来从未逾越的对手。可是,我却没有了任何愉悦和快感,没有了想象中的开心和快乐,相反,心里的那个心魔却一直盘旋在内心深处,越来越大,无法将它挥去。

而且,通过这个事情,我也看透了高强,我知道,高强和我结婚,并不是因为他多么爱我,而是因为我有了孩子,而是因为我对公司的发展有不可替代的作用。其实,他心里一直还装着张小波,多少次在梦里,我都被他的梦呓惊醒,他一直在叫着她的名字。

更让我难以忍受的是,在我们俩过夫妻生活的时候,他还常常在高潮时喊出她的名字。我终于明白,我得到的是一具躯壳,无论从肉体还是从精神,我都是她的替代品,一个寄托。

我知道,高强这几年可能一直没断了和张小波的联系,只是在瞒着我,我知道他真正爱的人还是张小波。我自以为自己得到的东西,其实只是一个虚无,我并没有战胜张小波,即使她已经离去,我仍时时生活在她的阴影里。"

张伟心里很不是滋味,默默无语。

张小波在张伟眼里一直是一个谜,一个传奇人物,一个蒙着面纱的神秘美女,今天听了何英的叙述,张伟感到心里很震撼,很震惊,原来,在这传奇美女的背后,竟有这样一段悱恻的爱恨,竟有这样一段凄婉的故事。

一时,张小波让张伟感觉一方面有些清晰,而另一方面却愈发神秘。

何英继续说:"其实,和高强结婚后不久,我就发现我们已经貌合神离,也可以说同床异梦,和他在一起,听到的却是另一个女人的名字,我心里会是什么滋味。我们夫妻生活的质量急剧下滑,虽然大家都努力想弥补,甚至于利用了你的作用,可是收效甚微。

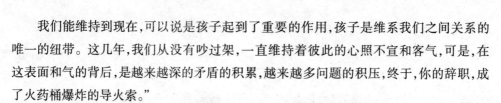

　　我们能维持到现在,可以说是孩子起到了重要的作用,孩子是维系我们之间关系的唯一的纽带。这几年,我们从没有吵过架,一直维持着彼此的心照不宣和客气,可是,在这表面和气的背后,是越来越深的矛盾的积累,越来越多问题的积压,终于,你的辞职,成了火药桶爆炸的导火索。"

　　张伟点点头:"我终于明白了,我终于理解了你的很多行为和想法,每个人在自己的一生中都会走错路,做错事,可是,只要自己能认识到,能改正,仍不失为一个好人。"

　　何英凄凉一笑:"我认识到了吗? 我认识得到位吗? 我能改正吗? 我有机会去改正吗? 江山易改,本性难移,我虽然能认识到自己的某些错误,我虽然能局部地检讨自己,可是,我仍有私欲,我仍有妒忌之心,我仍然会吃醋,吃高强的醋,吃你的醋,我知道,我废了,我无可救药,我是一个无可救药的坏女人。"

第十一章 悲欢离合

"不,别这样说。"张伟揽过何英的肩膀:"在我眼里,你是一个好人,一个好女人。"

"真的?"何英看着张伟,黑夜中的眼睛格外明亮:"你真的这样认为我?"

"真的。"张伟诚恳地点点头:"人不为己,天诛地灭,你有私欲,这很正常,谁不为自己打算? 谁不为自己着想? 只要不再去伤害别人,不损害别人的利益,就不失为一个好人。"

"谢谢你。"何英感动地看着张伟:"谢谢你这样看我,我现在终于想明白了,有钱并不代表拥有一切,真正的幸福不是金钱可以买来的,真正幸福的婚姻不是金钱可以支撑,也不是孩子可以维系的,真正幸福的爱情在于两人的相知相融、心心相印、不离不弃、同甘苦,共患难,我想,我应该有自己的生活,我应该去找寻自己真正的爱情。"

张伟拍拍何英的肩膀:"其实,我应该谢谢你,谢谢你对我的信任,告诉我这么多事情,告诉我你心里的声音。人的理想往往高于现实,往往会对生活,包括婚姻,有超出现实的梦想和追求,只要别有太高的奢望,立足于现实生活,你就会幸福,就会满足,所谓知足常乐。

你和老高已经走了这么久,已经有了孩子,已经有个共同的事业,还是走下去吧,不要有别的想法了,你不是曾经和我说过,当爱情走到了婚姻,爱情不见了,取而代之的是责任和习惯,这就是说,要学会认命,或者就像我们今晚刚开始说的,人就是命,性格决定命运。"

何英摇摇头:"那是对生活和现实的妥协,对命运的屈服,对自己未来抗争的放弃,我这几天反复考虑,我还年轻,我应该有我自己的生活,应该有真正幸福快乐的爱情。"

"你这么说我无话可说,因为这是你自己的事情,是你在为自己做出抉择,但是,我奉送你一句话。"

"说。"

"凡事三思而后行。刚才该说的我都说了,该讲的也都讲了,命运和未来把握在你自己手里,不可儿戏。"

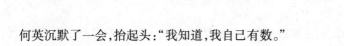

何英沉默了一会,抬起头:"我知道,我自己有数。"

"那就好。"

然后,两人都沉默了。

夜很静,两人各自想着心事。

何英轻轻地靠在张伟肩头,梦呓一般问到:"你喜欢我不?"

张伟一怔,记不清这是何英第几次问自己这个问题了。

张伟没有回答,他不想再故意刺激她,毕竟这个女人没有对不住自己的地方。

"我知道,你又会告诉我,说只喜欢我的肉体,或者会说现在连我的肉体也不喜欢了,是不是?"何英幽幽地说着,有些伤感,"我们的契约时间马上就要到了,以后你就自由了,以后就不用担心我再来烦你了。"

张伟感觉到何英内心深处深深的悲伤,有些感动,轻轻地对何英说:"我给你说句掏心窝的话,我以前说只喜欢你的肉体,是因为我不想让你有什么想法,不想给你留下幻想的余地,因为你有家,有丈夫,我们之间是不可能的事情。

其实,我并不讨厌你,虽然我对你没有那种感情,虽然我没有说出来,但是,我从心里感觉你是个不错的女人,我从心里感谢你对我的付出,对我的好,不管你以前做过什么,不管你对别人怎么样,你对我,却是无可挑剔的,无微不至,真心付出,我是很明白的,我是很明白你的心的。以后,我会从心里把你当做我的好朋友,当做那种充满亲情和友情的好朋友。"

何英转身扑到张伟怀里,泪光盈盈:"冤家,今天你终于说出了心里话,你终于明白了我的心。我知道,我是有夫之妇,我没有资格去追求爱情,这会为社会公德所不容。可是,如果我要是自由之身,我便可以自由追求我爱的男人,寻找我自己心中的爱情。"

张伟一愣:"你这话什么意思?"

何英紧紧拥着张伟:"没什么意思,时间会证明一切。"

"时间证明什么一切?你别做傻事啊。"

何英没说话,突然看着张伟问:"那个陈瑶……东兴的那个陈瑶,和你到底是什么关系?"

张伟一怔:"这会儿你怎么想起她来了,什么关系也没有,就是普普通通的同行啊。"

何英装作满不在乎的样子:"有关系就有关系呗,说出来怕什么,我又不干涉你,再说,咱也没资格干涉啊。"

说完,何英紧盯着张伟的眼睛。

张伟急了:"我和她真的没什么关系,骗人是王八,你天天净乱琢磨,刚和你说完这些事,我看你毛病又犯了。"

何英放心了,嘻嘻一笑,把嘴唇贴到张伟耳边,边亲吻边轻轻说道:"人家这不是江山易改,本性难移嘛,总要慢慢地改正吧。"

张伟被弄得浑身发痒,可又不敢放纵自己的情绪,拿过手机看看时间:"五点了,天快亮了,抓紧睡会儿觉,困死了。"

张伟这才感觉困意袭来,浑身乏力。何英心有不甘,问张伟:"你怎么说困就困?"

张伟身子一缩进了被窝:"哎……天天在山里奔波,没得到休息的机会,能不累吗?"

何英的身体在张伟的身上蹭着,手也不安分起来,呼吸渐渐急促:"我就不相信,你真能做个柳下惠,我就不相信,这世界上还有不吃腥的猫。"

张伟当然不是柳下惠,更不是不吃腥的猫。

应该承认,何英是一个极具诱惑力的少妇,那种火热的情和柔嫩的躯体,还有妩媚的风韵,无不在撩拨着张伟那颗干渴饥旱的心。

但是,张伟一直在克制着自己,一直在说服自己,一直在警戒自己,不要去触碰没有感情的关系,不要为一时的欢愉而放纵自己,不能辜负伞人姐姐的期望,不能再让何英有幻想的余地。

张伟感觉自己好难,既要防止越线,又要协调好何英,还要遏制住身体内部不断汹涌的生理渴求。

张伟已经成功地抵挡住了好几次诱惑,来自何英的诱惑,来自王炎的诱惑,甚至于来自于林的诱惑。

可是,人非草木,孰能无情? 面对何英一次次汹涌澎湃的感情和亲情加友情的猛烈冲击,面对成熟少妇美丽酮体的炫目诱惑,张伟的防线在逐渐后退,在逐渐濒于崩溃。

何英在张伟耳朵、脖子上轻轻地亲吻着,像一只温柔的小猫,胸脯在张伟的胸脯上轻柔地摩擦……

何英急促地喘气,在张伟耳边轻轻地说:"我喜欢你,小男人,我喜欢在这个黑暗的环境里和你……"

"这是我们的天地,这里没有任何人来干扰我们,来惊动我们……"何英继续说道,边用牙齿轻轻地在张伟的耳廓、脖颈处轻轻咬着。

张伟没有说话,没有主动迎合,也没有阻止何英,胸脯剧烈起伏起来。

"在我眼里,你是一个优秀的男人,各方面都无比优秀的男人,在我见过的男人中,你是最棒的……"何英在张伟的耳边窃窃私语,双手轻轻解开张伟的衣服,在张伟健壮的身体外表游动。

张伟仍然没有动,没有迎合,也没有阻止。

何英呢喃着除下自己的衣服,身体在张伟的身体上摩擦揉动,深情地吻着张伟的唇、脖颈、胸脯……

张伟眉头紧皱,牙根紧咬,胸口剧烈起伏起来……

张伟感觉自己身体内部一团火在灼烧,越烧越旺。这团火,烧得自己从心到肝到肺都在沸腾,从大脑到身体都在战栗,从神经主干到神经末梢都在激烈狂舞……

张伟紧闭双眼,使劲攥紧了双拳,想让自己大脑变得清醒,想让自己把心中的魔鬼驱走。

可是,在如水的温柔下,在本能的驱使中,在似火的渴求里,张伟的努力变得徒劳无益。

张伟感觉自己的身体在慢慢飘浮起来,如同在云朵里,脚下很空,又似乎在太空中,轻轻柔柔,失重状态,整个身体就像躺在棉花团里,被一团火簇拥……

张伟恍恍惚惚中感觉眼前出现了伞人姐姐的背影,那背影是如此的熟悉,却又那样的陌生,若隐若现,忽远忽近……

张伟忽而又感觉伞人姐姐在自己耳畔温柔地私语,轻轻地吟唱:"网上一个你,网上一个我,网上你的温柔我就犯了错,网上的情缘也卿卿我我,爱一场梦一场谁能躲得过……"

张伟心里涌出无边的感动,现实和虚拟真的可以重合,真的可以交融了……

"网上我们没有过一句承诺,点击你的名字发送我的快乐,接收吧,接收吧,爱的花朵……"

张伟陶醉了,感觉伞人姐姐的发梢触摸到自己的耳朵、脖颈,痒痒的。

"轻轻地告诉你我是真的爱过,你曾经真真切切闯进我生活,不见你的时候我情绪低落,只有你能刷新我的寂寞……"

张伟迷醉了,感觉伞人姐姐的声音是如此的润滑亲切,柔润动听。

"轻轻地告诉你我是真的爱过,你的哭你的笑深深牵动着我,你总说这真真假假难以捉摸……"

张伟感觉伞人姐姐的脸庞轻轻贴在自己脸上,滑嫩而温暖,他想睁开眼睛看看伞人姐姐。

可是,伞人姐姐把柔柔嫩嫩滑滑的纤手覆盖在自己眼睛上,随即轻轻地把火热滚烫的唇轻轻在自己额头、眼睛、鼻子上滑动,最后停留在自己的唇边,然后轻轻地压下来……

张伟放弃了睁眼的试图,放弃了内心的抗争,姐姐,让温柔来得更汹涌澎湃些吧,让热情似火一般灼热吧。

伞人姐姐,我爱你,我真真切切地爱你!

让我们的爱从灵魂到肉体一起升华吧!

张伟贪婪地吮吸着伞人姐姐,爱怜地抚慰着伞人姐姐,极力地汲取着……月亮害羞得躲进了云层,黑夜变得无边而热烈,空气变得暧昧而冲动,空间变得狭小而疯狂……

时间仿佛停滞,现实变得荒芜,大脑一片麻木,幻觉充斥心灵,一切都颠倒了,一切都在天旋地转。

…………

终于,一切都结束了。

大汗淋淋的张伟在迷幻和幸福中沉沉睡去,睡得很沉,不省人事。

当张伟再次醒来,房间里光线依然昏暗,窗帘拉着,透进一丝光线。

张伟摇摇脑袋,一摸旁边,是空的,人呢?

昨晚自己干了些什么?张伟努力去回想,可怎么也想不起来。

何英哪里去了?

张伟坐起来开开灯,穿上衣服,看到床头上放着一张纸条:"亲爱的,公司有事,我先走了,饭我弄好了,在电脑桌上,起床后记得热一下再吃。谢谢你。阿英。"

张伟一看,电脑桌上放着一个砂锅,打开一看,甲鱼汤,还温热。看来何英刚走不久。

张伟有些发怔,揉揉头皮,晃晃脑袋,昨晚自己和何英干吗了?难道是……

可是,自己明明感觉是和伞人姐姐在梦中相会啊。

昨晚自己和伞人姐姐的感觉究竟是在梦里的虚幻还是现实中的借壳?

自己和何英以往每次做完后都会失落迷惘,惆怅寂寥,痛苦郁闷,不错,昨晚自己是有高潮释放的淋漓尽致感,但之后的感觉很幸福温暖充实满足,睡得很深很沉很踏实。

那么,自己究竟有没有和何英欢爱呢?还是把何英的身体臆想成伞人姐姐,又一次借壳欢爱呢?

张伟想得头疼,索性不再琢磨,先填饱肚子再说。

吃过饭,看看时间,已经是下午四点了,一天就这么过来了。浑浑噩噩,混混沌沌,无所事事,有点颓废的感觉。

想起来今天是元旦,新的一年开始了,自己又长了一岁,二十九了。时间过得真快,一眨眼一年过去了。

给家里打了个电话,问候一下父母双亲。

县里搞村村通,家里最近安装了电话,联系方便多了。

爸爸已经出院回家,身体恢复得很好,妈妈身体也很好。张伟放心了,亲人的平安是游子最大的宽慰。

快春节了,妈妈问张伟何时回家。

张伟还没有决定回不回去,总感觉自己一事无成,回去也灰溜溜的,没有什么可以回报双亲。

张伟告诉妈妈,看单位情况,看放假的时间,再行决定。

妈妈说她和爸爸都盼着他回家过年,让他放假一定回来,然后又说还要带个女朋友回来。

张伟突然感觉到有压力,对妈妈说自己知道了,然后挂了电话。

张伟理解父母的心情,在他们那个地方,村里和他一般大的早就结婚,孩子都已经会打酱油了,又加上自己是独子,爸爸妈妈当然要着急了。

张伟是个孝子,孝敬爸爸妈妈是他心中的至高之礼,他从来认为,一个不孝顺父母的人也不会是一个对社会对他人有责任的人,这样的人永远也不能做朋友。

张伟不想让爸爸妈妈失望,可心里又有点无奈,这媳妇又不是大街上的小姐,随便就可以找的。

张伟决定这事先放放再说。

张伟弄了一个新年祝贺短信,搞群发,分别发给王炎、郑总、于琴、顾晓华、徐君、中天以前的同事还有现在公司的其他同事,最后又加上了何英和高强。

发出去之后,才想起自己没有陈瑶的电话号码,竟无法向陈瑶致以新年的问候。

何英很快把电话打了过来,电话里精神很好:"新年好!你起床了?"

"嗯。"张伟答应了一声,"你在哪?"

"我在公司,来了一个客户,刚接待完,给你炖的甲鱼汤吃了吗?"

"吃了,谢谢你。"

"毛病啊你,谢谢谁呢?还把我当外人,今天天气很冷,你在屋子里不要出来了,下班忙完我带饭过去。"

"那好吧。"张伟正好有几个疑问要问何英:"你几点来?"

"大约七点多钟的样子吧。"

"好。"

放下电话,张伟感觉精神很好,身体感觉也不错,很久没有这种感觉了。

张伟知道,黎明黑暗中的那一场梦境应该是真实的欢爱,只不过是一场错爱,是发生在何英身体上和伞人姐姐的一场错爱。不然,自己何以会有如此愉悦如此清爽的感觉。

一时,张伟的心情感觉很复杂,不知是对不住何英还是对不住伞人姐姐。

她已经被高强当做了张小波的躯壳,如果何英知道自己又一次被人当做另一个虚幻女人的替代品,把她当做一具借用的躯壳,她会怎么想?

如果伞人姐姐知道……

张伟冥思苦想,左右为难。

自己和何英在做那事的时候,脑子里充斥的全部是伞人的影子,虽然模糊,但很确定。在整个过程中,自己身心得到了巨大的满足,从没有过的满足,同时,心里对伞人姐姐的那份浓郁的感情也愈加弥坚,对伞人姐姐的那份眷恋也愈加深厚,感觉和伞人姐姐的心紧紧地贴在了一起。

第十二章 相逢一笑

张伟心里涌起对伞人的强烈思念,迅速打开电脑,登录 QQ。

今天是元旦,姐姐也放假了。

"张董事长,新年好。"

刚登陆,伞人就来了一句新年问候。

"新年好,姐姐,祝你全家新年都好。"

"谢谢张董事长关心,也代问你爸爸妈妈好,还有你未来的媳妇好。"

"呵呵,我刚给家里打完电话,家里一切平安,至于媳妇,我还正犯愁呢?"

"怎么?"

"我老妈让我春节回家过年的时候带个媳妇回去,这玩意哪能这么容易啊,你至今连面都不和我见。"

伞人:"你这话什么意思?"

张伟:"我未来的媳妇就是你啊。"

伞人敲击着张伟的脑袋:"我答应了吗?"

张伟嬉皮笑脸:"你也没拒绝啊。"

伞人:"要赖皮,自作多情,强娶民女啊?"

张伟呵呵一笑:"哎……正犯愁呐,母命难违。"

伞人:"嘻嘻……到网络上发布招聘广告,征集一个契约女朋友,春节带回家,先应急再说。"

张伟:"哈哈,契约媳妇,这倒也可以考虑,不过不到万不得已不使用此招,还是要把你列入第一人选。"

伞人:"第一我没同意,第二,我黄脸婆你带回家,你妈妈还不骂死你,然后把我赶出门哈,得,咱还是别出那丑了,老老实实修行咱的道吧。"

张伟:"我老妈可不是那样的人,只要是我看中的,她一准是一百个同意,老妈很疼孩子的。"

伞人:"有其子必有其母,从你身上能感觉到你们一家都是好人。"

张伟:"怎么感觉到的? 大仙。"

伞人:"因为你身上流淌着他们的血液,继承着他们的基因,承传着他们的教诲,所以,从你身上,也可以看出你父母一定是贤惠礼德、忠厚淳朴的人。"

张伟:"谢谢你的评价,你的父母也一定是这样的人。"

伞人:"是的,我的父母对我们家的孩子都有严格的家教,从小就教育我们如何做人,可惜,我父亲两年前过世了……"

张伟感到,伞人的语气里充满了对已故亲人深深的怀念。

张伟:"不要伤心,姐姐,你父亲的肉体虽然消失了,但他的精神永存,他对你的教诲永远不会消失,他永远活在你们家人和周围人们的心中。"

伞人:"你说的很对,很好,我很感动你对我父亲的评价,我会记得你说的话。"

张伟:"你现在在家里?"

伞人:"公司。"

张伟有些意外:"元旦没放假?"

伞人:"是啊,可恶的资本家,剥削,公司元旦正常营业,我值班哪。"

张伟:"元旦怎么不和家人团聚?"

伞人:"要团聚的,我一会去我弟弟家吃晚饭,我妈妈、妹妹、妹夫都过去,元旦吃个团圆饭。"

张伟羡慕地:"一家人团圆,真好。"

伞人:"怎么? 想家了?"

张伟:"说不想,是假的,说想吧,又显得有些儿女情长,不像个男人。"

伞人发过来摆摆手的表情:"兄弟,大可不必,男人并不是要冷血要冷漠要六亲不认才像个男子汉,男子汉一样有七情六欲,一样有儿女情长,一样有万般柔情,能屈能伸,此之谓大丈夫。"

张伟:"言之有理,想想父母一辈子拉扯孩子真是不容易,逢年过节团团圆圆也就是老人最大的心愿了。"

伞人:"所以,你过年放假一定要回家去,回去过个团圆年,让老人开心放心宽心。"

张伟:"姐姐说的对,可是,老妈还有个心事,让我带个对象回家,这个事情有些棘手。"

伞人:"有什么棘手的?"

张伟:"你不答应啊。"

伞人:"干吗非得我答应啊,女人有的是,招聘一个得了。"

张伟:"女人多的是,你却只有一个。"

伞人:"你伶牙俐齿,我讲不过你,不和你争辩了,我要去我弟弟家吃饭了。对了,还没问你这几天的工作情况,回头明天我们再聊,OK?"

张伟:"好的,你去吧,明天我好好和你聊聊。"

刚和伞人聊完天,何英到了,在外面敲门。

开门一看,张伟大吃一惊,来人不是何英。

来人是高强。

他怎么会来这里? 他怎么知道这里? 何英怎么没来? 两人之间又发生什么争端了? 一连串的问号在张伟脑海里闪过。

高强站在门口,脸上似笑非笑,皮笑肉不笑。

张伟一时有些意外,愣住了神。

"怎么? 不欢迎? 很意外? 张经理。"高强脸上依旧微笑着,不紧不慢地说。

张伟很快从意外和吃惊中恢复过来,兵来将挡,水来土掩,多大鸟事。

"高总,贵客,大驾光临寒舍,有失远迎,请进。"

边说边做了一个请的姿态。

高强扫视了一眼黑乎乎的客厅和杂乱的布局,眉头一皱:"算了,不进去了,你有空吗? 我想请你喝杯茶。"

张伟一时有些踌躇,摸不清高强的用意,没有回答。

"地方不远,就在你公寓楼下的茶馆。"高强看到张伟犹豫的眼神,又补充了一句。

"好吧,等我穿件外套。"

二十分钟后,张伟和高强坐在茶馆里开始喝茶。

"上好的乌龙,请。"服务员把茶端上来,高强端给张伟。

"谢谢。"张伟接过来,边品尝边看着高总的眼睛。

高强看也不看张伟,端起茶杯,轻轻吹一口气,然后慢慢饮了一口,摇头晃脑:"嗯,不错,好茶。"

张伟微微一笑:"看不出高总是品茶的行家。"

高强笑笑放下茶杯:"中国的茶文化源远流长,这饮茶可以修心养性,可以去火压邪,可以清脑静心,上年纪了,这身体就是要靠养啊。"

张伟看高强悠哉悠哉在那里品茶,好像约自己出来就是为了叙旧,有些沉不住气:"高总,你今天找我有什么事,直说吧。"

高强反问:"我们是兄弟,没事就不能坐坐吗?"

张伟:"不敢当,不敢高攀,您是大老板,百万富翁,咱是打工仔,小市民,和您不是一个级别。"

"哟!"高强呵呵笑起来,"干吗这么损自己啊,不过也看得出来你很实在,挺有自知之明啊。"

张伟毫不客气:"咱自己多大斤两咱自己有数,有什么事,痛快点,说吧。"

高强端起茶杯,喝了一口茶,然后看着张伟,沉稳地说:"急什么,躁什么,即使我们不是同事了,也还能做朋友吧,至少也不用这么剑拔弩张的,还真成敌人了?"

张伟看高强不紧不慢,稳稳当当,又有些阴阳怪气,也不想多说什么,低头喝茶。

"你一定很奇怪,我怎么会知道你的住处?"

"是的。"

"其实很简单,当年小郭租房子的时候地方是我帮他找的,我前几天偶然听他们说你和小郭在一起租房子住,所以找过来很容易。"

原来如此,想起来很复杂的事情原来是如此简单。

"那你怎么知道我今天在家呢?"

"周末,元旦,当然你要放假了。"

"哦,那你找我有什么事?"

"一是聊天,二是叙旧,三是拉呱。"

"废话,你这一二三还不是一个意思。"

"呵呵,基本是这个意思。"高强点燃一根烟:"辞职了,就成仇人了,不见面了,是不是? 你不见我,好,我来见你。"

"没那意思,你是老板,我是员工,大家来去自由,雇佣关系,何来仇人之说,只是因为工作忙,而且,见面也没什么好谈的。"张伟直杠杠地说。

"痛快,我就喜欢和你们北方人讲话,爽快。"高强一拍巴掌,"无事不登三宝殿,我今天找你叙聊,当然是有话要说,只是,我希望我们虽然不再是同事,但也不要成为敌人,希望我们能心平气和,能像老朋友见面那样,和和气气讲话,聊天。"

"那好。"张伟的语气缓和起来,"其实我也不想这样对您,只是,我感觉……"

"你感觉我对你有意见,是不是?"

张伟点点头。

"你刚辞职那阵,我对你确实是有意见,连续几个事都办砸了,接着撂摊子走人,随后跑老郑那边去工作,这事我不管你是不是有主观故意冷场子的意识,但老郑是百分之百有挖我墙脚的意图。"

"高总,这……"

"这事你不用多解释,我也不想听,凭我对老郑的了解,这事一个准儿,有些事你并不一定会想到,毕竟你还年轻。"

张伟一时无话可说。

"而且,你辞职后,就连何英都护着你,站在你那边,替你说好话,更让我生气,关键时刻,自己老婆站在外人一边,哪里还有一家人的意识。"

看高强冲动自信的神态,张伟默然,不说话。

"特别是今天下午我下飞机回到家,说要找你坐坐,聊聊工作,她死活不同意,又和我大吵一架,无非是怕我和你闹起来,连我自己的老婆都不相信我,这么看扁我,我真有这么狭隘吗?这个臭娘们,关键时候胳膊肘子向外拐,根本就和我不一条心,想想当初和她结婚就是个失误,她根本就是看中了我的钱,我的公司……"

张伟看着高强,感觉他像个娘们,唠唠叨叨的,直接打断他的话:"高总,你刚下飞机就找我就是为了和我讲这些事?"

"当然不是,我今天找你,主要是两件事。"

"您说,我洗耳恭听。"

"这一嘛,就是消除弟兄们之间的误会,大家相逢一笑泯恩仇,何况,我们本就无仇,以前的事情,过去就过去了,不管谁对谁错,大家以后还是好朋友。特别是你在我公司工作期间,给公司的营销工作作出了重大的贡献,给公司带来了大笔的收入,这些,我是都不会忘记的,中天也是不会忘记的。"

张伟一听,有些感动,毕竟高强这话是对自己过去工作的肯定,是对自己辛勤付出的一个评价,而且,高强的态度显得很是诚恳,是啊,相逢一笑泯恩仇,不做同事,也不一定非要做敌人。

"谢谢高总的评价,感谢中天和高总给予我成长的机会和对我的培养。"

"感谢谈不上,我这个老大哥做得不够格啊,整天在外面跑,对你关心也不够,你走后我才知道你生病住院的事情,我把何英和下面的人狠狠批评了一顿,这么大的事情竟然没有人给我汇报。"

张伟更加感动了:"谢谢高总关心,其实这事不能责怪他们,我住院的事只有小郭知道,其他人谁都没说。"

"当然,你现在虽然不在我公司工作,但是我们毕竟还是一起工作过一段时间,一起把酒临风、谈天说地,煮酒论兄弟,是不是?我们大家还是一样做好朋友,对不对?"

"对。"张伟点点头,"既然高总如此看得起兄弟,那我们以后当然还是好朋友。"

"这就对了。"高强哈哈一笑,"今天我找你还有一件事,不过这件事和第一件事比起来,那就是小事一桩了。"

"您说。"

"你现在在龙发旅游工作,负责营销这一块,我们和龙发旅游呢,有一个区域营销代理协议,以后我们还要经常打交道的。"

"是的,以后我们还会经常打交道,还需要您多支持。"

"呵呵,当然,我们是朋友嘛。不过,这个代理协议当初签订的时候,在文字斟酌和数据的确定上有一些马虎和仓促,最近我正在和老郑联系,对协议进行一些必要的修订,对合同的任务数和返利比率进行重新确定。"

张伟一听,心里琢磨,你不是要撕毁协议的吗,怎么又要修改协议呢?看来还是伞人姐姐说得对,协议对大家都有利,都能赚钱,赚钱的事干吗不做?

"这事我不知道，一直没有参与，您直接和郑总联系好了。"

"老郑也答应重新考虑协议中的一些细节，要进行重新论证和核算，以前老郑没有营销管理人员，都是自己弄的，现在你去了，这一块肯定是要放在你这边去做。"

张伟好像慢慢听出了高强的道道："您的意思是？"

高强呵呵一笑："既然我们是兄弟，我也就打开天窗说亮话，我的意思是你在重新搞论证和核算的时候，尽量多照顾照顾你老哥这边，另外，老郑那边有什么内部的消息，及早给老哥我通个气。当然，这点小事情对你来说，很简单，很容易，老哥我也相信你一定不会拒绝的。"

哦，弄了半天原来是这意图！张伟明白了。如果自己这样做，那不就成潜伏了，不就成内鬼了，不就等于出卖商业机密？

老大哥，你可真会照顾小兄弟，够意思。

张伟装作似懂非懂的样子，点点头："哦，是这样啊，我明白了。"

张伟不说答应也不说不答应，只是点头表示自己知道了。

高强看张伟这神态，以为张伟答应了，很高兴："等协议重新签订了，老哥一定不会忘记你，一定会给兄弟大大的好处。"

张伟笑笑："大家既然是朋友，谈钱不就见外了，太俗！"

高强一愣，随即哈哈大笑："是，是，兄弟说的对，谈钱太俗，不提这个，来，喝茶。"

两人边喝茶，边要了一些点心吃。

吃吃喝喝到了九点多，张伟和高强分手告别。

"时间不早了，您早点回家休息吧。"张伟对高强说。

高强抬腕看看时间："不行啊，我还得连夜赶到杭州萧山机场去，一个老朋友从北京过来了，明天一大早我和他要去省旅游局办事情。"

张伟："您可真是辛苦。"

高强："呵呵，人在江湖，身不由己。"

送走高强，张伟步行回住处，刚到楼下，却看到何英在那里等着。

"咦，你怎么在这里？"张伟说。

何英无精打采："上去再说吧。"

进了房间，张伟才看到何英的眼睛红红的，脸颊一侧有红红的手印。

"你们吵架了，他打你了？"张伟问到。

何英点点头："是的。"

"为什么？"

何英没有回答，却反问："他走了？"

"是啊，开车去杭州萧山机场接人去了。"

"他和你谈什么了？"

"没谈什么,就是说大家以后继续做朋友,不能因为辞职就成了敌人,等等。"

"就这些? 没说别的?"

"还有,说中天和龙发的合同要修改之类的,让我帮帮忙,有什么消息透个信,还说事成后给我大大的好处。"

"你答应了?"

"我没说答应,也没拒绝,就是点头说知道了。"

"哦。"何英点点头,无力地坐在床上,"你不憨也不傻,你自己应该知道该怎么去做,不用我教你吧?"

张伟点点头:"我当然明白,不用你教我。今天好不容易和高总和解,大家一团和气,我不想再节外生枝,所以我没有当即拒绝。但是,我做事情是有原则的,我知道怎么做事、怎么做人,我绝不会为了个人的一点好处去出卖集体利益,去损害他人利益。再说了,我是从中天过去的,牵扯中天的业务,郑一凡也未必会交给我去做,也未必会当着我的面说这些事。"

第十三章 情为谁动

何英想了一会儿,然后说:"你说的有道理,我了解你的为人,了解你的品质,相信你会处理好这个事情,不能因为一点利益败坏了自己的一世英名。"

张伟:"嗯,我知道了,我的想法是既不违背我做人的原则,又能和老高把关系协调好,大家和气做朋友。"

何英:"有一定难度啊,你走一步看一步吧,力争达到最好的效果。"

张伟:"对了,说说,你们为什么吵架,他为什么打你?"

"为什么? 因为你呗。"何英看了看张伟:"他非要找你来谈这事,我不答应,两人就吵起来了,结果他大为光火,破口大骂我,说我吃里扒外,和他不一条心,说我就是贪图他的钱财和他结婚的,又说他当初其实根本不爱我,他心里只有张小波,说我连张小波的一根头发都比不上,只是因为我有孩子了才和他结婚的。话越说越难听。我们俩吵了半天,无论他怎么骂我,无论他说多么难听的话,我就是拦在门口不让他来找你,最后他彻底火了,把我的手机摔烂了,还动手打了我一巴掌……这是他第一次对我动手,第一次动手打我……"

何英轻声诉说着,显得很疲惫,又显得很平静,仿佛在讲述一个简单的故事。

张伟默然,今天是新年,大家应该高高兴兴才是,可是,唉,看这年过的。

"本来我想打电话通知你的,可是手机……他走了之后,我又重新去商店买了一部手机,然后赶过来,就一直在楼下等你。"何英说完,忽然又笑了:"其实,打了,骂了,吵了,话说透了,大家心里也敞亮了,这两口子,无非就是在一起过不过日子、怎么过日子的问题,还能有多大事? 无所谓,我想开了。"

张伟感觉不知道怎么说才好,自己又没有结过婚,没有过日子的经验。这老高给何英把话说到这个份上,也够绝的了,也够伤人心的了。

张伟沉默了一会儿,问何英:"你吃饭了没有?"

"没有。"何英回答。

张伟站起来,拍拍何英的肩膀:"我也没有,你去洗把脸,我们一起出去吃饭去,大过年的,吃个年夜饭。"

听张伟这么一说,何英心情突然好多了,点点头,去洗了脸,又从包里拿出化妆盒重新装饰了半天,把头发整理了一下。

"本来还想等你带饭了给我吃,哪里想到还得我带你出去吃。"张伟和何英边向外走边说。

何英抿嘴一笑,挎着张伟的胳膊:"我看你小区对过有一家海参馆,我们去吃海参包子,给你补补身子。"

"还补啊,白天那甲鱼汤补得我正浑身冒火,再补,还不得七窍流血啊。"

何英打了张伟的胳膊一下:"胡说什么呢,你好不容易回来一趟,多增加点营养有好处,再说……"

"再说什么?"

何英突然笑了,趴到张伟耳边:"再说你早上那一阵野兽般的凶猛和疯狂,身体元气大损,也需要补充一下啊。"

"啊!"张伟看着何英,"我正要问你呢?今天早上我们是不是真的……"

"废话,当然是真的,傻样。"何英脸色绯红,"我这才领教了什么叫做动物凶猛,什么叫共沐爱河,我们这么长时间了,我还是第一次见你这么猛烈,这么投入,这么用情,这么迷醉,而且,你还……"

"还什么?"张伟感觉自己的心跳有些异样,扭头看着何英。

"你还不停地叫我……叫我……姐姐。"何英仿佛又回到那时的场景,脸色红润起来。

张伟头一晕,这事大了,真把她当伞人姐姐办了。

自己哪里是在叫何英姐姐,明明是在叫伞人姐姐。

看着何英小妇人一般的幸福和陶醉,张伟心里突然感到有些于心不忍,又有些怜悯的感觉。

张伟感到自己心里满怀歉意,既对不住何英,也对不住伞人。

喝了甲鱼汤,吃了海参包子,张伟的元气恢复很好,精神很足,两眼发光,生龙活虎。

"时间不早了,你该回去了。"回到住处,张伟看着在那边忙着打扫卫生的何英说,"这些我自己打扫就行了。"

何英直起腰来:"怎么?吃饱喝足,要下逐客令了?"

张伟看何英虽然这样说,看脸上并没有生气的样子,不过还是能看出淡淡的失望。

"这个……不是逐客令的事,这个……"张伟琢磨着用词,"这个……我主要是不想让你养成在这边住的习惯。"

"为什么?"何英脸上露出掩饰不住的失望:"看你早上那热乎劲儿,我感觉你这话很假?"

果然这娘们被自己的表现套进去了,张伟心里暗暗叫苦不迭,一急,脱口而出:"何英,其实,今天早上那阵,我……我把你当做……"张伟本想说把她当做伞人姐姐,话到嘴边自己吓了一跳,急忙刹住,伞人姐姐是自己心中最大的秘密,岂是可以随便说出口的。

"把我当做什么? 傻瓜。"何英重复地问道,脸上又浮上了幸福的红晕,声音低低的:"把我当做面来揉,当做田来耕了,是不是?"

说完这话,何英径自投到了张伟怀里,紧紧抱着张伟:"我就是你案板上的面,我就是你犁下的田。"

糟糕,这下麻烦大了,何英不但没有解脱,反而更深地陷进去了。张伟一时有些一筹莫展,对何英是既感动,又怜悯,还有淡淡的亲情。

张伟不想伤害何英,但也不想让何英有多余的想法。

张伟推开何英:"来,我们说会话。"

何英突然在张伟怀里撒娇:"我要你抱着我说话。"

张伟照何英屁股一巴掌:"你猴子上树,顺杆爬了,得寸进尺,你以为你还是小姑娘啊,去那边,坐好。"

何英不敢再对抗,乖乖坐到床边。

"其实,今天早上,我是在一种混沌迷糊的状态下,不知不觉疯狂起来的。"张伟慢条斯理、字斟句酌地说:"我想,你可能产生了一些错觉……"

"嘻嘻,什么错觉,我是女人,老弟,我是过来的女人,我懂男人的,什么时候是真正动了感情。"何英打断张伟的话,眼睛多情地看着张伟。

"不错,我是动了情,可是,那不是为你动的情,那是……"

"那是为谁动的情?"何英莞尔一笑,"别蒙我了,你以为我三岁小孩,你怀里抱的是我,你叫的姐姐也是我,别故意为难自己了,我理解你的心情,你还是有很多顾虑,还是有很多牵绊,你放不开,你不敢放开,不要这样,放心大胆地去爱吧,我……我随时都是你的……"

张伟看何英自我陶醉的样子,心里感觉很不忍,要是这个女人知道自己把她当做另外一个女人来爱的,那她的情感的楼塔会瞬间崩溃。

但是,张伟绝对不想让何英陷进来,更不想让何英有更多的幻想。

"我给你说,两个人在一起,仅仅有性是不够的,仅仅剃头挑子一头热也是不够的,要感情互动起来才可以产生共鸣,才会有知己知音的感觉,才会有心与心的相融。"

"你这话是什么意思?"何英专注地看着张伟。

张伟坐到椅子上,认真地看着何英:"这么说吧,每次我们在一起的时候,都非常愉悦,非常享受,或者说非常销魂,可是,当一切结束之后,随之而来的是深深的巨大的失落寂寥和痛苦。

一开始我自己也不明白是什么原因,后才我才知道,原因在于我们之间缺乏感情基础,根基不牢固,只是在互相追求肉欲享受的目的下进行着机械地重复运动,当最初的新鲜感过后,意识逐渐淡漠,高潮之后的无聊和失落也就慢慢滋生。

这种单纯追求肉欲享受的行为,每次都让我从高高的山顶跌落到深深的谷底,让我感到窒息,感到落寞,甚至于感到恐惧,我怕了,我真的怕了,我不愿意让自己在这种极度的欢乐和痛苦之间轮回,不愿意让自己一次次去重蹈覆辙,去触摸灵魂深处的罪恶和丑陋。"

张伟说完,何英直勾勾地看着张伟,半天没有说话。

张伟也不说话,看着何英。

房间里一时很安静,隔壁传来熟悉的床板吱嘎声……年轻人的火力真是旺盛,夜夜鏖战不休。

张伟自从搬过来就一直没有见过隔壁的猛男猛女们,连他们长什么样都不知道。

想一想他们一定是幸福的,炽热的情加上浓郁的爱,夜夜不休,感情日益增进,无拘无束,尽情去爱,自由天地,任其驰骋。

虽条件艰苦,但年轻打拼的轨迹无一不是如此,吃得苦中苦,成长的经历,苦中有乐。

可是,想想自己,总感觉自己的感情是如此的狼狈不堪,如此的藕断丝连,拥有了性却没有爱,拥有了爱,却是一个虚幻的影子,肉体的放纵无法弥补情感的空虚,情感的渴望却又让自己感觉虚无缥缈。

张伟听着隔壁火热的浓情,心里对那对未曾谋面的猛男猛女羡慕不已。

张伟的一席话着实让何英考虑了一会儿,然后说:"我明白了你的意思,你刚才的话总归起来就是没有感情做基础是痛苦的,情欲不是情感,没有感情就没有真正的爱情。"

"可以这么说。"张伟点点头,"其实,我一直想告诉你,可是,我怕伤害你,所以……"

"所以你就装作那玩意儿废了,是不是?"何英两眼圆睁。

张伟点点头。

"混蛋!"何英突然小声地骂了张伟一句:"你早就该告诉我,让我知道你心里在想什么,我知道感情是不能勉强的,爱是不能分享的,但是,我还知道,没有谁天生就是互有感情的,感情是两人在不断的接触和了解中慢慢滋生的,感情,是可以培养的。"

张伟愣愣地看着何英。

何英叹了口气:"就像我和你,说实话,一开始,我对你是没有感情,就是好感,喜欢,更多的是对你身体的喜欢,可是,随着时间的推移,我逐渐真正喜欢上了你,不仅仅喜欢你的身体,还喜欢你的一切,包括你的优点和缺点,你对我做任何事情,我都愿意接受,你喜欢的任何事情,我都愿意去做。我知道,我不可救药地爱上你了,我知道,我掉进去了。"

"可是,对不起,我对你没有那种感觉,真的。"

"这个我也知道,所以我刚才说,感情是不能勉强的,我理解你以前说的想和我做最好的朋友的想法,想在我们之间保留亲情加友情的想法,就像你现在和王炎。我也想通了，我不会勉强你接受我的感情，你可以有你的感情世界，有你自己的感情追求，可是，你不能阻挡我对你的感情，你也无法阻止我对你的感情，爱或者恨都是我自己把握，你也不能拒绝和我之间所谓的亲情加友情的朋友交往。"

"这个当然，我早就说过，我们之间做好朋友，就像我和王炎那样。"

"我知道你想把我变成第二个王炎，可是，我和王炎的情况不一样，王炎是主动离开你，而我是主动在接近你，方向不同。你带给我的每一个销魂时刻，每一个极度欢乐，我都铭记在心里，我都会一遍遍重温回顾，不管你以后爱不爱我，不管你以后和我是什么关系，普通朋友也罢，敌人也罢，我都会执著地爱你。爱一个人是一种幸福，虽然伴随着痛苦，那是在不被对方接受的时候，可是，我愿意，我愿意这样地付出，我不后悔。"

张伟感觉很棘手："何英，你这样说让我很为难，我真的想把你当做一个好朋友看，我们之间一样可以很好地沟通交流，知己知彼。"

何英："你不要为难，也不要有任何思想压力，你可以不接受我，但你阻拦不了我的情感，我知道自己是有夫之妇，红杏出墙，破坏了社会公德和游戏规则，我知道自己以后怎么去做，我对你没有别的要求，只有一点。"

"你说。"

"不要刻意去折磨自己，不要刻意去回避自己，该放就放，该收就收。"

张伟有些不解："什么意思？"

"我们本着做好朋友的目的去发展，去交往，但是，凡事顺其自然，不要刻意去为难自己，就像那晚在白云山庄……唉，你内心也是受了巨大的煎熬，是不是？何必呢。"

张伟呵呵一笑："好吧，画了一个圈，终点又回到起点，还是我以前说的，也是你刚才说的，我们奔好朋友的目的去发展，顺其自然，至于从前……嘿嘿，俱往矣，不提了。"

何英点点头，拉开被子坐到床上："这就对了，好，上床，睡觉。"

张伟一怔："你还是要在这里住啊？"

"怎么了？大家是好朋友嘛，君子坦荡荡，这么晚你再赶我回去独守空房，有点不够朋友意思吧？嘻嘻。"

张伟说："那好吧，我答应你以后我们保持正常的朋友来往，我不干涉你的个人私生活，但是你也不许干涉我的私生活，也不许干扰我的正常工作和生活。"

何英："OK，成交。"

张伟又说："以后还是不要睡在一起的好，否则……"

"否则……你又忍不住要失身，是不是？"

张伟摇摇头："狗屁，不是怕这个，我的意思是否则会影响我们俩的名声，特别是你的名声，传出去很不好。"

何英撇撇嘴："多虑了，张老弟，这里是南方，不是你们北方，南方人对这个都很开通的，我这样的在南方还是属于保守的，比我开放的多了。"

张伟呵呵一笑："王婆卖瓜，自卖自夸，我看你基本代表了南方开放的最先进潮流。"

何英突然一笑。

"笑什么？"

"我在笑我们那天在舟山遇到郑一凡的事。"

"那有什么好笑的？"

"其实，郑一凡两口子都很开放，在那方面特别开放。"

"你什么意思？"

"呵呵，我知道他们两口子各自在外面都有情人，两人互不干涉，那次我和于琴一起聊私房话，于琴说，只要老郑不把女人领回家，就不管他，这年头，鱼太多，男人想不吃腥也难。"

张伟一听乐了："这样的老婆确实也难找啊，那老郑对于琴的事也知道了？"

"于琴在外面有情人，那时她是被上海一男人从夜总会里弄出来，包养的，在和老郑结婚之前老郑就知道，结婚后，于琴和那男人也有来往，老郑也睁一只眼闭一只眼。"

"那他们两口子在一起图个啥啊？"

"老郑做企业管理响当当，但是做上层外交不行，而这方面是于琴的强项，他们这景区开发项目，基本是于琴用身子在前面开路，老郑跟在后面撒钱打基础的，也是很不容易，所以他们两口子也算是珠联璧合啊。"

张伟："呵呵，其实把他们结合在一起的最终还是利益，经济利益。我看这人啊，光有钱不行，还得有权，有钱没权的遇见有权的就完蛋。"

"是这个道理。"何英轻叹了一口气。

张伟呵呵一笑："有件事你不知道，我那天巧掉了鼻子，在天一超市停车场遇到于琴和东兴分管旅游的副市长在车里偷情呢。"

何英一戳张伟额头，眼睛发光："好事都让你遇见了，是不是很刺激？"

张伟看着何英："我又没看仔细，只看到那车摇啊摇，摇到外婆桥……哈哈。"

何英哈哈一笑："是不是我们在车里弄的时候车也是那样摇啊摇的？"

张伟一瞪眼："你又来了，干吗什么事情都要往我们身上联想，不说了，睡觉。"

张伟拉灭灯，和衣而睡。何英乖乖地靠在张伟身旁，默不作声。

第十四章 心有灵犀

新年第一天,张伟忙碌而疲惫。

第二天一早何英就赶到公司去了,元旦期间,旅行社是比较忙的时候。

张伟睡到中午才起床,起床后不久,接到郑总的电话:"小张,明天你不用来桐溪上班,直接去电话机公司那边,我手头有一部分应聘做营销的人员资料,明天于林会带过去,你和于林一起面试一下,物色三五个合适的人选,后天再来公司上班。"

张伟一听很高兴,让自己去当面试人员,既表明了对自己的信任,又说明自己的位置在慢慢确定:"好,我明天上午过去。"

"电话机公司在解放路 33 号 2 楼,面试地点在我办公室,我已经和老爷子以及那边的内勤说好了,你直接过去就可以,你和于林一起面试,以你为主,于林为次。"

张伟答应着:"没问题。"

"后天早上八点在天一广场西南角会合,一起来桐溪。"

张伟又连连答应。

刚放下郑总电话,于林来电话了:"小张哥哥,新年好,嘻嘻。"

"新年好,笑什么?"

"我姐夫让我明天和你一起去面试应聘人员,嘻嘻,终于可以回宁州喽,哈哈……我今晚回来,明天早上我和你联系哈。"

"嗯。"

"拜拜,明天见,别忘记把资料带上。"

"忘不了,放心吧。"

收拾了一下房间,打开窗户,今天外面阳光灿烂,空气清鲜。

打开电脑,登陆 QQ,伞人姐姐正在忙碌状态。

新年伊始,万象更新,伞人姐姐又开始了忙碌的一年。

"我快忙完了。"伞人发过来一句话。

伞人姐姐忙碌间不忘记给自己打个招呼,张伟心里热乎乎的,忙回答:"忙你的,不要管我。"

过了 10 多分钟,伞人忙完了:"张董事长,过来。"

"来了。"

"在干吗?"

"在等你。"

"哦,嘻嘻……我刚才有点事在忙,忙完了。"

"你还在公司上班?"

"是的,趁节假日,多挣点银子好买新衣服穿哦。"

"呵呵,该休息的还是要休息啊。"

"活到老,忙到老,这辈子,操心忙碌的命了。"

张伟有些心痛:"姐姐,悠着点,别累着,工作是为了更好的生活,要学会享受生活,特别是女人,要学会调剂生活,不要弄得太紧张。"

伞人:"兄弟长大了,知道关心人了。"

张伟:"呵呵,看你这话说得,我早就长大了。"

伞人:"你现在还是个大男孩,等你真正长大的时候,就是大男人了。"

张伟:"我早就发育成大男人了。"

"生理上你发育成熟了,心理上还需要继续发育,嘻嘻……对了,谈谈你的漂流,什么情况了?"

张伟把上周的情况简单和伞人谈了谈,然后说:"我的想法是贮备充足的材料,然后进行深入仔细的实地察看,在山水间寻找策划的灵感,在溪道里琢磨景点的配置方案。"

伞人发过来一个赞赏的表情:"很对,就要这样,这就叫因地制宜,有针对性、方向明确,目标准确,有的放矢。"

张伟:"整体营销策划方案分为三大块,一、景区漂道沿途景点策划及配置;二、营销活动方案策划及实施方案;三、营销宣传及队伍组建管理方案。"

伞人:"恩,总体计划很好,把计划逐步细化,越细致越好。"

张伟:"这只是我脑子里初步考虑的提纲式方案,还需要不断修改完善,每一部分都包含若干详细内容,需要结合实地情况和东兴当地的社会、经济发展情况进一步确定。"

伞人:"可以,就按照这个路子走下去,先拿出草纲来,再进行修改斟酌。"

张伟:"明天我不回桐溪,郑总让我在宁州面试应聘人员,物色三五名营销员。"

伞人:"可喜可贺,傻小子开始被老板委以重任了。"

张伟:"我没面试过别人,从来都是别人面试我,我不知道怎么和应聘的谈哈。"

伞人:"笨笨,别人怎么面试你的,你就怎么面试别人,太简单了。"

张伟:"是啊,哈哈……很简单的事情,我怎么就不开窍哪。"

伞人:"大智若愚。"

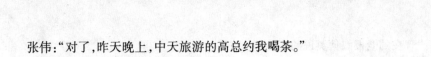

张伟:"对了,昨天晚上,中天旅游的高总约我喝茶。"

伞人:"哦,估计没好事。"

"你怎么知道?"

"前老板找你,能有什么好事?猜也猜出来了。"

"呵呵,也不能这样说,找我两个事,一个是和解,说大家不做同事还可以做朋友嘛,二个是中天和龙发有合作协议,让我有什么消息及时给他通气,并许诺给我好处。"

"哈哈,果然,我说中了,第一个是幌子,第二个是真正意图,你怎么回答他的?"

"我给了一个模糊的回答,说我明白了,知道这个事了。"

"别的没说?"

"没。"

"哟,看不出小子学刁了,大大的狡猾,中庸之道都学会了。"

张伟呵呵一笑:"吃一堑,长一智,这也是在实践中得到的教益,成长的经历。"

伞人:"兄弟,这事看起来不大,对你而言,做起来很容易,甚至易如反掌,可是,对高总而言,可是非常重要呐,党考验你的时候到了。"

张伟:"呵呵,我的原则是既不损害龙发的利益,不出卖老郑,也不激怒老高,弄个两头好人。"

伞人:"两头做好人,难啊,走一步看一步,看老郑怎么安排吧,如果老郑对你以前的工作经历有所忌惮,就不会让你参与和中天的事,那你最省心,对老高最好交代;如果他想考验你,故意交代你办这个事,看你的忠心程度,那可就要三思而后行喽。"

张伟:"你有什么高招?"

伞人:"高招?这时候孰轻孰重你要有个分寸,两头都做好人,就很难了,因为大家都是有利益联系在一起的,老高本身找你和解就是冲着自身利益来的,这种所谓的友谊或者朋友一文不值,你自己心里要有数,勿因小失大。"

张伟:"嗯,我明白了,我知道该怎么去做了。"

伞人:"聪明!一点拨就知道了。"

张伟:"这叫心有灵犀。"

伞人:"还可以叫臭味相投,哈哈……"

张伟:"高总这人,看起来磊落光明的,怎么做事情这么龌龊,和他的高大形象很不协调啊。"

伞人:"这就叫徒有外表,金玉其外,败絮其中,再善于伪装,狐狸尾巴终究要露出来,只是在初期会蒙蔽很多人的眼睛。"

张伟:"是啊,当初中天的老板娘张小波就是被他这种风流倜傥的外表和成熟男人的气质、还有跑前跑后的殷勤和体贴吸引住了,结果后来弄得身心俱疲,很受伤啊。"

伞人:"你怎么知道这些的?"

张伟："现在的老板娘何英说的。"

伞人："她都怎么说的?"

于是张伟把何英告诉他的情况原原本本告诉了伞人,末了说:"何英现在好像很愧疚自责,因为对不住好朋友;又好像很后悔莫及,因为她虽然收获了金钱和名声,却始终没有收获爱情,那老高心里始终记挂着张小波。"

伞人沉默了一会儿:"何英为什么要告诉你这些事?"

张伟："何英和老高吵闹得很厉害最近,心里郁闷没人说话,把我当倾吐的对象了,再说,我对那张小波也很感兴趣,一问她,她就全倒出来了。"

伞人："何英对你好像很情有独钟啊。"

张伟一听心里有些发虚,忙说:"你误会了,说实话,她对我是有那意思,很早就有,但是我对她却没有任何那种意思,我和她明明白白说了,让她不要有这种幻想和念头。"

"你为什么会对张小波感兴趣?"

"不知道,就是很想知道她的所有信息,可能是感觉她有些神秘,充满传奇色彩吧。"

"为什么要告诉我这些?"

"因为我的心里只有你,所以我想把心里最有感触最有感悟的东西告诉你,和你一起分享。"

"有我干吗? 有个那么好的美女富婆追着你,这样的好事上哪里找去?"

张伟感觉伞人心里好像有些不快,忙说:"姐姐,正因为我心里只有你,才会把这些话都说给你听,我对何英没有那种感觉的,她再漂亮、再有钱,那是她的事情,与我何干? 在我的心中,只有你是最漂亮的,最美丽的,最亲切的,我脑海里、心海里经常浮现出的,唯一有亲情爱情加友情感觉的女人,只有你,别无其他,虽然你是我虚无的、虚拟的女朋友,可是任何现实的女人都无法代替,永远也无法代替。"

"我难道比那何英、比那陈瑶还要漂亮?"

张伟的话应该打动了伞人的心,口气有些缓和。

"当然!"张伟不假思索,语气肯定。

"话说的有些假吧? 你真的这么以为?"伞人有些调侃张伟。

"真的这么以为,外在的美能够吸引人的视觉,而内在的美却能够征服人的心灵,姐姐就是那种征服人心灵的美,这种美才是最恒久的,最震撼人心灵的,最高尚的。"

"你不喜欢那陈瑶大美女了?"

"喜欢,但是只是作为普通朋友来喜欢,作为一个美好的事物来喜欢,和对姐姐的那种喜欢,是截然不同的两码事。"

"那你喜欢不喜欢何英?"

"这……这个不能用喜欢不喜欢来说,说实话,我对这个人不排斥,因为她对我一直不错,但是,我对她绝无那种感觉,就是那种普普通通朋友的感觉,虽然她对我有那种感觉。"

"你今天说话很直白啊,把小秘密都露出来了。"

"我不想把这种感觉老压在心里,和你说出来心里敞亮。"

"我发现你这个人呐,越来越能说会道了,小口才很顺溜啊。"

张伟呵呵一笑:"这还不是你培养的结果,你指导的结果?"

伞人:"一夸你,你还会及时反过来恭维人啊,这是哪个师傅教你的?"

张伟:"呵呵,没人教啊,是我心里话啊。"

伞人:"没人教,那你是自学成才。"

一提到自学成才,张伟突然想起张小波,对伞人说:"姐姐,听说那张小波学习很刻苦的,参加自学考试,一直把本科拿下来了,'五大'中,自学考试是最难的,真是叫人佩服。"

伞人:"有什么大不了的,我也是自学考试本科,毕业了,你也佩服佩服我。"

张伟一乐,女人都喜欢攀比,姐姐也不例外,听见自己夸别的女人好,心里就不舒服,又听说伞人也自学考试本科毕业,有些惊奇:"真的啊,你这么厉害,看不出……"

伞人:"怎么? 以前一直把咱看扁了,是不是?"

张伟:"哪里,哪里,只是我没想到。"

伞人:"你佩服不佩服我?"

张伟发过去一个拱手的表情:"佩服,佩服,就是没有这个自学考试,我也很佩服你啊,早就很佩服你了。"

伞人:"这还差不多,你佩服陈瑶不?"

张伟:"佩服,但是……"

伞人:"但是什么?"

张伟:"但是我一定会超过她,我要虚心向她学,认真向她学,把她的东西学过来,变成我自己的,然后,我要让她佩服我。"

伞人:"你有这个信心和决心?"

张伟:"有,很有,非常有。"

伞人:"好,哥们,这话够味,像个纯爷们,我支持你,有时间你多和她接触,多向她学习,不明白的,不懂的,多问,勤学好问,争取把她的本事都学过来,超越她,让她向你学习,然后让她佩服你……"

张伟:"好的,姐姐,有你支持,我一定努力刻苦学习,低头做人,不耻下问,学以致用。对了,姐姐,你让我和陈瑶多接触,你……"

"我什么? 说。"

"我要是多和她接触了,你不会有什么想法吧?"

"什么意思? 是不是你对人家有什么想法? 有的话就说出来,没关系。"

"没有,真的没有,我给你说的是心里话,我对她绝没有任何的想法。"

"现在没有，能保证以后也没有？"

张伟突然感觉很高兴，伞人姐姐这么问自己，说明对自己好像越来越在意了。又感觉伞人姐姐真可爱，像个小女生在吃醋。

"现在没有，以后也保证不会有，相信我，我向毛主席保证。"

"好，这是你说的，我把你通话记录保存好，到时违反了好找你算账。毛主席他老人家在北京躺着呢，我不找他，我就找你，你跑到北方老家去也要把你追回来算账。"

"哈哈，好姐姐，你尽管放心，我心里好欢喜啊。"

"欢喜什么？"

"欢喜姐姐吃醋哦，这就说明姐姐越来越在意我了啊。"

"哎……这世界真奇怪，有些人总喜欢自我感觉良好，总喜欢自我陶醉。"

"谁啊？"

"一匹来自北方的傻熊。哈哈……"

"是说我吗？我喜欢做傻熊。"

"嘻嘻……不和你说了，我得忙一会了，晚上再聊。"

"好的，姐姐再见。"

"晚上见。"

和伞人姐姐告别，张伟站起来伸了个懒腰，好舒服。

伞人可真不容易，节假日还要工作挣钱。

自己一定要努力工作，打拼出一份事业来，那样就可以让伞人姐姐到自己这里来工作，就不用这么辛苦了。

第十五章 新安乐窝

正琢磨着,何英打来电话:"下楼,我在楼下等你。"

"干吗?"

"带你去个地方,嘻嘻。"何英一副神秘的口气。

"什么地方,搞这么玄乎。"

"下来,去到你就知道了。"

张伟这会正好也没什么事情,合上电脑,下楼。

何英正在楼下。

见到张伟,何英神秘兮兮地笑笑:"带你去个地方看看。"

"看什么?美女?"

"你就知道美女了,嘻嘻,跟我走。"

何英开车,左拐右转,一会儿进了一处高档小区:锦绣前程花园。

里面绿树掩映,亭台楼榭,山水花鸟,一幢幢别墅掩映在竹林松海之中,别有风情。还有几幢三十多层的住宅楼,紧靠宁江,巍然屹立。

何英把车停在一幢高层建筑前,下车拉着张伟进了大楼电梯。

电梯一直升到三十八层才停下。

出来后,何英掏出钥匙,打开一户房子的防盗门,然后对张伟笑嘻嘻地说:"请进。"

张伟进来一看,房子是刚装饰过的,很精致,二室二厅,房间里家具家电一应俱全,卧室里铺着暗红色地毯,宽大的双人床上铺着洁白的床罩,上面印着蓝色的碎花。

"怎么样,感觉如何?"何英笑眯眯地看着张伟问道。

"很好啊。"张伟边转悠边说,"不错,小而精致。"

"再来看这里。"何英拉着张伟穿过卧室来到阳台,一指:"看这阳台,半环型的,这边正对东方,早上的太阳第一时间照到这里。这边向南,中午和下午的阳光也能照到,采光非常足。"

"这房子是谁的?"张伟问道。

"我们的。"何英喜滋滋地说。

"什么意思?"张伟一瞪何英。

"这是我刚租的现成的房子,什么也不用准备,直接带衣服进来住就可以,你那地方实在是不能住,所以……"

"我不是告诉过你,我不需要吗,你怎么还……"张伟有些烦躁。

"其实,我也是想为自己找个地方。"何英声音柔柔的:"和老高吵完架,我连个地方呆都没有,这样起码他叫我滚蛋的时候我能有个地方过夜……"

张伟一听,心里有些不忍,又说:"那你自己在这里住好了,我是不过来住的。"

"你有病啊,在哪里住不是住?"何英的声音有些怨气:"这房子已经弄好了,不住也是空着,你那地方,是人住的地方吗? 一到半夜,四处闹鬼,弄得人魂不守舍无法入睡。在这里,起码两个人可以好好聊会天,说说话,环境安静,你也可以好好休息休息,保养好身体。安居乐业,不安居,你怎么乐业?"

张伟一时不好辩驳,停顿了一下,说:"我和小郭住在一起,我自个搬走了,那像什么话? 怎么对小郭交代? 恐怕你也不想让小郭知道我和你的事情吧?"

何英一时语塞,半天讪讪地说:"那,那就我自己住这好了,再有吵架闹别扭的时候,再有他叫我滚蛋的时候,我就来这里住,那你回来的时候,抽空过来陪我聊会天,两人作为朋友,说说话,总可以吧?"

张伟松了一口气:"嗯,这样是可以的。"

何英有些高兴,又说:"哼,我知道你是不愿意过来住,拿小郭当挡箭牌。"

张伟:"话不能这么说,小郭的事当然是一个重要原因,另外,我不想沾你的光,住你的房子。再说,我们俩作为朋友,我是单身王老五,你是有夫之妇,租房住在一起,这是什么性质? 非法同居啊。"

何英瞥了一眼张伟:"屁! 什么非法同居,少拿这些来糊弄我,反正就是你理由多。"

张伟微微一笑:"有些话说太明白了反倒不好,一切尽在不言中,理解为上吧,不过,我还是要谢谢你的一番好意。"

何英脸上又有了笑意。

"以后你和老高再闹别扭的时候,你就可以随时离家出走了,吓唬吓唬老高,真出走了也有地方住。"张伟说。

"我吓唬他干吗? 看目前这形势,早晚有一天要大翻脸,我还是早做一个准备,别到时候露宿街头。"何英说。

"那你今晚就在这里住?"张伟问何英。

何英看着张伟:"你呢?"

"我回去住。"张伟直截了当地说。

何英努了努嘴巴:"那我也回去住吧,他今晚也有可能回来。"

"哎……这就对了。"张伟拍拍何英的肩膀:"按时回家,做个贤妻良母,好好过日子,这才是正事。"

"狗屁,不用你来教育我。"何英冲张伟翻了个白眼,嘟哝道:"我知道怎么做的。"

两人下楼,来到车上,何英拿出一把钥匙递给张伟:"给。"

张伟知道是房间的钥匙:"我不要。"

"拿着。"何英语气有些硬:"你爱来不来,但是,万一有什么紧急事情,说不定能用得着。"

张伟看何英这样,也不想把关系搞得太僵,毕竟何英也是为自己好,自己没有理由去恶语相向一个友善的人,拿了钥匙反正来不来也是自己说了算,于是接过钥匙。

晚饭两人是一起吃的,吃的是张伟喜欢的全雍烧烤。

张伟想起前些日子郑总约自己在这里吃烧烤的情景,时间过得真快,转眼自己已经在龙发旅游上班快一个月了。

这一个多月,围绕自己发生了很多事情,不管这些事情是好是坏,都让自己学到了很多东西,也让自己感到心理上成熟了许多。

吃完烧烤,张伟急急赶回住处,伞人姐姐今晚有约。

其实,不到锦绣前程那边去住,张伟还有一个理由没有说出来,这个理由比小郭那理由还重要,那就是如果晚上有何英在旁边,自己上网和伞人姐姐约会就大大的不便了。

打开电脑,登录 QQ,伞人姐姐却不在。

张伟看看时间,八点多了,伞人姐姐怎么不在呢?还没忙完?

张伟坐那里看着电脑屏幕发怔。

"嘻嘻……发什么呆?"伞人突然说话了。

原来伞人姐姐在啊,设置了隐身状态。

"你隐身干吗?"张伟问道。

"不干吗,逗你玩。哈哈……"

"逗我玩?难得你如此雅兴。"张伟哈哈大笑。

"其实,我刚才隐身是在思考问题,琢磨事。"

"什么事?"

"你下午告诉我的事。"

"我下午告诉你好几个事,你说的是哪个事?"

"何英说的那张小波的事。"

"那事啊,呵呵……不错,张小波的事让人听了是挺感慨的,我听了也是心理很有感慨。"

"我不是说那意思,我是说何英思想意识的变化,她不是因为伤害过张小波而感到心里有个结吗?不是心里有愧疚和自责吗?"

"呵呵……原来你是在考虑这个啊。是啊,她是说心里一直是个心事,并一直为此而感到自责和愧疚。"

"你感觉她的态度是真的还是假的?"

"这个……我也不好说,不过看她的谈话的语气倒是很认真的,说的心情很沉重,在我看来,她就是被虚荣、虚伪和妒忌蒙住了眼睛才会做出这么伤害人的事情。你关心这些干吗?"

"女人嘛,总是喜欢为一些悲欢情仇所牵挂,所感动的,呵呵……怎么? 不可以?"

"可以可以,当然可以,我觉得何英的行为是多年积淀的在追求虚荣基础上的嫉妒的总爆发,才会做出伤害张小波的事情。但是,她和张小波多年的姊妹感情又比较深厚,特别是她自己也说张小波对她非常好,处处呵护关心她,照顾体贴她,把她当自己妹妹待,结果她以怨报德,只要是个有良心的人都会心里很愧疚的,她的想法倒也正常……"

"嗯,你说的有道理,继续说下去。"

"何英心里有了心事,随着时间的延长,心事越来越重,就需要释放、减压,使自己卸下沉重的思想包袱,但是,她没有人可以倾诉,于是,就找到我来诉说,来缓解自己的精神压力。"

"呵呵,你成了她的心理医生了。"

"那倒不是,她其实心里很孤单,老高不爱她,爱的还是张小波,她只不过是因为有了身孕,还能在生意上有作用,老高才和她结婚。现在,孩子慢慢长大,生意逐渐旺盛,翅膀坚硬了,老高自然不怕事,何英呢,又爱吃醋,两人就开始经常吵闹,矛盾逐渐明朗化,越吵感情越疏远。"

"那老高还爱张小波,但我猜张小波肯定不爱他了,你说呢?"

"我想也是,就像你以前说的,身体的伤害可以复原,心灵的伤害却无法愈合。张小波既然被老高伤透了心,我想她是肯定不会原谅老高的。"

"其实原谅不原谅是其次,关键是她心里肯定不会再有这个老高了。"

"姐姐说的对。"

"哎……可怜那何英,跟了老高却没有得到真正的幸福,两口子天天同床异梦,倒也是可悲。不过,自己还能认识到自己所做的事情对别人造成了伤害,还能成为自己的一个心事,倒也说明这人还是有良心的。我猜要是张小波知道何英今天的忏悔,念在多年姊妹的感情上,说不定她会原谅她的。"

"那不一定。"张伟说。

伞人:"为什么这样说?"

张伟:"何英虽然意识到自己做错了,但她并没有多么深刻的忏悔,她只是心里感觉到巨大的精神压力和稍微的歉疚,她说出来,就好像向神父忏悔一样,只是为了释放自己的情绪,轻松自己的身心,但并不一定说明她会弥补改正自己的错误,并不一定说明她见了张小波能不再像以前那样充满嫉妒。人呐,山难改,性难移。"

伞人:"那你的意思是说假如,我是说假如张小波见了何英,原谅了何英的话,何英或许还会像以前那样对她充满嫉妒?"

张伟:"有可能,我的感觉是这样。"

伞人:"你是怎么感觉的?"

张伟:"从她和我谈话的神态和语气里,综合判断出来的。"

伞人:"你真厉害,会看相了,嘻嘻……"

张伟:"不是看相啊,我对何英是比较了解的,我感觉她更多的充满了对自己行为的懊悔,而缺少深深的歉疚和负罪感。"

伞人:"呵呵,大兄弟,我发现你越来越有思想了,考虑问题很全面,有深度,对人物的心理把握比较准,比较深刻。"

张伟:"那是姐姐教导有方,我学习努力,进步快。"

伞人:"别这么说,我看是你自身素质好,接受新事物快,善于思考,善于总结,善于拓宽思路。对了,那何英对你如此一片深情,你可不要辜负了人家哈……"

张伟一听急了:"说什么呢? 我不是和你说过,我对她是没有感觉的,她对我有感觉是她的事情,感情这种事是不能勉强的,再说,她是有夫之妇,有家庭有孩子,这根本就是不可能的事。我的心思在哪里,你不明白?"

伞人:"我明白你的心,可是我们是在虚拟空间里的交往,虚幻的东西在现实面前,往往会碰得头破血流,往往会出现失望大于希望……"

张伟:"姐姐,事实胜于雄辩,还是让我们边走边看吧,最后事实会证明我说的话,我也会实践我的承诺。"

伞人:"哎……随缘看吧,我相信命运,更相信缘分,所有的可能或者不可能都是命中注定的,没有必要刻意去勉强做什么或者不做什么。你说要实践你的承诺,什么承诺?"

张伟:"创立自己的事业,和你一起共事啊。"

伞人:"哦,是这个啊,对了,到时候我好做你的总经理啊。"

张伟:"错,你做董事长,我做总经理,你做老板娘,我做老板!"

伞人:"绕了一圈,又被你套进来了。"

张伟开心地哈哈大笑。

过了一会,伞人又说:"兄弟,我心里有个想法老是挥之不去。"

"什么? 你说。"

"就是我刚才猜想的事情,我老是感觉如果张小波要是知道何英说出的心里话,会原谅何英的。"

"你为什么会这样以为?"

"因为我感觉张小波和何英有那么深厚的姊妹感情,即使妹妹犯了错,只要能认识到,姐姐说不定还会原谅她,而且,她现在过得并不快乐,婚姻并不幸福……"

"你可真是菩萨心肠,幸亏张小波不是你,如果换了你是张小波,那我看说不定又一出悲剧故事又要上演?"

"什么悲剧故事?"

"农妇和蛇的故事。"

"严重了,兄弟,你这话太夸张,我不敢苟同,我感觉你说的那何英没有那么坏吧?"

"不是坏的问题,姐姐,何英这个人并不是坏,也不是我背后说她坏话,她对我是不错的,这个你以前也知道,我也没有必要说她坏话。但是,女人和女人之间,因为虚伪和虚荣的天性而滋生的攀比和嫉妒会使她无所不为,因为老高还一直爱着张小波,这一点仍让何英耿耿于怀。如果按照你说的,张小波原谅了何英,两人重归于好,但是在何英的心里,仍会因为张小波比自己优秀而留下阴影,一旦有合适的机会,仍会爆发新的矛盾。"

张伟说完,伞人久久不语,半晌才回答:"唉,人呐,为什么总要去争斗,去攀比呢? 大家互相友爱,互相帮助,多好?"

张伟呵呵一笑:"很简单,人之初,性本恶。"

伞人:"呵呵,你倒是认识得很深刻,如果有一天,你遇到了张小波,你会不会喜欢她?"

张伟:"不会。"

伞人:"为什么? 从你说的那事里可是感觉到那张小波像那陈瑶一样,是一超级大美女啊,还既有能力又有才华。"

张伟:"废话,你这话问得很无聊,我不是告诉过你,我喜欢你,在我眼里,你是世间最美丽的两个女人之一。"

伞人:"另一个是谁?"

张伟:"我妈妈,她也是我心中最美丽母亲。"

伞人:"兄弟,说的好,我们的妈妈都是我们心中最美丽的女人。"

张伟:"嗯,刚才我的话里的意思你明白了吗?"

伞人:"呵呵,明白,你的心事,你的意图,你的愿望,你的心思,我多少能理解一些了。"

张伟:"姐姐,我想告诉你,不管我做过什么,不管我在做什么,你是我心中最好的人,最好的女人,不管你是黄脸婆还是老太婆,我都喜欢你,我的心中只有你。"

第十六章 | 夫唱妇随

伞人："我理解你的想法了,看缘分吧,做事情不要刻意去勉强,不要让自己活得太累。"

张伟："姐姐,你老是说看缘分,任其自然,走一步看一步。可是,感情的事,是需要两人一起去努力的,是需要共同经营的,我在这里一直不停的呼唤你,可是,你却总是装傻,含混晦涩,敷衍塞责,总是在那里被动地等待……"

伞人："兄弟,你很性急啊,心急吃不到热豆腐,淡定,稳住,你怎么知道我一直在被动呐,你怎么知道我总是敷衍塞责呢。你只会从表面看问题,你不会用脑子去深思,去感觉,傻熊!"

张伟傻乎乎地说："我怎么又是傻熊了,我就是没有感觉到你的火热和浓情,没有听到你的表白和承诺,我要怎么样去用脑子深思呢?"

伞人："哎……说你傻熊你就是傻熊,咋不服气捏? 姐姐是老太婆了,不是情窦初开的少女,没有那般单纯无忧天真忘我的情感和火热。姐姐的经历多了,心绪也没有少女们那般的冲动和激情,我更注重的是那种尽在不言中的默契和意会,那种心有灵犀的认知和感觉。"

张伟明白了伞人的心："我知道了姐姐,姐姐,你说我们现在是不是正在进行恋爱,不是表面层次的恋爱,是那种心心相印的恋爱,那种萌生了爱情的恋爱?"

伞人呵呵一笑："傻小子,恋爱就是恋爱,哪有那么多的名堂? 你的意思无非就是想说我和你之间虽然是在网络上的交往,但是心里的感觉已经超越了网络,接近了现实,是不是?"

张伟："正是这个意思,呵呵……你估摸得很准,我认为,虚拟一样可以变成现实,网络一样可以找到真爱,网恋一样会有真挚的爱情。我希望我们之间的网络交往不仅仅是一个网恋,我希望能成为现实中的实实在在的爱情,看得见摸得着的爱情。"

伞人长叹一声："唉……我还是想说凡事顺其自然,不要勉强。相信水到渠成这句话,我是有过婚姻的人,我是有过感情经历的人,我是有过感情挫折的人,我被婚姻搞怕了,我被爱情击垮过,我被感情蒙蔽过;我是一个女人,一个普通的小女人,我渴望真挚的感情,我渴望纯洁的爱情,我希望完美的婚姻和家庭,我想让自己轻松起来,自由起来,自在起来,释放起来。

可是,心中那累累的伤痕和脆弱的往事尘埃总会在不经意间提示提醒我,总会在万籁俱寂的深夜里敲击我,总会让我不能忘怀往事,总会让我想起过去的那些事,那些人,还有那些场景。回忆总会在我心里跳出来,纠缠着我,簇拥着我,撞击着我。

我努力想去抗争,想去挣脱,想挥去所有的往事和记忆,可是……我多么希望过去的事能渐渐平息,从我心里平息,过去的人能渐渐忘记,从我心里忘记。可是……爱也好,恨也好,情也好,仇也好,多么想把他们统统挥去,不留一点痕迹,可是……曾经一度以为自己已经看破红尘,看透这人世间的真真切切、纷繁杂芜。

唉……所以说,我处在一种矛盾而复杂的心情当中,内心的斗争一直在进行,我不知道自己会走到哪里,我不知道自己会往哪里走。当然,我会努力去好好做,会努力去争取,会尽力去把事情做好。"

张伟很感动:"姐姐,对不起,我不知道你内心有如此缠绵的心绪和情结,我太自私了,只知道考虑自己,我理解你了。"

伞人:"谢谢,这是我第一次真正向你敞开我的心灵的小窗,开启一片小小的心扉,我知道,有些话我迟早要告诉你,我心里真正的矛盾和问题的症结以后我也会慢慢说与你听,毕竟,我是过来人,心里的伤痕不可能一下子会愈合,我需要时间,一朝遭蛇咬,十年怕井绳,明白?"

张伟:"明白,我很明白,姐姐,我会好好呵护你,关心你,我不会再强求你做什么,我相信你说的顺其自然是正确的。"

伞人:"呵呵,真听话!其实你应该明白,我既然能和你说这么多心里话,自然是没有把你当做外人的,你稍微用下脑子就应该能意会到的。"

张伟:"嗯嗯,我以后要多用脑子意会,多用心灵去感觉。"

伞人:"我是非常相信你的,我一直认为你虽然有时候有些玩世不恭,但你的本质是非常好的,你上进,你自信,你坚韧,你负责,这都是一个优秀的男人不可少的东西,我一直相信你会处理好你自己的事情,所有的事情,包括感情的和工作的。"

伞人姐姐这话好像是在提示自己啊,张伟心里虚虚的,一下子想到了何英,又想到了于林。

张伟:"姐姐,我知道,我知道怎么去处理事情,我会把事情处理好的,我向你保证,我绝不辜负你对我的期望。"

伞人:"呵呵,不用下保证,事情在于做而不是在于说,我说了,我相信你,我不会问你都有哪些具体事情,也不会问你和谁们都发生了哪些事情,喜欢一个人就要相信他,尊重他,爱护他,关心他。我知道你会处理得很完美,因为你正在成为一个男人,一个真正的男人,成长的过程中,可能会有一些弯路或者波折,但走过去,就好了,就会真正成长成熟起来。我们之间,成也好,不成也好,我相信都是天意,天意不可违。"

张伟:"你说的对,天意,我们认识本身就是最大的天意,冥冥之中有神灵相助。从我们游戏一般的相识,到今天,我们一起走了很久,越走越近,那这也是天意。我相信,在天意的指引下,我们还会继续走下去,一直走下去,会走得更加近,更加紧密,我们的路还有很长,我们还要走很久很久……"

伞人:"兄弟,你在作诗啊,我听得很感动哦。"

张伟:"呵呵,姐姐,人生本身就是一首诗,爱情也是一首诗,我们之间也是一首诗。"

伞人:"嘻嘻……说的好,那谁是作者?"

张伟:"我和你,我们俩是第一作者。"

伞人:"并列第一作者啊,那也得有个先后吧?"

张伟:"我前你后。"

伞人:"为什么?不公正啊,女士优先,我前你后。"

张伟:"很公正,符合自古以来的排序。"

伞人:"什么排序?"

张伟:"夫唱妇随。"

伞人:"哈哈,坏蛋,你老是弄圈子让我钻……"

张伟:"哈哈……不让你钻让谁钻啊,这年头,傻女人不多了,逮着一个不容易。"

伞人发过来一个迷惘的表情:"我傻吗?傻熊,我感觉我很聪明,很精明,很伶俐,很敏捷的。"

张伟:"是不是你自己不夸自己就没人夸你了,我发现你自我表扬的意识很严重哦。"

伞人:"嘻嘻,快说,我哪里傻了?"

张伟:"我一直感觉到你最大的傻就是善良,你的心地太善良,这个世界,当今社会,善良的人是最傻的,是最容易被人暗算的,是最容易遭人侵犯的,善良的人是最大的傻子,因为他们被仁慈和宽厚蒙蔽了双眼,他们看不到黑暗中那一双双冷酷、嫉妒、贪婪、恶毒的眼神在虎视眈眈盯着自己,他们随时都可能成为别人嘴里的美食。"

伞人:"哎!分析得倒是很精辟,人之初,性本善,我本善良,奈何以毒攻之?我总感觉,这世界上还是善良的人多,还是有爱心的人多,还是好人多,善有善报的。"

张伟:"话是这么说,可是,你更应该感觉到,这社会还有那么多的阴暗面,还有那么多的丑恶和罪恶,还有那么多的坏人,很多从肉体到灵魂都肮脏无比的人,金钱和利益充斥了他们的大脑,贪婪和欲望占领了他们的心灵,在私欲和利益的驱动下,他们什么事情都会做出来,你以一颗善良的心去对待别人,然而得到的却并不一定是好的回报。张小波,不就是一个活生生的例子吗?"

伞人沉默了一会:"张小波,其实,我感觉张小波那事,老高和何英也不是故意要伤害她……"

张伟:"你说的也是,他们也不是故意要伤害她,但是,他们这样做的动机是什么?原因是什么?"

伞人:"什么?"

张伟:"贪婪、自私和私欲,正是因为他们看到张小波善良、友好,所以才会得寸进尺、肆无忌惮,最终酿成这一悲剧。如果张小波一开始就像和老高离婚的时候表现地那么坚决,那么果断,相信他们也不敢如此作为。应了一句老话:马善被人骑,人善被人欺。"

伞人:"其实啊,我感觉这张小波,好像也不是那么软弱,只是她不想表现出来,她对人太宽容,总是拿一颗善良的心去对待别人,所以才会被人欺负。"

张伟呵呵一笑:"你说的很对,我的感觉也是这样,这张小波平时闷闷嘎嘎不怎么的,一旦被激怒了,说离婚就离婚,老高也没辙,乖乖就范。这就是古书所云:故君子有不战,战则必胜。呵呵……可惜,她之前表现得太老实善良了,所以才被高强和何英钻了空子。"

伞人:"呵呵,福兮祸兮,难说难道,塞翁失马,焉知非福,这张小波说不定经此一事,大彻大悟,看破人间纷繁,从此脱离苦海了呢!再说,及早认清了老高的真面目,也是个好事,总比过上几十年,人老珠黄了才明白好吧?"

张伟:"说的也是,有时候看似坏事,其实也可能是好事,事物的两方面是可以互相转化的,这符合辩证唯物主义观点。"

伞人:"其实啊,我感觉那张小波的性格和我有些相似呢,嘻嘻……可惜,咱没那花容月貌,经纶才华。"

张伟突然想起一个事:"姐姐,你说,当初那张小波那么漂亮,怎么就看中了高强呢?"

"什么意思? 你是不是嫉妒高强啊,遗憾当初她为什么没看上你? 哈哈。"

"哪里哪里,我只是有些奇怪,这么优秀的女孩子,怎么会看中一个比他大十多岁的男人。"

"这你就不懂了,女孩子,特别是情窦初开、单纯青春的女孩子,很多都会被那种成熟稳重、风流倜傥、事业有成的男人所吸引。特别是有恋父情结的女孩子。"

"哦,你是说张小波有恋父情结?"

"这个我倒不知道,我上哪里知道,猜测而已,特别是单纯善良的女孩子,最容易被成熟的男人所吸引,当然,当她们自己心理也成熟之后,特别在吃了亏之后,会慢慢清醒过来,才会发现成熟只是一个过程,小男人也一样会成长为一个成熟的男人。"

张伟:"所以我说,你处事风格太善良,害人之心不可有,防人之心不可无,这社会,好人总是吃亏,善良的人总是被暗算,小心点好。"

伞人:"吃一堑,长一智,人都是慢慢成长起来的,总有些波折和磨难,就像你不也是在挫折中成长吗? 呵呵……"

张伟："呵呵……是的,经历造就阅历,阅历成就思想,思想决定行为,俗话说多难兴邦,我看可以叫多难成人。"

"哈哈……好你个张董事长,水平不浅啊,我看你还没怎么经历多少难就已经成人了,嘻嘻……"

"谢谢夸奖,我离真正的成人还远着呢,我还有很多需要学习,需要掌握的知识和本领,学无止境,学习,永远没有停止的时候。"

伞人发过来一个大拇指:"学习你的这种学习精神,佩服,佩服。"

张伟心里乐呵呵的,说道:"难得,姐姐,你终于佩服了我一次,我很高兴啊。"

"呵呵,别骄傲,这只是在鼓励你。"

"当然,我从不骄傲,只有自豪,没有骄傲。"

伞人沉默片刻,突然话题一转:"你佩服我不?"

张伟哈哈一笑:"哈哈……佩服佩服,当然佩服!"

"张小波呢?"

"佩服。"

"陈瑶呢?"

"佩服。"

"好,嘻嘻……那我问你,在我和张小波、陈瑶三个人之间你最佩服谁?"

张伟一下子有些犯难,这个问题可真不好回答,因为他从来就没有比较过她们,而且这三个人,他就真正和陈瑶打过交道,和伞人姐姐是一直通过虚拟空间交流的,和张小波,则只闻其名,只是一个传说。

"这个……不好回答啊。"

"为什么?"

"因为……因为好像感觉都差不多啊,水平都挺高的,除了环境和空间还有地位不一样之外。"张伟老老实实地说。

"那要是必须让你选择一个呢?"伞人不依不饶。

"想听实话?"

伞人快速回复:"废话,当然想,我不怕打击,你说就是。"

"好,那我说了。"

"说吧。"

张伟故意卖个关子:"在你们三个人当中,我最佩服的人是……"

"谁? 快说!"伞人好像充满了快乐和新奇。

"你,伞人姐姐!"

"哈哈,为什么?"伞人好像在高兴之余又有些失落。

"因为……"张伟一字一顿地说道:"我……的……心……里……只……有……你。"

伞人很开心："哈哈……谢谢张董事长的青睐,难得啊,一个老太婆,还被一小男生挂念着。"

张伟:"我是大男人,不是小男生哦,小男生是我十年前的称呼。"

伞人:"你再大,在我面前也是小男生。"

张伟:"为嘛?"

伞人:"因为我比你大啊,嘻嘻……"

张伟:"年龄能代表什么,只不过说明你比我多出生几天罢了。"

伞人:"还说明我比你老啊,女人哪,过了三十就老的快了,哎……男人三十一朵花,女人三十豆腐渣,嘻嘻……"

张伟:"别这么说,我妈常说,女大三,抱金砖,你比我正好大三岁,哈哈……"

伞人:"你妈还说什么了? 有没有说结过婚的女人不能要啊? 呵呵……"

张伟:"这……我妈没说过。"

伞人:"没说过不能要,也没说过能要,是不是哈!"

张伟:"这婚姻的事情,我父母很开通的,只要是我看好,他们是不管的。"

伞人:"得,刚才还你妈说了,这会又不管了,呵呵……反正怎么说都是你有理。"

张伟:"我的意思是我妈关心我的婚姻大事,但是,她不干涉的。"

"所以你妈才会让你春节带了媳妇回家,给你下任务是不是?"

伞人这一提,张伟又犯愁了:"是啊,眼看这就要过年了,这事还没着落呢。"

张伟心里是极度渴望伞人能跟自己回家过年的,可是,又感觉很渺茫,她现在连面都不和自己见,谈何回家过年? 再说,她是做事情极其慎重的人,不到火候是不会随便表态做决定的。伞人这么一提醒,张伟的心事又涌上来,心里充满了烦恼和忧愁。

"车到山前必有路,别犯愁,小伙子……"

第十七章 | 女人三十

和伞人聊到晚上十一点多,张伟才休息。

第二天早上九点,张伟准时赶到郑总的电话机公司,于林已经到了,和一个六十岁左右、黑不溜秋、外形猥琐的老头在一起,不用问,老郑的老丈人,于琴的爹,老于。

原来郑总找这么个主来看电话机公司啊。

张伟简单寒暄之后和于林走进郑总在电话机公司的办公室,这里就是今天面试的地点。

于林手里拿着一些表格,都是应聘者的资料。

"这些都是前段时间来报名的人的资料,我筛选了十个,昨天已经都通知了,估计一会他们就应该有来的了。"于林说。

张伟拿过来看了看资料,有男有女,年龄都和自己差不多大,基本都是外地人。

"等他们来了,先在外面等候,然后一个一个进来,你去安排。"张伟对于林说。

想起不久前自己还是被人家面试的对象,如今转眼却开始面试别人。张伟心里不由生出一些感慨。

参加面试的人员陆陆续续开始来了,张伟也就开始面试。

面试的程序很简单,让面试人作一个简短自我介绍,然后张伟提几个问题,然后让他回去等电话。

面试人自我介绍的时候是张伟观察其心态和基本素质的时机,回答问题的时候是张伟判断其反应能力和基本业务能力的时机。

看着这些自己的同龄人见到自己时候的毕恭毕敬和拘谨,还有眼里对于得到这份工作的渴望,张伟深有体会,总是和气地告诉他们,自己也是一个刚上岗的打工者,此次是代表总经理对大家进行初试,然后和他们讲明公司的发展前景和方向,还有一个重要的条件,就是要能吃苦。

面试进行得很顺利,一个上午就结束了。

张伟根据自己记录的整体情况,脑子里已经基本圈定了一个五人的复试范围。

张伟感觉其他五人也都不错，但是优胜劣汰，竞争总是残酷的。

就是进入复试的这五人，最后还不知道能有几人过关。

张伟在选择他们的时候，是按照选择自己部下的标准来进行的，虽然还没有公布自己的职务，但是张伟感觉他既然能让自己来面试营销人员，也是表明对自己的一个认可。

面试结束后，于林笑嘻嘻地告诉张伟："张哥，我姐叫我们中午一起吃饭呢。"

"吃饭？我不过去了，你去吧，替我谢谢你姐。"

"不行，我姐说让你一定得过去，你不去，我也不去。"

"你姐和谁在一起的？"

"她自己一个人，就在不远处的西餐厅。"

"吃西餐啊？"

"是的，走吧。"

于林把张伟连拖带拽弄到了西餐厅，于琴果然自己在那里。

张伟有点发愣，摸不清这姐妹俩的意图。

但是，于琴毕竟是自己的董事长，自己的上司，张伟还是毕恭毕敬给予琴打招呼："董事长好。"

于琴招呼他们坐下，然后点餐。

张伟看到于琴那枯瘦的样子就有些发乍，这年头女人怎么会把这么瘦的身体当做美呢？什么骨感美？可怕。

于琴的眼睛大大的，眼神里老是透出一种妩媚，还有很强烈的一种妖娆的感觉，张伟把它综合起来就是勾魂。

张伟不明白为什么很多男人会喜欢骨感美的女人，是为了肉体的享受呢还是为了带出去抓面子？

"小张，你来了这么久了，我一直忙乎，也没和你说上几句话，今天借这个空，算是给你接个风。"于琴说。

张伟受宠若惊，规规矩矩地说："谢谢于董。"

"不用这么见外，也别这么拘束，我们大家是老熟人，不在公司里，就放开点好了。"于琴看着张伟局促的样子，又妩媚地笑了，眼神肆无忌惮地在张伟身上打转。

张伟感觉很不自在。

西餐很快上来了，大家边吃边说话。

"小张的女朋友一定很漂亮，很能干，是吧？"于琴又笑嘻嘻地问。

娘希匹，老打听老子隐私干吗？张伟心里咒骂着，嘴上连忙回答："一般，一般，普普通通的女孩子。"

"呵呵，那次不是何英说很漂亮的吗？在外企工作，你可真有福气啊，呵呵。"

"呵呵……"张伟干笑两声，低头吃饭，不作回答。

于琴见张伟不理这一茬，又换了话题："于林还小，刚毕业工作，我想让她多学点东西，平时除了在办公室干点秘书的活，练练文笔，其他时间让她跟你，你多教教她做营销的知识。"

"好的，我会尽力而为，于林很聪明，学东西很快，也很谦虚，还很勤快，又聪明伶俐，会很快掌握这些知识的。"张伟在于琴面前大大把于林夸奖了一番。

于林高兴得直晃脑袋。

于琴也很高兴："那就好，呵呵，于林贪玩，你多带带，以后出差的时候就让她跟着你。"

张伟一听，心里暗暗叫苦，孤男寡女出差在外，就是什么也不干也会让人家生疑。

"好的，出差要在年后了，年前主要还是集中在工地这一块，先把草案拿出来。"

"嗯，做方案的时候也让于林跟着你学，让她做你下手，你尽管使唤她就是。"于琴说。

于林乐呵呵地看着张伟连连点头。

于琴对于林说："师傅领进门，修行在个人，你要好好听话，要尊重师傅，不许调皮。"

于林规规矩矩地点头答应，脸上很灿烂。

张伟接着把上午面试的情况和于琴说了一下，然后把面试的记录拿出来。

于琴忙摆手："不用，我不看，你明天直接给老郑好了，公司内部的事务除了财务，我一概不管，我只负责外联事务，哈哈，其他的事都是老郑弄。"

张伟说那好，然后把本子收了起来。

吃过饭，于林下楼去洗手间，于琴突然对张伟说："小张，公司现在人虽然不多，但是成分复杂，以后你有什么事情除了给老郑汇报之外，也可以直接找我说说，包括对老郑有什么不满意的地方，也可以直接和我说。"

张伟一听吓了一跳，什么意思？老板娘监视老板？让自己做眼线？可怕！

玲玲是于琴的闺中密友，管财务，肯定属于于琴直接掌控。

再加上自己，干吗啊？这老郑难道要被女人掌控住？

张伟表面上什么也没说，点点头。

…………

晚上，张伟打开电脑，伞人姐姐不在，有一段留言："又要开始忙碌了，我一会就要出差去青岛，要过几天才能回来，周末见。"

伞人姐姐出差了，好辛苦，看看留言时间，上午十点。

正要睡觉，小郭突然回来了。

原来是搭郑总车回来的，带几件换洗衣服，明天一早回公司。

正好和自己一起。

张伟问公司这几天的情况，小郭说都还好，就是小明好像挺冲的，很牛叉，对老罗也不尊重，老罗常在自己面前发牢骚。小童属于典型的跟风，看小明吃香，跟的很近，不过和老罗关系处得也还可以,对小郭也不错,就是有点小情绪。

"什么小情绪?"张伟问道。

"因为吴洁啊,小童很喜欢吴洁,天天献殷勤,可是吴洁不喜欢他呐,老是躲避他,而且,吴洁老是……"小郭有些吞吐。

"老是什么? 利索点。"张伟笑嘻嘻地看着小郭。

"吴洁老是看我,有时候还冲我笑,嘿嘿……"小郭傻乎乎地笑着。

"呵呵,我早看出来了,我看吴洁对你有点意思,你说呢?"

小郭还是笑,回答不出来。

"你看这妮子怎么样?"

"挺好的。"

"哪里好?"

"嗯……长得好,脾气好,心眼好。"小郭实实在在地说道。

"好,那就好,你好好把握,好好对人家,好好发展,说不定能成就一段美妙姻缘。"

"那……小童那边?"

"管他干什么? 这和你有什么关系,你又不是第三者插足,自由恋爱,管他作甚?"

小郭点点头:"也是,小童是一头热,人家不理他,呵呵,不过,吴洁只是对我比较热乎,也不一定有那意思的。"

张伟:"水到渠成,有缘天成,走一步看一步吧,兄弟,不过,如果你要是看她好,就要主动对她好好表现,对女孩子,要有热情,但不能过,女孩子都讨厌过分的热乎,把握好度哈。"

小郭嘿嘿笑着,搓搓手:"我没经验啊,张哥,以后有什么想法我多给你汇报。"

张伟哈哈大笑,之后说:"这玩意不要经验,只要用心去表现,用心去做,真情流露就好了。"

小郭点点头回房间了。

张伟笑笑也休息了。

小郭实在是个有趣的兄弟。

第二天一大早,张伟和小郭就起床在天一广场等郑总。

郑总很快就到了,顾晓华也在车上。

顾晓华这总经理助理看来做得很合格,和老郑天天形影不离。

郑总把车停下,对小郭说:"你开。"然后坐到了副驾驶位置上。

小郭开着郑总的大奔,直奔桐溪。

小郭的车开得很快,很稳,郑总很满意。

路上现场办公,张伟把昨天面试的情况给郑总详细汇报了一下,然后把准备复试的五个人的资料提交给郑总。

郑一凡接过去大致扫了一遍，还给张伟："通知他们，让他们明天来公司面试。"

"来桐溪这边？"张伟问。

"是的。"

"这……是不是有些太偏远？坐车很麻烦的。"

"如果连这点困难都不能克服，这样的人不要也罢。"郑总干脆地说。

张伟一听，感觉郑总说的也有道理："那好，我马上通知他们。"

张伟拟好手机短信，把路线时间地点详细说明白，然后给他们发了出去。

不知道这几个人明天能不能过来，看他们造化吧。

"小顾，晚上我们去东兴请土地局的赵局长，到时候我不上去，在车上等，你直接上去请他，反正都是熟人了。如果他要让你在他办公室坐一会，你也不要催他，我在下面等也不着急的。"郑总扭头对顾晓华说。

顾晓华脸色一红，点点头："嗯。"

"这家伙说话举动有些随意，你也别在意，做我们这行的，观念就是要开放，这些大老爷都得罪不得的，要注意和他们搞好关系，注意协调。"

顾晓华脸色又红了："郑总，我知道该怎么做，我会做好的。"

"嗯。"郑总点点头："小顾，我说这话意思也并不是说我们做事情，做公关，一定要付出那种代价，但是，现在的当官的都这样，喜欢钱，喜欢色，大趋势啊，我们改变不了这个社会。"

顾晓华瞥了一眼张伟，脸更红了，没吭声。张伟看了看顾晓华绯红的脸蛋，突然感觉她很可爱。

郑总的话是什么意思，张伟明白。顾晓华为什么这么害羞，张伟也明白。

想起自己当初要报名应聘总经理助理，张伟感觉有些可笑，是啊，这活自己确实是干不了。

难道那些老板后面带的女秘书、女助理都是干这些活的？是不是还有一些是老板自己用的？顾晓华长得这么水灵，老板会不会也用一下呢？顾晓华会不会希望老板用她呢？

张伟脑子里开始邪邪地想起来。

老郑干吗要当着自己和小郭的面对顾晓华说这事？多让顾晓华害羞啊，太不注意场合了。不过，张伟感觉到郑总是故意当他们面这样说的，郑总的用意就是要打破顾晓华的害羞心理，让她逐渐开放开朗开通起来。

嘿嘿，怪不得这年头都一窝蜂去考公务员，看来这有权是比有钱好。

张伟不由愤愤起来。

"小张，这段时间你的总体思路怎么样了？"郑总没有回头，眼睛看着前方，问张伟。

张伟知道郑总问的是总体方案的事情，忙回答："正在考虑中，春节放假前，会有一个完整的草案报给您。"

"那就好。"郑总点点头:"给你一个建议,你在做方案的时候要把握一个原则,不管是景点布置还是宣传广告投放、营销活动开展,把经济利益放在第一位,总之一句话,就是少花钱,多办事。我要的是经济效益,至于那些所谓的社会效益、名声,都不要去考虑,我们做生意就是图赚钱,当然,不能违法。"

张伟点点头,有些意外,郑总的思想境界怎么比刚面试时候讲的低了,开始只顾钱了,变化这么大。

"行,到时候草案提交给您,您审阅后我再修改。"

"嗯,越快越好,越细越好,越结合实际越好。"

张伟把郑总的要求牢牢记在心里,老板的要求就是自己努力的方向,老板就是自己的党。

第二天,面试的人来了,来了两个,其他的没有来。

来的这两个人都是男的,一个叫赵波,一个叫阮龙,都是大学毕业生,赵波刚从北方理工大学毕业,熟悉图片设计这一块,阮龙则是宁州大学旅游系毕业的,有过几年酒店工作的经历。

郑总亲自进行了面试,简单交谈之后告诉他们通过了复试,被公司录用了,试用期三个月,现在先回去,春节后初八正式来上班。

等他们回去后,张伟有些奇怪,问郑总为什么要春节后来上班?

郑总一笑:"很简单,春节前他们来,我要多发一个月的工资,还要多发春节福利,而且节前事情又不是很多,能省则省。"

张伟恍然大悟,由衷佩服郑总的脑子。

第十八章 | 赤胆孤魂

临近春节,天气越来越冷,山里的天气一直阴沉着,白天下着小雨,晚上则成了小雪花。

空气特别潮湿,被褥也没办法晒,只好靠开电热毯来烘一下了。

这南方的冬天怎么会这样?一点也不暖和。

张伟真正领教了南方的冬天。

这一周,白天大多数的时间张伟还是随着他们去工地,现在有车,去的时候方便多了,在山沟里转来转去,一会就到,除了在山里峡谷里溪道里转悠,就是去附近的古村落溜达,感受浓郁的浙东风情,脑子里不停琢磨着策划的灵感。有时,也经常会帮他们打打下手,插个标杆、搬点东西。小明他们一般是晚上回来,小郭开车接回来。张伟并不会在工地呆一整天,经常会在中午或者午后的时间自己顺着山间小道穿越龙潭景区步行回公司。几次下来,张伟感觉脚步轻快多了,胆子也大了,没什么感觉发怵的了,同时感觉很是锻炼身体。

小郭一般是早上把人送到工地,下午去接回来,其他时间在公司听候玲玲调度。小郭兄弟是个勤快人,走到哪里都闲不住,眼里到处有活,这里帮帮手,那里拾掇一会,很得大家喜欢,张伟看了心里也暗暗高兴。

网线还没有开通,这闭塞的鬼地方。

张伟白天转悠现场,整理资料,晚上开始写方案。

晚上办公室很冷,张伟裹着军大衣写,常常干到十二点。

于林有时候在办公室玩一会,冷了也就上去了。

顾晓华有时候会在办公室加班,晚上在这里住,但更多的时间是和郑总一起形影不离,如影随形。

张伟喜欢开夜车,晚上写东西灵感来得快,又没有人打扰。

张伟这次的方案是综合大型的方案,涵盖的内容很广,有总有分,有战略的也有战术的,有综合的也有具体的,比在中天时做的那营销方案庞大多了,要耗费不少脑筋。

张伟以前上大学的时候是校学生会宣传部长,还兼着校报的学通社记者,比较擅长写作,只是毕业后多年未动笔,有些生疏,这次重新拾起来,很快就熟练了。

做文字工作是个苦差事,不是简单的打字,关键是要耗费很多脑细胞,要用脑子去梳理、去思考,去安排章节。

张伟现在就是这样的感觉,因为是第一次给新老板做方案,所以特别投入,特别认真,力争做出精品。

张伟经常在夜深人静的办公室里奋笔疾书,当然不是用笔,而是敲击键盘。

山村里的夜很深,很静,很冷,静的只能听见键盘的敲击声和阁楼上同事熟睡的鼾声,还有偶尔传来的几声犬吠;冷的让张伟浑身冰凉,不停跺脚,到最后打字的手伸不直。

手伸不直的时候,张伟就会停止,上去睡觉。

晚饭后,张伟就把电热毯烧上了,进被窝的时候,里面热乎乎的,真舒服。

躺在热乎乎的被窝里,脸上感受着外面的寒风和湿冷,强烈的对比让张伟感觉无比幸福。

幸福有时候真的很简单,此刻张伟感觉人生最大的幸福就是温暖。

躺在床上的时候,张伟会把今天的事情过滤一遍,把今天写的方案梳理一遍,然后再考虑一下明天的计划和写作安排,经常想着想着就睡着了。

张伟每天都睡的最晚,自然也就没有看那板缝,即使看那边已经熄灯,什么也看不见。

王炎经常和自己保持着短信联系,这几天王炎那边已经就绪,哈尔森已经开始忙碌,进入角色。王炎没事的时候常去陈瑶那里玩,她很喜欢陈瑶,既羡慕又崇拜,快成了陈瑶的粉丝了。

张伟对王炎和陈瑶接近不反对,他感觉陈瑶是个不错的人呢,不仅仅是有本事有能力,而且感觉这人人品不错,人很善良,很友善,很热情,很真诚,王炎和她一起玩,张伟放心。如果陈瑶换了是何英,张伟还真不大放心,感觉会把王炎带坏。不知怎么,张伟对陈瑶有一种莫名其妙的好感,这种好感包含了多种情感,亲切、尊重、尊敬、友爱、敬佩……

何英偶尔会发一个短信过来,不知道她和老高的战况如何。想起何英,张伟就感觉自己很龌龊,很狼狈,总感觉自己做事情太不潇洒了,惹了一腚屎,屁股擦不干净。

又感觉自己自己做事情太不果断,出手不狠,没有快刀斩乱麻的气魄,无论下多大决心,一看到何英那样子,既可怜又内疚,心立马就软了。

唉,为何自己总是心太软?

或许自己太善良了,而善良会成为自己的一个优点,也很可能会成为自己致命的弱点。

今天是周四,明天又是周五了,张伟很快又可以回到阔别几日的宁州,看到城市的璀璨灯火和车水马龙了。

……

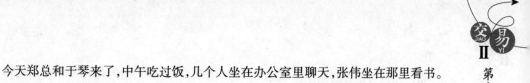

今天郑总和于琴来了,中午吃过饭,几个人坐在办公室里聊天,张伟坐在那里看书。

他们聊天的时候一般都是用宁州话,又快又急,张伟能听个基本大概,但听久了就烦了,叽里呱啦的,和日语差不多,关键听起来语气像吵架一样,真难听,很讨厌人。张伟想不出中国还有这么难听的方言,无比痛苦,但还是要忍受。

张伟边看书边和王炎短信聊天。

王炎昨天又跑陈瑶那里玩去了,每次去陈瑶那都会让王炎有一个小小的惊喜,今天一个头花,明天一个胸针,后天一个手链,都是陈瑶出去时带回来的旅游纪念品,小玩意。

张伟告诉王炎不要老要别人的东西,那样欠人家人情,不好。

王炎说她每次去都给陈瑶带水果,说陈瑶最喜欢吃水果,所以也不算是白拿。

王炎对张伟说昨天晚上她和陈瑶一起吃晚饭了,陈瑶出差刚回来,吃饭的时候陈瑶说想开发一个北方农村农家乐旅游的项目,说春节期间自己想找个北方的山里农家去体验一下生活,以便春节后把这计划付诸实施。

说者无心,张伟听到这里,心里一动,自己老家那山区可是纯北方的原生态山区啊,老屋老灶老磨房,还有村头的那个大石碾,正宗北方的民俗都保持着,河里的冰得有一尺厚,溜冰玩耍最舒服,这会儿家里已经是大雪覆盖,要到明年开春才会化,可是很符合陈瑶的条件。

不过又一想,中国这么大,北方这么大,更合适的地方多了,谁知道人家会选择哪里,还是别操那闲心了。

正寻思这事,郑总过来了,把一份文件放在张伟桌上:"小张,这是我们和中天之前签订的一个营销区域代理合同,双方都已经签字了,可是,最近中天的老高提出了一些牢骚,说要重新斟酌,本来嘛,白纸黑字红印章,签字了是不能更改的,不过考虑到大家都是老朋友,做生意还是要交朋友嘛,所以我想把这协议再重新核算一下,里面我用红笔标出来的几个地方是有异议的地方,其实就是一个费率和价格的问题,这个数字我想根据两个方面的东西来核算,一个是我们自身的切身利益得到保障,二是同行的普遍价格和规矩,二者结合进行,你来综合预算。"

狼终于来了,躲都躲不过去。

张伟看着郑总的眼睛,琢磨着郑总的话,揣摩郑总话里的真实成分。

张伟接过来看了一下,然后对郑总说:"您说的我们自身的利益这一块,有没有一个大概的比率或者标尺,是要在现在这个数字的基础上往下降多少?大概降多少合适?"

郑总微微一笑:"不知道,你来弄。"

张伟点点头:"好吧,什么时候要?"

郑总:"下周一。"

张伟一琢磨,正好周末回去问问伞人,嘿嘿,你老郑想考验我也好,试探我也好,我一定给你一个圆满的答案。当然,这答案最好能让老高也满意。

张伟知道自己弄的这个协议结果,最终老郑不一定采用,但是肯定会作为老郑和老高重新谈判的依据。

张伟一时感觉自己肩上的担子重了起来。

"另外,注意严格保密,除了我、于琴和你,公司里的任何人都不要让知道。"郑总声音降低了一些。

张伟点点头:"明白。"

这事果然很重要,商业机密啊。

张伟把协议锁进了自己抽屉里。

正在这时,于琴接到一个电话,然后对郑总说:"爷爷又走失了,我们去看看,于林、小郭一起去。"然后一行人急匆匆走了。

到晚上吃过晚饭,小郭还没回来。小明也过去了,一起去找于琴的爷爷。

天气这么冷,八十多岁的老人,还有老年痴呆症,到哪里去了呢?

饭后,玲玲、吴洁和张伟、老罗、小童他们在一起议论着。

夜幕降临了,天黑了起来,外面飘起了碎雪花,寒风一阵紧似一阵。玲玲沉不住气了,给于琴打了个电话,问要不要他们帮忙。

于琴说不用,家族的人还有公司里的小郭、小明都分头上山去找了,公司其他人对这里地形不熟悉,不要来了。

老板娘家里有事情,大家也都不困,也不好意思去睡觉,就这么熬着。到晚上十点钟,小郭和小明终于回来了,二人蓬头垢面,浑身泥巴。

同时带来了不好的消息,老板娘的爷爷在山上上吊自杀了。

大家大吃一惊,怎么会这样呢?

患老年痴呆症的老人会有轻生的念头吗? 张伟脑子里一直盘旋着这个问题。

小明眼里惊惧未定,绘声绘色描述发现于琴爷爷的过程。

于琴的爷爷以前失踪过几次,不过都找到了。

这次村里族里的男人都出动了,分几路上山去找。

小郭和小明一组,带着强光手电,也上了山。

山里漆黑一片,又湿又滑,荆棘遍布。

大家一边找一边喊,一是希望老人能听见,二是彼此有个联络。

到了一个坎,小明一脚踩空,哧溜滑下一个陡坡,刚站立起来,猛然感觉后面有一个人在晃悠,回头一看,肝胆欲裂,大叫一声:"来人啊!"

小郭急忙滑下来,一看,一个老人孤零零悬挂在一个树上,白发覆面,舌头伸出,已经气绝。

这就是于琴的爷爷。

阴森的山林里一具披头散发的尸体挂在这里,冷风吹过,令人有些毛骨悚然。

附近的族人闻声赶来,包括郑总和于琴。

大家一看,老人上吊了。

大家都站在这里看,心里都有些发怵,都说要抓紧把尸体解下来,弄到村里去,可是没有人愿意动手,也没有人敢动手,都心里怵怵的。

小郭二话没说,直接过去解下绳子,一弯腰,把死人背在身上,直接下了山。

族人一片哗然,赞叹不已。

小郭一直把老人的尸体背到村里,然后才回来。

"哇!"大家听完,都敬佩地看着小郭。

吴洁看着小郭的眼神竟然都痴迷了,嘴里一直不停地说:"小郭,你太厉害了……你太像个男人了……"

小明也一改对小郭盛气凌人的神态,讨好地对小郭说:"小郭,你这胆子,厉害!"

小童看着吴洁看小郭的眼神,眼睛都红了,可也是无可奈何,讪讪地拍着小郭的肩膀:"你……你们北方人,胆子大,不……不怕鬼,佩服!"

小郭不好意思地笑笑:"这不是小意思嘛,没什么大事啊。"

"山里人都信鬼,南方人胆子小,你要是不弄下来,他们估计晚上是谁也不敢弄,那老人就要悬挂一个夜晚了。"老罗说。

小郭挠挠头:"是啊,我看他们好像都挺害怕的,其实,哪有什么鬼。"

大家一边感慨小郭的神勇,一边惋惜老人的轻生,很晚才入睡。

小郭的举动极大震撼了郑总和于琴,第二天中午吃饭的时候,郑总专门说了一句:"小郭,爷爷的事情谢谢你,非常感谢,不会忘记你的。"

于琴则对小郭热情备至,一个劲给小郭夹菜,让小郭多吃,吃饱。

弄得小郭挺不好意思的。

张伟很高兴,小郭兄弟这么快就获得了老板和老板娘的青睐,打下了一个很好的开端和基础。

晚上,张伟随郑总的车回宁州。

今天一天没见顾晓华,张伟有些奇怪,随口问起了郑总。

"小顾陪土地局的老大去省城办点事情,要过几天回来。"郑总说道。

这么快顾晓华就适应了,陪领导出去几天?那失身的可能性是大大的。

张伟又一次感到权力的威力和诱惑,心里还感到一丝刺激和兴奋。

"小顾适应工作的能力是很快的,一经点拨,马上就能意会,不错。"郑总像是对张伟,又像是自言自语地说道。

张伟没有作声,不知郑总说这话是什么意思,是不是在点拨自己,不过他心里还被愤愤不平感染着,满心郁闷。

刚到宁州,张伟收到何英的短信:"回来了吗?我在锦绣前程这边,你过来吧。"

张伟有些头大,这何英怎么一天到晚净想着那些事,他知道自己去了那边,又得开始面对肉体的诱惑,又得开始面对无穷的缠绵和纠缠,又得承受内心的煎熬和折磨。

不过张伟又想到,何英今晚跑到锦绣前程花园区干吗,难道老高和她闹别扭了,老高把她赶出来了?还是老高出差了,她特意跑到那里等自己的?

张伟一时没有回短信,陷入了沉思。

正琢磨见,郑总把车停下了:"到天一广场了,小张。"

"郑总再见。"张伟提着手提电脑下了车。

张伟站在天一广场的路口,琢磨不透该怎么回复何英,是去还是不去?

张伟本计划今晚要和伞人姐姐说说话的,好几天没有见了。

如果去了何英那边,这计划肯定泡汤。

张伟在路口琢磨了一会,给何英回复了短信:"回来了,我不去你那里,你也不要来打扰我,我要好好休息。"

一会何英的电话打过来了:"冤家,回来了干吗不来我这里?"

"我想自己安静会儿,干吗非要去你那里?"

"那我去你那里?"

"不用,我不在家。"

"你在哪里?"

"街上。"

"吃饭了没?"

"没,正要吃。"

"我也没吃,等你呢。"

张伟一听有些心软:"那你过来,咱一起吃饭。"

何英高兴了:"好,你在什么方位,我马上过去。"

张伟:"天一广场南边的教堂门口。"

"好,马上到。"

一起吃顿饭吧,也算是打发一下,有个交代。

第十九章 只争朝夕

张伟坐在教堂门口的台阶上,突然感到莫名的孤单,这个茫茫人海的城市里,自己熟悉的朋友还有谁? 也就何英了。

突然想去看看王炎,就给王炎打了个电话:"我回宁州休息了,你在哪?"

"东兴啊。"

"明天我收拾收拾换洗衣服,没事去看看你。"

"好啊。"王炎很高兴,"明天我没事,休息,陈瑶姐姐也在东兴的,到时我们一起玩,太好了!"

"我明天收拾好衣服就去,大约中午到。"

"嗯,我们中午一起吃饭,想吃什么? 涮肥牛?"

"错,韩国烧烤。"

"嘻嘻,好的,明天中午给哥哥接风。"

"那就这样定了,快到的时候再定接头地点。"

"好,再见。"

打完电话,张伟感觉心里一阵轻松,心情高兴起来,明天就可以去看看王炎,还能见到陈瑶,这真是一件让人愉快的事情。

张伟打算在东兴玩两天,周一早上回公司。

何英一会儿到了,两人直接去了附近的一家东北菜馆,找了个安静的角落坐下来。

坐定之后,张伟仔细一打量何英,大吃一惊,怎么像换了个人,比上次见还要憔悴,眼圈发黑,布满血丝,面容发灰,毫无血色。

"怎么搞的? 搞成这个样子?"

何英一阵苦笑:"没什么,闹大了,分居了,幸亏我有先见之明,弄了个地方住。"

"为什么? 干吗闹这么大?"

"不为什么,很简单,多年矛盾积蓄的总爆发,这一天早晚会来,和你无关,你不要有什么思想包袱。"

"那……以后怎么办?"

"分居……离婚……分割财产。"何英轻描淡写地说:"就算他把现金都转移了,固定资产这块也得有我一半,怎么着也得三百万以上,我找律师咨询了,到时委托律师弄去。"

"你提出提婚了?"

"没,我没提,他也没提,但是大家心里都有数,我找公司财务问了,现金基本都转移了,就剩一点流动资金在账上,他这点事蛮精明的,这么多年,家里有多少房产不动产我知道,但有多少现金我一点都不知道。"

张伟感觉很压抑:"那孩子你怎么打算?"

"现在都还没捅破那层纸要离婚,当然不会提孩子的事。但是如果捅破的话,那孩子肯定要归他了,就这一个宝贝儿子,他们家三代单传,拼了老命也得要去。"

张伟:"你舍得孩子?"

何英看了一眼张伟:"那有什么办法,这婚姻已经无法维持了,走到头了,孩子就给他们老高家吧,我也累了,不想去争了。"

张伟默然,一会说:"没有挽回的希望了?"

何英摇摇头:"兄弟,你说呢? 我估计恐怕这年都过不去了。"

张伟看着何英的面色:"你这几天没睡好? 脸色怎么这么难看? 又去酒吧了?"

何英:"嗯,心里闷得慌,去释放一下。"

张伟无话可说,因为自己也无能为力。

菜上来了,两人埋头吃饭,都没再说话。

吃过饭,张伟看看时间还早,决定陪何英说会儿话再回住处,毕竟,这会儿何英的心情很糟糕,特别需要有个人来陪,有个人说说话。

"我们俩聊会儿天吧,我待会儿回住处。"张伟对何英说。

何英点点头,没有说别的。

两人开着车,顺着江滨公园路漫无目的地随便走着。

车内的空气很沉闷。

还是何英先打破了沉默:"我想透了,这人呐,怎么过不是一辈子,在哪里过不是一辈子? 这么多年了,我就是想不透,这会总算是想通了。"

张伟看着何英:"你打算以后怎么办?"

何英摇摇头:"不知道,得先把宁州的事情处理好,属于我的我一定要争取,现金他藏匿转移了,固定资产他转移不了,分割完后,我处理掉,然后再做打算。"

张伟很是担心何英,怕她离婚后会全身心地投入到自己身上,那可是属于光明正大了。

何英看着张伟突然笑了:"你这么着急问我这个事,是不是怕我纠缠你? 怕我粘上你不放?"

张伟："是,有点这个想法。"

何英呵呵一笑："你这人说话倒也实在,坦白,明说了吧,我还是很喜欢你,我会好好对你,不管你怎么样对我。但是我不会死皮赖脸乞求你的,这事不能勉强,不过,目前我还不想过多想这些事,或许等我真正自由了,会真正看透这人生和爱情,也不会再对你死缠烂打了。"

张伟没想到何英这么直白说了出来,一时感觉好像有点理亏似地,过了一会讪讪地说:"即使没有爱情,大家做好朋友也是一样的。"

何英狠狠瞪了张伟一眼:"你就巴不得我成为第二个王炎,我告诉你了,我不是王炎。"

提起王炎,张伟突然对何英说:"明天我要去东兴找王炎玩,你想不想出去散散心。"

何英一听大感兴趣:"还有谁啊?"

"这边就我,如果你去就是我们俩,那边是王炎,还有陈瑶,王炎现在是她的跟屁虫,铁杆粉丝。"

何英一听神色大变,开车的手得瑟了一下,然后说:"哦,我不去。"

"怎么?"

"我……我明天后天还有事情,这几天家里的事杂乱无章,还要和律师谈事情。"

张伟一听,很有道理,关切地对何英说:"不去就不去吧,自己一个人,要学会照顾自己,别天天熬夜,别自暴自弃,身体重要。"

何英:"难得你能说句关心的话,我听一次感觉就像过年一样,难得啊!"

张伟笑了:"那以后我多说点,多关心关心你。"

何英点点头,目视前方:"这话是你说的,我可记牢了。"

张伟本来担心何英今晚会纠缠自己,没想到转了一圈,聊了一会儿天之后,何英只字不提邀请自己去她那边的事,也不说要去自己住处休息,直接把自己送了回来。

下车时,张伟看何英的心情好了一些,对她说:"想开些,有什么烦闷的随时给我发短信,打电话,别出去熬夜喝酒了,注意身体,更不要再去那些乱七八糟的场所,坏人很多,注意自身安全。"

何英迷蒙的眼睛看着张伟:"知道了,我看没有比你再坏的人了。"

张伟一时语塞,挥挥手:"这话题以后再谈,回去吧,好好休息,别乱来,闷了就和我短信聊天。"

何英一踩油门,绝尘离去。

张伟摇摇头,唉!世事难料,家家有本难念的经啊,这婚姻,这家庭,这爱情,难道真是一个围城?

张伟到底是年轻,他不明白,他也不可能明白,因为他没有经历过这些,即使是爱情,他也只是在边缘擦过。

张伟突然感到何英很可怜,婚姻破裂中,受伤最大的总是女人,特别是遇上老高这样的徒有外表的男人。

张伟回到家里,小小的空间是那么熟悉,那么亲切。城市虽然很大,但那不是自己的;板房虽小,但却是自己可以栖身的温暖空间。

隔壁周围很热闹,忙碌了一个星期的青年男女们放着欢快的音乐,叽叽喳喳地说笑,还有欢快的打闹声音。

他们一定是幸福的,因为他们的内心总是充满快乐。

张伟也变得快乐起来,打开电脑,寻找伞人姐姐。

"傻熊,你来了。"伞人姐姐率先发起了问候,一句傻熊,让张伟感觉自己大脑晕乎乎的。

"姐姐,我回来了。"

"鬼子回据点了,吃饭了没有?"

"吃了,你呢?"

"刚吃好,然后就上电脑等回据点欢度周末的傻熊了。"

"哈哈,那你是傻熊的姐姐,也是熊了,哈哈……"

"嘻嘻……你算计我,不和你玩了。"

"哈!那你咋算计我捏?"

"你是男的,就得让着女的,这点气度你都不懂?"

"呵呵……懂,懂,当然懂。"张伟乐的合不拢嘴。

"那我还继续这么叫你,你不许说我。"

"好,那你叫吧。"张伟发过去一个无可奈何的表情。

"好,这就对了,傻熊,傻熊,傻熊……"伞人开心地叫起来,"你得答应着,不然不算数。"

"哎……在,在。"张伟忙回应,感觉被伞人忽悠晕了。

"哈哈……这才好,像个男人,大气。"伞人开心地大笑。

张伟也傻乎乎地笑起来。

"周末打算怎么过? 傻熊。"伞人又问张伟。

"我正要告诉你呢,你先问我了。"张伟对伞人说,"我明天要去东兴,去你的地盘。"

"来干吗?"

"去看看王炎,在那里玩一玩。"

"欢迎傻熊来东兴巡视,就你自己来?"

"是啊,就我自己去,明天中午之前赶到。"

"就你和王炎一起玩? 专程来见老情人的?"

张伟一听急了:"你说什么啊,姐姐,我是去看看王炎,没有什么别的意思的,也不是

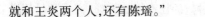

就和王炎两个人,还有陈瑶。"

"陈瑶? 陈瑶和你们一起玩?"

"是啊,王炎明天早上约她一起中午聚聚。"

伞人:"哦,你怎么这么幸福? 两个美女陪你。"

张伟:"你可别想多了啊,我们之间绝对是纯洁的友谊,要不,中午你也过来一起吃饭,会会这两个美女。"

伞人:"算了,我不凑合这场合,你经常和她们接触接触倒也不错,特别是那个陈瑶,有点小能耐,你要利用时机多向她学习,把她的知识学习过来,就是你自己的本领了。"

张伟:"我和她们接触,你不会不高兴吧?"

伞人:"不会,我以前和你说过啊,我是很相信傻熊滴,人就是要多交朋友,多交好朋友,多多益善,你要是有能耐把那什么中天的那个前老板娘张小波邀请到一起,那才好呢,听你说那老板娘倒也是个性情中人,有点小本事。"

张伟一听带劲了:"可惜我没见过那张小波,也不知道她在哪里,如果我要是能认识她的话,我一定要把她邀请来,和陈瑶一起较量切磋一下,那我可有的学了。"

伞人:"哎……傻熊总是喜欢那么多美女陪伴,傻熊周围总是有那么多美女陪伴,好幸福的傻熊啊。"

张伟:"呵呵……美女再多,也是纯洁的朋友关系,只有姐姐,才是我心中最美丽的女人哦。"

伞人:"哎……傻熊的小嘴总是那么甜,好会说哦。"

张伟:"傻熊的嘴巴怎么会是小嘴,应该是血盆大口,啊……能吃人的。"

伞人:"傻熊胃口又大又好啊,哈哈。"

张伟感觉伞人姐姐今天心情真好,好开心的感觉。

"对了,谈谈你的工作,方案怎么样了?"

"还在做,春节前一个完整的草案全部完结,很庞大,到时候先给你看看。"

"好,那我先拜读,我感觉你一定能做得很完备齐全,很有可操作性。"

"为什么这么感觉?"

"因为你准备充分,思路清晰,思路开阔,脑子里有大营销大策划的理念,所以我这么说你。"

"呵呵,我会尽最大努力去做这个方案,拿出我的全部精华来。"

"呵呵……你一定会成功的。"

"对了,姐姐,郑总把那和中天的协议修改的任务交给我了。"然后张伟把事情具体内容告诉了伞人。

"嗯,该来的早晚会来,这事不难操作,这样,刚才你告诉我的几个需要修改的数据,我琢磨了一下。一般来说,要确保代理方有利润可赚,但是自己一方更要有利润,你这样修改,把代理的返成增加五个百分点,把中天首期预付款的比率增加30%,因为预付款增加,等于增加了你们公司的流动资金,减少你们公司银行贷款的数量,节省了银行利息,这样可以确保你们公司的利益保持在原来的水平上,而中天也会有比较满意的收入。"

张伟听了,一核算,很高兴:"太好了,这样会两全其美啊,你这办法好。"

伞人:"你这数字要严格保密,不要告诉任何人,因为老郑在和老高谈判的时候,肯定是把这个作为底线,而会提出稍高一点的报价来进行讨价还价。"

张伟点点头:"嗯,老高那边我不能把报价底线告诉他。"

"是的,当然中庸之道是最好不过,但两面做好人,很难,你现在是龙发旅游的人,你就必须要忠于龙发,忠于郑老财,郑老财把这活交给你来干,很明显是在考验测试你,验证你的忠心程度,所以,傻熊,一定要保持清醒头脑。"

"嗯,那我到时候就什么也不和老高说,就说无可奉告。"

"也不用这样,你到时候就说商业机密,恕不奉告,但是,一定会有一个让他满意的结果。就这样说,让他既不能过分为难你,也还抱有希望。"

张伟豁然开朗:"好的,姐姐,就按你说的办,你真有才,才人啊。"

伞人:"晕,才人? 在后宫,才人是个什么级别的妃子?"

张伟:"哈哈,你这脑瓜子,怎么想到哪里去了?"

伞人:"嘻嘻……不和你说了,你早点睡觉吧,明天你还要来东兴看你妹妹呢,还有一个陈瑶老师傅,哈哈……"

张伟:"姐姐,好遗憾啊,你要是能参加多好。"

伞人:"相见不如怀念,干吗非要见面呢? 这样不是很好吗? 我说过一万遍了,凡事顺其自然,水到渠成,不要老是让我重复。"

张伟:"嘿嘿,心不由人啊,明天晚上我给你汇报情况。"

伞人:"好啊,听取你的泡妞情况汇报。"

张伟:"别这么说,我可不是去泡妞啊,我是出去散心、看朋友、学习经验,一举三得。"

伞人:"呵呵,以泡妞的名义出去,散心、看朋友、学习经验,一举三得。"

张伟:"话可不能这么说的,要是陈瑶知道你这么说,肯定会很生气的,她这人很正派的,再说,她这年龄了,也不能叫妞了。"

伞人:"……是啊,她这年龄不能叫妞了,那我就不是说她的了,她生什么气啊,你以为我怕她哈?"

张伟哈哈大笑:"你怎么会怕她啊,要是你们俩见了面,一准能成为好朋友,陈瑶人很友善的,和你差不多,我感觉你们俩脾气挺对路子。"

伞人:"呵呵,那要看有没有缘分了。"

第二十章 小小乌蓬

第二天一大早,张伟就起床收拾换洗衣服,整理好房间,直接出门,准备杀奔东兴。

张伟乐滋滋刚出一楼电梯,却见何英的车停在楼下,何英在车上。

"咦,你什么时候来的? 怎么不上去?"张伟有些意外。

何英看来昨晚睡得不错,气色好多了,又加上化了淡妆,穿上白色的休闲服,很精神:"我来了有一会儿了,怕打扰你,哪敢上去啊。"

"什么意思? 你以为我昨晚不让你来是因为我和别的女人在一起过夜?"张伟哭笑不得,"何英啊何英,你真是个醋坛子,怎么动不动就往那方面想,难道我就是一地地道道的小混蛋?"

"不能说地地道道,不过也差不多。"何英忍不住笑了,拍拍方向盘,"上车。"

"干吗? 我今天要去东兴,找王炎玩。"

"是啊,我知道。"

张伟一笑,上了车:"呵呵,你和我一起去,不忙乎你的事情了?"

"我和你一起去东兴。"何英边开车边说,"但是,我不参加你们的聚会,你也不要在王炎面前提起我来的事,我今天有事情要到东兴去办。"

张伟点点头:"哦,是这样,那我是碰巧搭你顺风车了。"

何英微微一笑,没作声。

张伟看了看何英:"你会不会是专门送我去东兴的?"

"不是。"何英忙回答,"我去东兴找朋友办点事情,今天早上刚想起来。"

"哦,那就好。"张伟放心了,心安理得起来。

过了一会,张伟又问何英:"你干吗不参加我们的聚会啊,大家一起玩多好。"

何英瞪了张伟一眼:"不喜欢,不喜欢看你和别的女人在一起。"

晕,何英又吃醋了,张伟一阵苦笑:"我和她们俩都是很纯洁的阶级姐妹,绝对没有什么乌七八糟的事情的,你可不要想歪了。"

"你和王炎没有我现在相信,那你和那陈……陈瑶呢?"何英继续问。

"我和王炎没有,和陈瑶更没有,我连这想法都没有,我可以对天发誓。"张伟认真地说:"虽然我对你也没有那种想法,但是我也不想让你误会我。"

何英显得轻松了一些:"那……那叫陈瑶的,你和她很熟悉?"

张伟摇摇头:"不熟悉,同行之交而已,没什么深交,对了,你怎么对她这么感兴趣?"

何英一翻眼皮:"有什么大惊小怪的,凡是和你交往的女人我都感兴趣。"

"哈哈……"张伟大笑,"你这醋坛子是厉害,服了!"

何英又问张伟:"你什么时候回公司?"

张伟:"后天,坐早班车回公司。"

何英一愣:"你要在东兴住下?"

张伟:"怎么了?"

"没怎么,住哪里?"

"不知道,到时候找一小旅馆,哪里不能凑合。"

何英不再说话,只管开车。

快到东兴的时候,张伟接到王炎的短信,她正在陈瑶的办公室里玩。

张伟对何英说:"我到东兴假日旅行社,在东兴大厦斜对过。"

何英没说话,点点头。

何英直接把车开到了东兴大厦对过:"我不过去了,你去玩吧,别玩大了。"

张伟苦笑着摇摇头下车和何英告别,这叫什么事儿?

到了假日旅行社,公司里人不多,徐君也不在。

张伟直接去了陈瑶的办公室,一看,王炎和哈尔森都在,陈瑶也在,三个人正在打扑克,"斗地主",输了的贴纸条。哈尔森脸上已经挂满了纸条。

见到张伟过来,大家都欢呼起来,哈尔森最高兴,和张伟热烈拥抱:"兄弟,你想死我了,终于又见到你了。"

王炎冲张伟屁股猛打:"死哥哥,这么久才来看我。"

陈瑶站起来,欣喜地看着他们三个人闹腾,脸上挂着轻松的笑容。

张伟和王炎两口子热乎完,对陈瑶热情地打了个招呼:"陈董,又见面了,我们总是后会能有期,哈哈……"

陈瑶呵呵一笑:"欢迎张董……张经理光临敝公司指导工作,请坐。"

王炎开心地挎着张伟的胳膊,挨在张伟身边:"哥,我看你在山里也没受什么苦吧,看你好像白了,胖了。"

张伟哈哈一笑:"山里的水养人啊,还有山珍啊。"

"什么山珍?"

"冬笋啊,天天吃。"

"呵呵,就这啊,别的没有了?"

"还有,但是我说不上名字。"

张伟接着扭脸问哈尔森:"你小子今天怎么有时间?"

哈尔森一摊双手:"因为你要来,所以我今天给我自己放了一天假,专门来迎接你啊。"

"新单位还顺利吧?"

"正在整顿当中,很辛苦,很忙碌,不过,也很快乐。"哈尔森认真说道。

好久不见,大家在一起很高兴,陈瑶没怎么说话,一直带着欢快的目光看着他们聊天,偶尔插进几句。

"王炎把陈小姐这里当成自己的第二个小窝了。"哈尔森说,"我只要回家不见王炎,那么王炎就一定是在陈小姐这里。"

王炎嘻嘻一笑,看着陈瑶。

"陈董这里工作很忙碌,你不好经常来这里的,这样会干扰陈董的工作。"张伟拿出当哥的架势,教育王炎。

王炎嘴巴一撇,摇头晃脑,不理张伟。

"没什么啊。"陈瑶说,"我这里工作简单,现在又是淡季,没那么忙的,很多都是安排底下人去干,我自己一个人也闷得慌,很多时候都是我打电话叫她带水果来给我吃啊,顺便来和我做伴,聊天解闷儿。"

王炎笑嘻嘻地看着张伟,挎着张伟的胳膊一摇一晃。

张伟一听也放松了,这样最好,只要陈瑶别在意就好,王炎和陈瑶玩,张伟放心,哈尔森也放心。

"你怎么来的?"王炎问张伟。

"我……我坐公共汽车来的。"张伟想起何英说过的话,撒了个谎。

"以后我看你干脆把宁州那房子退了,在东兴租房子得了,这里多好,大家都在,周末一起聚聚也方便。"王炎说。

张伟点点头:"有道理,春节后再说吧,宁州那边是公司的老根据地,房子也还是要保留,不然回去办事,晚上住都没个地方。"

陈瑶一听,呵呵一笑:"张经理,那你这可就是狡兔三窟了,北方……北方狡兔。"

很快到吃饭时间,大家一起上了哈尔森的车,直奔韩国烧烤城。

自助烧烤,很随意。

张伟忙乎起来,给大家烧烤,翻、扑、撒很熟练,羊肉、牛肉都烤了不少。

大家边吃边对张伟的手艺赞不绝口,陈瑶吃的摇头晃脑,直说:"张经理做旅游可惜了,建议你晚上出个夜摊,烤羊肉串卖。"

"支持!"王炎边吃边举手,"大家都参与,到时我去做帮手,负责卖。"

哈尔森也举手:"到时候我去吆喝:来来来,新疆乌鲁木齐的羊肉串,吃一串想两串……"

张伟哈哈笑,看着陈瑶:"你呢?美女。"

陈瑶嘻嘻一笑:"那我就负责串肉串好了,呵呵……"

"哈哈。"王炎开心地大笑,"那我们干脆成立一个羊肉串股份有限公司,让我哥做董事长,陈姐做总经理,老哈同志负责营销,我负责品尝,哈哈……"

"好啊。"陈瑶很开心,"那到时候我们可就靠张董事长这棵大树了。"

张伟看着陈瑶开心的样子,一时有些迷惘,感觉陈瑶的笑好熟悉,可是又想不起在哪里见过,想了一会,说:"还是陈董做董事长,我做总经理。"

"为什么呢?"陈瑶含笑看着张伟。

"美女做董事长,做老板娘,我做总经理,做老板啊。"张伟随口而出。

随即发现说错了,怎么把和伞人姐姐聊天时的话冒出来了。

忙住了口,可是话已经说出去了。

张伟一时尴尬地脸有些红。

陈瑶一愣,随即嘴巴紧紧抿住,好像憋不住要笑,又好像脸有些红,还像装作没听懂的样子继续吃肉串。

王炎可是清清楚楚听见了,指着张伟:"哥,你说什么? 你做老板? 陈姐做老板娘?"

"胡说,我哪里说了,你听错了,没有的事。"张伟急忙掩饰地瞪了王炎一眼,忙乎着烤肉串。

陈瑶也装作没听明白的样子问王炎:"你说什么? 王炎。"

"没……没什么。"王炎看张伟瞪自己,知道张伟说漏了嘴,急忙开始吃肉串:"我听错了,没什么。"

陈瑶呵呵一笑,也没再继续问。

这下,张伟不敢再放肆乱说了,认真埋头烤肉串,大家吃得十分满意。

下午,陈瑶安排大家一起乘坐乌篷船游览东兴市区,这是东兴的特色旅游项目。

张伟对于文化的、历史的、传统的、民俗的东西很感兴趣。

王炎和哈尔森一条船,陈瑶和张伟一条船。

在头戴旧毡帽的船夫摇橹下,小小乌篷船晃晃悠悠游荡在东兴市区的水道里。

张伟和陈瑶面对面坐着,彼此相距很近,可以清楚地看见对方的眉毛。

张伟不敢正视陈瑶,眼睛一直斜看着外面的街景。陈瑶也斜看着对面,不过眼神会时不时扫一眼张伟。

张伟有时候能感觉到,偶尔看一眼陈瑶,会遇到她温和而明亮的眼神,让自己心跳不已。

陈瑶为张伟做起了义务导游,边走边给张伟讲解沿途的景观和文物,从历史渊源到今天的现状,从人物到文物,很详尽。

说是沿河讲解,其实陈瑶讲的范围很广,基本就是一个东兴的概貌。

张伟来过东兴几次,但都是走马观花,浮光掠影,对东兴的人文、地理、历史和民俗基本不知,此次经陈瑶这么一讲,增加了不少知识,原来一知半解的一些东西都了解得很透彻了。

摇橹的旧毡帽船老大也听得入了迷,用浓郁的东兴方言对陈瑶说:"姑娘,你可真是个本地通,我在东兴这么多年,还不知道咱东兴有这么悠久的历史,丰富的文化资源咪。"

"嘻嘻,大叔,咱这叫身在东兴,热爱东兴,自己的家乡不宣传,咱宣传哪里啊?"陈瑶笑嘻嘻地说。

乌蓬船摇摇摆摆,晃晃悠悠,在东兴市区弯弯曲曲的水道间穿梭行走,在那些古老或者现代的拱桥间穿行,衬映在高楼大厦脚下的那些江南古建筑群,显得格外沧桑和怀旧。

陈瑶的讲解流利顺畅,声音极富磁性,引得其他散落的游客也跟在后面听起来,到后来陈瑶后面竟然跟了二十多个人在听,不知道的还以为是陈瑶带了一个旅游团。

张伟边听边注视着陈瑶,心里暗暗佩服陈瑶的口才和知识的广博。

这就是差距,张伟心里暗暗想道,这就是人家比自己强的地方,为什么我就没有那么广博的知识。

看来,自己要学的东西太多了。学,然后知不足。

游览结束,已经是下午五点,哈尔森把大家送回陈瑶公司,接到办公室电话,有客户,于是回了自己公司。

王炎和张伟、陈瑶在陈瑶办公室里休息。

王炎累了,躺在沙发上休息,张伟坐在陈瑶对面,拿着一本《基调手册》翻阅,眼睛的余光不时打量着陈瑶。

陈瑶在接听电话,对方说得很长,陈瑶坐在那里耐心地听,神情很专注,嘴里不时嗯嗯着。

张伟感觉陈瑶在静止的时候,眼神很深邃,大大的明亮的眼睛很神,但从那凝结的眉毛下面,若有若无地总有几分忧郁和失落流露出来。

陈瑶的眼神很打动人,特别是眼神里流露出忧郁的时候,总是让张伟产生一种莫名的冲动和感动,还有一种忧郁的感觉。

张伟喜欢这种忧郁的感觉,特别是自己在孤独寂寞的时候,这种感觉总是让自己的心如此之痛,一种痛苦的享受。

张伟很喜欢陈瑶的眼睛,这双眼睛是如此的清澈高远,如此的沉静深邃,如此的思虑忧郁,如此地打动着自己的心扉。

"张经理。"陈瑶接完电话,端过一杯茶给张伟,"最近一直在热播《闯关东》,北方风土人情、民间民俗,都让我很有感触,我对北方农家乐旅游产生了浓郁的兴趣,春节后想推出几个产品,可是,我对北方的了解很少,你是北方人,不知道你能否给我提供一些素材?"

张伟接过水杯:"呵呵,陈董,北方很大,首先,我是北方人,但我不是东北人,我的老家离东北还有一定的距离,不过,对于北方的风土人情和民俗风貌,我倒是了解一些,这样吧,明天我反正也没有什么事情,我来你公司,和我认识的北方的旅游景区特别是农家乐景区联系一下,按照类别,把他们的情况综合起来,整理一份材料给你做参考,明天一天基本就能弄个差不离。"

陈瑶眼神一亮:"张经理,那多不好意思,耽误你宝贵的休息时间,还有十来天就过年了,要不,等年后再说吧。"

张伟摆摆手:"陈董,别客气,大家都是朋友,这点小事,何足挂齿。我反正也没有什么事情做,闲着也是闲着。"

陈瑶大眼睛扑闪扑闪了两下,嘴角露出一丝笑意:"那好,恭敬不如从命,先行谢过。"

王炎躺在沙发上开始嚷嚷饿了。

陈瑶呵呵一笑:"要不,晚上我请你们去我家吃饭?"

"你家?"张伟有些意外,感觉有些冒昧。

王炎一下子从沙发上蹦起来:"对,对,陈姐,去你家吃饭,好几天没吃你做的菜了,好想哦。"

"你家在哪里啊?"张伟懵懵懂懂地问陈瑶。

陈瑶一指上面:"这个楼的六楼,在我们公司的正上方,嘻嘻,很近吧。"

"是啊,陈姐的家就在这楼的六楼,上面还有阁楼,面积好大哦,我们去她家自己做炒年糕吃,太爽了。"王炎兴高采烈地说。

"这……不大合适吧?"张伟还有些迟疑。

刚认识的普通朋友,到人家家里去吃饭,张伟总感觉有些不合时宜,不大礼貌,特别是对方是女同志。

"没关系,我家里就我自己一个人,公司的员工加班的时候也经常去那里吃饭的。"陈瑶仿佛看穿了张伟的心思,温和地说:"不过,今天我想尝尝你们做的北方菜的味道,不知张经理会不会做北方菜啊。"

"会,我哥北方菜做得很好的,以前经常做给我吃。"不等张伟回答,王炎抢了过来。

"呵呵,哪里,皮毛而已,你听她胡说。"张伟谦虚地说道,心里稍微放松了些。

"呵呵……那就吃个皮毛吧,今天晚上就吃你了,张经理。"陈瑶站起来,"走,去我家。"

第二十一章 | 夜宿客房

三人绕过公司旁边的侧门，进入一个后院，顺楼梯上了六楼。

"干吗要住六楼？天天爬楼，累死了。"王炎边爬边发牢骚。

陈瑶在前面走，回头看着王炎一笑："懒蛋，每次你都要发牢骚，六楼好啊，有阁楼，我喜欢阁楼，还可以爬楼梯锻炼身体。"

张伟伸出大拇指一翘："英明，陈董英明。"

进了门才知道这房子面积很大，足有二百多平米，客厅也很大，装修得很精致，以淡蓝色为基调，线条简单，但细微之处都特别个性，显示出主人别具匠心的精巧。

看来王炎来过好几次，一进门就熟练地放倒在沙发上，打开电视。

张伟看了看，这房子是四室两厅的，客厅采光也很好，巨大的玻璃墙正对外面。

客厅的角落养着几盆文竹，长长的蔓藤环绕在墙角，给房间里增加了许多生气。

陈瑶把张伟带到厨房，拉开冰箱："这里面鸡鱼肉蛋什么的都有，那边青菜辣椒都有，然后就看你的了，张经理。"

张伟傻乎乎地一笑："我首先声明，我不是专家，我尽力而为，到时候别说我猪鼻子插葱哈。"

"没问题，我和王炎一起吃的时候，就一个炒年糕，更简单，你就放心大胆去干吧，我这人在吃上好打发，做什么咱吃什么，不挑食，只要王炎没意见就好。"陈瑶看着张伟莞尔一笑，"我去客厅陪王炎看电视，你有什么吩咐尽管喊我。"

张伟看着陈瑶的样子有些发怔，一个月之前自己还感觉这美女是天上才有的神仙姐姐，现在却如此接近，如此和谐，如此直面，这世界变化可真快啊。

哎……不是你不明白，只是这世界变化太快。

张伟看着陈瑶冲自己笑的神态，那眼睛、那嘴唇、那嘴角、那眉头，感觉好美，不觉有些入神。

在哪里，在哪里见过你，你的笑容这样熟悉。

陈瑶看着张伟发怔的样子，把手伸出来在他眼前晃动："张经理，你怎么了？想什么呢?"

张伟一下反应过来:"哦,没,没怎么,好,你去客厅玩吧,我弄几个北方菜给你们吃。"

陈瑶抿嘴一笑:"我先去把米饭蒸上。"说完转身离去。

张伟看着陈瑶窈窕的背影,心中一跳,急忙回身开始工作。

张伟关上厨房的门,打开抽油烟机,开始炒菜。

张伟完全按照北方风味来做菜,弄了一个辣子鸡,一个西红柿蛋汤,一个牛肉炖土豆,一个酸辣土豆丝。

北方菜讲究急火、大料、油多、咸辣,这样吃起来才过瘾。

陈瑶中间过来了几次,很快被辣椒味呛得连连咳个不停,急忙出去。

很快,张伟的四个菜上桌了。

王炎跑过来一闻:"哇!太好了,正宗老家风味,味道一定很好。"

陈瑶也欢快地把鼻子凑过去闻了闻:"味道真好。"

张伟被美女一夸奖,感觉很得意:"今天是小意思,改天有时间再做几个拿手的给你们吃。"

陈瑶拿过来一瓶茅台,给张伟和自己倒上:"好菜须有好酒配,张大厨这么辛苦,犒劳一下。"

王炎自己去酒柜拿了一罐青啤,自己打开。

陈瑶倒酒的酒杯是北方经常用的小酒盅,一盅大约有五钱,在南方酒桌上很少见到。

看张伟盯着酒盅,陈瑶一笑:"特意找了这种小酒盅,让你感受一下北方的风情。"

张伟想,陈瑶真是一个细致的人,又感觉她很豪爽。

"来。"陈瑶举起酒杯,和张伟王炎一碰,"张大厨,王小妹,敬你们两个北方佬一杯。"

说完一饮而尽。

张伟也一饮而尽。

张伟特喜欢陈瑶喝白酒时候的感觉,那痛快劲让他想起了花木兰。

按后陈瑶一个菜一个菜地品尝,边吃边赞不绝口:"好吃,这是正宗的北方菜的口味,我喜欢北方菜的味道,吃起来爽。"

王炎大口大口地吃着:"真解馋。"

张伟放下酒杯,拿过酒瓶给陈瑶和自己倒酒:"这北方菜,其实就是两个诀窍,俺们老家有一句俗话,要解馋,椒子和盐,只要辣了,咸了,味道自然就上来了,哈哈。"

陈瑶认真听着,又重复了一遍,点点头:"怪不得你们北方人吃菜口味都重。"

说完又举起杯:"来,好事成双,干杯。"

二人又一饮而尽。

王炎不管他们,自己边吃边喝,把米饭也盛上了,饭菜酒一起下,很快就吃饱了。

王炎满意地站起来,拍拍肚皮,打着嗝:"哥,今天不错,表现很好,严重表扬,以后每周你都要过来一次，不然，我找你算账，去山里抓人。"

陈瑶看着张伟："张大厨今天被妹妹严重表扬了，以后还想接着被表扬不？"

张伟被陈瑶左一个张大厨右一个张大厨，叫得只想乐，边倒酒边说："干脆，我做个职业大厨，在这里开一家饭店，名字就叫北方人家，到时候你们天天过来吃。"

"好啊。"王炎一拍张伟的肩膀，"到时候我坐柜台收银，让陈姐做服务员跑堂。"

"为什么？"陈瑶瞪着王炎，"干吗要我跑堂？"

"因为你漂亮啊，到时候可以吸引客人来啊，哈哈……"王炎哈哈大笑："你们慢慢喝，我看电视去。"

王炎径直去了客厅。

餐厅里只剩下张伟和陈瑶。

陈瑶看着王炎的背影："这死丫头，我这么大年龄了，还让我去跑堂，让我现眼哦。"

张伟呵呵一笑："陈董年龄不大吧？ 我们三个人我看应该是我最大。"

张伟从第一次见陈瑶，就种下了印象，感觉陈瑶年龄应该在二十五岁左右。

"你多大？"陈瑶看着张伟。

"去年二十八，刚刚二十九，周岁。"

"你是兄弟。"陈瑶看着张伟，"女人的年龄是保密的，但是我可以负责人地告诉你，张大厨，你是兄弟。"

张伟大吃一惊，这陈瑶竟然比自己大，自己怎么竟然看不出，不光自己看不出，恐怕其他人也看不出，这样光鲜亮丽的皮肤是怎样保养出来的？

不过又想一想陈瑶的眼神和气质，确实也是二十五岁的女孩子所不具备的。

张伟恭恭敬敬站起来，端起酒杯："那我应该叫你陈姐，陈姐，我敬你一杯酒，感谢当姐的对做兄弟的关照和指导，希望以后能继续得到你的帮助和指点。"

陈瑶俏皮而得意地一笑，端起酒杯："大厨兄弟，别见外，大家认识就是朋友，在家靠父母，出门靠朋友，以后我们互相帮助。"

说完二人干杯，一饮而尽。

张伟感觉陈瑶越来越爽快了。

就这样，二人你一杯，我一杯，越聊越带劲，酒意渐浓，一瓶53度的茅台基本见底了。

陈瑶喝得脸红扑扑的，眼睛越发明亮，眼里的忧郁越发明显，显得非常俊俏而又充满风情，非常性格而又别有气质。

张伟喝得很有分寸，脑子保持着清醒，这点酒对他来说算不了什么。

陈瑶也没有醉，只是有些酒意上脸，红扑扑的，显得很可爱。

"人生几何，对酒当歌。"陈瑶又倒满酒，对张伟说，"大厨兄弟，人哪，认识就是缘分，能认识你和王炎，就是我们的缘分，这缘，可遇而不可求，都是上天安排的。来，为我们的相识，干杯。"

陈瑶这话说得很在理,又很熟悉,张伟感觉好像在什么地方听过,但喝了酒,记性就差,一时倒也想不起来。

干完这一杯,酒瓶见了底。

张伟把空酒瓶晃了晃,笑着对陈瑶说:"陈姐,我们可不简单啊,把一瓶茅台干光了。"

陈瑶也笑了:"每人半斤,不多不少,正好。"

"你酒量好像比以前大了,记得你以前说过,酒量好像没这么大的。"

"呵呵,是吗?"陈瑶眼珠转悠着,"那可能是见了故人,高兴吧,呵呵……"

酒足饭饱,二人来到客厅,坐在沙发上看电视。

房间里开着空调,很暖和。

陈瑶进了卧室,一会换了一件咖啡色的羊毛绒外套出来,身体线条很明显,很是优美。

张伟看了一眼感觉很炫目,不敢再看。

陈瑶泡了三杯浓茶,每人一杯,解酒。

三人边看电视边聊天,时间不知不觉过得很快。

张伟看看时间,十点了,该走了,于是站起来对王炎说:"丫头,我们该走了,陈董该休息了。"

王炎一愣:"这么快,十点了,走什么啊? 你要去宾馆是不? 别去了,今晚在陈姐这里住,她家还有两间客房。"

张伟一瞪王炎:"胡说什么?别胡闹。"

王炎:"没胡闹啊,我经常在这里和陈姐做伴的,是不? 陈姐。"

陈瑶看着张伟:"张经理,我家里有专门的客房,如果不嫌弃,就在这里住吧,这么晚出去住宾馆,也很麻烦。"

"不行,不行。"张伟连连摆手,"这可使不得,这如何使得,一个大男人,怎么能在一个女同志家里过夜,使不得。要不,王炎在这里住吧,我去住宾馆。"

王炎看着张伟:"哥,没什么的,我和陈姐住一间,你自己住一间,又不是三个人住一间,哈哈……"

张伟狠狠地瞪了一眼王炎:"死丫头,少胡说八道。"

陈瑶也有些忍俊不住,想了想,对张伟说:"张经理,这样吧,我家阁楼上还有一间客房,就是小一点,要不,你住阁楼?"

"对呀,这样楼上楼下,你还有什么好说的?"王炎不想让张伟出去住,极力挽留张伟。

张伟犹豫了一下,看陈瑶的态度不像是客套,蛮真诚的,想了一下,点点头:"那好吧,只是给你添麻烦,真不好意思。"

陈瑶温和地一笑:"张经理别太见外,我这人不大爱客套,有一说一,有二说二,大家都是朋友,没有什么麻烦的。"

王炎见张伟答应了,很高兴:"就是嘛,听话才是好哥哥,才是好同志。"

说完一把把张伟拉下来坐下:"陪我看会电视。"

　　陈瑶也呵呵一笑:"就是嘛,听话才是好兄弟,好大厨。"

　　说完,陈瑶上楼去收拾客房。

　　一会儿下来,对张伟说:"都收拾好了,客房里有网线,晚上也可以上网,空调已经打开了,一会就会很暖和,阁楼有卫生间,有热水,也可以洗澡……"

　　看着陈瑶絮絮叨叨,张伟突然感觉很亲切,感觉陈瑶不像是个董事长,倒像是个保姆。

　　又看了一会电视,喝了一会茶,王炎困了,跑何英卧室里去睡了。

　　张伟也告辞,上去休息。

　　上了阁楼,才发现这阁楼面积和空间很大,哪里是阁楼,分明是一层高度稍微低矮一些的楼房。

　　客房旁边有一个门,门装饰得古香古色,和其他的门不一样。

　　张伟有些好奇,推开门进去,打开灯,大吃一惊,里面竟然是个佛堂。

　　迎面是佛龛,上面香烛、香台、佛像等一应俱全。

　　周围的墙壁也都装饰成庙宇的色调。

　　陈瑶信佛。

　　张伟看了一会,把灯关掉,关上门,来到客房。

　　客房不大,很干净,床上被褥整洁而干净,被子的一角揭开,室内的空调很暖和,看得出刚才陈瑶特意整理了一番。

　　张伟有些感动,陈瑶原来信仰佛教,看她设置佛龛,就可以知道她肯定是很虔诚的佛教徒了。

　　那么陈瑶一定是一个充满爱心的人,一个仁慈宽厚的人。

　　不过,既然信仰佛教,那干吗还喝酒啊? 佛教徒不是要戒酒戒色嘛。

　　张伟这么一想,忍不住嘿嘿笑起来,也不奇怪,新时代佛教徒也都开放了,俗家弟子嘛。

　　房间里还有写字台,上面有一根网线伸出来。

　　这房间的配置可真周全。

　　走进浴室,里面洗刷用品全部齐备,拖鞋、浴巾,都准备好了。

　　哈哈,和住宾馆差不多嘛,只是免费的。

　　张伟舒舒服服洗了个澡,回到房间,穿上内衣,打开随身携带的手提电脑,插上网线。

　　快十一点了,伞人姐姐应该是休息了。

　　不过,张伟仍想上来看一看,今天自己在东兴,伞人姐姐一定会挂念自己的。

　　登录 QQ 一看,伞人姐姐果然在线,不过显示的是离开状态。

　　姐姐一定是等了自己很久,一直到现在。

　　张伟有些歉意,忙给伞人打个招呼:"姐姐,对不起,让你久等了,我刚吃过饭,洗完澡,刚上网。"

伞人没有回复。

看来姐姐暂时不在电脑旁边。

张伟酒后喝了浓茶,感觉不困,两眼发光,很有神。

张伟边看新闻边等候伞人姐姐。

姐姐一定会回来的。

一会,张伟听到上楼的声音,接着有人敲门:"张经理,开门。"

是陈瑶。

张伟急忙穿上外衣去开门。

陈瑶站在门口,端着一大碗热气腾腾的汤圆。

陈瑶看张伟已经摊开的电脑,嘻嘻一笑:"知道你晚上还要工作熬夜,煮了点元宵,大家做夜宵,填填肚子。"

晚上喝酒多,吃菜多,饭吃得少,这会儿张伟还真感觉有点饿,于是忙接过来:"谢谢陈姐,这么麻烦你,怎么好意思啊。"

陈瑶看着张伟,大眼睛忽闪忽闪地:"张大厨这么远来一趟,不能饿着,再说了,明天还得给俺干活,得好好巴结巴结啊,嘻嘻。"

陈瑶幽默起来真可爱。

张伟傻乎乎地笑着:"陈姐,别这么客气,你早点休息吧。"

"嗯,好,再见,明天没什么急事,睡足觉再起,不用早起床。"陈瑶说着下了楼。

张伟关上门,吃着香甜的元宵,心里甜甜的,这陈瑶真会照顾人。

吃完元宵,张伟看看电脑,伞人姐姐还没有出现。

难道伞人姐姐这会看着电脑睡着了? 还是在忙碌别的事情没在电脑跟前?

张伟琢磨了一会,又给伞人说话:"姐姐,我在东兴呢,刚吃完夜宵。"

"好吃不?"伞人突然回话了。

咦,姐姐回来了,张伟很高兴:"好吃啊,又香又甜,真舒服。"

"嘻嘻……这么晚还不睡。"

"姐姐,你刚才干吗去了啊? 我以为你睡着了。"

伞人:"没有啊,我刚才离开电脑一会,刚过来。对了,你今天都忙乎什么了?"

张伟把今天的活动内容详细和伞人说了一遍。

听张伟叙述完,伞人一连发了几个感慨:"你好福气啊,兄弟,两个美女陪着你吃饭、喝酒,你还展露手艺当了大厨,还住在了美女家的客房里,还能吃上美女做的夜宵,这级别,这待遇,啧啧……没说的,哎……什么时候咱也能尝尝你这张大厨的手艺啊?"

张伟哈哈一笑:"姐姐,就像你说的,顺其自然,水到渠成,会有这一天的,到时候我一定拿出看家的本领,做几个最好的菜给你吃。"

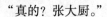

"真的？张大厨。"

"真的。"

"能比你今天做给她们吃的还要好？"

"废话,那当然,给你做,当然是要拿出看家的本领,今天我也就用了五成的本领,陈瑶和王炎就已经很满意了。"

"嘻嘻,大厨兄弟好讲义气,对了,你怎么会做一手好菜的？听说北方男人都不下厨房的。"

张伟:"从小时候我就会,那时家里大人忙农活不回来,我放学后就自己炒菜做饭,慢慢就学会了,后来家里来客人,我经常帮妈妈在厨房干活,有时候也亲自下厨弄几个菜,嘿嘿……"

第二十二章 | 有情无情

伞人:"哦,原来你属于自学成才啊,难得难得。好了,今天我看时间比较晚了,休息吧,明天我们再聊,如何?"

张伟:"好,明天我还要帮陈瑶弄一个北方农家乐旅游情况的汇总资料,要弄一整天。"

伞人:"怪不得请你吃饭,提供客房,还弄夜宵,原来是有所图啊。"

张伟:"别,姐姐,可别这么说,那陈瑶是绝无此意,是我主动提出来要帮她弄资料的,我自愿的。"

"嘻嘻……那你是属于自投罗网了,小傻熊?"

"嘿嘿,姐姐老是叫我傻熊,我感觉自己真的傻乎乎的了……"

伞人发过来一个生气的表情:"怎么? 叫你傻熊你不乐意? 有情绪?"

张伟连忙回答:"没有啊,你乐意叫就叫好了。"

伞人:"伙计,我怎么感觉你有点小情绪,是不是人家叫你张大厨你乐蒙了,不喜欢叫你傻熊了? 说!"

张伟:"我什么时候让张大厨给乐蒙了啊,反正我就这么一个人,你们想怎么叫就怎么叫好了,傻熊也是我,张大厨也是我,都不反对。"

伞人:"那你喜欢叫你傻熊还是张大厨?"

张伟:"这个……"

伞人:"说,给你三秒钟时间,1……2……"

张伟忙回道:"傻熊! 傻熊!"

伞人嘻嘻一笑:"怎么? 不喜欢做大厨了?"

张伟发过去一个大汗淋淋的表情:"我改行了,不做大厨了……"

伞人哈哈大笑:"真听话,不错,提出表扬,好,今晚就到这里,睡觉……"

张伟:"好梦……"

伞人:"好梦……"

…………

第二天,张伟一直睡到早上九点才醒,一看时间,急忙穿衣洗漱下楼。

陈瑶和王炎正在楼下等自己吃早饭呢。

"陈姐七点就起床了,早饭都弄好了,热了两次了,等你呢。"王炎说。

张伟感激地看了陈瑶一眼,有些不好意思:"对不起,我睡过了。"

"我要上去叫你,陈姐不让叫,说你昨晚睡得晚,让你多睡会。"王炎继续说。

陈瑶看着张伟,脸上的表情似笑非笑:"张大厨,昨晚睡得好不好?"

一听张大厨,张伟一下子想起昨晚伞人姐姐非要叫自己傻熊的事情,忍不住"扑哧"笑出来。

"笑什么?张大厨。"陈瑶看着张伟开心的样子,也跟着忍不住边笑边问。

张伟突然感觉有些失态,忙停住笑,摆摆手:"没,没什么,昨晚睡得很好。"

"好了,吃饭。"王炎嚷嚷着跑到饭桌旁。

饭后,大家一起下楼去公司。

"陈董。"张伟感觉出了家门还是叫陈董正规,"你这上班可是真舒服啊,出门几分钟就到。"

"呵呵,这叫公私一家啊,哈哈……"今天的阳光很好,陈瑶的气色也相当鲜亮,看起来心情相当轻松愉快。

张伟又转头问王炎:"你今天要是有公事就先去忙,我今天白天就在陈董公司弄材料。"

王炎嘻嘻一笑:"今天是礼拜日,大休息,没什么事情的,你们忙你们的,我过会出去买水果给你们吃,今天哈尔森单位里事情多,没时间来陪你了。"

张伟点点头:"让他去忙,我这么大人还要什么陪啊。"

"不过,有陈姐陪你更好,这么一大美人儿,嘻嘻。"王炎嘻哈着说。

陈瑶脸色一红,没做声,在前面走着。

张伟走在后面,照王炎屁股就是一巴掌,狠狠瞪了她一眼:"不要胡说八道。"

王炎做个鬼脸,跑开了。

来到公司,陈瑶领张伟到总经理办公室隔壁的业务中心总监办公室,这是徐君的办公室,但他人不在。

"徐君出差了,你在他办公桌上操作吧。"陈瑶对张伟说。

"好,我还是用自己的电脑,习惯了。"张伟边说边打开自己的手提电脑,插上网线。

陈瑶一笑:"那好,我就在隔壁,有事情你随时找我。"

张伟点点头,开始工作。

一会儿陈瑶又进来了,给张伟端了一杯热咖啡。

这陈瑶,工作起来雷厉风行,可有时候又婆婆妈妈的,像个保姆。

张伟登录QQ,一看,咦,伞人姐姐竟然也在,但是显示忙碌状态。

周日姐姐还在忙碌,唉,真不容易,先别打扰她。

张伟把自己的QQ也调整到忙碌状态,然后开始找在线的以前那些北方景区的同行们聊天,让他们提供资料,收发文件。

今天虽然是周日,可也有不少同行都在线,春节快到了,北方各旅游景区大作冰雪文章,大作春节民俗游文章,营销战正打得火热。

张伟顺利地找到了几个老伙计,让他们把自己景区开展的冬季旅游项目的内容和路线以及报价统统传过来,特别是有关冰雪之旅民俗游的。

张伟很快收到了一大堆材料,剩下的就是对这些材料进行筛选、整理,最后弄成一个完整的情况汇总。

张伟做事情喜欢条理整洁,讨厌邋遢,他写报告的时候,文字格式、用词、标点符号都是很严谨的,严格符合标准,用词准确。

张伟一直认为,以小见大,一屋不扫,何以扫天下?

快到中午,张伟的活弄完了一半。

王炎买了一些水果送过来,看张伟在忙,没打扰,把水果放下悄悄出去了。

张伟伸了个懒腰,上午先这样,剩下的下午弄。

张伟拿起一个香蕉,边吃边看QQ,姐姐还挂在那里,不过不是忙碌状态了,看来她也忙完了。

张伟对伞人说:"你忙完了? 姐姐。"

伞人:"是啊,张大厨。"

张伟:"你不是喜欢叫傻熊,不是不喜欢叫张大厨吗?"

伞人:"我喜欢怎么叫就怎么叫,你管呢?"

张伟:"那随你吧,反正怎么着都是你有理,我刚才看你忙,就没打扰你。"

伞人:"嘻嘻……同样,我也是看你在忙,没有打扰你,你也忙完了?"

张伟:"暂时告一段落,下午继续。"

伞人:"哦,别人的活,别这么拼命,糊弄糊弄得了,还真下真功夫了?"

张伟:"不能这样说啊,答应人家的事情,要么不做,要么做好,这也是显示我老张水平的机会啊,不能让人家陈董小看了咱老张哦。"

伞人:"哇! 自封老张了,张大厨你怎么这么不谦虚啊?"

张伟发过去一个嘴巴咧开大笑的表情:"你们一个叫我张大厨,一个叫我傻熊,就不许我自己叫自己老张啊?"

伞人:"哦,也是,那就给你一个自我安慰的理由吧。"

张伟:"还有,咱吃了人家的,住在人家里,嘴短,受人之恩,涌泉相报,这是你说过的话,总得给人家一个回报吧。"

伞人："哟……大厨,你这是在报恩哪,真是讲义气,够哥们儿,上午弄的怎么样了?"

张伟："还好,比较顺利,材料搜集的差不多了,下午我整理一个正规的《北方农家乐资料汇总》给她,她参考也罢,留作资料也罢,都有用处的。"

伞人："辛苦了,大厨兄弟,注意身体哦,别累着,为了一点报恩,累坏了身体,咱犯不着。"

张伟："放心好了,姐姐,没问题的,你下午还加班吗?"

伞人："是啊,下午还要加班,正好陪你,或者说你陪我也可以,嘻嘻……"

张伟乐了："好,下午我陪你加班。"

伞人："要吃饭了哦,你饿不?"

张伟："还行,你怎么吃啊?"

伞人："外卖哦,老板给叫的外卖。"

张伟："那好,你先吃吧,估计我们也快了。"

伞人："那好,我去了。"

张伟退出 QQ,把资料简单汇总了一下。

刚弄完,陈瑶推门进来了："张经理,饿了吧,饭来了,吃饭。"

哦,陈瑶这里中午饭也是叫的外卖。

公司里还有几个员工,大家一起吃工作餐。

吃饭的时候,王炎问张伟："哥,你春节什么时候回家?"

"放假就走,估计得腊月二十五左右吧,你呢,春节回不回家?"

"回家,带着这个洋鬼子老哈一起回家,让我爸我妈看看。"

"什么时候走?"

"时间还没有定下来,打算开车回去,这个时候坐火车飞机汽车都很拥挤啊。"

"是啊,人太多了。"

"我想,我们一起回去,大家一辆车也热闹,还可以轮换开车,不累。"

张伟一听,很高兴："好啊,那可就太方便了。"

王炎呵呵一笑："不过,老哈事务要多一点,可能要临近春节才能回去。"

"这有什么关系,只要能年三十以前到家,早点晚点,没有关系的。"

"那好,到时候我通知你,大家一起走。你和老哈轮流开车,我只管睡觉,哈哈……"

张伟也开心地笑起来。

"你们谈什么哪,这么乐呵?"陈瑶吃完饭走过来。

"谈论回家过年的事情哪,我带老哈回去见我爸妈,哥和我一起回去,我们开车回去。"王炎快人快语地说。

"哦,要很远哦,你们老家离这里得走很远啊。"

"快,都是高速,一天一夜到家,轮流开车。"张伟接过来说。

陈瑶点点头："北方过年一定很有意思吧？"

"呵呵，城市里过年全国都一样，没什么意思，农村，特别是偏远的农村，像我老家那里，都还保留着传统的春节礼俗，有意思，很有意思，很有情调，充满浓郁的北国风情。"张伟说。

陈瑶留意听着，不住点头，没有说话。

张伟看着陈瑶若有所思的表情，突然想起王炎说陈瑶想在春节期间去北方农村体验风土人情的事，看来陈瑶真有这个打算？她打算去哪里体验呢？

又一想，自己真是闲扯萝卜淡操心，人家爱去哪去哪，与你何干？

一想到很快就可以回家过年，张伟不由得很兴奋，特别不用去挤火车了，太舒服了。

可是，又一个问题涌上来，老妈交代让自己一定带个女朋友回去，这事还没着落啊。

一想到父母期望渴盼的神情，张伟心里总感觉很有愧，又很不忍，还很犯愁。

唉，人生就是这样，总是有喜有忧。

可惜自己和伞人姐姐关系发展太慢，至今还没有发展到感情全面坦露表白的程度，虽然自己的心里已经深深烙下了伞人姐姐的印迹，可是伞人姐姐好像属于慢热型的，感情这东西，急不得。

难道，真的按伞人姐姐说的，租个女朋友回家？

张伟感觉有些滑稽，又不禁有些蠢蠢欲动。

刚要开始工作，接到何英的短信："你还在东兴？"

"是的，你呢？"

"我也在东兴。"

"哦。"这家伙昨晚也在东兴住的，没有骚扰自己，难得。"你昨晚在东兴住的啊，什么时候回宁州？"

"一会就往回走，你和我一起回去吗？"

"不了，我这会在假日旅行社正在弄一个材料，还没弄完，忙着呢，再说，我明天要去公司上班，就从东兴直接走了。"

何英好像很失望："你真的不和我一起回去了吗？如果你要回去，我可以等你弄完材料，我现在就在假日对过的东兴大厦下面。"

张伟出去一看，何英的车果然停在街对过。

张伟好像感觉到何英孤独寂寥忧郁的心情，不过，自己真的是无能为力，感情这东西，不能勉强，也不是同情能代替的。

张伟："傻孩子，别等我了，我不回宁州了，你自个回去吧，路上小心点。"

何英："你的心为什么这么狠？"

张伟："何英，对不起，我真的不想勉强我自己，我很同情你，可是，同情不等于爱情，我很想帮你，可是，有些事是帮不了的，我真的把你当做很好的朋友，很真挚的朋友。"

然后何英一直没有再回复。

张伟忙乎了一阵,心里始终放不下,出来一看,车已经不在了。

何英走了,自己开车回宁州了。

张伟摇摇头,叹了口气,唉!有情总被无情伤,无可奈何花落去!

张伟继续自己的工作。

伞人姐姐还挂在 QQ 上,忙碌。

张伟也挂在 QQ 上,忙碌。

张伟工作起来很投入,不喜欢被人打扰,干脆把办公室的门关上,安心工作。

到下午五点,张伟终于忙完了。

一份完整版的《北方农家乐资料汇总》出台了,内容很有条理,分为总纲、类别、简介、价格、路线几大类,每一大类又分为若干小类,总字数达概两万字。

张伟按照文件格式排好版序,设置好字体字号,又认真校对了一遍,确认没有错误和遗缺,才松了一口气。

"姐姐。"张伟对伞人说:"我忙完了,你呢?"

"早忙完了,看你一直在忙碌,没敢打扰你。"

张伟:"呵呵,我刚全部整理完,发给你看一下。"

伞人:"好的,咱先睹为快。"

张伟把文件传给伞人,然后等待伞人的评价。

过了十多分钟,伞人回话了,伸出一个大大的大拇指:"very 棒!"

张伟很高兴:"真的还是假的? 你别诳我。"

"真的。"伞人又发过来几个惊叹号,"说真的,张大厨,你的文字条理和叙述能力出乎我的意料,不好意思,咱以前还真小看了傻熊了,以前怎么不知道你还有这么一手呢?"

张伟:"呵呵,我以前上大学的时候就是学生会宣传部长,还做过校报的记者,经常写东西的,只是这些年扔下了。以前给你看过一次那中天的营销方案,因为题材限制,很粗略简单,没这么详细具体和细化。"

伞人:"我刚才认真看了下,你的文字结构很严谨,表述很有条理,虽然是有资料,但是能感觉到,你对资料进行了大刀阔斧的砍伐和调整,重新布局组合,不错,很有思路。看来,我得拜你为师,张大厨。"

张伟很开心:"你这话是在讽刺我吧?"

伞人:"不是,是真的向你学,你的文字写作能力和材料组织能力,还有思路的驾驭和条理能力,都是值得我学习的,真的。"

张伟:"呵呵,姐姐,你这么一说,我有些飘飘然了。"

伞人:"好好乐呵吧,傻熊,有时间好好跟你学几手。"

张伟:"咱们互相学习,主要还是我向你学习,互相帮助,共同进步。"

伞人:"嘿嘿,大厨这话我爱听,比较谦虚,很诚恳。"

张伟:"我在你面前,一直是很谦虚滴,我可不敢扇忽翅膀。"

伞人:"大厨今天真的很辛苦啊,看来晚饭陈瑶要好好招待你了,不然,对不住你一天的劳动。"

张伟:"呵呵,吃什么都行啊,无所谓。"

伞人:"你和陈瑶以后要保持密切的联系,这对你今后的工作大有好处。"

张伟:"是的,今后漂流在东兴营销工作的突破口可能就要从假日开始。"

伞人:"对,你考虑的很长远,很有头脑,我也是这么考虑的,所以,你和陈瑶以后要多联系,结成紧密型的战略合作伙伴关系。"

张伟:"恩,但是其他的旅行社年后也还是要跑。"

伞人:"那是自然,但是这个突破口一定要抓住抓紧,只要一家局面打开了,其他就好弄了。"

张伟:"嗯,好的,年后就要开始考虑这些了。"

伞人:"嘻嘻……大厨所言极是,洒家要下班了,要吃饭了。"

张伟:"好的,姐姐,你先下吧,我把材料复制到 U 盘里,给陈瑶看一下。"

和伞人说再见后,张伟把材料复制好,合上电脑,进了陈瑶的总经理办公室。

王炎正躺在沙发上吃零食,边看杂志,陈瑶正在电脑桌前。

张伟把 U 盘给陈瑶,让她把文件复制过去。

陈瑶复制好文件,开始在电脑前看。

王炎看张伟忙完了,把张伟拉过去一起吃零食。

第二十三章 客厅较量

陈瑶看得很快,不到十分钟就看完了:"张经理,你这材料做得太好了,极有条理,极有思路,内容丰富翔实,非常有参考使用价值,真可以说是北方农家乐旅游指南了,对于我们做新产品太有参考价值了。"

陈瑶声情并茂的赞扬让张伟有些不好意思,嘿嘿笑了一下:"过奖,过奖。"

王炎则很高兴,挎着张伟的胳膊:"哥,能让陈姐这么夸奖的人可不多哦。"

"没想到张经理不但有丰富的营销管理知识,还这么擅长文笔,文字结构这么精确,文理内容这么有条理、顺畅,材料组织这么紧密。"陈瑶继续评价。

张伟一愣,陈瑶的看法怎么和伞人姐姐这么相似,看来伞人姐姐的评价是实事求是的,不是在夸自己。

"张经理,辛苦了,晚饭要好好犒劳犒劳你哦。"陈瑶最后做了总结发言。

"好,我还想吃哥做的菜。"王炎一听吃饭,精神来了,摇晃着张伟的胳膊。

"那不行啊,张大厨今天很辛苦,不能让他下厨了,晚上我来,弄几个菜你们尝尝,看符合你们的口味不?"陈瑶笑眯眯地看着张伟和王炎。

王炎一听,同样很高兴,对张伟说:"陈姐的手艺也是很厉害的,今晚我们就尝尝陈大厨的拿手菜吧。"

陈瑶哈哈大笑,很快活:"昨晚张大厨,今晚陈大厨,哈哈……"

王炎嘿嘿一笑:"我很有口福哦,轮流吃两位大厨的拿手菜,对了,"王炎晃晃手机,"刚接到短信,最新消息,今晚还有个洋鬼子老哈也来品尝中国菜。"

陈瑶开心地一拍巴掌:"欢迎国际友人。"

张伟看着陈瑶快活的样子,很受感染,陈瑶的笑属于那种发自内心的,实实在在的纯真的笑,流露出一种孩子气,还有几分天真,和陈瑶平日的雅致和高贵还有忧郁对比,此刻的陈瑶让张伟心充满了一种感动的情绪。

三个人刚出公司,哈尔森赶到了,开着一辆新式奔驰吉普。

王炎一拉张伟:"哥,我们回家就开这辆车。"

张伟心里一乐,这车过瘾,底盘重,稳当,可就是个油耗子。

"嗨,张子强,"王炎冲哈尔森喊道,"我哥春节和我们一起回家。"

"太好了。"哈尔森拍着巴掌哈哈笑着,"兄弟,我们可以一起作伴了。"

张伟看着哈尔森傻乎乎拍巴掌大笑的样子,突然感觉哈尔森才是一只傻熊。

想起伞人给自己起的名字,张伟心里直想乐。

这傻熊的名号送给张子强才正合适啊。

四人上楼,陈瑶开始忙乎,王炎做下手,两个大男人在客厅里聊天喝茶。

"张,"哈尔森边喝茶边对张伟说,"你最近在那山里面活的怎么样?"

应该是生活得怎样,从哈尔森嘴里出来成了活的怎么样,不过一个外国人,能把中国话说到这份上,也算不错了。

"活得很好,大大的好。"张伟调侃道。

"很好?怎么个大大的好?"哈尔森问道。

"大大的好就是活蹦乱跳、上蹿下跳、能呼吸、能运动、能走路、能吃饭、能思考……"张伟看着哈尔森直乐。

"哦。"哈尔森做了个手势,"像猴子一样,上蹿下跳?"

"哈哈。"张伟大笑,这洋鬼子还真是富有想象力,"不,像傻熊一样,活蹦乱跳。"

"傻熊?"哈尔森哈哈笑起来,"你在山里活得像傻熊?"

靠,张伟笑不出来了,本想弄个圈套老哈,没想到被他套进来了。

"张。"老哈说道,"傻熊的日子不好过,一定不舒服,我有个想法。"

"什么想法,你说。"张伟说。

"我想……"哈尔森比划着手势,"我想,你最好能到我的公司来工作,我和王炎都希望你来,你来我们这里工作,会很舒服,收入很高,不用像傻熊那样活了。"

"NO,NO,NO。"张伟摆摆手,"你们那地方的工作和我相差太远,隔行如隔山,我做不了。"

哈尔森摇摇头:"NO!你很聪明,你很有天赋,你很有本领,你能做好,你能做得很好,我和王炎都相信你能做得很好。"

"THANK YOU,张子强兄弟。"张伟对哈尔森说,"谢谢你和王炎的好意,人各有志,我是学旅游专业的,我还是喜欢做老本行,假如我改行,虽然收入会增加,可是……"张伟做了一个手势,"我会活得不开心,很不快乐。你的明白?"

"哦。"哈尔森连连点头,"张,我明白你的意思,你的意思是你要做自己开心的事情,这样你才会快乐,是吗?"

张伟一笑:"张子强,你很聪明,基本就是这个意思,人活着,最快乐的事情是什么?开心啊,开心才会快乐,不开心,宁可不做。"

哈尔森点点头:"你说得很有道理,这就是你喜欢在山里做傻熊的道理,是不是?"

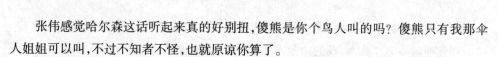

张伟感觉哈尔森这话听起来真的好别扭,傻熊是你个鸟人叫的吗?傻熊只有我那伞人姐姐可以叫,不过不知者不怪,也就原谅你算了。

原谅归原谅,却不愿意同哈尔森谈论这个话题了,免得再被这小子套进去。

张伟注意力开始被电视吸引过去。

哈尔森不甘寂寞,一会又和张伟说话了:"张,我想和你切磋功夫,中国功夫,你教我几手,好吗?"

张伟看了看哈尔森,又看了看客厅,站起来把沙发往旁边一推:"来,我现在就教你几手,你先和我来对打几下。"

"好!"哈尔森高兴地站起来,摇晃摇晃肩膀,脚步来回移动,双拳比划,"张,边练边学。"

张伟脱掉外套,脚步前后交错移动,拉开架势:"张子强,上。"

哈尔森冲张伟一拳打过来,身体重心前移。

张伟向左一闪,左手顺势抓住哈尔森的手腕,右手随即跟上,脚步快速移动,右拳飞速到了哈尔森的眼前,离眼睛只有一寸远的地方停住。

哈尔森一愣:"这……你出拳怎么这么快?像变魔术。"随即又有些不服气,"再来。"

这次哈尔森的拳头直接冲张伟的胸口奔来,整个身体也冲了过来。

张伟站那里一动不动,在哈尔森快要打到自己的一刹那,身体猛地向下一蹲,同时脚步飞速移动,横向移动到了一边,同时猛地站立起,右手抓住了哈尔森的后背,将正要扑倒的哈尔森拉住。

哈尔森还是不服气:"张,你会魔术,怎么不接我的拳头?中国功夫不是这样的?"

张伟笑嘻嘻地摆好架势:"好,你再来。"

厨房里忙乎的陈瑶和王炎听到动静,也都跑出来笑嘻嘻地观看。

哈尔森这次仍是直冲拳,右拳直冲张伟面部而来。

张伟仍然是保持着防守的姿势不动,眼看哈尔森的拳头就要打到张伟的脸上。陈瑶和王炎不禁叫出声来。

说时迟那时快,就在哈尔森的拳头即将接触到张伟面部的那一刻,就在哈尔森以为自己这一拳肯定可以击中张伟的那一刻,张伟的左手突然闪电一般抬起,瞬间就将哈尔森的右拳隔开,接着左手顺势抓住了哈尔森的右手腕,逆时针方向用力一拧,脚步快移,右手接着跟着到了哈尔森的下巴前停下,哈尔森的身体随即一下子坐在地上,反拧在张伟脚下。

张伟的一隔一拧一错一伸都是在瞬息之间完成,哈尔森根本来不及反应。

陈瑶和王炎哈哈大笑,拍手直叫精彩。

"中国功夫打败西洋拳,张伟打败张子强。"王炎笑得合不拢嘴。

张伟把哈尔森拉起来。

哈尔森连连冲张伟拱手:"张,你的速度太快了,而且还很有力量,佩服!"

张伟呵呵一笑:"其实,我的力量不大,主要是顺势借了你的力量,以你之力反攻你之身。"

哈尔森连连点头:"中国功夫真是奇妙,奥妙无穷,竟然能用我的力量来攻击我!"

张伟:"我这个哪是什么正宗的中国功夫啊,属于下九流的三脚猫功夫。"

"三脚猫?"哈尔森看着张伟,"这是哪个门派的功夫?"

陈瑶和王炎哈哈大笑,陈瑶说:"哈尔森,张伟的功夫是乾坤大挪移,出自东兴门派,出自灭绝师太陈瑶手下。"

"哈哈……"张伟和王炎也大笑不止,王炎笑得趴在地上不起来。

哈尔森也傻乎乎地跟着笑起来:"陈瑶?你是灭绝师太?也是功夫高手?"

陈瑶点点头,嘻嘻哈哈:"那是,本师太功夫了得,这张大厨还是出自本人门下。"

哈尔森不相信:"我不信,你在逗我。"

陈瑶冲张伟使了一个眼色,对哈尔森说:"不信,我给你看看本师太的排山倒海推人掌。"

说着,陈瑶摆出武打电影里的侠女姿势,手掌一摆,冲张伟当胸推过来。

张伟那边早已会意,配合着摆好姿势站在那里。

陈瑶的手掌刚碰到张伟的衣服,张伟猛地一个踉跄,刷地后退五六步,然后扑地坐在地上,捂着胸口:"啊呀,师太手下留情。"

陈瑶嗖地站立,对哈尔森说:"看,老哈,本师太功夫如何?"

那边,王炎笑得坐在地上捂着肚子打滚。

哈尔森看了一会陈瑶,哈哈大笑:"你撒谎,你刚才手根本就没有碰到张,刚碰到他衣服,他就飞出去了,你们俩骗我的。"

"哦。"陈瑶泄气了,把戏被洋鬼子看穿了,看了张伟一眼,"大厨,你怎么搞的,配合不默契,让张子强看出来了。"

大家哈哈大笑。

张伟没想到陈瑶竟然是个如此幽默好玩之人,疯起来不亚于王炎,怪不得这两人能凑到一起。

陈瑶拍拍手:"演出失败了,不玩了,吃饭。"

晚餐很丰盛,陈瑶这一会竟然弄出了八个菜,其中有张伟最爱吃的孜然羊肉、宫保鸡丁、牛肉渣、沙丁鱼。

尝尝味道,佐料齐全,还比较辣,正和张伟口味。

张伟很奇怪,陈瑶怎么会做这么多北方菜。

陈瑶拿过两瓶高度白酒,还有一瓶红酒,对张伟说:"你和老哈喝白酒吧,我和王炎喝红酒。"

大家倒好酒,陈瑶举杯说:"欢迎各位来陈府就餐,欢迎各位品尝本师太的手艺,来,干杯!"

大家嘻嘻哈哈一饮而尽,开心地吃菜。

一会儿,陈瑶突然郑重地对大家说:"各位,我有一事,想请各位帮忙?"

哦,大家都停下来,看着陈瑶。

"嘛事?说。"王炎笑嘻嘻地看着陈瑶。

陈瑶先给大家倒满酒,放下酒瓶,然后说:"我最近一直在考虑做北方农家乐旅游路线的事情,今天张经理给我提供了很好的参考资料,我本人呢,一直在南方生活,对北方,只熟悉城市生活,对农家的生活一直没有体验过,特别是北方农家的民俗民情,不仅仅是出于做旅游产品的需要,更重要的是,我对北方的民俗民情一直非常感兴趣。我最近一直盘算着想在春节期间到北方农家去体验生活,可是一直没有找到合适的地方。一是不熟悉,二是怕不安全。今日听到各位要在春节期间结伴返乡省亲,俺那颗骚动的心也蠢蠢欲动起来,想和你们一起去北方过大年。"

"哈哈……"王炎大叫一声,"欢迎,欢迎,热烈欢迎……"

陈瑶摆摆手:"大妹子先别忙欢迎,我还没说完,我想去北方的农家过大年,昨天听张大厨说他家属于北方典型的浓郁民俗风情山村,俺想去张大厨家体验农家乐。好了,俺说完了,听大家意见。"

张伟一听,感到很突然,又很兴奋,一是结伴回乡,人多热闹,二是陈瑶到自己家里体验生活,有朋自远方来,不亦乐乎?家里过年添一美女客人,自然热闹许多。自己一直以为陈瑶早就找好体验生活的北方农家了,原来一直没确定啊。

哈尔森和王炎听陈瑶说完,非常兴奋,哈尔森说:"好啊,我们大家在一起,多热闹啊,我也想去张家里过年。"

王炎一拍哈尔森的脑袋:"你少掺和,陈姐是去体验生活,为做新旅游产品积蓄素材的,你得老老实实待在我家里,伺候我爸我妈。"

哈尔森不再说话,兴奋地看着张伟。

王炎看着张伟:"哥,陈姐想借宿你家体验生活呢?干吗不说话?"

张伟忙从沉思中回过神来,看着陈瑶,点点头:"陈董事长能亲自来我家体验生活,这是我家我村我乡我县的最大荣耀,是对我县我乡我村发展旅游业的最大鼓舞和支持,我代表我家我村我乡我县全体人民,对陈董事长的光临表示最最热烈的欢迎!!"

大家都开心地哈哈大笑。

陈瑶说:"感谢大家的欢迎,特别感谢张大厨的收留,小女子拜谢了。"说着陈瑶盈盈站起,摆个万福。

张伟说:"只是,我家地处荒远山村,家里很穷,吃的住的和城市里都没法比的,陈董不知道能不能吃得了苦?"

陈瑶一笑:"咱也是贫苦农家出生的子民,生在新社会,长在红旗下,也是从苦日子过来的,既然是体验生活,自然是有这个思想准备的。"

张伟点点头:"那就好。"

其实张伟心里偷着乐,还有一个原因。

他琢磨好了,打算用陈瑶来顶一阵子女朋友,搪塞一下老爸老妈。

不过,这事不能告诉陈瑶,得弄得巧妙点,不能露馅。

张伟心里暗暗决定好了,自己看来不用租个女朋友回家过年了。

嘿嘿,天助我也,得来全不费工夫。

"好,这样我们就有三个人轮流开车了,大家更省力气。"王炎高兴地说。

"要不,我再开一辆车,不然,春节期间会不会不方便?"陈瑶说。

"不用。"王炎说,"我家在市区,到市区后,我们基本不出门,用不着开车,你们直接开着车去我哥家好了,春节后再来接我们,我们一起回来。"

哈尔森也连连点头:"是啊,开我那辆奔驰越野车好了。"

"嗯。"张伟看着陈瑶,"这样也好。"

陈瑶点点头。

事情就这么定了,由于哈尔森的工作特殊,公司里事情多,大家初步商定腊月二十八起身,这样腊月二十九到家,在家里过年三十。

"来,大家吃菜。"陈瑶招呼着大家。

第二十四章 | 心不由人

张伟一桩心事解决了,一高兴,和哈尔森喝了起来。

哈尔森酒量也还可以,两人边喝边聊天,一来二去,竟然把一瓶白酒干光了,第二瓶也下去了一大半。

王炎和陈瑶吃完过去看电视,剩下张伟和哈尔森在那里把酒论兄弟。

"张子强……"张伟和哈尔森又干了一杯酒,把空酒杯倒过来把玩在手里,"你小子有福气,王炎这么好一丫头,本来是我的,现在却是你的了。"

哈尔森把一杯酒喝干,眼睛发红,摇头晃脑,拍拍张伟的肩膀:"张,你错了,王炎不是你的,也不是我的。"

"那她是谁的?"张伟一愣。

"她谁的都不是。"哈尔森摆动着食指,"她只属于她自己,谁都不能约束她的自由,她是一个自由的人。"

张伟点点头:"嗯,你说的有道理,王炎是个好姑娘,她有理想,有抱负,有追求,有梦想,可是,她跟着我,我什么也不能给予她,我没有能力实现她的理想和梦想,而你……"张伟指指哈尔森,"你比我强,你能。"

哈尔森看着张伟:"张,别这么说,我并不比你强,我们俩的能力都是一样的,只是我们的环境和条件不一样,我们的行业不一样,我们的理念和追求不一样,我们的民族和文化不一样,如果换了你在我的位置,你会做得比我好。"

张伟笑笑:"谢谢你的评价,我自己几两重,我有数,我对你只有一个要求,那就是好好对待王炎,不管是现在在中国还是以后在德国,还是以后在世界任何地方,我希望你能好好对待她,她很单纯,她需要你的呵护和关照。"

哈尔森郑重地点点头:"张,你放心,我向上帝发誓,我会一辈子对王炎好,我会用我的生命来呵护王炎的生命。"

张伟拍拍哈尔森的肩膀:"兄弟,我相信你,相信你是个男子汉,一个负责任的男子汉。"

哈尔森看着张伟:"张,其实,我很感激你,还有陈瑶,你们对她都很好,王炎有你们这么好的朋友,她很快乐,很开心,看见她每天那么开心,我很快乐,很幸福。"

张伟现在感觉张子强还真有可爱的一面,很坦率,很真诚。

看来,人不论种族和血统,不论文化和教育,只要心诚,都可以沟通,都可以做好朋友。

两人喝得很尽兴,一直把两瓶酒干掉。

张伟感觉喝得正好,哈尔森竟然也没什么醉意,这洋鬼子酒量还真了得。

饭后,哈尔森要回公司,喝酒不开车了,直接打车回去,明早再来开。

王炎不回去,在陈瑶这里住。

送走哈尔森,张伟一屁股坐在沙发上对王炎说:"你家这老哈酒量还不小,我差点被他放倒。"

王炎哈哈一笑:"洋鬼子酒量大,他啤酒更厉害,听说他在上大学期间曾经得过慕尼黑啤酒节上的喝啤酒比赛第十九名,一小时之内喝了十七瓶。"

张伟把脑袋往沙发上一扔:"晕,我倒。"

陈瑶把一杯浓茶端过来:"张经理,来,喝杯茶水,解解酒。"

张伟接过来:"谢谢陈姐,这两天给你添了不少麻烦,真不好意思。"

陈瑶呵呵一笑:"别客气,张经理,过几天我不也还是要麻烦你吗?大家是同行,也是朋友,互相帮助是应该的。"

"是啊,哥,陈姐这里我都快当自己家了,嘻嘻。"王炎舒服地蜷伏在沙发上,"其实,不光是哈尔森想去你家过年,我也想去啊,我特想去农村过年,农村的年味很浓的,我喜欢哦。"

陈瑶微微一笑:"那你也一同去啊,大家做伴正好热闹。"

"唉,不行啊,一年就那么几天在家,得好好陪老爸老妈了,好羡慕你啊,陈姐,做旅游就是好,想上哪里就上哪里。"

"呵呵,有苦也有乐,乐中有苦,苦中有乐,你是只看到了乐的地方,没有看到苦处啊。"

张伟接过来:"就是,小丫头片子,懂得什么?睡觉,明天早上还要早起床,八点前到公司呢。"

"张经理……"陈瑶对张伟说,"明天早上六点半我喊你起床吃早饭,然后七点出发,我开车送你回公司。"

"别。"张伟忙说,"这太麻烦了,我坐城乡公交车就可以。"

"最早的公交车是早上八点发车,你要是坐公交车,一定会迟到一个小时以上。"

"哦。"张伟挠挠头皮,"那又得给你添麻烦,不好意思。"

"呵呵,张经理不要这么客气,举手之劳,再说,你帮我做了这么好的一个资料汇总,我还没好好感谢你,还有,很快就要麻烦你了,先巴结巴结你,也有好处,呵呵……"

这会儿陈瑶突然改口叫张经理,不叫张大厨了。

张伟呵呵笑起来:"那好,大家晚安,我上去睡了。"

张伟急着上去睡觉其实还有一个原因,那就是和伞人姐姐说话。

张伟相信,伞人姐姐此刻一定正在电脑前面等自己的,或许又快睡着了。

今天一定不能让伞人姐姐再等待了,等的滋味是让人心焦而又无聊的。

张伟和她们打完招呼,提着电脑,快步上楼。

房间里很整洁,一定是陈瑶整理的,一定是在自己和哈尔森喝酒侃大山的时候整理的。

张伟快速打开电脑,接上网线,登录 QQ。

可是,伞人姐姐不在。

张伟看看时间,九点半,伞人姐姐这会应该还没有睡觉啊。

张伟决定把 QQ 挂在这里,先去洗澡。

洗完澡,回到电脑旁,伞人姐姐还没有上来。

怎么回事,难道伞人姐姐今天不来了? 还是等了自己一会儿,先下了?

张伟正琢磨,手机短信来了,何英的:"我在宁州,你在干吗?"

张伟联想到何英下午的表现,知道她此刻心情一定不佳,回复道:"我还在东兴,正要睡觉。"

"你住在哪里?"

"住在陈瑶家里。"

"什么!! 你住在陈……陈瑶家里?!"那边的何英显然十分震惊。

"有什么大惊小怪的,我和王炎都住在这里,晚饭在陈瑶家里吃的,王炎的男朋友刚走。"

"究竟是怎么回事? 你怎么会住到她家里去了?"何英在那边继续追问。

张伟有些不耐烦,本不想和她说,我的私事,想住那住那,与你何干? 不过看何英的样子,也不想再惹她,于是耐着性子对她说:"我帮陈瑶公司做一个材料,陈瑶请我和王炎吃饭,饭后比较晚,王炎住在陈瑶家,她家阁楼有客房,于是邀请我也住下,于是我就住下了,很清白很光明坦荡的事情,没有你想的那些龌龊事,明白了?"

那边何英好像稳定了情绪:"哦,是这样,明白了,那这两天,你们和陈瑶都谈……谈什么话了?"

张伟有些好笑,知道何英说的你们是指自己和王炎:"谈的内容多了,五花八门,什么都有,从工作到生活,从地理到天文,从文学到艺术,从吃饭到睡觉,什么都有,怎么了?"

何英看出了张伟的不耐烦:"唉……没怎么,我不就是问问你嘛,干吗这么不耐烦,干吗这么烦我,如果你真要是哪眼看我哪眼够,就请直接告诉我,我也不是那种死皮赖脸非要缠着你的人,大不了以后不联系好了,大不了做个陌路人好了。"

张伟一看回复,突然感觉心里不大安稳,于心不忍,自己是不是真的对何英太冷漠了,太残忍了?

"嗯,其实,你不要这么说。"张伟琢磨着用词,"我没有说不要理你,我真的是把你当朋友看,我对你真的没有敌意,只是,你应该了解我的性格,我一贯独立自主惯了,我不喜欢别人干涉我的私生活,不喜欢别人像审贼一样盘问我,我和陈瑶之间和王炎之间都是光明正大,光明磊落的,我们真的只是朋友,完完全全的朋友之间来往,我不想让你认为我有什么腌臜事。"

何英一声叹息:"嗯,我当然了解你,我也知道你不会做那种事,可是……可是我老是心不由己,老是胡思乱想,老是心里不安稳,我也知道你不爱我,你对我没有那种感情,可是,我喜欢你,我爱你,越来越爱你,我睁眼闭眼都是你,没有你的日子,我快疯了,我疯了! 我真的疯了!!"

张伟脑袋嗡的一声大了,这女人掉的越来越深了,纠缠进感情的漩涡是最让人痛苦的事情:"何英,我们都是大人,都是有理智的人,其实,你应该很明白,感情是不能勉强的,爱情是要发自内心的,是要相互的,只有一头热,一定是不现实的,也是不幸福的,我希望我们都能理智面对自己的情感,理智面对自己的选择,理智面对现实,我希望我们能够做一生一世的朋友,做真诚的朋友,我不爱你,我对你没有那种感情,但是,从做朋友的角度来看,我喜欢你,喜欢和你这样人做好朋友,因为你实在是一个不错的人,起码对于我来说。"

何英沉默了一会儿,回复道:"对不起,今晚我太失态,我有些不能控制自己,对不起,我吓着你了,好了,你休息吧,不打扰你了。"

张伟突然感觉到何英心里那深深的孤独和寂寞,还有一种压抑的痛苦,问道:"你还在锦绣前程那房子里住?"

"是的,我不在这里住去哪里住? 已经闹到这个份上了。"

"哦,先住一阵子再说吧,自己好好照顾自己,不要放纵,不要想不开,你还年轻,路还长着呢,好好休息吧。"

"嗯,谢谢你,再见。"

"再见。"

和何英发完短信,张伟长出了一口气,心里突然感觉闷闷的,情绪突然变得低落起来。

看看电脑,伞人姐姐还没出现。

唉,人生苦短烦恼多啊,睡觉,希望明天是个好天气。

张伟刚要退出 QQ,伞人姐姐突然上线了:"傻熊,来了很久了?"

张伟还没有从低落的情绪中走出来:"哦,姐姐,你怎么这么晚才来?"

伞人:"我家里有客人,弟弟妹妹来了,刚招待完他们,安顿他们休息,接着就过来了。"

张伟："哦,他们在你家住的?"

伞人："是啊,嘻嘻……吃过饭,小妹不想走了,弟弟妹妹都住在这里了。"

张伟："哦,是这样。"

伞人："你还住陈瑶那里?"

张伟："是啊,王炎也住这里的,给人家添麻烦,真不好意思。"

伞人："那有什么,你不是也帮她忙了吗? 大家互相抵消了,安心住下就是了,我又没有怀疑你什么事情。"

张伟突然想起何英刚才的短信谈话内容,不由一声长叹:"唉……"

伞人："怎么了? 看你情绪好像不高啊,什么事情让张大厨不高兴了?"

张伟想了想:"姐姐,何英刚才给我发短信了。"

伞人："呵呵,那又怎么了? 不就是发个短信吗?"

张伟："她和老高分居了,两人正准备要离婚。"

伞人："这事儿你和我说过。"

张伟："何英昨天送我来的,开车送我来的。"

伞人："哦,专程开车送你来的?"

张伟："应该不是吧,她说她到东兴办点事情,可能是顺风车吧。"

伞人："哦,那不是很好吗? 这么方便。"

张伟："她知道我来这里和你们聚会的事情,我告诉她了。"

伞人："哦,她和王炎也挺熟悉的,不是吗?"

张伟："是的,她和王炎很熟悉,还送过王炎一条项链,昨天我看她情绪很低落,还特意邀请她来一起玩,放松放松,散散心。"

伞人："她怎么没来?"

张伟："她不来,把我送到东兴大厦门口,就走了。"

伞人："哦,那不是假日旅行社门口对过吗? 没进来就走了?"

张伟："是啊,她心情不好,也不愿意参加我和王炎、陈瑶的聚会,自个走了,昨天中午她又过来了,问我回不回宁州,在假日旅行社门口对过等了一会儿,然后走了。"

伞人："嘻嘻……何英好像对你很情有独钟哦。"

张伟烦躁地说:"我正为这烦恼哪,天下这么多男人,她喜欢谁不好,偏偏喜欢我,想想很烦人哎!"

伞人："为这事,有什么好烦恼的,美女投怀送抱,多少男人求之不得,你还烦恼,真是吃饱了撑的,哈哈……"

张伟："你还逗我,我可没这心情,我心里只有你一个,我心里再也容不下第二个女人。"

伞人："嘻嘻,小东西,这话说得真好听,爱要真诚,不能分享,你心里很有数啊。"

张伟："刚才我和何英认真谈了,我告诉她,感情的事是不能勉强的,我和她可以做很好的朋友,做最好的朋友,但是,不可能做超越友谊的朋友,不可能涉及男女感情。"

伞人："哎……这些事就不要和我说了,我不想听,我以前和你说过,我相信你一定会处理得很好的啦。"

张伟："嗯,我明白。不过,想想这何英,也真是,也太个性了,从小和张小波拼到大,最后拼了个落花流水,三败俱伤,张小波出走,她和老高离婚,这也太不值了,女人哪,最可怕的就是虚荣和嫉妒。"

伞人仿佛在自言自语:"她和张小波拼了这么多年,虽说两败俱伤,可是俗话说得好,不是冤家不聚头,恐怕这场拼还得继续下去……"

张伟："什么意思?为什么她还要和张小波拼下去,张小波现在不是已经离开了?她和张小波已经没有联系了。"

伞人："呵呵……没有什么,随便说说而已,世事难料啊。"

张伟："这老高心里还一直挂着张小波,恐怕老高离婚后还会找张小波的。"

伞人："为什么这么说?"

张伟："结发夫妻啊,感情深,老高一直念念不忘张小波,离婚后,他自由了,光明正大了,当然会找张小波啊,说不定还会要求复婚呢,说不定张小波念旧情,又回去了。"

伞人发过来一个不屑的表情:"我看这老高可能要竹篮打水,好马不吃回头草,那张小波就那么贱,被伤透了心还再回头?不可能的事。"

张伟有些不服气:"你又不是张小波,你怎么知道?女人的心很难琢磨的,什么样的事情都有可能发生,不相信我们打个赌,我赌张小波和老高言归于好,旧梦重欢。"

伞人："呵呵……傻熊,好,本洒家就和你打这个赌,你输定了,对了,拿什么做赌注?"

张伟："拿什么都行,只要是我输了,你让我干吗都可以,实在不行,就用我的人做赌注,输了,把人给你,你要是输了,把人给我,嘿嘿……"

伞人："有点不地道吧,张大厨,你这赌本好像不可以哦,我看输赢你都不折本。"

张伟："怎么不可以?对等还礼,公平。"

第二十五章 六根不净

伞人："你小子老是占我便宜,不和你说这个了,你刚才说的事,本洒家对张大厨是绝对信任的,相信你一定会处理好。对了,你做的那参考材料,陈瑶看了满意不?"

张伟一听来劲了："满意,很满意,评价和你基本差不多,哈哈……咱也在那美女面前露了一手,让她知道咱不是吃素的。"

伞人："哦,那她一定很佩服你了?"

张伟："这个……佩服倒没有看出来,倒是看到了表扬和赞赏。"

伞人："不行啊,大厨,你功夫还是不到家,你还要继续努力啊,仅仅让她表扬和赞赏是不够滴,你要做到一点。"

张伟："哪一点?"

伞人："让她佩服你,让她对你无比佩服,那样,你就是真的成长为一代大师了,以后,我就不叫你张大厨了。"

张伟："那叫我啥?"

伞人："张大师,张大厨变张大师,哈啊哈……"

张伟明白过来："姐姐,你耍我哪,我要让她佩服我,那我就首先要超越她,这个事情,好像有难度哦,我这个大师可能做不成哦,我看你还是叫我张大厨得了。"

"傻熊,怎么? 没信心? 连一个女人都超不过?"

"没有,起码现在没有,或许以后会有,现在我的知识和她相比,差得太远了,不在一个档次上。"

"哦,大厨,你说以后会有,那这以后是什么时间?"

"不远的将来,我现在偷偷跟她学,把她的本领学到手,就是我的能力了,到时候,我就有信心超越她了。"

伞人："嗯,还是有那么一点点信心的嘛,那好,希望你这个以后不要成为永远,希望你这个大厨早日变为大师。"

张伟："路漫漫其修远兮……相信我吧,我想等做成了再说,而不是光说不做,行胜于言。"

"嗯,这话说得好,张大厨的思想境界越来越高了,正在慢慢接近大师的水平。对了,今晚吃得好不好?"

张伟:"好啊,很好,这陈瑶做菜的水平很高的,北方菜做得也很好,我吃得很爽。"

"哦,张大厨遇到陈大厨了,你们没有 PK 一下?"

"没有,我倒是和王炎的男朋友哈尔森 PK 了一下。"

"怎么 PK 的?"

"比划了一下功夫,中国功夫对西洋拳。"

"那一定是你赢了。"

"说的对。"张伟有些洋洋得意,"哈尔森高头大马,像个傻熊,笨头笨脑的,我三下两下就把他的进攻化解了,三招两式就把他降服了。"

伞人伸出大拇指:"厉害!中国傻熊 PK 西洋傻熊,你这功夫从哪里学的?"

"上大学的时候学的,那时我是校武术队的,学了四年哪,哈哈……专业的咱对付不了,一般的人,三两个,不在话下。"

"嗯,好,高手!"

"谈不上,其实,我最近在桐溪那边一直在锻炼,晚上没事的时候和小郭经常对练,小郭练的是散打,我有时候还对付不了他。"

"小郭?"伞人说,"是你以前说过的老乡小郭吗?"

"是啊,我老乡,我以前告诉过你的。"

"他不是在中天做事情吗?怎么跑桐溪来了?"

"嗨,你有所不知,小郭是受了我的牵连啊,我离开中天以后,那些人处处为难小郭,老高也猜疑小郭,最后把他挤走了,然后小郭就应聘到龙发旅游来了。"

"哦。"伞人好像明白了,"唉……这老高啊,也太不能容忍人了,为商之道,在于用人,不会用人,必不成事。"

张伟:"是的,高总这人,怎么说呢,话是讲的一套一套的,可是做起来就不是那回事,猜疑心太重了。"

伞人:"性格决定的,这样的人一辈子也成不了大事。"

张伟:"我这小郭兄弟胆子很大,前几天,在山里自己一个人把死人背下山了。"

接着,张伟把于琴爷爷的事情讲了一下。

伞人唏嘘不已:"小郭可真是厉害,善哉善哉,阿弥陀佛……"

张伟突然笑了:"嘿嘿……姐姐,这陈瑶董事长和你有同样的信仰啊。"

"信仰?什么信仰?"

张伟:"我住的客房隔壁,是个佛堂,昨晚我悄悄地发现的。"

伞人:"哦,你是说,你在人家房子里乱闯乱看了?"

张伟有些不好意思:"嘿嘿……我不是故意的,我看那门古香古色的,有些好奇,一推,开了,进去一看,哇塞,一个非常精致的佛堂啊,我没乱动,看了看,就退回来了。"

伞人："嘻嘻……那说明这陈瑶女士也是个佛教徒啊，佛门俗家弟子，带发修行，哈哈……六根未净。"

张伟："姐姐，我发现南方的寺庙佛堂很多啊，大街上经常见到和尚尼姑，在北方，很少见到的。"

伞人："是啊，南方信佛教的很多，不稀奇，不过，在家里专门建个佛堂的不多，看来这陈瑶董事长想必也是个跌落红尘之人，阿弥陀佛……"

张伟："其实，有个信仰也不错的，这样，心里会有一种信念在支撑自己，鼓励自己，多做善事，多做好事，总比那些浑浑噩噩活着的行尸走肉要强，总比那些当面一套，背地一套的人渣强。"

伞人："兄弟，你好像很愤世嫉俗啊，呵呵……这世界，不是你不明白，只是因为变化太快，放眼现实的社会，虽然总有光明在前，但随处可见肮脏和丑恶，浑浊和罪孽，贪婪和卑鄙总在正义和公理的外衣下肆无忌惮，习惯就好了，平常心对待，多想想受苦的大众，多想想苦难的乡亲，多想想美好的生活，多想想摔倒的那些人的下场，你就会明白，善有善报，恶有恶报，不是不报，时辰未到，作恶者终会受到惩罚的。"

张伟："嗯，我知道，不管这个社会多么浑浊，多么复杂，只能是我们去适应社会，不可能是社会适应我们。"

伞人："哎……这就对了，信佛也并不是装神弄鬼，而是心中有佛，有一种大爱的理念，有一种向善的信念，让自己的心中永远充满爱，永远充满感恩，只要大家心里都有爱，只要人人都能奉献爱，这世界就会和谐，大家都会安康。"

张伟："对，你这么说我很赞同，信佛，信仰的是一种理念，并不一定要剃个光头，装神弄鬼，断绝七情六欲，那不是真正的信佛，那是一种对佛教理念的曲解，佛教，我更愿意认为它是一种理念，一种思想，而不是一种宗教。"

伞人："张大厨，你说得很好，我赞同，我信佛，我六根不净，我一样喝酒，我一样吃肉，哈哈……对了，你饿不饿？傻熊。"

伞人这么一说，张伟才感觉肚子有些饿了，晚上光顾喝酒，饭吃得少："嗯，是有点饿了。"

"那怎么办？张大厨，要不你去厨房看看，找点好吃的？"

"唉……忍忍吧，在人家家里，晚上乱窜不好，再说，下面住的是女同志，深更半夜，下去干吗啊？没关系，我坚持坚持就好了。"

伞人："哎……那怎么行呢？……等等，我弟弟叫我有点事情，在向我呼唤呐，我过去一下哈，一会儿过来。"

"好，你去吧。"

张伟活动活动筋骨，伞人姐姐可真是不简单，既要照顾弟弟，还要照顾妹妹。

张伟一时心里有些嫉妒伞人姐姐的弟弟，小家伙摊上这么个姐姐，多幸福啊。

伞人一时还没有回来，张伟在房间的床上练起了拿大顶。

正练着,听见有人敲门:"张经理,请开门。"

陈瑶的声音。

"陈董,干吗啊?"

"送夜宵来了。"

哇! 张伟兴奋地一下子从床上跳下来,今晚还有夜宵啊,太幸福了。

张伟急忙穿上外套去开门。

陈瑶正站在门口,端着一大碗热气腾腾的鸡蛋面条。

"张经理,夜宵来了。"陈瑶笑嘻嘻地看着张伟,"估计你晚上光喝酒,饭吃得少,就做了点面条。"

张伟心里那个感动和激动加兴奋:"好,好,谢谢陈姐,谢谢陈董事长,我正好饿了,嘿嘿……"

"那抓紧吃吧。"陈瑶斜眼看了看屋内桌上的电脑,"这么晚了,还加班工作哪,你可真敬业啊。"

"唔……嗯……哪……"张伟接过面条,含混晦涩地支吾着。

陈瑶呵呵一笑:"张经理这么敬业,这种精神,真是叫人佩服。"

张伟一愣,陈瑶佩服自己了。

"陈董,你怎么还没有休息啊? 王炎呢?"张伟被陈瑶佩服地有些心虚,忙找个话题。

"我在忙一些事情,王炎早就睡得呼呼地了。"陈瑶大大的眼睛看着张伟。

"哦……"张伟支吾了一下,"好,那你也早休息吧。"

送走陈瑶,张伟被陈瑶佩服地有些发虚,急忙吃面。一碗鸡蛋面很快干光,张伟满意地拍拍肚皮,好舒服。

"姐姐,你还没回来?"张伟吃饱了,对伞人说。

"来了,回来了。"伞人回答。

"我吃饭了刚才。"张伟乐呵呵地说,"鸡蛋面。"

"哦,你跑厨房里去做的?"

"哪里,陈瑶做的夜宵,嘿嘿……没想到今天晚上还有夜宵,吃得好舒服哦。"

伞人:"哎……好幸福的张大厨啊,饿了有人做夜宵,我也饿了,怎么就没有人做给我吃啊。命苦哦……"

张伟:"姐姐,以后我天天做夜宵给你吃。"

伞人:"以后,那要什么时候?"

张伟:"你嫁给我的时候啊,到时我天天做夜宵给你吃。"

伞人:"那要什么时候啊,我现在还没有决定今生是继续一个人走下去还是与人携手同走呢,看我们俩的缘分吧,傻熊,有缘天成,无缘白费蜡。"

张伟猛然想起陈瑶晚饭时说的事情,忙对伞人说:"对了,姐姐,告诉你一个重大事情。"

"重大? 说。"

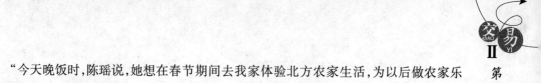

"今天晚饭时,陈瑶说,她想在春节期间去我家体验北方农家生活,为以后做农家乐旅游线路产品积累经验。"

伞人:"哟!真的?她是真的去体验生活啊还是你想让人家去你家做准儿媳啊?"

张伟一看伞人这么说急了:"姐姐,你可千万千万别想那方面去啊,她是真的去体验生活,千真万确,人家没那意思,我也绝对没有这种想法,大家是规规矩矩的朋友,你还不明白我的心吗?"

伞人嘻嘻一笑:"张大厨,你急什么?我逗你的,看把你急的,啧啧……"

张伟:"你要是不高兴,我就明天一早找个理由回绝她。"

伞人:"别……我逗逗你,我自然相信你,让她去吧,没关系。"

张伟放下心来:"不过……"

"不过什么?"

"不过……我倒是有个别的想法,嘿嘿……"

"说,坦白交代,什么别的想法?"

"我妈不是说要我带个女朋友回家吗?你又老是说我们火候不到,我总不能真的租个女朋友回家吧,所以,我突然想到……"

伞人:"哈哈……我明白了,你小子是想用陈瑶假冒你女朋友回家,来打发你爸妈是不?"

张伟发过去一个苦苦的脸:"是啊,不过这事要保密,不能让陈瑶知道,还得让我爸爸妈妈不在陈瑶面前说漏嘴。"

伞人:"这可不好说,到时你打算怎么和你爸爸妈妈说?"

张伟琢磨了一下:"嗯……我想就这样说,就告诉我爸爸妈妈,说陈瑶是我刚认识的朋友,刚刚开始交往,关系还不深,还没挑明那意思,人家只是来认认门,同时呢,因为是做旅游的,来这里体验生活,让我爸妈不要在人家面前乱说没有分寸的话,免得弄得大家尴尬,这样对我爸妈算是有个交代,也不会让陈瑶感到尴尬。"

伞人又伸出大拇指:"张大厨,你这招,高!实在是高!高家庄的高!"

张伟嘿嘿一笑:"……没办法啊,这也是被逼无奈,才出此下策啊。"

伞人:"说不定你爸妈看中了陈瑶,就要她做儿媳妇哪。"

张伟:"那也不行,这显然是不可能的事情,我的心里只有你,我一直在等你回归红尘呦!"

伞人:"感动 ing……"

…………

每次和伞人聊天,时间总是过得那样快;每次和伞人聊天,总是要伞人催个几次才恋恋不舍关掉 QQ。张伟发现自己不管平时脑子多么清醒,意志多么坚定,自控力多么强,只要一到电脑旁边,不由自主就登陆了 QQ,不由自主就点击了伞人的头像,成了一种习惯;只要一和伞人姐姐聊天,就忘记了什么是时间,就感觉时间过得那么快,就立刻进入了一种梦幻般的境界。

张伟怀疑自己是不是中了网络的毒瘾,沉迷进网恋的漩涡,明知虚拟不可为,却偏偏而为之。

　　或许这就是外人说的,当局者迷,旁观者清。

　　在外人看来,张伟的行为荒诞而可笑,现实生活中放着美女不要,却偏偏去迷恋一个虚拟空间里不知何样的网友。

　　可是,张伟却偏偏喜欢上了这位伞人网友,连现实中的美女陈瑶、何英、于林都没有能打动他的心。

　　莫笑我痴狂,只因为你不知道这感情的崇高和至上。张伟知道自己的行为可能会被外人耻笑,因此一直把这个秘密深深埋藏在心里,谁也不让知道,也不打算让任何人知道。

　　张伟和伞人的交往中,不知不觉也在受她的熏陶。张伟现在对虚幻世界里的爱情迷恋大大超过对现实的迷恋,精神上的至高享受已经使张伟不再留恋肉体和物质,在他的世界里,灵魂高于肉体,精神第一。

　　第二天早上,张伟睡得正香,轻轻地有人敲门:“张经理,起床了,吃早饭。”

　　张伟一骨碌爬起来,一看时间六点半了,急忙穿衣洗漱下楼。

　　王炎还没起床,还在睡觉。

　　陈瑶已经把早饭做好了,两个人的早饭。

　　见张伟下来,陈瑶坐到饭桌旁:“来,吃早饭,要抓紧哦。”

　　张伟看着陈瑶围着围裙的样子,感觉好亲切,很像个家庭主妇。

　　陈瑶为张伟盛上稀饭,又剥了一个鸡蛋放在他面前。

　　张伟有些不好意思,感觉陈瑶的动作这么亲切,这么自然,心中涌起一种感动,或许这就是大家常说的亲情吧。

　　两个人在那里默默对坐着吃早饭。

　　这是两人第一次单独坐在一起吃饭,张伟的心里突然很异样,一种怪怪地感觉在全身蔓延,什么感觉? 说不清。

　　稀饭喝完,陈瑶自然地把碗拿过去盛饭,动作是那样自然,没有任何忸怩和拘束,一切好像是那么顺畅。

　　张伟突然想起,刚才自己的感觉是有家的感觉,有归属的感觉。

　　现在吃饭的感觉真像在家里吃饭,有家的感觉好温馨,真好。

　　张伟边吃边被自己感动着。

　　饭后,陈瑶换好衣服,张伟和王炎说了下,两人下楼,开车,出发。

第二十六章 | 纠缠不休

　　三个人在一起的时候，张伟感觉无拘无束，一旦空间里只剩下陈瑶和自己，张伟突然感到有些拘束和紧张。

　　看得出，陈瑶也是。

　　陈瑶开车出城，直奔桐溪而去，沿途都是山路，大山围绕，山路盘旋，风光秀美。

　　车辆在一个又一个山坡上蜿蜒回旋，透过车窗向外看，晨雾笼罩下的山谷和村庄格外朦胧和美丽。

　　车内很安静，陈瑶专心致志地开着车，张伟欣赏着窗外的景色，两人逐渐都放松下来。

　　"山里的生活很艰苦，你不说我也知道的，能适应不？"陈瑶先打破了沉默。

　　张伟转过脸来看着陈瑶，陈瑶正目视前方开车，从侧面看去，长长的睫毛和小巧的鼻子，还有薄薄的嘴唇相互映衬，显得十分端庄可爱。

　　"还好，我本来就是农村出来的，吃苦习惯了，只要工作开心，只要有钱赚，在哪里做事情都一样。"张伟认真地回答。

　　"山里的风光挺好的，是吧？空气也好，有利于修心养性。"陈瑶又说。

　　"还好，那里就是一个天然氧吧啊，属于基本的原生状态。"张伟说。

　　陈瑶扭头看了张伟一眼："张经理，你方言学的很快啊，这还好还好的，很流利哦。"

　　张伟呵呵一笑，想起这句方言还是第一次和伞人姐姐认识的时候，聊天学会的。

　　"你们老家方言，还好怎么说？"陈瑶问道。

　　"怪好。"

　　"呵呵，怪好？这个是什么意思？"

　　"呵呵……就是还好的意思。"

　　陈瑶呵呵笑起来："怪好！真有意思。对了，去你们家体验生活，得给你家里交点生活费啊，不能白吃白住哈。"

　　张伟一听急了："陈董，你这太客气了，太见外了，这点吃住算什么啊。"

　　张伟说的是实话，不说山里人好客，就是她那女朋友的身份也不能交钱啊，不然，还不一下子露馅了。

陈瑶摇摇头:"那怎么可以,三大纪律八项注意,不能占老百姓的便宜哦,嘻嘻。"

张伟:"你可千万别跟我客气,如果你真要坚持,那我宁可拒绝你到我家去。"

陈瑶呵呵一笑:"哟,张经理最后通牒啊,呵呵,好吧,那就随了你,对了,你们家网络通不通啊?"

张伟想了下:"宽带网线是肯定没有的,不过手机信号很好,可以到我们当地买那种USB 的无线上网卡,不影响你上网的。"

陈瑶点点头:"好,那我就放心了,到时候买两个,我们一人一个,这样山村的夜晚也不会寂寞了,可以浏览外面的世界。"

张伟点点头,这个很有必要,春节期间自己还要保持和伞人姐姐的网络畅通啊,不然,伞人姐姐可就失踪喽。

张伟突然想起,自己现在不是有一个在宁州买的无线上网卡吗? 公司里现在没有网络,怎么就没想到在公司里试一下呢?

张伟心里一阵高兴,打开电脑包,找上网卡,半天没找到,这才想起,上网卡扔住处里没有带来,空欢喜一场,心拔凉拔凉的。

陈瑶看张伟手脚忙乱,忽喜忽忧的:"干吗呢? 扒拉什么呢?"

张伟:"嘿嘿……我找上网卡。"

"干吗?"

"公司那边网线还没有扯上,不能上网,我忘记把我的无线上网卡带来了。"

陈瑶呵呵笑着:"这里是东兴的地盘,你那宁州的上网卡,到了这里也不能用,白搭。"

张伟一愣:"无线上网卡不是全省通用的吗?"

陈瑶:"有的地方是全省通用,在我们省,是地市通用,呵呵……"

张伟挠挠头皮:"呵呵,原来是这样。"

陈瑶突然从车座位之间的空盒里拿出一个东西递给张伟:"拿着。"

张伟接过来一看,无线上网卡。

陈瑶:"我买了一直没用,你先用吧。"

张伟忙推辞:"不用,哪能用你的东西。"

陈瑶不容推辞地说:"我用不着,扔这也是浪费了,你用就是了,算我借给你的,等网线通了再还给我。"

张伟一听,连连致谢,收下。

张伟很高兴,以后在山里也可以上网了。

陈瑶又报了一个手机号码:"13957168007,这是我的手机号码,你记下来,以后有什么事情及时联系,电话短信都可以。"

张伟把号码录入手机,拨了过去,一会儿陈瑶的电话响了。

张伟按死手机:"我的号码传给你了,13805723212。"

陈瑶点点头。

又过了一会,张伟电话突然响了,这么早,谁给自己打电话?

一看,是高强。

张伟接通电话:"高总,你好。"

陈瑶一听是高强来的电话,注意力一下子集中起来。

高强的声音很大,通过张伟的手机话筒听得很清楚:"张经理,这么早给你打电话,没有打扰你吧?"

"没。"张伟看了陈瑶一眼,"有什么事? 你说吧。"

"你讲话方便吗?"

"方便,你尽管说。"张伟又看了一眼陈瑶。

陈瑶若无其事地开着车。

"嗯,这个……"高强沉吟了一下,"我昨天遇到老郑,谈起修改协议的事情,老郑说把这事交给你了,是不是这回事?"

张伟脑子飞速转悠起来,老郑把这活交给自己,然后又把这消息告诉老高,明摆着是老郑在考验自己,在试探自己,嗯,这第一关,得一定过好,过得漂亮。

"是啊,是有这回事。"张伟利索地回答,心里有了主意。

"哦……那你弄好了?"高强试探性地问道。

"好了。"张伟马上回答,"就是几个数字,我重新核算完了。"

高强一听很高兴:"快告诉我,那几个数字是怎么改的?"

"不行,无可奉告,对不起,高总。"张伟委婉但又坚决地说。

"你……你怎么回事?"高强在电话里的声音有些急,"你那天晚上不是答应我了吗?"

张伟微微一笑:"我怎么答应你的?"

"你不是说你知道了,明白了。"

"是啊,我是说我知道了,明白了,但我没说把重新核算后的数字向你透漏啊,高总。"张伟很有耐心地和高强周旋。

陈瑶听着,嘴角露出一丝笑意,但装作什么也不知道的样子,只管开车。

"你……"高强生气了,嗓门很大,"张伟,你小子耍我!! 你这个混蛋!! ……"

陈瑶听得很清楚,表情有些紧张。

张伟不慌不忙,等高强发完火:"高总,你听我说两句,等我说完,你再发火也不迟。"

高强在电话那边余气未消:"你说。"

"高总,你是做老板的,郑总也是做老板的,你是我的前任老板,郑总是我的现任老板,你们对我都不错,记得我以前就和你说过,在做事和做人冲突的时候,我会选择做人,有句老话,叫各为其主,如果我现在在中天,我会绝对忠于你,忠于中天,但我现在在龙发,我必须忠于郑总,忠于龙发,这是我做事的原则,也是我做人的原则。"张伟在电话里语音敞亮,吐字清晰,非常流利,一气呵成。

陈瑶听得微微颔首,很赞赏。

"哼!说的倒是漂亮。"高强在电话那边还是很不高兴。

"所以,高总,我不能告诉你这个数字,因为这个数字很可能会是郑总和你协商的依据,也是你们谈判的焦点,这属于商业机密,我如果告诉了你,就是在拿我自己的人格做交易。但是,我在做核算的时候,对那几块进行了充分的论证,充分考虑到了双方合作的基本原则和共同利益,充分照顾到了双方的最大利益和盈利,对数字和方式进行了一些有机的调整,相信郑总和你谈判的时候,你们都会满意的。"张伟继续说。

陈瑶默不作声开车,但脸上的表情已经开始放松。

电话那边,高强半天没说话,良久说了一句:"那好,到时候看吧,我倒要看看张大经理能捣鼓出什么洋动静,咱们走着瞧。"说完挂了电话。

张伟对自己刚才的回答很满意,有理有据有力,感觉心里很舒畅,一个心事落了地,不由舒畅地吁了一口气。

"张经理讲话真是伶牙俐齿、思路清晰、有理有力、立场坚定,佩服!"陈瑶边开车边对张伟说。

张伟心里一乐,陈瑶又说佩服自己了。

"呵呵,哪里,让陈董见笑了。"张伟谦虚地说,"刚才是我原来的老板有一个事情要我去做,可是牵扯到现在的老板,所以,我只能给他解释一下,我总不能出卖现在公司的利益啊,你说,是不是?"

陈瑶点点头:"张经理所言极是,这是一个职业管理人员应该具有的职业道德和职业素养,也是一个人做人的基本准则和基本常识,可惜,现在很多人连这最基本的东西都不具备。"

张伟点头笑笑,没再说话。

公司所在的村子叫梁家畈,当地方言说起来是:"两个半。"

七点五十分,车到公司门口。

陈瑶坐在车里看着公司的阁楼:"这地方环境真好,这小阁楼很有情调啊,呵呵……不过,生活一定是很艰苦的。"

张伟呵呵一笑,下了车:"苦中有乐,以苦为乐,要不要上去坐坐?"

"不了,改天吧,改天以公司的名义专程来拜访你们郑总。"

张伟一听:"那好,谢谢陈董相送。"

陈瑶嘻嘻一笑:"还十八相送啊,嘻嘻……"

张伟不好意思地笑了笑,没说话。

陈瑶突然发觉自己好像说得有点过,忙调过车头:"再见,张经理。"

张伟和陈瑶挥手告别,陈瑶离去。

来到办公室,公司里静悄悄的,都不在,只有于林刚起床,正在办公室外面洗脸。

看见张伟,于林上来照张伟屁股就是一脚:"你死在宁州了啊,这才回来。"

老子公休,干吗说我死在宁州了? 张伟心里诅咒着这个小死丫头,进了办公室。

"他们呢?"张伟边放东西边问于林。

于林洗好脸进来:"今天公司里只有我们俩,他们去工地了,玲玲姐和小洁跟小郭的车先去桐溪,再去东兴,要到晚上才回来。"

"哦。"张伟坐到办公桌前,"郑总和顾助理还没来?"

于林把脑袋凑到张伟面前,故作神秘:"我姐夫今天有事情,不过来,晓华姐昨天刚刚辞职不做了。"

"啊。"张伟吃了一惊,"为什么不干了? 不是做得好好的嘛?"

于林回身把办公室门关上,打开办公室的电暖气。

张伟这才看到办公室新添了四台电暖气。

于林又凑到张伟面前:"知道晓华姐为什么辞职不干了吗?"

"不知道。"张伟把脑袋往后缩了下,于林的脸都快凑到自己脸上了,"不过,我能猜个大概。"

于林多情而妩媚的眼睛放肆地看着张伟:"小张哥哥,你猜猜看。"

张伟发现于林要是放肆起来,那眼神和于琴极其相似,甚至比于琴还要火辣。

张伟避开于林的眼神,站起来走到电暖气前的沙发上坐下,伸手边取暖边说:"一定是因为工作的需要,她不肯献身,不肯用身体做交易,所以才辞职。"

于林跟着坐过来,屁股紧挨着张伟:"错!"

张伟:"什么意思?"

"恰恰相反。晓华姐陪那个什么土地局的老大出差,结果回来后,那局长非常满意,不但我们公司的事情全部办妥,那局长还主动找到我姐夫,说要给晓华姐重新安排工作,安排进了东兴市国际旅行社,担任副总经理,晓华姐今天去报到了。"

"哈。"张伟大出意外,"顾晓华到旅行社做副总去了,混的真不错,那郑总答应放人吗?"

"当然,我姐夫不愿意也没办法啊,那土地局老大是能得罪的? 无奈只得同意,忍痛割爱啊,不过也算是给我们公司办成了一件大事,那征地的事情基本弄完了。"

"哦,是这样。"张伟点点头,"顾助理可真不简单那,出了一次差,就把那局长搞定了。"

"嘻嘻。"于林看着张伟,"其实怎么回事,大家都明白,尽在不言中啊。"

张伟一乐,摇摇头,岔开话题:"于董呢?"

"我姐到澳门去了。"于林丰满的胸脯在张伟面前晃动着,"今天刚走的,要一星期才回来。"

张伟有些好奇："于董经常去澳门吗？"

"是啊，一个月去一次，一次一星期。"

"去干吗？"

"赌博。"

"赌博？"张伟有些意外："定期去？"

于林看看张伟："有什么大惊小怪的，我姐最爱好这个了，经常去，有时候我姐夫也去。"

"哦，赢了不少吧？"

"屁！"于林一撇嘴巴，"每次都要输个十万八万的，没见她赢过，倒是我姐夫，每次去都能赢个几万回来。"

张伟没曾想到郑总两口子还有这个爱好，这有钱人就是好啊，跑到澳门去赌。

办公室里开始暖和起来，这电暖气挺管用的。

张伟环顾了一下办公室，空荡荡的，只有自己和这小妖精在一起。

于林就好像是一匹发情的小马驹，在张伟周围上蹿下蹦，那高耸的胸脯在张伟眼前不停地晃来晃去。

每次看到于林的大胸脯张伟就奇怪，于琴的那么小，于林的怎么这么大？这姐妹还遗传了不同的基因？

"公司里这两天没有别的事情吧？"张伟问于林。

"没有。"于林看看张伟，眼神怪怪的，"对了，你知道这村里的狗为什么都是瘸腿？为什么都是三条腿吗？"

"不知道，说。"张伟来了兴趣。

"都是被山上下的夹野猪的套子夹断了腿造成的。"于林说，"我那天问房东了，他说山上很多捉野猪的夹子，上山要注意的。"

"你家不是附近村里的吗？怎么连这个都不知道？"张伟对于林说。

"我？"于林一摇脑袋，"我不到六岁就进城了，一年回不来一次，我上哪里知道这个。"

"嗯，这理由成立。"张伟点点头。

于林把脸又凑到张伟面前，身上隐隐散发出一种好闻的奶味，少女特有的那种味道。这味道让张伟不禁心底一荡，有些迷离，忙往后移动了一下身体。

"你这两天和你那女朋友很放荡吧？"于林肆无忌惮地问道，竟然用了放荡这个词语。

张伟一瞪于林："小朋友，怎么说话呢？用词不准确吧？"

"那怎么说？"于林毫不在乎地说道。

张伟皱皱眉头："别把我想象得那么邪恶，我是老实人，别把我想坏了。"

于林哈哈大笑，双手拍拍张伟的大腿："大哥，别告诉我你还是处男哈，在我面前装什

162

么纯？嘻嘻，我一看你看女人那眼神就知道你是个老油条，经验老到，手法老练。"

张伟一怔："你看我看哪个女人的眼神？我什么时候和你一起见别的女人了？"

"嘿嘿……"于林邪邪地笑着，"你看我姐，你老是喜欢看我姐的胸脯，我早就注意到了，还有，你还经常看我这里。"于林一指自己的胸脯。

张伟不由出了冷汗，自己怎么没觉察呢？这于林怎么观察这么细致。

于林的脸离张伟越来越近，胸脯快碰到张伟的胸脯了。

张伟已经没有退路，被挤到沙发尽头了。

自己竟然被一小妖精这么欺负，张伟心里不禁愤愤然。

第二十七章 破镜难圆

于林得意地看着张伟："其实，我不管你有没有女朋友，只要你没结婚，我就可以和你好，男人女朋友多，好啊，说明这男人有本事，讨女人喜欢，饭争着吃才香，我就喜欢你看女人时不由自主流露出的色色眼神，哈哈……还有你平时那玩世不恭的气质，我喜欢……"

于林边说身体边向张伟靠了过去，柔软的胸脯竟然挤压在了张伟的胸脯上："伟哥其实就是一个流氓，可现在好女人都喜欢流氓，没办法，我也不例外。"

张伟一听很气愤："是谁这么说我的？"

于林嘿嘿一笑："刘公岛。"

"刘公岛是谁？我不认识他。"

"废话。"于林竟然慢慢和张伟的身体挤压在一起，"你当然不认识他，他是一个看书的，他看了一个叫亦客的人写了你的光辉事迹，在留言板对你做出的中肯评价。"

"这都是污蔑，冤枉！"张伟愤怒地叫着，挣扎着想站起来，可是于林的身体已经压在自己身上，动弹了一下，没动了。

这是在办公室，要是突然来人，还了得！！

张伟急了，对于林说："你找死啊，这是在办公室，要是被外人看见，我还怎么在这里混？快起来。"

于林不依不饶地看着张伟，得意洋洋："哈哈，伟哥也有今天啊，你以前的那些本事都到哪里去了？你也展示一下出来，也不枉刘公岛对你一番评价。"

张伟心里很着急："你想要怎么样？小妖精。"

"嘿嘿……"于林更得意了，"我就是小妖精，要擒获你这个小唐僧，色和尚，还原你的本色，哈哈……要想让我起来可以，你得亲亲我。"说着，于林把脸凑了过来。

张伟无奈，在于林的脸颊上匆匆亲了一口。

"不行。"于林指指嘴巴，"这里。"

晕，她要自己和她接吻。

张伟看着于林红红的性感嘴唇，支支吾吾："你……要亲这里？"

"嗯。"于林点点头，随即闭上眼睛，"快点，不准应付。"

张伟战战兢兢地把嘴唇吻向于林的小嘴唇。

刚接触到于林柔软的两片子，正要缩回来，于林突然主动吻向自己，抱住自己的脸，使劲吻了起来，同时，舌头也强行伸进了自己嘴里，来了个深度舌吻……

张伟急忙往后挣脱，于林使劲抱住不放。

张伟没办法，任其作为，过了足足五分多钟，才被放开。

张伟急忙站起来，擦干嘴唇上的口红。

于林满足地嘻嘻笑着，脸色绯红。

张伟急忙回到办公桌前坐下，哭丧着脸："臭丫头，你非礼我。"

于林哈哈大笑，坐在办公桌的一角，两个胳膊交叉放在胸前，模仿一个QQ表情里的情景："哭屁啊，我会对你负责的。哈哈……"

张伟看着于林："小妖精，我告诉你，今后你要是再非礼我，我就给郑总和于董汇报。"

于林哈哈又笑："伟哥，你汇报个屁啊，我姐和我姐夫鼓励我和你交往呢，要是你和我谈朋友，他们高兴还来不及呢，你还汇报，哈哈……"

张伟一听，头有些大，郑总和于董好糊涂啊，这火辣辣的小妹天天撩拨自己，要是自己万一哪天忍不住失身，那可就酿成大错了。

于林看张伟有些丧气，温和地说："你应该高兴才是啊，你看我哪点不好？不漂亮？没文化？身材不好？没经济基础？要什么咱有什么，我说，你干脆把你那女朋友休了，咱俩谈恋爱，怎么样？"

张伟苦笑："不怎么样，这感情的事，要顺其自然，那有这么强逼的啊，晕。"

于林不屑地："这都什么年代了，还谈顺其自然，痛痛快快，喊哩咯喳，你看我好，我看你不错，那就上，办理，很简单，不要把简单的事情这么复杂化嘛。"

张伟看着于林："你思想真开化。"

于林："什么开化？男女之间，只要是喜欢，互相弄个那事，不是很正常的？有什么大惊小怪，我看你好，就喜欢你，就想和你好，今天我算是放你一马，嘻嘻……不然……"

"不然什么？"

"不然……不然我让你失身，哈……伟哥，我是真心喜欢你，我姐姐和姐夫也是喜欢你的，这两天你不在，我都想死你了。"于林边说边又凑过来，胸前的两座大山又开始在张伟面前跳动。

张伟急忙低下头，开始看书。

于林看着张伟发窘的样子，不由一笑，出去晒太阳去了。

张伟现在对小姑娘的身体不是很迷恋，他更喜欢成熟少妇的身体，那种韵味和风情是女孩子无法比拟的，除了和王炎有过那一段之外，自己一直没有再接触女孩子的身体。

可是,刚才于林那火辣的举动和丰满的身体,竟然让自己身体有了反应。

于林这小妖精太前卫和开放,性格泼辣,火热情怀,要是换前几年早把她收拾十八回了,可是,如今不行啊,和她接触,老郑和于琴在旁边看着,和她接触,要么正儿八经谈,要么一点关系别发生。正儿八经谈,只有她踢你的份,没有你踢她的份,否则只好敲饭碗。

自己现在已经有了意中人,有了伞人姐姐,当然不能再和她产生什么瓜葛,否则,心里怎么会安稳?一个何英已经让自己头疼了,唉,都是风流惹来的麻烦啊。

张伟看着门口的于林,翻翻眼皮,晃晃脑袋,哼哼两句:我是一只小小小小鸟,想要飞呀飞却怎么样也飞不高……

于林噌又跑进来:"怎么?小鸟想飞了?伟哥。"

张伟吓了一跳,忙住嘴,低头看书。

于林弄了一块长条年糕,放在暖气片上烤,边回头对张伟说:"伟哥,其实我这人挺不错的,你从了我,不会后悔的,我呢,看中你这高高大大的北方帅哥外表,还有你玩世不恭、痞儿吧唧的气质,男人不坏,女人不爱,嘻嘻……"

张伟合上书:"于林,咱商议个事,你看行不?"

于林把烤的热乎乎的年糕递给张伟:"趁热吃,这可是地方特产,你们北方是没有的,什么事,你说吧,只要咱能办到的,保证满足伟哥。"

张伟接过烤年糕,吃了一口:"嗯,不错,味道很好,春节放假我买一些带回家。"

于林哈哈一笑:"伟哥,快说,什么事?"

"嗯,我说,以后你能不能别叫我伟哥?还是像以前那样叫我张哥。"

"不行。"于林马上回答,"人家刘公岛千里迢迢送你这个名字,你不好好珍惜,这伟哥,多好啊,一听就知道你是属于公牛牌的,我喜欢这个名字,一定要叫,就叫伟哥。"

张伟一听,头皮发麻。这看书的刘公岛是何许人也,自己和他前生无冤,后世无仇,没什么瓜葛啊,又不认识,干吗送自己这一称呼,就算他知道自己属于挺拔型的,这事意会就可以,也不能说啊。

张伟知道自己到南方以来的艳遇惹得不少读书虫眼红,有的可能会因为羡慕而打击自己。唉,都是女人惹的祸。

张伟可不想树敌太多,还是希望能低调做人,扎实做事,稳稳当当。

可这于林却开始了对自己的死缠烂打,不放手。

要是被那些羡慕自己的读书虫知道,还不嫉妒得发狂?他们本身就对自己的花心纷纷不满,对自己和何英前几天的欢爱行为颇有非议,都偏心向着伞人姐姐,要是知道自己和于林再闹出什么事来,那肯定是很生气的。

靠,那些人都是上帝,得罪不得,不能惹他们生气。

更不能做对不住伞人姐姐的事。

张伟看于林态度这么嚣张,脸一下子拉下来。

于林也很乖,一看张伟拉下脸来,忙改口:"要不,公共场合还是叫你张哥,行不?"

张伟的脸色缓和下来,继续吃热乎乎的烤年糕。

于林看张伟脸色好转,冷不防在张伟脸上亲了一口,又跑出去晒太阳了。

中午做饭的大妈没有过来,于林炒了一锅炒年糕,两人吃了。

这年糕,可以炒、烤、煮、炸、蒸,怎么吃都可以,真好。

饭后,张伟开始整理郑总那天给自己的和中天的合作协议,把需要变动的几个地方按照伞人姐姐那天计算的数字和建议进行了修改,重新打印了三份。等郑总明天来给他,这事就算完成了。

然后,一个下午,张伟都在忙乎自己的事,做营销策划整体方案。办公室里人少,安静,于林在门口晒太阳,逗三条腿的小狗玩,没过来打扰,工作进行得很顺利。

中间张伟把陈瑶送自己的无线网卡插上试了下,哇塞,效果非常好,太棒了。

张伟试完后把网卡收了起来,他不想让其他人知道自己上网的事,不然大家都来借用上网卡,那自己还要不要和伞人姐姐聊天了?

张伟打算以后晚上大家都上楼了,自己再插上用。

晚上大家都回来了,空旷的小院热闹起来,到处充满了年轻人的欢笑,三条腿的狗们也穿来穿去凑热闹。

吃过晚饭,老罗照旧带着强光手电消失在漆黑的山路上,出去散步。

小童比以前整洁了一些,但是胡子仍然很拉碴,饭后又早早进了被窝。

小明似乎有打不完的电话和发不完的短信,一直抱着手机不停忙乎。

"小明宁州、东兴各有一个女朋友,本事很大的。"于林悄悄告诉张伟。

张伟总感觉这小明有些来头,但又说不清楚。

玲玲忙乎完事务,靠在电暖气旁又看起了《鬼吹灯》。

这是玲玲业余时间的习惯,天天如此。

这鬼鬼神神的盗墓书到底有什么好看的,听说是一网络写手在网络上发表的,可是就有那么多人喜欢看,还出了好几本书。

张伟不由很佩服这《鬼吹灯》的作者,什么时候自己也能上网写书发表,一来娱乐自己,有点成就感,二来赚点银子花。可惜自己从没有摆弄过真正的文学,只会写新闻稿和纪实通讯之类的,连小说的几要素和写作格式都不明白。

张伟不喜欢看纯文学类的东西,他喜欢看历史和军事方面的书,特别喜欢看历史书,对于小说,张伟只看过两部,认认真真看了两部,分别是《人生》和《平凡的世界》。这是两部让张伟刻骨铭心的小说,从看完这两部书起,张伟才知道原来艺术就是思想,作家都是思想家。

自己既没有那文采,也没有那思想,就不做那美梦了,捣沙袋子去。

张伟和小郭换上运动服,带上拳击手套,直奔对过的山坡空场。于林和吴洁嘻嘻哈哈跟在后面。

张伟和小郭对着沙袋子一阵猛捣，身上开始热起来。然后，张伟把那天和哈尔森对练的事情和小郭说了下，边说边模仿。

小郭听了很有兴致："张哥，咱俩对打一会儿吧。"

"好。"张伟也很有兴致，摆开架势，"来。"于林和吴洁高兴地拍手观战。

张伟擅长拳头，善于攻上三路，小郭呢，正相反，腿脚得力，善于攻下三路。

两人噼噼啪啪对攻，互有胜负。于林和吴洁高兴地直跳。几个回合下来，两人浑身热气腾腾，感觉特爽。

于是收工，回宿舍。

于林和吴洁怕黑，在他们二人前面跑回宿舍，张伟和小郭边走边聊。

"张哥，告诉你个事。"小郭神秘地对张伟说，"我今天下午在东兴市中心广场附近遇见两个熟人，你说巧不巧？"

"谁？两个熟人？"张伟饶有兴趣。

"一个是高总，另一个你猜是谁？"

张伟想了半天："何英。"

"错！！"小郭眼睛都在发光，"张董事长，张小波姐姐，中天的前老板娘！"

"真的？"张伟一下子来了精神，"你真的见到张小波了？"

"是啊，我见到小波姐姐了，自从她离开中天，我一直没有见过她。"小郭激动而又深情地说。

张伟一听，果不出伞人姐姐和自己所料，高总和何英看来是真的要离婚了，高强看来是真的想旧梦重欢，破镜重圆了，只是不知这张小波是什么态度，不知道自己和伞人姐姐打的这个赌谁会赢？

"你过去和他们打招呼了？"

"没有，高总在旁边，我不想见他，要是只有小波姐自己在，我肯定会过去打招呼的，我的车就停在他们附近，我坐在车里，他们没看见我，我却看他们很清楚，呵呵……小波姐仍然是那么漂亮，高总却灰头灰脸的，像个破落户。"小郭声情并茂地说着。

"张小波长什么样子啊？到底有多漂亮？"张伟半开玩笑地问，"把何英和于琴还有于林加起来能比过她不？"

小郭摇摇头："嗨，我不会形容女人，反正就是很漂亮，超级好看，把她仨加起来能比得上小波姐的一个手指头，哈哈……"

"哈哈……"张伟哈哈大笑，"这高强的前妻竟然会有这么漂亮？夸张了吧，什么时候有机会咱去会她一会。"

小郭挠挠头皮："其实啊，这人好看不好看，也不光是在外表，主要是这小波姐的心眼实在太好了，所以，怎么看小波姐就怎么漂亮。"

张伟点点头:"兄弟,你这话说得好,看一个人是否漂亮,不能仅仅看外表,还要看她的内心,一个内心美丽的女人,即使外表因为意外而变得丑陋,但她依然是美丽的,依然是最好看的女人。"

小郭点点头:"是啊,可是现实中的人很少有这样的思想境界啊,因为毁容而分手离婚的男女不是太多了吗? 一般还都是男的抛弃女的,而女的离开男人的很少。"

张伟呵呵一笑:"看不出,兄弟你的脑瓜子挺好用的,说得很有道理啊,呵呵……你看那高总和张小波在市中心那广场干吗呢?"

"不知道,两人站在广场边上,小波姐脸色冷冷的,偶尔说一句话,高总情绪很激烈啊,一个劲在那里讲话,连说带比划,好像在表白什么,又好像在解释什么,我就坐在车里看,离他们不到十米,嘿嘿,他们看不见我。"

"那后来呢?"张伟看着小郭。

"后来。"小郭想了一下,"后来小波姐好像很不高兴,转身就走,高总还跟在后面喋喋不休,最后小波姐烦了,拦了一辆出租车,直接走了! 哈哈……把老高自己扔那里,像一只大傻熊。"

大傻熊? 张伟一愣,这小郭兄弟怎么嘴里也冒出这话,不由哈哈大笑:"大傻熊!"

小郭不明就里,也跟着哈哈大笑起来。

大笑之后,张伟一琢磨,看来自己和伞人姐姐打的这个赌,谁输谁赢还很难说啊。

第二十八章 红尘纠葛

回到办公室,张伟继续做方案。其他人在办公室说话、聊天,有的在电脑上打扑克游戏,玲玲继续埋头看《鬼吹灯》。

到了九点,大家都上楼进被窝了,玲玲也带着《鬼吹灯》上了楼。

于林早就上楼进被窝了。

办公室的四个电暖气全部打开,比较暖和,起码不用穿军大衣了。张伟兴致勃勃把办公室门关上,回到办公桌插上网卡,哈哈,网络世界又回来了。

张伟迅速连接上网络,登录QQ。伞人姐姐早就在那里恭候。

"姐姐,我来也!"张伟兴奋地啪啪敲出去。

"哟!张大厨啊,你们那山沟沟里扯上网线了?"

"没啊,我这是无线上网!高科技走进山沟沟!"张伟发过去一个得意洋洋的表情。

"啧啧……啧啧……到底是张大厨有办法,有能力,把这高科技都引进山旮旯了,山里人民感谢您哦!"

张伟一愣:"什么啊?我这上网卡就我自己一个人用的,他们用不上的,你想哪里去了,要山里人民感谢我。"

伞人:"俺以为你给山里人民每人发了一个上网卡……搞了个人人无线电脑通工程,哇咔咔……"

张伟哈哈大笑:"哈!!见笑了,就我这一个上网卡还不是我的,是借了别人的。"

伞人:"哦,谁的?你那美女董事长的?"

张伟:"美女董事长的倒是不错,可惜不是我的美女董事长的,是假日旅游的美女董事长的。"

伞人:"咔咔……她借给你的?"

张伟:"是啊,说用完了再还给她,借的。"

伞人:"少来了,等你用完了,这流量也就用光了,里面的充值就没有了,还给她干啥?"

张伟："哦，是这样？那我可以充值还她。"

伞人："装什么糊涂啊你，你家的上网卡是可以充值的？这玩意用完了就扔，作废，不能充值。"

张伟："哦，是这样啊，那大不了我再买一个给她就是了，本来我不要，因为她说她用不着，我才要的。"

伞人："哼哼……你怎么知道她用不着？她没有手提电脑？"

张伟："有啊，我看她办公室里有一台手提电脑。"

伞人："有手提电脑就用得着无线上网卡，嘿嘿……我看是人家故意送你的定情物吧？咔咔……张大厨艳福不浅啊。"

张伟："姐姐，此话可说不得，咱老张顶天立地发誓，对陈瑶绝无此意，人家陈瑶对咱更是没有那种想法，俺们之间是纯洁的同志友谊加阶级兄弟感情，俺老张心里只有伞人一个人。"

伞人："哟！又来了，在咱面前自称老张，没大没小，张大厨，你够幸运的啊，周围的美女成堆，从来宁州，到去中天，到进山，就没听说你身边断过美女，除了我这个黄脸婆之外。"

张伟："可别这么说，周围的美女再美，也没有姐姐美，姐姐是我心中最美的女人。"

伞人发过来一个撇嘴的表情："你就扇忽吧，就拣好听的说。"

张伟："真的，不光我这么认为，很多人也这样认为啊。"

伞人："奇怪，就我和你聊天，还有谁这么认为？"

张伟："那些看书的啊，旁观者清，都一个劲说你漂亮，说我有福气能和你这样的美女聊天，有一个叫剑客的读者还非让我给他介绍一个美女上网聊天呢！"

伞人哈哈一笑："那你是怎么回复他的？"

张伟："我让他也去撒色子组合号码，上网去查找。"

伞人："啊哈……你这不是教唆年轻人去搞网恋吗？晕！那些读书人有没有说你什么？"

张伟："说了啊，都纷纷说我有福气，还有的说我傻，糊涂，看着这么一大美女，就是分不清她的身份，说我故意装傻呢，可是，我好像一上网，一见姐姐，脑子就迷糊了，就傻乎乎的，怎么看不清姐姐的身份呢，姐姐，你告诉我，你是谁？"

伞人："啊哈哈哈……张大厨，我就是我啊，我是伞人姐姐啊，你又糊涂了，傻熊，他们当然明白了，旁观者清啊，因为那个叫亦客的人故意把事情点拨得透了，你呢，谁来告诉你？当局者迷，很正常。"

张伟又有些晕乎乎地："是啊，我分不清到底是在现实中还是在梦幻里，亦真亦假分不清了，怪不得一读者说恋爱中的人都是傻乎乎的，看来确实很有道理。"

伞人："雾里看花，假亦真来真亦假，真亦假来假亦真，不要那么执著，不要非得拘泥于传统的形式,非要弄得这么明白,只要感觉自己开心,感觉快乐,就可以了。"

张伟:"还有一个叫 20men 的最喜欢看咱俩聊天,天天晚上十二点在电脑前候着。"

伞人:"哟! 那我们之间的小秘密不都让他(她)知道了? 这人是帅哥还是美女?"

张伟:"不知道,回头我问问。"

伞人:"嗯,要是帅哥我来聊,要是美女你去聊,哈哈……"

张伟点点头:"行,好。对了,今天晚上我那老乡小郭告诉我一事情,和我们俩打的赌有关系。"

伞人说:"什么事情,说说,咱听听。"

"今天小郭进东兴,在市中心广场碰巧遇到我那前老板高总了,还有那前老板娘……张小波同志。"

"真的? 小郭看见了? 什么时间?"

"是啊,下午,小郭的车就停在离他们俩很近的地方,他俩在那里说话,小郭坐在驾驶室里看得真真切切,刚刚告诉我的,你说巧不巧。"

"巧,哈哈……真巧,真巧,小郭怎么告诉你的?"

"小郭说他俩站在那里聊天啊,好像话不投机,张小波同志把高强先生扔那里自个打出租车走了,看来这俩冤家好像还真要有一番瓜葛。"

伞人:"张大厨,你什么意思? 你以为你和我打赌你能赢?"

张伟:"我没那意思,我只是说要有一番瓜葛,最后输赢我看难说难道,咱走着瞧。"

伞人:"哈哈……张大厨,我知道你有情绪,我知道你不服气,我知道你希望他们破镜重圆,是不是?"

张伟:"倒也不是,我没情绪,我服气,我只是希望天下有情人终成眷属,希望张小波女士有个幸福的归宿,毕竟,这传说中的女人也太苦了。"

伞人:"你真是个好人啊,你以为张小波和高总一定会是有情人? 你以为张小波和老高破镜重圆就是幸福归宿? 年轻人,你还不懂生活,你还不懂爱情,嘻嘻……"

张伟:"呵呵……"

伞人:"笑什么? 傻熊。"

张伟:"没什么,我无话可说了,只能笑啊。"

伞人:"你那小郭兄弟见了女旧主,怎么不上去相见? 倾诉倾诉啊。"

张伟:"因为另一个男旧主在啊,他最不喜欢见老高了,那样大家都会感觉尴尬,所以就缩在驾驶座上没吱声。"

伞人:"呵呵……这小家伙,够鬼的,伶俐。"

张伟:"伶俐什么啊,够笨的了,我问他张小波长什么样子,他就是说不出来,真是笨!"

伞人:"啊哈……他怎么说的?"

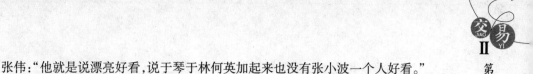

张伟："他就是说漂亮好看,说于琴于林何英加起来也没有张小波一个人好看。"

伞人："哟！夸张了吧,你没问问他要是把陈瑶加上能不能抵得上?"

张伟："废话,他又不认识陈瑶。"

伞人："也是……咦,你怎么会对张小波这么感兴趣？这么关心人家丑俊干吗?"

张伟："不干吗,就是好奇,随便问问。"

伞人："唉……自古红颜多薄命啊！"

张伟突然冒出一句："姐姐,你有没有视频?"

伞人吓了一跳："干吗?"

张伟："我想看看你。"

伞人："怎么突然想起这个,我不是告诉过你,相见不如怀念,只要心里有,又何必非要见呢?"

张伟："因为刚才我突然感觉你是最美丽的,把张小波和陈瑶加在一起也没有你漂亮,所以突然很冲动,想看看你。"

伞人："呵呵……姐姐是空气,看不见,摸不到,但是会时时围绕着你,如影相随,你能把姐姐记在心里,挂在心里,我也就知足了。"

张伟："姐姐,我有一种强烈的感觉。"

伞人："什么感觉?"

张伟："你心里有一层重重的阴影,你一直在逃避、在回避,你不敢面对,你自己在跟自己妥协,在跟自己退让,你心里有一种渴望,可是你却一直在压抑!!你知道我的心,你明白我的心,你了解我的心,我一直在向你表白,我一直在等你表态,我一直想看到你的心,可是,为什么？你为什么就是不能……"

伞人突然打断张伟的话："够了！不要再说了。"

张伟停住,默然不语。

伞人停了一会儿："……对不起……我说过,不要逼我!!我一直在努力,我一直在努力去做,我一直在努力去做好！我一直想让自己来接受你,我会尽最大努力去做,我需要让自己不再畏惧,不再逃避,不再退缩。我说过,我需要时间,我需要自己战胜自己。你……你为什么非要这么急？唉……不说了,我累了,休息吧。"

张伟感到伞人的心情突然变得很低落,心里一下子充满不安："姐姐,对不起,我让你生气了。"

伞人："没有,我不会生你气的。早点休息吧,我累了,晚安。"

张伟："晚安。"

张伟突然后悔自己不该说后面这些话,心里隐隐感到不安,他感觉自己的话极有可能触动了伞人姐姐心灵深处的累累伤痕,启开了她记忆的闸门。当一个人走过坎坷和苦难,回忆往事总是那么让人心痛和揪心,总是那么让人难以释怀,总是想努力把过去的那些人，过去的那些事，从脑海里挥去，从记忆中抹掉。

可是，自己却是那么不合时宜，用这些话去刺激她，去刺痛她，让她变得不开心，不快乐。

唉！张伟带着深深的自责缩进了被窝。

…………

第二天，张伟没有去工地，在办公室继续做方案。

中午的时候，郑总来了。

和以往不同，这次是一个人，刚热乎了几天的顾助理没有了。

张伟把打印好的和中天的区域营销代理协议拿给郑总，郑总仔细看了看修改的地方。

张伟把修改的想法和建议对郑总具体说明了一下，郑总听明白了，频频点头："呵呵……小张，你这个办法好，很有点味道，不错，我回办公室再核算一下。"

郑总拿着协议进了办公室，一会儿在上面高声叫张伟，小小木阁楼，什么声音都遮挡不住。

张伟走进郑总办公室，郑总正在计算器上算数字。

一会儿，郑总抬起头："你弄得这个数字很准确，正好确保了我们的利益最大化，同时，首付款的增加也会让我们多一笔可观的流动资金，就是不知道老高那边会不会答应。"

张伟："我认为他会答应，因为我们把返成的费率增加了一大截，而且，代理金他也是早晚都要给我们的，对他没有什么额外的支出。"

郑总点点头："前天我遇到老高了，他还在催我这个事呢。"

张伟看看郑总，郑总正用眼睛的余光扫描自己，老郑在试探自己呢。

"我知道。"

"你怎么知道的？"郑总开始正眼看着张伟。

"昨天早上，高总给我打电话，说了。"张伟直接说，"我本来不打算给你说这事的，既然谈起来了，就给你汇报一下。"

郑总点点头，看着张伟。

"昨天一大早高总给我打电话，想让我给他透漏一下协议修改的内容和尺度，我没答应，只告诉他协议的修改是按照双方均获利、双赢的原则来进行的，到时候两家协商的时候，大家应该都会比较满意。"张伟稳稳当当地说着。

张伟在说话的时候，郑总一直在盯着他的眼睛。

郑总的座位背对着窗户，冬季正午的阳光从窗户里斜射进来，照在张伟脸上和身上，张伟正好看不清郑总的脸色神态和眼神。但是，张伟分明清晰地感觉到郑总一直在观察自己的眼睛和神态。

等张伟说完，郑总轻轻地把手放在桌面上，用手敲击着桌面，显得很是轻松。

"老高生气了吧?"郑总对张伟说,"自己的老部下竟然这么不给面子,举手之劳的事情。"

张伟感觉郑总这话里面充满了玄机,机关四伏。

"是的,不大高兴。"张伟谨慎地说,"但是我告诉他了,我是龙发旅游的人,我是郑总的部下,为人员工也好,为人部下也好,我都不能这样做,这样做的实质就是出卖公司利益,出卖公司利益就是出卖郑总的利益,在做人和做事之间,我还是会选择做人。"

"好!"郑总一拍桌面,"小张,这话讲得好,你是个明白人,也是个痛快人,说话直爽,不拐弯抹角,透亮,你应该明白我为什么让你去做这件事情,对不对?"

"是的。"张伟也放开了,"我想您之所以让我做这个事情,有两个方面的考虑,一是因为这本身就属于我的业务范围,二是您想对我的能力和人品进行一次测试或者说考验。"

郑总笑了:"小张,你很聪明,对我的意图领会得很透彻,依你的能力和素质,好好干,以后凭借公司提供给你的平台,一定会大有作为。"

张伟一怔,这话怎么说的和老高以前告诉自己的这么相似,难道老板对看中的员工都是这种鼓励的思路?

张伟点点头:"感谢郑总夸奖,还要您多栽培。"

"你和小郭都是我亲自挑选的,我希望我的眼光不会错,小郭虽然能力不高,但是人很勤奋,很能吃苦,对集体或者说对我很忠心,我很欣赏他,以后也会逐步培养他,他以后也会成为公司的管理层人员,以后我们的岗位很多,也有适合他做的管理岗位的。"郑总继续说。

张伟心里很高兴,他知道郑总这话的意思很明白,让自己捎话给小郭,让小郭在老板的激励中干劲更足。

张伟高兴地点头称是:"小郭很优秀,很淳朴。"

"嗯……"郑总点点头,停顿了片刻,"还有一个事,我知道要是我不提,你是不会提的,既然大家都默契过一次,那还是我说出来吧。"

张伟的心一阵猛跳,这事终于要拿到桌面上了。

第二十九章｜单刀直入

"那天晚上在舟山的宾馆的事……"郑总慢条斯理地说,"其实,这事大家心里都明白是怎么一回事,男人嘛,这事很正常,谁在外面没有一个两个女人,当然,这事传出去是不好的,毕竟脸面上大家都不好看,自己心里有数就行。"

张伟脸色有些不自然,不过很快适应过来,连连点头:"郑总,我明白,一切尽在不言中,您放心。"

郑总呵呵笑了:"你也放心……"

张伟不好意思地也笑了起来。

"对了,最近我听说高强和何英闹得很厉害,两口子要离婚,这事……会不会是因为你?"郑总认真地说,"在外面找个女人玩本也无所谓,可是,要把握住度,别玩大了,玩出火就不好了,到时候屁股可不是那么好擦的,呵呵……这本是你私事,按说我不该问的,可是我又怕你惹祸上身,还是决定以一个长兄的身份问你。"

张伟连连摇头:"不全是因为我,主要还是他们之间的矛盾由来已久,只是一直没有爆发,然后,我的辞职成为了一个导火索。"

郑总:"哦,是这样啊……你辞职的事那天我见了老高,和他谈了,他已经没有什么事了,没想到这事会成为他们两口子闹别扭的起因,呵呵……那就是说,老高并不是因为觉察你和何英的关系,才和何英闹的。"

"是的。"

"这老高天天牛气闪闪,连自己的老婆都看不住,可悲啊,可悲……"郑总摇头晃脑地说。

张伟听这话突然很别扭,老郑怎么当着自己的面说这个事情,弄得自己感觉很尴尬。老郑不也是一直不停在戴绿帽子吗?你连老高都不如。

张伟没做声,看着窗外阳光照耀下苍翠的竹林。

郑总感慨了一会,又对张伟说:"有个问题我一直很奇怪,不过是属于你的个人问题,本不该问,但我一直想不明白,呵呵,我这个老油条也遇到新问题了。"

张伟听了不知道是什么问题,不过也有些兴趣:"郑总你说。"

"一般来讲，男人都是在婚后出轨，或者是单身没有女友的男人做第三者，可是，你有一个在外企工作的漂亮女朋友，可以说属于正在恋爱中的男人，和何英却又保持那种关系，而且，那种关系在你辞职前我还能理解，可是你辞职后怎么还会继续呢？"郑总饶有兴趣地问道。

张伟一听，郑总这误会大了，对自己的看法太偏失水准了，索性直接说了："这么说吧，郑总，我和何英是在阴阳差错间造成了这种事，我一直在回避这个事，何英是个好人，对我很好，但是，我对她并没有感情，只是友情和友谊，何英对我一直有好感，这也是我一直苦恼和懊丧的事情，不过，我们现在的关系在逐渐走向普通朋友化，她也明白感情的事是不能勉强的。至于那个外企工作的漂亮女朋友，不错，以前是有，不过早就分手了，在我和何英有那事之前就分手了。"

"哦！"郑总来了精神，"这么说，你现在还没有女朋友？"

张伟摇摇头："有，有女朋友。"

"哦！"郑总稍微失望了下，"刚谈的？"

张伟点点头："是的，刚谈的女朋友。"

"那长得一定很漂亮，是不是？"

"这……我不知道……"

"哈哈，为什么不知道？没见过？"

张伟有些不好意思地挠挠头，嘿嘿地笑，不再说话。

郑总呵呵笑笑："别不好意思，我在这方面很开通的，不光是我，南方都这样，大家对这些事都很看得开，男人和女人之间，还不就是那点事，谁不知道，哈哈……"

张伟听了老郑这话，突然感觉老郑很猥琐，很龌龊……

郑总笑眯眯地看着张伟："你谈过几次女朋友吧？呵呵……这年轻人啊，多谈几次恋爱也无所谓，趁着年轻，多给自己几次选择的机会，毕竟这是人生一辈子的大事。"

张伟捉摸不透郑总的意思，只是机械地点头："郑总所言极是。"

"呵呵……我是过来人了，也算是给你的一点借鉴，你个人的事情我是不干涉的，不过要是有需要我帮忙的地方，尽管说，直接告诉于琴也可以。"

"好的，谢谢郑总关照。"

"年轻人谈恋爱是最纯洁的，只要两人感情好，就什么都不管，都不顾，可是，经历过人生的沧桑和社会的历练，我才明白这感情啊，有空气中的感情，有实实在在的感情。"老郑继续说，"唯美纯爱的就是空气中的感情，这种感情好是好，却往往在现实面前碰得头破血流；把爱情和事业、经济、未来个人的发展紧密结合的感情就是实实在在现实的感情，这种感情是最牢固持久的，最经得起时间和空间的考验的。"

张伟看着郑总，眼睛眨巴眨巴发愣，这老郑是干吗啊，给自己上恋爱课啊，还是传授恋爱经验？

"郑总您是过来人，您的经历和经验丰富，对人生的体验也一定很深刻，您刚才讲的我听明白了。"

"呵呵……听明白了,但是没有真实的体会,是不是?"郑总笑了。

张伟笑笑:"呵呵……以后或许慢慢会明白吧。"

郑总微微一笑:"好,今天就先这样吧。对了,最近于林跟你学的怎么样?"

"挺好,大学生,文化素质高,接受新事物快,脑子反应敏捷,不错!"张伟站起来说。

"那就好,于琴对于林的进步很关心,你以后还要多费心多指导她,不仅仅是指导她的工作,工作之外,你们也可以多接触接触,多交流交流,你比她大,是老大哥,要主动点,多提携小妹妹哦。"

原来是这么回事,原来老郑是这个意思啊,张伟心里贼亮贼亮的,敢情老郑是想和自己做个连襟,这恐怕不一定是老郑的意思,肯定有于琴的话在里面。

自己怎么这么有女人缘啊,走哪里都有女人看中,大的喜欢,小的也喜欢。张伟既得意又犯愁,这可是董事长的妹妹,总经理的小姨子,须格外谨慎小心,不可被抓住任何把柄。刚找个饭碗不容易,别再弄个一腚骚。这于林对自己如此放肆,恐怕也是有了于琴的默许。反正老郑只是说让自己多指导、关心、交流、接触于林,又没指明要两人必须谈恋爱;反正自己已经挑明有女朋友了,这恋爱自由,总不能强抢民男吧?

至于老郑放出的那些和爱情有关的事业、经济和个人未来发展那些诱饵,张伟没放在心上,大爷还不至于贱到那个程度。

张伟对郑总点点头:"好的,郑总,我知道了。"

回到办公室,只有玲玲和于林在,小郭和吴洁去后山倒垃圾去了。

于林拿了一个数码相机过来,一本正经地说:"张哥,这是公司配发给营销策划用的相机,给你用的,我刚才拿了玩了一会儿,便于你随时拍摄资料。"

张伟拿过来摆弄了一会儿,看外面阳光很好,不由兴致大发:"走,去后山拍几张照片去。"

"好。"

张伟和于林拿着相机刚出门,迎面遇到郑总。

"我和张哥去后山拍照片。"于林赶忙说,同时指指张伟手里的相机。

张伟点点头。

"去吧,注意安全。"郑总好像对张伟立竿见影贯彻自己的意图感到很高兴。

张伟和于林直奔后山而去。

穿过密密匝匝的竹林,两人终于爬上了一个山坡的平台,在这里可以看到周围的群山和原野,还有波浪一样柔润的竹海。

爬到平台,两人都出了一身汗。

平台很小,几平方不过,就是一块很平整的大石头而已,周围都是竹林。

山风吹来,竹林发出轻微的飒飒声音,周围很静,偶尔传来山脚下马路上汽车的喇叭声。

张伟站在大石头上,拿起相机,对着周围的山峦和竹海,还有山间的原野一阵猛拍。

对于一个北方过来的人来说,竹林是很有诱惑力的,很新鲜,以往只有在电影电视里见过这么多的竹林。

于林累了,坐在石头上休息,石头下是一陡峭的石壁,下面又是竹林。

张伟用不同的角度拍竹子,于林在石头上玩,往下看。

突然,于林冲张伟小声叫唤,脸色很兴奋:"快来看啊,有好东东。"

张伟过去,于林拉着张伟俯身向下看。

顺着于林的手指方向,张伟一看,哈,是小郭和吴洁,在石壁下的一块大石头上坐着,身体紧紧挨在一起。

于林和张伟可以清楚地看到他们,他们却不知晓头顶有人。

小郭和吴洁正搂在一起接吻,小郭的手把吴洁整个搂进了怀里,吴洁温顺地任小郭动作。

张伟很高兴,这对有情人终于有突破了,这小子真保密啊,愣是没告诉自己。

张伟对吴洁印象很好,很淳朴的好孩子,勤快老实,温柔俊俏,很本分,和小郭正好搭配。

张伟拉拉于林,悄声说:"看什么啊,没见过谈恋爱的? 别看了。"

于林不听,饶有兴趣地在那里看着:"他们俩什么时间搞到一起的啊,嘻嘻……"

张伟:"你管人家干吗,多事!"

于林又拉拉张伟:"快看。"

张伟一看,小郭兄弟竟然把手伸进吴洁的上衣里面了,吴洁闭上眼躺在小郭怀里,脸色绯红……

这天这么冷,冻感冒了怎么办? 张伟很有些担心,但又无法告诉他们。

于林看得脸色红润,眼睛发亮。

张伟不看了,一拉于林:"走,不要看。"

于林不听,还要看,张伟把她硬拉下来。

两人走进竹林里,往回走。

于林脸色红红的,眼睛发亮,突然回身扑到张伟身上,紧紧抱着张伟的身体,把柔软的胸脯紧紧挤压着张伟的胸膛,嘴巴随之拱上来,在张伟的耳边、脖颈上猛亲,直喘粗气。

张伟吃了一惊,急忙反应过来:"于林,不要这样,干吗?"

于林不说话,仍是火辣辣的动作。

马驹子又发情了。张伟使劲推开于林。

于林看着张伟,眼睛直勾勾地,突然哈哈大笑:"你脖子上都是我的口红哦……"

张伟急忙掏出纸巾一擦,果然是。

真不爽。张伟走到附近的一山泉旁,用水把脖子洗净,然后看着于林说:"怎么? 看到人家,动情了?"

于林满不在乎地点点头:"是又怎么样? 你看了那活电影,没反应?"

张伟："那是人家真情流露的情感交流，不要往那方面想嘛，自然会没有。"

于林："狗屁，少给我玩虚的，我就不相信你看了没反应。"

张伟："智者见智，仁者见仁，随你怎么想了。"

于林神色暧昧地看着张伟，笑了笑："我姐悄悄对我姐夫说，我看小张那身体的棒劲儿，那方面的功能一定特别发达……我姐夫哈哈大笑，说那是肯定的。连我姐夫都这么说，那一定是喽。"

张伟忍不住哈哈一笑："过奖过奖，高抬了，哈哈……"

于林和张伟在竹林里的小路上开始下山。

张伟对于林说："小郭和吴洁的事在公司里不要乱说啊，说出去不好。"

于林点点头："我知道，小郭人很不错，又整洁又勤快，比小童强多了，小童这下可是干瞪眼了。"

张伟："恋爱自由，人各有志，勉强不得。"

于林看着张伟："我想和你谈恋爱，我想让你做我男朋友，好不好？"

张伟不假思索："不好，我有女朋友，你想让我劈腿啊，现在是新社会，不兴一夫多妻了。"

于林冲张伟一拳："你少嬉皮笑脸，我不管你有没有女朋友，反正我喜欢你，就要你做我男朋友，我姐姐也看中你了。"

张伟："那我要是不愿意呢？"

于林头一扬："哼哼，我不怕你不愿意，反正咱俩在一个公司里上班，天天抬头不见低头见，我就天天和你在一起，我哪点也不比别人差，我就不信竞争不过你那女朋友，这日久还能生情呢。"

张伟心里暗暗一乐，这丫头真有自信心啊，看来党考验自己的时候又到了。自古英雄难过美人关，何英那关自己过得不漂亮，于林这关一定要过好，别弄得沥沥拉拉的。

张伟工作上不怕挑战和过关，就怕过女人关。

"有时候我觉得自己像一只小小鸟……"张伟突然在竹林里唱起歌来。

于林莫名其妙地看着张伟："神经啊你！"

快到公司的时候，正好遇到小郭和吴洁一前一后从一条岔路上走过来，小郭手里提着一个大竹筐。

看见于林和张伟，小郭呵呵一笑，点点头，吴洁脸红红的，看见他们俩脸更红了。

"我和小洁去倒垃圾了。"小郭说。

张伟笑着点点头，扬扬手里的相机："我和于林上去拍照了，刚下来。"于林装作若无其事的样子，拉着小洁的手一起走。

四个人一起回到公司。晚饭后，玲玲在办公室的通知栏里贴出了春节放假通知：腊月二十七放假，正月初六开工。

张伟一看很高兴，正好和王炎他们一起走，不耽搁。

小郭春节不回家了，他一个表哥在这里，让他去他家过年。张伟和小郭晚上在竹林中的空场上又对练了一阵。

月光如洗，夜色皎洁，冷清的夜空里繁星闪烁。于林和吴洁两个忠实的粉丝也照旧观战。

锻炼完身体，于林和吴洁手拉手回了宿舍，小郭和张伟走在后面。

张伟冲小郭一拳："兄弟，干得不错。"

小郭看着张伟："张哥，什么干得不错啊？"

"吴洁啊。"

"呵呵，我还没来得及告诉你呢，呵呵……"小郭有些不好意思。

张伟拍拍小郭的肩膀："兄弟，哥替你高兴，小洁是个好姑娘，好好对人家。"

小郭点点头："你放心，张哥，咱不是不讲良心的人，小洁对我这么好，一片真心，我一定不会亏待她的。"

"那就好，另外，注意不要影响太大，也不要影响工作。"

张伟本来想说注意别怀孕的，又怕小郭难堪，就没说，换了个模糊的说法。

小郭点点头，看着张伟，突然笑了。

张伟说你笑什么？

小郭说："张哥，我看于林对你很好啊，呵呵……是不是对你有那意思？"

张伟摇摇头："别乱猜想，人家是老板娘的妹妹，怎么会看上咱一打工的。"

"我怎么感觉她对你很有好感啊，呵呵……其实于林不错啊，玲玲姐今天说，咱公司里的女的，就数她漂亮了，又是大学生，有文化，还是老板的小姨子……"

张伟拍拍小郭："兄弟，有时候感情这玩意难说难道，并不是漂亮和身份就能代替的，以后你慢慢就会明白了。"

小郭似懂非懂地点点头："不过，我感觉咱公司里最漂亮的女孩子不是于林，是小洁，真的。"

张伟笑了，恋爱中的男人，真好。

"兄弟，我同意，我认为你感觉的非常准确，我希望小洁永远是你心中最美丽的女孩。"

小郭傻乎乎地笑笑："我感觉小洁就是我见过的最漂亮的女孩，我现在一见她心里就软软的，就特兴奋，浑身麻滋滋的。"

"哈哈。"张伟对小郭说，"好啊，兄弟，这就是幸福的感觉啊，你开始热恋了，慢慢品尝爱情的滋味吧，你会越来越幸福的，你和小洁会是幸福的一对。"

小郭一听很高兴，脸上荡漾着幸福的笑容。

看到小郭的幸福和满足状，张伟感觉很高兴，又很羡慕小郭，幸福就是如此简单。

第三十章 自投罗网

回到办公室，大家都回宿舍睡觉或者躺在被窝看书去了，张伟把电暖气打开，开始自己的方案写作。

于林跑下来一趟，看张伟自己一人在办公室，想陪张伟加班，张伟严词拒绝，说自己写东西要安静，一个人清静，不喜欢有人打扰。

于林看张伟的表情很严肃，不像以前那样随和，也就不敢硬撑，知趣地溜上楼去，临走前，悄悄把一盒牛奶放到张伟桌子上："别用脑过度，补补脑子。"

张伟点点头表示谢意，这小女孩也知道体贴人啊。

张伟没有喝牛奶，把牛奶放进抽屉里，他不是很喜欢喝牛奶。

于林走后，张伟把办公室门关上，把网络接通，登录QQ，把状态设置为忙碌。

看了看，伞人姐姐在，也是忙碌。

姐姐在加夜班。

快过年了，伞人姐姐的广告公司活一定很多，黑心的老板一定在逼大家使劲加班。

唉……姐姐好辛苦！！

张伟发过去一句话："我先忙一会，姐姐，待会儿和你聊天。"

伞人很快回话："我也在忙，好的，你忙你的，先别回话。"

于是，两人的QQ都挂在忙碌上。

张伟集中精力开始工作，春节快到了，放假前一定要交给郑总一个完美的方案（草案）。

静静的办公室只有张伟的电脑键盘敲击声，周围万籁俱寂，山村的夜晚总是这样宁静，偶尔传来几声狗吠。

然而，张伟并不孤单，伞人姐姐在陪伴着他，伞人姐姐的心和自己在一起跳动。

忙到十点，张伟今天的工作计划写完了，开始和伞人姐姐说话。

"姐姐，我今天的任务弄完了，你呢？"

伞人发过来一杯热咖啡："我也忙完了，在偷菜呢，哈哈……"

张伟一乐,伞人姐姐也喜欢玩这个偷菜的游戏啊。

伞人:"偷菜的游戏我不会玩,我一般就喜欢玩《红色警戒》,呵呵……"

张伟:"恩,男人的游戏,喜欢军事和嗜血杀戮,残忍的男人世界。"

昨天惹得伞人姐姐情绪不高,张伟心里正不安,看今天伞人姐姐心情不错,心放了下来。

张伟:"姐姐,昨天我惹你不高兴了,真不好意思,别生我气。"

伞人:"咕……张大厨,你说哪里话,我没生你气啊,我只是在生我自己的气,呵呵……人最大的弱点就是不能战胜自己,悲哀啊……"

张伟:"姐姐,别给自己施加太大的压力,我同意你说的,凡事顺其自然,只要我知道你一直也在努力,我就感到很知足,很宽慰了。"

伞人:"傻熊,你只要能明白姐姐的心,姐姐也就很知足,很宽慰了……嘻嘻……"

张伟突然想起小郭的事情:"姐姐,我兄弟小郭开始恋爱了。"

伞人:"哦,是初恋?"

张伟:"呵呵,应该不是初恋,这小子我估计也是失身过的人。"

伞人:"你怎么知道?"

张伟:"感觉的,直觉。"

伞人:"哦,那你肯定也是失过身的人,而且,还不止一次失身。"

张伟发过去一个满头大汗的头像:"你为什么这样说?"

伞人:"你既然能看出人家是个失过身的人,那你一定是过来人,而且经验丰富喽,是不是? 张大厨。"

张伟心里连连叫苦,一阵一阵发虚:"这……姐姐明鉴,我确实不是处男……"

伞人:"哈哈……兄弟莫紧张,很正常,这么大年龄的男人了,要是还是个处男,那一定不正常,只要你别乱失身就好了,啊哈……"

张伟头上这会儿是真冒汗了:"姐姐说的极是,极是……"

伞人:"张大厨是不是头上真冒汗了? 心发虚了是吧? 呵呵……别紧张,我不会再问你更深入的问题的,咱对傻熊的品质还是高度信任的,优质傻熊,产自北国,来到江南,遁入深山……哈!"

张伟也忍不住笑起来,伞人姐姐体会真是细致,都能感觉到自己真的冒汗了。嗨,自己头上这汗可不是热的,是冷汗呐。

看到伞人姐姐情绪这么好,张伟的心情也变得轻松起来。

"姐姐,小郭有女朋友的事情我一直不知道,中午的时候意外发现的。"

"哦,人家的私事怎么会让你意外发现呢?"

"我上山去拍照片,偶然发现他们俩……"

"哦,不用详细描述,我知道了,那女孩子也是你们公司的?"

"是的,刚来的女孩子,比我早几天进公司,做内勤,很淳朴、勤快、俊俏的女孩,很本分,和小郭很般配。"

"好! 好! 好!"伞人好像很高兴,"小郭老乡有伴了,值得祝贺和高兴,他一定很幸福吧?"

"是啊。"张伟说,"你感觉真准确,晚上我和小郭谈起这个事情,小郭兄弟浑身上下都是幸福感,幸福指数相当高啊。"

伞人:"呵呵,听你这么一说,我都替你那小郭兄弟感到幸福,多么幸福的一对啊。"

张伟:"是啊,看到我兄弟这么幸福,我真为他高兴,又好羡慕他,原来幸福的感觉就是这么简单,幸福就是这么容易。"

伞人:"呵呵……什么是幸福? 不同的人有不同的看法,我的看法是平凡和安宁是最大的幸福。"

张伟发过去一个握手的表情:"姐姐,我们俩的看法是一样一样的。"

小郭这段时间弄了不少小沈阳的光盘放在车上,经常边走边放,每次都把张伟看的笑颠了,不知不觉,张伟也学会几句台词。

伞人:"小沈阳还没上春晚呢,你就把他这台词学来了,啪啪的……"

张伟:"他在其他地方演出的内容我早就看过啊,哈哈……"

伞人:"小沈阳让人感觉永远是那么开心快乐,生活中,难得有这么永远的快乐啊。"

张伟:"姐姐,和你一起聊天,我每次都很开心,很快乐,很充实,每次都感觉时间过得太快,其实,我很感谢你给我带来的这些快乐。"

伞人沉默了一会儿,然后回答:"大厨,不要这么说,其实我真正应该感谢你,我说的是真的!"

张伟突然感觉伞人变得非常认真:"姐姐……"

伞人:"还记得我们刚认识的时候吗?"

"记得。"

张伟的脑海里迅速闪回到三个多月之前的那个秋天的下午,那个自己刚刚辞职无所事事的下午,那个自己玩世不恭的撒色子游戏。

一个偶然之间不经意的游戏,竟然会让自己离开生活了二十八年的故土,来到这陌生的古越南国,会让自己认识那么多现实生活中的男男女女,会让自己经历那么多酸甜苦辣,会让自己在虚拟的空间里认识一位心灵的知音,一位仿佛来自天上的灵魂。

想到这里,张伟唏嘘不已,人生就是这么难以预料,难以琢磨。

"还记得我那时的表情吗?"伞人接着问。

"记得,你那时给我的印象好像是不苟言笑、呆板冷漠、无动于衷、缺乏情调,每次聊天一会儿就匆匆下线,像逃跑一样。"张伟回忆起那时的情景。

伞人微微一笑:"那现在呢?"

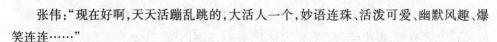

张伟:"现在好啊,天天活蹦乱跳的,大活人一个,妙语连珠、活泼可爱、幽默风趣、爆笑连连……"

伞人:"这一切的变化都应该感谢你,是你让我凝固的心逐渐融化,让我冷漠的血液逐渐温热流动,让我呆板的表情变得多彩,让我失落的灵魂在慢慢回归,真的,大厨,我发自内心感谢你!"

张伟很感动,原来自己也能给伞人姐姐带来开心和欢乐,原来自己也能让伞人姐姐找回失去的灵魂,原来自己也能让伞人姐姐冰冷的心逐渐融化。

"姐姐,我很高兴,原来我一直以为自己一无是处,一无所用,原来,我还能让你开心和快乐,我好高兴啊。"

伞人:"大厨,你给我带来的开心和快乐越来越多,我的幸福指数也越来越高,我好像感觉自己这个黄脸婆在慢慢变得俊俏了哦……"

张伟很高兴:"姐姐,我希望你能越来越开心,我会尽我最大的努力,让你的幸福指数达到最高,我好高兴看到姐姐变得越来越美丽。"

伞人:"谢谢兄弟的一片真心,嘻嘻……还记得当初你加我好友时的话吗?"

张伟:"当然记得,网上一个你,网上一个我。"

伞人:"现在呢? 山里一个你,山外一个我。"

张伟:"山里的我好安静,整个村落里,只有我在敲击键盘,整个村落里只有我还在无眠,四周好静啊,群山环抱中的一个小小木阁楼里,我在和你谈话聊天,感觉很温馨,有你,我不寂寞。"

伞人:"有你,有我,我们的无声世界不会再有寂寞。"

张伟:"我能感觉到你的心在和我一起跳动。"

伞人:"用心去感觉,我随时都会在你身边,如影随形。"

张伟:"在漫无边际的黑夜里,我的眼前一片光明;在寂寥原始的深山里,我的理想越来越近;在尘封已久的心灵里,我的寂寞无影无踪。这一切,只因为有你。"

伞人:"大厨,你讲话水平越来越高,说个话就像是作诗,好有情调哦…… 陶醉ing……我的诗人。"

张伟心里只想乐,姐姐讲话总是那么幽默,那么逗人。

"姐姐,这都是我的心里话,我不是诗人,只是因为你,激发了我内心的情愫,才会有如此真切的话语说出来,如果说我是诗人的话,那也是你把我变成了诗人,你是我创作的源泉。"

伞人:"诗人,张大厨,我看你绝对可以做个诗人,我发现你文采不错,不光文字水平好,就是这口才也越来越流畅,很多时候,我发现你信手拈来,出口成章。"

张伟心里乐滋滋的:"姐姐,你一夸我,叫我诗人,我就幸福晕了,哈哈……好开心啊。"

伞人："你看看,我给你起了多少名字啊,不过咱水平低,没你那文采,起的名字都太俗气了,张董事长、傻小子、傻熊、张大厨,都是我给起的吧,哎……都太没水平了。郁闷……"

张伟："名字确实不少啊,我喜欢,你叫我什么我都喜欢。"

伞人："你现在又多了新名字……张诗人,诗人,不错,这个名字很好,你喜欢不?……"

张伟苦笑,老天,我又多了一个名字啊,从文到武,从厨师到老板、从动物到人,我可是基本占全了。

伞人："张诗人,你怎么不说话,不喜欢洒家给你的新称谓?"

张伟忙回话："喜欢,喜欢姐姐赐予的新名字。"

伞人："这还差不多,你也别感觉委屈,将就着吧。不过,这名字也不都是我起的,那张大厨就是陈瑶起的,被我借用了而已。哎……张诗人,你天天在山里修心养性,培养灵感,抽空你写首诗,咱分享一下,好不?"

张伟发过去一个龇牙咧嘴的表情："别拿我开涮了,我什么时候会写诗啊,咱没那艺术细胞。"

伞人："这个好办,可以培养,弄个速成班,我每天发两首唐诗给你念,时间长了,背会唐诗300首,不会作诗也会沿。"

张伟："你别折腾我了,我现在就像蜷伏在山里的一条虫,哪里有那个兴致,能吃饱饭就不错了。"

"错!!"伞人发过来一串惊叹号,"我的诗人,虽然你还没有写出一首诗来,但你绝对不是蜷伏在山里的一条虫,在我看来,你是蛰伏在山里的一条龙,你在汲大山之灵气,取日月之精华,你在积蓄能量,你在蓄势待发,有一天,你会腾龙出山,披荆斩棘,重现江湖,让众人瞩目,这时候,就是你修成正果的时候。"

张伟听得热血沸腾："姐姐,你这么看好我?"

"当然,我可是一直把你看成绩优股,我相信你一定会爆发的,你自己有没有信心?"

张伟："当然有信心,姐姐都这么对我有信心,我自己当然更有信心,我一定不会让姐姐失望的。"

伞人："好,张大厨,现在先不让你做诗人,先让你在山里做傻熊,等你出山的时候,你就是张大老板,张董事长了,哈!"

张伟："姐姐,还是不想那么多,还是扎扎实实做好眼前的事吧。"

伞人："眼前的事情当然要做,但梦想、理想是一定要有的,咱不是空想,咱是切实可行的奋斗目标,相信我的预测,这一天一定会来到。"

张伟："呵呵,那你就高唱《国际歌》吧。"

伞人："嘻嘻……从来就没有什么救世主,一切全靠我们自己;以后我们要唱响《走进新时代》:我们唱着网络的故事,走进新时代……"

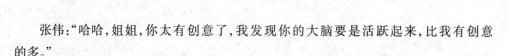
张伟:"哈哈,姐姐,你太有创意了,我发现你的大脑要是活跃起来,比我有创意的多。"

伞人:"这要归功于张大厨啊,这幸福指数一高,脑细胞数量就高,大脑的热度就高,'三高'人群,这三样一高,创意就多了……"

张伟:"我做方案要是有你那么多的创意就好了。"

伞人:"方案?对了,你那方案到什么程度了?"

张伟:"快了,我又对结构重新进行了调整,总体分为四大块:队伍组建、宣传广告发布、活动开展、景点设置,然后这四大块又分若干小块,逐渐一步步细化。"

伞人:"大约什么时间能全部完工?"

张伟:"明天基本就可以。"

伞人:"这么快?"

张伟:"还快?搞了不少日子了,明天弄完,我晚上传给你看一下,你提提意见,指导指导。"

伞人:"得,别这么说,我发现你这家伙水平不浅,我看了你上次那北方农家乐的资料汇编,就感觉到了,你很有思想,工作很有思路,要么是你这家伙水平本来就不低,没显现出来,要么是你这段时间提高得很快,进步神速。"

张伟:"主要还是这段时间进步快啊,加上以前的底子,这段时间的进步主要还是你的功劳啊,青出于蓝……"

伞人:"我看你快胜于蓝了,明天的方案我还是本着学习的目的来看吧,指导咱不大敢当了。"

张伟:"先给你看,你提提意见,修改后我再给郑总,这样腊月二十七之前就可以很轻松地完结。"

伞人:"你腊月二十七放假?"

张伟:"是啊,正好和王炎他们一起回老家过年,还有陈瑶跟着去体验北方农家生活。"

伞人:"北方的傻熊又杀回去了,还带一拐来的冒牌准儿媳。"

张伟:"哈哈,陈瑶可不是拐来的啊,是她自己要求来的,属于自投罗网,恰好为我所用。"

伞人:"哟!你这话可不要乱说啊,什么自投罗网啊,为我所用啊,人家陈瑶要是知道你原来是在利用人家,肯定要生气的。"

张伟忙回答:"是的,是的,要保密,高度保密,这事就你知我知,别的人统统保密,特别是不能让陈瑶知道。"

伞人发过来一个严肃的表情:"嗯,嗯!一定要做好保密工作,我这边你放心,绝对保密,没问题。"

第三十一章 形散神聚

张伟:"对于姐姐,我是一百个放心,不过,姐姐,你说这事瞒着陈瑶好不好? 会不会伤害了人家的自尊? 会不会是一种欺骗?"

伞人:"没事,第一,你没做什么损害她名声和利益的事,第二,这也算是她做了一件善事,帮了你的忙,即使是欺骗的话,也是先欺骗了你爸爸妈妈,后欺骗了她,不过这都是善意的欺骗,是饱含浓郁亲情的欺骗,是一种感人的爱的谎言,放心动手,大胆去做吧,大厨,不要有什么心理压力。"

张伟感觉伞人在这事上特别开通,不但不阻拦自己,好像还在怂恿自己,和自己印象中伞人的做事风格有些不大符合,觉得有些意外。不过又一想,伞人说的这些话也十分在理,是啊,即使是欺骗,也是一种爱的谎言,是基于亲情基础上的善意的欺骗。

张伟:"嗯,那我就没有心理压力了。"

伞人:"张大厨,我还得嘱咐你几句,人家千里迢迢去你家不明就里做准儿媳,你可得好好待人家,伺候好喽……听说北方山里时兴人口买卖,你可别到时候把人家一如花似玉的女人给卖了哈!"

张伟:"哪里哪里,一定伺候好她,一定不会把她卖了的,咱可不利用女人发财,这一点不能学郑总。"

伞人:"哦,你们郑老财善于这一点? 哈……"

张伟:"是啊,郑总今天中午和我促膝长谈,其中谈到我们的总经理助理前几天辞职的事情,才刚来不到一个月,就陪东兴土地局的局长大人出差,估计是被潜规则了,然后回来就调到东兴国旅去做副总去了,不过,也给老郑出了大力,景区开发用地的事办妥了,老郑上午和我说这是他一年来被征用的第三个总经理助理了。"

伞人:"哦,这总经理助理叫啥名字啊?"

张伟:"顾晓华。"

伞人:"啧啧……不简单哪,到东兴国旅去做副总,这可是东兴旅行社的头牌啊,这旅行社的老总是个四十多岁的大姐,是土地局那局长大人的妹妹,近水楼台啊。你们郑老财也是有办法,有魄力,把总经理助理这一岗位的人力资源开发得有声有色,既有流动性,又有实际效果。"

张伟:"敢情这总经理助理是做这种工作的啊,当初我去应聘的时候,不明白,还报了这个岗位呢。"

伞人:"啊哈……大厨,你也有志于做商业公关事业啊,不错哦,人才难得,你这身段,这块头,这细皮嫩肉,出去公关那些女局长女市长,一放一个倒!可惜哦,老郑不善于发现人才……"

张伟:"我晕!你捣鼓到哪里去了?都说些什么啊!哈哈……姐姐,你说这年头,做生意还真的没有女人打不开局面?"

伞人:"错!这年头,经常和政府部门打交道的生意人,也有不少走的是另一条路子。"

张伟:"姐姐,你说说。"

伞人:"做生意的总免不了要和政府部门打交道,只是有的多,有的少,做流通服务业的打交道少,做生产开发的打交道多。总的来说,经常和政府部门打交道的生意人,有两种路子可走,一种是清水路,一种是浑水路。"

张伟来了兴趣:"姐姐,你详细说明一下。"

伞人:"大厨,我给你传授的都是洒家的秘籍,知道就行,不要乱传哦……"

张伟:"一定一定。"

伞人:"这清水路,就是公事公办,我直接到你政务大厅去办事情,该走什么手续走什么手续,该缴纳什么费用就缴什么费用,一不托熟人,二不走后门,各种事情照章办理,完全按照规则和规范去办,顶多偶尔请办事人员吃顿饭。这样的生意人不但有,而且不在少数,大多数是外地人,这种人并非自己想这样做,而是因为人生地不熟,没办法,不得已而为之。当然,这种人的特点一是生意规模不大,二是事情办起来很麻烦,要拖很长时间。"

张伟:"唔……"

伞人:"这趟浑水路的,就是你们老郑这种人,在当地有人脉关系,肉弹开路,钞票跟上,集中轰炸,目标准确,有的放矢,效果明显,一般三招两式就把官员放倒,事情很快就能办成,还能从此和官员挂上关系,就像滚雪球,越混圈子越大,事情就越好办。"

张伟:"说穿了,还是老郑这种人吃得开啊。"

伞人:"是的,社会大潮流就是这样,做景区开发很不容易的,涉及的政府部门太多,每个环节都是大爷,投资之前,你是大爷,市里领导热烈欢迎,迎来送往,殷勤备至,一旦你合同搞定,资金开始投放,知道你跑不了了,你的地位就开始转变了,你就成孙子了,那些市里各有关部门都是你大爷,哪一个你都得好好伺候着。你们郑老财看来已经完成了从大爷到孙子的转变,开始伺候大爷了,这也预示着他的景区开发进入了一个新阶段——开工阶段。"

张伟很感慨："你分析得太精辟了，入木三分。"

伞人："小意思，以后你经历多了，你也会明白这些道理，这就是处世之道，社会充满了泥浆和浑浊，要想出污泥而不染，要想保持自己的亮节，须得小心谨慎，做到自尊自爱，特别是女人。"

张伟："男人也一样，没看到新闻上说，不少女领导都开始对下属进行潜规则了。"

伞人："是啊，女人也要开始翻身奴隶做主人了，哈……你们那美女董事长于琴没有对你进行潜规则吧？"

张伟："晕！没有，不过……"

伞人："不过什么？"

张伟："不过……老板倒是怂恿我……"

伞人："吞吞吐吐什么啊，说，怂恿你干吗？"

张伟："中午老板和我谈话的时候，表露出一个意思，怂恿我和他小姨子谈恋爱。"

伞人："真的？有这等好事！"

张伟："狗屁，什么好事，那丫头是个小太保，又火又辣，看见就烦。"

伞人："张大厨，我发现你这个人到处都有桃花运，不管走到哪里，什么都有可能缺，就是女人不缺，是不是？"

张伟急了："可别这么说，我是绝无此意的，我是绝对不会和他小姨子谈恋爱的，我告诉老郑了，说我有女朋友了。"

伞人："你有女朋友了？真的？"

张伟："废话，是啊，就是你啊。"

伞人："哦！……是这个意思……那老郑怎么说啊？"

张伟："老郑也没说什么，又开始给我讲人生和爱情的大道理，扇忽了半天。不管他怎么扇忽，我的心里是自有主张的，恋爱自由，你总不能强抢民男吧！"

伞人："张大厨，你真的是艳福不浅啊，嘻嘻……那小姨子很漂亮吧？"

张伟："实事求是地说，她长得不错，但是与我何干？我是不会和她搞什么洋动静的。"

张伟说这话的时候，心里绝对是坦诚的，他总觉得于林在自己眼里，充其量是个女大学生，女孩子，小屁孩一个，活泼火辣，身体发育成熟，但是从作为女人的心理上来说，还不能称之为女人，缺少女人的那种韵味和温情，自己对于林也就产生不了那种想法，充其量把她看做一个小妹妹。当然，于林的肉体有时候也会让自己心猿意马，想入非非，但那改变不了自己心里的根本印象。

伞人："既然你能告诉我，就相信你一定会立场坚定。张大厨，记住，在单位里，立身之本是工作，其他的都是次要的，工作没有业绩，其他再好也不行，也白搭，老板说千道

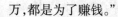

万,都是为了赚钱。"

张伟:"嗯,是的,我知道的,你放心好了。"

伞人:"另外,写东西要累脑子……的劳动不同,自己要注意劳逸结合,要养成有规律……要马上用电脑,打字时间长了,要出门看看天……肥肉……总之,身体是最主要的,充分利用在……子……"

……像一个唠唠叨叨的管家婆,细致入微而又不……庭主妇,絮叨个没完。"

……好人难做啊,我这要不是看你张大厨以后……

……很敬业;有时候感觉你是个管理行家,调理……有时候感觉你是个精致女人,儒雅高贵;这……

……很善于运用语言的技巧,善于用排比来加……么厉害?这么多面手?夸张了吧。"

……像你,也是这样的,在我的印象中,你有……上进有为男,蓬勃青春;有时候是一个……不恭。"

……对应起来了哈,形容得很准确啊。"

……只要一个人的思想和品质不变,再多……

……电脑,上楼睡觉。

……近饭窝,发现隔壁女生宿舍还有灯光,板缝里透出一丝光亮。

张伟把眼睛凑上去,于林正躺在床上看书,厚厚的,在她翻页的时候手一歪,《鬼吹灯》。

怎么她也喜欢看这鬼鬼祟祟的书,这书到底有什么好看的?听说这书最早是在网络上盛行,风靡一时,作者是个网络写手,越写越来劲,稀里哗啦写了一百多万字。

这深冬半夜的看着鬼书,会不会毛骨悚然?

张伟躺倒睡下,一会一张纸条从板缝里传过来:"伟哥,《鬼吹灯》吓死我了!怎么办?"

自己找死,犯贱!张伟摸出床头的笔,就着板缝透过来的光线,写了几个字:"把脑袋缩进被子里,蒙头睡觉,鬼就不会来找你了。"

纸条塞回去不久,于林又传回来:"不行,还是害怕。"

"那怎么办?"张伟又传回去。

"想让你搂着我睡,这样就不会害怕了,嘻嘻。"

"晕,我是有主之花,有朋之男,别打我主意,妹妹……"

"饭争着吃才香,我就喜欢竞争,哈哈!伟哥,等着瞧!"

神经病,岂有此理。张伟气愤地把纸条揉成一团,扔到床下。

摸出手机定闹铃,这才发现有一个未读短信,打开一看,何英的:"我要是不和你联系,你是永远不会和我联系的,是吗?"

看看时间,二十分钟前,正是自己刚要睡觉的时候。

张伟突然感觉何英很可怜,老高在努力追寻张小波,欲图破镜重圆,她自己孤零零成了孤家寡人,孩子也不会属于她,她苦苦追求的人心却又不在她身上。

女人啊,永远是弱者,永远是悲剧的受害者。

张伟心里对何英隐隐产生一丝怜悯和同情,还有几分不安,他担心何英自己一个人心情不好的时候再去酒吧,会借机放纵自己,堕落自己。

酒吧那地方可是男女寻情的好处所,一个单身女子,又是那样的性感少妇,在那种地方想放纵自己,太简单,太容易了。

张伟给何英回复:"我这几天很忙,一直在忙着做方案,没有来得及问候你,真抱歉,你这两天还好吗?"

何英很快回复:"哦,还好,还那样,不知道你一直在忙,这两天没有你的消息,很失落,以为你已经把我忘记了。"

张伟谨慎地回答:"没有,哪里能忘记老朋友呢,虽然我在山里,但是山外的朋友我都没有忘记,不过,工作一忙,也就疏忽了联系,你现在在哪里?"

何英:"A8酒吧。"

张伟一听,急忙回复:"你怎么又跑酒吧里去了,我不是说过不让你去酒吧的吗?你怎么不听话?"

何英:"我孤独,我寂寞,我伤心,我难过,我失落,我落魄,可是,没有人来安慰我,没有人来关心我,我好想你能和我说说话,可是你杳无消息,我想给你打电话,又怕你不方便,又怕你烦,想给你发短信,又不敢多发,还是怕你烦,只有在酒吧里,我让酒精麻醉自己,让自己麻木迷醉,心里的感觉才会好一点。"

张伟一时无语,世上有万般情意,只有爱是不能分享的,半天才回复:"我跟你说过,我们是朋友,你可以随时和我联系,和我说话,我理解你此刻的心情,我明白你的想法,可是,感情这东西,是不能勉强的,这个简单的道理,我想你一定明白,我把你视为好朋友,自然会关心你，自然会安慰你，我希望你快乐开心，但是，我不希望你在酒吧寻找快乐和开心，在这个 A8 里，你早晚会迷失你自己。"

何英："即使不迷醉自己，那又会怎么样呢？我什么都没有了，我看不见我的明天，看不见我的未来，我完了，我要在这里喝酒疯狂发泄。"

张伟："如果你把我看做你的朋友，如果你认为我还是你的朋友，如果你愿意听我的话，赶紧回家，以后不准自己来这种地方，我希望你不管遇到任何挫折和困难，都要保持自尊、自爱，保持自己的原则，何英，我告诉你，如果你在这里堕落了，以后，你再也见不到我了，再也听不到我的声音，接不到我的短信了。"

张伟警告的话起到了作用，何英一会回过来："那好吧……我听你的，我这就回家，告诉我，你关心我，你还管我，是吗？"

张伟松了一口气："只要你听话，我自然会关心你，自然会管你，我不是说过吗，我们会是很好的朋友，回家好好休息，心情不好的时候就和我聊天，和朋友聊天，出去散心，但是不准去酒吧，我并不是说酒吧里都是坏人，但是那是很容易让人堕落的地方，特别是单身女人。"

何英："我听你的，我好高兴你还关心我，还管我，我愿意让你一辈子管我，我就喜欢你管我，我保证以后不去酒吧了，只要你高兴。以后我心情烦闷的时候就和你说话，不过，你放心，我知道你工作忙，我不会老打扰你的，你方便的时候就给我回，不方便的时候也不一定非要回。只要我知道，你一直在关注着我就行了。"

张伟看到何英的心情好些，没有再说别的："很晚了，我睡了，你赶紧回去休息。"

何英："嗯，我已经出酒吧了，一会开车回去。"

第三十二章 振翅欲飞

早上张伟被小郭他们起床的声音弄醒了,隔壁玲玲和吴洁也在起床,小郭说把小明他们送到工地后,玲玲和小洁要一起进城采购物品。

张伟看看时间,才六点多,这么早就起床啊,外面天都还没亮,还是再睡会吧。

先是一阵扑通扑通下楼梯的声音,接着楼下院子里传来说话、打水、洗漱的声音,然后是汽车发动的声音,之后,一切又安静下来。冬天的人都不喜欢起得太早,村子里依然很安静,房东也在酣睡中。

张伟看看外面黑黑的天空,眼皮又很快合上了,他决定睡到七点四十再起床,困死了!

睡得正香,听见外面的楼梯有轻微的脚步声,接着房门打开又轻轻关上,然后,自己的被子被悄悄揭开,随即一个柔软的身体钻了进来,紧紧贴在自己身上。

迷迷糊糊的张伟以为还在做梦,突然感觉不大对劲,睁开眼睛一看,大吃一惊,于林竟然躺在自己被窝里。

于林是裹了军大衣来的,身上只穿了一层薄薄的内衣,张伟睡觉穿的很少,一般只穿内裤。

于林身上散发出少女特有的香气和奶味,丰满硕大的胸脯紧紧贴着张伟的身体,双手搂住张伟的脖子,眼睛里放射出饥渴和热烈的火光。

张伟吓了一大跳,想抽身坐起,可是,于林死死抱住自己的身体,让他无法动弹。

张伟大急,大骇:"你……你找死啊,胆大包天。"

于林死死抱住张伟的身体,浑身发抖:"我冷,抱抱我。"

原来于林只裹了一件军大衣,在他们都走后,从自己宿舍下楼,拐弯跑到张伟宿舍,距离也得有五十米。外面天气还比较冷,这样跑过来,肯定要挨冻。

张伟感觉到于林的身体有些冷,手忙脚乱伸手想找衣服穿,可是被于林抱住不能动。

张伟于是躺在那里没动,任于林在自己身上紧贴取暖。

于林丰满的身体在张伟身上慢慢变得温热,轻轻柔柔揉搓着……

于林的身体慢慢暖和过来。

张伟向外推于林："你想死啊,跑这里来干吗? 快回去!"

于林抱着张伟的身体不放："他们都走了,我一个人睡那里害怕,嘻嘻。"

于林边说,手边在张伟身上摸索,嘴巴也在张伟的脸上脖子上游动,一边呼吸急促地说:"伟哥,我喜欢死你了,我喜欢和你在一起。"

张伟心情大为紧张,他倒不怕这会有人看见,都出去了,离天亮上班还早,没有人会来打扰。他担心的是自己失控……黎明前的黑暗,娇嫩雪白青春的胴体进了自己被窝,妩媚欲滴的鲜花送上门让自己来采,早知道可能会有这一关,只是没想到这么快会来到。

张伟的身体很快就有了反应,这小妖精的身体浑圆丰满,娇嫩柔滑,主动热情,火辣火爆,倒是另有一种风情。

张伟还在做最后的抵抗："我想,这样是不合适的,我感觉自己快要犯错误了。"

于林没说话,自己在那里忙乎,嘴唇已经游动到了张伟的胸脯,并且还在继续向下移动……

张伟的心一阵阵抽搐,天啊,我该怎么办?

张伟心里紧张、兴奋,抵抗在逐渐减弱。

一会儿,于林的身体又游动上来,柔软的嘴唇轻轻覆盖住张伟的嘴唇,舌尖轻轻拱着张伟的牙齿。张伟不由张开嘴,两人的舌头很快纠合在一起……

张伟的活力被调动了,大脑开始失控,不由伸出手,搂住了于林丰满的身体,把手伸进了于林衣服里面……于林开始发出轻轻的呻吟……

张伟浑身感觉要爆裂,天啊,原谅我,我是人不是神啊,我受不了了!

宁静的黎明,古老的阁楼,简陋的寝室,冰冷的天气,火热的被窝,暧昧的空气……一场大战即将上演……

正在这时,外面"吱……"传来汽车刹车的声音,接着有人下车、开院门,接着传来有人上楼梯的声音,直奔自己的宿舍而来……

张伟头懵了一下,迅速清醒过来,自己这是在干什么,自己这是在作死啊!

穿衣服已经来不及了,张伟迅速躺好,把于林搂进怀里,紧贴着自己,这样,从外面看,被窝的形状不明显。

于林也吓了一跳,缩在张伟被窝里面,脑袋也不敢露,乖乖地。

张伟装作在睡觉的样子,一动不动。

门开了,有人进来,悄悄地走进来直奔里面,在小郭床上摸索。

张伟看清楚了,是小郭。

原来是小郭。

张伟装作刚醒："小郭,你怎么又回来了?"

小郭拿了个东西边向外走边说："我手机忘记带了,没事,你睡吧。"

张伟点点头,刚要躺下,小郭又说:"对了,刚才郑总给玲玲打电话说过会和两个客人一起到,来吃早饭,让玲玲通知做饭的大妈来做早饭。"

张伟:"哦,那我一会也起床。"

小郭急忙出去走了。

等外面响起汽车离去的声音,张伟"噌"坐起来穿衣服,边把于林的大衣拿给她:"抓紧起来穿衣服,你姐夫一会就到。"

于林心有不甘:"时间来得及。"

张伟这会脑子已经清醒了,"屁,差点被你套进去,酿成大错,快起床。"张伟自顾自穿好衣服。

于林看这事已经黄了汤,张伟的外套都穿好了,心里很不情愿:"这个死小郭,早不来晚不来,偏偏这会来。"

张伟心里很后怕,给于林披上军大衣:"儿啊,抓紧回宿舍吧,幸亏小郭来救了驾,不然你姐夫突然来到,就要抓一对野鸳鸯了。"

于林看着张伟:"你亲亲我。"

张伟摇摇头,隔着军大衣照于林屁股一巴掌:"亲个屁,以后少勾引我,抓紧回去。"

于林快快地一溜小跑回了自己宿舍。张伟长出一口气,差点又红杏出墙,这次要是再出了墙,可真没脸见伞人姐姐了。

看看外面的天色,已经蒙蒙亮了。

张伟下楼,烧上热水,开始洗漱。正刷牙呢,做饭的大妈来了,开始做早饭。

刚做好,郑总到了,还有两个人,一男一女。于林也下来了。大家一起吃早饭。

那两个人是郑总的客人,搞设计的,郑总请他们一大早赶过来帮忙看下停车场的规划,先来吃早饭。

好悬,差点被抓了现行,张伟心里不禁又暗暗感激小郭。

早饭后,郑总和那两个人一起去了工地,办公室里又只剩下张伟和于林。

张伟一本正经,满脸严肃地开始在电脑前工作,不苟言笑。于林没事干,煨在暖气旁取暖,眼珠子滴溜溜看张伟。

张伟抬起头,语气严肃:"小妖精,我今天要赶进度做方案,最后的收尾,不许打扰我,否则,我对你不客气。"

于林:"怎么?你还要对我怎么不客气?非礼我?嘻嘻……"

张伟摇摇头:"你这丫头,怎么这么开放啊,第一次见。"

于林站起来:"哼,你忙你的,不打扰你,走着瞧,我就不信羊不吃柳叶,我想要的,就一定要得到。"

说完,重重关上门,出去玩去了。

张伟终于可以安静工作了,今天还有最后的一个收尾,争取上午弄完。

突然想起何英,张伟给她发了一个手机短信:"早上好,我已经起床开始工作,没别的事,就是问候你一下,好好做事,别胡思乱想。"

一会接到何英的回复:"这是你第一次主动给我发短信,看到心里好高兴,我好爱你,亲爱的,你忙吧,不打扰你,我今天去公司。"

唉……做朋友好了,叫什么亲爱的啊,肉麻。

张伟集中精力开始工作。

到中午十一点,张伟的大作终于完结了。

敲完最后一个字,张伟长出了一口气,妈呀,终于完工了。粗略统计了一下,这方案总计六万多字。如果是创作一个小说,可以算是中篇了。

张伟一直紧绷的脑子终于放松下来,初稿终于完结了,这会再也不想看第二眼这稿子。

张伟插上网卡,登录QQ,姐姐在。

"姐姐,我初稿弄完了,终于弄完了。"张伟上来就对伞人说。

伞人端过一杯热咖啡:"张董事长,你辛苦了,歇会吧。"

张伟:"我还没校对,还没修缮,等等再说吧。"

伞人:"嘻嘻……传给我,我看看,顺便帮你校对条理一下。"

张伟大喜:"这可太好了,好极好极!"

伞人:"不能把大厨累趴了,总得让你喘口气吧,哈!"

张伟把稿子发给了伞人。

接收完毕后,伞人说:"我得仔细学习学习,见识一下张董事长的精髓,晚上给你回复哈。"

张伟:"辛苦姐姐了,别说学习,你就说是帮校对就可以了。"

伞人:"好了,大厨,别婆婆妈妈咬文嚼字,我现在开始看你的方案,你出去玩去吧,放松放松。"

张伟也确实感觉到大脑放松了起来:"好的,那晚上见。"

和伞人说完话,张伟关上电脑,来到院子,于林正躺在竹椅子上晒太阳,一副悠然自得的样子。

看见张伟满面春风出来,于林懒洋洋地说:"伟哥,你弄完了?"

张伟点点头:"弄完了。"

于林:"爽不?"

张伟:"爽!"

说完这话,张伟突然感觉不对劲,怎么被这小妖精给绕进来了,随即改口:"爽……个屁。"

于林哈哈大笑:"伟哥,是不是感觉我像女流氓?"

张伟也躺在旁边的一张椅子上:"是啊,感觉你就是一标准小女流氓,老想非礼我,早上差点失身。"

于林："老土，观念太落后了，这叫敢恨敢爱，喜欢，就要，不喜欢，一边去；想，就干，不想，滚蛋。"

张伟暗暗发汗："你们同学都这样的观念？"

于林："不都是，但也差不多，基本都有这种倾向，这代表了一种潮流，大哥，这都二十一世纪了，想开点吧。"

张伟斜看了一眼于林："我看你还是找你的同龄人，同类比较合适，我这人是土包子，对你这套先进的模式还不适应，道不同不相为谋。"

"不行。"于林坚决地说，"我看中你了，我就得得到你，我不管你那个什么女朋友，别说你还没结婚，就是结婚了，只要是我想得到的，也一定要得到，我对自己还是很有信心滴！再说，我姐我姐夫都支持我跟你好。"

张伟头大为疼痛："我实话告诉你，我们俩不合适，我可以把你当朋友看，也可以把你当妹妹看，可是，就是不能把你当恋人看。"

于林："为什么？"

张伟："因为你不是适合我的那种女人，我也不是适合你的那种男人。"

"你就是适合我的那种男人，我就喜欢你这种男人，我为什么不是适合你的那种女人？你喜欢什么样的女人？我哪点不好？你说，我改。"

张伟哭笑不得："你哪点都好，但是，不适合我，我的意思是你是一个很可爱的小姑娘，很直爽的小女孩，很好玩的小朋友，只是，和我不搭配。"

于林坐起来："哦，我明白了，你的意思是说我是个小孩，小女孩，不是一个女人，那种意义的女人，是不是？"

张伟含混其辞，模棱两可："这个东西，要意会，说出来就没意思了，两个人在一起，是要有感情基础的，是要有默契和相投的性格的，仅仅靠外表的吸引和一时的好感，那样是不会长久的。"

于林："少给我说这些大道理，我告诉你，伟哥，追本姑娘的小伙子多了，可我都没看上，就看中你了，我不管你说什么，我有我自己的主意，反正我的机会多的是，我的时间多的是，我不达目的决不放弃，我就不相信你是个木头人。"

张伟心里连连叫苦，遇上这么一个小太保，得小心点，一定不能给她机会了，否则真失身，无颜见伞人姐姐。

刚吃过午饭，又接到何英的短信："吃过午饭了吗？"

"吃过了，你呢？"

"我也吃过了，在公司吃的。"

"公司一切还好吧？"

"不好。"

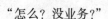

"怎么？没业务？"

"业务倒是不少，可是没法开展，财务上的流动资金都被老高转移走了，没钱开展业务了。"

"哦。"张伟没想到老高做事情这么绝："那怎么办？"

"还能怎么办？把业务推掉呗，走一步看一步吧。"

"春节前的业务应该很多的。"

"是的，但是没办法，随他去吧，你什么时候放假？"

"腊月二十七。"

"你去哪里过年？"

"回老家。"

"哦，什么时间走？怎么走？"

"腊月二十八走，和王炎一起，王炎的男朋友开车一起走，搭便车。"

"那就好，春运太紧张了，坐公共车很拥挤，我本来想把我的车给你，让你开车回去的，这样倒省事了，两个人轮换开也安全。"

张伟有些感动："谢谢你的好意，不用了。"

何英微微叹了口气："唉……干吗要说谢，不喜欢听你说谢我，你就这么对我见外吗？"

张伟："没有的，只是习惯了这么说。"

何英："临走之前你能来看看我吗？"

"这……"张伟犹豫了一下，自己本来打算一放假就去东兴，和王炎陈瑶她们会合，从东兴直接回家的，不过听何英可怜巴巴的口气，张伟心里又有些不好拒绝："这个，我恐怕时间来不及啊。"

何英："时间会来得及的，我开车送你去东兴，你抽点时间，我们一起说会话，好吗？求你，答应我……"

张伟一下子心软了："好好，我答应你，你不用送我去东兴，我腊月二十六晚上回宁州，二十七日下午去东兴，正好我回住处带点衣服。"

何英高兴了："你真好，我等你，不打扰你了，你忙吧。"

张伟知道自己的弱点，最见不得女人服软，最怕别人求自己，他知道这来源于自己性格中的本质……善良。

想想何英也够可怜的，对自己又那么一往情深，去见见面吧。

即使自己不爱这个女人，但也没有理由去伤害一个对自己关怀备至、深深挚爱的女人。

张伟想帮助何英，但他不知道该怎么帮，也知道自己帮不了。

第三十三章 | 忙里偷闲

正午的阳光非常舒适,晒在身上暖洋洋的,和风细暖,周围山坡上的竹海对张伟有极大的诱惑。

张伟看着左前方的一个山头,决定去征服它。

张伟带着相机准备出发。于林要一起去。

"不行。"张伟果断地说:"公司里要有人值班,你在家值班。"

"我不,我也要去爬山。"于林吵吵嚷嚷要去。

张伟眼一瞪:"现在公司里就我们两个在,你得听我指挥,哪里能都走呢,有人来找怎么办?"

于林嘟哝着:"留个纸条在门上,有来找的打电话好了。"

张伟摇摇头:"不行,那样会耽误事情的,你这么不听指挥,以后我怎么带你出去?"

于林无可奈何:"那好吧,自己一个人在公司好没意思。"

张伟感觉于林到底是个孩子,像个小顽童,无忧无虑,玩性很大。

想当年,自己也曾有过这般幸福时光。现在不行喽,生活的压力和发展的压迫感,时时在催动自己奋进、努力。

张伟边走边拍照,很快进入了竹林中的小路。

小路曲径通幽,蜿蜒而上,越来越陡。张伟兴致益然,疾步如飞,脚步轻松地很快到达山顶。

这个山头比后山那个高得多,站在山顶的一块平台上,俯视周围的小山头,还有零零散散分布在山间的村落,以及苍翠的竹林和绿绿的田野,心旷神怡,盘山公路像一条玉带,回旋环绕在山间。

张伟弄完了方案,心里格外轻松,山顶的和风徐徐吹来,松涛阵阵。阳光照射下的山间小溪,时隐时现,反射出点点亮光。

张伟看着远处的绵绵群山,云雾缭绕,冲着远处大声喊道:"伞人姐姐……"

群山回荡:伞人姐姐……伞人姐姐……

伞人姐姐不知道能不能听得到自己的声音。

张伟惬意地躺在大石头上，摸出手机，突然看到自己那天存的陈瑶的电话号码。

对，给陈瑶发个短信。

"陈董好，下午好。"

"哟！张经理，贵客，下午好，几天没消息，怎么您老人家突然有空问候我了？"

张伟心里一乐，陈瑶情绪不错嘛。

"呵呵，前几天一直在忙着做一个方案的，春节前要提交给老板，所以一直没有时间。"

陈瑶："哦，没关系，你今天忙完了？"

张伟："是啊，终于把草案弄完了，稍微修改一下就可以提交给老板了，年前的工作基本做完了。"

陈瑶："幸福！年前你就可以放松两天了，现在在干吗呢？"

张伟："山顶，刚爬到一个山顶。"

陈瑶："敢情你是在半空中问候我啊，好荣幸，怎么样，放假时间定了吗？"

张伟："定了，二十七放假，正好不耽误二十八我们走。"

陈瑶："呵呵，那好啊，我们定的时间是腊月二十八下午出发，二十九晚上赶到你们老家。你放假后直接来东兴吗？来的话我去接你。"

张伟忙说："哪里敢再劳您大驾啊，呵呵，不用接，我放假后先回宁州一趟，看一个朋友，然后二十七下午直接去东兴和你们会合。"

"哦，看一个朋友……"陈瑶回复："女朋友？嘻嘻……"

张伟迟疑了一下："呵呵……一个普通朋友，心情不大好，去看看。"

张伟故意打了一个马虎眼，不说男女朋友。

陈瑶沉默了一会，回复："哦，普通朋友……"

张伟感到陈瑶好像有些分神："陈董，怎么了？"

陈瑶忙回复："没……没什么，呵呵……张经理可真是个热心人啊，对朋友很讲义气。"

张伟感到陈瑶有些奇怪，这大美女对自己看望朋友好像很关注啊，呵呵，女人的心总是很细的，陈瑶也是这样。

张伟："咱江湖中人，讲的就是义气二字，是不是啊，陈师太，哈哈……"

张伟突然想起陈瑶那晚在客厅自称灭绝师太表演排山倒海推人掌时候的情形。

陈瑶发过来一个笑脸："张大厨好记性，难得，难得。"

张伟："师太，这山上的风光可真美啊，我刚才站在山顶大喊一声，回音不绝于耳啊。"

陈瑶："呵呵……大厨很有情调啊，喊的什么内容啊？"

张伟："这……喊的是一个朋友的名字。"

陈瑶:"大厨如此有雅兴,跑到山顶呼喊一个朋友的名字,钦佩!恐怕又是女朋友吧?"

张伟:"嘿嘿……是啊,我一个漂亮姐姐的名字,她说,我只要喊,她就会听见。"

陈瑶:"原来大厨有一个漂亮姐姐啊,什么时候有时间邀请来我们公司作客啊。"

张伟:"这……好的,有机会一定。"

陈瑶:"那可说好喽,不许反悔,我也喜欢漂亮姐姐。"

张伟听陈瑶这么一说,很高兴:"一定,一定,我那姐姐人很好的,师太见了一定会喜欢的。"

陈瑶:"大厨的漂亮姐姐做菜的手艺也一定不错吧?到时候我们可以品尝一下了。"

张伟一愣:"我不知道啊,我没吃过她做的菜。"

陈瑶:"那你这姐姐看来不咋地啊,你这么好的弟弟,都不做菜给你吃。"

张伟一听急了:"师太,你别乱说,我那姐姐很好的,不是她不做菜给我吃,而是……而是我没有时间去吃。"

张伟急忙找了一个圆满的理由。

陈瑶:"哎哟!说不得啊,弟弟护着姐姐哦,不容许别人说半个不字,好叫人妒忌咔咔!"

张伟感觉陈瑶突然变得很活泼。

接触得越多,陈瑶在自己心目中的神秘感就越淡,那种神秘高贵的美在逐渐转变,转变成为一种实实在在的从容和温馨,还有一种无以言状的亲情和教养。

张伟换了个话题:"你最近几天很忙吧?"

陈瑶:"是啊,年前都是比较忙的。"

张伟:"那你这会也在忙?"

陈瑶:"是啊,在看我弟弟的作业呢。"

张伟大吃一惊:"陈董,你弟弟这么小?还有作业。"

陈瑶:"不小了,参加工作了,这作业是他们老板交给他的工作,弄完了,不放心,我帮他看看。"

张伟心里一阵温暖:"陈董,你可真是个不错的当姐姐的,你弟弟有你这样的姐姐,好幸福哦。"

陈瑶:"呵呵,旁观者清啊,但愿我那弟弟能知福。"

张伟:"陈董,那你忙,不打扰你了,我们有时间再聊。"

陈瑶:"好好玩会吧,放松心情,祝你心情愉快,再见。"

和陈瑶聊完,张伟在山顶环绕着四周继续拍照,边拍边玩,直到太阳落山,又拍了半天夕阳,才下山往回返。

竹林里光线很暗了,山路有些滑,四周一片寂静,张伟快速往回走。

"扑棱!"前面草丛中突然发出一声响,吓了张伟一跳。

一看,原来是一只野鸡从草甸子里窜出,直飞到三十米开外,接着窜出两条猎狗,一左一右,向野鸡刚落地的地方包抄过去。

俩猎狗抓一野鸡,好景!

张伟饶有兴趣地边看边拍照,可惜天色已晚,拍不清楚了。

张伟遗憾地回到公司。

晚饭后小郭和玲玲、小洁他们还没有回来,张伟自己去捣沙袋。

于林跟在屁股后面。

张伟这段时间一直坚持锻炼,感觉身体比以前结实多了。

张伟锻炼了一会,坐在旁边的石凳上休息。

于林及时凑了过来,掏出纸巾给张伟擦额头上的汗。

于林一低头擦汗,前胸正好对着张伟的脸,阵阵香气又传过来,胸部还轻轻擦着张伟的鼻子。

张伟心里一荡,刚要向后退一下,于林已经顺势坐在了张伟的腿上。

张伟刚要把于林推开,于林的身子又顺势偎依在了张伟怀里,胳膊搂上了张伟的脖子,嘴唇又吻到了张伟的嘴唇。

于林太主动了,弄得张伟老感觉自己被调戏。

张伟正想挣脱开,突然月光下有个人走了过来,是小明。

小明正好看见张伟抱着于林,于林坐在张伟腿上。

张伟一看是小明,很尴尬,忙推开于林站起来:"小明,你也来玩啊。"

于林站起来,看见小明,满不在乎:"怎么,小明你也想过来练练?"

小明看见张伟和于林在一起亲热,一愣,又看到他们俩不在乎的样子,有些尴尬:"没事,我本来想过来看看张伟练武术的,不好意思,打扰你们了,你们忙,我先回去了。"

说完,小明急忙回身走了。

张伟愣在那里,这事不大妙,要是传开,公司里都会以为自己和于林在谈恋爱,造成既成事实,自己有嘴也说不清。

于林从后面搂住张伟的腰,把脸贴在张伟的背上,紧紧地。

张伟感觉非常烦躁,没有心思再练下去,掰开于林的手:"回去。"

于林看到张伟六神无主的样子,脸上有些得意,她就希望大家知道自己和张伟谈恋爱的事,这样多好啊,就不会有人对张伟再有什么心思了。

回到公司,小郭回来了,和玲玲小洁刚吃完饭,正在聊天。

玲玲告诉小郭:"明天老板娘回来,你到萧山机场去接她,上午七点四十分飞机到。"

小郭连连答应。

张伟一愣,这才两天,老板娘这么快就回来了,输了? 还是赢了?

然后小郭去收拾车,吴洁也忙起身跟着一起出去了。

小明老罗小童他们都不在,估计都去宿舍了。

于林在电脑前无聊地打着扑克牌。

玲玲又拿出一本书开始看,边问于林:"那《鬼吹灯》你看完了?"

于林一惊一乍:"我可不看了,昨晚吓得我半夜没睡好,以后再看还是白天看。"

玲玲和张伟都笑了,张伟问玲玲:"玲玲,你这又在看什么书啊?又是个闹鬼的?"

玲玲晃晃书:"不是,换了,不是闹鬼的,是混社会的。"

"混社会的?什么啊?"

"《职场白领错位生活:暗夜无边》,刚出版的新书。"玲玲说。

"哦。"张伟扫了一眼,"听这名字就感觉很烂。"

"呵呵……"玲玲笑了,"你猜得真准,一个男人的堕落史,不过写得很现实,太切合现实生活了。不过这李可也太有福气了,周围女人一个接着一个,都围着他转悠,艳福不浅啊。"

张伟一怔,这小子和自己有点相似啊,走到哪都不缺女人,嘿嘿。

于林玩了一会,困了,拉着玲玲上楼去睡觉,溜走前,冲张伟做了个鬼脸。

办公室里只剩下张伟自己。

张伟感觉心情突然很糟糕,自己过五关斩六将,竟然在这个小阴沟里差点翻了船,一定要坚定信念,决不能和于林有什么模糊暧昧的情感,不然,心里太有愧于伞人姐姐对自己的一片心意了。

张伟知道,男人都有七情六欲,特别是自己在这方面更是特别强,而且,对男女之间的事又比较放得开,以前自己对于美女,基本是来者不拒。可是,自从来南方之后,自从在网络上认识伞人姐姐之后,张伟感觉自己从内心到行为都在慢慢收敛,慢慢学会了责任,学会了理性,学会了思考,自己的心就像放飞的风筝,正在慢慢回收。

张伟知道,很多读书虫对自己的行为,特别是对自己和何英的行为都有意见,都认为自己对不住伞人,都坚决要求自己不能再和何英产生什么瓜葛了。张伟认为他们说的正确,自己也常常不停地告诉自己,一定要划清界限,一定要态度鲜明,一定要立场坚定,但是他常常在关键的时候,内心控制不住自己乱了方寸,六神无主。张伟很痛恨自己这一点,他决心经常提醒自己,不能再犯错误,不能辜负大家对自己的期望。

一个何英已经让自己烦心了,这又掺和进一个于林,而且这于林年龄虽小,后起之秀,但后来居上,进攻的火力和威力一点也不比何英差,甚至于比何英还要难对付。何英还知情达理、有礼有节,自己要是不搭理她,还不会死缠烂磨;这于林整个一《亮剑》里李云龙式的人物,没有章法,没有规则,上来就是狂轰滥炸,横冲直撞,由着自己的性子来,让张伟头痛不已。

想当初何英编造自己有女朋友的事来搪塞于琴给自己介绍于林,张伟还对何英十分

不满,现在想想,还真有点感激何英。

想起何英,张伟又动了恻隐之心,又怕她跑到酒吧里去借酒浇愁,于是给何英发了个手机短信:"何英,你在哪里? 干吗呢?"

何英很快回复:"我在锦绣前程花园的房子里,在看电视。好高兴你给我发短信,你呢? 在干吗?"

张伟皱了皱眉头,发个短信有什么高兴的,这女人,捡根稻草都要当救命绳:"我在山里,在办公室,没干吗。"

何英:"山里很冷吧,你要多穿点衣服,别感冒了。"

张伟:"我知道了,谢谢你的关心。"

何英:"你又来了,以后别对我说谢谢,我为你做什么都是应该的,为你做什么我都愿意,我不要你谢,我要你的一颗心。"

张伟心里暗暗叫苦,唉,这女人总是喜欢这么倾诉抒情,这么放纵感情:"你的心意我明白,不要老是一遍遍重复了,烦不烦人哪。"

何英乖乖地说:"好,我听你的,我以后尽量不说。"

张伟一听,这话等于没说,什么叫尽量不说,那就是还是要说,或许能管十分钟的用。

"今天这样就很好,以后晚上没事看看书,看看电视,出去散散步,和朋友喝茶聊天,多好,就是不要去酒吧,乌烟瘴气,鱼龙混杂,堕落颓废。"

何英:"是的,我记住你的话了,我以后保证不再去酒吧了,只要你一直关心我,管我,我就一直听你的。"

何英这话让张伟听了很有心理压力:"我们是朋友,我会尽朋友的最大之力来关心你的,希望你能真正的开心快乐。"

何英:"我的快乐来自于你的快乐,你快乐,我快乐,我希望你每天都过得好好的,健康的,阳光的,蓬勃的,上进的,青春的,我希望你永远是我身边最知己的人。"

张伟:"我们都是成年人了,都要用理性理智来考虑问题,处理问题,毕竟我们走过这一回,毕竟我们有过那么一段经历,希望我们都能慎重妥善地处理好我们各自的事情,希望我们彼此之间不再有伤害,希望我们都能给对方留下最美好的回忆。"

何英半晌没有说话,一会叹了口气:"唉……人生世事难料,走一步看一步,就先这样吧,我去洗澡睡觉。"

张伟:"好的,早休息,晚安。"

何英:"你也早休息。"

和何英短信交流完毕,张伟打开电脑,插上网卡,登录 QQ,和伞人姐姐的对话即将开始。

第三十四章 | 大智若愚

伞人姐姐果然在线,只不过显示的是忙碌。

看看时间,晚上九点了,怎么这么忙? 是不是还在给自己校对方案呢?

张伟一时没有打扰伞人,静静地在那里等待。

张伟这次猜对了,过了十多分钟,伞人说话了:"呼……终于弄完了。"

张伟心里一阵高兴,一阵轻松,又一阵感动,伞人姐姐够意思,这么辛苦为自己帮忙,自己的方案经伞人姐姐的修缮和完善,一定会更加完备。

"接收……"伞人把文件传给张伟。

张伟把文件接收过来,保存好:"姐姐,说说你对方案的总体印象。"

伞人发过来一杯热茶:"别忙,老弟,我先喝口水,你也来一杯。"

张伟:"辛苦姐姐,麻烦姐姐,感谢姐姐。"

伞人:"哎……啧啧……这小嘴,没得说,真甜。"

张伟:"呵呵……真心话,不是嘴上抹蜜。"

伞人:"你在办公室? 冷不冷?"

张伟:"是啊,在办公室,倒是不冷,开了电暖气。"

伞人:"去,上楼,加一件棉衣,我等你,然后和你谈谈你的方案。"

伞人拿出一副长住沙家浜的架势。

张伟说:"好。"接着上楼穿上军大衣,这样就暖和多了。

回来坐下:"姐姐,好了,穿了一件军大衣,很暖和。"

伞人:"好,下面我们开始谈你这个方案。"

张伟:"洗耳恭听。"

伞人:"大厨,今天下午和晚上,我详细仔细认真负责地看了你的总体营销策划方案,并全面进行了校对,内容不敢说完全正确,但语言和语句、错别字、标点符号等是基本没有毛病了。"

"好。"张伟很高兴,"省了我的精力。"

伞人："张大厨，看了你这次的方案，我不得不说，我对你以前还不够了解，或者说以前对你的看法有失偏颇，不够客观。"

张伟："愿闻其详。"

伞人："你给我的印象是一个三级跳，第一次是你做的中天的旅行社营销方案，可能是因为业务内容范围的限制，加上你第一次做旅行社营销，那时的方案感觉是一个充满热情但又略显稚嫩的工作计划，比较简单，理论性强一些，实践性和实战的可操作性略逊风骚，当然，内容和篇幅短也是一个原因，那时，我对你的印象是有较强的上进心和进取心，有较清晰的工作思路和计划，有积极的主动性和能动性，有较好的策划意识，但创新意识还有待加强。"

张伟听得很认真："嗯……你说的对，那第二次呢？继续说。"

伞人："第二次，就是你前几天给假日旅行社陈瑶做的那个北方农家乐的资料汇总，那次我看了你的汇总，最大的感觉是出乎意料的新鲜，一般的资料汇总模式就是把材料分类罗列，一二三四五，上山打老虎，摆出来就是了，而你这个材料，名义上是个汇总，而实质上分明是一个调研报告。

这是一个北方农家乐纸上谈兵的调研报告，不仅仅是把资料全部打碎重新整合了，而且还有的放矢地提出了很多思辨性的问题以及解决办法，虽然你没有去现场实地考察，但从材料的内容来看，无异于一个实地考察报告，内容翔实，资料准确，数字齐全，项目清晰，这一次，让我对你有了新的认识，那就是你的文字组合能力和材料整合能力，还有你的逻辑思维和工作梳理能力，这是我之前没有发现的，或者说是没有明确发现的。"

能得到伞人姐姐的中肯，让张伟很高兴："你这家伙，怎么上次没和我说呢？"

伞人："上次，你也知道，我看得时间很短，总共就十多分钟，只走马观花看了一遍，没有足够的时间来琢磨和思考，这两天，洒家又反复对你的大作进行了学习，沿着你的脉络去斟酌，终于摸清了你的思路和用意，所以才感到出乎意料的新鲜。"

张伟呵呵一笑："你通过文字进入我的心了。"

伞人："对，通过你的文字感知到你的思路和心路，才知道我兄弟原来是有真家伙。"

张伟："那第三次是不是就是这一次了？这次你又有什么新的印象。"

伞人："张大厨，这一次，你听我慢慢说与你听，今天下午到刚才，我一直在研磨你的综合方案，已经看了三遍了，第一遍是校对语法和语言的失误，还有整体浏览，看整个方案的基本架构，感知你的总体思路。第二遍，是琢磨你这个方案的具体详细的思路和创意，以及它的可操作性。第三遍，是逆向思维，沿着这些思路和创意琢磨你的策划思想，体会你的意图，意会你的真正主题路线和创新目的，也可以说，第三遍是我学习的过程，学习你的文字掌控和组合能力，你的材料综合和运用能力，你的管理和创新意识。"

张伟感觉心里，美滋滋的，又稍有些不安："姐姐，你这是在夸我，鼓励我吧，我哪里有那么高的水平能让你这么褒扬。"

伞人发过来一个诚恳的表情："大厨,我这次是说的真的,郑重其事说的,不是在逗你玩,你这次的方案,应该说是你能力的一个全面展现,综合体现,你让我对你有了一个全新的认识,既出乎我意料,又在我意料之中。"

张伟:"为什么这么说?"

伞人:"出乎意料,没想到傻熊不傻,有如此之潜能和潜质,有如此优秀的文字表达和表述能力,有如此的综合梳理和整合能力;意料之中,以傻熊的上进和进取以及善于学习思考的品质,进步是在情理之中的,学习是一个逐步积累积淀的过程,傻熊于不知不觉中已经成长起来了。"

张伟坐在电脑前,嘴巴都合不拢了:"姐姐,你继续说。"

伞人:"首次,你的营销的思路很明确:人无我有,人有我优,人优我廉。这十二个字概括的好,符合市场规律,很切题哈,和我的思路很合拍。"

张伟:"呵呵……"

伞人:"你这方案的第一大块是队伍组建和培训管理,从营销队伍的岗位设置、营销区域的人员分配、人员的招聘培训办法到业务管理考核,都很详尽,这一块,基本体现了你的管理思路,特别是人员分配和管理考核这两部分,充分表明了你的以人为本的管理意识和前期对当地地理经济社会发展状况的充分摸底调研,充分展现了你踏实的工作作风。

第二大块,关于广告宣传,无论是前期的广告宣传投放计划,还是开业后的续投计划,无论是户外广告的设置和分布,还是平面和立体媒体的广告宣传内容设置,都非常具体,非常实用,极具可操作性,看得出,你对当地的媒体都已经有了一个比较详尽的了解,对他们的广告价格和版面也都摸清了底子,对他们的投放效果也有了一个较好的市场调查,特别是,你这广告宣传投放计划中还特别注明了一块,你们老板一定会喜欢的。"

张伟:"哪一块?"

伞人:"在媒体广告投放计划那部分,你标出了各家媒体对业务联系人的回扣比例,这就等于你把这一部分应该归你的钱上缴公司,替公司省下了这笔钱。关于报纸广告有回扣这一块,外行都不知晓的,我弄了这么多年业务,也不知道。你专门标出这一块,郑老财肯定是心里大大的欢喜了。"

其实这一块,张伟在北方的时候就熟悉了,那时他经常和报纸电视打交道,负责广告投放。市场经济,到处是买方市场,拉广告的到处都是,只要给钱,什么广告新闻都刊登。

伞人继续说:"这第三块,漂道内的景点设置,很有特色和创意,比如情人谷、音乐漂流、时空隧道,都是比较新颖的,说明你老张前期在景区游山玩水没有白玩,脑子里还是出了很多灵感的,我看了很受启发,特别是这音乐漂流,可以说是全国首创。做景区开发,最重要的就是要敢为人先,敢争第一,你能做到这一点,充分说明你过去景区工作经验的丰富和对新事物接受的能力，以及你前段时间对漂流知识的吸收能力。"

张伟："这一块只是初步的建议，还有待于进一步斟酌，不断吸取外来经验，进行修改。"

伞人："是的，景点的设置要反复琢磨，要摸透游客心理，要体现绿色环保人文的理念。"

张伟："姐姐，说说第四块，我这块可是费了脑筋的。"

伞人："大厨，我看这第四块，营销活动的策划和实施，看起来最轻松，也最能体验你的性格，这里面的白云山漂流节、漂流形象大使评选活动、漂流宝贝促销导漂活动、中学生漂流夏令营活动、啤酒大赛活动、漂流泼水节活动，都很活泼生动，而且对游客很有吸引力，特别是把漂流节和漂流开幕式放在一起来做，既经济实惠又一举多得，很符合你们郑老财的心思哈！！还有那漂流宝贝，都是些小美女哦，美女经济也是当前一大热点，张大厨对这一点看得很透哦……"

张伟有些不好意思："呵呵……哪里哪里，姐姐过奖，我这是从游客的心理需要出发，呵呵……总的来说，这方案应该可以吧？"

伞人："张大厨，我告诉你，你这方案岂止是可以，简直是优秀，非常完美的一个初稿，草案，完全可以当做你们公司的运营范本，有你这六万字，郑老财按照里面的计划逐步落实就可以了，相信老郑看了你的方案一定会非常满意的。"

张伟："姐姐，我有些受宠若惊啊，我真的有这么棒？能得到你的肯定，可是不容易的事。"

伞人："傻熊，不管做任何事情，都要相信自己，要相信自己一定会做到，会做好，相信自己是最棒的，相信自己是最好的，我越来越看好你，你是一支绝对的绩优股，嘻嘻……"

张伟还有些不大放心："姐姐，那方案你给我全部都修改了吗？"

伞人："你的水平都超过我了，我怎么修改？嘻嘻……我只是把你的方案进行了完善，主题思路和具体措施都没有动，我修缮的过程，其实也是我学习的过程。"

张伟："笑话，我怎么能超过你啊，其实，我这里面凝结着你的很多心血和付出啊，要不是前期你给我积累的那些资料，我这方案不会做的这么顺当。"

伞人："大厨，我说的是真话，你的某些方面的能力很值得我学习，真的，特别是文字写作和材料组合以及思维创新能力，我真的是在向你学习。"

张伟心里欢喜得很："姐姐，别老夸我，我会骄傲的，哈哈……你现在做广告公司内勤，又不做旅游，你学这些干吗？"

伞人："话可不能这么说啊，很多行业都有它的共性，特别是营销，都有共同的属性，行行相通啊，以前我老是号召你多跟陈瑶学习，我现在发现说不定她还要向你学习呢。"

张伟满心欢喜又谦虚地说："哪里啊，人家是老板，是董事长，高瞻远瞩，高屋建瓴，视野开阔，思路宽广，咱和人家的视角不一样，看问题的角度不一样，主要还是向人家学习。"

伞人:"嘻嘻……态度不错,心态很好,要带人家回家过年了,是不是有什么打算?"

张伟一听急了:"你又来了,姐姐,我对她是真的任何一丁点的心思都没有,更没有什么歪心邪念的打算,不敢有,也不想有。"

伞人:"哦,为什么不敢有,不想有?"

张伟:"不敢有,人家是老板,和咱不是一个档次,不是一类人,道不同不相为谋;不想有,我心里只有一个伞人,别的任何女人都不会再进入我心里。"

伞人沉默了一下:"兄弟,不想有,这话姐姐听了感觉很受用啊,女人啊,就是喜欢听甜言蜜语,不管是真心的还是假心的。"

张伟:"咱老张是真心的,绝无假意。"

伞人:"咱姑且相信老张是真心的,至于这不敢有,我感觉老张大可不必,不就是个小老板吗,一生意人,多大事? 别感觉他们有几个臭钱就比咱高多少档次,什么不是一类人,什么道不同不相为谋,别太把那所谓的有钱人当回事。"

张伟:"姐姐说得对,可能我是穷惯了,看见有钱人就感觉心里压抑,囊中羞涩,低人一等啊。"

伞人:"老张,好好干,好好做事情,以后你也会成为有钱人,也会有自己的公司,也会自己做老板,相信自己。别忘了,我还指望你有出头之日,跟你混呢。"

张伟:"嗯,姐姐,只要你对我有信心,我一定会争气的,我一定会做出一番成就来。"

伞人:"那是,对老张,咱还是很有信心的,这么大一傻熊,还是大厨,就是真没事情做了,咱开一饭店还是可以的嘛,到时候咱卖熊掌……"

张伟哈哈大笑:"谋杀亲夫……"

伞人:"别这么叫,少套这近乎,就是,就是谋杀你现在也还名不正言不顺,嘻嘻……对了,老张,什么时候放假?"

张伟:"腊月二十七,初六上班,你呢?"

伞人:"都差不多是这个时间,放假后你就直接来东兴和王炎他们会合杀奔老家去吗?"

张伟:"唔……这个……"

张伟一时不知道该怎么说,因为他要先回宁州一趟,他已经答应何英了,答应人家的事情就要做到。但是,这事又不能告诉伞人姐姐,她知道以后一定会不高兴的。

伞人:"怎么? 支支吾吾的,还有别的安排?"

张伟:"这个……这个我二十六晚上要先回一趟宁州,回住处带点东西,然后腊月二十七日下午去东兴。"

其实张伟的随身家当基本都在公司里,住处是可回可不回的,但为了不惹伞人姐姐生气,也只能这么说了。

伞人:"就只是回住处带东西?"

张伟:"是的,怎么,你不相信?你怀疑我干别的事情?"

既然已经决定,就一定要嘴硬到底。

伞人停顿了一会:"没怎么,我相信,我当然相信你,我相信你会处理好你自己的事情。"

张伟:"是的,姐姐,你一定要相信我。"张伟心里虽然越来越发虚,但嘴巴一直讲得很硬。

唉,自己的屁股自己擦,做人真累,好难啊。

第三十五章 白日幽会

和伞人姐姐聊完天,张伟又一鼓作气,把伞人姐姐修缮后的总体方案打印了一份出来,厚厚的一本。

明天把这本方案交给郑总,年前的任务基本就算是完成了。

张伟心安理得上楼入睡。

躺在床上,想起和伞人聊天时对自己放假回宁州的一点疑问,张伟心里有些忐忑不安,伞人姐姐是不是怀疑自己搞别的行当? 不过从伞人姐姐对自己坚信不疑的语气里,张伟又得到些许安慰,伞人还是信任自己的。

既然伞人姐姐如此信任自己,那么就一定要坚定立场,坚定信念,保持头脑清醒,妥善处理好和何英的关系,决不能再做出对不住伞人姐姐的事情。

张伟边想边迷迷糊糊入睡了。

下半夜,张伟被小郭进进出出的动静弄醒了,悄声问他:“怎么了?”

“闹肚子,可能是吃坏了什么东西。”小郭有些焦虑,“真糟糕,五点就得出发去萧山机场接老板娘,这可怎么办?”

张伟看看时间,已经快五点了:“要不,我替你去吧。”

小郭点点头:“行,都是山路,你开慢点,拐弯的地方勤按喇叭。”

张伟笑了:“你放心,我这怎么着也有四年驾龄了,我注意点开就是了,你吃点药,抓紧躺会儿吧。”

张伟说着就开始起床,小郭把车钥匙递给张伟。

张伟起床收拾好,在黎明前的黑暗中,发动车辆,穿过即将消逝的黑夜,向着山外奔去。

第一次开这么陡这么弯的山路,张伟开得很小心,到达桐溪镇驻地用了接近一个小时。

平时小郭开这段路只需要三十分钟。

出山后,马路变得宽起来,路也好走了,张伟看了下地图,直奔附近同三高速入口,上高速后直奔杭州方向。

快到杭州的时候,萧山先到了,萧山机场的指示牌挂在路边。

七点整,张伟赶到了机场。

放好车,张伟赶到接机出口,老板娘于琴的飞机刚到,一会儿戴着墨镜的于琴出来了。

看到是张伟来接自己,于琴很高兴:"小张辛苦你了,这么早起床来接我。"

张伟帮于琴提过旅行包:"哪里话,小郭闹肚子,这是我应该做的。"

上车后,于琴坐在后排,对张伟说:"去东兴。"

张伟开车上了高速,往东兴方向奔去。

于琴在后面拿出化妆盒开始化妆,边说:"小张的车开的不错嘛,很稳。"

张伟笑笑,没说话。

化完妆,于琴在后面拍拍张伟的肩膀:"小张,看看,好看不?"

张伟从后视镜看了一眼,于琴面如桃花,杨柳细眉,唇薄齿白,标准的俊美人:"好看,典型的东方美女。"

张伟对于和女人打交道不管怎么说还是比较有经验的,特别是夸奖女人。

于琴从后面向张伟抛了一个媚眼,正好被张伟从后视镜看见,心中不由一荡,这女人的眼神怎么这么勾人,怪不得功夫了得,看来确实是有真功夫。

于林向张伟抛完媚眼,手搭上了张伟的肩膀,停在那里不走了:"小张很会说话啊,嘴巴真甜!"

于琴的手从后面搭在自己肩膀上,张伟感觉有些不大自然,有些别扭,可也不能多说,只能专心致志开车。

张伟感觉于琴的脑袋凑到自己肩膀附近了,贴着自己耳朵说话:"小张,公司里这两天怎么样?"

"很好。"张伟不知道于琴问的是什么意思,一个很好全部打发过去。

"狡猾。"于琴的手在张伟肩膀上又用了下力气,"你这一个很好就把我打发了?我问的是具体的事情?"

"具体的事情?"张伟想了想,"一切运转都很正常啊,大家各就各位,按部就班,顺顺当当。"

"你们郑总最近来了吗?"

"来了,天天过来,一直很忙。"张伟琢磨,你妹妹、老乡、朋友都在公司里,这些鸟事问我干吗?

"老郑这两天和你谈话了吗?"于琴的嘴巴几乎贴到张伟的耳朵,头发梢已经弄得张伟脖子痒痒了。

"谈了。"张伟回答。

"哦,都谈什么了?"

"工作,和中天的那个合同,还有就是如何做好本职工作。"

"没有别的吗?"

"没有。"

"没有? 他没和你谈关于于林的事情吗?"

"哦。"张伟边回答脑子边转悠,是不是又要打老子主意,"谈了。"

"怎么谈的?"

"郑总要我多带带于林,多传授她经验,多帮助她,多主动和她交流。"张伟回答。

于琴笑了,声音柔柔地在张伟耳边:"嗯,这就是了,你以后要多带带于林嘛,你大她小,你多教教她,你们没事的时候多在一起交流交流,呵呵……我听说你们俩这两天进展不错,是吗?"

张伟一惊,于琴肯定是指昨天晚上于林坐在自己腿上的事情,那时小明正好看见。

原来小明随时都会向于董事长汇报公司的动态啊。

张伟不动声色:"于董,我和于林是同事,我一直把她当小妹妹看的,我和她之间没有别的意思,你也知道,我是有女朋友的……"

"扑哧……"于琴在张伟耳边笑起来,热气吹到张伟的耳畔,"小张,别这么不开化,什么有没有女朋友啊,只要没结婚,就不算数,呵呵……于林很喜欢你,想必你也看出来了,老郑对你印象也不错,我呢,当然也很喜欢你了……"说着,于琴的手顺势在张伟的脸上摸了一把。

张伟心里一震,这于琴和于林不愧是一个娘养的,真是勾人啊,自己堂堂一个爷们,竟然被小骚娘们给调戏了。

张伟默不作声,认真开车。

"你和于林的事别有思想负担,成则成,不成也无所谓,看你们的缘分啦。"于琴又开始抚摸着张伟的肩膀。

张伟的心放松下来,还是于琴开通,成败看缘分,多好啊,自己一点压力也没有了。

张伟点点头,呵呵一笑。

于琴从包里摸索了一会,拿出一个纸盒包装的东西放到张伟口袋里。

"什么东西?"张伟问道。

"我从澳门带回来的一个剃须刀,送你的礼物,还给小郭买了一个。"于琴说。

"谢谢老板娘。"张伟说,"得很贵吧?"

"不贵,五百元。"

"啊,这么贵啊。"张伟又是一惊,"这礼物有点贵重了,于董。"

"嗨,贵什么啊。"于琴无所谓地撇撇嘴,"十几万都进去了,还差这点? 早知道还不如都买了这玩意,回来搞批发。"

张伟一听,这娘们两天输了十几万啊!

张伟装作没听懂："什么十几万啊？于董。"

于琴诡秘地笑笑，那只纤细白嫩的手又伸过来，在张伟的脸上摸了一把，顺势轻轻拧了一下："小白脸，你不懂，我这两天在澳门输了十几万，运气不好，呵呵……记住，对外人谁也别说啊。"

张伟点点头，你老摸我脸，还叫我小白脸，活该你输钱。

前面就要到东兴出口了，于琴开始打电话："我马上下高速了，你在哪里？"

…………

"好，我马上过去接你。"

打完电话，于琴对张伟说："去市政府门口。"

张伟下了高速，直奔市政府而去，看来于董要去市政府办理公务。

到了市政府门口，于琴让张伟在大门右侧一百米的路边停下，接着又打电话："到了。"

一会，一个身穿风衣，衣领竖直，戴墨镜的矮个子直奔自己的车而来，走到后面直接拉开车门进来。

进来以后，摘下墨镜，张伟一看，潘副市长。

两人一见面，潘副市长就把于琴搂在了怀里，根本无视张伟的存在。

于琴对张伟说："去东兴大厦。"

东兴大厦，不就是假日旅行社对过的那大酒店吗？

张伟默不作声，驱车直奔东兴大厦。车里面，潘副市长已经急不可耐，后面的于琴被他弄得连哼带叫。

张伟从后视镜一瞥，潘副市长把于琴搂在怀里，两只手，一上一下，都开始忙乎了。

于琴被弄得哼哼唧唧的叫个不停，张伟反手把后视镜掰到上面，让他们离开自己的视线。

到了东兴大厦，潘吾能停下来，把风衣领子又竖直，戴上墨镜："我先下去，老房间。"

说完径直下车，张伟看到潘吾能穿着长长的风衣走在路上，感觉他很像那装在套子里的人。

于琴整理了一下衣服，脸色红润润的，拍拍张伟的肩膀："小张，你真聪明。"

张伟知道于琴指的是自己掰后视镜的事情。

于琴又拿出化妆盒开始摆弄，边说："我和潘大郎到里面谈点事情，你两个小时后等我电话，再来接我。"

张伟点点头，心里一乐，潘大郎，于琴给潘吾能起的这名字很形象，潘吾能外边看起来是有点武大郎的风范。

于琴化完妆，顺势在张伟右腮边亲了一口："嗯哪！啵！小白脸，你出去玩去吧，到时候我给你发短信或者打电话，乖！"边说边下车，扭扭捏捏进了酒店。

嘿嘿,于董这气魄太牛了,还顺势把小白脸给亲了一口,还乖!

张伟急忙用纸巾把腮边的口红擦干净。

张伟把车开到酒店停车场放好,自己没事,干脆去对过拜访拜访陈董事长。

假日旅行社门前停了不少车辆,里面人也比较多,看来生意兴隆。

张伟直接去了陈瑶门口,没有进去,站在门口给陈瑶发了个短信:"陈董,在哪里?"

陈瑶很快回答:"张经理,你好,我在办公室,你在哪里?"

张伟心里乐坏了:"我在你办公室门口。"

陈瑶回复:"哦,开……开什么玩笑。"

张伟乐得扑哧笑起来:"真的,不相信你出来看看。"

一会,张伟听见笃笃的脚步声,接着门开了,陈瑶出现了。

"哎呀……"陈瑶有点出乎意料,看着张伟。

张伟哈哈大笑:"我没骗你吧。"

陈瑶随即笑起来,眼睛里充满了欢快,轻轻一拳打在张伟胳膊上:"你这家伙,够损的,到门口不进来,浪费我短信费用,还得我亲自来接你,进来。"

张伟笑嘻嘻地走进去,坐下:"这不是想让你意外一下,呵呵……"

陈瑶冲了一杯绿茶递给张伟:"搞突然袭击啊,今天怎么有时间?说,老实交代,进城干吗来了?"

"我们公司司机,也就是我老乡小郭身体不适,半夜闹肚子,我们公司老板娘今早从澳门飞萧山,我替他来接老板娘的。"张伟边喝茶边看着陈瑶。

"接你们老板娘,怎么接到我办公室来了,哈……我可不是你们老板娘哈。"陈瑶乐呵呵的。

"老板娘接到了,和潘副市长到东兴大厦去办点事情,我就在外面等她,一个人没事干,这就到你这里讨一杯水喝了。"

"哦。"陈瑶点点头,"潘副市长,潘吾能。"

"是啊,你们东兴分管旅游的头,老大。"张伟看着陈瑶,"我看你大厅人挺多的,业务不少,过来没打扰你吧?"

"看你说的,贵客光临,何来打扰之说。"陈瑶看着张伟的眼神显得很有光彩,"他们忙他们的,我安排好他们就行了,我是不忙的,你也不忙了?"

"做老板真好啊,安排好下属,指挥他们干就好了,我是不忙了,最要紧的一个工作给老板弄完了,但是还是没有自由啊,得听人家使唤。"张伟感慨地说。

陈瑶温和地看着张伟:"张经理,莫着急,莫心急,多年的媳妇熬成婆,凭张经理的能力,不出几年,一定能打拼出自己的天下,有自己的一份事业。"

张伟忙谦虚地摆摆手:"哪里哪里,咱没那本事,做老板,那是做梦想想的事情,咱只要好好做一个员工就可以了。"

陈瑶眼珠子滴溜溜转了半天，狡猾地笑了一下："张经理所言可是真心？不对吧，我怎么看张经理心里好大一气包，里面都是不服气哦。"

"呵呵。"张伟被陈瑶逗笑了，"陈董真幽默，一语双关啊。"

陈瑶呵呵一笑，突然开始摇头晃脑："我看张经理面相，两眼深邃，印堂发亮，中天开阔，两耳招风，若得贵人相助，日后定当大有一番作为。"

张伟一怔，陈瑶什么时候成了看相的，这架势，这念念有词的样子，还真像那么一回事。

想起她家阁楼那小佛堂，嗯，信佛的人都喜欢捣鼓这一套，她这点和伞人倒是有相同之处。

张伟故作相信状："那，陈董，陈师太，这贵人在何处？"

陈瑶狡黠地看着张伟，嘴角露出一丝笑意："这贵人啊，我算算……这贵人看不见，摸不到，但是确确实实和你在一起，只要你需要的时候，她总是能出现在你身旁，仿如空气一样，虚无缥缈，但是又确实存在。"

张伟大吃一惊，陈瑶算的太准了，伞人姐姐不就是自己的贵人吗？看不见，摸不到，但是一直在联系，虽然虚无缥缈，但又确实存在。

张伟大为折服："陈董，不，师太，我这回是真心实意叫你师太，看来你真的会两手，你怎么算出来的？"

陈瑶脸色严肃："此乃吾多年修行《易经》所得之体会，玄机不可外传，请勿多问。"

张伟点点头："哦，那就不问了。"

陈瑶脸色一喜，憋不住要笑，随即忍住："张经理乃性情中人，意会事情很快的，心知肚明就好，不可多多谈之。"

张伟又点点头："你的意思就是尽在不言中。"

"对。"陈瑶换了一副口吻，"张经理真聪明。"

这是今天第二个人夸自己聪明，刚才于琴在车上和潘大郎亲热完之后夸自己有眼头，聪明，这会陈瑶又夸自己聪明。张伟一阵感慨，自己这会也感觉自己是个聪明人，为什么伞人姐姐老叫自己傻熊呢，为什么自己一和伞人姐姐聊天，就感觉变得傻乎乎了呢？

难道真如某人所言，恋爱中的男人都是傻瓜？

张伟一会这样想，一会那样想，脸上的表情忽喜忽忧。

陈瑶看张伟傻乎乎的样子，忍俊不住又要笑，忙憋住："张经理，怎么了？是不是我一夸你，骄傲了？"

张伟忙醒悟过来："没……没什么，没骄傲啊。"

"昨天你说放假后要回宁州看个朋友，要不要我帮你什么忙啊？"陈瑶换了一个话题。

第三十六章 捅破窗纸

张伟忙说："不用,我那朋友是个普通的朋友,最近家里出了点事,心情很差,我答应放假回家之前去看看,我打算腊月二十六晚回宁州,腊月二十七来东兴,这样也不会耽误我们出发。"

陈瑶抿着嘴唇看着张伟:"嗯,张经理真是一个讲义气的人,对朋友真好,那就是说你要在宁州住一晚了?"

"是啊,我那边还有一简陋住处。"

"哦。"陈瑶笑笑,仿佛有点心事,半天没说话,左手无聊地拿着一支圆珠笔在纸上胡乱的画着……

室内的空气一时有点沉闷,张伟感觉陈瑶好像有点神不守舍,心里有些不安,上班时间,跑人家办公室闲聊,一定是自己在这里影响人家工作了?

正打算告辞,于琴的短信到了:"五分钟后在门口等我。"

不知不觉,两个小时了,张伟如释重负,忙站起来:"谢谢陈董的好茶,我的老板娘召唤我了,我得去开车了。"

陈瑶站起来,恢复了神采,优雅地一笑:"好,那你去忙吧。"

"陈董,回头见。"张伟急忙出去。

张伟刚把车在东兴大厦大堂门口停好,于琴就出来了,直接上车:"稍等一下,潘大郎一会儿出来。"

张伟看于琴脸色红润,两眼飞采,脸上又重新化的妆,头发也整理得很整洁。

于琴看张伟打量自己,莞尔一笑:"看什么,不认识了?"

张伟呵呵一笑:"于董真是倾国倾城啊,美人胚子。"

张伟随口就诌出一句赞扬的话,心想,做完那事的女人真像一个刚熟透的桃子。

于琴一听很高兴,笑得更妩媚了。

等潘大郎这会儿,突然一个人从外面摇摇晃晃走过来,边走边打量这车,然后在张伟的车前停住。

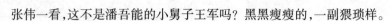

张伟一看,这不是潘吾能的小舅子王军吗? 黑黑瘦瘦的,一副猥琐样。

张伟摇下车窗:"王总你好。"

王军走过来,看见张伟,认出来了:"喂,这不是郑总刚买的那辆吉普车吗? 怎么? 你现在开车了?"

张伟回答:"今天司机有事情,我代替开的,来接老板娘的。"

王军往里一看,看见于琴:"哦,董在啊,忙什么呢?"

于琴看见王军,脸上的表情有些慌乱:"哦,王总啊,我……没忙什么啊,过来办了点事情。"

王军笑嘻嘻地看着于琴:"于董今天精神很好啊,昨晚在这里住的,刚起床吧,打扮的越来越漂亮了,哈哈……"

"呵呵,是啊……"于琴心情紧张地边支支吾吾边向酒店大堂方向看。

张伟醒悟过来,于琴是怕潘吾能这会突然出来上车,要是那样,可就麻烦了,王军要是知道于琴勾引他姐夫,给他姐姐戴绿帽子,那非得翻脸不可。

张伟也有些紧张,希望王军赶紧走开。

谁知王军好像一时没有走开的意思,干脆走到后面上车,和于琴聊起来了:"于董,我那天和郑总正在商议个事情……"

张伟一看,这事麻烦了,潘大郎随时都有可能出来,到时要是他也过来拉车门就上,那一出好戏可就要上演了。

于琴的脸上开始冒冷汗。

张伟回头对于琴说了句:"于董,我去下酒店卫生间。"说着,径自下车进了大堂,在电梯口等候。

刚到电梯口,潘大郎穿着风衣,戴着墨镜出来了,向外就走。

张伟上前一步拦住:"潘副市长,停步。"

潘大郎停下来一看是张伟:"你?"

张伟:"我是于琴董事长的司机,刚才给你们开车的,这会于董和礼品公司的王军老总正在车上聊天,我过来给您说一下。"

潘副市长一听变了脸色,扭身奔后门,又回头匆匆对张伟说:"告诉你们于董,我从后门打车走了,不用等我。"

张伟看潘副市长出了后门,松了口气,回到车上,冲于琴眨眨眼睛。

于琴会意,放心和王军谈起来。

又过了十多分钟,王军才意犹未尽地和于琴告别:"于董,那事我们回头再接着谈。"

张伟发动车辆离开。于琴掏出纸巾擦擦额头,长出了一口气:"差点出事。"

张伟抿住嘴唇不让自己笑出来。

于琴拍拍张伟的肩膀:"小张,你很好,很聪明,很会来事,我喜欢你这样的员工,今天

幸亏你反应快。"

张伟不知道该怎样回答于琴,自己帮老板娘偷情,这不是助纣为虐吗?怎么向郑总交代啊。

张伟一本正经地开车:"谢谢老板娘夸奖,今天我什么也没看见,什么也没听见。"

于琴嘻嘻一笑,摸摸张伟的头:"真乖,我发现你真的会是一个优秀的员工耶!"

张伟感觉浑身起鸡皮疙瘩,你摸我头皮干吗,又来个真乖!

于琴摸起电话打给那潘副市长:"死鬼,刚才遇到你小舅子了,差点穿帮。"

那边潘副市长说了半天,于琴点点头,又说:"你就知道弄这个事,你答应我的事可别忘记了,要是办不好,以后我饿死你。"

…………

张伟边开车边感慨,于董也真不容易。

人各有志,各有追求。

中午饭是在回去的路上吃的,山道拐弯处一个农家乐饭店,简单而又极具浙东风情,点了几个菜,都是农家土菜,很有味道。

于琴和张伟坐在具有浓郁江南风格的餐厅里,边吃边看这饭店的摆设。

于琴指着周围墙上挂着的红辣椒、农具等物品对张伟说:"这些东西布置得很有情调,我们也有一个计划,在终点停车场那地方建一个农家乐饭店,这些饭店都可以作为我们的参考。"

张伟从包里拿出数码相机,把饭店里里外外拍了一个遍。

于琴倒了一杯啤酒:"来,小张,我们喝一杯。"

"于董,我开车,不喝酒。"张伟推辞。

"没关系,我知道你酒量大,就喝一杯。"于琴妩媚地看着张伟。

张伟不敢再看于琴的眼睛,这女人的眼神却是勾魂,以往张伟见过不少女人,论勾魂这一点,于琴是老大。

张伟倒了一杯啤酒,一饮而尽。

"小张酒量不错,有时间我们好好喝一次。"于琴看着张伟暧昧地笑了一下,"北方男人,真能干。"

张伟心里一咯噔,突然想起于林说的于琴评价自己那方面功能强的事情来,不由心驰荡漾。这于琴真是个尤物,怪不得那么多男人拜倒在她石榴裙下。

张伟不知道该怎么样评价于琴,按照传统的观点来说,是个典型不守妇道的,可是,在现代人的眼光里,又好像把这些事看得很淡,只要不去危害别人的利益,只要不危害社会,只要不侵犯别人权利,好像都是为社会所遗忘、所默许,或许是大家都司空见惯,见怪不怪了。

于琴应该属于那种生性开放的女人,在那方面很开放,很能看得开,这点,于林和她也很相似,或许是姊妹俩遗传了相同的基因。

于琴说自己真能干,张伟不知道该怎么回应,总不能说自己不能干吧,如果说自己确实能干,也不妥,干脆就不再做声。

于琴看着张伟,一笑:"小张,你是不是感觉我是个坏女人?很不守妇道?"

张伟忙说:"没,没有。"

于琴正色道:"今天的事情在车上你都看到了,在房间的你没看见,但也一定知道发生了什么,其实我也没准备瞒你,因为我感觉你这人很实在,我相信你,这种事在南方很正常的,有需要就有供应,这也是市场规律,大家彼此做个交易,各有所需,各有所求,皆大欢喜。

开始我也是不大情愿,后来被灌醉酒有了第一次,我也就豁出去了,做一次和做十次是一样的,想开就是了,再说,无须讳言,我本身也喜欢……老郑在外面有女人,我为什么就不能在外面有男人?凭什么女人只能守身如玉,男人却可以花天酒地、寻花问柳?另外,老郑在外面找女人是向外花钱,我可是往公司里赚钱,给公司省钱……"

于琴话匣子一打开,滔滔不绝:"老郑在外面玩女人,我早就知道,我不管,只要别闹到家里来,只要别在我眼皮底下,我不会管的。我在外面那些事,我估计老郑也有数,只是大家都心知肚明,不捅破那层纸,大家一样和和美美过日子,一样开公司,做生意,家还是家,公司还是公司,夫妻还是夫妻,相安无事……"

张伟默默地听着,不知道该怎么回应于琴,毕竟,这是她的绝对隐私,竟然向自己一股脑倒了出来。

她干吗要向自己说这些?张伟有些烦恼,自己不想知道她的这些破事儿,知道多了对自己没有什么好处。

或许是于琴虽然高高在上做老板娘,虽然可以驾驭这个驾驭那个,但是却没有人可以一吐真言,却没有人可以倾吐心声,今天抓住自己这个倾诉对象,就开始了。

张伟一直在听着于琴的倾诉,时不时点点头表示理解,表现出在认真听的样子。

"你一定很奇怪,我为什么要告诉你这些。"于琴说,"因为公司里的那些人除了我的朋友就是我的熟人,还有就是当地人,我是无法和他们讲的,也不能讲,毕竟,人言可畏。而你,我愿意讲给你听,因为你一是外地人,在这里没有什么广泛的人脉,我感觉放心;二是因为你这个人给我的感觉是很豪爽义气,不出卖朋友,可以信赖。"

张伟点点头:"谢谢于董,谢谢于董对我的高看和信赖,今天你讲的我并不认为有什么离经叛道,现在的社会是一个多元化的社会,每个人都有自己的生活方式,每个人都有权利选择自己的生活方式,只要不危害社会和他人,个人的私生活应该得到尊重,这年头,单纯用传统的社会道德标准来衡量一个事情的对错,很难。"

于琴高兴地点点头:"小张,你果然很有经纶,很有头脑,分析问题头头是道,呵呵……怪不得老郑一直很欣赏你,怪不得于林会那么喜欢你……"

一听提到于林,张伟不禁皱了皱眉头,挠了挠头皮。

于琴看着张伟的神态,嘻嘻一笑:"嘻嘻,小帅哥,发什么愁啊,于林可也是个美人胚子啊,长得比我还好看,性格也很开朗,也很开放,你们俩没事多交往交往,不过,你也不要有思想压力,我上午就和你说过,恋爱自由,你们俩的事和公司的工作无关,和你在公司的工作也无关,两不搭界的事情,成了当然好,你做我妹夫,我们做一家人;成不了也没关系,大家可以做朋……其实,谁要是有你这么个男人做朋友,真是一件幸福的事情。"

张伟轻松起来,呵呵笑着对于琴说:"感谢于董理解,大家一起做朋友,一定很开心的。"

于琴眼睛直勾勾地看着张伟,喃喃自语:"年轻真好,青春蓬勃,火力旺盛……"

张伟吓了一大跳,忙低头吃饭。

张伟感觉于琴和于林姊妹俩都不坏,在那方面都很开放,都很有性格,敢于挑战传统,张伟感觉这姊妹俩给男人做情人,一定是最合格、最优秀的,但是,做老婆,一定是最糟糕的,谁娶了这样的女人做老婆,那肯定是世界上最倒霉的男人。

总之,于氏姊妹会是很好的情人,但绝对不是适合做老婆的那种女人。

男人都喜欢寻花问柳,都想红杏出墙,都会经意或者不经意给别的男人戴上一顶绿绿的帽子,但是没有一个男人喜欢老婆给自己戴绿帽子。这社会,很多男人都在这样的怪圈里轮回,一方面,自己在给别的男人戴绿帽子,另一方面,别的男人又在后面给自己披红挂绿。

或许,这就是事物发展的必然,也符合矛盾论。

张伟也喜欢,但他喜欢灵魂和肉体交融在一起升华到顶点的感觉,那是一种心灵和肉体的高度释放,极度宣泄,反之,就是一种难以名状的痛苦和孤独。

张伟希望自己能完全用理智控制住本能。

刚吃过饭,两人休息一会,张伟接到了高强的电话:"张经理,说话方便吗?"

张伟听高强在电话里兴致不错:"方便,说吧。"

高强果然兴致不错:"张经理,你真不错,前几天老哥误会你了,哈哈……"

张伟冷静地对高强说:"高总,是怎么回事啊?"

其实,张伟已经大概猜到是怎么一回事了。

高强:"我今天上午刚和老郑谈判结束,你弄得那个协议很好,充分照顾到了我的利益,老郑说最后签订的协议的数字和内容完全都是按你提供的数据弄的,我很满意,呵呵……前几天老哥对你态度不好,兄弟多原谅……"

张伟心里感到很宽慰,大家一起和和睦睦做生意,一起发财,多好:"别客气,高总,我只是尽力做了自己的本职工作,希望中天和龙发一起发财,大家双赢。"

高强:"什么时间你回来,我们一起坐坐,吃顿饭,聊聊天。"

张伟突然想起高强去纠缠张小波的事,心里感到一阵厌烦:"谢谢高总好意,有时间再说吧。"

　　于琴在旁边听明白了是怎么回事,等张伟打完电话,对张伟说:"老郑告诉我了,和中天的那协议,你弄得很好,很专业,很内行,那天他还对我说是不是有高手在背后指点你,呵呵……"

　　张伟一听,心里对郑总大为佩服,这有高手指点郑总都能看出来啊,厉害!咱那高手就是咱女朋友哦!嘿嘿……

　　"另外。"于琴继续说,"老郑正在往公司赶,待会回去他可能会和你谈刚才和中天那协议的事情,表扬你,呵呵……但是,你记住,不要和他说刚才高强给你打电话了。"

　　张伟点点头:"我知道,谢谢于董提醒。"

　　张伟明白于琴提醒的意思,在新主面前最好不要提起旧主,不管是好的还是坏的,这是为人下属的基本准则。

　　饭后,张伟开车往公司赶,于琴这次坐在了副驾驶位置上,随着车的摇晃,打起了瞌睡。

　　老板娘刚下飞机就被潘大郎弄到宾馆干了两个小时,一直没得到好好的休息,肯定很劳累了。

　　领导很辛苦。张伟尽量把车开得平稳,让老板娘睡得安稳些。

　　回到公司,郑总的车已经到了。

第三十七章 劳燕分飞

张伟叫醒于琴:"于董,到公司了。"

于琴一下子醒过来:"哦,到了啊。"随即拍拍张伟的肩膀:"小张,你的车开的不错,你的人更不错,今天这一行我很满意,呵呵……"

张伟微微笑笑:"谢谢于董夸奖,你先下车吧,我来提行李。"

张伟知道于琴说得不错,其一是指自己见机行事帮助她过了王军那一关,其二是指自己耐心地做了她的听众,倾听了她离经叛道的心声。

张伟知道于琴心里一定是很郁闷,所以才会向自己倾吐,因为自己是外地人,相对来说,安全系数高一些。

于琴下车后,张伟把于琴的行李包提到了办公室。

郑总在楼上办公室,大办公室里玲玲、吴洁、小郭和于林都在。

小郭拉肚子好了,吃了玲玲带来的止泻药。

于琴把剃须刀送给小郭,小郭连声说谢谢。

于林嘻嘻一笑:"小郭还没有胡子哪,暂时还用不着吧。"

于琴瞪了一眼于林:"现在少,以后就多了,到时候很扎人哦。"

玲玲、吴洁、于林都笑了,张伟也乐呵呵的,小郭有些不好意思,溜出去了。

吴洁也随后跟了出去。

于琴看着吴洁的背景,对玲玲说:"他们俩到是挺般配的,呵呵……"

玲玲笑笑:"是啊,两人相处的挺好的。"

于林看着张伟:"张哥,你好坏。"

张伟一愣:"怎么了?"

于林:"你开车去接我姐,干吗不叫我一起去?"

张伟:"时间太早了,五点钟起床,再说,你也没说你要去啊。"

于林不依不饶:"那你也没说你要去接我姐啊。"

张伟一时语塞:"这……我半夜之后才决定去的……"

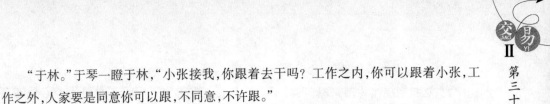

"于林。"于琴一瞪于林,"小张接我,你跟着去干吗? 工作之内,你可以跟着小张,工作之外,人家要是同意你可以跟,不同意,不许跟。"

于林一听,老实了。

张伟心里暗喜,你这小丫头,以后老子工作之外都不方便,让你跟屁虫。不过,于琴这话说得很客气,给足了张伟面子,张伟感觉又不大好意思。又一想,工作之内的时间和机会也是很多啊,唉,弄这么一个活宝,受罪了。

于琴和玲玲聊了一会:"我们公司人员虽然不多,但是大家的精神面貌都很好啊,工作都很积极负责,以后你要注意照顾好大家的生活,做好后勤保障,老郑是个男人,粗枝大叶,我们女人要细心一点。"

玲玲点点头答应着。

于琴继续说:"虽然我们是在深山里工作上班,但是精神面貌还是一定要保持的,这也代表公司的形象,其他人倒好,我看这小童是个问题,是不是一个月不洗脸不刮胡子啊,还有那头发,一团草,年轻人,小伙子,这么邋遢怎么得了? 说不好听的,就这样子,别说工作,就是女朋友都不好找。"

于琴一席话说得大家都笑起来。

玲玲说:"这样吧,我们开展结对帮扶,回头我专门找小童谈谈,让小郭拉他去一趟镇上,清理清理。"

于林插话:"我也需要帮扶,谁来帮扶我。"

于琴又瞪一眼于林:"你掺和什么,你的帮扶对象你自己找。"

说完,于琴看了一眼张伟,玲玲和于林的眼光也不由自主移到张伟身上。

张伟感觉不自在:"喂,都别看我,都看我干吗?"说着,张伟拿起打印好的那本营销总体方案:"我去趟郑总办公室。"

于琴在后面说:"我和玲玲说会话,一会也上去找老郑。"

张伟边向外走边想,你找老郑和我什么关系,干吗告诉我。

郑总正在办公室看挂在墙上的景区规划设计图,张伟进来把方案给他。

郑总接过方案一看,有点意外,方案三十多页,打印得工工整整,还有专门打印的封面,装订得很板正,前面还有目录,每一部分的大项和单项都有明晰的标注页码,很好找。郑总放在手里掂了掂,仿佛要试试这方案的分量,对张伟说:"坐。"

张伟坐下,郑总也坐下,打开方案,翻看了一下目录,看得很仔细,然后说:"这么短时间,搞了这么多,不错,目录很详细,我带在身上,回头仔细看。"

郑总的口气里对张伟工作的效率还是比较满意的。

张伟坐正身子:"这只是一个草案,在今后的工作中,还要根据实际的情况在这个基础上不断加以修正。"

郑总点点头,把方案放进公文包里,抬头对张伟说:"今天你替小郭去接于琴了?"

"是啊,小郭昨晚闹肚子,我看时间来不及了,就……"

"怎么接到现在才回来啊,飞机不是早上七点多就到了吗?"郑总漫不经心地随意问道。

张伟心里一紧,老郑看似漫不经心,实则很关注自己的回答,这家伙是在盘问老板娘的行踪呢。

"是啊,早上七点多就到了。"张伟流利地回答:"回来的路上,先到东兴市里办了点事情,又到一家农家乐饭店去考察参观、品尝,才回来。"

张伟只能这样回答,既不偏离事实又不暴露于琴。

张伟总感觉怪怪的,这两口子做事情真有意思,说话办事也不避讳下属,表面上亲亲热热,感情深厚,实际上感情上已经开始分道扬镳,在这工作上也有点貌合神离。

"哦。"郑总在老板椅上转悠着身体,手里端着一杯水:"今天起床这么早,辛苦你了。"

"这点小事,客气了,谈何辛苦啊。"

郑总放下水杯,拿起桌上的一份文件:"我们和中天的新合同,签了。"

张伟装作刚知道的样子:"真的? 太好了。"

老郑看着张伟的眼睛:"老高没告诉你?"

张伟想起于琴的嘱咐,底气十足:"没有,自从我辞职后,高总和我极少联系的,他告诉我干吗?"

郑总呵呵笑起来:"是啊,你已经辞职了,他找你干吗? 昨天我和他谈妥了,签订了新协议,我开始谈的时候把数字略微抬了一点,但是最后落实下来的数字还是你提供的那些,你这个协议啊,修改的可以说是非常科学,很巧妙,数字算得恰到好处,正好在双方的临界点上,大家都能接受……"

正说着,于琴上来了,推开门一屁股坐在沙发上:"我在路上还在和小张谈这个事情,小张对这一块很专业,很内行,这说明小张还是最适合做景区营销的,比做旅行社营销要适合,小张到我们这里来就对了,是吧? 小张,老郑。"

于琴上来就是这么一通,张伟不好多说,笑着点头。

郑总也点点头:"这就叫走对路,跟对人,进对门,好钢用在刀刃上。"

于琴冲郑总一点头:"精辟,老郑,你算是说对了一句话。"

得到老婆的表扬,老郑哈哈一笑:"谢谢董事长夸奖,去澳门辛苦了,晚上回家给你接风。"

"辛苦个屁,操心费力,点灯熬油,落荒而归。"于琴有些沮丧。

张伟看他两口子开始聊天,感觉自己在这里不合适,忙起身:"于董,郑总,我先下去了。"

张伟出来,并没有回办公室,在村子后面的竹林里逛游,正好遇见小郭和吴洁在旁边说话。

看见张伟,他们一起打招呼。

张伟看着吴洁打趣道:"小洁,我们家小郭怎么样?还不错吧?他要是敢欺负你,你告诉我,我扁他。"

吴洁笑嘻嘻地:"张哥,小郭经常欺负我的,你管管他。"

张伟眼睛一瞪:"真的?我兄弟很老实的啊,怎么会欺负你呢?是不是你自愿让他欺负的啊?哈哈……"

吴洁脸一红:"张哥,你也欺负我……"

小郭哈哈大笑:"小洁,张哥今年过年回北方老家去,等明年我也带你去我们老家过年。"

吴洁:"我不去,太冷了。"

张伟摆摆手:"小洁,别怕冷,我告诉你,北方的冷是干冷,感觉起来比这里的湿冷还要舒服点,而且,北方室内都有火炕,屋里都很暖和的,比我们这里室内暖和多了,晚上睡觉睡在炕上,那个舒服劲啊,那叫一个幸福!!"

"是啊。"小郭附和道,"冬天家里可暖和了,舒舒服服。"

吴洁听得有些神往,看着张伟,突然问,"张哥,你今年回家过年带媳妇回去吗?"

"这……"张伟稍一迟疑,"不啊,我没有媳妇,上哪里带啊。"

"怎么没有啊,于林不可以吗?"吴洁笑嘻嘻地。

张伟大吃一惊:"可不敢乱说,没有的事啊。"

吴洁委屈地:"哪里乱说了,公司的人都知道啊,大家都看出来了,都说你们俩很般配呢。"

"没有,没有。"张伟连忙更正,"小洁,记住见到别人这么说的时候给我证明,绝对没有这回事,都是大家误会了,可能是因为工作的关系,于林和我接触多一点,但是,是绝对没有那回事的,真的!"

"真的?"吴洁半信半疑点点头,"那好吧,不过,张哥,我看于林对你挺好的。"

张伟笑笑:"这终身大事,岂是一个好字可以代表的,感情的事,不是这么简简单单,随随便便的,于林是个好女孩,直爽、泼辣、热情,我一直把她当做同事和小妹妹来看的,你们可别误会啊。"

吴洁点点头,拉着小郭的胳膊:"你看,张哥多会说话,你以后多学着点。"

小郭笑着点点头:"我一直在跟张哥学,就是脑子笨,学不好。"

"别,可别!"张伟连连摆手,"别跟我学耍嘴皮子,这玩意说多了不好,祸从口出,还是保持自己的特点最好,否则,小郭就不是小郭了。"说完,张伟对他们点点头:"不打扰你们俩谈恋爱了,我回办公室去。"

回到办公室,郑总和于琴已经走了,回宁州了,于林也一起跟着回去了,只有玲玲自己在办公室里,比较悠闲,抱着本书在那里看。

"玲玲,你成家了吗?"张伟突然问道。

"成过。"玲玲神态自若地回答,边看书边吃零食。

张伟一听,成过,那就是离婚了。

"孩子多大了?"

"没生过。"玲玲回答得很干脆。

张伟点点头,这女人原来是离婚未育的。

"那你不打算再找个男朋友?"张伟笑嘻嘻地问。

玲玲抬起头,眼神里闪过一丝迷惘,还有一分坚定:"不打算再找了,男人都不是好东西。"

一棍子打死一大片,玲玲肯定是感情上受过伤害,被男人伤害过的女人一般来说,都会得出一个结论:男人都不是好东西。

"男人也有好东西的,不能这么绝对。"张伟辩解着。

"也许,但是我没遇到,反正我是不想再找了,自己一个人,自由自在,多好。"玲玲摇头晃脑。

晕!这么年轻就打算独身了,真跟潮流啊。

"那你不打算要个孩子?"

"要啊,怎么不要,到时候想生的时候去做试管婴儿,找个品质优良的精子结合,不想生呢,就抱养一个,不想抱养呢,干脆养一只小狗,狗通人性,有时候比人都强。"玲玲满怀对未来的憧憬。

张伟一时无语,彻底被玲玲雷倒了。

这社会确实越来越多元化了。

"你看看这《职场白领错位生活:暗夜无边》里的李可。"玲玲扬了扬手里的书,"这纯粹就是一个流氓,家里有老婆孩子,外面女人找了一个又一个,大的小的,黑社会的,办公室的,大学生,小老板,都被他泡遍了,我看这男人整个一配种机器,这样的男人,谁找上他还不倒了八辈子霉了。"

"吖!那这男人是够堕落的。"张伟点点头,"其实啊,看书的题目就知道内容了,错位生活嘛,当然是偏离正常生活轨道的了。"

"不可思议的是,这样的男人竟然很得女人喜欢,那些被他泡的女人竟然一个个都对他死心塌地,除了那个黑社会的女赌徒,其他的女人都对他迷恋的很啊,都给他倒贴,甚至还有个银行的女行长在他离婚后也离婚,最后跟了他。"玲玲连连摇头,"真应了那句话了,男人不坏,女人不爱,这年头的女人啊,真不争气。"

张伟呵呵笑着:"这年头流行坏男人。"

"都是被那些写书的教唆坏了,看看现在网络上流行的爱情故事,那些原创作品,里面的男主角无一例外都是流里流气、玩世不恭的,而且还都能无一例外得到美女的青睐,这不是在教育男人变坏吗?"玲玲义愤填膺,满怀对网络原创文学的不满。

"哎……需求决定供应,市场决定生产,主要还是因为这样内容这样形式的文学受读者欢迎,读者喜欢看这样的类型,才会有一窝蜂地产品出现啊,呵呵……这年头,网络文学都商业化了,没办法。"

张伟脑子里突然冒出一个念头,网络文学方兴未艾,全民作家的时代已经来临,自己有空的时候何不也写个东东在网络上发一下,就以自己和伞人姐姐认识以后的经历来写,不但能自娱自乐,还能有成就感,说不定还能赚点银子。

这个想法一时让张伟兴奋不已,心里蠢蠢欲动,跃跃欲试。

晚饭前,王炎给张伟发来了短信:"哥,你腊月二十七放假?"

"是啊,你怎么知道的?"

"陈瑶姐告诉我的,你放假后不直接来东兴吗?"

张伟:"不啊,我得先回一趟宁州。"

王炎:"嘻嘻……我本来还打算腊月二十六晚上叫上陈瑶姐去山里接你的呢,那看来不用了,你回宁州干吗啊?"

张伟:"回去有点事情,看一个人,然后我腊月二十七直接去东兴和你们会合。"

王炎:"看谁啊?出什么事情了?"

张伟:"你别管,一个朋友,心情不大好,我去看看。"

王炎:"你去看何英的,是不是?"

张伟有点意外:"为什么这么说?"

王炎:"我猜你一定是去看何英的,一定是的,嘻嘻,别以为我是傻子,从刚认识她那时候起,我就感觉出你们俩关系不一般,只是我一直不说罢了,呵呵……不过,话说回来,何姐人确实是不错。"

张伟:"你不要乱说,我是去看她的,但是我和她没有感情关系的,她对我确实是有那种意思,可是我对她没有那种感觉,只是把她当好朋友……知道我为什么要回去看她吗?"

王炎:"不知道,我最近一直没有和她联系,她也没和我通电话,怎么,她出事情了?"

第三十八章 玉洁冰清

张伟："是的,她和老高要离婚了。"

王炎："啊! 真的? 为什么?"

张伟："两口子的事情,说不清道不明,总之是因为没有感情了,这几天她心情很差,老自个跑出去喝酒,精神很颓废,作为朋友,我想应该去看望一下,你说是不是?"

王炎："哦,是的,应该去看看,说实在的,何姐对你是真不错,没什么地方对不住你,即使你不爱她,也别伤人家的心,去吧,好好安慰安慰她,凡事想开,要不要我也去看看她?"

张伟："你不要去了,你去反而会坏事,我除了安慰她,还得反复向她讲清楚一个道理,那就是友谊和爱情的区别,我知道她对我有情有意,够意思,可是,爱情和友谊是不能等同的,我从心里想把她当做好朋友,像你和我这样关系的朋友……我还得注意讲话的方式,不能让她的情绪更加恶化,得安慰好她,让她的心情好起来,安安稳稳过个年。"

王炎："那好吧,你也真不容易,还得把何英变成第二个我,祝你这趟慰安之旅圆满成功,嘻嘻……"

慰安之旅!? 张伟一愣,什么啊,这王炎净胡扯,我成慰安夫了?!!

张伟："你少胡扯八道,玷污我清白之身。"

王炎："嘻嘻,清白之身? 你和何英姐清白? 嘿嘿……不过这个事情也无所谓,很正常,别不好意思,男人女人都有这需求,特别是你,一头小公牛,有了这事没有感情也很正常。"

张伟："你这死丫头,都说些什么?"

王炎："好了,别在我面前装什么纯情男子,何英爱你,可你不爱何英,那就和她做个好朋友得了,反正有我在先,呵呵……不过,哥,我看陈瑶姐姐对你也很好的,你看……"

张伟："看个屁,你少乱点鸳鸯谱,小祖宗,不管是何英,还是陈瑶,我和她们都没有感情,都不会对她们产生感情,不会,永远也不会。"

王炎听张伟说话这么坚定,有些意外："哥,告诉我,你是不是心里已经有人了?"

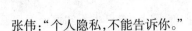

张伟:"个人隐私,不能告诉你。"

王炎:"嘻嘻,那就是有了,是不是? 嘻嘻……哪里的? 谁啊? 我认识吗?"

张伟:"天上的,空气,你不认识。"

王炎:"你就忽悠我吧,我看你能忽悠多长时间,哼……"

张伟已经想好了,自己和伞人的事情,是他们两人之间的秘密,任何人都不能让知道,这是他们之间的绝对高度机密。张伟不想让任何人来分享自己的幸福和欢乐。

想起何英,张伟就感觉她很可怜,心里隐隐作痛,好好的家庭,好好的日子,最后弄得这样落魄,两败俱伤,或许,如果没有自己的出现,她的今天不会是这个样子。这样一想,张伟心里觉得有些愧疚,觉得是因为自己的出现,才导致了何英的今天。

张伟知道何英对自己很好,曾经很好,现在仍然很好,知道何英已经深深爱上了自己。爱一个人是什么样的滋味,张伟理解,爱一个人而不被对方接受,或者对方不爱自己的滋味,张伟没经历过,因为他没有被自己深爱的女人抛弃过的经历,王炎离开自己那事不算,因为那时两人还只是朦胧的爱意,还没有彼此深深爱上对方。

我深深地爱着你,你却不爱我,你却不接受我,或许这是一种很深的伤痛。张伟在心里对自己说。虽然自己不能给予何英爱情,但绝对没有理由去伤害她,毕竟她那么深地爱着自己,那么体贴地关爱着自己。既然不能爱,那就作为好朋友好好对待吧,让她开心,让她快乐,让她阳光。

对不起,何英,我的心里已经有个她,只能对你说声抱歉。爱是自私的,不能分享。

从朋友的心态出发,张伟晚饭后给何英发了一个手机短信:"晚上好,吃饭了没有?"

问候吃饭是中国人见面的习惯用语,或许是因为这么多年都饿怕了。张伟老家那地儿,二十世纪九十年代中期还是国家级重点贫困县,不管什么时间什么地点,见面问候语就是:"你吃饭了吗?"对方呢,不管吃没吃,不管在什么地方,一律都是回答:"吃了。"然后两人才开始谈论正事。

何英很快回复:"吃了,刚吃好,你呢?"

张伟:"也是刚吃好,在干吗?"

何英:"在和高总经理喝茶聊天。"

张伟一听,什么事啊,自己老公,这么客气的称呼,太见外了,不是好事。

"给你发短信没打扰你们聊天吧?"

何英:"没,我和高总经理在商议分赃的事情,瓜分财产呢。"

张伟没想到这两口子走得那么快,开始到这一步了。

张伟:"真的要离了?"

何英:"是的,强扭的瓜不甜,到时候了,该分手的就分手吧,孩子归他,存款都不见了,也归他吧,我和他就瓜分婚后购置的这点不动产吧,不想为这些闹得满城风雨了,只求快解脱出来,清清静静过日子,我累了,很累。"

张伟听出何英心里很难受,很苍凉,很孤单,很抑郁,可是,自己也不知道该如何安慰她,沉默了一会,然后说:"那……你们谈吧,我不打扰你们了。"

何英:"没事,高总经理正在和我的律师打电话,今天喝茶是他约我出来的,我不想和他谈这些事,让我律师给他谈,这会他正唾沫星子满天飞,慷慨激昂呢,我不管,一切让律师弄,我正在品茶哪,铁观音,好茶!高总经理请的客。"

张伟看何英一口一个高总经理,知道何英的心里已经对高强拔凉拔凉的了,称谓改变的背后,是心灵的距离在拉远,感情的热度在消逝。

张伟:"你自己要想开,你还年轻,人生的路还很长,拨云见日,困难和坎坷都是暂时的,过去这一段时间,一切都会好起来。"

何英:"有你记得我,有你问候我,就比什么都好,只要看见你的短信,我的心里就感到很安慰,你发给我的短信我都保存着,没事的时候,我经常翻看,品味你说的每一句话,体会你的每一分良苦用心,阿伟,我真的好感激你,你给我的每一个安慰的话语,都是我心里明媚的阳光,你就是我心中的太阳和方向,每每在孤寂的深夜里,想起有你还在关心记挂我,心中常感到莫大的安慰,心中对未来又鼓起信心的风帆,我好想你……"

张伟的心一时变得很沉重,何英的话字字句句都让自己感觉到莫大的压力,心灵不能承受如此之重。一句阿伟,让张伟感觉到了自己在何英心中的分量。

张伟脑子里突然闪过一个念头,如果没有伞人,自己会选择何英吗?

张伟突然感觉自己像一叶孤舟,飘荡在没有航标的河流上,漫无目的,乱了方向。

张伟心中此刻被两种情感挤压着,对何英的负疚感和何英给自己的负重感。这是两座情感的大山,压迫在张伟的心头,越来越重。

如果没有伞人,自己会选择何英吗?张伟心里一遍遍地问着自己,心事重重地在黑黢黢的山间公路上漫步,对身后小郭喊自己去锻炼的声音置若罔闻。

张伟在公路上独自走着,满怀心事。

公路上没有一辆过往的车,更没有来往的行人,在这个近乎于封闭的空间里,周围高大的山的黑影向自己压迫过来,天空浓云密布,不见一点星光,空气中纹丝不动,没有一点风的影子。偌大的空间,竟然一片安静,或者说是寂静,一切仿佛都处在静止当中。

张伟顺着公路边走边想。

张伟好希望何英能快乐幸福,能有一个幸福美满的爱情,那样,自己会得到解放,会得到解脱。他知道,自己这样想,并不仅仅是为何英着想,更多是为了自己,为了自己能摆脱掉负疚感和负重感。

人总是自私的,不管是出于什么样的理由,不管是从什么角度出发,不管是物质上的占有,还是精神上的霸占。

张伟不认为自己多么高尚,但他认为自己绝不卑鄙,他更不想做一个卑鄙的人,他一直认为自己是一个善良的人,一个讲良心的人。

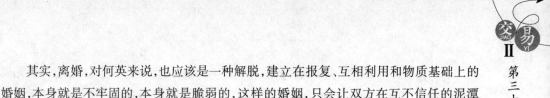

其实,离婚,对何英来说,也应该是一种解脱,建立在报复、互相利用和物质基础上的婚姻,本身就是不牢固的,本身就是脆弱的,这样的婚姻,只会让双方在互不信任的泥潭里越陷越深,直至最后不能自拔。

离婚,对他们两个人来说,都应该是一种解脱。

解脱后,他们会快乐吗?何英会快乐吗?如果没有自己的出现,他们会离婚吗?如果没有伞人,自己会爱上何英吗?张伟的脑子里又涌出一串问题。

自己之所以对何英的爱一直在抗拒,在推辞,在漠视,是不是因为有了伞人?

如果自己从来不认识伞人,那么自己会不会接受何英的爱?

张伟的心里变得烦躁而痛苦,迷茫而抑郁。

爱与哀愁,对我来说,像杯烈酒,苦涩又难以承受。

伞人昨天和自己聊天时听说自己放假要先回宁州,半天没说话,是不是猜到自己或许要去找何英,回住处拿东西只是一个托辞呢?

伞人对自己去看何英会怎么想?

是啊,公司已经搬到东兴地界了,业务大多数都是发生在东兴,自己去宁州的理由越来越难找了,不但是不好给别人找,就是自己也难以给自己找。

自己在南方认识的所有朋友还有谁在宁州?何英,高强,就他们两个,如果高强也还算是个朋友的话。

宁州已经不应该再有牵挂,为何自己仍这样执著地要回一趟宁州,仅仅是为了看看安慰一下何英?

张伟心里烦躁异常,突然对着空旷的黑夜一声大吼:"啊……"

这声吼叫引来四面八方的回声,在无边的黑夜里显得有些恐怖。张伟心里也有些发怵,记得白天经过这一带的时候,路两边都是坟墓。

孤魂野鬼这会儿会不会跑出来欢歌悲唱?

前面一阵阴风吹过,张伟打个寒噤,回身快速往回走。越走越感觉身后有个身影在跟着自己,还有轻微的脚步声音。

张伟头皮有些发乍,干脆一溜小跑回到公司。

回到办公室,在明亮的灯光下,张伟感到了安全,擦擦额头的汗。

这世上本没有鬼,都是人自己给自己造出了鬼,然后来吓唬自己。

张伟感觉自己刚才就是那样。

人的大脑最好不要那么复杂,不要思考那么多的问题和事情,越简单越好,越简单就会生活得越幸福。

办公室很安静,小童一如以往地早早入睡,小明和老罗在宿舍躺在床上温暖的被窝里侃大山,吴洁跟小郭不知道跑哪里去了,或许在练武场那地儿谈恋爱,于林一跟于琴回宁州,办公室变得安静多了,玲玲在那里埋头孜孜不倦地苦读《暗夜无边》。

看书是一种修养,看书是一种习惯,看书是一种境界,喜欢看书的人,心里一定充满理性,心境一定是平和的,思想一定是高尚的。张伟看着玲玲入迷的样子,突然感觉自己心里充满了浮躁。

或许自己应该静下心来,好好读几本书,清静一下自己的头脑,平静一下自己的心境,梳理一下自己的思路,让自己从狂躁不安变得从容不迫。

或许自己应该利用业余时间写点东西,诗歌、散文、小说,在写作当中,提炼自己的思想,纯洁自己的意识,让自己的人生变得淡定平静。

张伟打开电脑,插上上网卡,登录QQ,伞人姐姐正静静地挂在那里。

网络就像鹊桥,张伟和伞人就像是牛郎和织女,每晚在这里相会,在这里倾诉真言,夜深人静,再恋恋不舍分手而去,然后,鹊桥就断了。

鹊桥每次都是新的,因为每次都是新的连接。伞人姐姐每次也都是新的,因为每次聊天的内容都不重复。

从夏末初秋到冬末,张伟和伞人一起在看不见的鹊桥上走过了漫长的秋季和冬季,严寒的冬季即将结束,春天还会远吗?

张伟将军大衣裹紧,在熟悉的键盘上啪啪敲击:"姐姐,你早来了?"

"嗯,来了有半个小时。"伞人回答。

"我刚才出去散步了,刚回来,你在家?"

"是的,刚吃过饭一会。"

伞人的情绪好像没有以前那么轻松活泼,或许是工作比较疲劳。

"姐姐,你今天工作很忙吧,感觉你好像情绪不高,是不是累了?"

伞人发过来一个感谢的表情:"没,没有啊,挺好的啊。"

"你少来了,我感觉出来了,你今天情绪不高,要不是累了,那就一定是有什么不开心的事情,说,告诉我。"

伞人沉默了片刻:"没有,真的没有。"随即发过来一个笑脸:"相信了吧?"

张伟:"不相信,你糊弄我的,你一定是心里有心事,不舒服,既然你不愿意说,我也不勉强你了,我们说会话吧,或许聊一聊心里就舒服了。"

"嗯。"伞人显出一副听话的样子,"聊会天吧。"

"说什么呢?"张伟边问边发给伞人一个热烈的拥抱,"先暖和一下吧,嘻嘻……"

伞人被逗笑了:"你要憋死我啊!"

张伟看到伞人笑了,还默认了自己的拥抱,心情开始好转:"姐姐,刚才我自己出去散步,走在无垠的旷野里,还有无边的黑暗,边走边琢磨事,不知不觉走远了,路两边都是坟墓,我突然感到毛骨悚然,老感觉有鬼在跟随我,撒腿就往回跑,一溜烟跑回来了。"

伞人发过来一个紧张的表情:"天!我忘记告诉你,黑夜里不要一个人走夜路,山里晚上有野猪出没,不安全。想什么心事啊,自己走那么远?"

张伟决定把何英的事情告诉伞人："还不是何英的事，两口子在商议分割财产，离婚看来已经进入议程了。"

伞人发过来一个不冷不热的表情，说了句："人家两口子离婚，这事与你何干呢？"

张伟："是啊，与我何干啊，可是，我心里总堵得慌，总感觉何英是因为我才和高强离婚的，特别是何英老是说多么多么爱我想我，让我心里的负担越来越重，我已经告诉过她多次了，我和她只能是普通朋友关系，不可能超越这个界限，可是，她总是不死心，总是那么执著，想想心里很郁闷，既不想伤害她，也不想让她心存幻想。"

伞人："你的这些心事我早就猜到了，我理解何英现在的心情一定很糟糕，一定很沮丧，这样的事换了任何女人都不会高兴，我还知道你昨天说放假要回宁州一趟，去拿东西，其实，你是要去看何英的，是不是？"

第三十九章 坚冰融化

伞人直截了当揭穿了自己昨天的谎言,张伟硬着头皮:"是的,她现在心情很糟糕,很差,很颓废,我想,即使作为一个朋友,我也应该去看望一下,安慰安慰她。"

伞人:"其实你昨天没必要和我撒谎,你直接告诉我就是了,我会理解你的想法的,我跟你多次说过,我相信你,相信你会处理好你自己的事情。我还说过,男人和女人之间,信任是钻石,最珍贵,两个人在一起,信任是基础,我对你是给予高度的信任的。"

张伟一时有些脸红,幸亏伞人看不见:"我……我是担心你……"

伞人:"担心我什么? 担心我不高兴? 我要是不高兴,早就不高兴了,还用等到今天? 你对我还是不了解,我的心真有你认为的那么狭隘?"

张伟看着电脑屏幕伞人姐姐的回答,不由挠挠头皮,啪啪敲击:"嘿嘿……姐姐英明,小弟知晓了,经姐姐这么一说,我的心里开朗了,呵呵……"

伞人发过来一个食指:"傻样!"

张伟感觉伞人姐姐的心情也好了起来,明白伞人姐姐不开心是因为自己对她撒谎。

不是我存心故意,只因无法放飞自己。张伟决定以后对伞人姐姐说实话,不再撒谎。

张伟:"姐姐,你们公司什么时间放假?"

伞人:"和你们差不多,都在一个时间。"

张伟:"那你过年到哪里去过?"

伞人:"春节到我弟弟家过啊,呵呵……"

张伟一听,是啊,春节伞人的妈妈肯定在她弟弟家,伞人也自然就在他弟弟家过年了。

张伟:"我春节在家过年的时候买无线上网卡,回家也可以上网的,到时候我给你网上拜年。"

伞人:"好的,那我还得给你压岁钱吧,嘻嘻……"

张伟:"呵呵,你倒不用,……我爸妈从小就给我压岁钱,我现在都工作了,还给,每年大年初一早上,一觉醒来,枕头边上还有一个红包,小时候是十元钱,现在是一百元钱。"

伞人:"真好,一般孩子大了,父母都不给孩子压岁钱了,小小红包,寄托了父母对儿

女的多少疼,多少爱啊。"

张伟:"是的,爸妈给我的压岁钱,我都专门放起来,从来不花。"

伞人:"那陈瑶要是去你家,你妈妈不也给她压岁钱啊。"

张伟:"这……不会吧,她又不是我们家的人。"

伞人:"笨蛋,她可是以你女朋友的身份出现在你爸爸妈妈面前的哦。"

张伟恍然大悟:"是啊,对,那我爸妈应该会给她压岁钱的。"

伞人:"嘻嘻……发财了!"

张伟哈哈大笑:"哈!靠这个发财,那得猴年马月啊。"

伞人:"年年去过,过上三十年,也是一笔不少的财富哦!"

张伟很快意于伞人的快乐,现在他感觉伞人的每一丝一毫的欢笑悲忧都和自己息息相关,每天晚上在电脑屏幕上见到伞人开心的话语是他最大的快慰。

"对了。"张伟说,"今天我进城了,替小郭去接我们老板娘,从澳门回来的失利赌徒。"

伞人:"哦,你们老板娘喜欢玩这个?挺前卫的嘛。"

张伟:"嗨!于琴这娘们喜欢玩的多了,这老板娘可真是不简单哪,神通广大,花样也多,火辣辣的,东兴第一女董事长!"

伞人:"何来此言?老张同志。"

张伟于是把自己白天的经历详细和伞人讲了一遍,包括于琴默许自己和于林谈恋爱的事情。

伞人听罢:"老张!I 服了 you!你真是有眼头,会来事,护主有功啊,嘻嘻……"

张伟:"我还是第一次见到如此泼辣如此开放如此开通的女人,思想认识很前沿,明明不是什么好事儿,可从她嘴里说出来,好像是在做一个符合市场规律的交易,公平公正,合情合理,理应所得,问心无愧,明明感觉是一个少妇的红杏出墙或者是堕落,听她的振振有词,好像是在争取男女平等,权利分享,迫于现实,顺应潮流,大势所趋。唉……不是我不明白,只是这世界变化太快。"

伞人:"老张,我理解你的想法,不过,我更理解你们于董的想法,同样是做旅游,但是做景区开发比做旅行社经营要复杂艰巨得多,无论是从规模、程序还是投资、手续,现在的官场,大家都明白。一个女人,特别是漂亮的女人,要想做点事情,很难,到处都有不怀好意的眼神,到处都有心怀叵测的算计,当一个女人把经济利益看得高于一切的时候,遇到这种情况,她就会以自己的身体来作为代价,作为筹码,作为交易的货币。

每个人都有自己的活法,我们不能简单地认为这样是对的,那样是错的,我们应该学会尊重每个人自己的选择,每个人都有选择自己活法的自由。你的老板娘选择了用身体开路打通上层路线,在现在的社会中,我认为也无可非议,至于于琴的豪赌,那是她的个人生活方式,和我们无关,不过,忠告你一句,你不要沾染赌博,这是个很大的恶习,赌博毁家。"

237

张伟："嗯,我不参与这些东西,你放心好了,其实,我感觉于琴和潘吾能好,不仅仅是为了她这一个景区的事情,能攀上这棵大树,以后做很多事情都方便得多。"

伞人发过来一个赞许的表情："你说的对,从你的描述感觉,于琴表面看是一个放荡不羁的女人,其实,她应该是一个很有心计、很有头脑、眼光长远、善于经营的女人,她应该是有一定的管理经营能力,虽然她现在不插手公司内部的具体事务,但她一定随时在监控着公司的大小事务。假以时日,于琴一定会是一个出色的女老板。"

张伟对伞人的判断非常佩服："是的,你说得太正确了,于琴表面上只负责公司外交,负责战略上的大事情,其实,公司的大小事务她了如指掌,尽在掌中。"

伞人："这才叫有心人,而且,于琴的思想很开放,对个人私生活很放得开,这和你以前说的她有过夜总会工作经历有关系,这是她的特点,也是很多出轨的男人喜欢的那种类型的女人;她和潘吾能可以说是一个有心,一个有意,各有所求,各取所需! 你以前说听别人说于琴和东兴市里很多官员有一腿,我总感觉可能性不大,因为她既然和潘吾能好上了,就没有必要再和那些小局长纠葛,而且,潘吾能要是知道她和那些小局长有那事的话,肯定会生气,说不定于琴鸡飞蛋打,这点,我想于琴是个聪明人,一定会很有数的。"

张伟："姐姐,你分析的太精辟了,你怎么会知道这么多啊?"

伞人："都是女人,女人看女人就自然准确了,现在的社会,一片黄浊,到处都是色狼,漂亮的女人到哪里都会有不怀好意的人盯着,如果这时自己的立场不坚定,自己的思想不牢固,自己对自己放纵,很容易被拖下水。"

张伟："你说,是不是所有漂亮的女人要做成一件事情,都要以身体作为代价?"

伞人："错! 这要看是什么样的女人,其实,很多男人的出轨,都是那些女人给的机会,那些女人暗示或者半推半就成全了本来就蠢蠢欲动的男人,或者是那些女人在男人的暗示、利诱下放松了对自己的要求,松懈了自己的心理防线。有很多成功的女企业家,不但事业成功,而且做人也很正,洁身自好,即使多付出一些汗水和劳动,一样能够成功。"

张伟："那她们遇到坏男人怎么办?"

伞人："其实,男人的心理也不一定都是抱着必须得到的念头,很多是在试图得到,如果这时,女方态度鲜明,保持凛然正气,不给对方任何企图和漏洞可钻,他们也是无可奈何的,只有放弃。说白了,关键还是要自身正,不给对方创造机会。"

张伟："姐姐,你怎么会知道这么多? 分析地这么通彻。"

伞人："我比你大三岁,你以为这三年干粮是白吃的,听到的,见到的,多了,嘻嘻……"

张伟："姐姐,我感觉陈瑶、张小波、何英就是你说的后面那种人。"

伞人："为什么这么感觉?"

张伟："说不清楚,直觉吧,有时候直觉很重要,这三个人都是美人胚子,但是我感觉她们其实都很自尊自重,都不会为了利益去出卖肉体。"

伞人:"呵呵……其实,你们于董的做法也不必谴责,毕竟大家都要生活,大家都想活得更好,一个女人,在这个思想日趋西化、道德日益沦丧的社会里,要想做成一件事情,很难,我倒是挺理解她的,当然,要是换了我是她,这样的事情,我做不来,毕竟,咱的思想观念还很落后啊……"

张伟:"我晕! 你怎么拿你自己来做比喻了! 我可不喜欢听这个。"

伞人:"不喜欢听咱就说点别的,不说这个了,要不就睡觉。"

张伟:"行,睡觉也可以,我也有点困,咱一起睡。"

伞人:"张大厨,你调戏我!"

张伟:"咋?"

伞人:"你要和我一起睡!"

张伟:"没有啊?!"

伞人:"你明明说'咱一起睡'! 还不承认。"

张伟:"晕死,这是口语,我的意思是咱们同时休息,是同一个时间休息,不是在一起睡觉。"

伞人:"哼! 你还狡辩,不承认……"

张伟发了一个流汗的表情:"我……我……"

伞人:"你什么你!"

张伟:"我……我不知道是我调戏你啊,还是你在调戏我?!"

伞人:"嘻嘻……以后只准我调戏你,不准你调戏我。"

张伟:"啧啧……这世道,整个反了!"

伞人越开心,张伟就感觉越高兴。张伟知道伞人的心里有一块坚冰,由沧桑和磨难凝固成的坚冰,这块坚冰正在慢慢融化,正在自己的温暖和阳光下慢慢融化。张伟有足够的耐心和决心,把这块坚冰融化掉,把伞人心中的伤和痛抚平,让温暖和阳光流淌照耀在伞人明媚的心房。

张伟不知道伞人姐姐到底经历了怎样的挫折和磨难,不知道伞人姐姐的心到底被怎样的伤害过,但他知道,伞人姐姐是过来人,是经历过婚姻的人,但凡有过婚姻之痛的女人,心中总会有难以抹去的伤痕和记忆,总会有难以磨灭的伤痛和血泪。

张伟知道伞人姐姐在经历了婚姻之痛之后,对生活和婚姻,对爱情和感情,变得小心翼翼,举步维艰,生怕重蹈覆辙,生怕再一次被无情所刺痛。表现在和自己的交往当中,就是一直保持含混晦涩的模糊态度,但是又有一种对爱情和真情的强烈向往。

这是一个矛盾体,这是一个两种情感两种心态互相碰撞的过程,事物总是在矛盾中向前发展,伞人和自己的关系也不例外。张伟坚信,只要自己用真情去对待伞人,只要两人彼此真心相向,伞人姐姐一定会走出感情的藩篱,走出阴霾的日子,走出心灵的阴影。

真情可以憾山,真情可以感天,真情可以动地。

张伟又嘱咐伞人:"春节期间,不要再挂念工作,把工作统统都抛到一边,好好玩,和家里人玩,和朋友玩,好好放松一下身体和心情,让你的老板见鬼去吧。"

伞人:"嗯,一定好好玩,我最喜欢玩了,我让我弟弟带我出去玩。"

张伟:"嗯,带上你妹妹和妈妈一起啊,一家人多热闹。"

伞人发过来一个向往的表情:"是啊,到时候我们就是一家人,在一起,多好啊。"

张伟:"呵呵……到时候,我也是一家人在一起,团团圆圆啊。"

伞人:"团团圆圆过大年,真好。"

张伟:"唉,一年又过去了,我又长了一岁,时间总是过得这么快,回首往事,碌碌而无为,惭愧……"

伞人:"傻熊,又发什么感慨呢?不要这么看扁自己,过去的每一天,每一个黑夜和白天,你都在充实中度过,只要充实,只要心里踏实,只要经常能学到新知识,就是碌碌而有为。"

张伟:"说是这么说,可是,当我回首往事的时候,脑子里感觉自己一片空白,一无建树,心中一阵阵发虚。"

伞人:"傻熊,不要这么认为,你这样想是因为你心中有急躁情绪,凡事慢慢来,不要急于求成,饭要一口一口吃,你刚来南方这么几个月,还要有一个适应当地社情民情的过程,要有一个建立自己的业务网络和人脉关系的过程,要有一个学习加深的过程,你现在还是在成长阶段,在积累阶段。

说实在的,短短几个月,你的进步是很快的,你的适应能力和接受新事物的能力是很强的,这都是你的收获,这就是你的成就。我知道你的理想是拥有自己的企业,拥有自己的公司,拥有属于自己的事业,沪宁杭地区虽然是全国经济最发达的地区,已经超过珠三角,但是,这里也并不是遍地是黄金,个个都是大老板,大富豪,这里商人的富裕和发家都是靠坚韧不拔的毅力和吃苦耐劳的精神,一步步在跌打中走出来的,都经历过很多挫折和磨难的,不要奢望一夜之间暴富,一夜之间成为大老板。

浙商的富裕全国闻名,浙商的吃苦精神也是全国闻名啊。只要你有理想,有梦想,肯吃苦,肯学习,愿意付出,愿意为自己的理想去拼搏,去奋斗,你的梦想就一定会实现,你所有的梦想都一定会实现。"

张伟感觉伞人姐姐正好讲到点子上,正好针对自己的想法:"姐姐,我明白了,欲速则不达,在学中干,在干中学,积极进取,坚韧不拔,理想就一定会实现。"

伞人:"啧!到底是大学生,我讲了这么大半天,让你一句话就给归纳了,有才!记住,脚踏实地,扎扎实实,实事求是,忌浮躁,忌急躁,忌骄傲,加强自己的业务修养和职业道德修养,就像你那次在陈瑶公司交流时讲的,既要做事,更要做人,做人是做事的前提,做好人,做好事,该赚的钱一定要赚,属于自己的钱一定要拿,不该赚的钱白给也不要,莫伸手,伸手必被抓。"

张伟:"嗯,我记得了,我会努力去做,好好去做,我的目标要实现,我的目标一定会实现。人生就是奋斗,为了理想、事业和爱情。"

伞人:"张大厨,你好好奋斗,我等着享清福,但是,别有太大的压力,要把压力转化为动力。要这样想,大不了,没关系,除了会做旅游,还会做大厨,即使旅游失败了,也饿不着,可以做大厨啊。"

张伟:"你是不是就惦记我那几个菜了……"

第四十章 红绳玉佩

不晓得昨晚吃错了什么东西,张伟半夜也开始闹肚子,这么冷的天,一夜楼上楼下窜了好几趟。幸亏小郭还有昨天吃剩的止泻药,吃完之后,总算在天亮的时候止住了闹腾。

折腾了一夜没睡好,肚子一好,困意上来,张伟一直睡到早上八点才醒。

迷迷糊糊正要起床,听到女生宿舍右边,和男生宿舍相邻的隔壁郑总办公室有脚步声和说话声音。

听声音是郑总和于琴的。

他们两口子这么早就来了。

楼下于林在大声叫"玲玲姐",她也一起回来了。

张伟于是穿衣起床。

隔壁郑总和于琴说话的声音也隐隐约约传入耳中。

"我们腊月二十八起身,我们这边是我、你、于林、玲玲,于林和玲玲新的港澳通行证办好了吗?"这是郑总的声音。

于琴:"办好了,今天安排宁州那边给定机票。"

"好。"郑总说,"你们坐飞机直接去,我还是开车往那赶,直接在澳门葡京大酒店会合,那边房间都已经订好了。"

哦,郑总一家春节放假要去澳门,玲玲也一起去。

"坐一次飞机怕什么啦,你就吓死了,我就不信这恐高症就这么厉害,还这么一大男人。"于琴连讽带刺对郑总说。

郑总:"少废话,我说不坐飞机就不坐飞机,恐高症就不算大男人了? 到时候进了场子你看谁厉害,嘿嘿……"

于琴呵呵笑起来:"伤自尊了? 哈哈……到时候我们开展比赛,看谁过年期间赢得多。"

郑总:"不用比赛,你从来就没赢过,我从来就没输过……"

哦,原来这一行是要去澳门过年的,来一趟赌博之旅。

真是不是冤家不进一家门，都有这个爱好啊。

张伟穿好衣服，正要下楼，又听于琴说："实话告诉我，你脖子上戴的那个生肖鸡弄哪里去了？"

郑总："不是早告诉你了，前些日子在洗浴中心洗澡，掉更衣室里了，后来回去也没找到。"

于琴有些生气，语气重了一些："这块玉佩是我专门找法海寺的净空大师求来的，用红线穿上挂在你脖子上，是为了保佑我们发财平安，赌运亨通的，你说丢就丢了，这么简单，我看你心里有鬼，说，是不是又私下去参加哪个鬼派对或者假面舞会，和女人鬼混的时候弄掉了？或者送给人家了？"

生肖鸡？玉佩？红线？鬼混？张伟乐了，于琴也开始追问郑总这些瞎吧事了。

郑总急忙辩解，声音降低了一个分贝："你小声点，别让楼下办公室人听见，真的是掉洗浴中心了，我不骗你的。"

于琴："你还知道丢人，参加派对的时候怎么不怕丢人了？我告诉你，你玩我不管你，我也管不了你，要是你给我弄出什么病回来，我饶不了你……"

张伟一听，悄悄抬脚下了楼，这些牵扯郑总的个人私生活，不可多听，什么派对不派对，管他呢，有钱人的生活就是丰富多彩、绚丽多姿而又奢侈糜烂。

于林一见张伟下来，连蹦带跳把张伟拉到外面，眉飞色舞地对他说："春节我姐和我姐夫带我去澳门，玲玲姐也去，你去不？你要是去，我就去告诉我姐，抓紧办手续还来得及。"

张伟一把挣脱于林："我刚起床，还没洗脸，你折腾个啥啊，你们一家去那过年，我去干吗？"

于林一摆头："你不懂，过年那是个噱头，去赌钱啊，去年春节我就跟我姐去过一次，住在大酒店里，吃喝住玩一条龙，一星期不出酒店，吃饱喝足就进赌场，可好玩了，可刺激了。"

"咦！"张伟有些惊奇地看着于林，"小家伙，你也会弄这玩意啊？"

"简单！"于林满不在乎地说，"百家乐，押大押小，一分钟就会，赢钱可快了，去年我姐给了我一万，我一晚上就赢了三万多。"

"死得也快。"张伟在网上见过百家乐的玩法简介，也知道百家乐的道道，边洗脸边说，"你别折腾我，我放假就回老家过年，你们去玩吧，我不去。"

于林嘿嘿一笑："是啊，死得也快，我第二天晚上把赢的都输进去，还把老本也掉进去了。我姐也输了三十多万，我姐夫厉害，去赌了几次，赢了几次，每次也不多，就赢十来万。"

张伟边拿毛巾擦脸边说："郑总那是能把握住度，这赌钱和做生意差不多，忌贪，你赢了三万，还不知足，结果就全掉进去了，赌场就欢迎你这样的人来。"

"看不出,你倒还挺懂啊。"于林笑嘻嘻地说:"我主要是没有本钱,就一万,要是多的话,说不定就能捞回来。"

"赌博的事情网上我见的多了,这些道道听得耳朵都生茧子,没见过有靠赌博发家的,经常赌博的人,没见过一个最终赢钱的,不管中间赢多少,最后的结果都是掉进去,你幸亏手里就一万,再多的话,有多少没多少。"

"乌鸦嘴。"于林悻悻地转身回屋,"你瞧着,今年我一定去发大财。"

张伟洗漱完进了办公室,刚坐下一会,于琴也下来了:"小张,老郑在办公室忙着看你那方案,你开老郑的车,我们去一趟东兴,你这会儿不忙吧?"

"不忙。"张伟起身出来,"今天我没什么事情,正好空闲。"

"那就好。"于琴看着张伟笑笑,把车钥匙递给张伟,"走。"

张伟和于琴很快就奔驰在去东兴的山路上。

"小张,春节放假后我和老郑于林要去澳门玩一星期,你想不想去,想去的话,我抓紧安排人给你办港澳通行证,我办证的地方有熟人,很方便。"于琴边对着化妆盒收拾脸蛋,边问张伟。

"谢谢于董,我春节放假要回北方老家,不去了,你们去玩吧。"张伟礼貌地回答。

"呵呵,每年春节我们这一带去澳门过年的很多啊,都是做生意的,利用节日去赌一把,过年了,放松放松,也不错。"

张伟心里嘿嘿冷笑,你她娘的赢了还能放松,要是输了,你放个鸟啊。

"呵呵……"张伟谦虚地笑着,"那都是你们有钱人的游戏,咱是一打工仔,玩不起那个。"

"哎……"于琴扭头看着张伟,"话不能这么说啊,大家都是一样的人,赌钱不分贵贱高低,谁都能玩,你要是想去,我给你和于林五万块钱,你们俩合在一起玩,输了算我的,赢了你们对半分,把本还我。"

张伟忙不迭摇头:"谢谢于董好意,谢谢于董高抬,我真的不去,我真的要回老家去看老娘,再说,我对赌钱也没什么兴趣。"

于琴点点头:"呵呵……也好,这玩意儿学会了就扔不下,容易上瘾,不学也好,玲玲去年去输了两万多,上瘾了,今年还要去。"

张伟想起伞人姐姐的告诫:赌博毁家。

张伟当然会听伞人姐姐的话,当然不会去赌钱了。

于琴打开包,拿出一沓信封,信封都已经封好,上面写着名字:"我们今天去节前走访啊,给那些部委办局的局长主任们发压岁钱,一人一张一万的购物卡。"

张伟看着那厚厚的一沓:"哟!于董,得不少啊。"

于琴:"二十,二十张购物卡,都是东兴第一百货的,二十万块钱,这钱姑奶奶要是拿到澳门,说不定会变成四十万回来。"

张伟哈哈大笑。

"那……潘副市长那边,今天也要去走访吧?"张伟小心翼翼地问。

"他?"于琴撇撇嘴,"等走访完这些,我还得去伺候伺候这位大爷呢。"

于琴从包里拿出一个红包塞到张伟上衣口袋里:"小张,这是我个人的一点小意思,和公司无关,过年了,大家同喜。"

"这……"张伟一愣,不知道这个红包里是什么东西,"于董,这是什么?"

"没什么,一个两千的购物卡,东兴家乐福超市的,作为你平时的零花。"

张伟忙推辞:"这如何使得,于董,太客气了。"

于琴:"小张,我这人不喜欢客套,给你你就拿着,一点小意思,出自我个人的意思,对谁都不要说,我喜欢你这个小白脸,嘻嘻。"

张伟感觉自己又好像被于琴调戏着,不过于琴的态度很真诚,没有恶意:"那谢谢于董,于董你老叫我小白脸干吗啊,我的脸也不白哦。"

于琴哈哈大笑:"哈哈……叫你小白脸,是因为姐姐喜欢你啊,昵称啊,你的脸不白,但也不黑啊,长得这么英俊,哪个女人见了不喜欢啊,也难怪我们家于林被你迷死,要是我早几年,非得把你弄过来不行。"

我成女人的玩意了,张伟心里连连叫苦,敢情自己在于琴心里就是一女人的宠物。

到了东兴,于琴指挥着张伟一家一家单位跑,水利局、旅游局、土地局、电业局、国税局、地税局、规划局、建设局、物价局……每到一家,张伟不用下车,不用熄火,于琴上去送卡,三分钟不到就下来,接着去下一家。

到中午十二点,张伟开车又来到市政府旁边一百米远的地方,于琴事先打了电话,一会潘大郎装在套子里,带着墨镜,钻进了车里。

"老地方。"于琴对张伟说。

张伟点点头,驱车直奔东兴大厦。

与上次一上车就抱着于琴又搂又摸不同,这次潘副市长先拍了拍张伟的肩膀:"小伙子,上次的事情办得不错。"

于琴在一边补充:"这是我们公司负责营销的小张,很能干的。"

张伟不知道该怎么回答市领导的表扬,勉强笑笑,没吭声。

张伟没吭声,潘副市长也没再继续表扬张伟,在后座开始忙乎起来,两手又开始了上下进攻,于琴被潘副市长弄得又哼又叫。

张伟心里有些恼火,这潘大郎也太放肆了,路上这一点时间也不舍得浪费,在心里骂了一句,把镜子搬了上去。

于琴的呻吟弄得张伟心里很难受,老子也是男人啊,这大活人电影,谁能受得了? 就是思想再好,也要心急火燎,何况自己的思想还不是很好。

好不容易到了东兴大厦酒店大堂门口,潘副市长停止了活动,整理好衣服,下车前说了一句:"老地方。"

于琴整理好衣服,整理了一下头发,对张伟说:"我去了,中饭在房间里吃,你自个找个地方去吃饭,两个小时后等我通知。"

唉! 又是两个小时,这潘吾能的能量不小啊,能坚持两小时作战。不过,要是换了自己,四个小时也没问题。

张伟点点头:"行。"

于琴下车后,张伟把车开到酒店外面,这会已经是中午了,午饭时间,去陈瑶那里喝茶好像不大合时宜,那就找王炎吧。

张伟给王炎发了一个短信:"丫头,你在哪里? 我在东兴,中午一起吃饭,如何?"

王炎很快回复:"我在陈瑶姐姐办公室里玩呢,你过来吧,我们一起吃饭。"

原来如此,张伟停好车,穿过马路去了陈瑶办公室。

陈瑶正在审核一个单子,王炎在沙发上边吃零食边看杂志。

陈瑶看见张伟:"张经理,今天怎么没发短信让我去门口接你啊? 你先自己坐,我这就快审完这个出团的单子了,看完在招应你哈。"

张伟哈哈一笑:"陈董,你忙你的,我自己来,不渴。"

张伟说着拍拍王炎的肩膀:"小屁孩,你怎么天天不上班? 老跑这里玩?"

王炎亲热地抱着张伟的胳膊:"哥,我们人事部这一块现在没什么事情了,春节后才会忙,我天天在家没事干,老哈又忙得屁颠屁颠没空陪我,我只好到这里来玩了,嘻嘻……不过,幸好再有两天我们就要北上了。"

张伟呵呵笑着:"是啊,快出发了,我这几天也忙的差不多了。"

王炎:"你今天来干吗了?"

张伟:"我们老板娘来城里走访慰问市领导,给各有关的部门领导送礼了,我开车拉她来的。"

王炎:"那你这会怎么不陪你老板娘,跑这里来了?"

张伟:"老板娘和分管旅游的潘副市长这会到对过的东兴大厦去谈重要事情去了,我两个小时之后去接她。"

王炎眼睛一瞪:"哟! 你们老板娘好厉害,这么大人物都能接上头。"

"呵呵。"陈瑶忙完了,站起来接过话,"你们老板娘和潘副市长会晤得挺频繁啊,节前走访慰问哦。"

张伟:"陈董,你们公司不用节前慰问吧?"

"怎么不用。"陈瑶说着拉开抽屉,拿出厚厚一沓红包,"这都是我要走访的客户慰问品。"

张伟呵呵一笑:"购物卡。"

"对,这年头这个最时兴,不过我慰问的对象和你们老板娘的不同,我的政府单位就是旅游局各有关科室的头头,还有几个局长,剩下的都是业务客户单位分管旅游的工会主席或者办公室主任,数额也不大,多的一万,少的三千,过年了,联络联络感情,呵呵……大家都送,咱也不能例外,凡事不可太出头,但也不能太落后啊,就跟跟风吧。"

张伟看着这么多红包:"这么多都要你亲自送?"

陈瑶:"不用,我就送旅游局的几个局长顺便汇报一下全年的工作,其他的安排徐君他们去跑,毕竟业务都是他们做的,他们去跑还能拉近感情。"

"不说了,我饿了。"王炎一下子从沙发上蹦起来,"走,吃饭去,去陈姐家炒年糕吃。"

陈瑶笑着点点头:"好,吃炒年糕,张经理同去。"

张伟说好,同去。

于是,便一同去。

今天是腊月二十五了,年味越来越浓,陈瑶公司的橱窗和大厅里已经装饰得喜气洋洋了。

"春节只保留值班人员,其他人员都放假过节,所以提前布置好。"陈瑶边向外走边对张伟说。

"你们什么时间放假?"张伟问陈瑶。

"和你们差不多,腊月二十八,家远的今天就可以提前请假走了,本地的坚持到放假当天。"

"那你们春节期间的旅游团呢?"

"有安排的值班人员,导游、计调、司机,都安排好了。"陈瑶轻松地说,"到时我们就可以轻装上阵,杀奔北方了。"

一想到很快就可以回到老家,张伟和王炎都不由兴奋起来,王炎更是高兴地拉着张伟的胳膊又蹦又跳。

家的感觉总是让漂泊的游子那样亲切温暖,那样充满向往和幻想。回家,总是游子最大的愿望和念想。

张伟看着走在前面的陈瑶,婀娜的身姿和窈窕的身材,还有优雅的气质和文静的面容,突然想到,在这万家团圆的时候,陈瑶却要为了事业而奔波,要去千里之遥、天寒地冻、冰雪覆盖的北方去体验生活,而不能和家人一起欢度团圆时刻,这是对事业怎样的一种追求和执著,怎样的一种敬业和责任啊。

张伟心里对陈瑶充满了敬意和感动。

第四十一章 | 万语千言

进了门,陈瑶开始忙乎,王炎打下手,张伟没事,看电视,等吃现成的。

二十分钟后,炒年糕做好了,大家开始吃。

陈瑶做的炒年糕放了少许辣椒,还有冬笋,味道特别香。

张伟吃得很带劲,连连称赞:"好吃,陈董才是个合格的大厨。"

陈瑶看着张伟狼吞虎咽的样子,忍俊不禁,倒了一杯温水给张伟:"慢慢吃,张经理,别噎着,没人和你抢。"

张伟有些不好意思,嘿嘿一笑,慢慢吃起来。

这时,陈瑶的电话响了,陈瑶一看号码,脸色微微一变,对张伟王炎说:"你们慢慢吃,我接个电话。"

陈瑶拿起电话进了书房。

王炎看陈瑶走进书房,悄声对张伟说:"肯定是个男人打来的。"

张伟看着王炎:"丫头,你怎么知道?"

王炎:"要是女的,还用进书房去接吗? 嘻嘻,是不是陈姐有男朋友了啊?"

张伟呵呵一笑:"也可能啊,陈董这么优秀的女人,追求的男人肯定很多的。"

王炎又说:"今天上午,陈姐接了一个电话,好像是一个男人的骚扰电话,打了很长时间,陈姐接完电话气得脸色发白,眼圈发红,一直不愿意说话,幸亏你来了,她的情绪才好了点。"

张伟:"人家的私事,莫要乱说,更不要在背后乱评论。"

王炎撅起嘴巴:"我只和你说说,和任何人都不说的。"

张伟:"和我说说不要紧,但是不要和别人说。"

王炎一笑:"嘻嘻,你也想听陈姐的事情,是不是?"

张伟摇摇头:"我对任何人的隐私都不感兴趣,包括你的。"

王炎:"真冷血,不理你了,吃饭。"

张伟不说话,埋头吃饭。

一会,王炎又忍不住说话了:"陈姐上午接那电话好像是一个男的和她有什么感情纠葛,陈姐不想理他,那男的却不停纠缠,老是一遍一遍打电话来骚扰。"

张伟:"嗯。"

王炎:"我听陈姐说,让那人不要再来打扰她平静的生活,不要再破坏她的心情,说过去的永远过去,不可能再会有将来,陈姐还说,她的生活她自己会选择,不需要别人来操心,更不希望别人来打扰……"

张伟停下吃饭,看着王炎,"你能不能闭上你这两片子? 吃饭。"

王炎自讨没趣,乖乖吃饭。

张伟不想听王炎说陈瑶的事,他感觉陈瑶的事情和自己没有任何关系,自己和陈瑶除了工作上发生交往,工作之外最多还能保持普通朋友关系,别的任何事情都不会发生,她的个人生活、个人感情世界与自己何干呢?

张伟对陈瑶的个人私事实在是没有兴趣。

张伟最关心最有兴趣的是伞人姐姐的事情,所有和她有关的事情,可惜王炎不知道。

"我告诉你,丫头。"张伟把饭碗往桌子上一放,看着王炎,"不要打听别人的隐私,不要传播别人的事情,在人家说话或者接听私人电话的时候,要主动回避一下,听见没有?"

王炎低头吃饭:"嗯,知道了。"

"陈董是一个很有工作经验和社会阅历的人,人生经历比较多,你跟着她,要多学人家的优点,人家的长处,多学学人家怎么样处理事情,怎么样待人接物,怎么样解决问题,还有,多学学怎么样做一个有教养、有修养、有气质的女人,别整天叫嚣乎东西,隳突乎南北,整天长不大,听见没?"张伟继续说。

"听见了。"王炎朝张伟翻了一个白眼:"好像你多大一样,把我当小孩训啊。"

看见王炎不服气的样子,张伟心里直想乐,强忍住,脸色一板:"我比你大一天也是大,我说你,你得听着,因为我说的都是正确的,要是说的不对,你可以反驳,也可以犯犟,我们的政策从来都是言论自由,有不同意见可以发表。"

王炎吃完了,站起来,嘴巴撅得高高的,冲张伟做个鬼脸:"屁屁哥哥,你在这里训你自己吧,我吃好了,看电视去。"说完,王炎跑客厅里去了。

张伟一看,没镇压住王炎,自己半天说教,换来一个屁屁哥哥。

唉,十年树木,百年育人,看来,教育人是挺费力气的。

张伟三口两口吃完饭,把桌子收拾一下,把陈瑶没吃完的饭又拿到厨房,重新热了一遍,等陈瑶打完电话出来吃。

刚热好端出来,陈瑶打完电话出来了,脸色不大好,看来话不投机。

张伟忙说:"陈董,我们都吃完了,你的饭凉了,我又给放微波炉里热了一遍,趁热抓紧吃吧。"

陈瑶感激地看了张伟一眼,眼神里还有一丝感动:"谢谢张经理,你们都吃好了吗?"

"好了,都吃好了。"张伟在陈瑶对过坐下,端起杯子喝水,看着陈瑶说。

"不好意思,接了个电话,耽误了,没照顾好客人。"陈瑶对张伟说。

张伟忙摆摆手："可别这么说，陈董，我们都是常客，又不是什么贵人，大家老熟人，可别这么客气。"

陈瑶的脸色恢复了常态，莞尔一笑："张经理，炒年糕吃习惯了没有？"

张伟微微一笑："习惯了，刚来的时候，还不大习惯，感觉口味不适应，现在吃得很习惯，这年糕，没想到有这么多种做法，以前以为就像点心一样吃，呵呵……现在才知道，原来还有这么多做法，回家的时候，我准备去超市买点，带回去让家里人尝尝。"

陈瑶说："好啊，等你从宁州看完朋友回来，我陪你去超市购物。"

张伟："那怎么好意思，耽误你宝贵的时间和精力。"

陈瑶："哟！张经理刚才还说大家都是熟人了，不要这么客气，怎么这一会自己倒突然客气起来了？不耽误我的事情的，再有两天，我公司里的事情基本都处理完了。"

张伟点点头，感觉陈瑶真是一个善良热情的女主人："那好，到时候我们一起去。"

"我也去。"王炎在沙发上听见了两人的谈话，远远地叫着，"我最喜欢逛商店购物了。"

"张经理此次回乡省亲，还要不要带点什么东西回敬父母大人？"陈瑶吃好了，边喝水边问张伟。

"也没有什么要带的，就是一点土特产。"张伟回答。

张伟脑子里除了年糕，别的还真没想到带什么回家合适。

陈瑶笑笑："你们男人哪，都是这么粗枝大叶，过年了，回家带什么东西都不知道。"

张伟挠挠头皮："我是真的想不起来，家里什么都不缺，有吃有喝有穿，带什么啊？"

"你带个媳妇回家最好了，嘻嘻。"王炎在那边又插话。

张伟心里猛然发虚，被王炎说中了心里的打算，不由脸上有些挂不住，瞪一眼王炎："你少胡说八道，净说什么啊。"

陈瑶嘴唇紧紧抿住，嘴角忍不住的笑意，忙收拾碗筷进了厨房。

张伟冒出一头冷汗，差点被这死丫头揭穿了计划，虽然王炎是无意说的，但说者无心，听者有意，张伟做贼心虚，自然是紧张了一番。

饭后回到假日旅行社，在陈瑶办公室刚坐了一会，于琴来电话了："小张，到楼下大堂门口来接我。"

车就停在酒店大堂门口对过的室外停车场，张伟告别陈瑶和王炎，快步穿越马路走过去。

走到车跟前，看见王军正在车旁边溜达。

怎么又遇见他？难道他的据点也在东兴大厦？

张伟听郑总说过，王军经常在宾馆长期包房间，开展搞女人和聚会玩乐等各种娱乐活动。

难道是姐夫和小舅子包房间包到一起来了？

王军抬头看见张伟："咦？郑总呢？他的车怎么在这里？"

张伟心里暗暗叫苦，郑总这车太惹眼，王军肯定是认识的，刚才把车放地下停车场就好了。

张伟彬彬有礼和王军打招呼："王总好，郑总没来，于董坐车来的，我开的。"

王军打量了几眼张伟："于董呢？"

"于董在大厦里去办点事情。"

"哦。"王军点点头，"于董又来这里了，可真是个大忙人。"

说着王军把身体往车门旁一靠，抽出一颗烟给张伟："兄弟，来一颗。"

张伟忙摆手："谢谢王总，我不会。"

张伟这会心里火急火燎，王军怎么这么黏糊，靠在这里又不走了，看来是想和于琴打个招呼再走。

王军看张伟不抽烟，放回去，和张伟闲聊起来。张伟一边应酬着，一边掏出手机，若无其事地发出几个字："王军在我车旁。"发完后张伟和王军开始聊天。

张伟面对大堂门口，王军侧背大堂。

发完短信刚过了一分钟，张伟突然看到潘副市长装在套子里带着墨镜站在大堂门口左右张望，看见这辆大奔，径直过来。

怎么于琴没出来，潘吾能先出来了。张伟心里直发愣。

潘吾能疾步走过来，快到车跟前的时候，猛然发现了背对自己和张伟正攀谈的王军，自己的小舅子，不由一怔，随即停住了脚步，急速转身，悄悄奔酒店门口的马路，拦了一辆出租车，扬尘而去。

张伟松了一口气，这偷情也真是不容易，做姐夫的最怕的就是小舅子。

又过了一会，于琴下来了，一看就是刚化过妆，神采飞扬。

看来于琴和潘吾能通过话了，知道已经安全了。

于琴一扭一扭地走过来，把手往王军肩膀一搭："王总，怎么这么巧，今天又遇见你了。"

王军呵呵一笑，伸出手抚摸着于琴搭在自己肩膀的小手："于董，这不是有缘相会嘛，哈哈……"

于琴把手抽回来："哟！王总，王小弟，你这话可是一语双关哪。"

王军嘿嘿笑着："我这里有长期包的房间，供小弟住的，我没事经常过来看看。"

原来这王军手下也有养的小弟。

于琴一怔，好像有些意外，随即笑了："哦，原来这里是你的大本营啊，呵呵……"

王军笑笑，和于琴再见："我有事，先上去了，你忙你的吧。"

看王军走进大堂，于琴上了车，对张伟说："回去。"

张伟边开车边对于琴说："于董，今天怎么潘副市长先下来了？我过来的时候，王总已经过来了，来不及给你打电话，就发了短信……"

于琴拍拍张伟的肩膀："小张，你很机灵，今天我就是怕遇到熟人才让潘大郎先下来的,我看到你的短信,急忙和他联系,才知道他已经看见你们,转身打出租车走了。这事你做得很好。"

张伟:"王总这里有长期包租的房间,小弟住的。"

于琴骂道:"这个窝囊废潘大郎,包个房间竟然和他小舅子撞车,真晦气。今天差点没把老娘整死……"

张伟心里直想乐,于琴真是够开通的,说起这事轻描淡写,好像是在开一次会、做一次交易一样。对于琴的话,张伟不知道该怎样回答,也没法回答,于是只是点点头,没做声。

过了一会,张伟突然想起一件事:"于董,这王总怎么对我们公司的事情这么关心?每次见面都问这问那的,好有主人翁责任感啊。"

于琴坐在后面"嗤"了一声:"他不关心不行啊,这漂流项目,给了他30%的股份,他当然要关心,要处理了。"

原来这样,怪不得王军跑前跑后地这么忙乎,原来他有股份在里面。

"说是30%的股份,其实一分钱也没投进去,干股,砸干棒,空手套白狼。"于琴愤愤地说,"死皮赖脸跟在后面要投资,答应他了,却一分钱没见,明摆着是想占便宜。"

张伟:"不投资,那就不要给他股份嘛。"

"不行啊,潘大郎说话了,说等分红的时候把红利扣下当投资,扣完为止。"

"那还是等于一分钱不出,空手套白狼啊。"张伟说。

于琴有些无奈:"是啊,没办法,只有这样答应他了,他在黑道上认识人多,就让他负责扫平黑道的障碍,打通外围阻碍势力,也算是做了一点贡献;另外,我给潘大郎提了条件,让他给镇上施压,多给了我两个山场,嘻嘻……"

张伟对于琴有些佩服,这娘们做起事情来一点亏也不吃,算计得很精准啊。

对于琴这样的女人,张伟不知道该如何评价,好?坏?好像都不好说。

物竞天择,适者生存,每个人都会为了自己的利益去奋力拼搏,去努力争取,为了达到自己的目的去采用不同的手段。只不过,各人的出发点、人生观、价值取向不同,采用的手段也就不尽相同。八仙过海,各显神通,不管黑猫白猫,抓住老鼠就是好猫。过程不重要,结果说明一切。

于琴能充分发挥利用自己的特长,为自己谋取最大化的利益,既说明了于琴的聪明和精干,也证明了金钱在权力面前的无奈,生意人在当权者面前的悲哀。

这不仅仅是于琴的悲哀,也不仅仅是老郑的悲哀,这是整个社会的悲哀。

张伟突然感觉自己有些义愤填膺,有些愤世嫉俗,转而又感觉自己很可笑,沧海横流,大浪淘沙,自己这样的小人物只不过是历史风暴中的一粒尘沙,有什么好激动的呢?

人都是利益动物,谁不想过得好一点,谁不想爬得高一点。

别这么冲动,看多了,就习惯了。

后天放假,明天晚上就可以回宁州了。

第四十二章 | 老谋深算

  第二天,公司上下沉浸在一派欢乐祥和的气氛当中,明天放假,今天发年货、发红包。大家脸上都喜气洋洋,都在忙着收拾自己的行李,整理自己的床铺。老板老板娘一大早都来了,后面跟着一辆从宁州过来的小货车。

  郑总采购的年货很精致,每人一个海鲜大礼包,那种携带很方便的塑料包,看起来体积数量不大,但价值不菲,听玲玲说,一个礼包价格在一千八百多元,里面各种海货种类繁多。

  红包大家统一到玲玲那里领取,每人一个购物卡,宁州乐购超市的,面值一千元。

  因为公司现在还没有正式公布部室建制和人员职务,所以大家的年货和礼品都是一致的,平均主义。

  在经济危机的形势下,在大家来工作才这么短时间的情况下,能分到如此的年货,能领到这样的红包,员工们都心满意足,大家脸上洋溢着欢乐的笑容,公司上下一派节日的喜庆气氛。

  明天放假,其实今天公司里就已经基本松闲了,工地那边已经停工,等年后再干。大家聚在办公室里,谈天说地,其乐融融,大妈忙着做菜做饭,准备中午的公司人员会餐,玲玲和吴洁帮着大妈做饭,几只三条腿的狗也来回在院子里穿梭,寻找可以牙祭的食物。

  阳光照耀着群山环抱的黛绿色的山村,还有这个热闹的小小院落。

  郑总和大家坐在办公室中间就餐的大圆桌前大声地用宁州话聊天,不时发出爽朗的笑声。

  于琴则在楼上郑总的办公室里忙乎着结算账目,一会又把玲玲也叫过去。

  快中午的时候,来了几个农民模样的人,直接上了郑总办公室,一会拿着钞票出来了,满意而去。

  这是在给工地的施工人员发工钱。

  这公司的财务好像是于琴亲自掌控的,玲玲辅佐,郑总好像是属于管理业务这一块。

  自从前天把那营销总体方案给郑总,郑总一直没有回话,也没有找张伟谈,张伟心里不免有点忐忑,是不是老板不满意呢? 还是没有看完? 区区六万字,不应该这么久还看不完啊。

既然郑总没找自己谈,张伟也就不好主动问郑总对这个方案的意见。

沉住气,淡定。张伟心里对自己说。

中午时分,饭菜都做好了,很丰盛,大家围着圆桌坐得满满的,济济一堂。

郑总倒上一杯黄酒,举起杯子,来了一个简短的即席发言:"新春佳节即将来临,感谢大家这几个月的辛勤付出和劳动,因为公司正处于投入创建阶段,春节的福利待遇也不丰厚,希望大家原谅,以后,随着我们事业的发展,我们的日子会越来越好,我们的收入会越来越高,这,还需要大家今后一如既往的努力和坚持,来,大家共同干一杯,为了我们的明天更美好,为了大家的家人更幸福,为了大家的父母更健康!!"

"来!! 各位兄弟姊妹,干杯!"于琴也面带笑容举起杯。

老板的话简短,但是很热乎人,大家心里都热乎乎地,充满了对集体的热爱和对事业的信心,一起举杯:"干!"

一顿普通的午餐聚会,温暖了心田,鼓舞了士气,坚定了信念,凝聚了人心,大家沉浸在欢乐祥和之中,愉快的笑声充溢了古老的阁楼。

午饭后,郑总和于琴一起去于琴的老家看望族里的老人,估计也是春节前的最后一次慰问走访了,那辆小货车带着没有分完的年货也一同过去。

剩下的人在公司里整理房间,打扫卫生,年前大扫除。

玲玲安排回宁州的人员,小明家在当地不远,直接回家,不去宁州,老罗、小童、吴洁、玲玲坐小郭的车,张伟和于林坐老板的大奔。整理完办公室,关好门窗,就可以开路回府。

张伟一愣,这样安排是什么意思? 干吗要把他摘出来单吊?

张伟问玲玲:"干吗这样安排?"

玲玲回答得很干脆:"小郭的车坐不开。"张伟无语,无话可说,也就认了。

下午四点,公司内务全部整理完毕,小郭拉着一行人先行回宁州,张伟和于林在办公室等郑总回来。

小郭的吉普车满载着欢歌笑语一溜烟消失在山道的尽头,空荡荡的公司里剩下张伟和于林。

张伟把行李和电脑收拾好,把公司的电源开关全部关掉,然后拉了把竹椅,坐在门口,眺望远处的山坡和竹林。

于林也拉了把椅子挨着张伟坐下,瞪着眼睛看着张伟。

张伟回看于林一眼:"你看我干吗?"

"想看,愿意看,你管呢?"

张伟:"我有什么好看的? 老男人一个。"

于林说:"我看你嫩得很哦,我姐那天说你是一嫩嫩的小白脸。"

张伟肚子里一阵咒骂，这对姐妹，可真的是一个娘生的，生就骨子里的风流，有什么样的姐姐，就有什么样的妹妹。

张伟："我看你春节期间抓紧找个更嫩的小白脸吧，别再打我什么主意了，我已经是名粪有主了，你就死了心吧。"

于林："你这粪还是名粪？你心里怎么想我不管，我心里怎么想你管不着，我爱找谁找谁。"

张伟点点头："那倒是，你这么好的条件，找什么样的好男人找不到啊。"

于林嘴巴一撇："伟哥，我就奇怪了，你看我哪点不好？"

张伟扭过头："想听实话？"

于林："当然。"

张伟："真话可不好听。"

于林："不好听我也要听真话。"

"那好。"张伟看着于林，"我告诉你我心里话，第一是因为我有女朋友了，我的心里已经有了自己喜欢的女人，容不下别的女人了；第二，你很漂亮，也很优秀，各方面条件都很好，但是，我们不合适，你不是我要找的那种女人，我喜欢文静、舒雅、温柔、成熟点的女人，而你，属于天真、纯情、开朗、活泼型的，我们俩性格不合拍。"

于林瞪着张伟："你的意思就是说我不文静不温柔不成熟，所以你才会不喜欢我的，是不是？"

张伟琢磨了一下："话不能这么说，如果是作为同事，作为朋友，我当然喜欢你，你活泼可爱，性格开朗，美丽大方，可是，如果要是从恋人方面考虑，我们就不大合适了，不仅仅我不适合你，你也会不适合我。"

于林："狗屁，怎么就我不适合你了？我就喜欢你这样的男人，又成熟又稳重，又潇洒又英俊，还有能力，我姐姐和我姐夫说你以后一定会有出息，你不适合我，那是因为我们接触的时间还短，你还对我不是很了解，时间长了，你就会慢慢喜欢上我的，嘻嘻……"

于林说着，看着张伟的眼神又迷惘起来，直勾勾地。

整个一花痴。张伟怕于林动情，忙用说话来干扰她的思路："于林，我觉得我们对很多事情的看法不一样，比如说，对于爱情，你的理解可能就是喜欢，喜欢就爱，是不是？"

于林点点头："当然，喜欢就爱。"

"喜欢就可以欢爱，是不是？"张伟接着问。

"是啊，这有什么奇怪的？"于林接着说，"这很正常啊，我很多同学都是这样的观点啊。"

张伟摇摇头："可是，我不这样认为，喜欢不代表爱，爱是一种灵魂的高度交融和心灵的心心相印，是一种神圣而富于责任的使命，是一种相互无私的奉献和牺牲，而喜欢，只是出于感觉和视觉的印象，充其量是一种浅层次的好感，这和爱是大大不同的。当然，欢爱可以升华爱情，但是，没有爱情的欢爱很痛苦，会让你在短暂的高潮之后堕入深深的痛苦之中，会让你在长久的回味和回忆之中失落和孤独，深深陷入其中而不能自拔。"

…………

那次和于林谈话之后，张伟想到了何英，不知现在她离婚的事办得怎么样了？第二天回到城里，就忍不住拿出电话，打了过去。

可是，电话打过去，却一直没有人接，再打，还是没有人接。

张伟心里有些嘀咕，为什么没有人接电话？出什么事情了？

何英在哪里？锦绣前程？

张伟决定去看看。

张伟从抽屉里翻出何英住处的钥匙，直接出门去了锦绣前程花园。

来到房门口，张伟掏出钥匙，正要开门，突然听见屋内有尖锐的吵闹声音。

"孩子你们一家都要要，我放弃了，现金你转移了，我没凭证，也认了，你还要怎么样？你讲不讲一点做人的良心？!"何英愤怒的声音。

"孩子是我的，姓高，我当然要留下，这是我们老高家的骨血，现金谁说我转移了，你有什么证据？就是我转移了，存款也不在我名头上，你能奈我何？"高强理直气壮的声音。

张伟停下来，原来高强过来了，两人在吵架，怪不得没人接电话。

"我当然不能奈你何，我能怎么着你？你都能跟踪我，你都能找到我们门上来闹，惹不起，我躲还不行？姓高的，你还要把人逼死？"何英愤怒的声音里夹杂着一丝哽咽。

"谁说我要把你逼死？我答应只要你按我说的离婚，放弃财产分割要求，我给你十万，大家和和气气分手，我绝对不会再找你，你爱和谁好就和谁好，你爱住哪就住哪，谁让你这么贪财，非要瓜分我的财产？"高强反问何英。

"你!! 你真是个无赖，结婚后我们购置的房产和财产当然有我一半，我这都是按照法律规定找律师咨询后提出的要求，张小波走之后，公司有今天，当然有我的心血和付出，当初是谁苦苦哀求我留下来？当初是谁要承诺和我结婚？当初是谁要许诺让我当董事长？当初没有我，公司能到今天？

姓高的，你拍着胸脯想一想？做人有点良心吧！公司账户上的二百万流动资金，你早就提光了，家里这些年的存款，我一分钱见不到，这些，我不和你争，算你出手快，算你有能耐，但是，那几套房子都是我们婚后共同购置的，你凭什么要全部霸占？你也太狠了，十万块钱就把我打发了，打发要饭的啊你？"

高强的声音开始变得有条不紊，慢条斯理："嘿嘿……此一时，彼一时，过去的事情就过去了，提过去有什么意思？要是没有我给你创造这些条件，你能过上这么好的日子？要是没有我和你结婚，你能干上董事长？人常说，知足常乐，你这些年吃的喝的穿的用的，哪一样不都是我提供的？就算你生了个孩子，立了一功，也正是考虑到这一点，我才答应给你十万块，你别给脸不要脸，贪心不知足！"

何英:"无赖!你真无赖!"

高强:"你愿意怎么骂就怎么骂,我是男人,不和女人计较,反正我也从来没真心爱过你,你在我眼里顶多就是一欢爱的对象和生孩子的工具,你跟张小波,没法比,你永远都比不过张小波,离婚后,我还会去把小波接回来,我们还会在一起过日子。"

"流氓!无耻!张小波除非是瞎了眼,还会再跟你回来。"

"嘿嘿……"高强得意地笑起来,"你懂个鸟,当初我能泡上她,现在老子自然有办法让她乖乖回来,等着瞧,不出两个月,我们恩爱夫妻就会和好如初,欢欢喜喜过日子。"

何英:"我不想听你的无耻言论,不想再看到你丑恶的嘴脸,请你出去,从我的房子里滚出去!!"

高强:"出去也可以,你得在这个协议上签字,只要你签了字,我立马就走,从此再也不在你面前出现,我们从此两清。"

"你做梦,我会通知我的律师,明天就起诉,咱们法庭上见,属于我的一分都不会少!!"

"你……给你脸你不要脸!"高强有些急了,"老子辛辛苦苦挣的家业,容易吗?你非要抠老子的命根子,非要老子的老命不可?这样吧,我再给你加三万,不,五万,十五万,可以了吧?"

"滚出去!"何英愤怒地大叫,"属于我的我为什么要放弃,你还是个男人吗?"

高强的声音也抬高了分贝:"你这个贱货,死活你是不要脸了,告诉你,今天这字你签也得签,不签也得签,你给我签了它!!"

接着室内传来挣脱推搡的声音,还有何英的声音:"流氓,我就是不签,你滚出去……"

接着传来纸张被撕裂的声音。

"你敢撕协议!!"高强恼羞成怒:"我打死你!!"

"啪啪!!"两声脆脆的声音,接着是高强拳打脚踢的声音和何英挣扎哭叫的声音。

太过分了,张伟迅速打开门进去,一看,大吃一惊,何英已经被高强打倒在客厅里,嘴角脸上都是血,高强正左手抓着何英的头发,用脚踢何英的身体,右手拿着一个玻璃花瓶,正要对着何英的脑袋砸过去。

张伟火上心头,二话没说,冲上前去,左手掐住高强的脖子,右手握住高强正要砸向何英脑袋的玻璃瓶,猛地一用力,把高强扭过身来,接着后退半步,抬起右脚,倾斜45度向上飞腿,结结实实一个二踢脚。

高强身材高大,被张伟一个冷不防飞腿,正踢在肚子上,身体直接飞出去两米,正撞在客厅的墙上,"哎哟"一声大叫,晕乎乎抬起头,看见了张伟:"你……"

何英看见张伟进来,"哇……"哭出声来。

张伟态度很客气,对高强说:"高总,真不巧,我从山里刚回来,来拜访何董,正好遇到你对良家妇女施暴,来不及给你打招呼,只好先兵后礼了。"说完,张伟把何英搀扶起来,去卫生间擦洗伤口,理都不理高强。

"奸夫淫妇!"高强一发狠,爬起来,摸起地上的一把铁椅子,冲张伟后脑勺砸过来。

张伟听后脑有风声,急忙把何英往卧室里一推,身体急忙下蹲,椅子"呼"地飞过去,砸在旁边的玻璃茶几上,"哗啦!"茶几立时粉碎。

好险,要是砸在脑袋上,张伟这年可就过不成了。

张伟恼了,迎面上去,抬起一脚,踢中老高的下巴,接着上去,用膝盖顶住高强的小腹,把他顶在墙上,左手掐住高强的脖子,右手对着高强的脸左右开弓:"给你脸你不要脸,老子今天让你知道打女人的后果!"

张伟心里一发狠,噼里啪啦打了高强几十个耳光,打的高强脸上都是血,毫无反抗之力,才罢休。

张伟一松手,高强扑通一屁股坐在地板上,嘴上还不服输:"张伟,兔崽子,我打我老婆,关你鸟事,你凭什么打我……"

张伟鄙视地看着高强:"你们两口子怎么闹那是你们的事,我不管,但是,我最瞧不起打女人的人,不管你打谁,只要是打女人,我都要管,看你五尺高一汉子,人模狗样的,原来只是徒有外表,对女人动手,还跑到人家住的地方来动手,真不像个男人,我都为你感到丢脸。"

高强有气无力地看着张伟:"你们俩有一腿,是不是?"

张伟站在那里没有说话,何英过来了:"我和你已经无情无义、恩断情绝了,我和他是什么关系,与你何干?你又操的什么心?抓紧从我这里滚出去,咱们法庭见。"

高强爬起来,擦擦脸上的血,狠狠地瞪着张伟:"行,小子,你狠,咱们等着瞧。"

张伟心头一火,又要出手,高强急忙开门退了出去。

张伟追到门口:"高总,记住,以后我要是再见到你打女人,我见一次打你一次,直到你长记性为止。"

说完,张伟"砰"地关上了门,回身对何英说:"抓紧把脸洗干净,涂上消炎药。"

第四十三章 一言难尽

张伟把何英拉到卫生间,细心地用温水给何英把脸上的血洗干净,又问:"消炎药呢?"

何英指指电视机下面的抽屉。

张伟找出消炎药,为何英擦好,让何英上床躺一会,然后又把客厅里的一片狼藉打扫干净。

弄好这些,张伟返回卧室,坐在床沿,看着何英:"好点了没有?"

何英看着张伟,眼泪刷刷地流出来,使劲点点头。

张伟心里对何英充满了可怜和同情,拍拍何英的手:"别哭,没什么大不了的。"

"嗯……"何英停止了哭泣,"今天幸亏你来了,不然,我非让他打死不可。"

"怎么搞的? 怎么会这个样子?"张伟问道。

"我只是要求分得我应该得的财产,我不想和他打交道,委托律师去办理,可是,他什么也不想给我,只答应给我十万生活费,自己弄了一个协议,非要让我签字,我不肯,他就……"

"你干吗要让他进来? 把他关在门外不就得了。"

"我不知道,他跟踪过我,知道我在这里住,提前来了,藏在楼梯间,我出了电梯一开门,他就强行进来了……"

"哦。"张伟点点头:"别想这些了,都过去了,以后小心点,日子既然不能过,那就抓紧走法律程序吧,也很快的。"

何英点点头,眼睛看着张伟,脸色很宽慰:"你对我真好,我知道你一定会管我的。"

张伟一直不知道该如何回答,沉默了一下,又说:"你吃饭了吗?"

"没有。"

"饿不饿?"

"饿! 你呢? 吃了没有?"

"我也没有吃,也饿了,起床收拾一下,我们吃饭去。"

张伟尽量避免两人一起待在房间里,尽量不去创造这种暧昧的环境和气氛。

何英起床洗漱整理,又换了身衣服,两人一起到小区附近的面馆吃面。

一出来,张伟感觉心情轻松了,对何英说:"真不好意思,今天把你老公给揍了。"

何英挽着张伟的胳膊一拉:"你又说什么话呢,哪壶不开提哪壶。"

张伟呵呵一笑:"不过,不揍他也不行,第一,他正在打你,不制止他你就要受伤;第二,他后来要打我,不反击我脑袋就要开瓢。唉!我这也算是正当防卫、见义勇为吧?"

何英抿嘴一笑:"当然,你这当然是见义勇为、正当防卫。"

张伟调侃道:"下属把上司打了,以下犯上,不礼貌,让高总堂堂一大男人在自己老婆面前也太没有面子了。"

何英撇撇嘴:"这样的人,也算男人?我真瞎了眼,这么多年就没看出来他是这样的人。"

张伟:"听高总那意思,和你离婚后,他的打算挺完美的,准备找张小波再复婚,再重续前缘、破镜重圆呢。"

何英:"他这么多年从来就没有对张小波死心,一直在暗中找她。"

张伟:"听老高那意思,他好像对张小波回到他身边还挺有信心的,我就不相信,张小波还会和他这样的人和好。"

何英半天没说话,一会说:"也难说,高强在追女人方面,很有心眼,很有道道的,他有的是鬼点子,难说他再搞什么鬼把戏。"

张伟一听:"哦,那岂不是可惜了张小波这样一个大美女了,再入虎穴。"

何英停住脚步,拉着张伟的手:"你是不是喜欢上张小波了?"

张伟一愣,一甩手:"你神经病啊,我倒是想喜欢张小波,可她人呢?我连人影都没见到过,上哪里喜欢去?你这脑子怎么天天净想这些不搭界的事?烦人!"

何英眼珠子一转悠,忙回过神来:"呵呵……我……我和你开玩笑呢,你着什么急啊?"

张伟见何英笑了,心里感到很宽慰:"呵呵……你心情好起来就好了,我也就放心了。"

何英深情地看着张伟:"只要你在我身边,我任何时候都开心。"

张伟拍拍何英的脸:"大姐,别这么含情脉脉地看着我,别迷恋我,我是传说……"

何英挎着张伟的胳膊,紧紧靠着张伟的身体:"晚了,我已经掉进去了,你就是传说,我也认了。"

…………

吃过饭,张伟把何英送到楼下:"时间不早了,你上去休息吧。"

何英用哀求的眼神看着张伟:"上来陪我坐会吧,说会话,我自己一个人害怕……"

张伟心一软,跟何英上了楼。

进了客厅,张伟一屁股坐在沙发上,布沙发,软软的,很舒服。

何英泡了两杯乌龙茶,又打开空调暖风,室内开始暖和起来。

何英脱掉外套,关掉客厅的顶灯,打开落地灯,又打开音响,随即,《月光曲》开始柔和地洒满室内的每一个角落。

柔和昏暗的灯光下,何英的身材曲线毕露,脸色满含期待,眼神盈盈剔透,挨着张伟坐下来。

张伟端起茶杯品茶,默不作声。

何英把脑袋靠在张伟的肩膀,也不做声。

张伟喝了一会茶,扭头看着何英:"怎么? 玩什么高雅情调? 搞深沉哪?"

何英仿佛半睡半醒,声音缓缓地:"好喜欢就这样一直和你在一起,真希望时间能够就这样停滞……"

张伟把茶杯放下,拍拍何英:"喂,别酝酿情绪了,止不住,说会话吧,然后你抓紧休息。"

何英大大的眼睛看着张伟:"今晚你别走了,留下,好吗?"

"不行。"张伟直截了当,"我要回去住。"

"可是,我自己一个人害怕,我真的好害怕……"何英抓紧了张伟的胳膊,冰冷的手钻进张伟的手里。

"有什么好怕的,真是! 关上门,睡觉就是了,谁也进不来,有坏人就报警,或者给我打电话。"张伟拍拍何英的手。

"我也不知道为什么害怕,你不在我身边,我会感到心里很孤独很恐惧,心里莫名感到失落和担心,十分没有安全感,求你了,今晚陪我,好吗?"

张伟寻思了一下,点点头:"好。"

何英一下子高兴了,急忙往张伟怀里拱,一边喃喃地说:"好人,我就知道你会疼我的。"

"慢!"张伟推开何英,"别动情,我答应留下来陪你,是陪你安全,不是陪你睡觉,你睡床,我睡沙发。"

"这……"何英很不情愿,"你……"

"不要啰嗦,否则我就走人。"张伟毫不留情地说道。

何英无可奈何,用哀怨的眼神看着张伟:"你真冷酷,我成了你眼中的洪水猛兽了。"

"狗屁,你要是洪水猛兽我晚上还会过来看你? 还会在这陪你?"

何英一听,也有道理,不管怎么说,这小男人心里还是有自己的,不然怎么会专门过来看望自己,怎么会为了自己去打高强呢? 这样一想,何英的心里又高兴起来。既然她今晚不愿意和自己欢爱,那就随他吧,反正只要两人关系别冷掉,只要保持联系,机会总是有的,只要自己好好去对他,他总会能被自己感化的。

当然,这一切的前提是他没有爱上别的女人。何英现在最担心的是张伟和陈瑶,虽然张伟一再表明目前两人还没有任何关系,自己也没有任何那心思,但是何英担心以后,担心以后张伟是否能一直这样坚持住,一想到陈瑶,何英就对自己没了信心。

　　不过,起码目前,自己还是很有优势的,不管是在进度上还是在时间上,何英知道,对张伟这样的男人,只用身体和金钱是不行的,要用情,用心,用真心真情去感化他,去融化他,去俘虏他。

　　张伟坐在那里,脑袋老是不停左右转动,脖子传来咔咔的声音。何英温柔地拍拍张伟的脖子:"怎么了?"

　　张伟继续晃动脖颈:"这几天上网上的,老毛病,肩周炎犯了,真难受。"

　　何英听了,拉着张伟的手:"过来,我给你治治。"

　　"干吗? 去哪里治?"

　　"去哪里? 还能把你吃了?"

　　何英拉着张伟的手进了卧室,一指床:"上去,趴下。"

　　张伟依言上去趴好,嘿嘿一笑:"不是要非礼我吧?"

　　何英呵呵一笑:"就是非礼也不是第一次了,你害什么羞……把上衣脱掉。"

　　张伟脱掉上衣,光着膀子趴在床上。

　　何英也上床,坐在张伟的屁股上,接着,双手在张伟的背上开始滑动,滑到张伟的肩膀,双手开始揉捏起来。

　　原来何英是在给自己推拿啊。

　　何英推拿的手法非常到位,找穴位找得很准,推拿地张伟很舒服。

　　"你什么时候学的这玩意?"

　　"没学过,嘻嘻……"何英开心地在张伟身上边推拿边偶尔抚摸张伟的皮肤,揩一下油。

　　"没学过,那你怎么推拿得这么好?"

　　"我肩周就不好,也是坐的,经常去推拿,一来二去,也就摸着门道了。"

　　"哦,那给你推拿的那些人都是男的还是女的?"

　　"有时候是男的,有时候是女的。"

　　"那你也是这么让人家推拿?"

　　"狗屁!"何英哈哈大笑,"你不想想,这可能吗? 你弱智啊。"

　　张伟边舒服地哼哼唧唧叫唤边说:"那……那你怎么叫我脱光上衣?"

　　何英:"三个原因,一,这样我推拿地准确,找穴位到位;二,推拿完我还得给你拔罐,不脱上衣不行;三,我给你免费义务干活,怎么也得揩点油,摸摸公牛的身体吧,哈哈……"

　　张伟也嘿嘿笑起来:"你真是个生意人,做买卖从来不吃亏,服了你了,你家里有拔罐的器具？”

“当然，我有买的一套真空磁疗罐，平时自己也可以给自己拔的。”

“我晕，你自己给自己怎么拔后背？”

“笨蛋，这器具有专门的管子，只要手能放到的地方，都可以自己给自己拔罐。”

何英给张伟推拿了半个多小时，累得有点出汗，停下来："累死我了，开始拔罐。"

张伟还是第一次拔罐，很好奇："这东西管用不管用？我感觉你推拿的效果就很好了。"

何英："这拔罐是利用真空原理驱除你身体内的寒气，和刮痧是一个道理，那电影《刮痧》你看过吧？"

张伟："看过，我明白了，中医原理。"

何英拿出磁疗罐，边给张伟在背部的不同位置边拔边说："这个是磁疗罐，在拔罐的同时，还有磁疗效果，很舒服的。"

何英把罐拔好，给张伟盖上一层薄被子："躺二十分钟，二十分钟后就可以了。"

说完何英关上门出去了。

张伟闭上眼，感受拔罐的妙用，真的很舒服，开始有点发痛，随后开始有痒痛的感觉，身体内好像有一股气体在流动，在涌动，浑身舒畅。张伟享受着拔罐的痒痛，不知不觉睡着了。

迷迷糊糊间何英揭开被子，开始给罐放气，起罐，把罐起完后，又用手在拔罐的部位轻轻地揉搓。

好舒服，张伟心里涌起一阵暖流，还有一阵感动，何英真是一个体贴呵护的女人，对自己真好。

弄完之后，何英一拍张伟的屁股："好了，感觉如何？"

张伟一翻身坐起来，才发现何英刚洗完澡，穿了一身棉睡衣，头发还没干。

何英很会利用时间啊，自己拔罐这会儿去洗澡了。

沐浴后的何英鲜嫩娇柔，白里透红。

张伟晃动了几下脖子："咦，你还真别说，好多了，你真厉害，哈哈……"

何英快乐地眨眨眼睛："等你过完年回来，我再给你推拿几次，保证除根。"

张伟看着何英沐浴后的鲜嫩可人："怎么感觉你又在引诱我啊。"

何英不知怎么突然有点害羞，脸色一红："我看你是这种场合经历多了，说起这事来大言不惭，就像在吃红薯。"

“哈哈……”张伟笑了，边穿上上衣下床，"吃红薯怎么和这个相比啊，我现在发现人生有两件最快乐的事情？"

何英："什么事情？说说。"

“一是欢爱，二是推拿拔罐。”

"呵呵……"何英笑起来,"你真是很容易满足,这两个要求我都可以满足你,随时都可以满足你,只要你愿意……"

张伟摇摇头,走到客厅坐下,何英跟过来又倒上茶。

张伟看着何英,"何英,看到你今天受罪的样子,我心里很难受,看到你现在开心的样子,我很宽慰,真的。"

何英的眼睛顿时蒙上了一层雾气:"听到你这么说,我真的很感动,不管你心里有没有我,只要你心里还能记挂着我,我就知足了。"

张伟:"你是一个很好的女人,我以前这样认为,现在还是这样认为,你应该会有你更好的生活,面对现实,面向未来,不要被眼前的挫折所击倒,在哪里跌倒就在哪里爬起来,你还年轻,人生的路还很长,还有很长的路要走,扬起生活的风帆,你会有一个美好的彼岸。"

何英感动地看着张伟:"嗯,我会记得你说的话,在这个世界上,你现在是我最好的朋友,除了我家人之外最亲的人了,我会好好打算自己以后的日子,这事估计也就是年前年后的事情了,我的律师一直在紧锣密鼓地操作。我离婚之后,你还会理我吗?"

"当然,何英,我说过,我们是朋友,我当然会理你,你有什么困难需要我的,我当然也会帮助你。"张伟笑嘻嘻地看着何英,"我不是和你说过吗,我要把你变成第二个王炎,我们之间要保持那种友情加亲情的知己朋友关系。"

何英微微一笑:"狡猾的男人,我知道你一肚子鬼主意,既想安慰好我,还又不想让我有过分的想法。可惜,我不是王炎。"

张伟:"话别说得这么早,或许你会是王炎。"

何英眼珠子转了几圈:"问你个问题?"

张伟:"你说。"

何英:"王炎怀孕那次,假如,我是说假如,要是哈尔森因为这事不要王炎了,你会不会再接受王炎?"

"会!"张伟毫不犹豫地说。

"为什么?你那时和她之间已经没有爱了啊。"何英紧盯着张伟。

"做人要讲良心,做人要讲责任,王炎怀孕是我造成的,我当然要负责任,要讲良心,如果哈尔森因为王炎怀孕和王炎分手,只要王炎接受我,我一定会照顾王炎一辈子,和她重新结合,如果当时王炎怀孕不想流产,想和我结婚,我也会毫不犹豫接受她。虽然我和她之间已经没有了爱情,但是从一个男人的责任出发,我会放弃爱情而选择做人的良心,不然,我一辈子都不会心安。"

何英非常感动:"难道你不认为没有爱情的婚姻是痛苦的吗?你不是一直执著追求一种纯洁的爱的婚姻吗?"

"这和爱情无关,是的,我一直向往一种至高圣洁的爱情,但是,人是现实动物,如果

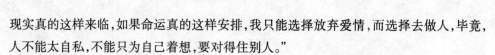

现实真的这样来临,如果命运真的这样安排,我只能选择放弃爱情,而选择去做人,毕竟,人不能太自私,不能只为自己着想,要对得住别人。"

张伟的话义正言辞,发自内心,肺腑之言。

何英被深深地感动,敬佩地看着张伟,眼里充满了深情,还有几分希望。

张伟正沉浸在自己刚才的慷慨激昂中,没有觉察到何英的眼神里包含的意思。

"阿伟。"何英又这样开始称呼张伟,"我发现你真的是个好人,一个实实在在的好人,你既有责任,又有良心,既乐于助人,又乐于奉献。"

张伟摇头晃脑往沙发上一躺:"别把我说地那么高尚,我从来不认为自己是个好人,我也不想做好人,这年头,好人难当,好人吃亏。"

何英眼神里的希望在逐渐升腾,把手轻轻放在张伟的腹部抚摸:"你不愿意当好人,可是,你自己不知不觉已经在做好人,这就叫心不由己啊。"

张伟把何英放在小腹部的手挪开:"别引诱我,否则我又做不成好人了,睡觉,明天我要去东兴,后天就打道回府喽。"

何英莞尔一笑,起身回卧室抱过来一床被子:"盖好,晚上别着凉。"

何英细心地为张伟盖好被子,回身把客厅的灯关掉,回卧室去睡了。

何英今晚没有再进一步纠缠自己,让张伟感到有些意外,继而又很高兴,何英应该是想通了,心甘情愿做王炎第二了。

有这样的美女做红尘知己,做亲密的好朋友,也是一件幸福的事情。

张伟这两天一直没有和伞人姐姐上网聊天,不知道姐姐会不会很着急。

好想伞人姐姐。

张伟边想边睡了过去。

第四十四章 三心二意

第二天早上,张伟醒过来的时候已经八点了。

张伟爬起来,何英还在睡。

张伟简单洗漱了一下,进卧室对何英说:"何英,我要走了,回去收拾行李去东兴,春节后回来。"

何英坐起来:"等等,我开车送你去东兴。"

"不用。"张伟语气很坚定,"我不喜欢你为了我专门跑一趟,这样我心里会不安的。"

何英微笑着看着张伟:"那好,阿伟,给你拜个早年,祝你新年快乐,祝你父母身体健康,合家幸福。"

"同喜! 同喜! 你别起来,再睡会吧,我走了。"

张伟轻轻拉上卧室的门,出了何英家。

正在等电梯,王炎的电话来了:"哥,你在什么方位?"

"宁州。"

"废话,知道你在宁州,问你在宁州什么方位?"

"锦绣前程花园,干吗?"

"不干吗,在那门口等着哈,我知道那地方,一会过来接你,嘻嘻……"

"啊!"张伟有些意外,"你也来宁州了?"

"别那么多废话,见面再谈,你在大门口等着就好了,二十分钟到。"

张伟很高兴,呵呵,有福之人不用急,王炎来宁州了,正好有专车去东兴。

张伟兴冲冲地在锦绣花园门口转悠。

二十分钟后,一辆宝石蓝的宝马车悠悠地开了过来,车上坐着陈瑶和王炎,陈瑶开车。

哟! 俩美女一起来的啊,张伟心里乐呵呵的,急忙上车:"你们俩今天怎么有空闲一起来宁州了? 刚到?"

"屁!"王炎拍拍张伟的肩膀:"我们昨晚就到了,你怎么跑这里了? 不在你那地方住了?"

张伟瞪了王炎一眼，又使了个眼色，那意思是让她少这么好奇，可是王炎已经问了，也不得不回答："咳咳！我一朋友住这里的，昨晚两口子吵架闹离婚，又吵又打，我过来善后了，然后我在朋友家的客厅沙发上将就了一夜。"

"哦。"王炎明白了张伟的意思，知道是不想当陈瑶的面说何英的事情，也知道了何英和高强离婚到了这个程度，点点头，"那现在去哪里？"

"去我住处，带上行李和电脑。"张伟说，"你们昨晚就来了啊，做什么事情？"

陈瑶这会开着车一直没有做声，只是微笑着听他们讲话。

"没什么事情，昨天下午陈姐忙完没事，拉我过来去东湖吃海鲜了，吃完我们俩逛天一广场，然后住下了，正好早上接你回去。"王炎快人快语。

"哇，这么好的事情，怎么不叫我啊？"张伟故作不快。

"我要叫的啊，可是陈姐说你回来一趟不容易，还要去看望不开心的朋友，就不打扰你了，所以就直到今天早上才给你打电话。"王炎继续说。

哦，原来是这样，陈瑶还记得自己前几天和她说的回宁州看朋友的事。陈瑶可真是一个细心细致的人。

"张经理，朋友的事情都处理好了吧？"陈瑶一语双关。

"好了，都处理好了，应该说是处理地比较完美。"张伟想起昨晚自己镇压老高的情况，不禁笑起来。

"呵呵……"陈瑶笑笑，"看来你是处理地很开心吧，自己都忍不住笑。"

张伟不好意思挠挠头："刚才想到一个好笑的事情了。"

车很快到了张伟住处，张伟上楼取了行李和电脑，三人驱车直奔东兴。

自己运气可真好，不用去挤公共汽车遭罪。张伟坐在车上大大咧咧地想。

"张经理到东兴之后有什么打算？"陈瑶边开车边问张伟。

"也没有什么事情啊，就是买点当地土特产，然后就是随便逛逛啦。"张伟摇头晃脑，"陈董，你公司的事情都处理地怎么样了？"

"公司里的事情都安排好了，我们的时间比较充裕，今天一天，还有明天一个白天，购物闲逛都好安排，明天下午五点左右，我们出发。"陈瑶说。

张伟想起自己口袋里于琴送的东兴家乐福的购物卡："我们去家乐福买东西吧，我这里有一张家乐福的购物卡，正好用上。"

张伟现在感觉见了陈瑶没有紧张感，感觉陈瑶很平易近人，很温和亲切，很成熟稳重，很温尔文雅，很娴静平和。和这样的美女接触，张伟感觉自己一定能学到很多知识，专业的和社会的，做人的和做事的。

谁要是能娶到这样的美女，那真是祖上烧了高香，一辈子的幸事。

不过，又一想，自己的伞人姐姐不是比陈瑶更优秀吗？张伟固执地认为，世界上没有比伞人更好的女人。张伟不是狂热的幼稚主义者，他知道自己也可能是因为情人眼里出西施,才会有这种意识,但他并不感觉自己天真,他对这种认识很执著,很确信无疑。

路上,三人聊起了南北方饮食文化和人的差异。

"为什么南方人胖子少,北方人胖子多?"张伟问王炎,"你知道不?"

"啊!南方胖子少,北方胖子多,真的吗?我怎么不知道?"王炎瞪大眼睛问张伟。

张伟一下子泄了气,晕,王炎直接把自己的命题给否了:"当然,你没发现?"

"我没注意看啊。"王炎傻乎乎地看着张伟。

陈瑶温和地对王炎说:"傻妮子,你不注意观察,你哥说的是正确的,南方的胖子比北方少多了。"

"哦!"王炎明白过来,"那是为什么呢?"

陈瑶边开车边说:"请张经理明示啊。"

张伟侃侃而谈:"这就是牵扯到一个饮食文化问题,北方人喜吃面食,南方人喜吃大米,面食含有丰富的麦芽糖,米饭含糖量很低,糖类在身体内可以转化为脂肪类,久吃面食,就容易发胖。"

"哦,是这样啊。"王炎恍然大悟,"那我以后多吃米饭,不吃面食。"

陈瑶呵呵一笑:"看我身材,多好!我就一直吃米饭,不吃面食,不过,我也挺喜欢吃面食的,只是南方面食少,吃的相对也就少了。"

张伟第一次看到陈瑶自夸自耀,自我欣赏,心里感觉很有意思。

"不过,你们北方人个头普遍比南方人高大,结实,可能也是和饮食有关吧?"陈瑶问张伟。

"张经理这个头得有一米八吧?在这里可算是出类拔萃的大个子了。"

"一米七八,在我们那里属于中等偏上,在这里也差不多吧,我看我们公司的郑总、以前中天的高总都是大个子。"张伟说。

张伟又想起昨晚被自己镇压的老高,心里颇有些奇怪,这么大一男人,怎么被自己镇压的时候没什么还手的力气,自己一用力,他就像面蛋一样软了。

真是个脓包。

"张经理这么高的个头,是遗传了你爸爸的基因还是你妈妈的基因?"陈瑶继续问道。

"我猜是遗传了你爸爸的基因,你爸爸个头一定很高。"王炎抢先回答。

"错!"张伟笑嘻嘻地回答,"应该是遗传了我妈妈的基因,虽然我爸爸身体比我妈妈高,但是我爸爸的个头在男人中是相对偏矮的,我妈妈的个头在女人中是相对偏高的,男孩,一般都是遗传妈妈的基因。"

"那你爸爸妈妈都有多高?"陈瑶问道。

"我爸一米七三,我妈一米六五。"张伟回答。

"那你妈妈也确实不矮。"陈瑶回答,"他们都胖不胖?"

张伟想了一下:"我爸一百四十斤左右,我妈一百二十斤左右,都还可以,不胖。"

陈瑶点点头,注意听着。

"陈董你的身高是多少?"张伟问道。

"一米六八。"陈瑶回答。

"陈姐属于南方女人中的佼佼者了,比我还高六厘米。"王炎插话:"哎……不知道我还长不长?老哈一米八五的大个子,和他站一起,我感觉自己特别短。"

"你还能长。"张伟调侃王炎,"俗话说,二十三,窜一窜,二十五,鼓一鼓,你还有后劲。"

"真的?"王炎很高兴。

"你哥说的有道理。"陈瑶接过来:"好好锻炼,多吃饭,你就会长高。"

"哎……可是,我怕发胖啊。"王炎又有些担心。

"多吃青菜水果少吃肉,多吃米饭少吃面食,营养一样有,还不会发胖。"陈瑶说。

"老哈属于西欧种马,特喜欢吃肉,他一吃,我也跟着想吃,唉!还是抽时间多在你这边蹭饭吧,多吃点素,反正老哈最近忙得天天不着家。"

"哈尔森那边怎么会这么忙?"张伟问王炎,"忙的怎么样了?"

"收购过来的时候企业运转就不大好,这段时间整顿哪,压缩非一线工作人员,招聘高级管理人员和高级技术人员,现在还没有进入正常运转。"

陈瑶点点头:"那也是够辛苦的,很忙的。"

王炎:"是的,你还真别说这洋鬼子,会享受,会玩,但是也很会工作,忙起来非常敬业,不要命。"

"疯狂工作疯狂玩。"张伟脱口而出,突然想起郑总的工作和生活习惯,想起于琴说的那些派对,想起郑总弄丢的红线穿着的生肖鸡玉佩。

"疯狂工作疯狂玩,这是一种性格,也是一种习惯,还是一种作风,我也很欣赏这种作风,我也很想这样,可是,疯狂工作我怕累,疯狂玩我怕出事……嘻嘻……"陈瑶半真半假地说。

"只要有吃苦精神,有动力,再累也情愿,只要思想好,只要心中无邪念,再疯狂玩也不怕出事,我看陈董是有点三心二意吧,哈……"张伟调侃道。

陈瑶和王炎一起笑起来。

张伟和陈瑶说话很注意分寸,即使是开玩笑,也开得高尚点,尽量不涉黄,他不想让陈瑶把自己看轻了,毕竟认识时间不长,毕竟属于普通的朋友关系,不能让人家认为自己属于轻浮浪荡之人,更不能让她看出自己心中的龌龊和卑微。

张伟怕陈瑶在心目中把自己和谐掉,那样不但影响做朋友,还会影响做生意。

张伟决心在陈瑶面前树立自己的正人君子形象,做一个好人。

到了东兴,先去了陈瑶公司,休息一下。

徐君这家伙在,出去走访客户刚回来。

老朋友相见分外高兴,两人着实拥抱了一会,互相嬉笑怒骂,看得王炎在旁边直发愣:"喂,你们俩还有完没完,搞断背啊,当这么多人的面?"

徐君看着王炎,:"唉! 我这王老五,没人要,女的找不到,只能找个男的先凑合一下了。"

王炎大笑:"徐总,你没有女朋友? 怎么以前一直不知道?"

徐君苦着脸:"你每次一来就钻到陈姐办公室里去,连个招呼都不和我打,怎么会关心我的个人大事? 我今年都二十六了,还是一个人走路。"

"啧啧……"王炎故作夸张状,"二十六了还没女朋友,这要是在几十年前,这年龄的男人生的孩子都能下地干活了。"

"还几十年前,就是现在,在我老家那里,这年龄的早结婚了,小孩也能打酱油了。"张伟笑嘻嘻地推波助澜。

张伟猜测,徐君既能干又年轻,人长得很精神,性格也很开朗,应该会成为女孩子追逐的对象,没有女朋友,那只能是一个原因:徐君的眼眶子高。

"不过啊,徐总。"王炎继续说,"我敢打赌,虽然你现在没有女朋友,但你肯定不是没谈过恋爱,而且,你肯定不是……"

"不是什么?"陈瑶在旁边问道。

"肯定不是童男子。"王炎哈哈地说出来。

大家一起笑起来,徐君挠着头皮,有点不好意思。

笑毕,王炎又拿张伟开涮:"你看我哥,比你还大,至今也是属于王老五的行列,属于那鳏寡孤独中的鳏夫了,哈……可是我哥他并不孤独,他可是正宗趟过女人河的男人……"

"咳咳!!"张伟用严厉的眼光瞪着王炎,"死丫头,别乱暴露我的隐私,我活这么大,就这点私事,你全给我抖落出来。"

四人正在陈瑶办公室谈笑间,前台接待人员过来通报:"陈董,国旅的顾总过来,说找您有事。"

陈瑶点点头:"快请进。"

徐君对张伟点点头:"我先回办公室忙,有时间再叙。"

张伟说:"好。"又琢磨,国旅的顾总,是不是顾晓华呢?

片刻,人进来了,一看,果真是顾晓华。

人生何处不相逢,张伟乐呵呵地站起来:"晓华,咱们又见面了。"

顾晓华还是以前那般精神,穿了一身深蓝色的工作西装,身材显得更苗条,线条毕露,别有一番风韵,脸蛋也还是那样的俊俏和可爱。

顾晓华看到张伟一愣:"小张,你也在这里啊。"

陈瑶站起来迎接,伸出手:"顾总,欢迎,欢迎,请坐。"

顾晓华握着陈瑶的手:"陈董,早就久闻你的大名,今天第一次见到,荣幸之至啊。"

陈瑶微笑着:"顾总客气了,夸奖了,小小生意人,不值得一提,来坐。"

陈瑶把顾晓华让到沙发上坐下。

顾晓华看着张伟,有些兴奋:"怎么? 你也是来拜访陈董的?"

张伟呵呵笑着点点头:"是啊,来这里向陈董学习的,顺便谈谈业务。"

张伟不想让顾晓华知道自己和陈瑶有超出工作之外的朋友关系。

陈瑶笑笑:"学习谈不上,大家交流,互相学习。对了,你们俩认识?"

张伟点点头,没有多说,因为他不知道该怎么样说,总不能说顾晓华是被潜规则了的前总经理助理吧。

顾晓华回答:"是啊,我们俩一星期之前还在一个公司,我是那里的总经理助理,这不刚跳槽到了国旅。"

顾晓华谈起自己的事情落落大方,见到张伟更是坦坦然然,没有丝毫的不好意思,倒是张伟自己心里感觉有些别扭。

现在的女孩子,这个时代的女孩子,都被洗脑了! 张伟心里暗暗想。

陈瑶"哦"了一声,点点头,似乎明白了,然后又对顾晓华介绍王炎:"我小妹,王炎,也是张经理的小妹。"

第四十五章 | 路遇贵人

顾晓华看着王炎："你好,我怎么看你有些面熟?"

王炎嘻嘻笑着："顾总好,可能是我长得太大众化了,所以你会感觉我们面熟吧。"

"不对。"顾晓华想了一下,"你是不是那个外资企业,叫什么华德生物制剂有限责任公司的?"

王炎有些奇怪："是啊,你见过我?"

"这就对了。"顾晓华一拍巴掌,"你们公司是刚收购的,之前的公司所有的出国游业务都是我们给做的,前天下午,我和我们老板去拜访新的总裁,叫哈尔森的先生,在他办公室攀谈的时候,你进来过两次,送文件,当时我就瞄上了,哪里来的这么一个漂亮小姑娘啊,这么可爱,呵呵……没想到今天在这里遇上你了。"

被人夸赞的滋味很好,王炎美滋滋地听顾晓华在那里说话,脸上的表情很滋润:"顾总好眼力,我是那公司的员工,在人事部工作。"

陈瑶一听也笑了:"顾总,我这里可是你的福地啊,你今天第一次来就遇到两个熟人……"

顾晓华也笑了:"是啊,看来陈董这里我得经常来光顾学习,不过今天来是有一件事情拜托陈董。"

张伟一听,人家要谈正事了,起身叫王炎:"我们出去玩去。"

"别,不用。"顾晓华对张伟说,"我和陈董谈的这个事情不是什么秘密,光明正大,你们不用回避。"

陈瑶微笑着冲张伟和王炎点点头:"既然顾总这么说,你们坐这里好了,顾总,你们是大旅行社,国老大,我们是小旅行社,个体户,你可别说拜托,你就直接吩咐好了。"

"陈董,您这可就折杀小妹了。"顾晓华口快心直,做事爽快,"我是新加入东兴旅游界的新兵,以后还有很多事情向你请教,你可别对我这么客套。"

陈瑶呵呵一笑:"顾总也是个直爽人,说话很痛快,好,有话直说吧。"

顾晓华从随身提的文件包里拿出一个大信封,打开,掏出几页资料:"是这样,我在国旅那边分管营销部和计调部,我们春节期间接了好几个东南亚和欧洲团,同时呢,国内团也接了不少长线团,人员安排基本都饱和了,今天上午,一个老客户过来,一大家子要去哈尔滨旅游,在那过年,我们那边实在是没有导游了,找兼职的导游,都回家过年,没有干的,所以我们老板赵总就让我来找你们洽谈,想把这团委托给你们做。"

陈瑶接过资料看了看路线行程和报价单:"多少人?"

"二十七个人,一大家子,两个老人和他们的三个儿子,四个闺女,还有他们各自的家人,老的小的都包括。"

"这个家族可不小啊,老的有多大? 小的有多大? 各有几名?"

"老人两个,七十多岁,一男一女,小得多了,十岁以下的六个,十岁到十八岁的五个,其他的都是成年人。"

陈瑶沉思了一下:"老人身体如何?"

"身体没什么毛病,很好。"

"什么时间走?"

"大年初一。"

"你们已经接了,是吗?"

"是啊,已经接了。"

"委托我们做,人家会同意吗?"

"应该会吧。"顾晓华说,"这不先来给你协商,你同意接收了,我们再转告客户。"

陈瑶把材料合上:"顾总,为什么要转给我们做?"

顾晓华看着陈瑶:"这不是我们实在是忙不过来了,家里没有导游了,所有能出动的都上阵了,外面的兼职导游又找不到,客户又不能怠慢,别的旅行社赵总不放心,怕客户不满意,假日的品牌在东兴最响,所以赵总说委托给你们做,我们接过来多少价格,就转给你们多少价格。"

陈瑶摇摇头:"我不是这个意思,顾总,你们转给我做,我有钱赚,当然高兴,当然乐意做,我刚才问你的意思是你们把老客户转给我们,从你们的角度来考虑,有两大弊端,一是会让客户心理有阴影,感觉你不重视他,踢皮球给别人;二是你们转给我,那么凭我们的服务质量和品牌,我有绝对的把握,这个老客户从此就不是你们的了,肯定以后旅游会找我们,你们也就流失掉了这个资源。钱,我要赚,但是要赚得明白,要赚得心安理得,大家都是旅游中人,彼此之间的利益和关系总是要考虑的。"

"这……"顾晓华有些发愣,"那,陈董,您的意思是?"

"这样吧,我们公司年前的国内游其实也是排得满满的,我的导游也都安排了团队,基本都是飞机团,你这个团我不接,该给你们做的你们就做好了,然后,我从我公司的值班人员里,抽调一名经验丰富的管理人员,老导游,帮你们带这个团,你们也不用给我们公司费用,只要把导游的费用给足就好了,当然,我这边的补贴该给的也一样给。"

顾晓华一听,非常高兴,又很感动:"陈董,这……这太不好意思了,这让你多操心啊。"

陈瑶微微笑笑:"大家彼此都是旅行社,有难处互相帮忙是应该的,如果我接了你这个团,虽然是你们主动送过来的,但也还是有挖墙脚之嫌,钱我赚了,可是心里会不安的,这钱赚得不踏实。好了,我现在找人给你安排一下人员。"

说完,陈瑶对着隔壁喊了两声:"徐总,徐总。"

"到。"徐君就在隔壁,随即推门进来,"陈董,有何吩咐?"

"嗯。"陈瑶看着徐君,又看看顾晓华,"这位是国旅的顾总,国旅有一哈尔滨的飞机团,二十七人,家族团,初一出发,四飞六日,他们那边没有导游了,想让我们这边出个导游带团去,你去问问你们春节值班的中层管理人员,有导游证的几个,谁愿意去?"

徐君点头向顾晓华示意,接着转向陈瑶,一挺胸脯:"陈董,别问他们了,我愿意去。"

陈瑶一听乐了:"你不回家过年了?"

徐君:"反正春节也是值班,我家就在本城,天天回家,不缺这几天,再说,您安排的活,我不抢着干,那也被别人抢去了。"

"那就辛苦你了。"陈瑶呵呵一笑,转头对顾晓华说,"顾总,我给你找了个大牌的导游,以前我们公司导游部的经理,现在是营销部总监,有导游经理证,比导游证还要牛气。"

顾晓华一听很高兴,连忙说:"谢谢陈董,谢谢徐总。"

徐君大大咧咧地说:"顾总,别客气,陈董经常教导我们,天下旅游一家人,大家有困难互相帮助是应该的,不能老看着钱,这样的活每年春节国庆黄金周我们都要干好几个。"

顾晓华用敬佩的眼光看着陈瑶。

不光顾晓华,张伟心里也很感慨,今天又长见识了,陈瑶这是用实际行动来诠释如何做事做人。张伟同时也见识了陈瑶做事的风格和原则。

一个大难题解决了,顾晓华很高兴:"陈董,中午时间到了,我请大家去吃中饭。"

陈瑶摆摆手:"顾总,你这话说到哪里去了,今天你是来我公司,你又是第一次来,而且,你还是新加盟东兴旅游,怎么着也轮不到你请客啊,正好张经理也在这,我做东,大家一起涮肥牛。"

陈瑶好像也明白张伟的心思,故意把和张伟的关系搞成最普通的业务关系,正合张伟的想法。张伟现在搞不清顾晓华和郑总到底是怎样的一种关系,前段时间两人一直形影不离,现在虽然分开,也难保不联系,自己和东兴这些旅行社的联系,最好对外都保持在业务的层面上,不要让郑总感觉自己在和哪一家旅行社打得火热。

顾晓华今天穿了工作制服,把女性的柔美和妩媚与坚韧完美结合起来,显得很有几分风姿,再加上这顾晓华本身就不丑,除了皮肤没有南方女人的白嫩,身材、脸蛋、五官都无可挑剔。徐君的眼神愣是在顾晓华身上转悠了老半天，直到张伟悄悄趴在他耳边说顾晓华已经名花有主，才心犹不甘地罢休。

今天看得出陈瑶对顾晓华印象不错，很热情，不过，要是陈瑶知道顾晓华被土地局赵局长潜规则包养的事，不知道会作何看法？张伟心里暗暗琢磨。

中午大家都没有喝酒，吃吃喝喝，谈天说地，都是年轻人，熟悉得很快，一会就都热乎起来。

顾晓华对王炎很感兴趣，也自然就特别热乎，一个劲夸王炎漂亮可爱，又邀请王炎没事去她那里玩。

张伟知道顾晓华对王炎热情有一个原因，那就是王炎单位是国旅的老客户。

张伟看着顾晓华和善纯真的表情，无论如何也和被潜规则的女人联系不起来，无论如何也不能想象顾晓华是那种为利益而献身的女子。可是，事情明明摆在面前，顾晓华被土地局那赵局长潜规则是大家都心知肚明的事情。在生存和利益面前，人的尊严和人格有时候是那样的脆弱。

吃饭的时候，顾晓华有时候偶尔看一眼张伟，可能也觉察到张伟的眼神里包含了一丝别的意思。

陈瑶兴致很好，主动伺候大家，跑前跑后要菜要调料，喊服务员过来加汤加料，主动为大家用公用筷夹肉片和青菜。自然不自然地，对张伟的照顾好像多了一点。徐君看着，眼里又有些羡慕。

大家都是年轻人，但是也分出个大小，陈瑶最大，王炎最小，大家于是自然称呼陈瑶为"陈姐"，称呼王炎为"小妹"。

只有张伟不叫，张伟除了那天喝了点酒叫了几声陈瑶"陈姐"之外，就一直叫陈董，倒不是张伟和陈瑶越来越生分，而是张伟从心里感觉叫陈瑶"陈姐"别扭，虽然陈瑶年龄比自己大，能力比自己高，阅历比自己丰富，但张伟看到陈瑶青春洋溢的身材和美丽端庄的面容，总感觉陈瑶比自己小，叫姐姐一是心理上感觉别扭，二是于心不忍，怕把陈瑶叫老了。

至于自己叫伞人姐姐，那是因为自己从心里对伞人产生了一种折服和依恋的亲情，这种亲情在伞人的母性光环下，已经升华为爱情，这个姐姐是发自内心顺其自然叫出来的，越叫越感觉伞人更年轻。这种感觉和对陈瑶的感觉属于两种截然不同的性质。而且，张伟心里只有伞人一个姐姐，也只愿意叫伞人为姐姐，别的女人，他都不想叫。

张伟觉察得出，自从自己不再叫陈瑶为"陈姐"，陈瑶也就随之改口，一直称呼自己为张经理。陈瑶其实是一个心非常仔细而又宽容的人。

至于王炎，大家都叫小妹，张伟就不愿意跟从叫，因为他一直感觉自己和王炎的关系比其他人都要更亲一层，甚至于哈尔森都比不上他，他更愿意叫王炎的名字或者丫头，这是他们家乡的称呼。

吃饭时顾晓华还问张伟："为什么王炎既是陈姐的小妹又是你的小妹呢？"

张伟边吃边轻描淡写地回答："王炎是跟我到南方来的，我们是老乡，又是师兄妹，自然是我小妹了，不过，你们叫她小妹，我都是习惯叫她丫头。"

张伟撒起谎来大言不惭，还当着王炎的面，按他的说法，王炎成了她的小尾巴了，跟他到南方来的。

王炎冲张伟做个鬼脸，没揭穿他，给足了面子。

陈瑶眨巴眨巴眼睛看着张伟，嘴巴微微张开一半，随即合上低头吃饭，嘴角掩饰不住的笑意。

徐君和顾晓华互相交换了联系方式，明天具体接头。

饭后，徐君回公司，陈瑶、张伟、王炎要去家乐福采购。顾晓华犹豫了一下，对张伟说，我下午没有什么事情，和你们一起去逛商场吧。

于是，大家一起杀奔家乐福，陈瑶的宝马代步。

进了商场，大家各自为战，自行采购，约定两小时后在超市门口左侧的麦当劳会合。

张伟不会采购，也不擅长采购，去买了几大盒包装好的年糕，又买了几大瓶泥螺，别的想不出买什么了，就先行到麦当劳。

到了门口，一看，顾晓华也回来了，什么也没买，空转悠的。

二人进去，找了一个安静的角落，张伟去要了两杯可乐，一大包薯条，两人边吃边等陈瑶和王炎。

"小张，我看你和陈姐好像很熟悉啊，不像是刚认识的样子？"顾晓华边喝饮料边看着张伟。

张伟心一沉，嘴上却仍是笑着："何来此言？"

顾晓华："我看出来的，从陈姐和你说话的语气神态以及动作看出来的，女人心都很细，不是吗？"

这顾晓华真是个鬼精灵，竟然看出来了。

张伟忙说："王炎和陈瑶关系很铁，天天黏糊在一起，我一来二去也就熟悉了，不过，也就是最近的事情，大家都是业务上的关系。"

顾晓华笑了："我又不是在审查你，你那么紧张表白干吗？"

张伟挠挠头皮："我不是紧张，我只是不想让你以为我和假日旅行社，和陈瑶董事长有什么超出工作之外的其他关系。"

顾晓华伸出食指点点张伟："小张，你对我有戒心，你不信任我。"

张伟微微一笑，没说话，既没否认，也没肯定。

顾晓华明白了："你是不是怕我以为你和假日旅行社走得很近，怕我在郑总面前说什么话，让郑总起疑？"

张伟很佩服顾晓华分析问题的能力，这正是自己心里想的。

张伟看着顾晓华："晓华,你说呢?"

顾晓华抿抿嘴唇："我已经离开龙发了,你为什么还对我有戒心呢? 你认为我和郑总之间还会有联系?"

张伟还是不说话,这回他是不知道该怎么说,他感觉自己无话可说。

顾晓华："我是只和郑总打了招呼就离开龙发的,公司里的其他人都没有联系,我知道,我离开龙发旅游,公司里的人肯定都会有很多看法,大家可能也都知道我离开的原因,你也不例外,毕竟这种事传得很快。"

张伟看着顾晓华："我只是听说一点捕风捉影,我没有什么正式的关于你这个事情的版本。"

张伟没有出卖郑总,他不想出卖任何人。

顾晓华的眼神黯淡起来,半天没说话,一会幽幽地说："这是一个物欲横流的社会,大家都想过得更好一点,都想爬得更高一点,都想有更安定更富有的生活,都想有更舒适更高级的工作,特别是在外面苦苦挣扎拼打,撞得头破血流之后,我是一个再平凡不过的人,我也不例外,我也不会拒绝到手的金钱和地位的巨大诱惑。

当然,我也有尊严,我也有人格,我也想获取一个能够立足能够发展能够拓展的平台和空间,我知道你瞧不起我,今天吃饭的时候你看我的那眼神我就感觉出来了,知道吗,在你用那种眼神看我的时候,我心里非常难受。"

张伟忙说："不是,我没有瞧不起你,我看你不是那种意思,每个人都有选择自己活法的自由,每个人都有自己的理想和追求,你这么做也无可厚非。"

顾晓华苦笑了一下："你一定认为我是一个靠色相勾引男人,靠出卖肉体获取利益的贱女人,被权势者潜规则了的女人,是不是?"

张伟一听这话,心里有些惊异,顾晓华怎么这么说,怎么这么直爽,难道不是吗?

张伟用疑问的眼光看着顾晓华。

第四十六章 | 前尘往事

顾晓华把吸管放进嘴里，喝了几口饮料，看着张伟："其实，我一直没有告诉你，我早就打算离开龙发了。"

张伟："为什么？"

顾晓华："因为郑总。"

"郑总？怎么了？"张伟有些意外。

顾晓华叹了口气："其实你也能感觉到，郑总这个人有他的两面性，一方面，他吃苦耐劳、勤奋努力、敬业能干，工作起来确实有一股疯劲，确实叫人佩服；另一方面，郑总又特别能玩，观念特别开放，工作之余，喜欢找刺激，释放压力。"

"是的，我感觉出来了。"

"我天天跟着他，几乎是形影不离，除了在工作时的高负荷运转，就是空余时间他的谆谆教导、开发，一个劲灌输那些开放的男女理念，刚一开始，我还脸红，别扭，后来就习惯了，慢慢感觉他讲的也有些道理。

直到有一天，在东兴招待完客人，我们俩都喝醉了酒，在开车回宁州的路上，郑总把车停在服务区，休息了一会儿，说醒醒酒再走。我迷迷糊糊在车后座上睡了过去，后来感觉有人在脱我衣服，在抚摸我身体，在亲我脸……车里空间又小，又一片漆黑，想反抗也使不上劲，睁开眼一看是郑总。他又熟练又老道，轻车熟路……我喝了酒正浑身燥热，心里也有些发痒，也就半推半就了……就这么，我稀里糊涂地和郑总发生了关系。"

张伟大为意外，原来有这个事情。

"我酒醒之后很后悔，很难过，很生气，可是郑总显得很无所谓的样子，说其实大家都是在相互付出，都是在相互奉献，没有谁吃亏的事情。他讲起道理来头头是道，弄得我也没什么可说的，但是我那时就已经决定，要离开这个公司，不当这个鸟助理了。

说实在的，跟着郑总，在业务方面确实学了不少东西，长了不少见识，特别是他的工作上的善于钻研思考和勤奋敬业的精神，让我很佩服。可是，我又不能适应他的极度开放的观念和思想，之后，他又有几次周末想和我在车里做，我都找理由推辞了，我不想就这么堕落下去。

郑总和我大言不惭讲过,他周末经常参加一些派对、假面舞会,都是高层白领人士的聚会,特别是那假面舞会,大家都戴着眼罩,彼此谁都不认识谁,在黑暗中跳舞,然后就进房间,最后分道扬镳,互不留名,互不相识。

他还动员我也去参加这样的活动,说参加的人都很文明,都是高级白领、企业高管、高级知识分子,都很有教养有修养。我被他的这种开放吓怕了,郑总太开放了,我就想,得抓紧找个合适的机会跳槽。"

张伟看着顾晓华,点点头:"你继续说。"

"后来时间不长,机会来了,郑总让我陪土地局的赵局长去杭州办点事情,说是赵局长亲自和郑总提出来要我作陪的。我知道这一去可能要发生什么事情,不答应。郑总开导我说只是陪赵局长会见几个朋友,谈一些事情,我去的主要任务是督促赵局长在我们那块土地的手续上签字,郑总直接拿出五万元,说不管我用什么办法,只要赵局长签了字,这钱就是我的。

五万元,对我来说真的很重要,你知道我男朋友刚失业,我刚工作,小日子正过得紧巴,谁都和钱没有仇。我反复考虑之后,接过了五万元,答应了,心里想走一步看一步,也不一定就非得要失身才能办成这事。

结果好事还真让我遇上了,和赵局长一路去杭州,路上被赵局长揩了不少油,但也没让他弄成那事。到杭州之后,他妹妹过来了,也就是我们国旅的赵总,腿上长了个小瘤子,良性的,要到省立医院做个小手术。

一起吃饭的时候,我主动对赵总说陪她去医院,她非常高兴,赵局长也就只好答应。去了医院,我跑前跑后,挂号、登记、交款、拍片、化验,整个医院被我跑了个遍,做完手术我又在病床边伺候了三天,伺候得无微不至,赵总很感激,没事就和我聊天,越聊越投机,最后认我做了干妹妹,我就趁机把这事告诉了她。她一听,直接就拍着胸脯说,包在她身上。

出院后,赵总直接找了赵局长,让他把郑总那土地的字签了,然后让他转告郑总,就说他重新给我安排了新工作。赵局长被他妹妹逼得只有乖乖就范,也不敢再打我主意,反正他女人多的是,过几天就把我忘了。这样郑总也无可奈何,以为我已经和赵局长好上了,只有答应。然后,一切就顺理成章,我迅速跳槽到了国旅。"

"哦。"原来是这样,张伟长长地出了一口气,"原来这是一个天大的误会,公司里所有的人都以为你被赵局长给潜规则并包养起来,然后安排到她妹妹的公司做了一个副总,哪里想到你是清白的,哪里想到你被郑总给……你应该找个机会给大家说清楚这事情啊。"

"说清楚?你真幼稚,这种事有说得清楚的?越说人家越不相信,清自清,浊自浊,随他去吧,嘴巴长在别人脸上,他们愿意怎么说就怎么说,反正我也离开了,听不见也就不生气,不心烦。要不是你今天用这种眼光看着我,弄得我心里烦烦的,我也不会告诉你。"

张伟哈哈一笑:"原来你随我们来购物就为这事啊,呵呵……另外,这事老郑也没有什么损失啊,他的事情也办成了。"

顾晓华:"是啊,老郑后来专门给我打电话,对我进行表扬和感谢,还说以后有机会周末约我出来喝酒。"

"哈……又要开发你了。"

"是啊，我可不敢和他出去了，最好连面都不要见，那次醉酒失身，弄得我心里好久都很难受，老感觉很对不住我男朋友。其实那次也不能全怪郑总，要是我坚决反抗，他也不会得逞，唉！酒精麻醉之下的放纵……以后可不敢了。"

张伟为顾晓华的坦率和真诚做感动："晓华，谢谢你告诉我这么多，谢谢你相信我。"

"哼，我要不是当你是朋友，不愿意老在你这种怪怪的眼神下生活，我才不会告诉你。"顾晓华嗔怒地看着张伟。

张伟呵呵一笑："呵呵……你这是因祸得福，或者说是好人好报，遇上有缘人了，对了，你在这边工作，那你男朋友怎么办？"

"我和赵总说了，赵总说公司正缺财务，让我男朋友也一起过来，在财务部工作。"

"祝贺你。"张伟伸出手，"晓华，你真的是遇上贵人了，祝贺你们两口子。"

顾晓华握住张伟的手："谢谢你，小张，我男朋友原来公司的事情快处理完了，过几天就可以过来上班。"

"那风行公司的老板找到了没有？"张伟问到。

"没有，公司已经破产了，员工都解散了，资产法院正在处理，拍卖后按比例偿还债务，对了，我问我男朋友了，他说你的十万块钱应该还没有给你，因为公司账目没有清理完，都封着，说等法院拍卖的时候，你去看看，说不定也能按比例讨回一部分来，说到时候会有人通知你的。"顾晓华对张伟说。

张伟哈哈大笑："我这边已经到账十万了，不会风行公司看我功劳大，要给我双份的吧，到时候要是通知我去分赃，我就去再领一份，领回来大家喝酒，哈哈……"

顾晓华也笑起来："你美死了，那也可能是我男朋友没问清，或许你福大命大造化大，财务在封账之前提前把账给你转出来了，既然钱到位了，你就别再做双份的美梦了。"

张伟呵呵笑着："开个玩笑嘛，我当然没打算去领双份的，我这钱能要回来，我觉得应该好好感谢那工会主席老大姐，不知道公司破产，她干吗去了？"

"听我男朋友说，儿子在广州结婚生子，她去广州看孙子去了。"顾晓华说。

"哎……那位大姐真是个好人，好人呐！"张伟不胜感慨。

"张经理又发什么感慨哪，好人好人的，谁是好人啊？"不知什么时候，陈瑶和王炎过来了，手里提着大包小包，陈瑶笑盈盈地看着张伟问。

"你们两个人这一会儿搞了这么多东西。"张伟看着两人大包小包的东西摇头感慨，"女人呐，天生的购物机器。"

王炎一提手里的东西："这些东西都是陈姐的，不是我的，我自己还什么都没买呢，净陪她购物了。"

四人一起出来，把东西放进车后备箱里，顾晓华和大家告别："我先回公司了，我们年后再见，提前给大家拜早年了。"

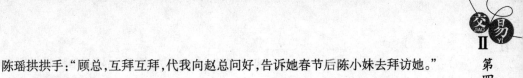

陈瑶拱拱手:"顾总,互拜互拜,代我向赵总问好,告诉她春节后陈小妹去拜访她。"

"一定转告,再见各位。"

看着顾晓华离去的身影,张伟问陈瑶:"陈董,你认识国旅的赵总?"

陈瑶看着张伟有些惊奇:"你这个问题问得很奇怪,都在一个城市,都是旅行社的老总,大家当然都熟悉。"

张伟想起小郭和自己说过,张小波从宁州离开后回到了东兴,在东兴开了一家旅行社,就问陈瑶:"陈董,那问你一个人,你认识不?"

陈瑶边发动车边问:"谁啊?"

"张小波?"

陈瑶身体微微一震:"你问张小波?男的还是女的?什么的干活?"

张伟有些意外:"女的,也是开旅行社的。"

陈瑶眼珠子转悠了两圈:"没听说过,听说过有张大伯,没听说过有张小波。"

张伟很失望:"那你还说做旅游的老总你都认识。"

陈瑶莞尔一笑:"对不起,刚才说的不完整,是说现在在做旅游的老总都认识,你说的那个什么张小波是哪家旅行社的?"

"这……"张伟迟疑了半天,"我也不知道啊。"

"那可能是以前开旅行社,后来又不开了,这几年旅行社开开关关的很多,雨后春笋一般,行业内一直在激烈洗牌。"陈瑶边开车边面不改色地说。

"哦,有可能。"张伟说,心里不知怎的,感到很失落。

"怎么?"陈瑶看了一眼张伟,"张经理的故人?"

张伟摇摇头,眼神仍有些怅惘:"不是故人,是听说过这个人。"

陈瑶看着张伟失落的眼神:"你们都姓张,是本家,一家人,你想打听她,是吗?"

张伟点点头,又摇摇头。

陈瑶笑了,安慰张伟:"张经理,你别把这当个心事,抽时间我帮你打听一下这个人,只要有线索,总会好找的。"

张伟忙摆摆手:"谢谢陈董,不用,不用,我就是随便问问,没什么别的意思,这个人是我以前就职的公司的前老板娘,我听到过关于她的一些传说,她在我脑子里极具传奇色彩,所以我就多问了几句,不用去打听了。"

"哦,是这样。"陈瑶很认真地点点头,"你心中的一个传说,既然是传说,还是不要问得太具体。"

"为什么?"张伟反问陈瑶。

"传说总是有些脱离现实的,就像理想总是高于现实一样,传说中的东西总是美丽而有神秘色彩的,总是朦朦胧胧的,总是美好的,为什么一定要弄个水落石出,让自己心目中的美好形象变得切实起来呢?"

张伟一听,陈瑶说的有道理,也就不再提这个事情。

张伟又想起顾晓华刚才给自己讲的事情,心中颇为感慨,如果不是顾晓华把真相告诉自己,自己仍会认为她是个被潜规则了的女人,被包养的女人,过不了多久,在龙发公司的后来员工当中,关于顾晓华的事迹,也会变成传说,不过不是美好的传说,而是带有意淫遐想的龌龊传说。

　　人言可畏。

　　"陈董,王炎,你们感觉今天这国旅的顾总人怎么样?大致印象。"张伟随便问陈瑶和王炎。

　　"挺好的,她邀请我改天去她那玩,估计一定又不少好吃的。"王炎在后座趴到张伟椅背上,攀着张伟的肩膀。

　　"你也就这点出息。"张伟拍拍王炎的手,"就不能弄点高尚的出来。"

　　王炎嘻嘻笑着缩回去。

　　陈瑶边开车边说:"我对这顾总的感觉还不错,总的印象是四个字。"

　　"哪四个字?"

　　"真诚、精明。"陈瑶说。

　　张伟大为折服:"陈董,你的想法和我很吻合,你看人看得太准了。"

　　陈瑶一听,有点得意:"那是,咱是干吗的?专门看相的。"

　　张伟看着陈瑶突然很得意的样子,感觉和平时的矜持娴静有些变化:"陈董会看相?"

　　陈瑶嘻嘻一笑:"呵呵……你相信吗?"

　　张伟:"废话,肯定不相信。"

　　陈瑶:"既然是废话,肯定不相信了,那你还问我干吗?"

　　张伟:"没话找话,总要客套一下的嘛。不过你对这顾总的评价和我很一致,我和她虽然是同事,但以前接触却也并不多,她是总经理助理,天天跟着郑总跑来跑去。"

　　"我看顾总什么东西也没买,是不是专门跟着我们过来,就是为了和你聊天啊。"陈瑶问张伟。

　　张伟点点头:"是的,要不是她今天专门来和我聊天,我还对她一直有一个天大的误会,幸亏今天她和我交流了,不然……"

　　陈瑶笑了笑:"不然什么?"

　　"不然我还一直以为她是个坏女人哪,呵呵……我们公司一直都在说她是被土地局那局长大人给潜规则了,之后安排到国旅她妹妹,也就是赵总这里来做事情的,我一直相信这个版本,因为大家都这么说,都一次次这么说,让我不能不信,今天,和她交流之后,我才知道,事情完全相反……"

　　陈瑶:"谎言百遍便成真理,重复就是力量,呵呵……所以说,百闻不如一见,今天你这一见顾总,所有的误解都消除了,也算是一个意外的收获。"

　　张伟点点头:"是,确实是一个意外的收获。"

第四十七章 | 乐不可支

　　回到公司,陈瑶又把徐君叫过来,嘱咐了一下明天带团的注意事项以及和国旅那边的交接事项,陈瑶考虑问题很细,告诉徐君要提前备用好老年人用的折叠轮椅,防止意外,同时,要提醒客人一定要自备好各种日常用的药品。

　　看着陈瑶絮絮叨叨的样子,和上午那时候的果断干练又是一种风格,像个老妈妈叮咛出远门的孩子。徐君认真听着,不时点头。

　　徐君出去后,张伟问陈瑶:"干吗你们不自己准备好药品,要让客人自己准备药品?"

　　陈瑶看着张伟:"你在中天的时候就没有人提醒你这么做?"

　　张伟摇摇头:"没有啊。"

　　陈瑶:"工作不怕细,越仔细越好,药品是吃的,或者是用在身体上的,为了防止出现用药后出现意外纠纷和事故,一定要提醒客人自备药品,不要给客人提供药品,特别是口服药品。如果是我们给提供的药品,客人用了之后出现意外情况,到时候你有多少张嘴也说不清楚。这个是出团带团的细节,很多人容易忽视的细节,但是这个环节很重要,是我们从教训中得出来的经验。"

　　张伟连连点头,又学了一招。

　　晚饭还是在陈瑶家吃的,还是陈瑶下厨,王炎打下手,张伟趁此提着手提电脑机会跑到楼上客房去上网,两天没见伞人姐姐了。

　　可是张伟很失望,伞人姐姐不在线。

　　张伟于是给伞人姐姐留言,把这两天的情况详细告诉了伞人,从回去看何英到镇压高强,从搭陈瑶的车来宁州到今天遇见顾晓华,一直到现在在客房里和她聊天,即将吃饭。

　　末了,张伟说:"姐姐,这两天不知道你忙不忙,晚上有时间我还会再上来,你要是忙就给我留言,不用专门等我,春节前也要有很多亲戚朋友要走动的,该跑的抓紧跑跑。明天我就要启程回家了,我会想你的,回到家我就安装上网卡,会随时给你留言。姐姐,我很想你,春节期间,你一定要保重身体,抛开工作,好好尽情释放,好好玩玩,吃得胖胖的,想……"

洋洋洒洒写了一大通,张伟刚说完发出去,陈瑶推门进来了:"张经理,饭 OK 了,你该下楼米西了。"

　　张伟连忙答应着关上电脑。

　　看到张伟在玩电脑,陈瑶嘴角荡起一股笑意,扭身下楼。

　　晚餐依旧简单而丰盛,非常可口。

　　张伟发现陈瑶不但在外面是个能干的企业老板,回家还是个优秀的主妇,里外都是一把好手。

　　晚饭后,陈瑶和王炎在客厅里看电视,张伟去了阳台,给妈妈打电话。

　　张伟把回家过年的事情大概和妈妈说了一下,然后说最近刚处了一个朋友,还处于互相了解阶段,是做旅游的,正好想利用春节去北方体验农家生活,所以和自己一同回来。因为两人关系还没有明确确定,所以张伟嘱咐妈妈,并让她转告爸爸,说话做事一定要注意,别让人家难堪尴尬,别热情过火,别当已经定亲的儿媳妇待,要保持一定的距离,说话要有分寸。

　　张伟在这边反复叮嘱,那边妈妈已经乐不可支,也不管听没听明白,连口答应,告诉张伟路上要注意安全,一定不要着急,慢慢走。

　　张伟又告诉妈妈,让爸爸去镇上买一袋子大米放家里备用,说南方的女孩子吃不惯面食,习惯吃米饭。

　　妈妈连声答应,说明天就开始收拾房子,打扫卫生,专门腾出一张炕给陈瑶住。说完这话妈又倒过来问张伟,在家里住两人是一起住还是分开住。张伟连说妈糊涂,刚刚说完两人是刚处的朋友,关系还没明确敲定,怎么能住在一起呢?

　　妈乐颠颠地连连说忘记了,没记住。

　　打完电话,张伟回到客厅,中央一台新闻联播节目播完,正在进行天气预报。一股来自西西伯利亚的寒流正从北向南、从西往东,挟带风雪降温席卷而来,今晚到明天开始影响中国大部。

　　张伟坐在沙发上,陈瑶端过一杯热茶:"喝水。"

　　张伟边喝水边看着天气预报:"北方降温十多度,我们老家那到零下十九度了,明天我们得准备厚羽绒服,不然回家就冻成冰棍了,我倒不要紧,属于抗冻型,你们俩,特别是陈董,到时候怕就冻成冰棍了。"

　　"哈哈,冻成冰棍做人干,晒晒腌了吃。"王炎乐呵呵地说,"我就喜欢有雪的冬天,大雪漫天飞舞,北国风光,千里冰封,万里雪飘,山舞银河,原驰蜡象,多好!"

　　陈瑶眼里充满了向往:"是啊,我还从来没有在北方过过春节,一定很有趣。"

　　"那是,年味十足,包你开眼界。"张伟说。

　　正说着,王炎来电话,哈尔森让她回去有事情,急忙走了。

　　客厅里剩下张伟和陈瑶,两人边喝水边看电视。

　　要是没有电视机的声音在这里烘托气氛，张伟感觉两人之间或许会有一分不自在，有点尴尬。为什么？张伟也说不清楚。

　　陈瑶一会儿去洗了些水果，端过来："张经理，吃水果。"

　　张伟看着陈瑶，感觉有个问题，两人回到家要是还"张经理""陈董"这么称呼，老爸老妈一定会怀疑，很快就会露馅："陈董，我说，你是不是感觉我们之间有点小问题？"

　　陈瑶一愣神，看着张伟："怎么了？"

　　张伟看着陈瑶，谨慎地说："我总感觉我们之间这个职务称呼，太客气了，显得很生分呢。"

　　陈瑶闻听着脸上升起笑意："那你的意思是……"

　　"这样吧。"张伟边想边说，"业务场合，单位里，大家仍旧是职务相称，非正式场合，熟人在一起的时候，我们换个比较亲切的比较随和的称呼吧。"

　　"好啊。"陈瑶脸上笑吟吟地看着张伟，"我比你大，你得叫我姐姐，就叫我陈姐吧，以前你叫过两次，后来为什么又改口不叫了呢？"

　　张伟连连摆手："不合适，我就是因为叫了拗口才不叫的。"

　　"为什么不合适？"陈瑶盯着张伟。

　　"这个……"张伟沉吟了一下，他当然不能说自己心里只有一个姐姐，伞人姐姐，别的人都不能这么叫，"因为你看起来比我小，我叫你姐姐老感觉心里别扭，怕把你叫老了。"

　　"哈哈……"陈瑶笑得很开心，"此话当真？"

　　"当真。"

　　"那好，要不，你就叫我陈瑶吧，这样显得随和放松，我呢，叫你什么好呢？"陈瑶做思考状。

　　"叫我张伟得了。"

　　陈瑶摆摆手："不好玩，两个人都直呼名字不好玩，我叫你张大厨，哈哈……对，这名字好，就叫张大厨。"

　　张伟心里暗暗叫苦，怎么和伞人姐姐一个爱好取向，都喜欢叫自己做大厨啊："那随你吧，不过，有一个条件。"

　　"什么条件？"

　　"这称呼你当我和王炎的面可以这么叫，到我家后有家人在的时候，不能这么叫，还是叫我的名字，张伟。"

　　"为什么？"陈瑶睁大了眼睛，"张大厨不是很好吗？"

　　"不好。"张伟连连摇头，"你这么叫，我爸妈会以为我在外面是做厨师的，我明明给他们说我是做旅游的，那样二老会认为我这个儿子在外面混的没出息。"

　　"嘻嘻……"陈瑶乐不可支，身体左摇右晃，"饭店也是旅游行业啊，在饭店做大厨，多好啊，饿不着，顿顿吃香喝辣，再说，三百六十行，行行出状元，你也不能瞧不起这厨师行业啊。"

张伟看着陈瑶活泼的样子,心里直有一种感动向上涌,原来一个娴静高雅矜持的女人要是活泼起来会如此可爱,如此动人,如此充满魅力。

"不行啊,陈瑶,你还是别折腾我吧,记住啊,到时候在我爸妈面前就叫我张伟。"张伟一脸郑重。

"好吧,我答应你,张大厨。"陈瑶满脸喜色,"不过,你也得答应我一个条件。"

张伟说:"什么条件? 你说。"

陈瑶收起笑容,一般正经:"你得正儿八经叫我一声姐姐。"

"不行。"

"就一声。"

"不行。"

"到底行不行?"

"不行。"

张伟头摇得像拨浪鼓。

"那好,张大厨。"陈瑶摇摇头,轻轻叹一口气,"那没办法了,咱俩刚才的协议取消。"

"啊!"张伟一急,"你要挟我?"

"就要挟你,怎么着?"陈瑶憋住嘴巴不让自己笑出来,"叫不叫? 我数3,2……1……"

"姐姐!"张伟一急,脱口而出,脸色涨得有点红。

"哎……"陈瑶得意地笑起来,"大厨兄弟真乖,好听话。"

张伟讪讪地看着陈瑶:"你得逞了,满意了吧,答应我的事情不许变卦啊。"

"一定一定。"陈瑶忙不迭地说,"咱向来是重合同守信用,说到做到,保证兑现!"

看着陈瑶手舞足蹈,乐不可支的样子,张伟心里再次充溢了感动的情结,这个女人的另一面真是可爱,让人感觉有几分天真,还有几分孩子气。

张伟心里又不由自主拿陈瑶和伞人姐姐比较起来,伞人姐姐活泼起来一定比陈瑶更可爱,更美丽。

不是一定,那简直是肯定的。

张伟心里惦记着伞人姐姐,起身想上楼去上网找伞人姐姐。

陈瑶坐在沙发上看着张伟:"张大厨,这么早上去干吗?"

"不干吗,上网。"

"年纪轻轻,就知道上网,是不是又上网约会网友,搞网恋的?"陈瑶一本正经地用说教的语气对张伟说,"你这么大人了,又不是小孩子了,过来,坐下,陪姐姐我聊天。"

张伟被伞人说得一愣一愣的:"我……我是上网查资料,哪里有什么网恋了?"

"扑哧。"陈瑶笑出声来,"大厨,你不诚实。"

张伟心里一阵发虚,又强词夺理:"我怎么不诚实了?"

陈瑶大大的眼睛看着张伟："大厨，你看着我的眼睛，说你是上网查资料的。"

张伟抬眼瞥了一眼陈瑶，连忙慌乱地把眼神挪开："我……我不看，我就是上网查资料的。"

张伟打定主意，咬死也说是查资料的，反正谁也不知道。

陈瑶抿着嘴唇："为什么不看？"

"我……我不敢看。"

"为什么不敢看？"

"因为，因为你的眼睛太大太亮了，我不敢看。"

"哈哈……"陈瑶开心地笑起来，"我的眼睛大又亮，好像那天上的蓝月亮，是不是？"

"是，是，我一看你的眼睛那么明亮，那么清澈，我……我就感觉心里发虚。"

"干吗发虚？因为撒谎？"

"不是！我没撒谎，我发虚，是因为自己的心灵面对你如此清澈的眼神，感到自惭形秽。"张伟终于找到一个合适的理由。

陈瑶的眼神确实很清澈高远，张伟看到她的眼睛，特别是两人一对眼神，心里就会感觉到震撼，那种发自心灵的震撼。

伞人姐姐的眼神一定比陈瑶还要清澈高远，张伟想到这一点，心里突然有了一种幸福感，不觉心里感到一阵温馨和暖意，一种喜悦从心里升腾起来。

陈瑶看到张伟突然一副自我陶醉的样子，忍俊不禁："喂，大厨，我看你没发虚，也没自惭形秽，我看你好像很自我陶醉嘛。"

张伟猛然清醒过来，傻乎乎地笑着："什么？没有啊。"

说完，张伟拿起一个苹果，大吃起来，让嘴巴没空说话。

正在这时，王炎打电话过来，情况有变化。

变化缘起于哈尔森，德国总部的老板要在三天后来中国视察工作，第二站来东兴。外国人不知道中国人要过春节，各项工作正常开展。

这样，哈尔森年前就不能走了，和王炎商议，又和王炎的父母通话之后，他们决定春节后再回去，明天不能和他们一起走了。

真是计划不如变化快。

接完电话，陈瑶看着张伟："大厨，怎么办？你定夺。"

"王炎不回去了，那你的生活体验计划还改变不？"

"废话，肯定不变了。"

"那好。"张伟看着电视新闻，正在播报北方强降雪的消息，"我们的计划不变，开你的车回去。"

"好，听你的。"陈瑶突然变得顺顺的，"那时间呢？还是按原计划？"

"不。"张伟琢磨了一下，"寒流很快就要来到，我们得抓紧早走，早一天是一天，不然，大雪封路,大雪封山,我们可就回不去了。"

"嗯。"陈瑶点点头,"那我们什么时间走?"

张伟看着陈瑶:"你公司家里还有什么事情没安排的吗?"

"没有,都安排好了。"

"你现在累不累?"

陈瑶大大的眼睛看着张伟:"不累。"

"那好。"张伟站起来,果断地说,"收拾东西,现在出发。"

"真的?"陈瑶欣喜兴奋地叫出来,"你这家伙,张大厨,你做事情怎么这么快,说走就走啊。"

"早一会儿走早一会儿到家,早一会儿战胜大风雪。"张伟微微一笑。

张伟突然想起自己离开北方来宁州的时候,也是当即决定,第二天就离开的。

既然已经选择了远方,便只顾风雨兼程。

二人说干就干,很快就收拾好东西,陈瑶带好随身衣物和电脑,打好包,张伟提着,下楼,出来。

此时是晚上九点,夜空阴沉沉的,天空飘起了蒙蒙细雨。

陈瑶把宝石蓝宝马开出来,把行李以及白天采购的物品全部放进后备箱。

出发之前,张伟告诉陈瑶,先去加油站,加满油,然后去超市。

张伟和陈瑶在超市买了饮料、火腿、点心、瓜子、水果等各种吃的喝的,放在后排座位。

然后,张伟拿出车里的中国交通地图册,对陈瑶说:"出发,先上同三高速,奔杭州方向。"

陈瑶点点头:"是,大厨,我们出发了!"

阴暗的夜色中,宝马疾驶在东兴奔杭州方向的高速公路上。

叱咤风云的东兴旅游界女大亨陈瑶此刻在张伟面前突然变得很顺从,小鸟依人,一切依张伟的话去做,仿佛她也知道此去北上,将要被人家当做准儿媳对待。

外面的天气很阴冷,车内却温暖如春,暖意融融,一派和谐温馨之情调。

张伟和陈瑶都脱了外套,上身只穿一件羊毛衫,仍感觉很暖和。

张伟舒服地把座位半放平,半躺在座位上,边翻看交通地图册边对陈瑶说:"陈瑶,这样我们的时间很充沛,明天后天大后天,三天时间到初一,即使有风雪阻碍,也还算是有回旋时间的。"

陈瑶把车开得很平稳,保持在110迈左右,打开车内的音乐,听着一首老流行歌曲:"是不是这样的夜晚你才会这样的想起我……"

陈瑶点点头:"大厨,此去北上,小女子无依无靠,就托付与你了,你怎说,咱怎么办,只要别把俺卖了就行。"

张伟嘿嘿一阵笑:"陈瑶,你这么大一活人,卖了也不值钱。"

陈瑶:"咋? 为什么? 咱太丑?"

张伟:"不是,你太聪明了,看不住。"

陈瑶:"呵呵,大厨,你们那里是不是还有花钱买媳妇的?"

张伟:"有啊,不少,很常见,经常有从云南贵州买来的媳妇,前几年还有从越南过来的,都是人贩子贩过来的。"

陈瑶:"残忍,不人道。"

张伟:"其实啊,有不少女的也不是强迫的,我们那里虽然穷,可是比云南贵州那里还是要富点,很多女的来了就不走了,自愿留下来了。"

"哦。"陈瑶若有所思,"你妈没给你在家里买个媳妇?"

第四十八章 小鸟依人

张伟一愣,坐起来:"什么啊?说哪里去了?我妈怎么会给我买媳妇呢?不过他们倒是经常催促我,说我们老家当年和我一起的小伙伴孩子都能打酱油了,哎……真烦人……"

"哦。"陈瑶点点头,"咱大厨是文明人,不能干那不文明的事,嘻嘻……那你就没打算外面弄个媳妇回家打发打发你爸妈?"

张伟一个激灵,心噌地提起来:"没啊,没有啊,怎么了?我没弄个媳妇回家打发我爸妈啊……"

陈瑶呵呵一笑:"张大厨,没有就没有呗,我随便问一句,你这么激动干吗?"

张伟呼了一口气,缓缓躺下,就着车内的小灯继续看地图。

越往北走,雨变得大起来,逐渐从蒙蒙雨雾变成了小雨。

"张大厨,简单说下,路大致怎么走。"陈瑶又问张伟。

张伟边看地图边说:"先奔杭州方向,然后奔沪杭高速,然后奔沪宁高速,然后转到京沪高速,然后,一直北上,一直……直到我家那个城市的高速出口,全程1600公里,我们大概要走接近二十个小时。"

"你家那城市叫什么名字?"

"瑶北市,一座普普通通的北方地级城市,当年是著名的革命根据地,抗日战争和解放战争时期,都是,城市北部是连绵的山区,我家就在其中一个山坳里。"

"哇,和我的名字有一个是同音啊,真好。"陈瑶笑呵呵地。

"不仅仅是同音,还是同字呢,一模一样的字。"张伟呵呵一笑。

"真的啊,哈哈……瑶北,陈瑶北上,看来是欢迎我北上啊,嘻嘻……"陈瑶轻松地开着车。

张伟把座位放正,坐好,放下地图,看着陈瑶:"我们轮流开车,你累了就换我,困了就睡会。"

陈瑶点点头:"好的,不过最好还是不要一个开车一个睡觉,那样开车的人会乏味打

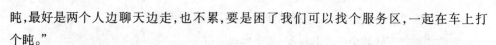

盹,最好是两个人边聊天边走,也不累,要是困了我们可以找个服务区,一起在车上打个盹。"

张伟觉得陈瑶说的有道理:"也好,慢慢走,别着急,雨天路滑,保持在110迈以内,渴了饿了告诉我,我们车上的东西大大的有。"

陈瑶点点头:"好的,过了杭州服务区我们先休息一下。"

张伟看看地图:"到嘉兴服务区休息,再有一个小时到。"

深夜的高速公路上,车辆川流不息,大货车一辆接着一辆。

陈瑶显然是不经常开车出远门:"晚上高速公路上怎么这么多大货车?白天很少啊。"

张伟:"你是不是很少开车走远门,特别是晚上出远门?"

陈瑶:"大厨所言极是,我一般都是带团出远门,但基本都是飞机团。"

张伟:"这些大货车都是专门跑夜路的,基本都是超载,白天查车的多,晚上少,于是,白天停在服务区睡大觉,晚上出动,开始夜奔。"

"哦。"陈瑶若有所悟,"昼伏夜出。"

"是啊,检查部门一般晚上检查的少,白天检查的多,上有政策,下有对策。"张伟长期混迹于北方的基层社会,对这些显然很了解。

陈瑶一直单纯从事旅游行业,对其他的事情接触不多,很感兴趣地继续问:"那些车干吗要超载?不超载,遵纪守法,多好。"

张伟摇摇头:"这你就老外了,现在各种收费和关卡太多,运输成本太高,不超载的话一趟就要白跑,甚至倒贴,没办法,你以为那些车主喜欢超载啊,抓住都是成千的罚款,都是逼得没办法,只能这样做,这就是中国的国情。"

陈瑶点点头:"张大厨,你知道的真多,我对这些竟然不了解。"

张伟:"社会上这些三教九流的事情我了解得多一些,毕竟咱是从农村长大的,接触的农民阶层多,对他们的苦衷了解也多一些,你接触的旅游行业比较单一,对这些自然也就不了解了。"

陈瑶:"是的,做旅游做久了,感觉这个圈子虽然接触面很广,但只能是在这个圈子里,一样突破不了更广的范围,接触的基本都是这个社会的所谓白领阶层,有一定经济基础,有一定消费档次,有精力有财力有闲心旅游的人,真正社会的基层底层人员是接触不了的。"

张伟点点头:"是的,旅游就是这个社会的所谓中产阶级的消费项目,那些下岗工人、破产企业工人,谁能有闲心去旅游,去玩乐?"

陈瑶笑了"这个社会的所谓的中产阶级,又分为好几个档次和层次,一般的工薪阶层,会选择低档次的短线游和经济团,或者参加单位组织的福利游;收入稍高一些的,像那些单位的中层干部之类的,会参加贵宾团或者购物团,顶多去个新马泰;至于高层一般会选择境外休假游,如欧洲七国,澳洲十日,马尔代夫度假等等。"

张伟:"那些有钱的个体大老板呢,怎么出去旅游。"

"现下中国的老板群体有一个特征,普遍存在穷人乍富的心态,一旦有了钱,喜欢找女人,逗乐子,即使有旅游的,也是奔澳门这样的赌场去了,去砸钱。

也就是说,中国的富人阶层的心态还不端正,还没有从穷日子的阴霾中走出来,还包含着对过去的一种清算、报复和补偿的心理。不好听的说,中国富人的素质太低,整体素质低。"

"呵呵……精辟。"张伟说,"整个一中国旅游各阶级分析。"

"哈……"陈瑶乐了,"别给我戴高帽子,我这还中国旅游活动发展报告呢!"

张伟:"我们老板明天就和老板娘小姨子公司会计一起杀奔澳门了,整个一赌博之旅,欢度新春佳节。"

"这倒也不稀奇,今年东兴有好几个我认识的老板都全家一起去澳门过年去了,都冲赌博去的,说实在的,赌博这玩意,玩小了不可怕,万儿八千倒也无所谓,你看看大街上那些茶馆,哪个茶馆里面没有自动麻将机,哪一台麻将机上玩的人不玩钱的,关键是要控制住,区分开玩乐的性质。

逢年过节,亲戚朋友在一起打个麻将,弄点输赢,无可厚非,关键是别玩大了,要是发展到专门到澳门去试身手,我感觉就有点专业化了,快成职业选手了,这个咱不赞成。"

张伟:"其实,人生就是一场赌博,生意人很多有赌徒的性格,赌是最能看出一个人的品性的。面对最直接的利害得失,必须作出自己的选择,哪怕你不选择,不选择本身也是一种态度,也要承受后果,你既然入了局,就必须赌下去。"

陈瑶微笑着看了一眼张伟:"你说的很对,张大厨,分析到位,有的人喜欢豪赌,大把下注;有的人比较谨慎,步步为营。前者风险大,机会也大,输起来很惨,赢起来也痛快。后者来得慢,收获未必小,慢慢积累,或许终有所成。最怕有种人,他看见局中热闹,忍不住心慌,也想博它一把,无奈患得患失,瞻前顾后,在一旁看得手心都冒了汗。如果始终不参加倒也罢了,可他冒汗以后,自以为看出了门道,忽地长出一颗豹子胆,一头扎下水,连头发都不露一撮出来。其结果多半不好,如果输了,旁人想救他也无处下手;如果赢了,以这种状态,不像范进中举,闹个半疯才怪。"

张伟呵呵笑笑:"你这可是经验之谈哪,没有一份真潇洒,输赢都是难以承受的。"

陈瑶继续说:"人生就是一场赌博,不错,看起来是靠运气,但其实看得出综合素质,几盘下来,从智商到为人,一目了然。真正的高手绝对要凭智慧和胆识,才能在这个场子里混下去。

人生能有几回搏,入局不是什么困难的事,出局却往往事关生死。不管你手气再坏,假如允许透支,只要牌局不结束,就没有输赢。很多时候,时间是决定结果的最大因素。赌博如此,人生也是如此。"

张伟点点头,陈瑶的话充满了智慧和理性,还有坚韧和信心,人生一场赌,只要你还在做,只要你还活着,可以说你就还在局中,结果就没有出来。人生的输赢,不是一时的荣辱所能决定的,今天赢了,不等于永远赢;今天输了,只是暂时还没赢。任何时候,耐心都是最重要的品质,坚持到底就是胜利。

看着苍茫夜色中的无尽旅途,张伟心中充满了信心和温暖。

陈瑶:"你们那老板,是不是就是这种性格?"

张伟点点头:"是,郑总我感觉就是典型的赌徒心理,他去澳门赌博,更多的是释放压力,积蓄能量,把劲头用到生意上,老板娘于琴呢,就是纯粹为了赌博而赌博,在金钱的巨大落差里寻求一种另类的刺激。"

陈瑶笑笑:"对有钱人来讲,赌博不仅仅是一种利益,更多还是一种刺激。"

张伟:"这个咱没有体验过,因为咱不是有钱人,不过我这老总,很有意思,能干能玩,工作拼命,玩起来疯狂,颇有一番游戏人生的势态。"

"人在达到一定的境界之后,就会开始放纵放松自己,开始对自己不负责任,开始对人生抱着游戏的态度,开始在另类的游戏中寻求安慰,开始用精神的强烈刺激来弥补物质丰盈后带来的巨大失落和空虚,这也是一种社会现象,也是一种人生态度,这样的人往往在工作上表现得很优秀,在不为人知的另一面,又极度放纵,在极度的放纵之中寻求安慰,找回自信,释放压力。"

陈瑶分析得很透彻,基本是对一个特定阶层的定点剖析,很到位,一针见血。

是男人都有想放纵的潜能,只是每个人自我约束能力高低不同,每个人所处的环境不同,每个人的机会不一样,每个人的人生观不同,所以也就存在不同程度的压抑,而当条件成熟,有合适的温床,原始和本能都会在极短的时间内爆发。

不仅仅是男人,女人也一样。

其实男人和女人心里都明白,只是大家不愿意去直面,不愿意去解剖自己,都有一块遮羞布。

车子很快从同三高速转到沪杭高速,夜色更加阴沉,雨点变得大起来,夹带着寒风。

这年头,气候变化莫测,这南方也不像南方了,动不动就寒冷彻骨,湿湿的,潮潮的,有时候还动不动飘点雪花,要不就来点冻雨。

过了杭州,前方海宁,中国最大的皮革城,高速公路两边巨大的广告牌在召唤着南来北往的客商:中国皮革城欢迎您。

江浙一带,富庶甲全国,随处经过一个县,一问都是全国百强县,张伟想起前几天看过关于海宁的一个资料,这个不到七十万人口的县级市,凭着皮革产业,赫然名列全国百强县第二十一位。

"宁州有一个宁海,嘉兴有一个海宁,这两个县都很厉害啊,这长三角一带,随便提一个县,都是全国百强,经济发展势头了不得。"张伟颇有些感慨。

陈瑶一笑:"你以为这宁海就靠皮革出名啊,看前面路边广告牌。"

张伟一看:"钱江潮! 钱江潮在这里啊?"

陈瑶:"我们定期有组织的旅游团来观潮,'来疑沧海尽成空,万面鼓声中。弄潮儿向涛头立,手把红旗旗不湿,别来几向梦中看,梦觉尚心寒。'指的就是这钱江潮。"

张伟:"定期? 这钱江潮定期有?"

"每月农历初一至初五,十五至二十为大,一年有一百二十个观潮佳日,海宁天天可观潮,月月有大潮,嘻嘻,大厨,有时间跟我们的团来看看。"

张伟兴致很高:"有时间一定来。"

说话间,路牌指示,前方嘉兴服务区。

"到服务区休息一下,吃粽子去。"张伟说。

"怎么? 饿了?"陈瑶问张伟。

"不饿,但是这嘉兴粽子还是一定要吃的,走过路过,不能错过。"

嘉兴粽子闻名于世,路过这里当然要尝尝粽子。

在嘉兴服务区休整了一会,品尝了嘉兴粽子,张伟问陈瑶:"你困不困?"

"不困。"陈瑶两只眼睛很有精神:"你呢?"

"我也不困。"张伟看看时间,"十二点多了,半夜了,那我们再继续前进,到困为止?"

"好。"陈瑶点点头,把车钥匙递给张伟,"夜行宝马,真刺激,你来开。"

张伟开车,陈瑶喝水、吃东西。

音乐、美女、深夜、美食、宝马,一种绝佳的境界。

张伟把车一口气开到无锡服务区,从沪杭高速直接奔了沪宁高速。越往北走,雨越大,气候也越冷,这寒流的前锋已经开始影响这里了。

时间是凌晨四点。

张伟把车在服务区停好,对陈瑶说:"休息一会儿,睡会儿觉。"

张伟开着发动机,拉上手刹,保持车内温度,把车窗开了一个小缝隙。

陈瑶看着张伟:"干吗把车窗开一小缝隙?"

张伟:"我怕我们俩都睡着了,车发动机开着,车里有毒气体增加,把我们俩废在这里。"

陈瑶呵呵一笑:"那明天报纸就有新闻了,宝马车内帅男靓女魂归西天,哈啊哈……要不,我们把发动机关掉?"

张伟把车座位放平,反锁好车门,往后一躺:"我们都没穿厚棉衣,就这小薄袄,就这冷天气,一会儿还不把我们冻死啊。"

陈瑶也把座位放平,躺下来:"也是,走得太匆忙,没有带厚棉衣,到你们老家那怎么办? 还不冻死?"

张伟扭头嘻嘻一笑:"这个你放心,我们先到瑶北市区,买两件厚厚的羽绒服,保管你

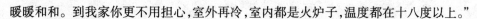

暖暖和和。到我家你更不用担心,室外再冷,室内都是火炉子,温度都在十八度以上。"

外面寒风呼啸,窗外的雨滴噼里啪啦打在车玻璃上,发出轻微的声音,车内,温暖如春,陈瑶和衣而睡,安静地进入了梦乡。

和美若天仙的美女董事长独处一个小小的空间,而且还一起休息,而且还在深夜宁静的寒风冷雨中,张伟以前做梦都不敢想,感觉很有意境,心里别有一番风味。

两个月之前还是只能在梦里想想,可想而不可见不可接近的神仙美女,此刻竟然和自己睡在一辆车里! 天哪,人生真的是一场梦,什么事情都会发生。

此刻,伞人姐姐不知道在干吗? 一定也在甜美的梦中。

借着车外微弱的灯光,张伟侧身看见陈瑶躺在车座位上,身体侧着,面对张伟方向,蜷伏着身子,陈瑶俊美的面庞显得很安静,呼吸均匀,睡得十分恬静安详。

陈瑶睡觉的姿势真美,整个一睡美人。张伟心里突然一阵猛跳,忙闭上眼,睡觉。

第四十九章 风雪北行

等张伟一觉醒来,再次睁开眼睛,吓了一跳,正好直接面对陈瑶的眼睛,陈瑶正用大大的眼睛注视着自己,长长的睫毛一扇一扇。

张伟心里又是一跳,忙转移开目光,陈瑶的眼神叫人心醉,不敢看,怕看了把持不住。

陈瑶原来早就醒了,看自己干吗?

不能看,看了要犯错误,犯了错误就对不住伞人姐姐。

看见张伟突然醒过来,陈瑶忙把目光转移,坐起来,打个哈欠:"哎呀……十点了,我们睡了六个多小时,哈……"

张伟也坐起来:"这一觉睡得质量可真好。"

外面的天气仍然暗暗的,雨仍然在不紧不慢地下着,风还是那样急。

这鬼天气,真阴晦。

车内暖洋洋的,好舒服。

张伟伸了一个懒腰:"到服务区吃点东西,然后再出发。"

张伟关掉发动机,一开车门,细雨夹风扑面而来,寒气袭人。

张伟急忙关上车门,对陈瑶说:"外面风雨太冷,穿上外套。"

陈瑶边穿外套边对张伟说:"后备箱有雨伞。"

张伟对陈瑶说:"在这里等着。"说完下车去后备箱拿了雨伞,过来站在陈瑶车门一侧,敲敲窗户:"出来。"

陈瑶开门出来:"哇,好冷啊。"

张伟急忙把雨伞罩在陈瑶头上。

陈瑶看看雨伞太小,自己罩住了,张伟的脑袋露在了外面,于是一拉张伟的胳膊,把身体靠向张伟,这样两人身体贴得很近,这把小伞才勉强能遮挡住两人的头部不让雨水淋到。

停车的地方离服务区餐厅大约有三百米距离,风雨中,两人依偎着向餐厅走去。

张伟第一次和陈瑶如此之接近,近得都能闻到陈瑶身体的香味,近得几乎能听到陈瑶的呼吸,近得几乎能感觉到陈瑶的体温。张伟不禁心惊肉跳,心驰荡漾,身体有了异样的感觉,呼吸加速,拿雨伞的手都不禁有些发抖。

陈瑶好像没有这回事一样,挎着张伟的胳膊,脑袋偏向张伟的肩膀,努力缩小两颗脑袋和肩膀之间的距离,努力让雨水淋到更少的部位。

张伟心里安静下来,看人家陈瑶落落大方,心中一定很端正,自己心惊肉跳,是因为心里有想入非非之意,有龌龊的想法,一时张伟心中升起惭愧之意。

因为风大,二人走得很慢,风不时要揭翻雨伞的顶盖,张伟和陈瑶弯腰弓背,小心翼翼地向前走着。

张伟努力驱除自己心中的不良意识,感觉自己心中产生这些猥琐的想法,不仅仅是对陈瑶的亵渎,更是对伞人姐姐的亵渎。

张伟的心态逐渐恢复正常,和陈瑶相互依偎依靠着,走在风雨中短短的三百米。

张伟突然想,要是此刻伞人姐姐和自己一起走在这样的风雨中,自己一定要用宽阔坚实的臂膀呵护着姐姐,让她温暖,让她安全,让她淋不到风雨。张伟此刻突然很想和伞人姐姐也能有这样一个场景,两人在风雨中,共同打着一把小雨伞,依偎前行……

这样想着,张伟竟自然而然地抽出胳膊,轻轻揽过陈瑶的身体,让她紧紧靠在自己的臂膀。

陈瑶竟然也自然而然温顺地靠了过去,感受张伟温暖的胸膛。

三百米的距离,是这样短暂而又漫长,张伟在迷蒙的风雨中切切实实感受到了幸福和温馨,来自伞人姐姐的幸福和温馨,张伟的心中被一种感动所充溢,被一种圣洁所笼罩,张伟的心又剧烈跳起来,这次心中却安稳了很多,因为他知道,自己没有任何歪心邪念。

张伟总感觉自己是和伞人姐姐在一起,心中充满了梦幻般的快乐和憧憬。

我们俩,一起打着一把小雨伞,你来照顾我,我来照顾你……张伟的心里一遍遍唱着这首校园歌曲。

张伟好希望这路就一直这样走下去……

这世界仿佛全都安静下来,除了肆虐的风雨,然而,这风雨在张伟的心中却愈发地温暖起来,此情此景,张伟仿佛在哪里见过,在哪里感受过。

在梦里,一定是在梦里。

两人终于快接近了服务区餐厅,梦幻即将结束了,路快要到头了。

餐厅门口站着不少等候的过路人,大家都用羡慕的目光看着这一对相依相偎甜甜蜜蜜从风雨中走过来的情侣。

"多幸福的一对。"一位两鬓斑白的老年人看着张伟和陈瑶,不由动了情,充满回忆地对身边的老伴说,"多像我们年轻那时候……"

大妈自然地拉起老头子的手,脸上充满了温馨慈祥地笑:"多好的两个孩子,和我们家的孩子一般大。"

终于踏上了餐厅的台阶,张伟回到了现实,自己怀里依偎的不是伞人姐姐,而是陈瑶董事长,于是急忙分开,收起雨伞。

陈瑶在地上跺跺脚,脸上一副关切的表情,对张伟说:"大厨,你看你那一边的肩膀都淋湿了哎!"

张伟拍拍肩膀:"没事儿,一会儿就干了。"

张伟和陈瑶这才发现,周围三三两两站立的人都在注视着他们,身旁的那对花甲老人正用慈祥疼爱的目光看着自己和陈瑶。

张伟感觉很不好意思,一定自己刚才和陈瑶亲密的举动让大家误以为他们俩是情侣了。

陈瑶也感觉到大家的关注了,脸色不由一红,拉拉张伟的胳膊:"我们进去吃饭。"

吃过饭,两人仍然共用一把小雨伞走回车边,但这次张伟没有迷幻,没有把陈瑶搂在身边,只是尽量把雨伞往陈瑶那边倾斜,不让陈瑶淋到。

倒是陈瑶主动把身体靠过来,贴在张伟的肩膀上,大家一起回到了车边。

上车后,两人的外衣都不同程度地淋湿了,于是把外套脱下来放在后座,让其自然干。

加足油,宝石蓝宝马继续北上,从沪宁高速转向京沪高速,奔驰在富庶的苏南大地。

刚才和陈瑶一起去餐厅的奇妙感觉仍然在张伟心中荡漾,张伟边开车,边不由又想起了伞人姐姐,姐姐这会儿一定是起床了,正在忙碌。和姐姐相依相偎的感觉竟然是如此之美妙,如此之动人,如此之让人回味,张伟心中被幸福和甜蜜所环抱,要是真的是伞人姐姐,要是那路没有尽头,要是梦一直不要醒来,多好!

我和我追逐的梦,一再错过,永远也不能够重逢。

"张大厨,发什么神,怎么不说话。"陈瑶打破了车内的沉默,边喝饮料边问张伟。

张伟一愣,从暇思中回过神来:"没……没想什么。"

"那你发什么愣?"

"没发愣啊,我在想……我在想这个,张伟指指车外高速公路两边的城市和乡村,我在想,这江浙沪,这长三角地区,这苏南,经济竟然是如此发达,和我们老家那里比,确实是天壤之别,起码有十年的差距。"

陈瑶看看外面美丽的江南水乡,蒙蒙细雨中显得别有风致:"你们男人啊,就喜欢关注这些。"

"哪些?"

"大事情啊。"陈瑶赞许地看着张伟,"男人总喜欢关注地域经济的发展,关注国家大事,关注社会的进步,女人就不同喽,男人看宏观,女人看微观。"

"呵呵。"张伟笑笑,"我这段时间一直在思考这些问题,一直在边观察边思考这些问题,我切切实实感觉到,长三角地区,不愧为中国经济最活跃、最发达、最具有实力的区域。"

"是的,长三角地区已经超过珠三角了,以前这一块大家都喜欢称呼为江浙沪地区,现在不这么叫了,因为浙沪倒还名副其实,江苏就不行了,江苏其实就是苏南经济发展极具实力,苏北苏中都很一般,而上海和浙江就不同,上海是没的说,整个一大铁块,整体经济发展很强,也很均衡,浙江呢,目前来说,是中国经济发展最均衡的省份,也是中国整体经济发展最前沿的省。"

张伟有些不明白:"为什么这样说?"

陈瑶:"中国经济发展主要在东部,东部的几个省份,你像广东、江苏、山东,算是强的,但是经济发展都很不均衡,广东就是东部,西部很差,和贵州的农村差不多;江苏就是苏南,苏北苏中发展很一般,山东呢,就是一个胶东半岛,半岛经济圈,其他地方发展很破落。但是浙江,金华、衢州、丽水是浙江发展最落后的地区,即使是最落后的地区,和宁州、嘉兴、东兴的差距也很小,比苏北的一些地市经济发展还要强。"

张伟感觉陈瑶分析得很有道理:"你怎么知道这么多? 从哪里知道的?"

陈瑶:"嘻嘻……做旅游,天天到处飞来飞去,穷地方去,富地方也去,看得多了,稍微一用脑,一综合,就得出这个结论了。"

张伟点点头:"关键还是你善于动脑子,善于思考,你刚才说那山东,嘿嘿,咱老家就是那山东的,一个贫瘠的小山村。"

陈瑶:"哈哈……你一直不说,我就一直不问,其实我听你那普通话就听出来了,带有浓厚的山东口味,还动不动'俺''俺'的,还有看你这脸庞,也像山东人。"

"怎么像啊?"

"山东人都喜欢吃煎饼卷大葱,咀嚼肌特别发达,脸庞一般都是方正一点,显得威武豪气,呵呵……所以大家都叫你们山东大汉。"

"山东大汉不光是因为长得像啊,关键还是做事情的气度和力度,还有体格和性格。"

"对,对,张大厨,我看你倒也有一些山东大汉的风采,不过,你说东兴到你家的距离要走二十多个小时,我看没这么远吧?"

"东兴到我们的那个瑶北市直线距离是一千二百公里,但是实际走起来要绕好几个大弯路,不是坐飞机直线走啊,我看了地图,大概要接近一千六百公里。"

陈瑶拿起地图琢磨了半天:"嗯,差不多。"

张伟开着车,突然笑起来:"陈瑶,其实你就是不听我说话的口音,你早就也知道我是山东人,是不是?"

陈瑶嘻嘻一笑:"你咋知道的捏?"

张伟:"王炎天天跟在你屁股后面,什么不和你说啊,你一定是早就知道了。"

"呵呵……"陈瑶得意地笑起来:"算你说对了,张大厨很善于归纳啊。"

"哪里,比起你就差远了。"张伟认真地说,"我发现一个问题。"

"什么问题?"

"浙江经济发展之所以这么好,关键在于一个地方。"

"什么地方?"

张伟指指脑袋:"这里,从你身上,从郑总身上,从老高身上,我都能感觉到浙商的风采,特别是从你身上。一个区域的经济发展好坏,直接和这个地方人的脑筋有关系,和思想开放程度有关系,和对外来事物对新事物接受的能力有关系,关键一个问题,就是换脑筋。"

陈瑶赞许地看着张伟:"你说对了,关键在于换脑筋,其他配套措施再好,政策再优惠,要是思想观念跟不上,都白搭。"

"这就是北方和南方经济发展存在巨大差异的根本原因。"张伟说。

"那你们北方的北京,我们的首都,不也是很富裕吗?"

"北京,那是个特例,首都啊,政治因素在里面,全国有多少人天天往那跑去办事情?全国有多少办事处驻在北京? 当然,北方也有经济发达的整体区域,像环渤海,像胶东,但总体上,和南方是没有法子比的。"

陈瑶点点头,张伟接着说:"说实话,我感觉长三角这一片的人最好。"

"哟! 张大厨,真会说话,学会奉承人了,守着哪里人说哪里好。"

"是真的。"张伟很认真,"有一个故事,前两年我去上海经历的,至今仍让我感动不已。"

"说说。"

"话说两年前,我去上海办事情,办完回来,打出租车去长途车站,出租车很整洁,白色的座套给我很深的印象,司机师傅说每天都更换新的,到了目的地后,我按计价器的钱付给他,他却又找给我三十八元,我很奇怪,问为什么? 司机师傅说他刚才只顾和我聊天,绕错了高架,多走了路,所以把钱退给我。我一下子被感动了,上海的出租车,真好,上海人,真好,印象就这么种下了。"

"出租车是一个城市的窗口,张大厨实践体验很深刻啊。"

"还有,前段时间,我打出租车,手机忘记在出租车上了,过后三十分钟,才想起来,急忙用公用电话拨打,随就通,那边出租车司机连客也不拉了,问清我在哪里,急忙给我送过来。我心里那个感动啊,这地方的人,真好,社会环境好,人也好。"

"嘻嘻……"陈瑶大大的眼睛看着张伟:"张大厨如此钟情于这方水土,莫不是喜欢上了这里的美女,打算长做此地人?"

张伟挠挠头皮:"嘿嘿,有这个打算。"

陈瑶大乐,侧身看着张伟:"有目标没有? 要不要我给你介绍一个?"

"不用不用。"张伟急忙摆手,"我自己来,不用劳你大驾,我自己来!"

"哟! 好心好意帮你,不给面子。"陈瑶摇摇头,又问张伟,"说实话,你是不是有了?"

张伟忙点点头，随即又摇摇头。

"干吗？又点头又摇头的，什么意思？"

"没……没什么意思，个人隐私，无可奉告。"张伟笑嘻嘻地说。

陈瑶把身体缩回去，坐正，又问张伟："你喜欢宁州还是东兴？"

"东兴。"

"为什么？"

"东兴文化底蕴深厚，市民的素质比宁州好像还要高一个档次，当然，也可能是因为东兴的经济发展比宁州差，外来人口少的原因，感觉东兴比宁州社会环境还要好，在东兴，我从没有见过一个剃着光头，在大街上游手好闲的小混混，而在北方的城市里，这样的人还有不少，让人很没有安全感。"

"你说的我也有体会，我经常在北方的城市带团队夜宵，晚上有时候很害怕的，经常见到动刀子打架的。"陈瑶说，"还有，宁州，宁州的城市面貌很好的，如果有瑕疵的话也出在那出租车司机身上，经常有拒载、甩客、卖客的情况发生，更烦人的是，经常拼客，一次拉好几个方向的客人，满城跑，很讨厌人，也极大败坏了宁州的形象。"

"所言极是，陈瑶，看来你也不喜欢宁州啊。"

"是啊。"陈瑶说，"在东兴和宁州之间，我还是喜欢东兴，这个城市很安静安详，很从容，让我有一种释放和轻松感，而且，这座城市深厚的文化底蕴，经常会让我不断陶冶自己，不断提升自己。"

"呵呵……我们俩有同样的东兴情结。"张伟说。

"殊途同归，嘻嘻……"陈瑶半真半假地说道。

第五十章 雪夜迷情

越往北走,雨点越大,快到江阴的时候,已经是雨夹雪了,在车里也能听到外面北风的呼啸。

路牌指示,前方江阴长江大桥。

又过长江,张伟的思绪一下子翻腾起来,几个月前,自己第一次过江,南下,几个月后,又一次过江,却是北上。

第一次过江南携美女王炎,这一次北上却是携美女陈瑶。

一样的过江,不一样的方向,不一样的女伴,不一样的心情。

天色又渐渐暗下来,雪花越来越大,不过还不妨碍行车,落到地上都化了。

外面的气温越来越低,张伟把车内的温度又升高了一些。

陈瑶几次提出要开一会儿车,让张伟休息一会儿,张伟拒绝了:"我不累。"

陈瑶微笑着看着张伟:"老开车,腰会很疲乏的,脖子也会很酸软,要适当放松一下。"

"没关系。"张伟呵呵一笑,"我跟本没什么感觉,等累的时候我自然会给你说的。"

张伟其实并不是不累,但是张伟从骨子里有一种大男子主义,他认为,有男人在,是不能让女人干活的,特别是体力活,不然,也太掉男人的价了。

陈瑶打开一瓶水递给张伟:"喝点水,累的时候我们就休息一会儿,时间很充裕的。"

张伟喝完水,把瓶子递给陈瑶。

陈瑶看着夜幕中飘飘洒洒的雪花在汽车灯光的照射下迎面扑来,很高兴:"好美的夜景,真的感觉很浪漫刺激。"

张伟也有同感,不过,张伟还有一丝忧虑:"这雪这么个下法,不知道前面会怎样? 不知道要下多久? 不知道晚上路面会不会结冰?"

"你是担心大雪会把高速公路封冻,担心高速公路塞车?"陈瑶问张伟。

张伟忧心忡忡地点点头:"希望我们能交上好运,能在大雪封路之前到家。"

"我们都是有福之人,应该会的,张大厨,你别担心了,就是真封路了,我们也不怕,车上吃的喝得够我们一个星期的。"陈瑶笑嘻嘻地说。

张伟笑笑,没有说话。

陈瑶拿出相机,对着外面的雪一阵猛拍。

久在南方的人,见到雪自然会产生一种好奇和欣喜。

不过,这里也是很少下雪的,前几年从没听说过这里会下雪,只是现在降雪线南移了,这里也开始下雪,但是由于地温还达不到,落到地上就化。

一路北上,张伟坚持不休息,也不觉得累了。

雨雪天,车子速度降到90迈,安全要紧。

只是,这样到家的时间要大大延长。

到晚上九点,终于驶出了江苏地界,进入山东,到家了,张伟心里一阵高兴。

驶出省界收费站,陈瑶看着路两旁沉沉的黑夜:"这就是山东?你的大本营?"

张伟笑呵呵地说:"进入山东了,离俺们那地方还有三百公里下高速,然后再走一百公里到俺家。"

陈瑶兴奋地说:"这么快啊,加油,直接回家算了。"

张伟看着外面漫天的大雪以及白茫茫的路面,摇摇头:"没这么乐观,就是不休息,明天早上到家是快的,这路越来越打滑,不敢快跑了。"

陈瑶看看路边:"前方三十公里有一服务区,我们去那里加油休整,然后休息一会,明天再一鼓作气,回家。"

张伟点点头:"好的,车里的油不多了,正好去加油。"

夜色中,宝马继续艰难前行,风雪呼啸,大地白茫茫一片,路上的车辆都小心翼翼地走着,像蜗牛。

张伟小心翼翼地驾驶着,对陈瑶说:"打开收音机,听听天气预报。"

陈瑶打开收音机,正好听到中央台的气象预报:"……今夜到明天,黄淮大部,山东大部,有大到暴雪,明天晚上到后天,降雪仍将持续……"

张伟心里变得有些沉重,这雪下得真不是时候,讨厌!

陈瑶伸了伸舌头:"大厨,你告诉我,就这雪,我们还能不能到你家?"

张伟心里也没有底,但是仍然底气十足地告诉陈瑶:"没问题,你放心,咱是北方人,大雪年年见,不稀奇,有的是办法,你就等好吧,咱一准安全到家。"

在女人面前,在困难面前,信心和意志尤为重要,乐观的情绪很重要,关键时刻,男人要起到主心骨、顶梁柱的作用。

陈瑶看着张伟,笑了:"张大厨,我此刻感觉你真的很像个男人。"

张伟笑笑,没说话,要是伞人姐姐夸自己这话,张伟保准得高兴死,可惜不是伞人姐姐。

陈瑶擦擦车门玻璃上的雾气,看着外面白茫茫的大地,突然扭头问张伟:"这里怎么是平原,没有山啊?"

张伟紧盯着前方的路,紧握方向盘,回答陈瑶:"这里属于一个冲积平原,这里离北部山区还远着呢。"

陈瑶看张伟聚精会神地在驾驶，也不再多说话，也集中精力看着外面逐渐被大雪完全覆盖的路面，还有前面一辆艰难爬行的大货车。

外面的雪花越来越大，真的像书中写的鹅毛大雪那样了，在狂风的席卷下，迎面扑来，落在车的挡风玻璃上，随即被刮雨器刮走。

随着风雪的加大，前方的视线越来越模糊，可视距离不到一百米，张伟紧盯住前方的这辆大货车，跟在他后面走，也不再打算超车。

通过反光镜，张伟看到后面也有一辆车紧跟在自己后面，雨雾灯一闪一闪。

张伟早就打开了雨雾灯。

虽然张伟没有说什么，但陈瑶此刻从张伟聚精会神地驾驶和脸色中感觉出情况可能要不大妙，不过倒也没感觉什么可怕，有大个子男人在，怕什么。

张伟边开车边观察对过相反方向驶过的车辆，看了一会，张伟的脸色突然越来越紧张，最后面如死灰。

"怎么了？"陈瑶看张伟的脸色大变，心情也有些紧张，问张伟。

张伟艰难地指指对过："坏了，对过的车辆怎么没有了？"

陈瑶看了一会："没有就没有呗，车少呗，有什么大惊小怪的。"

"你不懂，这是京沪高速，大动脉，正常情况下，这条路上的车从来就没有断线的时候，这个时候，对过的车没有过来的，只能说明一个问题。"

"什么问题？"

"前面堵住了。"张伟说。

"啊。"陈瑶也紧张起来，又说，"那也没什么，对过堵住了，我们这边不是还在跑吗，也许是堵住了一边呢。"

张伟："但愿如此，如果是对过有车祸堵住了，那我们这边就不要紧，如果对过是因为大雪把路封住了，那我们就惨了，要封一定是两边的车都不敢走，打滑太厉害。"

陈瑶一听，急忙单掌施礼："阿弥陀佛，大慈大悲的观音菩萨，保佑我们安全到家吧。"

张伟不禁笑起来，女人哪，总归是女人，总想把希望寄托在未知的虚无的神灵身上。

张伟乐呵呵地对陈瑶说："没关系，反正已经进入我的地盘了，就是爬，我也要把你背到我家去过年。"

陈瑶看张伟一脸轻松，也笑了："这冰天雪地，还不冻死你啊。"

张伟挺挺胸脯："我是抗冻型的，耐寒，不怕冷。"

陈瑶看着张伟，呵呵笑起来。

前面的货车像蜗牛一样缓慢爬行，张伟开着宝马也像蜗牛一样爬行，高速公路上的车都在蜗牛一般爬行。

张伟看着心急，这半天走了还不到十五公里，离服务区还有十五公里，可是，车里的油已经开始亮红灯了。

这宝马车本身就耗油量大，要是这么磨磨蹭蹭走下去，不敢想象。

夜深了,寂寞的高速公路上,风雪肆无忌惮,疯狂地扑向一辆辆缓缓前行的车辆。

视线越来越模糊,前面的那辆货车离张伟陈瑶她们越来越近。

陈瑶拿出点心零食,开始吃起来,一会儿又拿起一块点心,伸到张伟嘴边:"大厨,张嘴。"

张伟有点不好意思,怎么能让一个不相干的女人来喂自己呢。可是陈瑶的手已经伸过来了,纤细白嫩的手在张伟眼前晃动,陈瑶身体的芳香体味也淡淡地浸入鼻孔。

"喂,大厨,抓紧啊,吃。"陈瑶的手在张伟嘴边晃动。

张伟张开嘴,陈瑶把点心送进来,手指碰到了张伟的嘴唇。

张伟感觉陈瑶的手好暖和,热热的,软软的,嫩嫩的。

张伟边吃点心,边用舌头悄悄舔了一下嘴唇。陈瑶的手又伸过来:"再来一块巧克力,补充能量。"

陈瑶的语气这次很祥和,听起来像是幼儿园的阿姨在说话,带有一种哄孩子吃饭的味道。

张伟又闻到了香香的体味,还有巧克力诱人的香甜味道。

张伟又张开嘴,陈瑶的手又碰到了张伟的嘴唇。

张伟边吃巧克力边又悄悄舔了一下嘴唇。

陈瑶温柔起来好像一个保姆,一个母亲,一个大姐姐,充满女性的温存和母性的呵护,让人从心田里升起一种温暖。

张伟心里升起一种莫名的感动,温柔的女人,真好。

伞人姐姐一定更加温柔。

陈瑶打开一罐百事可乐,这是张伟专门提出来买的,张伟最喜欢喝的可乐就是百事,他不喜欢可口可乐的味道。

张伟还喜欢百事的那种企业色调,很喜欢。

那种以蓝色为基调的颜色和陈瑶的假日旅行社的颜色很一致,也和陈瑶穿着的颜色很一致。

陈瑶一直很喜欢蓝色,张伟也喜欢蓝色。

陈瑶递给张伟一罐:"慢慢喝,不要一次喝完,剩下的我给拿着。"

张伟接过来喝了几口,递给陈瑶,陈瑶就一直放在手里拿着。因为易拉罐没有盖子,放在车上液体容易晃出来,所以陈瑶就放在手里。

然后陈瑶又喂张伟吃点心,吃了几块之后,又把可乐递给他。

喝完可乐,张伟打算开开车窗扔空易拉罐,陈瑶一把拿过来:"大厨,讲点公共道德好不好,不要随便乱扔垃圾,要放在这里。"

原来陈瑶已经腾出了一个空塑料袋,专门用于放垃圾。

张伟不好意思笑笑。

大货车突然在前面停了下来,张伟的心开始收缩,乖乖,别是出什么事情了吧?

张伟把车停好，打算下去看看，陈瑶一把拉住张伟："等等再下，说不定一会还会走，外面太冷了，莫下。"

张伟想想也是，下去也没有什么用。

车内的温度保持在二十度，非常暖和，陈瑶乐滋滋地边吃东西，边欣赏车外的大雪："哇塞，这是我有生以来第一次见这么大的雪？"

"你没带团去过哈尔滨？那里的雪不是更大？"

"经常去啊，可是见过的都是雪停了之后的雪地，没见过正在下的这么大的雪。"陈瑶兴致勃勃，又拿起相机。

"这场雪应该是暴雪了，看这势头，越下越大，一时半会儿不会停下来，要是一直停在这里，可就糟糕了。"张伟眼睛盯着油量表，心急如焚。

"没关系，要是大雪封住了，我们就在这车上过年，岂不是更有意思。"陈瑶安慰张伟。

"不是啊，你不知道，我们这油就快要光了啊，本来要是道路好走，到前面的服务区绰绰有余，可是，照这样，够呛了。"

陈瑶一听，意识到问题的严重性："是啊，没有油了，我们不就窝在这里了？把火熄掉。"

"那还不冻死你？"张伟看了看陈瑶，"就我们这小棉袄，出去半分钟，浑身冻透。"

"这里离服务区还有多远？"陈瑶问道。

张伟看了看里程表，想了想："大概还有五公里吧。"

陈瑶点点头："不怕，大厨，这么近了，没什么问题的，咦，你看，大货车动了。"

张伟一看，大货车果然开始走了，很高兴，希望又开始升腾，急忙跟上。

刚走了有五百米，大货车又停了下来，而且，这次超车道上也塞了一辆大货车。

"坏了，车堵住了。"张伟心里猛地一沉，一定是前面都堵死了。

张伟穿上棉袄，对陈瑶说："这次我必须下去看看，你在车里等着。"

陈瑶点点头："你小心一点。"

张伟打开车门，又急忙关上。

外面整个是一冰雪世界，寒风彻骨，飞雪飘扬，满天银白。

张伟向前走了几步，路边的积雪已经没脚，往前一看，心刷地冰冷。

前面一条长长的亮着灯光的车龙，望不见头，都停在那里不动，行车道和超车道都塞满了。

老天，大事不妙。

张伟迅速回到车上，身上已经冻得透透的。

"怎么样？"陈瑶问张伟。

"不怎么样？前面整个堵死了，一点也动不了了。"张伟无可奈何地说，"在这里等着吧，等交警来疏通，等政府来营救吧，都窝住了，谁也动不了。"

"呵呵……没关系，又不是我们自己，大家不都在这里嘛，没关系，趁这会吃点东西，睡会儿觉。"陈瑶笑嘻嘻地说。

张伟呵呵一笑,把座位放平,往后一仰:"现在只有这样了,陈董事长,你跟着我这次体验生活,可真是叫你体验着了,你这叫春节北方历险记。"

陈瑶也放平座椅,缩蜷在座位上:"哈哈……我怎么感觉这么刺激呢? 没感觉什么害怕,是不是因为有你这个大男人在啊? 要是我自己一个人遇到这情况,还真是很恐慌害怕。"

张伟闭上眼睛:"一觉醒来,救星来到,等候施救吧,嘿嘿……"

陈瑶舒服地伸伸腰:"在冰天雪地的深夜,外面风雪飘摇,车内温暖如春,感觉人的力量真是伟大,感觉真幸福啊。"

张伟闭着眼睛,半醒半睡:"这就是人类的征服,这就是幸福的原始含义,生存,永远是人类的第一需求,温饱,永远是人第一幸福的感觉。"

陈瑶侧身看着张伟:"张大厨,你这个人很有一些文艺细胞,讲话出口成章,不简单。"

张伟其实也不困,因为心里一直在担心暴风雪,这会儿听陈瑶这么说,也睁开眼睛,看着陈瑶:"但是,陈瑶,比你还是差得很远,我心里其实一直有一个想法。"

"什么想法?"

"学习你,模仿你,超越你。"张伟直截了当说出来。

"呵呵,这只是说明了你的一种进取态度,其实,我这人本事真的很一般,常常感觉到自己的能力枯竭,常常感觉到自己需要去充电,你在能力方面,在知识方面,在技能方面,有不少地方比我强,我还要想向你学习呢。"陈瑶真诚地说。

张伟:"你的意思就是大家互相学习,互相取长补短,共同进步,是不是?"

"正是。"陈瑶说,"有的人羞于学习,觉得要是向别人学就意味着自己不如别人,这种想法十分幼稚和可笑,善于学习的人是最聪明最精明的人,把别人的本领学过来,就是自己的本领,只要不断学习,自己的本领就会越来越大,自己的能力就会越来越完善。

从你身上,我真的感觉到有好几个地方向你学习,比如,你的思维条理能力,你的材料组织能力,你的宏观策划能力,你的锐意创新能力,都是值得我学习的。我的最大的弱点就是理论的东西差,实践的东西多一点,但理论基础差,只会干,不会总结,说不好。"

"我看你说的挺好的啊,第一次听你做报告,什么都不用准备,纯口头报告,讲得头头是道,很有条理,很有思路,很有见解,你那次,直接把我雷倒了,原来这旅游还有这么多的道道。"张伟说。

"哎呀……那次报告啊。"陈瑶笑起来,"我最愁的就是作报告,那次没办法,系统的材料整不好,干脆就什么也不用,直接把自己平时做的事情打了一个腹稿,有了一个大概的提纲,然后就是上去现场发挥的,没有什么章法的。"

第五十一章 | 患难真情

"呵呵……"张伟也笑了,"可是,你那次讲的确实很好,这说明你实践经验太丰富了,自觉不自觉地就条理起来了。就好像练武的,行家一出手,就知有没有。"

陈瑶:"你不就是练武的吗?我看你那天一出手,把哈尔森直接放倒了,看得出,你是专业练过,很有一些章法,一般男的我看三个两个近不了你的身。"

张伟说:"曾经有一次,大概有三年了,我和一个女同事吃夜宵,晚上遇到一伙小流氓,四个人,调戏我女同事,让我一顿暴打,抱头鼠窜,边跑边喊:'这女的带了保镖来的。'"

"哈哈……"陈瑶开心地笑起来,"你这个护花使者做得好,和你在一起的女人都会有一种安全感,谁要能做你的女朋友,倒也是一件幸福的事情。"

张伟笑笑,没说话,翻身坐起,看着车外的雪白世界,突然想起了伞人姐姐。

一天一夜,自己已经离伞人姐姐千里之外,越往北走,对伞人姐姐的思念就越加浓郁。自己是多么想做伞人姐姐永远的护花使者啊!

伞人姐姐此刻在干吗呢?是否像自己想着她一样在想自己?

张伟怔怔地看着窗外,心里突然涌起几分愁绪,几分眷恋,几分思念。

爱情,没有空间的阻隔,没有时间的绵延,心与心,没有距离,没有时差,只要有爱,就会有情,爱深情浓。

张伟此刻突然非常思念伞人姐姐。

"你在想什么?大厨。"陈瑶也坐起来,伏在膝盖上,问张伟。

张伟一下子回过神:"没……没什么,你怎么知道我在想事情?"

陈瑶狡黠地笑了:"我看你眼珠子滴溜溜转悠,就知道你一定分神了,在想别的事情。"

张伟大吃一惊,陈瑶真是聪明,竟然能看出这个来。

张伟从小就养成一习惯,那就是思维分神或者想事情的时候,眼珠子总喜欢滴溜溜转悠。

发现他这个特点的只有爸妈，别的任何人都没有这样说过自己的这个特点，今天竟然被陈瑶看出来了。

张伟朝陈瑶伸出大拇指："姓陈的,I 服了 YOU！你真的很厉害,我老张佩服你。"

"老张!"陈瑶大乐，"张大厨,你在我面前敢自称老张？小毛孩。"

张伟一扭脑袋："我就是老张,老张就是我,哈哈……有什么不敢的,我老张想当年……"

陈瑶："行,老张,只要你敢答应,我就叫你老张。"

张伟心里直乐,叫就叫吧,还多大事？

"老张。"陈瑶冲张伟叫。

"在。"张伟答应着。

"哈,你还真敢答应啊。"陈瑶哈哈笑起来。

"只要你敢叫,俺就敢答应。"张伟得意洋洋,"说,什么事情。"

陈瑶指指车前面："咱们的车好像熄火了！"

"啊!"张伟心里一凉,完了,车没油了,急忙打火,果然是没油了。

天亡我老张,张伟心里怒气冲冲骂着这鬼天气,骂着这可恶的暴风雪。

张伟急忙把棉衣拿过来递给陈瑶："抓紧穿上棉袄,车内温度很快就会下降。"

陈瑶穿上棉衣,想了想："车后备箱里有一个薄毛毯,上次出去开会发的礼品,一直扔车里没动。"

张伟扭身要下车,又回头："还有没有别的东西,说好我一次性都拿过来。"

陈瑶想了想："好像还有一个雨衣,别的……没有了。"

"那好,你在车里等着,我去拿。"张伟说着要下车。

"等等。"陈瑶对张伟说,"我从车里面爬到后座去,后座空间大,前面薄毛毯两个人没法盖,你拿了东西直接去后排。"

张伟点点头,飞快下车,直奔后备箱,很快找到了毛毯和雨衣,顺便看了下车后面,妈呀,后面密密匝匝都是车辆,已经是长长的车龙了。

这车堵得,壮观！

张伟飞快钻进车后门,脸上、头发上、衣服上已经满是雪花。

陈瑶已经坐在车后座了。

车内的温度瞬间已经很低了,刚才积攒的这一点热气经车门这么一开一合,余温殆尽。

张伟对陈瑶说："脱鞋,你半躺在座位上。"

陈瑶依言,脱下鞋子,靠着一侧车门,半躺在座位上。

张伟用毛毯把陈瑶从脖子以下裹起来,到脚,都包住,然后坐好："行了,感觉暖和没？"

陈瑶坐在那里眼睛眨巴眨巴地看着张伟:"暖和了。"

"那就好。"张伟把棉衣裹紧,缩在座位上,睡会吧。

陈瑶把裹着腿的毛毯蹬开,用脚踢踢张伟的身体:"喂,老张。"

"干吗?"张伟看着陈瑶。

"你也靠着那边车门,半躺在座位上,把毛毯盖在腿上。"陈瑶用命令的语气说。

张伟一听,如果这样,那就不是两人在一床毛毯下通腿吗?那怎么可以?

"不用。"张伟忙说,"我不冷。"

话音刚落,鼻子不争气地打了两个喷嚏。

"老张。"陈瑶的语气重了一些,"我再说一遍,你把鞋脱掉,上座位上来半躺着,听见没有?"

张伟没做声,坐那没动。

"那好,你不上来,我也不盖了。"陈瑶说完要把毛毯揭开,"要不盖就都不盖。"

张伟一听急了:"那好,我上来。"

陈瑶笑了:"老张听话才是好同志,抓紧上来。"

张伟脱掉鞋子,靠着那边的车门,半躺在车上,陈瑶把毛毯拉下来,正好把两人的腿全部盖住。

张伟心里很紧张,自己的脚正好紧贴在陈瑶的臀部,陈瑶的脚靠在自己大腿旁边,两人的腿也靠在了一起,彼此清清楚楚感觉到身体的热度。

张伟心里怦怦直跳,陈瑶的身体好热乎,脚也热乎乎的,比自己的脚暖和多了。

陈瑶把毛毯在自己的脚头包好,掖好缝隙,拍拍张伟的脚:"行了,老张,一会你的脚就暖和了。"

靠着陈瑶的体温,张伟的脚一会儿果然暖和过来。

张伟心里一种异样的感觉,自己和一个美女深夜半躺在一辆车内,身体互相碰触,而且这美女还是自己曾经为之倾倒的神仙美女。

造化真能捉弄人啊。

张伟身体有一种说不出的感觉,心里有些荡漾,嘴唇发干,紧张地直咽唾沫。

看看陈瑶,神态自若,半眯着眼睛,很安详地坐在那里,仿佛一切都是很自然的事情,一切都是很合理的事情。

张伟突然感到很惭愧,为自己心底的阴暗,为自己意识的龌龊,人家把这看成是正大光明的事情,自己心里竟然会有不端的想法。

张伟心里对陈瑶涌起莫大的尊重。

车内很静,静地只能听见两人的呼吸声。

车外,北风呼啸,挟裹着风雪猛烈冲击着车体,一阵阵风声怪叫着疾驶而过。

两人都没有说话,但是都没有睡着。

从彼此的身体就能感觉得到，虽然隔着衣服。

夜更深了，寒气一阵阵袭来，车内的温度越来越低，一床薄毛毯已经起不到什么作用。

张伟感觉到陈瑶的身体在发抖，身体的热度在逐渐下降，张伟自己的身体也感觉到一阵阵发冷。

"陈瑶，睡着了吗？"张伟问陈瑶。

"没有。"陈瑶回答张伟，牙齿已经上下在打架，"你呢？老张。"

"废话，我睡着了还能和你讲话？"张伟回答，"不要睡着，越睡越冷。"

"嗯。"陈瑶答应着，身体不由自主向张伟的身体紧紧靠过来，两腿在轻微颤抖。

张伟也开始冷得浑身发抖，不停打寒战。

自己都不撑劲了，陈瑶肯定更不行。

张伟看看时间，凌晨一点。

这样不行，得想个办法，不然捱到天亮，两人真的就冻成冰块了。

求助，现在这气候，显然不可能，张伟想看看前后的车辆，可是，大雪已经把车窗都覆盖住了，外面的东西什么也看不见。

一定要想个办法，虽然饿不着渴不着，可是冻也要冻死了。

"陈瑶。"张伟对陈瑶说，"我们不能再待在车里了，不然，非得冻死。"

陈瑶点点头："嗯，我想也是，老张，你说咋办？"

张伟脑子飞快地转悠着，很快做出了决定："这样，我们弃车，把车锁好，带上随身物品，到前面的服务区。这里离服务区大概还有五公里路程，我们徒步走过去。"

陈瑶点点头："好，听你的。"

张伟："先穿鞋。"

两人于是抓紧穿鞋。

陈瑶穿的是旅游鞋，幸亏没穿高跟皮鞋。

张伟穿的也是旅游鞋。

"系紧鞋带。"张伟对陈瑶说，"把随身物品，钥匙、钱包、手机带好，然后听我安排。"

陈瑶很快收拾好："行了。"

张伟把毛毯裹在陈瑶身上："待会儿，我打开车门，你披着毛毯下车，把身体用毛毯裹紧，然后，我把雨衣套在你身上，双层保暖，等我关好车门，你就跟着我，咱们抓紧往服务区方向赶。"

陈瑶一听："不行，都让我穿着，还不把你冻坏了。"

张伟急了："这个时候，你不要和我争，记住，要服从！没关系，我是北方人，常年在雪地晃悠，习惯了，出去只要一活动，就不冷了，你是南方人，没经历过这种严寒，所以你要多穿点，记住，出去后，我拉住你的手，紧跟着我，低头往前走，不然雪会打进你眼里，什么都看不见。"

陈瑶点点头："我记住了。"

张伟笑笑,拍拍陈瑶的肩膀："陈董事长,别害怕,这风雪啊,它再凶猛,只要咱人敢于和它对抗,就一定能战胜它,你越怕它,它就越猖狂,你就会越冷。"

陈瑶黑夜中明亮的眼睛看着张伟："有你在,我不会怕的,我会跟着你的,紧紧跟着你。"

张伟微微一笑："那我们开始行动,我先出去,然后在那车门旁等你,等我过去你再出来。"

陈瑶信任地看着张伟："嗯。"

张伟打开车门,出去后迅速关上,弯腰顶着风雪绕到陈瑶那一侧的门边,敲敲车门,示意陈瑶出来。

陈瑶一出来,张伟迅速把毛毯披在陈瑶身上,裹紧,然后把雨衣给陈瑶披好,抹一把脸上的雪花,趴在陈瑶耳边大声说:"记住,拉住我的手,紧跟我。"

陈瑶看着张伟的脸,眼睛里凝结出一层水晶晶亮晶晶的东西,不知是不是雪花打进了眼睛,使劲地点点头。

张伟锁好车门,右手拉着陈瑶的左手,弯腰弓背,顶风冒雪,向服务区方向走去。

风雪依旧,寒风彻骨,嗖嗖的风声裹起团团雪花在空中飞舞,毫不留情地冲着张伟和陈瑶击打过来。

地上的雪已经有半尺厚,走在上面直接没到小腿。

北风吹到人的鼻孔里,直接有点上不来气。

风雪中,二人走得很慢,风太大,雪太狂,脚下太深。

走出几百米,陈瑶走不动了,开始大口大口喘气,脚在雪窝里拔不出来。

陈瑶的体力耗尽了,张伟心里明白,对于一个没有经历过北方严寒的人来说,对付严寒的路子自然就少,经验自然就不足,身体的抵抗力自然就差。

现在没有别的路可走,只有向前。

张伟看看经过的车辆,不少司机都已经弃车前往服务区了,看来自己的行动是慢的。

张伟二话没说,转过身,弯下腰,把陈瑶背起来,径直前行。

陈瑶没有反对,估计也是没有多少力气了。

张伟大声对陈瑶喊道:"抓紧毛毯,抓紧雨衣。"

陈瑶大声"嗯"了一声,搂住张伟的脖子,把脸紧紧贴在张伟的肩膀上,把毛毯和雨衣尽量覆盖住二人更多的身体。

陈瑶紧紧把身体贴在张伟的后背,这样可以减少张伟的阻力,还可以互相取暖。

张伟把陈瑶背好,加快速度,努力跋涉。

张伟的身体很棒,练过武术,踢过足球,又年轻力壮,陈瑶背在自己背上,竟也没感觉到多么沉,反倒感觉身上暖和不少。

陈瑶的身体前面和自己的后背贴的很近,张伟很明确地感觉到陈瑶身体的主要突出部位和自己的接触,以及热量在两者之间的传递。

陈瑶的脸靠在自己的肩膀上,嘴里哈出的热气正喷到张伟的耳边和脖颈处,有时候偶尔脸庞也会靠到自己脖子上。

陈瑶搂着自己脖子的双手紧紧贴在自己胸部。

张伟担心陈瑶的手会冻坏,把陈瑶的手从上衣扣子间隙里塞进棉衣里面,这样陈瑶的双手直接隔着内衣紧贴自己的胸部,也不会冻坏。

张伟意气风发地顶风冒雪,无畏前行。

张伟心里一个劲给自己打气,坚定信心,战胜困难,党考验自己的时候又到了。

走了大约有三公里,张伟感觉脚步逐渐沉重起来,体力渐渐有些不支。

不行,张伟大声地在心里鼓励自己,坚持就是胜利,还有一千米,一定要走到服务区,一定要把陈瑶带到服务区。

张伟转移自己的思想,不让疲倦来打扰自己,嘴里开始数数:"1、2、3……"

一步一米,只要数到1000,就是1000步,服务区就到了。

"301、302、303……"张伟每迈出一步,就念叨一声。

陈瑶很快就明白了张伟嘴里念叨的意思,嘴巴贴在张伟耳边,也开始数数:"443、444、445……老张加油!"

陈瑶嘴里的热气在张伟耳朵里环绕,很舒服,陈瑶的鼓励更是给了张伟莫大的力量,张伟干脆闭了嘴,随着陈瑶的数数迈动前进的步伐。

"809、810、811……老张好样的,坚持就是胜利。"

张伟明白,冰天雪地,放弃意味着什么,陈瑶也明白。

张伟心里默默鼓励自己,陈瑶,就凭你的鼓励,我也一定会坚持住的。

张伟已经看见了服务区的灯光,陈瑶也看见了。

"张大厨,你真是好样的男人。"陈瑶在张伟耳边激动地喊道,"920、921、922……"

张伟看见灯光的召唤,来了力气,加快了步伐,跌跌撞撞冲服务区奔去。

"1009、1010、1011,到了! 张大厨!"陈瑶激动地叫起来。

哈利路亚,感谢神! 终于到了服务区。

冲进温暖的服务区休息大厅,张伟把陈瑶放下来,解开雨衣,拿下毛毯,然后一屁股坐在椅子上,大口大口喘气。

陈瑶紧靠着张伟坐下,浑身也没有了力气。

极度的紧张之后是高度的放松。

服务区里人不少,都是来躲避风雪的,不少人躺在连椅上睡了,身上披着崭新的军大衣。

这里有军队的救济站? 怎么这么多人穿军大衣?

第五十二章 午夜出击

张伟靠在椅子上休息了一会,浑身变暖,回过气来:"陈瑶!"

"嗯。"陈瑶靠着张伟的肩膀,也慢慢休息暖和过来。

"我们胜利了。"

"是的,胜利了,张大厨,你是个真正的男人。"陈瑶坐好,看着张伟,"今天,我要对你提出严重表扬,你的表现非常棒,你的功绩必将载入假日旅行社的史册。"

张伟不由乐了:"干吗要载入假日旅行社史册?"

陈瑶:"因为你今天救了假日旅行社的头啊,要是这个头没有了,假日旅行社也就不复存在了,所以说,你挽救的党就是我,挽救的革命就是假日旅游。"

"哈哈!"张伟快活地站起来,活动筋骨,"姓陈的,你跟着我来北方体验生活,差点连老命都搭上啊,想想不值吧? 后悔了吧?"

"老张,此话从何说起呢? 咱只要是认定的事,就一定值,咱只要决定的事,不管对错,都不后悔。"陈瑶也站起来慢慢活动。

"不过,这么大的暴风雪,我还真是很少见到,其实,从车跟前出发的时候,我和你说的蛮轻松,自己心里也是没有底,哈哈……"张伟快乐地笑着,"可是,我怕你害怕,所以必须要让你放心,让你别太当一回事,嘿嘿……"

陈瑶看着张伟:"这我倒是没有想到,看你胸有成竹的样子,我还真没有害怕,总觉得你一定有办法,你一定能成功。"

"所以,我们成功了啊,最后几百米,我差点坚持不住了,幸亏你的鼓励,给了我力量和勇气。"张伟来回搓着自己的手,增加血液循环。

陈瑶也学着张伟的样子来回搓手:"这就叫异性效应,是不是? 哈……"

张伟一般正经地转了转眼珠:"还真差不多,不过,当时来不及想是不是异性效应啊,只想着快速奔服务区。"

陈瑶开心地笑着:"现在还可以回味啊。"

"回味什么啊!"张伟拉拉陈瑶的衣服,"我们先去小吃部,喝点热饮,吃点东西,然后再做下一步计划。"

"走！"陈瑶把毛毯和雨衣收好,叠起来,和张伟一起去小吃部。

两人要了两杯热牛奶,点了两碗鸡蛋面,舒舒服服吃下去。

"好舒服。"张伟拍拍肚皮,"温饱乃生存之本啊,怪不得我们国家老是说最基本的人权是温饱问题,是生存权,有道理,美国佬天天饿不着冻不着,老是指责我们人权问题,真是吃饱了撑的,闲扯淡！"

陈瑶微笑着看着张伟,比划着自己的双手:"咱这双玉手要不是借助你的小棉袄和胸口,估计也得冻坏了,也危及到手的生存权了,嘻嘻……"

张伟看着陈瑶的脸色变得柔和而红润,很高兴:"吃饱了？"

"饱了。"

"暖和了？"

"暖和了！"

"那好。"张伟站起来,"我们去超市看看,弄两件衣服穿,我看外面那些人穿的那些新军大衣,估计是从超市弄出来的,在这里,救济站是不可能有的。"

"好,去看看。"陈瑶也站起来。

两人去了超市,一看,哇塞,很多军大衣啊,都是新的。

这超市真是会做生意,赶在暴风雪之前,弄了一批军大衣,挣发了。

一问价格,五百元一件。

晕死,外面一件军大衣也就一百元一件,这里发暴雪财竟然卖到这个价格。

买军大衣的人不少,即使再贵也要取暖啊,只能乖乖被宰了。

当然也有一些人提出异议,南腔北调的声音此起彼伏,抗议价格太贵。

卖军大衣的是一小伙子,当地人,操着一口典型的山东口音,很霸气:"怎么了？ 我们就是卖这个价格,爱买不买,不买滚蛋！"

强龙难压地头蛇,那些外地人即使被人家骂着,无奈不能和暴雪怄气,也都还是乖乖买了下来。

看到自己的老乡如此痛宰外地人,如此奚落外地人,张伟脸上感到发红,一阵阵羞愧。

等买军大衣的那几个外地人走开,张伟摇摇晃晃过去用当地话对他说:"兄弟,我要两件军大衣。"

本地话就是管用,那小伙一看张伟人高马大,脸上表情又吊儿郎当,马上换了个态度:"好的。"

"多少钱一件？"

"五百！"

"呸！ 你砸杠子啊。"张伟摇头晃脑:"你怎事？ 看爷们好欺负？ 在我家门给我弄这个。"

那小伙看张伟这样有点发愣:"你……你家就这附近的?"

"废话!"张伟抬抬眼皮,手往后面一指:"我家就这村的,你们这服务区还是占了我们村的地,要不是今天我几个朋友经过这边被雪封住,我才没鸟工夫来这里和你忽悠。"

卖军大衣的小伙一听,态度顿时热情起来:"哦,大哥就是三里屯的啊,不好意思,冒犯了,这军大衣给你按进价,五十,你看行不。"

这附近的村子叫三里屯,这军大衣进价五十!!

张伟掏出一百元扔给他:"拿两件。"

小伙忙抱起两件军大衣给张伟:"大哥以后多关照!"

张伟点点头:"好说。"

张伟和陈瑶抱着军大衣离开了超市,刚一走出去,陈瑶"扑哧"笑出来:"老张,你真行,你刚才那架势活生生一小混混。"

张伟笑嘻嘻地:"我本良民,怎奈世事浑浊,无法自清,只得随波逐流了。"

两人穿上军大衣,好暖和。

张伟隔着玻璃窗看着外面的雪:"这雪今晚是停不了了,这么多车积压在这里,想走也走不了,况且,我们的车还没有油了,只能等天亮之后交通部门来疏通之后再说了。"

陈瑶点点头:"我们找个地方睡会儿吧。"

张伟环视了一下休息大厅,对陈瑶说:"跟我来。"

来到角落的一个长椅,张伟对陈瑶说:"只能这么将就一下了,你躺着睡,我坐着打个盹就可以,你枕着我的腿睡好了。"

陈瑶:"那你睡不好啊,还是你躺着睡吧。"

张伟一瞪眼:"你这丫头怎么这么啰嗦呢,听话,一切行动听指挥。"

陈瑶一听,竟顺顺地看了张伟一眼:"那好吧,张大厨,你干吗这么凶?"

张伟禁不住乐了:"对待不听指挥的同志,就得用这个办法。"

陈瑶照张伟胸口一拳:"姓张的,你就依仗在你家三里屯的地界上,你就欺负俺浙江人啊。"

这一拳,打在张伟身上,荡在张伟心里。这一拳岂是随便打的? 女人在对男人动这种拳头的时候,就已经说明这个男人在她心目中已经有了一种放心、安全和信任的好感。张伟深知这一拳的分量,不敢造次,没敢拔苗助长,闷头坐在长椅上,把军大衣裹紧,拍拍自己的大腿:"抓紧睡会吧,时间不早了。"

陈瑶点点头,也裹紧军大衣,竖起毛领,蜷伏在长椅上,脑袋枕着张伟的腿部。

两人这才感觉真的是累了,疲倦急速涌上大脑,散布到全身每一个角落,开始蔓延开来。

陈瑶很快进入了梦乡,呼吸很均匀,睡得很恬静,张伟也迷迷糊糊开始入睡。

心中坦荡天地宽,此刻,张伟心里感觉没有任何杂念,心中坦荡荡,很泰然。

看来,只要思想好,枕在腿上也没事。

休息大厅里不时有人进进出出,但是很安静,大部分人都裹着军大衣或坐或躺畏缩在椅子上,或者无精打采,或者呼呼大睡,也有的半睡半醒,不时打着瞌睡。

休息大厅的大灯关掉,只有几个角落的壁灯发出昏暗的光。

相对于外面的狂风呼啸,大雪飘飘,休息大厅无疑是一个安乐窝、安全岛,一个可以放心栖息的中转站。

出门在外,不比在家里,能有这样的地方蜷伏,已经是不错了。

张伟睡得很浅,睡眠细胞也就是用了大脑表皮这一部分,深处的细胞还处于微微的兴奋和躁动之中。

虽然张伟身体很疲劳,但是大脑总是不能沉沉安静,总是不能从容平息,总有些不踏实的因素在搅动。

张伟迷迷糊糊地闭着眼睛,脑海里又出现了伞人姐姐的身影,背对自己,窈窕而苗条,这背影感觉好熟悉,可是怎么也想不起在哪里见过,只能依稀在梦中回忆。

张伟仿佛依稀看见自己和伞人姐姐一起伫立在三亚的天涯海角,在爱情的见证面前凝望无边的蓝天和海洋,在柔若细粉的沙滩上漫步嬉戏……走累了,两人坐在沙滩上,任海风吹拂着自己的头发和衣角,呼吸着咸湿的海风,伞人姐姐轻轻把脑袋放在自己腿上,柔柔静静的闭上眼睛,甜甜地进入了梦乡……

张伟的心像浮在云朵上,身体像陷入棉花,心潮起伏,思绪澎湃……

张伟朦朦胧胧间听见有窸窸窣窣的声音,好像有人在自己跟前活动,睁开眼睛一看,两个和自己年轻相仿的青年,一个穿黑羽绒服的站在自己前面,背对自己和陈瑶,另一个穿蓝羽绒服的正蹲在陈瑶前面,手在陈瑶的军大衣口袋里乱掏,一会军大衣口袋里放的手机被掏了出来。蓝羽绒服把手机递给站着望风的青年,贼手又开始慢慢解陈瑶军大衣的扣子,准备把手伸进里面去掏棉衣的口袋。

两人配合地十分默契,蓝羽绒服心安理得,表情认真而轻松,不像是在行窃,更像是在做一件工作。

见鬼了,回一趟家,进了自己地盘,先遇见砸竹杠的,又遇见明火打劫的。

眼看那只黑乎乎的贼手要伸进陈瑶的军大衣里面,张伟不做声,轻捷迅速一伸手,轻轻而有力地抓住了那只贼手。

蓝羽绒服小偷一愣,看张伟醒过来了,若无其事,脸上丝毫没有紧张的表情,晃晃脑袋,咧嘴一笑,轻松地想站起来走人。

黑羽绒服听到动静,也回过头,看张伟醒了,对蓝羽绒服晃晃脑袋,示意走人,去别的地方。

他们之所以这么心安理得是有原因的,都是南来北往的外地人,谁也不敢惹事,就是发现了也不敢声张。

蓝羽绒服一用力,想把手缩回来,却没缩动。

张伟用力握住他的手腕,紧紧盯着蓝羽绒服,又转向黑羽绒服的口袋,把头一晃,示意他把陈瑶的手机拿出来。

黑羽绒服大为意外,这人吃了豹子胆,竟然敢把大爷到手的东西要回去。

黑羽绒服微微一笑,把手伸进口袋,摸出的不是陈瑶的手机,却是一把弹簧刀,一按开关,"啪",雪亮的刀子弹出来,又一按开关,"嗖",刀子又缩回去,如此两个来回,炫耀地向张伟示威,意思是你老老实实放手,这手机给你没收了,充公。

蓝羽绒服也用讥讽的眼光打量着张伟,又开始用力往回缩手。

这会儿三人都没有说话,无声地进行较量。

陈瑶睡得很香,全然不知正在发生的这一幕。

张伟抓住蓝羽绒服的手突然一松,手顺势一用力向外带,蓝羽绒服被猛地一拐,直接倒后两米倒在地上。

趁此机会,张伟急忙把旁边叠好的毛毯拿过来,轻轻抬起陈瑶的脑袋,把毛毯当枕头放在陈瑶脑袋下面,又轻轻放好。

陈瑶呼吸很均匀,太累了,睡得很沉。

蓝羽绒服站起来,大为恼怒,和黑羽绒服对视一眼,点点头,冲张伟招招手,压低嗓门但又狠狠地说:"兔崽子,出来。"

一听口音,不是山东人,应该是山东北面的人。

兔崽子,不好好在自己老家待着,跑到山东来撒野,败坏山东人的形象。

张伟看这俩人身高和自己差不多,都得一米七五以上,身体也很结实。

就是他们不叫张伟出来,张伟也不会放他们走的,之所以把蓝羽绒服晃倒,就是为了脱身安放好陈瑶,争取时间。这俩小子胆子不小,很猖狂啊,抢了人家东西,还要让人家出来,还要教训人家。

这世道,没天理了。

张伟脱下军大衣,盖在陈瑶身上。他知道这俩人也不想在休息大厅里大张旗鼓,张伟也不想,因为他不想把陈瑶惊醒。

张伟站起来,冲他们俩向外一指,点点头。

俩人走在前面,边走边回头看张伟。

张伟跟在后面,边走边活动筋骨。

三人直接出了休息大厅,来到休息大厅后面的一个角落,外面的风被挡住了,雪却纷纷扬扬下个不停,落在三个人的头上,身上。

黑羽绒服和蓝羽绒服有些意外,这小子胆子不小,敢跟他们俩出来,还真遇上不怕死的愣小子了。

"小兔崽子,我看你是不想回家过年了,是不是?"蓝羽绒服也掏出了弹簧刀,"啪",刀锋弹出来。

两人一左一右，把张伟夹在中间，每人手中一把刀子，刀锋在雪夜里发出寒光。

张伟拉开架势，左右打量了一下："呸，大过年的来这里作死，把手机拿回来，老子放你们俩走，不然，我废了你们俩混蛋的。"

听张伟说话的当地口音，两人一怔，又互相看了一眼，黑羽绒服晃了晃手里的刀子："你原来是这嘎的，这嘎的老子也不怕你，一样放你血。"

说完，两人挥刀子就上，从两个相反的方向，成一直线。

张伟身子猛地向后一缩，身体急速向右移动，转到蓝羽绒服的背后，伸腿一别，蓝羽绒服扑通倒在地上，接着张伟不敢怠慢，伸出右腿，抬起右脚，拿出射门的力气，狠狠地踢向蓝羽绒服拿刀子的右手。

这一脚，张伟用上了九成的力气，和带刀子的亡命徒交手，他不敢怠慢。

张伟的一记飞脚从地上带出一片四射的雪花。

"啊……"蓝羽绒服一声惨叫，刀子飞出十多米，落入厚厚的积雪中，转瞬不见了踪迹。

蓝羽绒服倒在地上，左手握住右手手腕发抖："啊，给我踢断了！"

黑羽绒服趁张伟一脚踢出的空当，拿刀子冲张伟小腹直刺过来。

张伟一脚飞出，不敢停留，顺势冲出几米，急速回身，正好黑羽绒服的刀子到了。

张伟急忙迅速弯腰收腹，身体前倾，黑羽绒服的刀子正好抵到腹部边缘，身体已经感觉到刀子和衣服的接触，但已经是强弩之末，没有了力度。

好险！张伟身体前倾的同时向左侧一转，左手顺势抓住黑羽绒服拿刀子的右手，手腕猛地反扭，右胳膊肘对准黑羽绒服的脖颈猛地一击。

黑羽绒服的刀子掉在雪地上，身体"扑通"倒在地上。

黑羽绒服很灵敏，身体迅速翻转，想爬起来。

张伟岂能给他喘息之机，右脚已经随身跟到，直接端在黑羽绒服的腹部。

黑羽绒服闷叫一声，双手要抱住张伟的右腿。

张伟身体下蹲，胳膊肘又猛地击打在黑羽绒服的胸部。

这一下，张伟用上了力气。

黑羽绒服怪叫一声，身体向外挣脱，抬脚踢向张伟腹部。

嘿，还挺能折腾。

张伟烦了，一记直冲拳，结结实实打在黑羽绒服的脸上，狠狠地。

"扑哧！"黑羽绒服满脸开花，鲜血立时飞溅出来，溅到了旁边的雪地上和张伟的棉袄上。

不容他喘息，张伟用膝盖顶住黑羽绒的胸口，又是一记右手勾拳，力气比刚才更大。

"咔嚓！"张伟听到黑羽绒服的脸部一声轻微的声音，知道他的下巴可能被干掉了。

黑羽绒服这下终于丧失了反抗的战斗力，无声地躺在那里不动。

第五十三章 模范公民

张伟伸手在他口袋里摸出陈瑶的手机,踢了踢黑羽绒服:"嗨!死猪,起来。"

黑羽绒服有气无力地想说话,可是说不出来,只能"呜呜"地叫。

蓝羽绒服挣扎着站起来,握着右手腕,疼得龇牙咧嘴:"大哥,对不起,狗眼看人低,多有得罪。"

张伟喘一口气,晃晃身上的雪花:"跑到山东来撒野,败坏山东人的形象,你以为咱山东人怕你!要不是看在过年的份上,老子非废了你们俩不可。"

蓝羽绒服弯腰低头,连连称是,边去搀扶黑羽绒服站起来。

黑羽绒服托着下巴,疼得直跳脚。

张伟转身想回去,临走之前又瞥了一眼黑羽绒服,正好看见他眼里狠毒的目光,正直直地看着自己。

张伟一愣,放这俩走,等于是放虎归山,说不定他们一会就打电话叫人来,俗话说,软的怕硬的,硬的怕愣的,愣的怕不要命的,这些人都是到处流窜的亡命徒,要是一会儿叫来一帮人,自己的麻烦会更大。而且,这雪这么大,堵车不知道什么时候能通,自己一时半会走不了,要是他们招来人,后果不堪设想。

张伟想起服务区卫生间东侧有一警务室,干脆,一不做二不休,把这俩鸟弄那里去,公事公办吧。

张伟走过去:"喂,伙计们,我给你们找一过年的地方,跟我走。"

说完,不等他们反应过来,张伟张开胳膊,一边夹住一个人的脖子,像拖死狗一样在雪地里行走,一直拖到警务室。

警务室里有两个值班的协警,毛头小伙子,一看张伟拖了俩人进来,吓了一跳。

张伟把他们俩扔在地上,对俩协警说了下刚才的情况。

警务室是当地派出所设的。

协警急忙给所里打电话通报,然后对张伟说:"所里的人一会过来。你先做下笔录吧。"

"你们所在什么地方？"

"就在离这五公里远的镇驻地，一会负责这一片的警长就过来，下雪走得慢，大约半小时就差不多。"协警回答，同时找出一副手铐，把俩羽绒服一人一只手，铐在一起。

于是，张伟把刚才的情况详细叙述了一遍，协警认真记录好，又让张伟按了手印，签字。然后，张伟又和一个协警一起，去雪地里找到那两把弹簧刀。

回来后，俩协警看着张伟笑："老乡，你手脚真厉害，出手挺狠啊。"

张伟呵呵一笑："我不狠他们就把我废了，我还得回家过年哪。好了，我先回休息大厅，我朋友还在那里，你们有什么事情可以到那边找我。"

"好的，你先过去吧。"

张伟临走前看了那对难兄难弟羽绒服："兄弟，我给你们俩找了个过年的好地方，你们就安心在这里过吧，好男儿志在四方，青山处处埋忠骨，你们就安心在这里待着，别想家，哈！"

俩协警乐得哈哈大笑："老乡，看不出你还真幽默。"

张伟冲他们点点头，先到洗手间把手上和脸上溅的血洗净，衣服上的没办法了，只能回家再说。

然后，张伟回到休息大厅。

折腾了这一会，前后有半个多小时。

张伟刚坐下，陈瑶醒了，一看张伟坐在那里，军大衣压在自己身上，自己枕的是毛毯，张伟棉衣前面血迹斑斑，大吃一惊，急忙坐起来："你干吗去了？身上怎么这么多血？出什么事情了？"

张伟一副轻描淡写的样子，把陈瑶的手机递给她："没什么，两个小毛贼，让我给收拾了。"

陈瑶接过手机，突然发现自己军大衣的扣子被解开了两个，急忙问张伟："他们偷我的东西了？"

张伟点点头："是啊，正在进行时，被我发现了。"

陈瑶急忙掏出身上的其他物品，钱包、钥匙，都还在。

陈瑶松了口气："那他们人呢？"

"被我干倒了，送警务室去了。"

"哦。"陈瑶把军大衣递给张伟，关切地说，"穿上，别着凉，你没有受伤吧？"

张伟晃动晃动身体，晃晃拳头："没有，我一点皮毛也没蹭着。"

陈瑶宽慰地笑了："又说，哎……怎么一进你们这山东，事儿就来了，发暴雪财的，偷盗的，都开始出现了。"

"别这么说啊，一棍子打死一大片。"张伟边穿军大衣边急忙纠正，"这俩贼不是山东人，是北边的，属于流窜作案；那卖军大衣的属于个别现象，极少数败类作为，别都把账记到山东人身上。"

陈瑶看着张伟笑嘻嘻地说："那你怎么就因为俩开车的拉车的就把北京人都打死了呢？"

张伟被陈瑶这么一反问，一时也说出不出什么来，嘿嘿笑着。

"所以说啊，张大厨。"陈瑶慢条斯理地说，"这看问题，不能太绝对，不能只看点，不看面，要以点带面，全面看待，客观对待，尽量少掺杂个人主观意识。"

"嘿嘿……阿拉晓得喽。"张伟转移话题，"你不困了？要不再睡会？"

陈瑶看看时间："刚才睡了有两个多小时吧，睡得真香，这会儿不困了，你呢，困不困？"

张伟刚要说话，却见一协警走过来："老乡，过来一下。"

张伟答应着起身，对陈瑶说："估计是刚才那事，他们警长来了。"

陈瑶起身拉着张伟的胳膊："我和你一起过去。"

张伟看着陈瑶关切的眼神，心里一阵感动："好。"

二人过去一看，果然是一位正式干警过来了，还带过来四名协警，带着警棍。

这位正式干警就是管这片的警长，四十多岁，稳重成熟，长得很黑，胖胖的，胡子拉碴。不知怎么，张伟看见这警长，一下子想起了黑猫警长。

警长仔细看了张伟做的笔录，又盘问了俩羽绒服半天，然后对张伟说："小伙子，不简单啊，身手不错，一人对付俩拿刀子的。"

张伟笑笑，没说话。

警长继续说："小伙子，你可给我们帮了大忙，这是一伙专门在这沿线服务区作案的流窜犯，十几个人，都来自北方一个省，又偷又抢，时聚时散，我们接到好几起被抢劫的报案，都和他们有关，没想到今天他们落在你的手里……"

张伟一听，果然他们是一伙人，还有同伙，幸亏自己没把他们放走，不然这麻烦可就大了。

"小伙子，你这可是出于见义勇为，为民除害啊，我代表我们所全体干警，代表政府感谢你。"警长伸出手来和张伟握手。

张伟像电视里常见的那种镜头，谦虚地和黑猫警长握手："见义勇为，和不正之风做斗争，这是我应该做的，我只是尽了一名公民应尽的义务。"

警长被张伟的话打动了："小伙子，你的思想境界不错，很高啊。"

"谢谢政府夸奖，我是一名普通的老百姓，只是在做一件应该做的事情，在保护自己的权益不受侵犯。"张伟继续谦虚地回答。

自己遭到明火打劫，当然要维护自己的利益，有什么大惊小怪的。

警长看看陈瑶，对张伟说："你们小两口是回家过年的吧？也在这路上堵车了？"

哇塞！黑猫大胡子警长把自己和陈瑶当小夫妻了，这可使不得。

张伟扫了陈瑶一眼,看到陈瑶的脸微微一红,嘴角似笑非笑。

张伟支吾了一下,忙摇摇头:"不是,这是我朋友,我们一起回老家的,这不走这里被堵住了,不但被堵住了,车还没油了,所以才跑到这里来取暖。"

警长点点头:"嗯,这雪估计得下到明天,高速公路都封了,堵了几百辆车,交警部门正在进行疏导交通,高速公路部门正在使用融雪剂和除雪车进行紧急作业,你们得等一会儿了。至于这油,这样,我车里有一个加油桶,你们到加油站打一桶油,先加到车里,先发动车暖和着,等明天路通了,再过来加油。"

张伟一听,很高兴:"太好了,谢谢警长大哥。"

警长安排两名协警跟随张伟一起去加了满满一桶油,两名协警提着油桶,张伟和陈瑶裹紧军大衣,带领两名协警一起回到了宝马车旁。

这会外面的风正好减弱了一些,雪暂时停了,因此回去的路倒也显得轻松一些,陈瑶兴致勃勃地一溜小跑。

这一桶油有二十升,足够两人在这里取暖用的了,哈哈!

加完油,张伟和两名协警谢别。

两人重新回到车内,打着火,温暖又重新回到了小小的空间。

两人脱掉外套,把座位放平,舒服地躺下。

"好了,终于可以安心睡一觉了。"张伟的疲倦很快涌上来,看看时间,凌晨四点了。

陈瑶:"好的,张大厨,今天你太辛苦了,又救美女又抓强盗,还打击哄抬物价,真是一个模范公民,一个合格男子汉啊,山东大汉,不错。"

说完话,没听见张伟有反应,却听见张伟的呼噜声打起来了。

张伟实在是太累了。

陈瑶不再说话。

黑暗中,陈瑶侧身托腮,深情的目光注视着张伟,久久不愿挪开……

车外,万籁俱寂,风声微弱,雪花变得稀疏,黑色的夜幕笼罩在白茫茫的世界上,包括这辆宝石蓝的宝马。

车内,一片温馨的宁静,只有张伟深沉香甜的呼噜声,还有陈瑶细微的呼吸。

张伟太累了,太疲倦了,睡得很香,很沉。

陈瑶用肆无忌惮的目光深情注视着张伟,脸上的表情充满了亲昵、温存、心疼、体贴和呵护,忽而,又充满了矛盾、忧郁、痛苦、压抑、挣扎和失落……

静静的深夜里,千里雪飘,万里冰封的北国之夜,温暖宁静温馨的宝马车内,美女陈瑶没有丝毫困意,像呵护自己的小马驹一样,注视着沉睡中的小男人张伟,目不转睛,像是要把张伟看透……

陈瑶的眼睛在黑夜里分外明亮,长长的睫毛微微颤动,像夜空中两颗美丽的星星……

宁静的夜,寒冷的夜,温柔的夜。

突然,两颗晶莹的泪珠从陈瑶的眼中悄悄滑落,滑过陈瑶俊美的脸庞……

……………

张伟终于睡足了觉,醒了过来。

外面的天已经亮了,雪又下了起来,鹅毛大雪,不过风很小了。

看看时间,上午十一点。

看看外面,道路依然没有畅通,已经堵了十多个小时了。

看看陈瑶,侧身面对自己,腮帮枕着自己的左手,还没有睡醒。

睡梦中的陈瑶真好看,美女就是美女,连睡觉都是这么美丽的姿态。

伞人姐姐睡觉的姿态一定比陈瑶还好看。

张伟现在发现自己养成了一种思维定势,只要是别的女人有什么优点,一定会联想到伞人姐姐,而且,伞人姐姐一定会比她们更优秀。

张伟认为自己不是什么爱屋及乌,而是事实就是如此,虽然自己没有见过伞人姐姐,但他固执地认定,事实一定是这样的。

张伟认真看了两眼陈瑶,好纯真美丽俊美的女子,此女只应南国有。

猛然,张伟发现陈瑶的脸颊上有两道干了的泪痕。

张伟大为震惊,这女人怎么哭了?为什么哭了?是不是离家这么远,昨晚又受了这么多折腾,委屈地哭了?

又一想,不会啊,陈瑶可是要强坚强坚定坚韧的女人,怎么会随随便便哭呢?

不过,再坚强的女人,在睡梦中都是脆弱的,陈瑶一定是做梦梦见了什么伤心的事情,不自觉流出了眼泪。

这世道,做女人不容易,一个事业上无坚不摧的女人,给外人的印象是坚韧不拔,可是,女人在不为人知的背后,一定是很脆弱的。张伟想起王炎说的陈瑶的婚姻和家庭,不由感触起来,梦中的陈瑶,一定是脆弱的。

正琢磨着,陈瑶醒了。

张伟急忙把视线移开:"陈瑶,你醒了。"

陈瑶揉揉眼睛,坐起来,看着张伟:"老张,你什么时间醒的?我怎么不知道?"

张伟把座位调整好:"刚醒。"

陈瑶也调整好座位:"哇!十一点多了,我们这一觉睡得时间可不短。"

张伟精神气很足:"呵呵……感觉舒服不?"

陈瑶伸个懒腰:"舒服啊,好舒服。"

张伟看着外面的大雪:"可是,我们还是走不了啊,今天都腊月二十九了。"

外面的雪虽然仍很大,但是因为车内温度高,落到车窗上随即就化了。

"嘻嘻……不着急,大家都在这里窝着呢,又不是我们一个。"陈瑶开心地看着外面的银装素裹和飘落的雪花:"太美了,太漂亮了,老张,我们出去照相。"

张伟也来了兴致："好，穿上棉衣。"

二人穿上棉衣，走到高速公路边上，环顾四周。

嗬！好大的雪啊！丘陵、树木、房屋，全部罩上了一层厚厚的雪，万里江山变成了粉妆玉砌的世界。路两边落光叶子的柳树上，挂满了毛茸茸、亮晶晶的银条儿；路中间的冬青隔离带，堆满了蓬松松、沉甸甸的雪球。一阵风吹来，树枝轻轻地摇晃，银条儿和雪球儿簌簌地落下来，玉屑似的雪末儿随风飘扬。

陈瑶很是兴奋，摆出各种姿势，选择不同的背景，让张伟为自己照相。

照了一会相，陈瑶又弄了几个雪球，冲张伟扔过来，一边开心地哈哈大笑。

张伟被陈瑶的其中一个雪球正打中脑袋，中心开花，连头带脖子都是雪。

看到陈瑶开心的样子，张伟的心里也快乐起来，和陈瑶在路边的雪地上嬉闹了一阵子，直到两人感觉肚子饿了，才回到车里。

陈瑶拿出火腿、面包、榨菜、牛肉干、饮料，两人香甜地吃起来。

"哎……老张。"陈瑶边吃边说，"这一场大雪封路，把我们隔绝在这里，怎么感觉我们俩像在世外桃源一样，无牵无挂，无忧无虑。"

张伟大口吃着火腿："肚子不饿，身体不冷，能源充足的时候，是像世外桃源，当又冷又饿，没有后援的时候，我看像是死亡地带。"

陈瑶摇摇头："张大厨，你真够损的，我好不容易刚要脱俗，刚要脱离现实，有个浪漫的幻想，你一把把我拉回来了。"

这女人都爱幻想，喜欢做梦，看来陈瑶也不例外。

不知道伞人姐姐喜欢不喜欢憧憬未来，幻想明天。

张伟看着陈瑶："清醒点，面对现实，老幻想那么多不切实际的事情干吗？幻想多了，对女人没有好处，只会让自己越来越自我陶醉。"

陈瑶呵呵笑了，忽然很认真地看着张伟："张大厨，你错了，你对女人的幻想有十分错误的理解，你不明白幻想对女人的重要性。"

张伟看陈瑶说得很认真："那听听你的高见。"

第五十四章 伤春悲秋

"呵呵……高见说不上,不过我们倒可以交流。"陈瑶看着车外无声飘落的雪花,神情变得神往起来,"作为一个女人,我喜欢幻想,幻想是我生命中不可缺失的一部分。有幻想才有希望,有幻想才能使我感觉在我生活的前方有一处有山有水、有鲜花有绿地、有烦恼也有忧愁的未知领地,等待我去体验,去欣赏!

假如一个女人缺少了幻想,那生命就如一口枯井,了无生趣,活着也缺少诗意!幻想是女人的天堂,幻想是女人的翅膀,有女人的地方,就有幻想在飞翔!在我很小很小的时候我就爱幻想,一个人无论是干活,还是静处,我的大脑就像脱缰的野马四处游荡,一个人沉浸在想象的景色中,其乐无穷。

看到小鸟在天空飞翔,我就想假如我有一双翅膀那多好,我一定会飞到我喜欢的任何一个地方,远离 ABC,远离 XY,远离一切不喜欢的人和事。看到一朵小花静静的开放,蝴蝶、蜜蜂围着它转,我就想我要是一朵小花也很好,装扮大地,被生灵喜欢也不枉一世。在我最痛苦,最无助的那段日子是幻想支撑着我扬起生活的风帆,度过了最难熬的每一天……"

张伟有些发呆,怔怔地看着陈瑶,突然感觉陈瑶变得既陌生又熟悉,陌生是因为突然的心境吐露,像一个君子之交的普通朋友,熟悉的是陈瑶的心声仿佛是她整个形体整个印象不可分割的部分,属于感情再自然不过的流露。

陈瑶看着窗外,继续沉浸在自己的情绪中:"春天,当大地出现一抹新绿的时候,我喜欢到户外去踏青,我想亲眼看一看,万物如何复苏,大地如何着装。夏天有小雨的日子,我喜欢一个人,或与朋友打着伞在雨中漫步,尽情享受夏的浪漫,雨的温柔,做一个伞中的小女人。

秋天,我喜欢走在林中的小路上,看着天空中那些红的、黄的、褐色的落叶感觉生活在诗里、童话里,我喜欢这美丽的景色,我喜欢这飘飘的落叶,它让我产生无尽的幻想。人生的列车走到生命的秋天,但对于人生我还是感到迷惑,茫然,就像这落叶飘飘不知道飞向哪里,可是我还是喜欢这飘飘落叶!

"冬天,当我跟随旅游团来到北方,当雪花潇潇洒洒,迈向大地,我会张开双臂迎接它,欢迎它,我喜欢银装素裹的世界! 是雪花掩盖了一切,它让世界变得纯洁变得明亮。没事的时候我会一个人偷偷地跑到野外,像小孩一样咔嚓、咔嚓地踏着厚厚的雪,任思绪飞扬。看着自己留下一串孤独的脚印,幻想何时能有另一串足迹和我并排印记在这空旷的雪地上! 共同享受这冬的深沉,雪的单纯……"

张伟痴痴地看着陈瑶,这个美丽的浙商女大亨,脑子里竟然会有这么多的幻想,对人生竟然会有这这热忱的向往,而且,在倔强和坚强的背后,仍然幻想做一个夏雨般温柔的伞中小女人。

原来,幻想对于女人是如此重要;原来,幻想中的女人是如此可爱和动人。

那么,伞人姐姐也一定是如此这般可爱和动人,也一定是如此这般地幻想做一个温柔的伞中小女人。不然,姐姐怎么会给自己取名为伞人呢!

陈瑶看着张伟怔怔痴痴的样子,莞尔一笑:"傻了? 老张,你一定在想,人到中年的女人,怎么会有这傻傻的思想,难道人世的沧桑没有消耗掉孩子的童真和幻想? 嘻嘻……江山易改本性难移,没办法,我的个性永远就是这么乐观,这么长不大。难道你不愿意欣赏这大自然的美景,度过这多彩的人生吗? 也许,爱幻想的人生才是一部精彩的人生,你说,不是吗?"

张伟没有说话,他的脑海在激烈翻腾,陈瑶原来是如此有情趣,如此有完美的内在,如此有丰富情感的女子。张伟感觉陈瑶的形象在自己脑海里更加完善完美起来,一个完美女人的超级形象在逐渐形成。

陈瑶竟然能接近达到伞人姐姐在自己脑海里的形象,真是不简单。

但是,既然是接近达到,那就是还没有达到,还是有差距的。

张伟趴在方向盘上,看着车窗外飞舞的雪花,随手打开车内的音响,郑中基忧郁苍凉的声音在车内回荡:"别爱我,如果只是寂寞,如果不会很久,如果没有确切的把握……"

艺术作品中的男女主人翁通常都喜欢通过音乐来表达自己的情感。

他们也不例外。

张伟愣愣地看着外面阴霾的天空,我爱谁? 谁爱我……

下午一点多的时候,终于见到了救星,大批交警和高速公路工作人员开始出现在服务区和高速公路上,除雪车也开过来了。

张伟和陈瑶刚又在车上迷糊了一个多小时,懒散地听着音乐,喝着可乐,吃着点心,新奇刺激感过去了,开始有些心急。

雪终于停了,天气变晴,冬日的阳光照耀在白雪皑皑的原野上,炫目、刺眼。

陈瑶从车里找出一副墨镜递给张伟:"老张,你戴上,看看像不像黑老大。"

张伟戴上墨镜,转头面向陈瑶:"小鬼,过来见过老大。"

陈瑶一看:"哟! 啧啧……这架势蛮像个香港黑社会的小混混嘛,张老大!"

正说着,车队开始移动了,张伟和陈瑶一阵欢呼:"这小日子终于到头了,解放区终于开天了!"

张伟慢慢地开车往前移动,边向右打方向,进入服务区,进入加油站。

加油的车也排了一个长长的队伍,挨了半个多小时,终于把宝马肚子喂饱了。

加满油,心里就踏实多了,张伟看看时间,两点钟,还有三百公里高速,但愿前面不要再堵车,争取天黑前赶到瑶北市。

重新驶上高速,加入缓缓前行的庞大车队,虽然慢,但是毕竟是在往前走。

"这么多车,是不是都在往家赶?你说呢?张老大。"陈瑶舒服地半躺在座位上,拿着相机对着高速公路右边的原野和村庄猛拍了一阵之后,看着黑压压的车队,问张伟。

"有的是在往家赶,比如我们,有的可能还在为生计奔忙,比如他们。"张伟指指前面的大货车,"正赶着去送货呢。"

"好辛苦,活着真不容易。"陈瑶有些感慨,"春节虽然是万家团圆的时刻,可是谁知道几家欢乐几家愁,多少流离失所在外头!"

"如果我要是不回家过年,就是流离失所大军中的一员,在别人万家团圆的时候,我自己龟缩在我的小窝里,独自自斟自饮了。"张伟半开玩笑地对陈瑶说。

"那也未必,就你老张这样的行头,邀请你去家里过年的女人还不排队啊。"陈瑶乐呵呵地打趣。

"哪里哪里,咱没那魅力。"张伟边开车边对陈瑶说,"能有个地方吃,有个地方住,冻不着,饿不着,足矣!"

"放心吧,张老大,要是真没有别的女人邀请你回家过年,咱也不会让你独自在那小窝里缩着的,怎么着也得邀请你和我们公司值班的员工一起欢度新年啊。"陈瑶笑嘻嘻地看着张伟。

"多谢!多谢!"张伟作感动状,"明年我就在东兴过年,等着你来收留我。"

张伟突然想起一个问题,如果自己今年要是在东兴过年,伞人姐姐会不会邀请自己去她家过年呢?

一定会的,伞人姐姐绝对不可能会让自己孤苦伶仃一个人过年。

既然如此,那自己不就可以见到伞人姐姐了?!

张伟这么一想,不由兴奋起来,心里涌起一股甜蜜和憧憬,要是自己这次不回家过年,也应该是一个美事啊。

这样想来,张伟竟然又有些后悔回家过年了。

"想什么?老张。"陈瑶看张伟脸上的表情忽喜忽忧、神情恍惚的样子,有些忍俊不禁,"又做白日梦了?"

心事被说中,张伟有些尴尬,忙说:"什么白日梦?我在琢磨几点能下高速呢?"

"大约还有多远下高速?"

"还得有二百多公里。"张伟看了看时间,"五点了,像这个走法,麻烦了,天黑前是肯定下不了高速的。"

"不要心急。"陈瑶安慰张伟说,"大家不都是在这么走吗? 安全要紧,心急也没用,再慢也是离家越来越近,今天二十九,明天三十,明天我们肯定是能到家的。"

"但愿吧,我最怕的是别窝在这高速上过年。"张伟有些顾虑。

"那好啊,多刺激,我们在高速公路上过年。"陈瑶哈哈大笑:"到时候政府会派人来慰问我们,给我们送饺子吃。"

看陈瑶轻轻松松嘻嘻哈哈的样子,心情不错,看来这趟春节北方之旅给她带来了不错的感觉,是啊,冰雪之旅、惊险之旅,正式的准儿媳之旅还没开始,倒先来了几个前奏。

陈瑶的情绪感染了张伟,张伟乐呵呵地看着陈瑶:"我们俩这两天经历不少啊,不过让你受苦了,不好意思。"

"哎……张老大,此言差矣,俺本来就是来北方体验生活的,这不就是在体验生活吗? 感觉很刺激啊。"

张伟看看天色,看看前面的车的速度,又看看路边的指示牌:"高速不高,不能在这路上走下去了,不然,再来一次堵车,真要在这路上过年了。"

"你打算提前下高速?"

"是的。"

"在哪里下?"

"这里。"张伟指指路边的指示牌。

陈瑶看看路边指示牌:"前方十公里瑶南市,哇塞! 这里不但有瑶北市,还有瑶南市啊,真叫人兴奋。"

张伟笑嘻嘻地:"这里有一条大河,叫瑶水河,顾名思义,瑶水以南是瑶南市,以北是瑶北市。"

陈瑶冲张伟肩膀一锤:"这么大的事情你怎么现在才告诉我?"

张伟被陈瑶一拳打得肩膀轻松舒坦,心里痒痒,又有些不解:"什么大事情,我又犯什么错误了?"

"这么多用我的名字命名的城市和河流,干吗不告诉我?"陈瑶兴奋地对张伟说,"你说你该不该打?"

"哦。"张伟呵呵地,"你说这个,我以为多大事,呵呵……现在告诉你也不晚啊。"

陈瑶笑嘻嘻地:"看来我和你们这地方挺有缘分的啊,这么多地名和我名重合,还有没有重合的?"

"有啊,还有,而且都是和你这个字一样的。"

"啊! 还有!"陈瑶彻底兴奋起来,冲张伟肩膀又是一拳,"张老大,拜托你一次都说完好不好,快说。"

张伟一副无辜的样子:"你也没问我啊,你问的我都回答了。"

"拜托,老大,主动点好不好,别挤牙膏了。"陈瑶兴奋得脸都红了:"快说。"

"那好,我全部告诉你,我的家所在的山区叫瑶山,我家就在瑶山脚下,瑶山周围几十公里都是松树林,现在叫瑶山森林公园。

瑶山脚下有瑶水,就是瑶水河,瑶水从我家门前流过,我小时候经常夏天在河里洗澡,冬天经常在河里溜冰、抓鱼;我家所在的县叫瑶水县,属于瑶北市管辖,所在的镇叫新瑶镇,是一个老镇,瑶水河上的一个古码头;我家所在的村叫张瑶村,因为张姓是大户,又靠着瑶水河,故得此名。"

张伟边开车边慢条斯理地说道。

"吖!"张伟刚说完,肩膀又挨了陈瑶一拳:"天哪!你说的是真的?不会是做梦吧?"

张伟苦着脸:"不说挨一拳,说了挨一拳,说完了还得挨一拳,唉……做人真难啊!"

陈瑶兴奋地看着张伟:"老大,你干吗不早告诉我?"

"说这个干吗?我说了你还以为我是自作多情,和你套近乎呢,还是别自我感觉太良好的好。"

"嘻嘻……"陈瑶兴奋加激动,不住摇头晃脑,说话像梦呓,"老大,看来我真和你们这地方有缘啊……"

张伟笑笑没做声,可惜啊陈瑶,可惜你不是伞人姐姐,要是伞人姐姐的名字里也带个"瑶",该多好啊。

两天没和伞人姐姐联系了,好想伞人姐姐。

姐姐,你可知道我一直在想你。

当夜幕完全降临,天色终于黑下来之后,张伟开着宝马车在瑶南市出口下了高速,直奔瑶南市区而去。

这一块属于山区和平原交汇地带,平原为主,偶尔几个小山头。

瑶南离瑶北还有二百公里,离张伟的老家张瑶村则还有三百公里。

看到城市璀璨的灯光和林立的楼房,陈瑶快活地说:"终于又见到文明了,这两天可在这高速公路上折腾坏了,老大,我想放松一下。"

"怎么放松?"张伟笑嘻嘻地看着陈瑶。

陈瑶整理了下头发:"看我们俩都蓬头垢面的,像两个逃难的,先找个地方洗澡,舒舒服服整理一下身子,然后出去大吃一顿,吃你们的地方特产,然后再安排下一步。"

张伟折腾了这两天,也感觉浑身脏兮兮的,也需要整理下:"好,没得问题,我带你去实现你的小小愿望。"

"找个像样的宾馆,开房间去洗澡,不去公共浴室,太脏了。"陈瑶说。

"好的。"张伟答应着,女人就是事情多,洗个澡还要去宾馆开房间。

走到一家超市门口,陈瑶让张伟停车,进去买了两套毛巾浴巾和洗漱用具。

"宾馆的浴巾也是不能用的,嘻嘻……和公共浴室的差不多,都容易传染病菌。"陈瑶笑嘻嘻地说。

张伟笑笑。女人总是那么爱干净,那么容易注意细节,不过想想陈瑶说得很有道理。

张伟以前和同事出差的时候,经常见到同事用宾馆里的毛巾擦鞋,把浴巾用完随便扔在地下踩踏,真的是当成公家的东西来对待了。

张伟对瑶南市也不熟悉,也不知道哪家宾馆好,但他有办法,打听瑶南市政府接待所,一般来说,当地的政府宾馆都是很卫生档次较高的。

刚走不远,路边直接出现了瑶南市政府接待所……瑶南宾馆的广告牌,连打听都省了,就在前方两公里。

一到服务台,陈瑶对总台服务员说:"给我们开一个房间。"接着把自己的证件递过去。

开好房间,陈瑶提着东西要上楼,一看张伟站那不动:"干吗?走啊!"

"你先上去,我等会上去,等你洗完澡,我再上去洗澡。"张伟说。

陈瑶哈哈一笑:"老封建,在一个房间,又不是在一起洗澡,只要心中没有鬼,怕什么?堂堂正正做君子,到哪里都一样。"

让陈瑶这么一说,张伟感觉有些不好意思,是啊,人家陈瑶坦然自若,心底无私天地宽,自己是不是思想太龌龊了啊。

于是,张伟和陈瑶一起去了三楼的房间。

第五十五章 和衣而眠

陈瑶开的是标准间,房间不错,宽敞明亮,卫生干净。

陈瑶看着张伟拘谨的样子,呵呵一笑:"张大厨,你一定没有做过导游,是不是?"

张伟有些不解:"是啊,怎么了?"

"做过导游的都知道一个行业内的不成文规矩,特别是女导游,在客人安排完毕,出现女的为单数,没有空床位的情况下,基本都是导游和司机住一个房间,我以前做导游的时候,只要是汽车团,大约得有一半的时候是和司机师傅一个房间休息。"

张伟大吃一惊:"啊!怎么会这样,这可怎么了得?那不容易出事情?"

陈瑶轻松地笑笑:"别把人都想得那么歪,全国各地的旅行社都是这个样子,女导游和司机师傅一个房间休息是公开的秘密,只要大家心地坦荡,自尊、自爱、自重,很少听说有出什么事情的。我以前打交道的司机师傅都是我们固定的司机,都很板正,进了房间,洗澡各人带衣服到洗手间去换,去洗,睡觉一人一张床,和衣而睡,很正常。"

"哦。"张伟点点头,不由又为自己的低级想法惭愧,"那就没有出事的?"

陈瑶把包放下,打开包向外拿东西:"也有出事的,但是很少,毕竟大家都是一个行业的,彼此之间都很尊重,都爱护自己的名声,我做了这么多年旅游,只听说出过两次事情,还都是女的主动去勾引人家男的。"

张伟:"我在中天做了这么久,竟然不知道有这个事。"

陈瑶呵呵一笑:"这在行业内是再正常不过的事情,全国各地的旅行社都是这样的,没有人会因为这个大惊小怪,你不做导游,做营销,自然不会有人把这当做新闻来和你讲。"

张伟点点头,陈瑶讲得有道理,看来确实是这样,只要思想好,睡哪里都没问题。

"只要思想好,睡哪里都没有问题。"陈瑶又说,竟然和张伟刚刚想的一模一样。

陈瑶拿起洗澡用品,冲张伟一笑:"张大厨,看会电视吧,我先洗澡去喽。"

说完,进了洗浴室,反手把门关上。

张伟坐在沙发上看电视,拿出手机给家里打了个电话,告知这两天的情况,让家里不要担心,说明天早晚到家。

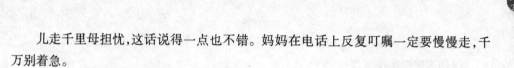

　　儿走千里母担忧,这话说得一点也不错。妈妈在电话上反复叮嘱一定要慢慢走,千万别着急。

　　刚打完电话,何英的短信来了:"到家了没有?"

　　何英这两天一直没有动静,怎么突然想到发个短信来问候。

　　"没有,路上有雪,快到家了,估计明天。"

　　"那就好,注意安全,天气很冷,多穿衣服,别着凉。"

　　"知道,宁州那边冷不冷?"

　　"冷啊,下冻雨了,路面都结冰了,开空调暖风也不管用,冻死了。"

　　"你也注意多保暖,好好照顾自己,好好过个年。"

　　"嗯,你这么说我开心死了,我就等你这句话,就等你关心我的话,哪怕一句我也开心。"

　　张伟无语,唉,可怜的女人。

　　"离婚的事情办完了,下午弄完的。"何英又说。

　　张伟吃了一惊:"怎么这么快?"

　　"我律师很能干,找到高强,说如果不答应我的要求,就去银行调账号,要追究老高转移资金的事情,把老高吓坏了,乖乖地答应离婚了,按我的要求,共同固定资产一人一半。"

　　张伟明白了:"那对你也还是很不公啊。"

　　"唉,这世界上哪里有这么公平的事情啊,孩子已经归他了,按说孩子这么小,应该归我,但是他们一家人一听说我要孩子,都要把我吃了,资金他转移了就转移了吧,不想费力气劳神去和他斗了,只要能有我的一份固定资产,能保证我今后的生活也就够了。下午分割完房产,五套房子,总共价值一千零二十六万,一人一半,他想保留房产,给我现金,我答应了,我知道他还想再让房产增值。下午签订了协议,明天我律师就去找他办理现金转账手续,这样也不错,五百一十三万块钱。其实,我明白,这钱都是他藏匿起来的共同资金。"

　　张伟:"祝贺你,终于解放了,还成了半个千万富姐。"

　　何英:"可是,如果你愿意要我,我愿意放弃这半个千万。"

　　张伟一看头就疼,这女人怎么这么痴啊,老是提这个,有些烦了,不回复。

　　何英可能知道张伟有些烦:"对不起,我又惹你不高兴了,我不说这些话了,以后保证不说了。"

　　张伟:"嗯,这样才好。"

　　何英:"你高兴了吗?"

　　张伟:"嗯。"

　　何英:"你高兴就好,你和王炎一起回家的?"

　　张伟:"没有,王炎的老公有事情,我自己回来的。"

张伟不能说和陈瑶一起回来的,否则何英醋坛子一翻,这个年估计也过不安生了。

张伟不想没事找事。

何英:"回家过年真好。"

张伟:"你不回家过年?"

何英:"怎么回家? 突然离婚了,怎么回家见父母大人,还是自己在宁州过吧,等过了年再把离婚的事告诉家里。"

张伟一想,也是,好端端地突然离婚了,自己回娘家过年让当老人的这个年怎么过,何英考虑问题也挺周到的。

张伟:"自己一个人过也好,就是挺寂寞的,你不会再耐不住寂寞跑酒吧去吧?"

何英:"你放心,我答应你再也不去酒吧的,保证不去,绝对不去,死也不去!"

张伟:"呵呵,别这么说,以后如果有时间,我们可以约几个好朋友一起去酒吧玩啊,我的意思只是提醒你自己一个人不要去酒吧。"

何英:"嗯嗯……我明白你的意思,我理解你的心情,我知道你是为我好,有你这样的好朋友,真好!"

张伟:"要过年了,开心点,生活一定会更美好,明天一定是有阳光的。"

何英:"呵呵……你看,我都笑了,我现在真的开心,也祝你过年开心,祝你家人健康快乐。"

张伟:"谢谢! 同样的祝福给你和你的家人。"

何英:"我离婚了,我没有家人了……"

张伟:"傻子,你离婚了,你还有父母啊,祝福他们啊!"

何英:"嘻嘻……是啊。"

张伟感觉离婚对何英来说其实真的不错,没有爱情的婚姻,充满算计彼此设防的婚姻,又什么可以留恋的呢? 何况,何英本身的条件不错,长得漂亮,又有钱,找个满意的男人,应该是不成问题的。

问题是,何英老是留恋自己,老是把心思用在自己身上,还是不能释怀。

唉,这个傻女人,这么好的条件,那么多优秀的女人,干吗非要在自己这样一个穷小子身上吊死呢?

自己已经有了伞人姐姐,心里不可能再装下别人了。

张伟坐在沙发上又开始琢磨。

突然,张伟脑子里又蹦出一个老问题:要是没有伞人姐姐,自己会不会接受何英?

这个问题让张伟想得头疼,张伟努力不想去想它。

随即,又一个问题突然戏剧性地在张伟脑子里出现:如果没有伞人姐姐,自己会不会去追求陈瑶?

这个问题让张伟自己把自己吓了一大跳,张伟狠狠地在自己头上拍了一下:混蛋,张伟啊张伟,你怎么这么龌龌龊龊下流肮脏呢,你看人家陈瑶,坦然自若,光明正大,自己怎么老是想这些问题,怎么对得住伞人姐姐哦!什么时候才能让自己不再有这些三心二意的想法呢!

张伟深深地责备自己。

一会,陈瑶洗完澡出来了。

张伟眼前不由一亮,沐浴后的陈瑶穿着一件蓝布碎花棉睡衣,面若桃花,粉嫩可人,皮肤雪白,头发随意披散着,极具女人的美艳感和温柔感。

陈瑶出来开始对着梳妆镜吹头发:"老张,去洗澡吧。"

陈瑶的美艳让张伟心惊肉跳,正自迷幻,听陈瑶这么一说,忙收回目光,急忙进去洗澡。

一进洗澡间,张伟急忙关上门。

浴室里充满了热气腾腾的蒸气,空气中充满了一股温馨的香味。

张伟嗅了嗅鼻子,这不是沐浴液的味道,也不是肥皂的味道,更不是洗发液的味道。

这是陈瑶身体的味道。

陈瑶的身体怎么会有这样的香味,像雪山上万年的雪莲花一样的醇美和芳香,柔柔顺顺进入鼻孔,让人心醉。

张伟几乎要被这柔嫩的香味醉倒,急忙猛摇两下脑袋,让自己保持清醒,不再胡思乱想。

洗完澡,穿上衣服,张伟走出来。

陈瑶已经收拾好了,头发也梳理完毕,看见张伟出来:"哟!小伙一洗澡,干净不少啊,昨晚和人家打架,弄得像个泥猴子,这回多好,精神!回家让你妈给你找个俊媳妇!嘻嘻……"

"呵呵……"张伟嘴巴一咧,"我妈在家里,上哪里给我找啊,非得要我在外面找一个带……"

坏了,张伟猛然发现自己说漏了嘴,怎么扯到这上面来了,急忙刹住,紧闭上嘴。

"找一个带什么?"陈瑶似笑非笑地看着张伟。

"没……没什么。"张伟头上直冒汗,"没带什么?"

"老张,你当我是朋友不?"陈瑶突然问张伟。

"当,当然当你是朋友。"

"那好,张老大,你这人不仗义,说句话说一半留一半,对朋友还留一手,不够意思。"陈瑶摇晃着脑袋看着张伟。

张伟头上继续冒汗,这事死也不能说:"没有,哪里留一手了,我又没见不得人的事。"

"我猜啊,你心里一定有鬼。"陈瑶继续在那左摇右晃。

"没有鬼,我能有什么鬼。"张伟擦着额头上的汗,这陈瑶太鬼了,自己心里有鬼她也能看出来。

"啧!!啧!!可怜啊张大厨,你心里没有鬼,怎么头上会有这么多汗啊。"陈瑶装模作样掏出一块纸巾递给张伟,"抓紧擦擦。"

"我这是洗澡热的,热的!"张伟边擦汗边说。

"哼!没意思,不够意思,不和你说这个了,明明有鬼却不承认,不是老实孩子,到时候找你妈告状。"陈瑶开始吓唬张伟。

张伟把汗擦干:"你别吓唬我,你要真想知道,我就告诉你,我妈的意思啊,是要我在外面找一个带……"

"带什么? 说。"陈瑶明亮的大眼睛看着张伟。

"戴眼镜的,找个戴眼镜的女朋友。"张伟终于憋出了下半句。

"啊!"陈瑶吃了一惊,强憋住笑,"为什么要找一个戴眼镜的女朋友呢?"

"因为我们家祖祖辈辈是农民,都没有文化,为了下一代,我妈让我找个戴眼镜的女朋友。"张伟开始信口开河,越说越流利,"我妈说,戴眼镜的都是有文化的人,识字多;我妈说,山里晚上路黑,不好走,戴眼镜走路看得清;我妈说,戴眼镜的女人性格好,会养孩子;我妈说……"

"你妈还说什么呢? 张淑芬!"陈瑶嘴巴合不拢:"我看你像那小品《相亲》里的魏淑芬,动不动就'俺妈说咧……'哈哈……"

张伟看陈瑶很开心,也嘴巴大咧跟着笑。

陈瑶大笑毕,认真地看着张伟,伸出大拇指:"张大厨,不,张老大,俺服了你! 俺彻彻底底地服了你!"

张伟不明就里,忙谦虚:"你看你,大家都是朋友,干吗这么样吹捧我啊,我还年轻,就是有一点成就,就是需要鼓励,也不能这么过分啊,你还是多批评指导我的好,你这样夸奖我,我老感觉心里不大踏实!"

陈瑶一听,睁大了眼睛,歪着脑袋看着张伟,拱手作揖:"张老大,你确实是老大,这话你也能说出口,我继续服你,口服心服。"

张伟忙拱手还礼:"陈董客气了,我们互相鼓励,互相帮助,共同进步。"

"唉……"陈瑶长叹一声,"不问天,不问地,我只问了句张老大,就把俺弄得服服帖帖! 好! 好! 好……我饿了,老大,我要吃饭!"

看陈瑶转移了话题,张伟轻松下来,急忙说:"好,走,我们吃饭去,我带你去吃烤全羊,喝全羊汤。"

"好,头前带路。"陈瑶在张伟后面冲张伟背上擂了一拳,"老大,到了你这一亩三分地,吃什么你安排,什么都行,咱是杂食动物,什么都吃……烤全羊,好,只要别把我老陈烤了就行……"

…………

北方的城市,羊肉馆很多,随处可见。

张伟开车和陈瑶出去,在街上转了几个弯,就找到一家颇具规模的马记全羊馆。张伟点了最具北方特色的孜然羊肉、凉拌羊脸、八大金刚、炖羊脑,然后是一人一碗全羊汤,吃的是热乎乎的刚出炉的烤排。

陈瑶吃得很尽兴，赞不绝口："嗯，好吃，这味道确实纯正，和我去乌鲁木齐的时候吃的味道一样。"

张伟吃得很开心："唉……好久没吃家乡饭了，香！真香！"

陈瑶："你喜欢吃羊肉？"

"喜欢。"张伟边吃边说，"简直是太喜欢了！"

"嗯，不错，张老大，我们在这一点上有共同点，不过我是偶尔吃一点，以开胃为主，不像你，当主食了。"陈瑶说，"不过，我觉得你不应该喜欢吃羊肉，你应该喜欢吃……"

"我应该喜欢吃什么？"

"喜欢吃熊掌！"陈瑶看着张伟，眼睛里都在笑。

"唉……你这话等于是废话，熊掌谁不喜欢吃啊，我当然喜欢吃，不是什么应该不应该的问题，关键是太贵了，就咱这样的，吃不起啊。"张伟大口啃着羊肉，自嘲地说。

陈瑶听张伟这么说，一愣，看了一会儿，随即站起来："我去厨房看看，你先吃。"

说完直接过去。

张伟忙说："这是全羊馆，没有熊掌的，去了也白去。"

话没说完，陈瑶已经到门口，嘴里忍俊不禁地嘟哝了一句："傻熊……"

可惜，张伟没听见。

一会，陈瑶回来了，后面跟着一个伙计，扛着一只杀好的整羊。

"刚杀的，这位大姐要买，我们就不留着了。"伙计讨好对张伟说。

哇塞，去厨房看熊掌，买回一只全羊来。

"买了带回去，让你妈做全羊汤给你吃，老大。"陈瑶喜滋滋地说。

张伟正好也吃完了，忙去开车后屁股，让伙计把全羊用塑料布包裹好，放进去。

回宾馆的路上，张伟对陈瑶说："来一次，让你这么破费，真不好意思。"

陈瑶看着张伟："老大，你可别这么说，跟着你，我发现能学不少东西，大开眼界，我发现以后得经常跟着你混，这全羊呢，就当是俺交学费了！孝敬老大的！"

"哎……"张伟有些不好意思，心里很受用，"陈董，你看你，一口一个老大，叫得我心里直嘀咕，我才这么年轻，哪里能给你做老大，你要是跟着我混啊，只有喝西北风了，我看还是我以后没饭吃的时候，跟你混吧，到时候还得陈董赏一口饭吃！"

"哎呀，张大厨，我真是越来越服你了，你不但有本领，还这么谦虚，放心，如果你以后真要是没地方混了，找我，我怎么着也不能只给你一口饭吃啊！"

"哦。"张伟很高兴，"陈董是个大度大方大气之人，你打算怎么安排我！"

陈瑶看着张伟，笑呵呵地："我给你两口饭吃！"

张伟："我晕！！有这么对待老大的吗……"

第五十六章 | 夫复何求

张伟感觉陈瑶越来越活泼了,和以前简直是大相径庭,自己刚认识陈瑶的时候,虽然被她的美艳所震惊,但也还是认为她是一个冷美人。没想到,陈瑶在矜持、美艳和高贵的气质之外,还有如此活泼、可爱、灵性、幽默、诙谐的一面。

几天的接触,张伟和陈瑶感觉成了好朋友,很好的朋友,那种很纯正的好朋友。

能认识陈瑶这样的好朋友,张伟觉得真是一件快乐的事情。

张伟对自己很满意,现在有三个红粉知己,三个亲密的好朋友,陈瑶、王炎、何英。陈瑶和王炎是彻彻底底的好朋友,就是何英还有点小尾巴没除净,年后再收拾收拾,问题不大。

有一个自己爱的女人,有三个可以谈心的异性朋友,纯正的朋友,张伟感觉自己很幸福,人生当歌,夫复何求?

幸福的张伟开着宝马车行走在故乡异地的马路上,自我感觉良好。

经过一家正在营业的大型超市,陈瑶对张伟说:"老张,咱们得去买两件羽绒服。"

张伟靠边停下车:"你买就行了,我回家穿军大衣就行。"

陈瑶:"那怎么行,过大年,回家探亲,穿着个军大衣,你生怕你老家人不知道你在外面混得很惨哪? 出来,陪我一起,去买羽绒服,咱俩一人一件。"

张伟一听,陈瑶说得很有道理啊,这农村最讲究的就是衣锦还乡啊,自己出来混,过大年裹着个军大衣回去,村里人会以为自己在外面混得很差,爸妈脸上也没有光彩。这人活着,大半生都为面子,都是没办法的事情。

张伟乖乖跟着陈瑶下车去了超市。

买完羽绒服,回到宾馆,两人放好车去房间。

回到房间,张伟忙着收拾东西。

"干吗?"陈瑶问张伟。

"收拾行李,准备出发,继续北上啊。"

陈瑶一屁股坐在沙发上:"我累了,今天休息一晚,明天再走,行不?"

张伟停下来:"你是说,今晚住下,明天再走?"陈瑶点点头。张伟也困了,两天没沾床边了,看见床感觉特亲切。

张伟和衣上床,拉上被子。

陈瑶过来把被子给拉开。

"干吗?"张伟一愣。

"不要穿那么多睡觉,不舒服,影响睡眠质量,也别都脱光,那样影响睡觉形象,把羊毛衫脱了,穿秋衣秋裤睡就可以的。"陈瑶看着张伟,亲切地说。

张伟点点头:"知道了。"

陈瑶:"那就好,好好睡。"

一会,陈瑶也上床了,幸福地叫了一句:"哎呀妈呀,可上床了,好舒服!!晚安,张大厨,我关灯了。"

"晚安,陈瑶。"张伟的眼皮已经开始睁不开了。

熄灯之后,房间里一片漆黑。

温暖而温馨的黑暗中,传来张伟沉沉的呼噜声,还有陈瑶香甜的呼吸。

宁静的夜,北方的夜,幸福的夜,温柔而安宁。

第二天早上八点钟,张伟和陈瑶几乎同时睡醒了。

"早安,张老大。"

"早安,陈董事长。"

两人互致亲切的早安问候,然后起床洗漱。

八点三十分,两人下楼吃早饭。

吃过早饭,收拾行李、退房、结账、出发。

今天天气晴朗,冬日的阳光照耀在厚厚的积雪上,发出耀眼的光芒。

外面的温度很低,寒气袭人,大街上的行人都穿着厚厚的棉衣,有的还戴上了棉帽。

马路上的积雪被来往的车辆压得很硬,没有化,自行车和摩托车走在上面,如履薄冰,不时有人滑倒。张伟慢慢地把车开出城,驶上一条宽阔的一级公路。

"顺着这条公路一直往北,就可以到达瑶北市,距离大约二百公里。"张伟边开车边说。

"这公路修得质量这么好,很宽啊!"陈瑶说。

"这是纵贯山东的一条省道,这条路在山东,也就属于中等,比这好得多的是。"

"真的?"陈瑶问张伟。

张伟边开车边指着马路:"前几年没听说吗,安徽的司机山东的路,说的就是安徽的司机全国出名,什么车都敢开,什么路都敢跑,山东的路全国出名,不管是公路通车里程还是路的质量。当然,这说的是低速公路,不是高速公路。"

陈瑶点点头:"以前好像听说过,呵呵……你对你的家乡很了解啊。"

"那是,爱我齐鲁,兴我山东,人人有责嘛。"

"这瑶南市有没有什么特色的东西?"

"这个我倒不是很了解,不过,和我们这行业相关的倒是知道几个,一会路上我们都要经过,我给你简单介绍。"

"旅游行业?"

"是的,这年头到处都在发展旅游业,到处都在发掘古人和地方特产,一是为了出政绩,第二,也指望增加点收入,弥补财政不足的问题,确保日常工作正常开展。"

"山东的经济发展是全国闻名的,不至于到你说得这么可怜的地步吧?"

张伟笑笑:"山东的经济其实就是胶东半岛,除了胶东半岛,其他地方都白搭,就说这省城济南吧,和杭州有法比吗?说实的,山东的经济,都是一年年数字累积起来的……所以就越来越高,所以就到了全国第二的高度,浙江经济这么发达,也得看山东项背。"

陈瑶很感慨。

"看前面。"张伟突然指指路边,"瑶南地质博物馆。"

陈瑶来了兴趣:"离马路远不远?看看。"

"不远。"张伟停下车,对陈瑶说,"跟我来。"

陈瑶跟着张伟往马路的右侧,沿着一条小路走了五百米,在一处高坡前停下了。

"到了。"张伟停下脚步。

"到了?"陈瑶疑惑地看看四周空旷的雪野,"这不什么也没有吗?"

张伟一指地下:"这就是瑶南地质博物馆。"

陈瑶一屁股坐在雪地上,笑得站不起来:"张大厨,你太损了,净拿我取乐。"

张伟摆摆手:"可别这么说,我告诉你了,这是真家伙,来,你看着。"

张伟弯下腰,把地上的雪拨开:"看看。"

陈瑶过来一看:"咦?怎么都是红色的砂土啊,这么红啊,都发紫了。"

张伟站起来往前一指:"这一带,长五公里,宽五百米,都是这种土,上面终年寸草不生。"

陈瑶来了兴趣:"说说,这是什么?是怎么回事?"

"这是地震时喷发出的地下岩溶。大家只知道这片地很奇怪,老百姓在上面开荒,撒下种子,第二年颗粒无收,上面寸草不活。

前几年,据说是美国人的卫星发现了这块地,派出专家和中国政府有关科研单位来这里勘察,证实这是一块地质奇观,乃地下岩溶。于是乎,瑶南市的领导以敏锐的发展眼光,决定开发这块地,大做旅游文章,让死地变活,来生钱,于是就搞了这个瑶南地质博物馆。"

陈瑶:"这博物馆怎么什么动静都没有啊,就这一块牌子?"

"应该是没钱搞吧,就先竖起牌子来,一是宣传,二是招商。要不,你来投资建博物馆?"

　　陈瑶摆摆手:"不敢,现在我还没发现多么大的商机,等发现了再说吧。"

　　两人回到车上,继续北行。

　　"大厨,这瑶南你怎么这么熟悉?"

　　"废话,我在瑶北做旅游这么多年,和瑶南是邻居,当然很熟悉了。"

　　"这瑶南市的旅游支点就是刚才那两个项目?"

　　"哪里,三大旅游项目,还有一个,前面不远就到。"

　　"哦,什么项目?"

　　"两千多年前的一个古战场遗迹。"

　　"到了吗? 哪里?"

　　"张伟一指右前方,那就是。"

　　陈瑶顺着张伟的视线看去,一座绵延的丘陵横卧在雪地里:"这里?"

　　"是的,就是这里!"张伟肯定地说,"要不要过去看看?"

　　陈瑶有了前两个的教训,忙摆手:"不看了,知道这个事情就可以了。"

　　陈瑶接着说:"瑶南的这三大旅游项目很有卖点啊,这瑶南的领导可是很有眼光,远见卓识。"

　　张伟:"上级要大家来发展旅游业,各地都得绞尽脑汁发掘旅游资源,谁挖掘得充分,谁宣传得力度大,谁的政绩就高,自然提拔得就快,这也是没办法的事情,都是迫不得已啊。这三大景点对外宣传吸引游客合计达三十万人。"

　　陈瑶点点头:"宣传就是生产力,你们这地方确实是很重视宣传啊。"

　　张伟听陈瑶话里有话,也不想多问,只顾专心开车。

　　陈瑶又拿出相机开始拍照,突然指着路边的树问张伟:"这是什么树?"

　　张伟:"银杏树。"

　　"怎么这么多? 路两边都是。"

　　"哦,刚才忘记给你介绍,瑶南全市城乡遍布银杏树,从路边到院落,到处都是银杏树。"张伟回答。

　　"银杏不是活化石吗?"

　　"是的,银杏是活化石,又叫公孙树,意思是爷爷栽树,孙子见果实,几十年才结果,不过,现在都采用了嫁接技术,嫁接完第二年就结果。银杏是非常好的绿化树种,又有极高的药用价值,银杏叶可以提炼黄酮甙,用来生产治疗脑血管病的药,一个德国人在这里建了一个制药厂,专门收购银杏叶提炼黄酮甙。

　　最贵的时候,银杏果一斤三十元,银杏叶一斤却六十元,老百姓家家户户都栽银杏树,很多发家的。不光卖叶子和果实,银杏苗木也值钱了,河南、内蒙古等地方都来收购银杏苗木,现在这地方主要是靠卖银杏苗木挣钱。北京奥运会场馆绿化的时候,从这里买走了不少银杏树,都是碗口粗的,一棵都是卖一千多块。"

陈瑶仔细听着:"银杏树是神树,我从小的时候就听我奶奶讲银杏树的故事,很向往。"

张伟:"在我们这一片,银杏树多的是,特别是上年岁的老树,三千多年的都有,抽空我带你去看看。"

"好啊。"陈瑶的表情变得专注而神往,"我对银杏树总有一种崇敬崇拜的感觉,充满着深深的敬畏,特别是古老的银杏树,总感觉那沧桑和岁月就在昨天,仿佛是刚刚经历的过去。"

"人生也是这样,经历过风雨和沧桑的人是值得尊敬的,饱受风霜的人是应该得到尊重的,经历是一本书。"张伟说。

"是的,张老大,你说得很对,经历是一本书。"陈瑶出神地看着两边丘陵上白雪皑皑下起伏的脉络,轻轻地说,"经历是一本书,别人浏览只是雾里看花,个中滋味只有自己才能深深地体会。就如同在午夜忽然醒来,疼痛和空虚折磨得自己不能继续深睡一样,需要用文字来宣泄,需要自己来独自面对这漫漫长夜。"

看来张伟的话触动了陈瑶心灵深处的敏感神经,张伟对陈瑶的话深有同感:"每个人的经历都是一本书,至于写得好写得坏、写得厚写得薄、写得精彩写得平庸,全看你自己如何下笔,别人是没有办法代替的,命运,把握在自己手中。"

"听过一句话,说,经者就是经历过人生的人,其实唐三藏去取经,经历了那么多灾劫,无非就是经历着人生的磨难,最后才能到达雷音寺,取得圣经,普度众生。人的经历是一本书,从你出生,一直到你的消失,许多许多的事,许多许多的经历,心得,都如一本书记载着。只是你想记载得精彩,或是暗淡。"

陈瑶仿佛进入了回忆,慢悠悠地说着:"一出电视连续剧,剧中的男女主角,爱得生离死别,经历过快乐,痛苦,再到完满。我喜欢看完满的电视剧,因为,我的心感觉到希望,没有希望的人,根本不会感觉到幸福。看到男女主角经历了离离合合之后,再到最后的句号,我才满意地去睡觉。"

有的人内心的情感非常丰富,只是不善于把内心的想法用文字来抒发,华丽浪漫矫情不如踏实直白淡然的文字,就如生活,如何热烈也终将是回归与平淡的,于平淡安然之中滋生的浪漫是轻微的水的波浪涟漪,张伟更喜欢后者的温和和恒久。

人生如书,深深浅浅,斑斑驳驳,跌宕起伏,生活本身是简单的,很多时候是我们自己复杂了。人生如书,喜乐参半,没有永远的混沌和迷惘,经过历过,豁达地嫣然一笑。人生如同一壶茶,清茗浅尝,幽淡亦爽,静品默看,含蓄的人生,淡泊如水。

张伟点点头,对陈瑶说:"经验丰富的人生是痛苦的也是痛快的!经过了九九八十一难才得圆满成就!理解过程的一切可非常不容易,你感觉到希望,就说明你的人生的乐观和自信,只有乐观的人,才会去感觉幸福,才能感觉得到幸福。其实,经历本身是一本书,更是一笔财富,我经常说的一句话就是,经历造就阅历,阅历成就思想,今天再加上一句:思想完美人生。"

陈瑶看着张伟:"张老大,你年纪轻轻,对人生很有感悟啊,在白云山里,你天天看到漫山遍野的竹子,可是,你想到过吗?经过冬天的竹子,表面上看起来比那些没有经过冬天的一年竹小一些,没有一年竹那么幼嫩光滑,但它的本质却致密坚实,结实耐用。

这是因为竹子在冬天里,气温的寒冷使它的成长受到阻碍。生长受到阻碍的竹子,没办法为自己求得一个良好的外在生长环境,就只有从内在来充实自己。如果再经霜冻,它会长得更坚实更细密。

竹子过冬和人经历磨难,有异曲同工之效。当人身处困境时,没办法向外发展,只能充实自己的内心,丰富自己的思想,从而使自己变得坚强耐用。竹子经历了冬天才变得密实,人经历了磨难才会成熟。"

第五十七章 未来憧憬

张伟对陈瑶的话很有共鸣感:"陈瑶,说得好,我还一直没有仔细去观察山上那些竹子,过完年回来后,我会认真去观察,去琢磨。"

陈瑶看着张伟笑了,笑得很从容欣慰。

每个人都会有各种不同的经历。所有的经历都是人生旅途中的足迹,都是别人不可仿制的生命旅程,都是一种难得的财富。如果说人生是一部书,那么每一次经历就是书中一段插曲、一段故事或一个篇章。因为有了失败的经历,才会更好地把握成功的时机;因为有了痛苦的经历,才更懂得怎样去创造快乐;因为有了失去的经历,才不会轻易放弃自己的所爱;因为有了伤痛的经历,才更懂得珍惜健康。

同时,张伟深深感到,在经历中,自己也学会了许多生活的经验,学会了怎样承受压力,怎样勇敢地面对困境,走出自我的浅薄,走出忧愁的叹息,走出厄运的阴影。任何经历都是一种积累,积累得越多,人就越成熟。

经历的多,生命就越有长度;经历得越广,生命就越有厚度;经历过险恶的挑战,生命就越有高度;经历过困苦的磨炼,生命就越有强度;经历过挫折的考验,生命就越有亮度。在人生旅途上,横的竖的都是路,苦的笑的都是歌。高山平地都要走,苦辣酸甜都要尝。

张伟开着车,目视前方,但他感觉到了陈瑶的目光,感觉到陈瑶目光的赞赏和鼓励。张伟心里涌起一种感动,有朋友如斯,足矣!

"假如生活欺骗了你,不要悲伤,不要心急!忧郁的日子里需要镇静,相信快乐的日子将会来临,一切都是瞬息,一切都将过去,而那过去了的,就会成为亲切的怀恋。"陈瑶梦呓一般痴痴说着。

张伟感觉陈瑶的心中充满了浪漫和忧郁,血色浪漫,悲伤的浪漫,心痛的忧郁,苦楚的忧郁。而同时,陈瑶的心中又充满了乐观和向上,纯洁的乐观,质朴的乐观,积极地向上,勇敢地向上,无畏地向上。

人生,当学陈瑶。张伟脑子里闪过一个念头。

不过,更当学伞人姐姐,伞人姐姐也同样具有陈瑶如此这般的积极人生,也同样具有

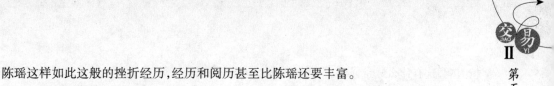

陈瑶这样如此这般的挫折经历,经历和阅历甚至比陈瑶还要丰富。

要是伞人姐姐和陈瑶遇到一起,两人有得一拼。

要是把姐姐和陈瑶、张小波三个人弄到一起,那更热闹,三个美女大 PK,估计最后一定是姐姐胜出。

想起姐姐,张伟心里突然感到极大地惋惜,姐姐这么丰富的知识和能力,干吗要蜷缩在那个广告公司做内勤,干吗不自己出来做? 一定是资金受限制,被钱所制约。想想那个广告公司的老板也是有眼无珠,放这么好的员工不提拔使用,放那里做内勤,真是不会用人。自己一定要努力好好做事情,争取早日把姐姐解放出来,到时候两人一起做自己的事情,一个主内,一个主外,男耕女织,多幸福!

张伟笑眯眯地开始憧憬美好的未来……

"张大厨,你笑什么? 想什么美事呢?"陈瑶看着张伟出神的表情,突然问道。

"没……"张伟急忙掩饰,"没想什么?"

"不对啊,大厨,我看你眼珠子又滴溜溜乱转了,你肯定又在想什么事,是不是做白日梦的?"陈瑶开心地盘腿坐在座位上。

"我是大活人,眼珠子当然要转的了,不转,那还不废了?"张伟笑嘻嘻地扭头看了一眼陈瑶。

"不对,你这个转法和正常的时候不一样。"陈瑶摇头晃脑,"我猜你一定是在做白日梦,一定是在想和哪个美女有什么美事,是不是?"

张伟吓了一跳,这妮子怎么一猜就准:"你咋知道的? 会算?"

"我不会算。"

"那你怎么知道的?"

"猜的,蒙的,哈哈……被我一诈,你就交代了,做贼心虚啊,大厨!"

"你诈我干吗? 我又没怎么着你。"张伟满腹不平,"我这样的老实人,上哪里去找啊。"

"大厨,你刚才在想和哪个美女有什么美事呢?"陈瑶饶有兴趣。

"个人隐私,无可奉告。"张伟底气十足。

"不说我也知道,你肯定是在想和一美若天仙的大美女共沐爱河,在想那些腌臜事呢?"陈瑶自顾自说下去,"看不出你老张这么仪表堂堂、浓眉大眼的家伙,心灵竟然如此低俗,境界竟然如此龌龊……唉,可惜人家那大美女还毫不知晓,可怜、可惜、可恶……"

张伟一听急了:"你别污蔑我的清白,我是纯洁的男人,哪里是低俗龌龊之人啦? 我哪里想那些腌臜事情了?"

陈瑶笑嘻嘻看着张伟:"那你说你想什么事的? 想哪个美女的?"

张伟:"我想的美女是我的梦中情人,你又不知道,这年头,哪个男人心里没个梦中情人啊,这有什么好奇怪的。"

陈瑶抿着嘴唇,笑意轻荡:"也是,这年头,只要是正常的男人,心里总会有一个喜欢的女人,你的梦中情人是大明星? 谁?"

"大明星? 我才不崇拜那些所谓的明星。我的梦中情人啊,是一位生活在空气中的美女神仙,不,是生活在真空里的美女神仙,平凡而普通,从容而宽容,她离我很近,又离我很远,呵呵……我刚才在想,要是能和她一起去打拼、奋斗,那该是多么幸福的事情……"张伟又开始梦境一般呓语。

"哇!"陈瑶笑得满脸幸福,"真空里的美女神仙,不就是天上的嫦娥吗? 你好敢做梦啊,连嫦娥都敢弄到凡间来上班,厉害,我看你比那些写穿越文章的还敢穿越,原来你是嫦娥的粉丝啊。"

张伟神秘地笑笑:"嘿嘿……就告诉你这些,别的不说了。"

…………

中午时分,车到瑶北市。

"啊! 我的瑶北,我终于又回来了!"张伟看着熟悉的城市,放声抒怀。

陈瑶贪婪地看着外面:"这就是你曾经工作的城市? 这就是你曾经每天活动的场所?"

"是的。"张伟乐呵呵地,"我在这个城市上学三年,工作六年,呆了九年啊,很多地方都有我老张活动的足迹。"

陈瑶饶有兴趣:"什么时候去瞻仰一下你的光辉踪迹,追寻一下你的革命历程?"

张伟得意地笑笑:"今天腊月三十,得回家过年,来不及了,我们不进市区,从环城路绕过去,春节后我专门带你来转悠转悠,沿着咱老张当年奋斗的足迹……"

"哈哈……好啊!"陈瑶微微一笑,"我对张老大成长的历程和足迹非常感兴趣。"

张伟一怔:"陈瑶,奇怪了,你对我这么感兴趣干吗啊?"

陈瑶微笑着看着张伟:"老张日后必成大器,必成为一风云人物,到时候咱就只能仰视了,趁你还没有发迹之前,抓紧俯视俯视你,不然,以后就没有机会了。"

"哈哈……"张伟开心地大笑,"陈瑶啊,我真的没想到,我以为只有我这样的会拍人家马屁,没想到,我竟然也会被人家拍一次,而且还是你陈董这样叱咤风云的女浙商女大亨拍的,而且,正好拍到……"

张伟突然住了嘴,从得意忘形中醒过来,专心开车。

"说啊,老张。"陈瑶笑盈盈地看着张伟,"拍到哪里了?"

张伟憋吃了半天,就是不说。

"说啊,张老大,怎么不说了? 说!"陈瑶继续追问。

张伟犹豫了一会,声音低低地:"拍到马眼上!"

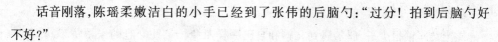

话音刚落,陈瑶柔嫩洁白的小手已经到了张伟的后脑勺:"过分! 拍到后脑勺好不好?"

"好,好。"张伟一副认错的态度:"我出言不慎,我低级趣味,拍哪里都好,你想拍哪里就拍哪里。"

陈瑶哈哈大笑:"张大厨,你这次很乖啊……坏了! 我发现和你一起,我老得快,你得给我青春赔偿费。"

张伟吓了一跳:"怎么了? 我又出什么错了?"

陈瑶:"因为和你一起,我老是笑,脸上的皱纹就多了,就显得老了,你说该不该让你赔偿我青春。"

"哈哈……"张伟开心地笑起来:"原来如此啊,就算你是脸上增加了皱纹,可是,你的心却越来越年轻了,越来越青春了,赔偿什么啊,我看你该感谢我。"

陈瑶看着张伟,脸上的表情充满了欣慰和开心,还有转瞬即逝的深情。

"瑶北都有什么好玩的?"陈瑶又问张伟。

"瑶南我不熟悉,瑶北我就太熟悉了。"张伟眉飞色舞,"下面的先不说,先给你介绍一下市区的,首先,是个商城,一百多个大市场,整个一批发城,除了飞机大炮等军火,在这里都能买到,你不知道?"

陈瑶摇摇头:"不知道,只知道义乌是中国最大的商品城。"

"那是因为瑶北宣传力度不够。"

"哦!"陈瑶点点头:"继续说。"

"其次,这是一个红色的城市,红色旅游这几年方兴未艾,至于北部山区的红色旅游景点,就更多了,后面几天慢慢带你去看,再给你介绍。"

陈瑶点点头:"不错! 还有吗?"

"有! 还有一个汉墓竹简博物馆,里面有重大考古发现……"

"好!"陈瑶一拍大腿:"这个好,一定要去看看,我对这玩意儿最感兴趣!"

…………

路上,经过一家移动公司营业部,张伟进去买了两张 USB 接口的无线上网卡。

车越往北走,路两边的山渐渐多起来,高起来。

年三十的下午,路上的车很少,大家都在忙乎过年,偶尔会看到路边村庄的孩子在雪地里戏耍、放鞭炮。

宝石蓝的宝马在白茫茫的雪地上一直向北驶去,翻山越岭。

家,越来越近了。

越往北走,山就越多,上下坡也多起来。越往山里面走,上下坡就越陡。不过沿路乡镇和公路部门做得很好,在上下坡的路上都已经铺洒了很多沙子,这样就可以避免车辆上下坡的时候打滑或者刹不住下滑。

路上的车辆很少了,偶尔遇到几辆和自己一样急急忙忙往家赶的家用轿车,看车牌号也都是外地的。过年了,对于在外的游子来说,还有什么比亲情和团聚更具有吸引力的呢。

北方山里的冬天,和南方又大为不同,特别是雪后的山里,银装素裹之外,山的挺拔和严峻突兀出来,显得壮丽和壮观,还带有几分苍凉和苍茫。

向北走了几十公里之后,宝马拐上了一条双向两车道的公路,向着更深的山里进发。

张伟告诉陈瑶:"现在开始进入瑶山腹地了。"

看着路两侧耸立的大山,陈瑶对瑶山不由多了几分肃穆和尊重。

第五十八章 | 礼尚往来

陈瑶向往地看着高高的山顶平台："哎……这才是传说中的世外桃源啊,春天的时候,上面一定很美。"

"是的,上面风景很美,这里已经被当地政府开发为旅游景点,名字叫天上王城,春夏秋的时候,游客很多,就是交通不便,从山脚下要顺山路一直爬到崮顶,路很险要,要爬三个多小时,前几年出现过游客掉下山崖摔死的情况。"

"这景点需要加大投资力度,对道路进行修缮,对安全措施加以防护,搞个缆车最好,周围植被保护不错,既可以游览风光,上去玩也方便。"陈瑶看着四周,若有所悟。

"政府资金不足啊,能搞成这样就算不错了。"

"哎……还是个思想观念的问题,搞什么政府投资啊,引入市场机制,面向社会招商开发,资金就充足了,靠政府投资,猴年马月?"陈瑶说得很干脆,"这么好的一个景点,人文和自然相结合,历史和文化相映衬,不开发起来浪费了,可惜。"

"你来投资吧,投资者是上帝,到时候这里的县乡政府都把你当大爷,都得好好伺候你,哈哈……"张伟边开车边说。

"我是女的,不能当大爷,张老大。"陈瑶笑嘻嘻地说,"说不定有一天我真会来这里投资,你别以为我不敢。"

"不能当大爷,那就当大娘吧,哈哈……"张伟呵呵笑着,"你来投资好啊,我三大爷家的堂哥在这里的镇政府工作,镇上还有分配给他的招商引资任务,到时候让他介绍过去,也算积德帮他完成一项任务……"

"哈哈……当大娘岂不是把咱说老了? 不行,我看还是当个小媳妇吧,嘻嘻!"陈瑶半真半假地边说边乐,"敢情你们这里吃公家饭的人员都有招商引资任务?"

"是啊,这里基层的政府工作人员也很不容易,工资低,还发不及时,还有各种考核任务压在头皮上,唉,这就是号称全国第二发达省份的基层政府之现状。"

"嘻嘻……谁让你们这里是贫困山区呢,如果说山东是一个都市的话,你们这里就是都市里的村庄,属于城市里的贫民窟,你呢,就是贫民窟里飞出来的金凤凰。"陈瑶看着张伟。

"这就是发展的差距，我们这里离胶东这么近，不到二百公里，发展却感觉差了十年，胶东也是山区，经济发展就那么快，和长三角的发展水平不相上下的。"张伟感慨地说。

"所以我说只有浙江才是全国经济发展最均衡的一个省，这叫先进带后进，致富路上一起奔，哈!"陈瑶快活地看着张伟，"老张，你们这老家啊，其实并不差，自然环境和发展潜力很大，特别是这旅游资源，我看不比南方差，关键是看这里。"说着，陈瑶指指脑袋："看你张老大的脑袋会不会转悠。"

"这山里的旅游资源啊，还多着呢，春节后我带你到处转悠转悠，光我们家附近就一大堆，不过，就是下雪，路不好走。"说着，宝马又开上了一个长长的陡坡，陡坡顶部两边是陡峭的山地，怪石嶙峋，地势险要。

"哇!"陈瑶不由一声呼叫，"这山口真像一个关口啊，一夫当关万夫莫开，有这气势。"

张伟："呵呵，这里是一个古老的关口，战国时候一个出名的要塞关口，你看看那边。"张伟指指路边山体绵延的上部："那些土围墙，齐国长城遗址。"

陈瑶兴奋地对准那些地方，开始拍照，边说："齐鲁大地，礼仪之邦，人杰地灵啊，不错，可惜……"

"可惜什么?"张伟问道。

"可惜出了你这么一个小混混，嘻嘻……"陈瑶哈哈大笑。

张伟也哈哈大笑，陈瑶欢快的心情感染了他。快乐是可以相互感染的，你快乐所以我快乐，不是吗?

过了关口，前面的道路开始变得弯曲，进入盘山公路了。公路上厚厚的雪很少有被车压过的痕迹，这说明雪后出山的人很少，进山的也不多。

环视四周，白雪皑皑，山川一片白色，山沟里的农家飘起袅袅炊烟，这是性急的山里人开始做除夕的年夜饭了。

父母在家里一定也弄好了饭菜，等待外出的游子回家团聚。

一想到家的温暖和亲情，张伟心里一阵热乎乎，恨不得一步飞回家去。

宝马在盘山公路上缓慢前行，地下的雪被压出一道崭新的凹痕。

陈瑶看看时间："四点了，张老大，我们离你家还有多远?"

张伟精力集中地开着车："过了这一段盘山公路，然后再走大约二十分钟，就能到我家。"

陈瑶一听："哇! 终于快到了，你爸妈一定等急了，等你回家吃饺子呢。"

张伟喜滋滋说："是啊，不过我告诉他们了，让他们不要着急，早晚今天一定到家，估计饺子一定是包好了，哈! 不是只等我回家吃饺子啊，还有你啊，你可是我们家的贵客。"

"贵客?"陈瑶歪着脑袋看着张伟。

"是啊，贵客!"张伟笑眯眯地："喜鹊喳喳叫，贵客要来临啊，我家门口那棵柿子树上

的喜鹊今天一定在喳喳叫了。"

"呵呵……"陈瑶开心地看着张伟,"老张,我去你们家的事情,你怎么和你家里人说的啊?"

张伟心里一颤:"我就说你是我同行,一个业务上的伙伴,因为要考察工作,要来我们家体验生活,就这么说的。"

"哦。"陈瑶点点头,"那就好,其实啊,我本来还有点小小的担心。"

张伟一听,问:"你担心什么?"

陈瑶笑笑:"不说了,说了打击你情绪。"

张伟:"说吧,没关系,我这人脸皮特厚,标准的耐打击抗挤压型的,你说吧,我保证没问题。"

陈瑶笑眯眯地:"真的? 张大厨。"

张伟:"真的,真的假不了,假的真不了,你说吧,少废话。"

陈瑶:"那我真说了啊?"

张伟急了,这女人,怎么这么娘们起来了,不像是陈瑶的风格啊。

"说吧。"

"好。"陈瑶又盘腿坐在座位上,身体转向张伟:"其实啊,我本来还担心你这个人不地道……"

"啊!?"张伟吃了一惊,"担心我不地道? 我什么地方不地道了? 我有不地道吗?"

"别着急啊,你慌什么? 阿拉还没说完呢?"陈瑶冲张伟撇撇嘴。

"哦,那你说。"

"担心你哪里不地道呢? 就是担心你对你家里说俺是你媳妇,让俺不明不白稀里糊涂过个婆婆年,被人卖了还不知道是怎么被卖的,不过现在好了,听老大刚才这么一说,我心里所有的疙瘩都解开了,我终于放心了,原来老大已经和你家里人都说好了,俺也不用再担心什么了,心里也没什么压力和心事了,老大就是老大,做事情光明磊落。"陈瑶边笑嘻嘻地说着边冲张伟竖起大拇指。

"啊! 哦……"张伟闻听大惊,嘴巴半张着合不拢。这事情要是传出去可不好玩,露馅了更不好玩,自己已经叮嘱过父母了,他们应该不会多说什么话。这事要是传出去,张老大的脸可没地方放了。

"怎么了? 老大。"陈瑶看着张伟的表情,"嘴巴张那么大干吗? 饿了?"

"啊! 哦……"张伟又来了一遍,突然醒悟过来,急忙把嘴巴合上,不说话,只顾开车,心里七上八下,出了一身冷汗。

陈瑶嘴巴紧紧抿住,浑身发颤,一会又问张伟:"老大,我刚才问你话呢,你怎么不说话啊?"

"啊! 你刚才问我话了?"张伟装作恍然大悟,"我刚才只顾专心开车,没注意啊,你问我什么了?"

"问你为什么嘴巴张那么大？是不是饿了？"

"哦,这个……"张伟斟酌了一下,"是啊,饿了,你看,我们一天了,就在车上吃了一点点心,应该是饿了,对,一定是饿了。"

"莫名其妙嘛！什么叫应该是饿了,一定是饿了,你讲话不专心,你在敷衍塞责,嘿嘿……"陈瑶紧盯着张伟。

张伟嘴巴又一咧,装作傻乎乎的样子,又不说话了。

张伟感觉这时候装傻是最好的办法,不然,陈瑶那么精明,三句两句自己就被套进去了,非得露馅不可。

自己精心安排的这个计划,可不能毁在自己手里。

要是陈瑶知道自己被当做了准儿媳弄到家里来过年,非得生气不可,那自己可就真的是弄巧成拙了。

"对了,老张。"陈瑶又问,"你的终身大事,你妈就不催你?"

"催啊,怎么不催,不是和你说过了,让我找个戴眼镜的女朋友吗?"张伟理直气壮地说。

"那你怎么不找一个带回来过年?"陈瑶和气地问张伟。

"废话,肯定是不好找呗,要是找到还不早就带回来了?"

"你那个……你那个梦中的情人,怎么样？戴不戴眼镜?"

"不知道。"

"不知道？难道你没有见过你那神仙美女?"陈瑶惊讶地说道。

"唔……当然见过。"张伟不服气地说,"没见过怎么会成为我的梦中情人?"

"那你怎么不知道她戴不戴眼镜呢?"

"因为我没见过她戴眼镜,但是,我想,她也可能是戴的隐形眼镜,这个也是叫做戴眼镜啊。"不知怎么的,张伟认定伞人姐姐一定不戴眼镜,但是既然姐姐那么爱学习,眼镜近视的可能性也还是有的,即使姐姐近视,也会戴隐形眼镜,不会带普通的眼镜的。

这回轮到陈瑶真的大吃一惊:"老大,你怎么知道你那神仙美女戴的是隐形眼镜?"

张伟翻了翻眼皮:"我这不说了,猜测的吗,你干吗这么大惊小怪。"

"哦。"陈瑶醒悟了过来,"对,猜测的,你真厉害！佩服！"

"厉害什么？佩服什么?"

"哦……这个……"陈瑶眨眨眼睛,"说你能遇到这么好的神仙美女啊,所以说你厉害,所以佩服张老大啊。"

张伟得意地嘿嘿笑起来:"咱老张也不是吃醋的,那神仙美女啊,简直是手到擒来,不费吹灰之力。"

"哦,老大,你这么厉害,这美女已经被你俘获了？不可能吧?"陈瑶故作惊叹状。

"那是。"张伟继续洋洋得意,"咱这梦中情人,其实已经是现实中的情人了,就是她在真空里,就是她是嫦娥,也叫她跑不了,只要是咱老张看上的,一瞄一个准儿,现在不光我喜欢这美女,她也已经很喜欢我啦,这美女已经掉进来了,我们俩可以说得上是郎才女貌、珠联璧合、天生一对……"

陈瑶看着张伟得意洋洋的表情,嘴巴半天合不上,这男人自我陶醉的本事可真不小。

"那,老大,你怎么不带她回家来过年啊,让你父母也乐呵乐呵……"陈瑶小心翼翼地问张伟。

陈瑶这会儿有点被张伟雷倒了,这男人要是自我陶醉、自我梦幻起来,比女人犹过之而不及。

"干吗要这么着急带她回来过年?"张伟故作严肃状,"不能让她这么容易地以为这么快就可以嫁入老张家了,还需要再继续考验考验,明年,明年再带回来也不迟?"

"那你爸妈不着急?"陈瑶瞪大眼睛看着张伟,"张老大,我快被你雷倒了!"

"不着急。"张伟继续信口开河,"我已经告诉我妈了,早晚的事,锅里的饭,煮熟的鸭子,飞不了。"

"煮熟的鸭子?!"陈瑶又是吃了一惊,强忍住不笑,"你把人家煮熟了? 到手了?"

"你看,你看看!"张伟不屑地看了陈瑶一眼,"俗! 庸俗! 你这都想哪里去了? 非得到手才算煮熟? 俗人! 俗人哪……"

陈瑶老老实实地看着张伟,用敬佩的眼光:"老大,我是俗人,我承认! 那你的意思是……"

"感情!"张伟拍拍心口窝,"感情! 明白不? 我说的是在感情上,我俘获了她的感情,她的心,煮熟的鸭子指的就是这个,明白不?"

张伟已经下定决心,在女人面前,决不能显出自己的乏力和无味。

陈瑶连连点头,"明白了,那她俘获了你的感情没有? 她的鸭子煮熟了没有?"

"嘿嘿……"张伟笑笑,点点头,"岂止是煮熟了,简直是已经煮烂了,已经快成汤了……"

"啊哈哈……"陈瑶终于憋不住大笑起来,"张大厨,你不愧是个大厨啊,把人家煮熟了,自己却被人家煮烂了,快成汤了,哈哈……原来你这人还是比较尊重事实的啊。"

张伟一本正经地看着陈瑶:"你这么疯狂地大笑干吗? 咱这是说的实话,被女人俘获感情又不是什么丢人的事情。"

"你就这么肯定,把人家放锅里煮熟了,飞不了了?"陈瑶看着张伟,眼睛都在笑。

"嗯……哦……啊……这个,这个是个人私事,不和你谈了。"张伟被陈瑶刚才笑得心里直发虚,急忙转移话题,"看,前面就是瑶山森林公园了。"

不知不觉,宝马已经在盘山公路上盘旋到山顶了,放眼前方,满山遍野都是松林,郁郁葱葱,满眼苍翠,在白雪中分外扎眼,分外充满生机。

陈瑶放眼望去："呀！白色沙漠里的绿洲,这么大一片森林啊！"

张伟呵呵笑着："周围方圆几十公里都是森林,这是瑶山区保护最好的植被了,瑶山主峰就在这一带,海拔一千多米。我家就在这山里的一个小山沟里,下了坡,再走一会就到了。"

陈瑶看着这茂密的山场："这里的空气真好,夏天这里风景一定非常美,应该是这座大山里的天然氧吧。"

"你说对了,这里的旅游对外的宣传口号就是天然氧吧。"

张伟开着车开始慢慢地下坡,路上积雪很厚,要防止打滑。

天又阴晦了,随着一阵寒风刮过,天空又飘起了雪花,随着风势,抽打在车体上,发出嗖嗖的怪叫。

张伟小心翼翼地开着车,心情有点紧张,这下山的路太陡了,不但是盘旋的弯路,而且路的外侧就是悬崖。

张伟脸上的表情也有一点紧张,目光很集中,神情很关注。

陈瑶停止了和张伟的谈话,紧盯着前方的路："踩刹车……对,方向盘轻微右打……"

张伟和陈瑶一起小心翼翼地在雪地中下坡慢行,三公里的下坡路,走了三十多分钟。

终于走下坡,两人长出了一口气,陈瑶递给张伟一张纸巾："老大,辛苦了,擦擦汗！"

张伟接过纸巾边擦汗边说："刚才的坡是最难走的一个坡,终于过来了,前面还有一个,是在我们村口,一个大下坡,没有这个陡,但是也很容易打滑,下雪天经常有车辆滑到路边沟里。"

陈瑶点点头："这样说来,南方的山路难走是难走,但是没有雪,比这里要好走多了,幸亏这山里的路修得不错,虽然不宽,但是都是沥青路面,很平整。"

张伟指着路边一条蜿蜒曲折被冰雪覆盖的玉带："看,那就是瑶水河,我们的母亲河。"

陈瑶用深情的目光注视着张伟的母亲河："你就是喝着她的乳汁长大的。"

"什么乳汁？是水。"

"你不是说是你的母亲河吗,那河水不就是乳汁吗？"陈瑶反问。

张伟被陈瑶问得回答不出,于是不做声,专心开车。

第五十九章 | 人间有情

车子驶入了山林之中，雪不紧不慢地下着。

你下得再大我也不害怕了，张伟得意地想，我马上就要到家了，马上就要在温暖的火炉边陪老爹喝酒吃水饺了。

想到这里，张伟心里不由兴奋起来，小马驹，快到家。

此刻，伞人姐姐在干吗呢？一定和她弟弟在一起，在她的弟弟家，和家人一起玩，陪她妈妈说话聊天。

今天晚上就可以插上无线上网卡，就可以和伞人姐姐聊天了。

姐姐，好想你，彻骨地想你。

想起伞人姐姐，张伟的心中不由感慨万千，三天前，自己还在三千里之外，自己还和伞人姐姐近在同城，可是，转瞬之间，相隔三千里，三千里路云和月，姐姐，再远的距离也阻拦不了我对你的情，对你的爱。脚下的路越长，心中的爱越深。

陈瑶不停地拍照，兴趣盎然。

"相机快储存满了吧？"张伟问陈瑶。

"没关系，满了就复制到电脑里，然后删除接着拍。"陈瑶兴致勃勃，突然扭头对张伟说："哇塞！这山沟子里竟然还有青岛双星的分公司啊！看，双星鞋业。"

张伟看了两眼："这是青岛双星对口支援山区经济建设，利用废弃的军工厂，建立起了一家分公司，生产双星鞋，主要是解决当地劳动力过剩的问题。"

"军工厂？这山沟子里会有军工厂？"陈瑶满腹疑问。

张伟笑笑："多了，都是当年的'三线'厂子，生产机枪大炮弹药的，厂房都设在山洞里，上世纪九十年代，开始大规模迁移，都转民用了，搬到瑶北或者济南去了，留下大批山洞和厂房，基本都废弃了，双星这只是利用了当年前进军工厂的厂房，我家附近还有红卫、燎原两家军工厂房都废弃着，有时间带你去看。"

陈瑶看着周围茂密的松林和险峻的山势："把军工厂设在这里，是挺难找的，保险！那些废弃的厂房节后一定要去看看，说不定能有什么用途。"

张伟笑着看了一眼陈瑶:"怎么？打算在这里投资了?"

陈瑶笑笑,没说话。

"这里投资政策好啊,你要是打算利用旧厂房搞开发,免费提供给你用,哈哈……便宜吧?"

陈瑶一听:"真的?"

"当然,现在各地拉投资竞相开出优惠条件,只要你去投资,什么都好说,那些县长、乡长恨不得叫你爹,只要你去。"

"哈哈……"陈瑶开心地大笑,"张老大,你夸张了吧,这些父母官还不至于为了一点投资低贱到这个程度吧,哈哈……"

"嘿嘿……"张伟也笑起来,"夸张是夸张了一点,不过,这里的人对于投资商真的是求资若渴啊。"

"这个还是要很慎重啊,要认真考察的,不但考察投资地理条件和资源环境,更重要是要考察当地政府对投资者的态度,看是不是真心的,别投资的时候是爹,资金投进来成了龟儿子,那可就惨了,反正资金进来了,你跑不了了,就放那挨宰吧。"

"你说得对,郑总那景区开发现在就是这种情况,有于琴在前面开道也不行,上面管理的单位太多了,有一家打点不到,就要挨折腾,投资之前,县长书记亲自接见、招待、欢迎、许诺,协议一签,资金一到位,立马态度就变了,知道你跑不了了,开始揩油了,特别是镇上,桐溪镇党委政府,天天变着法子要钱,还怂恿周围的村来要钱,老郑都打发烦了,可又没办法。"

"所以,现在在中国投资,到处都有陷阱,到处都有豺狼的目光,哈哈……所以说,一样是做旅游,俺们这旅行社就比做景区开发舒服多了,虽然挣的钱少点,但是活得轻松、舒服,不用天天找那些大爷去点头哈腰。"陈瑶轻松地说。

张伟点点头:"陈瑶,你这个旅行社今后有没有什么发展目标?"

陈瑶:"啥子发展目标哦,我一个女人家,能混口饭吃,养活俺娘,养活手下这些兄弟姊妹,就很好了,得过且过,做一天和尚撞一天钟,走一步看一步,能做到什么样就什么样,嘻嘻……"

张伟:"哦,是这样啊。"

张伟心里突然有些失望,看陈瑶的素质和能力,不应该这么没志向啊,怎么就这么容易满足呢？没有长远发展目标,得过且过。

张伟心想,要是自己有这个基础啊,一定要大刀阔斧使劲扩张,把旅游公司建成旅游集团,跨国旅游集团,旅游大托拉斯……

唉! 可惜,自己没这条件,只能做做白日梦了。

陈瑶看张伟的眼珠子在滴溜溜转悠,莞尔一笑:"哎……可惜咱一个女人家,无依无靠,志向短浅,要是换了一顶天立地的男子汉来做啊,说不定就很快把这公司做成旅游集团,跨国旅游集团,旅游大托拉斯了……"

张伟心中大惊,怎么陈瑶说的和自己心里想的一模一样,出鬼了!

张伟笑笑:"那也不一定,女人也一样能做大事情的。"

"说是这样说,可是女人的天性都是恋家,女人无论在外面多么叱咤风云、多么雷厉风行,都还想回家围着三尺锅台,都还想相夫教子,过一种宁静平静安静的生活。"陈瑶神往地看着无边的松林,"就像这原始森林一样,返璞才能归真。"

张伟心中大动,陈瑶坚强坚韧、叱咤风云的另一面竟然是如此的女人,如此地柔顺,如此地充满女人的渴望和柔情。

这是一个完美的女人,一个完美的女大亨。

伞人姐姐不是女大亨,但是伞人姐姐更是一个完美的女人。

伞人姐姐要是有陈瑶的条件,一定能比陈瑶做得还要好。

"对了。"陈瑶看着张伟,"老大,我们需要把称呼的问题确定好,入乡随俗,你们这里对老人都怎么称呼?"

张伟问陈瑶:"这个没关系的,你们那里怎么称呼?"

"我们那里我习惯称呼长辈为叔叔、阿姨,你们这里呢?"

"我们老家这一片不这样称呼,你称呼叔叔阿姨,还以为你是幼儿园的小朋友呢,你父亲今年多大?"

"我父亲去世了,如果在的话,应该是五十八岁。"

"我爸爸今年五十六岁,我们这里的风俗是按照爸爸的年龄来称呼,那这样,你到我家,见了我爸叫张叔,如果想再亲切一点,就叫叔,但不要叫叔叔,那是只有小孩子才这样叫的。"

"嘻嘻……好,那见了你妈呢?"

"叫大婶,如果想亲切一点,就叫婶子。"

"叔,婶子,好知道了。"陈瑶乐呵呵地点点头,"对了,问你个问题,老大。"

"问吧。"

"你爸妈都怎么叫你呢?"陈瑶笑盈盈地看着张伟。

"叫我小名啊,干吗?"

"哦!你有小名?"陈瑶来了兴趣,又盘起了腿:"老大,快说说,你小名叫什么?"

"有什么奇怪的,中国人谁没有小名,我的小名干吗要告诉你?"

"说一说嘛,有什么好保密的?"

"我的小名只有我的父母和家里的长辈叫得,你可叫不得,所以你还是别问了。"张伟严肃地说。

陈瑶垂头丧气,突然又抬头:"嘿嘿,张大厨,你不告诉我我也能知道,到时候你爸妈一叫,我就知道了。"

"到时候随你,我到时候给我爸我妈说声,让他们不在你面前叫,哈!"

陈瑶急了:"你要是敢这么做,我就给你起小名。"

张伟:"你随便。"

陈瑶:"那好,我就随便给你起,比如什么狗剩、二蛋、墩子、嘎子、孬蛋……"

"停!"张伟急忙阻止,"停,停,别给我起这些小名了,我答应你,不告诉我爸妈了。"

陈瑶胜利了,开心地笑起来:"嗯,那就好,这样才是好同志。"

"你小名叫什么?"张伟问陈瑶。

陈瑶:"那我是肯定不告诉你的了,你都不告诉你的,除非你到我家,听我妈叫我你才会知道。"

张伟一阵发汗:"我哪里有机会到你家里去,看来是没指望知道了。"

"嘻嘻……那也不一定,春节后说不定就会有机会。"陈瑶笑嘻嘻地说,"春节后我请你和王炎还有老哈去我妈家玩,去吃我家的当地饭。"

张伟一听:"好啊,最好在元宵节之前办。"

陈瑶:"我想啊,不行就邀请你们来我家过元宵节,吃汤圆,好不好?"

"好,好。"张伟很高兴,"陈董,你看这年还没在我家过,已经把去你家吃回来的事情安排好了。"

"哎……张大厨就是厉害,做事情一点也不吃亏啊,佩服!"

"对了,到我家后你要改一下称呼,叫我张伟或者小张,都可以,可别叫张大厨啊,让我爸妈以为我在外面是做饭的,我妈在家做了一辈子饭,可不想培养个大学生在外面继续做饭;张老大也不能叫,我们家我爸是老大,你一叫我,爸还以为我要夺权……"

"哈哈……"陈瑶开心地,"那叫老张可不可以?"

"更不行了,你这么叫,我爸以为你是叫他的。"

"啊哈……"陈瑶放声大笑,半天才笑毕:"行,老张,我答应你,在有第三个人在场的时候,我尽量不违反,我尽量注意。"

"嗯。"张伟点点头:"下了前面这坡,就到我们村口了,这个坡是最后的一道关了。"

陈瑶:"战胜困难,不怕危险,张老大,加油!"

说话间,车到了坡顶,大约四百多米长的坡,很陡,张伟有点发怵,脚踩刹车,开始下坡。

飞舞的雪花打在车窗上,不大,很快就被风吹走了。山里的风还是比较大的温度也很低。

张伟开到坡上,往下走才发现,坡上的雪已经被人清理出了两条车道,上面还铺了细沙和土。

太好了,张伟一阵高兴,这一定是村里的人出山,专门清理出来的。

到底还是好人多啊,大过年的清理积雪。

张伟放心了,陈瑶也很高兴,宝马车顺顺当当驶下山坡。

天色已近黄昏,张伟一指前方那个袅袅炊烟的小村庄:"陈瑶,看,那就是我老家,张瑶村。"

陈瑶兴奋地看着:"张大厨,我们终于到家了,你爸你妈这会正在家等你呢,饺子一定早就包好了,你老爸正等你陪他喝两盅呢!"

张伟也很激动高兴:"不是等我,是等我们,你才是我们家的贵客,我爸我妈最好客了,你在我们家会受到盛情的欢迎和接待,呵呵……我先欢迎你,陈瑶,欢迎你来张老大的故乡!"

"谢谢!"陈瑶连连拱手作揖,"谢谢老大抬举,有幸来到老大诞生地,参观老大成长的足迹,追寻老大发展的印痕,荣幸之至。"

"客气了,呵呵……"张伟开心地咧开嘴巴,开着车:"俺们山里人都是活雷锋,这雪,除得太及时了,真棒!"

陈瑶:"是啊,真应该感谢好心的除雪人。"

…………

两夜三天,终于赶回来了,终于在年三十的晚上赶回来了。

爹,娘,儿子回来了! 张伟的心情很激动,开车的手都在发抖。

宝马车顺顺当当开到坡底,张伟透过飞舞的雪花,突然发现前方路边站着两个人,一男一女,穿着厚厚的棉衣,戴着棉帽,袖着双手,怀里各抱着一把铁锹,浑身都是雪,在寒风飞雪中哆哆嗦嗦,依偎而立,正眼巴巴地看着开过来的这辆宝马。

张伟定睛一看,眼泪突然"刷"地夺眶而出:"我爹!! 我娘!!"

张伟透过迷蒙的雪幕,看到在风雪中孤单守候的二人竟然是自己的父母双亲,顿时眼泪就出来了。

看着二老怀里抱着的铁锹,张伟明白,原来这长长的坡道上的两道车痕,是爸妈用铁锹一掀一掀除出来的,然后又铺上了沙土。

原来爸妈清除完坡道,就一直在风雪中等候归家的儿子。

今天是年三十,父母心中最巴望的是什么? 当然是儿子回家,全家团圆。

如果自己不回家,爸妈的这个年会过得开心快乐吗?

张伟心中不由为自己曾经涌起的在外面过年的想法感到愧疚,可怜天下父母心,为人子女的,何时能理解父母的一片爱心? 或许,当自己为人父母之后,才能完全理解到父母此时的殷殷亲情。

张伟此时暗暗下了决定,以后不管任何事情,春节一定要和爸妈一起过。

什么是幸福? 团圆。

张伟急忙停车下车,迅速擦了一下眼睛,边对陈瑶又说了一句:"我爹我娘!"

陈瑶是何等聪明的丫头,张伟第一句话她就迅速反应过来,未来的公公婆婆在村口等他们呢！丑媳妇见公婆，这一天就这样在懵懵懂懂，迷迷糊糊中来临了。

陈瑶回身抓过车上的毛毯，急忙下车，和张伟一起，冲爸妈跑过去。

"爸！妈！"张伟边喊边冲过去，一把抱住了爸爸和妈妈："我回来了！"

陈瑶急忙过来，拍拍张伟妈妈身上的积雪，急忙把毛毯裹在准婆婆身上。

爸爸看着儿子回来了，布满皱纹的脸上露出了宽慰的笑："儿子，回来就好，好！"

妈妈在儿子坚实的臂膀中抬起头，擦擦眼睛，伸手摸摸张伟的脸庞："孩子，在外面受苦了！"

"回来了，爸！妈！哪里受苦啊，没得苦受！"张伟高兴地把爸妈又拥抱在怀里。

陈瑶站在旁边静静地看着，眼角闪烁着晶莹的水花，脸上露出欣慰的笑容，还有几分羡慕和感动。

然后，爸爸和妈妈一起转过脸，看着站在儿子旁边的天仙女，一时惊讪讪地，没敢说话。

张伟急忙介绍："爸、妈，这是小陈，陈瑶。"

陈瑶忙上前一步，彬彬有礼地稍一弯腰，尊尊敬敬地："叔，婶子，您二老好！"

爸爸高兴地连连点头答应："哎……好！好！"

妈妈惊喜地看着陈瑶："哎呀，这闺女！这闺女！啧啧！！这闺女真是个天仙女啊……仙女下凡……"

陈瑶有些不好意思地笑着，脸红扑扑的，略显局促。

张伟怕老妈接下去露馅，忙接过爸妈手里的铁锨："爸、妈，咱上车，回家慢慢说。"

"是啊，婶子。"陈瑶搀扶着妈妈，"咱回家慢慢聊！"

张伟把铁锨放到车后备箱，掀柄太长，就把后备箱盖子半开着。

陈瑶挽着张伟妈妈的胳膊，对张伟爸妈说："叔、婶子，咱上车。"

"哎！哎！"妈妈边点头答应边喜滋滋地扭头看着陈瑶。

陈瑶拉开车门，妈妈一看里面洁白的纯毛坐垫，忙往回缩，拉着张伟爸爸的胳膊，对张伟和陈瑶说："这车里面太干净了，俺们身上脚上都是泥巴，你们先家走，俺们走回去。"

"婶子，您这是说哪里话啊，这么见外。"陈瑶忙搀扶着张伟妈妈上车，"您老人家可别把我当外人，我这以后给您添麻烦的日子还多哪！"

"爸、妈，这到家还得两里路哪，下这么大雪，您抓紧别让陈瑶再为难了，快上车。"张伟边说边钻进车里。

"哎！哎……"张伟妈妈和爸爸使劲在外面跺跺脚，然后坐上车，张伟妈妈乐颠颠地看着陈瑶，嘴巴都合不拢。

第六十章 | 入乡随俗

关上车门,张伟把暖风开大一些,车内温度很快升高。

"这车里面这么暖和,这是什么炉子啊?"妈妈笑嘻嘻地问张伟,眼睛却一直盯着陈瑶。

"妈,这是暖风,什么炉子? 这都哪跟哪啊?"张伟乐呵呵地说。

"哦,暖风,暖风好,真暖和,俺和你爸还一直担心你们俩在路上冻毁(坏)了。"妈妈说。

"婶子,我们倒是没有事情,车里一直暖和着呢。"陈瑶回头笑着对妈妈说,"倒是您和叔,大雪天站了那么久,冻坏了。"

"木(没)事,木事,俺们都习惯了这冰天雪地,家来(里)都收拾好了,就等你们回来吃饭呢,蹲家里反正也木事,就出来迎迎(迎接)你们!"妈妈一口地道的方言,又转头对爸爸悄声说:"俺的娘来,咱儿怎找了个曾(这么)好的闺女啊,你老张家祖上八辈烧高香了……"

张伟边开车边竖起耳朵听,一听妈说话要开始下道,急了,急忙"咳! 咳!"两声。

妈妈一下子想起张伟的叮嘱,吓了一大跳,急忙住了嘴。

陈瑶装作没听懂的样子,笑盈盈地对妈妈说:"婶子,您刚才和俺叔说啥?"

陈瑶入乡随俗,竟然也说起了山东话。

"木啥,木啥。"妈妈忙对陈瑶说,"将忙(刚才)俺给您叔夸你长得俊的,木说什么!"

陈瑶呵呵一笑:"婶子,您和俺叔身体都挺好吧?"

"好! 好!"妈妈笑眯眯地连连点头,"就你叔前段时间腿上有点毛病,做了个手术,这会儿都好了,俺两个身体都怪好(很好)!"

陈瑶点点头:"呵呵……是啊,看起来您和俺叔身体都怪好的,气色特好!"

陈瑶学起当地话还一板一眼的,真像那么回事,张伟听了带有吴语风味的山东话,心里只想乐。

"宝宝。"爸爸坐在车里,摸摸这里,摸摸那里,"这车坐起来怪(很)高级,真管(好),

得多少钱啊？怪贵吧？十几万能拿下来不？"

老爸习惯了，顺口喊出了张伟的小名:宝宝。

原来张伟的小名叫宝宝，啊哈！陈瑶脸上的表情一下子生动起来，眼睛活泼地看着张伟，到处充满了开心，但是什么话也没说，只是浑身轻微颤抖。

张伟一听老爸这么快就把小名叫出来了，也就认了，反正陈瑶早晚也会知道，跑不了这一关:"哪里啊，这车一百多万。"

"什么!!"老爸老妈大吃一惊，几乎震惊，老爸有些激动，"俺的天哦，怎还有怎么贵的车哟！一百多万！买咱家的那辆农用四轮，能买五十多辆啊!!老天爷!!要是给你盖房子娶媳妇，划二十位宅基地，咱也盖起来了啊!!"

老妈更实在:"宝啊！这一百万你要是娶媳妇，娶二十回也娶了啊，要是计划生育超生罚款，生二十个小孩也木事!"

老爸老妈一起用自己心里最关心的事情来盘算这一百万的别样用途，彼此用震惊的眼神来抒发内心的激动。

陈瑶也被老爸老妈的计划雷倒了，半张嘴巴，看着张伟，眼光发亮。

张伟哭笑不得:"您两个人都胡盘算什么啊，这车又不是我的，我上哪挣那么多钱买这么贵的车啊，车是人家陈瑶的，人家陈瑶是一家旅游公司的董事长，陈董事长!"

老爸老妈这回更吃惊了，"啊！啊!"地叫起来:"小陈，不，陈董事长，是大户人家的小姐啊，这么有钱，这车是你家里给你买的吧?"

陈瑶笑得浑身发颤:"叔，婶子，俺不是大户人家的小姐，俺家也是农村的，这车是俺自己挣钱买的。"

张伟补充:"不是告诉您了吗，陈瑶是董事长?"

老爸点点头:"哦，董事长，是个大官。"

老爸知道总经理、经理、老板，但对于董事长这个职务，不熟悉。

张伟:"不是大官，是老板。"

老妈一拉老爸的胳膊:"啧啧!!这闺女是做生意的，生意人，可了不得，一个大闺女，自己干买卖挣怎些钱，可了不得!!"

老爸感慨地点点头:"现在的孩子，捒(做)买卖能耐大着了，这一辆车，我那二十亩果园得干十年，哎……小陈，你捒(做)什么买卖啊，这么挣钱?"

陈瑶呵呵笑着回答:"叔，俺和张伟捒一样的买卖，都干旅游。"

"敢情这干旅游这么挣钱啊。"老爸又"啧啧"了半天，"宝宝，你可得好好跟人家学着，好好干啊。"

张伟边开车边连连点头称是。

老妈看陈瑶的模样，越看越喜欢，看到陈瑶看张伟的眼神，心里更是乐开了花，可是，心里又有一丝隐隐的不安。

车很快到了张伟家门口。

张伟家就在村头,靠着瑶水河,前几年新盖的四间瓦房,院子很宽敞,为了方便家里的农用四轮车进出,院门安装了两扇对开的铁门。

车到门前,老爸、老妈、陈瑶下了车,老爸打开门,张伟把车开到了院子里。

"来来来,外面冷,小陈,赶紧屋里坐。"妈妈热情地招呼陈瑶进屋。

陈瑶忙搀扶着妈妈的胳膊:"别客气,婶子,您先进屋!"

"你是客人,怎么(这么)远来的,得你先进。"妈妈又和陈瑶客气。

陈瑶挽着妈妈的胳膊,让妈妈和爸爸先进屋,边说:"您是长辈,哪有小辈先进屋的道理,您先进屋!"

看来陈瑶对北方的一些礼节和细节还是很注意的。

北方人在一些待人接物的礼节上都很讲究,很注意细节,老幼长尊都很分明,而在南方,则随便多了,是不讲究这些东西的。

一进屋,寒气一下子被驱赶得干干净净,烧煤的取暖炉炉火正旺,堂屋里热气腾腾,暖意融融。

所谓堂屋就是正对门的房间,正屋,主要用来当做客厅和餐厅的功能。堂屋里摆放着沙发、电视(去年刚换的彩电,21英寸的)和吃饭用的桌子……八仙桌(四个角的高脚桌),正面墙上正中间挂着一幅新买的年画,两边则挂着家里的相框,几十年来家里人的相片都在里面,基本都是黑白的,也有几张张伟的彩照。

沙发后面的东墙上,贴着一排奖状,这都是张伟从小学到高中得过的所有荣誉和奖励,基本都是"三好学生"和"运动会第一名"的奖状。这些奖状以前贴在老屋的墙上,家里盖新屋后,妈妈又小心翼翼地转移到这里。这些奖状记载了张伟从童年到少年到青年的成长经历,也是爸妈经常向亲戚朋友炫耀自豪的资本。农村没有幼儿园,张伟没上过,否则"好孩子"奖状一定也会贴在这面墙上。

进屋后,老妈招呼张伟:"宝宝,你招呼下小陈,我和你爸去锅屋(厨房)弄菜。"

陈瑶忙说:"婶子,我和你一起忙乎吧。"

妈妈连连摆手,拉拉爸爸:"不用,菜都已经备好了,就是下锅(在锅里炒)的空儿,一会就好,你们先歇歇,喝点水。"

说完,爸爸妈妈去了锅屋忙乎去了。

张伟看看屋子里面,老爸老妈把家里打扫得干干净净,窗净几明,虽然没有豪华的摆设,但都很整洁条理。看看门窗上,对联和门吊子(北方农村过年挂在门横梁上的一种剪纸)都已经贴好。

张伟对家里收拾得很满意,倒了杯水给陈瑶:"陈瑶,坐下,喝杯俺家的热水。"

陈瑶没有坐,站在房间里脱掉外套:"哎呀……宝宝,这屋子里真暖和啊!嘻嘻……"

张伟急忙瞪眼:"笃!!胆大包天,天大包胆!你竟然敢叫我小名。"

"哈哈……"陈瑶掩嘴快活地笑起来,"宝宝!! 多好听的名字啊,我喜欢!! 哈……"

张伟嗔怒地看着陈瑶:"这小名可不许乱叫啊,要是我爸妈知道你叫我小名,会不高兴的。因为只有长辈才可以叫小名的,明白不?"

陈瑶吐了吐舌头:"知道了,宝宝! 啊哈……你放心,我保证不在你爸妈面前叫!"

张伟无可奈何地:"好吧,我知道你意思了,要是我爸妈不在面前,你就要叫,是不是?"

陈瑶笑嘻嘻地:"那要看我高兴不高兴!"

张伟笑呵呵地:"呵呵……好吧,那随你了,你先坐下喝水,看会电视,我去锅屋看看,你是客人,不用去干活。"

说完,张伟打开电视机,回身去了锅屋。

爸妈正在锅屋里忙乎着炒菜,旁边还放着包好的水饺,整整齐齐排列在盖顶子(一种用高粱杆做成的圆形平面物,可用来当锅盖或者缸盖,也可以用来放包好的水饺和馒头)上。

张伟又悄声叮嘱爸妈:"可别忘记了我来之前给你们说过的话,我和她刚开始谈朋友,处对象,关系还不明朗,刚熟悉,人家这次来一是认认门,二是要体验农村生活的,说话办事可别弄过了火啊,注意分寸。"

张伟这话本身就说得不明不白,什么叫过火,什么叫分寸,老爸老妈又怎么理解透彻,又怎能把握得当。不过宝贝儿子既然已经嘱咐了,自然当唯唯称是,连连点头:"宝宝,你放心,爸爸妈妈心中有数,一定听你的。"

儿子一回家,老爸老妈已经够乐的了,又见儿子带回一天仙女,老两口直接就乐扑哧了,反正不管儿子说什么,都点头答应。

老妈连忙又对张伟说:"你赶紧回堂屋陪人家小陈说说话,锅屋里有我和你爸,你们就等着吃就行,什么也不用帮忙。"

张伟放心地回到堂屋。

陈瑶正站在东面墙上看张伟的奖状,见张伟进来:"老大,你的成长历程很光辉啊,从小学到高中,都是三好学生,不简单,而且,还经常是运动会田径冠军啊,文武双全,厉害!"

张伟哈哈一笑:"这都是老黄历了,我爸我妈没事向人家夸耀自豪的资本,俱往矣,数风流张伟,还看今日……"

陈瑶看着张伟:"哎哟!! 这少年意气风发啊,新人新年新气象哦……"

张伟嘿嘿一笑,挠挠头皮。

陈瑶又转向正面墙上挂的相框,仰起头看里面的照片。

张伟在旁边弄了一个木凳:"别把脖子看酸了,相框挂得太高,看不清,踩这个,上!"

陈瑶笑嘻嘻地上了木凳,专心看起照片:"哇! 宝宝百日照,这是你一百天的时候的照片啊,哈啊哈……你小时候这么胖啊,胖墩,哎哟！怎么小鸡鸡露出来了啊!"

张伟一本正经:"我也不愿意露啊,当时我强烈抗议,可是,周围那么多人,没有人理我。"

陈瑶站得高,随手照张伟脑壳弹了一下:"别找这么多理由,关键还是你自觉性不高,老往别人身上推卸责任,干吗不从自身主观找原因？抽空你到我家的时候看看我的百日照,看咱照得多好,咱就没有。"

"废话了你,你当然照得好了,你又没有小鸡鸡。"张伟不服气地嘟哝道。

"啊哈!"陈瑶在张伟脑袋上又来了一下,居高临下,弹脑壳正好合适,笑得浑身颤抖,"宝宝,你欺负我,我找你妈告状!"

张伟哈哈笑起来:"站好,别掉下来。"

陈瑶继续看那些发黄的老照片:"这是你刚上学的时候的照片吧,小豁牙,笑得上下都漏风……这个是你小学毕业照,这个是初中的,这个是高中的,哎……小伙子越长越帅气……这个是你爸爸妈妈还有你的全家福,咦？这个小女孩是谁啊？这么漂亮。"

张伟笑嘻嘻地:"这是我妹妹。"

"你妹妹？你还有个妹妹？"陈瑶高兴地说道,"在哪儿呢？怎么没看到？"

张伟架着陈瑶的手从木凳上下来,边用抹布擦拭木凳边说:"我妈是老大,我二姨结婚后一直不能生育,我妹妹过继给我二姨当闺女去了,嘻嘻……她可是幸福,有两个爸爸妈妈,两边住,两边跑,过年,她得和我二姨一起过,过完年就到这个爸爸妈妈这边来住几天。"

张伟的妹妹叫张佩佩,小名叫丫丫,五岁的时候就过继给二姨家了,到二姨家改名叫刘佩佩,因为二姨夫姓刘。二姨一家在省城工作,妹妹过继给二姨家,倍受疼爱,宠若明珠,也算是进了福窝。

省城济南离张伟家三百多公里,张伟平时和妹妹也很少见面,一般也就逢年过节的时候见见。

陈瑶一听很高兴:"你妹妹今年多大了？在干吗？"

"二十三岁了,在我们本省的山东大学上学,国际贸易专业,今年就要毕业了,我也好久没见她了,春节后她应该会和二姨一起回来看看,这丫丫,想死哥哥了!"张伟喜滋滋地说。

陈瑶开心地看着张伟:"我竟然还一直不知道你有个妹妹,看到你疼王炎,王炎纠缠你那劲儿,还一直心里在想,你要是真有个妹妹多好,呵呵……原来你真有一个妹妹,掩护工作做得不错啊。"

张伟:"丫丫比我小五岁,小时候一直跟在我屁股后面玩,甩都甩不掉,后来去我二姨家的时候,我还伤心地哭了好几天,和我妈大闹一场,非要我爸去把我妹妹要回来,后来丫丫逢年过节都回来和我玩,加上又是在我二姨家,而且在那里生活条件又好,环境又好，我也就慢慢适应了，最近两年，丫丫上大学，我工作又忙，联系得少一点。在外面，很多人都以为我是独子，我也一直这样对他们说，主要是不想多费口舌和他们解释。我这个妹妹啊，聪明又伶俐，学习比我强多了，又乖巧听话，我二姨当做掌上明珠，疼得比我妈还厉害，就是社会经验还欠缺点，以后有时间还得多多调教她。"

陈瑶出神地听着，微笑着看张伟的眼睛："原来你还是一个好哥哥！你妹妹有没有打算毕业后去干什么呢？"

"不知道，丫丫回来后问问她，她现在应该是已经开始实习了，再有半年就毕业，工作应该是开始联系了，听听她的想法吧。"

"嗯。"陈瑶舒服地坐在沙发上，伸了一个懒腰，"宝宝，你家里可真暖和啊，太舒服了，比南方的冬天暖和多了。"

张伟皱皱眉头："宝宝这个名字不要随便叫，好吗，同志！叫我张伟。"

"我喜欢，你能怎么着？宝宝、宝宝……"陈瑶脑袋一歪，含笑着对张伟说。

张伟看着陈瑶开心的笑脸，在房间里一暖和，白里透红，分外娇美，还时不时流露出孩子般的淘气和稚气，分外可爱。

"好吧，随你，但是，我再一次警告你，别让我爸妈听见。"张伟郑重地说。

"一定，老大！"陈瑶终于胜利了，高兴起来，环顾着温暖而明亮的堂屋，"又亮堂，又暖和，真好啊，外面这么大的风雪，山里的风不停地怪叫，我们却在这里舒舒服服地聊天、喝茶，这人啊，真伟大，能在冷酷的自然界里找到自己的安全岛。"

"所以说，北方的冬天其实比南方好过，舒服，南方是湿冷，北方是干冷，南方室内没有暖气，空调的效果怎么也比不上暖气，北方除了暖气就是取暖炉，这取暖炉比暖气还要厉害，而且，晚上睡觉，北方都是睡炕，火炕，躺在上面，那个舒服啊，别提了，太舒服了，呵呵……特别是你躺在温暖的炕上，听着外面的北风呼啸，寒风凛冽，你就会在强烈的反差中更加感觉到有一个温暖的窝是多么幸福！"张伟也脱下了外套，把陈瑶的一起拿起来，放到堂屋西侧房间的炕上。

陈瑶跟进来："哇！这炕好大啊，哈哈……"

张伟看着炕上收拾得整整齐齐的崭新被褥，还有专门安置的一张写字台，写字台上台灯都安好了："这就是你的卧室，这就是你的炕，这就是你的被褥。"

"哇！"真的，陈瑶兴奋地坐到炕上，这里摸摸，那里摸摸，"里面真的很暖和啊！好舒服！"

"我妈早就把炕收拾好了，早就烧热了，你随时都可以进热被窝。"张伟笑嘻嘻地说，"我爸妈住堂屋东侧那间屋，你住西侧。"

"那你呢？宝宝。"陈瑶干脆甩掉鞋子，坐进被窝里，舒服地先体验一下，边问张伟，"你住哪屋？"

"我住这里，你隔壁。"张伟指指西侧的房间，"我在你隔壁给你站岗！"

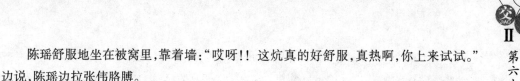

陈瑶舒服地坐在被窝里,靠着墙:"哎呀!!这炕真的好舒服,真热啊,你上来试试。"边说,陈瑶边拉张伟胳膊。

"呵呵,我不用试,我从小到大十几年在这炕上摸爬滚打,早习惯了。"张伟笑着说。

"走,我们去把车里的行李拿出来。"陈瑶下炕穿鞋。

二人走到院子里开后备箱拿行李。

天色已经黑起来,风已经小了,雪却越下越大,地上的积雪足有一尺厚。小山村里很宁静,没有任何声音,连狗都不叫了,可能是过年了,吃得多,不愿意耗费力气了。

院子里的锅屋里,阵阵香味传出来,那是爸爸妈妈做出来的菜香味。

两人把行李收拾进房间,放在炕上。陈瑶弄了一个大包,鼓鼓囊囊的,不知道里面都是什么东西。

"先试试电脑信号。"陈瑶拿出手提电脑,接通电源,插上上网卡,开机,安装,接通……

"耶!"陈瑶一声欢呼,"信号充足,满满的,我们可以上网了。"

张伟也很高兴,哈哈,自己随时都可以和伞人姐姐联系了,姐姐这会儿一定正在家里和家人觥筹交错,谈笑风生呢!

又看看陈瑶,这女人可真是不简单,大过年的不在自己家里过,跑出来体验生活,孤孤单单的一个人。既然投奔自己家来了,就一定要招待好,别亏待了人家。过年,谁不想家啊,陈瑶也一定在想自己家的亲人。

看看陈瑶,穿着紧身羊绒衫,下身牛仔裤,身体曲线毕露,脸庞白嫩可人,又红扑扑的,显得很娇柔,脸上的神情放松从容,显得心情很开心自如,全然没有初来乍到的拘束和客套感。

这丫头,自来熟啊,来这里就当自己家了,张伟心里琢磨,都说山东人实在,不爱客套,我看这丫头更实在,更不爱客套。

陈瑶趴在电脑上登录上网:"嗯!网速还可以,凑合,能打开网页,就是速度慢一点。"

张伟也趴过来看:"嗨,能这样就不错了,我还一直担心上不去网呢,你登录QQ看看,看能不能正常聊天。"

"好!"陈瑶边答应着边点击QQ快捷方式,刚点开,正要登录,突然想起什么,扭头对张伟:"走开,宝宝,别看我QQ。"

张伟赖那里不走:"我又不看你聊天记录,又不看你和别人聊天,担心什么啊?"

陈瑶使劲向外推张伟:"宝宝乖,宝宝听话,出去,这是我的闺房,男人不得入内。"

第六十一章 | 年夜饭

　　张伟被陈瑶推出来,坐在沙发上一声长叹:乖乖!刚来一会,就成了主人了!咱上咱自己房间去上网,试试我的电脑怎么样。

　　张伟跑到隔壁自己的房间,快速打开电脑,接通上网卡,登录 QQ,哈哈,顺利登录,信号良好。

　　再一看,哈哈哈!!姐姐竟然正在 QQ 上。

　　张伟心中一阵狂喜。

　　张伟没先和伞人说话,先看聊天记录,这三天了,姐姐一定给自己留言了,肯定不少。

　　可是,打开一看,直接一晕,竟然什么留言都没有。

　　伞人姐姐竟然没有给自己留言,简直太让张伟失望了,三天了,三天,姐姐竟然不给自己留言,这也太说不过去了。

　　张伟心里失望之极,心里空荡荡的,很失落,刚才的喜悦心情灰飞烟灭,心里很沉重。

　　张伟呆呆地看着伞人姐姐的头像,姐姐为什么一连三天都不给自己留句话呢,难道她心里根本没有自己?难道姐姐把自己忘记了?

　　张伟心里突然感到阵阵悲凉,姐姐,你知道我是多么的想你吗?哪怕你只给我留一个标点符号,我也会欣喜若狂啊,可是,竟然什么都没有!!

　　张伟看着电脑屏幕,心在慢慢下沉,心情变得失落而空旷。

　　姐姐不和自己说话,自己绝不先说话。张伟赌气地想到。

　　"咦?!你怎么上网了?"伞人姐姐突然说话了,口气好像很奇怪。

　　姐姐终于说话了,张伟心里感到一阵宽慰,不过,他心里还是有点情绪,因此,继续保持沉默。

　　"说话啊,傻熊!干吗不说话?没看见我在问你吗?"伞人继续问。

　　"我怎么就不能上网了?我为什么不能上网?我要是不上网,你就不找我了,是不是?!!"张伟一连串反问,加上了几个惊叹号。

　　"哎哟!傻熊好像很有情绪嘛,怎么搞的嘛?是不是因为我这几天没给你留个话啊?

嘻嘻……"伞人不紧不慢地说道。

姐姐就是姐姐，真聪明，自己心里想什么，她立马就知道，张伟心里的委屈上来了："你说呢，三天，三天啊，同志，你竟然就一个字都没给我留，也不问问我到哪里了，回家了没有，顺利不顺利……"

"呵呵……傻熊，我这三天根本没有机会上网啊，我也是一直在路上奔波，在外面忙乎事情，哪里来得及上网，这不，刚有一点机会，就过来视察傻熊了……你的归途我根本不用问，一定是顺利的，因为我已经委托佛祖了，佛祖会保佑你平安到家，我经常在为你祈祷啊，嘻嘻……"伞人姐姐一点也不生气，好像还很轻松愉快。

原来姐姐这几天也是没有机会上网，张伟心里彻底没气了，彻底原谅姐姐了："哦……姐姐，我刚才有点鲁莽，嘿嘿……我这几天可想可想你了，只要一有空，脑子里就是你。"

"呵呵……傻熊，今天是年三十，我在我弟弟家，一会儿就要吃年夜饭，你也快吃了吧？还有你那陈瑶大美女。"

"一会儿马上吃，姐姐，陈瑶也在我家的，一会儿一起吃年夜饭，你什么时间再上网啊？"张伟问。

"什么时间都可以，你有时间我就有时间，你能上网我就能上网，嘻嘻……先忙乎家里的事情，好好吃年夜饭，陪家人过年，忙完了再细细聊来，好不好？张大厨。"

"好，姐姐。"张伟很高兴，"忙完了我就上网，你说的哈，我有时间你就有时间，要是我上去了，你不在，那就是你撒谎了，说话不算数了。"

伞人："好好，兄弟，一定的，那先这样哈，吃年夜饭喽！"

张伟："姐姐，再见！"

张伟刚和伞人说完话，外面传来妈妈的喊声："宝宝、小陈，开饭喽！！"

张伟急忙合上电脑，出了房间，直奔堂屋。

这短暂的一会儿，张伟的心情却经历了狂喜……失落……喜悦的过程。

哎……不管是欢乐还是忧愁，都是因为你啊！

张伟刚进堂屋，陈瑶也出来了。

"你刚才不在堂屋，跑哪去了啊？"陈瑶似笑非笑地看着张伟。

"没哪去，我去我那屋试验上网卡去了。"张伟得意洋洋地看着陈瑶。

"哦。"陈瑶笑盈盈地，"我还以为我不让你看我 QQ，你生气跑出去了。"

"球球？"妈妈正好进来听见："宝宝，你刚才干吗了？非要看人家小陈什么球球了？我可告诉你，不准欺负小陈啊，不然，我打你屁股！！"

陈瑶和张伟一起笑得前仰后合。

陈瑶对妈妈说："婶子，没什么，我逗张伟玩的，他没欺负我，他要是欺负我，我就找您和叔告状。"

"哦,那就好,那就好。"妈妈一听放心了,开始布置吃饭,"来,桌子收拾好了,菜也弄好,宝宝,倒酒,今晚咱全年喝个过年酒,他爸,你赶紧把炉子弄得再旺点,小陈是南方人,受不了咱这北方的寒气。"

张伟找出两瓶当地的陈年老酒,分别倒上。

北方农村喝酒还是老习惯,用那种很小的酒盅,一盅酒大约在五钱左右。

倒完酒,张伟把剩下的酒倒进温酒壶里,慢慢温着。

老爸喜欢喝酒,但酒量不大,老妈呢,不大喝酒,但是酒量大。张伟至今也不知道妈妈到底能喝多少酒,因为农村妇女是很少有机会喝酒的。

张伟一直认为,自己的酒量大,是遗传了妈妈的基因。

爸爸往火炉里又加了几块无烟煤块,熊熊的炉火燃烧起来,炉体和烟囱都辐射出大量的热量,室内的气氛温暖祥和。

四人围着八仙桌坐定,老爸面南背北坐在上面,这叫上岗,是家长的天然位子,老妈坐在次位,在老爸的右侧,陈瑶其次,在老爸的左侧,张伟呢,最低级劳动人民,和老爸面对面。

菜上齐了,很丰盛,很多是山里的特产,有香菇鸡、萝卜炖野兔、炒斑鸠,还有几种叫不上名字的山野菜,都是纯天然的风味,香气扑鼻,让人未食先欲,食欲大开。

晚上七点整,年夜饭开始。

老爸端坐在上岗,端起酒盅:"他娘,今天宝宝回来了,咱一家人又团圆了,丫丫虽然没能回来过年,咱少了一个闺女,可是今年小陈来咱家过年,就等于是咱闺女来了。小陈是宝宝的朋友,从南方千里迢迢来俺家过年,体验生活,能住在俺家,也是俺们的光荣,今天大过年的,别的话俺也不会讲,反正就是欢迎小陈来俺家过年,照应不周的地方,小陈多担待。"

陈瑶端着酒盅,大大的眼睛看着老爸,眼睛里面亮晶晶的。

"这第一杯酒,咱不喝。"爸爸端着酒盅,慢慢对着地面倾斜倒下,"这第一杯酒,敬宝宝过世的爷爷奶奶,给他们拜个年,让他们在另一个世界也过个安乐年。"

大家都学爸爸的样子,把杯中酒洒向地面。

爸爸突然转脸问陈瑶:"小陈,你家里老人都还健在吧?"

"爷爷、奶奶、爸爸过世了,妈妈安在。"陈瑶回答。

爸爸点点头:"来,闺女,倒上酒。"

陈瑶拿着温酒壶,给大家一一斟满。

老爸端起酒杯:"这第二杯酒,咱也不喝,咱敬小陈家里故去的老人,从(在)北方给他们拜个年,祝愿他们在另一个世界安心,虽然离得很远,可他们一定会感知到。来!"

陈瑶感激地看着老爸:"谢谢你,叔。"

大家又把第二杯酒缓缓洒向地面。

斟满第三杯酒,老爸端起来,看着大家,喜气洋洋:"今儿个年三十,过大年,家家户户都团圆,来,咱家一起喝个团圆酒,这杯酒三层意思,这一层意思,全家团圆,身体安康;第二层意思,欢迎小陈来俺家做客,体验生活;第三层意思,宝宝出去混了这些年,就属今年跑得远,混得好,不然我这腿的手术还做不成,亏了宝宝寄回来的十万块。我腿刚做完手术不久,医生让少喝酒,这样,今天高兴,我破例喝点,呵呵……来,干!"

"干!!"大家一起举杯干掉。

妈妈看着陈瑶:"闺女,要是不能喝酒,就抿一点算了,不用干的。"

陈瑶含笑:"婶子,没事,喝一点不要紧。"

妈妈忙着又招呼陈瑶吃菜,说:"小陈,到了咱家,就当自己家,别拘摆(拘束),别停筷,叨着(夹菜),恶吃(多吃)!"

老妈一下子出来这么多方言,陈瑶这下子听不很明白了,但也基本知道是让自己多吃的意思,忙笑笑,连连点头。

张伟站起来,把爸妈跟前的酒盅分别端起来递到他们手里:"爸妈,今儿个大年,敬您二老一杯酒,祝您们身体好,精神好!"

爸妈高兴地一饮而尽。

然后张伟坐下来。

这是北方酒桌上一个很隆重的礼仪,给长辈端酒,要规规矩矩站起来,双手端起酒杯递到长辈手里,长辈坐在那里不动,小辈不喝,长辈喝,小辈要站在那里,等长辈喝完酒,放下酒杯,才能坐下。

陈瑶仔细地看着张伟的动作,等张伟敬完酒,她忙给二老倒酒,然后也如法炮制,站起来,给张伟的父母端上酒杯,用软绵绵的吴语味道的山东话说:"叔、婶子,俺第一次来山东过年,不懂您这地方的风俗,俺也学张伟那样,给您二老端杯酒,祝叔、婶子身体健康、新年快乐!"

陈瑶蹩脚的山东话带有浓郁的南方口味,听起来特好玩,张伟乐得嘴巴半张,傻乎乎地看着陈瑶。

老爸老妈高兴地又是一饮而尽,高兴地招呼陈瑶:"快坐下,闺女,恶吃!"

陈瑶等爸妈的酒杯放到桌面,才坐下。

张伟看着陈瑶的举止,这丫头学东西真快,适应性真强,心地真仔细,自己以前总感觉南方人不谙中华礼俗,不尊孔孟之道,不懂待人接物之礼,时不时把南方人称之为小南蛮,看来,从陈瑶身上,自己要改变这个观点了。

爸妈做的菜很好吃,张伟吃得非常开怀,问陈瑶:"味道如何?"

"嗯!好吃!"陈瑶大口地吃着菜,赞不绝口,"味道很合我口味,呵呵……"

"这些都是纯绿色蔬菜哦,哈……野菜加野味,山里最纯正的农家菜!"张伟乐呵呵地说。

"这蝎子特好吃。"陈瑶指着盘子里黄澄澄的蝎子说。

　　"这是你叔去山上抓的,都是活的,现炸的。"妈妈笑嘻嘻地看着陈瑶,开心地说,"小陈,多吃点。"

　　爸爸又端起酒杯,对陈瑶说:"闺女,来,给你妈妈和家里人捎杯酒,给他们拜个年,干一杯!"

　　陈瑶忙站起来,双手端起自己的小酒盅,让自己的酒盅杯口稍低于爸爸的酒盅杯口,和爸爸碰杯:"谢谢叔!"然后干掉,坐下。

　　张伟一看,可以啊,陈瑶,对北方敬酒的这个礼俗也懂啊。这种喝酒碰杯的礼俗是晚辈对长辈或者下级对上级喝酒的方式,表示对对方的敬重和尊重,平辈人如果这样喝,则表示对对方的极大尊重。这一点,南方就差得远了,根本就不讲这些,大大咧咧喝就是了,管你是长辈还是晚辈,管你是老大还是老小。这就是南北酒文化的差异之一。

　　必须的礼仪程序进行完,大家开始随意吃菜,喝酒,边看电视。

　　春节联欢晚会八点开始,马上就到了。

　　陈瑶拿起酒壶,给张伟和自己倒满,然后端起酒盅,两眼盈盈地看着张伟:"张伟,我敬你一杯酒。"

　　陈瑶的表情很郑重,不像平时那样调侃,两眼的目光有些异样。

　　张伟一时有点不知所措,忙端起杯子。

　　陈瑶炯炯的目光继续看着张伟:"认识你这一段时间了,感觉到你的飞速进步,感觉到你的快速成长,新年到了,祝贺你过去的成就,祝福你今后的蓬勃,明年,你将会取得更好更大的成就。来,我敬你一杯。"

　　张伟忙举杯:"好,陈瑶,谢谢你!"

　　人家是客人,自己理当把酒杯低一点,张伟刚把酒杯往下移,陈瑶的也同时往下移,两人一来二去,最后两个酒杯一起到了桌面,平齐了!

　　张伟看着陈瑶:"呵呵,互敬吧,对等,平礼!"

　　陈瑶笑笑,举杯一饮而尽。

　　妈妈看着小两口的互敬,心里乐开了花,站起来:"你们慢慢喝,我和你爸下水饺去。"

　　陈瑶忙站起来:"婶子,我和你一起去锅屋下水饺,让叔和张伟一起喝酒聊聊天吧。"

　　妈妈笑笑:"好,好,那咱一起过去。"

　　张伟知道妈妈其实心里一定很乐意陈瑶和她一起去锅屋,妈妈一定有一肚子话要和陈瑶聊,嘿嘿……聊去吧,只要老妈别露馅就可以了!

　　女人们出去了,堂屋里剩下两个男人。

　　老爸端起酒盅,喜滋滋地:"儿子,爸爸和你干一杯,你小子今年混得不错,挣到了钱,还找了个媳妇,行!比爹当年强多了!"

　　张伟一饮而尽,对爸爸说:"爸,少喝点,医生不是嘱咐你要少喝酒吗?这身体是第一位的。"

爸爸一口干掉:"没关系,爸就今天过年,放开喝一次,平时爸爸基本都不大喝酒了,今天过年,你回来爸心里头舒坦,又加上你带了对象回来,爸妈心里头甭提有多姿(高兴)了!小陈这闺女我看不错,人长得好,又有能耐,有本事,你可得好好待人家,多跟人家学点本事。这年头,人啊,只有懒死的,木有累死的,只有笨死的,木有精(聪明)死的,木有本事,上哪里都受穷,只要有个手艺,走到哪里都有饭吃,起码饿不死。咱家亏了这二十亩果园,要不是爹当年学了这果树栽培的手艺,会修剪会看病虫,咱家就木有什么额外的收入啊,靠这几亩地,什么时候能盖起这大瓦屋?什么时候能买起农用车?"

老爸有个特点,一高兴起来就"爹""爸"交替使用,早年村里叫爸爸都是爹,叫妈妈都是娘,后来开始赶时髦,学城里人,到张伟那阵,孩子们都开始叫爸爸,叫妈妈,但老爸还是经常会冒出"爹""娘"这个词来。丫丫为了区分两个爸妈,叫二姨那边为爸妈,叫这边就是爹娘,特别是爸妈和二姨一家在一起的时候。

"爸,你和俺妈年龄也大了,也该享几年清福了,以后少干点活,多休息休息,我在外面好好挣钱,足够养活你和俺妈的,这果园一年操心费力挣不到几个钱,我看不行就卖了算了。"

"那哪行!这可是咱家的命根子,聚宝盆,小银行啊,傻儿!没有这果园,咱一家都喝西北风去?我正琢磨着,这二十亩都是老化的苹果树,重新换头也没多大的意义,还费老大力气,我看这几年干果行情不错,咱这山地也适合栽干果,干脆,开春之后,把果园砍了,栽栗子树,种板栗!"

张伟一听,感觉老爸讲得有道理:"行,这也是个好办法。"

"板栗管理粗放,又耐寒,病虫害又少,市场上又好卖,价格高,最适合目前发展了。"展望新的一年,老爸意气风发,满怀豪情。

张伟说:"买树苗要不少钱吧?家里还有钱吗?"

老爸摆摆手:"宝宝,这个你不用操心,你二姨过完年带丫丫回来,你妈和她说好了,借咱几万块,先用着。"

张伟点点头:"那也行!不过,爸,你可一定要注意身体,身体是最关键的,我在外最放心不下的就是你和妈的身体,只要你们身体好,一切平安,我在外就工作得安心,就舒心,就能放心挣大钱,要是你们万一有个三长两短,我可就没心思在外面工作了,你这股骨头坏死,和喝酒也有关系,以后要少喝酒,特别少喝低度白酒,这低度白酒常喝,最容易导致股骨头坏死!"

老爸笑眯眯地看着张伟:"儿啊,你放心,你爹心里有数,家里有爹在,你就尽管放心,爹是个闲不住的人,一闲下来就要生病,所以这果园也是个寄托,侍弄个小果园,爹精神头好着呢……"

"饺子来喽!"正说着话,陈瑶和妈妈推门进来,端着热气腾腾的水饺。

看到水饺,张伟的食欲大增,好久没吃妈包的水饺了。

"来,吃水饺。"妈妈乐呵呵地坐下:"这几盘是猪肉荠菜的,这几盘是羊肉荠菜的,宝宝喜欢吃羊肉,这是特意为他包的。"

妈这么一说,张伟接上话:"我们还带回来一只杀好的整羊,抽空咱熬全羊汤喝!"

妈妈连连答应:"行!这在外面吃不到羊肉,馋了吧?"

张伟点点头,急忙开始吃水饺,突然牙齿咬到一个东西,吐出来:"妈,我吃到一个栗子。"

"好,宝宝,明年你要出大力,流大汗,呵呵……"爸爸说。

陈瑶一听很有兴趣,边吃边问张伟:"这水饺里面都有包的东西啊,我怎么吃不到呢?"

妈妈乐呵呵地说:"别着急,闺女,慢慢你就能吃到,饺子里还有别的东西,看谁还能吃到什么东西。"

正说着,老爸发话了:"我饺子里吃到一颗果子米(花生米)。"

"哇!老爸,你长命百岁啊。"张伟笑嘻嘻地对爸爸说。

大家一起恭喜老爸吃到了花生米。

陈瑶很兴奋,又有些着急:"我怎么吃不到啊。"

张伟:"别着急,慢慢来,有福之人不用急。"

这时,妈妈又说话了:"看,俺吃到一颗枣。"

"宝他娘,这说明你明年还能起早干活,咱家还能勤劳致富。"老爸喜气洋洋。

陈瑶看到大家都吃到东西了,好羡慕,不由加快吃水饺的进度,希望能吃出个东西来。

正吃着,嘴里"嘎嘣"一下,吐出来一看,一枚崭新的一元硬币。

全家人一看,都很高兴,张伟连连祝贺陈瑶:"陈瑶,你吃到财神了,明年你发大财!"

妈妈笑眯眯地看着陈瑶:"闺女是揍买卖的,吃到这个明年买卖兴隆,好啊!"

陈瑶也很高兴,把一元钢镚擦净,装起来:"以资留念,嘻嘻……"

然后大家开心地吃水饺。

陈瑶边吃边对老妈说:"婶子,我忘记了,我的包里还有买的牛肉速冻水饺,忘记拿出来煮了一起吃,我这就再去煮点。"

说完,陈瑶要起身。

妈一听,忙冲陈瑶摆手:"小陈,你还不了解俺这地方过年的风俗,大过年时不能吃牛肉水饺的。"

"哦。"陈瑶坐下来:"为什么呢?"

"我来告诉你。"张伟接过来,"俺们这地儿,年三十除夕的饺子馅是很讲究的。一般人家里会用猪肉、羊肉、韭菜、荠菜做馅,而不吃牲口肉馅的饺子。牲畜们一年辛勤耕作,大家不忍心在除夕的饺子里用牲口肉。知道我们吃的水饺为什么都是用荠菜包的吗?

用荠菜,是借'荠菜'的谐音'集财'。"

"哦。"陈瑶很感兴趣地听着,连连点头,突然又指着门口问:"我刚才进来差点被绊倒,门口怎么横着一根木棍呢?"

张伟和爸妈相视一笑,张伟说:"这叫挡门棍,不光这堂屋门口有,家里所有的屋门口都有,天黑,你可能没大注意,这也是俺们这里过年的风俗,年三十开始,家里所有的门口都要放上挡门棍,一根木棍横放到门口,意思是妖魔鬼怪进不到家门,家里的财运好运流不出去,挡门棍要放到正月十五。"

陈瑶越听越有兴趣:"你们这过年还有什么民俗吗,都说给俺听听。"

张伟敲敲碟子,指指水饺:"先吃水饺,吃饱了,还有一些项目,你边看俺边说与你听!"

"是啊,吃!吃!"爸妈也对陈瑶说。

当电视里春节联欢晚会的序曲欢天喜地响起来的时候,一家人吃饱喝足,陈瑶帮着妈妈收拾桌面,老爸开始捣鼓炉火,给炕加温,泡茶,张伟打扫地面。

外面的风停了,雪也停了,大山深处的小山沟,一片寂静,偶尔传来零落的鞭炮声,那是小孩子在玩耍。

收拾完毕,一家人在温暖的屋子里看电视联欢晚会。爸妈坐在一张沙发上,自然而然,张伟和陈瑶坐在了一起。

室内的温度暖融融的,穿一件羊绒衫丝毫不觉得冷,还有几分出汗。

"奇怪,怎么没有放鞭炮的?"陈瑶悄悄问张伟。

张伟看着陈瑶妩媚娇柔的面庞,白里透红,还有陈瑶丰满的身体,仅仅隔着一层羊绒衫,心里不由一荡,急忙转移眼神:"这里的风俗,午夜十二点开始放第一轮鞭炮,早上起床后再放第二轮鞭炮,嘻嘻……等到半夜,这山沟沟就炸营了!"

陈瑶点点头:"原来如此,哈哈,明白了。"

老爸老妈闲不住,边看联欢晚会边开始忙乎。

老爸找出厚厚的一沓黄色的纸,分成几小沓,放在地上,找出一个圆柱形的短木棍,竖起来,一段放在纸面上,然后用一根方木棒击打另一端,击打之后,纸面上就出现了一个外圆内方的铜钱标志印痕。如此继续,印痕整齐排列满了纸面。

张伟过去:"爸,我来。"

说着,接过爸手里的家什,"啪!啪!"熟练地敲打起来。

陈瑶也过来,蹲在张伟旁边,悄声说道:"宝宝,这是干吗?"

张伟用眼角扫了一眼爸妈,他们都没注意,电视机的声音遮挡住了陈瑶的声音。张伟冲陈瑶做个鬼脸:"生产假钞!"